MES GRANDES GUEULES

JOSÉ GIOVANNI

Mes grandes gueules

MÉMOIRES

FAYARD

Impose ta chance, serre ton bonheur
et va vers ton risque.
À te regarder ils s'habitueront.

René CHAR.

CHAPITRE PREMIER

Une porte s'ouvre

La vie est un bien perdu quand on n'a pas vécu comme on aurait voulu.

EMINESCU.

Je suis debout sous un porche, une petite valise à la main. Derrière moi, la cour d'honneur de la prison centrale de Melun. Devant moi, la porte de sortie. La grande, pour les véhicules, et une autre, plus petite, qu'un gardien va ouvrir sur mon passage.

Il y a onze ans que les portes d'une prison, d'une cellule, me sectionnèrent de la liberté. J'avais vingt-deux ans. Sous ce porche, aujourd'hui, après onze années de détention, la liberté me guette... Si j'en crois la rumeur qui a précédé ma sortie, des tueurs payés par l'homme qui flingua mon frère aîné attendent mes premiers pas sur le bitume. Le folklore des frères corses va-t-il jouer contre moi ? Ce parfum de vendetta qui ferait craindre au tueur de l'aîné la vengeance du cadet... Avec juste raison si je m'étais évadé. À l'époque de ma tentative d'évasion manquée de la prison de la Santé, je ne courais qu'après un but étroit :

me précipiter à Nice pour abattre ce patron de bar qui, d'une balle de colt, avait expédié mon frère dans son dernier voyage. L'agonie, une balle dans le foie, dans une ambulance. Une balle d'arrière-plan qui ne lui était même pas vraiment destinée.

Aujourd'hui, sous le porche de la maison centrale de Melun, ma mémoire a remisé mon Beretta 9 m/m au magasin de l'oubli, sur le rayon des actions imbéciles. Je sais que dans ma deuxième vie, celle qui n'est plus qu'à quelques mètres, je souffrirai de ne plus voir mon frère aîné, compagnon de nos premiers vélos, de nos premiers pique-niques dans le bois de Boulogne pour nourrir les biches et pêcher la tanche dans la rivière près du lac.

Sous ce porche, nous sommes en décembre 1956. J'ai trente-trois ans. Faites le compte à rebours.

La mort du tueur de Nice ne m'aurait pas rendu ce frère. La vengeance est-elle un apaisement ? Ou, mieux, le pardon réservé à l'élite dont je ne fais pas partie ? Ni pardon, ni vengeance. Seulement la faculté d'oublier que ce type déguste toujours des coquillages en sirotant un petit blanc sec face au miroitement de la Méditerranée, louchant peut-être sur la croupe incendiaire d'une passante.

Et voilà que la porte s'entrebâille, s'ouvre. Ce surveillant m'a gardé pendant les cinq dernières années.

« Je ne te dis pas à bientôt ! »

Il a dû saluer bien d'autres détenus libérés de cette formule classée « humour pénitentiaire ». Plus qu'un mètre pour atteindre le seuil de la liberté. Pour serrer mon Père dans mes bras. Lui murmurer, enfin, que je n'ai jamais aimé que lui. Et d'autres phrases que j'ai préparées dans la cellule d'attente des libérables.

Encore un mètre, et l'homme sublime que j'avais tellement méprisé retrouvera son fils. Une deuxième naissance. Une onde de faiblesse enveloppe mes jambes. La porte se referme sur mes talons. Les pavés se soulèvent comme des bouches qui s'ouvrent, les branches nues des arbres se multiplient. Quel est cet étrange et minuscule engin, contre lequel est adossé ce grand type que je ne reconnais pas ?

Jamais vu de voiture pareille. S'agit-il de celle d'un tueur de bande dessinée ? La liberté me flanque un peu le vertige. Ma vision se stabilise et je reconnais le mari de ma sœur, qui l'accompagna un jour au parloir. Je pose ma joue osseuse contre sa chair de bon vivant.

« Simca 5 », me dit-il en ouvrant la portière.

On y entre à l'aide d'un chausse-pied, et un tire-bouchon doit en faciliter la sortie.

« La famille t'attend à la maison. »

Un peu plus loin, il ajoute :

« Ils sont heureux, tu sais. »

Moi aussi. Je l'ai pensé sans le dire. Je n'ai pas envie de parler. J'attendais mon Père. Après tous ses parloirs muets, ses trois lignes quotidiennes pendant onze ans, le regard bleu de sa fidélité m'a manqué en cette première seconde libre, et me manque encore à l'heure où j'écris.

La petite bagnole roule vers Paris. Lorsqu'elle longe un camion pour le doubler, j'ai l'impression que nous dépassons un train de marchandises.

Je suis libre. J'ai envie de descendre pour marcher, pour m'enfoncer dans ce petit bois. Pour toucher les arbres.

Je suis libre. Je voudrais parler à des inconnus, à une femme pour lui raconter qu'hier je dormais dans une étroite cellule, que j'étais le seul détenu à posséder un poisson rouge dans son bocal et que j'aurais dû emporter ce poisson rouge dans ma nouvelle vie. Le détenu qui me remplacera au poste de comptable général conservera peut-être mon compagnon silencieux et attachant.

J'ai laissé derrière les murs des bribes de pensée. Pourtant, j'ai payé ma dette. Je le dis tout haut, étrangement :

« J'ai payé ma dette.

– Oui, c'est réglé », me répond mon beau-frère, ou un truc dans ce genre.

Mais ce n'est pas une addition payée dans un restaurant. Il s'agit de la justice française. Avec elle, pas de « service compris ». Reste mon casier judiciaire fiché au grand banditisme et vingt ans d'interdiction de séjour dans toutes les grandes villes, plus les ports. J'ai obtenu une dérogation sur Paris parce que je suis domicilié chez mes parents. Avec obligation de signer un carnet tous les quinze jours à la police et de fournir très très vite une fiche de paye.

Un travail ?... Adolescent, j'ai travaillé un peu dans l'immobilier. J'ai été moniteur en haute montagne dans un mouvement de jeunesse. Ces deux secteurs réclament un casier judiciaire vierge. J'ai un certificat d'études primaires et le physique affûté d'un loup rescapé d'un territoire de survie.

Revoir Paris, comme le chante Trenet. Beaucoup de petites motos. Des Vespa, précise mon beau-frère. L'hiver a emmitouflé les femmes. Le Sacré-Cœur n'a pas bougé d'une hostie. Pour avoir si souvent écrit leur adresse sur les enveloppes, je sais où nous allons :

30, square de Clignancourt
PARIS XVIIIe.

Ma famille habite au rez-de-chaussée. Est-ce un visage derrière la vitre de cette fenêtre ? J'ai quitté ma sœur jeune fille, et elle a deux enfants : Josette et Noëlle, trois et six ans. Mon père et ma mère ne sont plus à l'âge où l'on vieillit vraiment.

Je passe devant la glace du hall de l'immeuble. Ma silhouette est engoncée dans une canadienne. Je croise la concierge. Elle sait peut-être. Ce n'est pas écrit sur mon front, mais, par définition, une concierge sait même ce qu'elle ne devrait pas savoir. Mon beau-frère a sonné. Aucun bruit de l'autre côté de la porte. Les battements de cœur ont le silence d'une flamme de bougie.

La porte s'ouvre. Aujourd'hui, il n'y a que des portes ouvertes me laissant le passage. Ma mère, ma sœur et les deux fillettes sont groupées dans une entrée exiguë. Immédiatement nous ne formons plus qu'un seul bloc et nos bras se referment les uns autour des autres. J'ai un genou à terre pour me trouver à la hauteur des gosses. Cette position de prière m'incite à prendre la résolution de ne plus jamais rien faire qui puisse me rejeter en prison.

Et mon Père ?... Où est mon Père ?... Je pousse la petite grille en fer forgé – une marotte de ma mère – qui sépare l'entrée de la salle à manger. Je m'avance. Mon regard dévore l'espace à la recherche de mon Père.

Je le découvre enfin, assis dans un fauteuil, une bergère, à l'extrémité la plus sombre du coin salon. Je marque un temps d'arrêt. Mes mains pendent le long de mon corps, inutiles. Il se lève avec la lenteur d'un drapeau fatigué par toutes les guerres. J'arrive à portée de bras. Ses yeux, couleur de ses calanques, se dérobent, reviennent sur moi, et je me surprends à baisser la tête, moi qui ne l'avais jamais baissée devant personne.

Il l'enserre de ses mains soignées, à la fois douces et capables d'une belle force.

« Mon petit... mon gosse..., murmure-t-il à peine.

– B'jour, papa... »

Voilà ce que je réponds. Et même si ma vie en dépendait, je ne pourrais rien prononcer de plus. Ni le répéter. Je me sens à la fois libre et prisonnier à jamais de ma prime jeunesse, puis de mon adolescence. Prisonnier de tout ce qui nous avait séparés, mon Père et moi, plus cruellement encore que grilles, murailles et barreaux.

Une voix me conseille d'aller me reposer dans ma chambre. J'espérais plutôt entendre celle de mon Père. Une petite chambre à côté de celle de mes parents. Le lit, à peine plus large que la couche militaire de ma dernière cellule, forme un cosy-corner. Et, grandiose différence, personne ne refermera la porte à clef derrière moi.

Cet appartement est la réunion de deux logements, l'un sur cour, et l'autre, occupé par ma sœur, son mari et ses deux filles, dont les fenêtres s'ouvrent sur le square. Seul espace de liberté dans un Paris que je déteste déjà pour son absence d'horizon.

Voici, en cette seconde, assis sur ce lit, ce qui me tombe dessus : la déception d'une liberté privée d'horizon. Que faire de ma peau, ma nouvelle peau ?... Je ne suis pas un papillon né d'une chenille. Des ailes, même éphémères, me suffiraient en ce jour. Et pourtant, à trente-trois ans, on compte sur un paquet d'années à venir. Disons une quarantaine.

Voilà, j'ai quarante ans devant moi, sauf accident brutal. L'avenir est une terre vierge. Je suis un pionnier lancé sur les grands espaces sauvages. Sauf que je n'ai pas de cheval et que le XVIIIe arrondissement de Paris ne recèle ni la plaine infinie, ni les collines ombragées, ni les larges rivières que les troupeaux franchissent à gué, ni les femmes lumineuses la nuit et solides le jour, une Winchester dans une main et une poêle à crêpes dans l'autre.

Sans instruction, sans métier, je dois commencer petit. Un ami de geôle, qui habite une chambre de bonne dans l'immeuble, me facilite l'entrée dans la maison Roja, célèbre marque de brillantine. Cet ami est surnommé le duc de Savoie : natif de la Haute-Savoie, il milite pour l'indépendance du duché. Ce talon rouge, après huit ans passés à payer le braquage d'une bijouterie, travaille aussi chez Roja. Moi, débutant, je ne suis affecté qu'au réassortiment dans les pharmacies, chez les marchands de couleurs, bazars, etc.

« Bonjour... Maison Roja... Que vous manque-t-il ?...

– Une douzaine de blonde et une de brune... La brune part moins vite que la blonde. »

Passionnant. Pour une oreille de flic, ça pouvait concerner la traite des femmes à l'étranger. Mon aversion pour les macs me protégeait, et la maison Roja répondait de mon carnet de commandes. J'obéissais à un fichier de commerçants, comme un robot. J'étais payé au fixe, à la semaine. Je donnais tout à ma mère, qui tenait la caisse de la famille et me rendait quelques sous pour les frais du jeune homme que je n'étais plus.

J'écumais les clients du XIVe arrondissement et je fréquentais une petite célibataire qui tenait un bazar-couleurs. La quarantaine et un gosse en bas âge dans l'arrière-boutique. J'avais investi quelques compliments sur l'épanouissement de ses fesses. Un certain mystère émanant du contraste entre mon physique d'outlaw et une distinction d'un autre âge – je pratiquais le baise-main – avait achevé de la conquérir.

Mais cette conquête n'avait guère égayé l'avenir. En famille, mon mutisme concurrençait celui de mon Père. Leur parler de mes prisons, ç'aurait été rappeler à ma mère que son frère Santos, ce fumier, était responsable de la mort de mon frère et de mes années de chaînes. Et puis à quoi bon leur raconter mes médiocres journées entre les bouteilles de brillantine blonde ou brune ?...

Après une première visite à mon jeune avocat, maître Stephen Hecquet – ma première visite d'homme libre –, j'ai multiplié les entrevues. Dans son bureau monacal, rue Pétrelle, il m'accueille avec un regard analytique. Ma tristesse est-elle un paradoxe ?... Lui, l'avocat écrivain, comprend que mes rêves de liberté ne correspondent à rien. Il le voit dans mon regard. Il lui paraît moins vif que celui du prisonnier qu'il a visité onze années durant. Et même moins vif que celui du jeune condamné à mort enchaîné pendant quarante semaines.

« Revoyez-vous des truands ? » me demande-t-il.

Dans le ton, une ombre d'inquiétude. Je lui avoue revoir Jo Attia, une vedette du gangstérisme, lequel m'avait rendu le service d'arbitrer l'éventuel conflit entre le tueur de mon frère et moi. Dans le milieu, l'exercice consiste à faire le « juge de paix », à se porter garant de mon refus de vengeance et à repousser l'idée d'un « contrat » du côté adverse. En cas de non-respect de l'accord, l'arbitre se trouvera pris entre deux feux. Mon avocat comprend que le service rendu par Attia est réel.

« Mais vous feriez mieux d'écrire, me dit-il.

– Écrire ?... Pourquoi ?...

– Vous cherchez du piment contre la fadeur de votre vie... Revivez vos aventures en les écrivant... Je ne vous parle pas de jouer à l'écrivain... Écrivez comme une longue lettre, sans chercher à pondre de grande phrases... Écrivez comme vous m'écriviez... Comme le journal tenu pendant votre séjour dans le couloir de la mort. »

Il l'avait trouvé intéressant, et moi, très insuffisant, très pauvre, à tel point que je n'avais pas cherché à le retranscrire, souhaitant même que l'encre s'en efface.

Il me rassure. Pas question d'écrire un livre destiné aux vitrines des librairies. Je n'ai qu'un certificat d'études primaires et je crois encore qu'une licence de philo ou de lettres est nécessaire pour prétendre intéresser un éditeur.

« Une histoire vécue vous facilitera l'écriture... Allez... Essayez et revenez m'en parler. »

Roland, le roi de l'évasion, avec qui j'avais creusé un tunnel et fabriqué des mannequins pour tenter de nous arracher de la prison de la Santé, en 1947, était libre depuis peu. Nous étions fin janvier 1957. Dix ans pour la mémoire. Il travaillait à l'entretien des voitures d'une auto-école.

Alors, entre un œuf dur-mayonnaise et une blanquette de veau, nous parlâmes du temps des ténèbres. De cette folle croyance : imaginer régler la lourde dette envers la société en creusant un trou sous les murs d'une prison. La fièvre de revivre transforma immédiatement ma vie. Je ne pouvais pas abandonner la vente de la brillantine, mais je devenais étranger à ma propre voix.

« Brillantine Roja... Je viens pour le réassort... »

En notant la commande dans les colonnes du carnet, j'imaginais les phrases que j'écrirais dans le bistrot voisin, dans le métro qui me ramènerait chez moi.

J'écris dans le métro qui traverse Paris, le matin et le soir, sur une planchette de bois. Je viens de constater qu'aucun bruit ne me gêne. J'ai rompu avec le présent, avec ma famille. Je ne baise même plus la petite boutiquière. J'ai oublié mon nom. Dans le récit de l'évasion, je m'appelle Manu Borelli. J'emprunte ainsi le nom de jeune fille de la mère de mon Père : Toussainte Borelli.

Et j'écris... J'écris, bouclé à la maison, dans ma petite chambre. Pour m'équilibrer, je vais respirer le dimanche dans la forêt de Fontainebleau. Je prends le train le samedi soir. J'écris dans le train. Je descends à Bois-le-Roi et j'y retrouve Jacques Évrat, dit le grand Jacques, qui venait bénévolement à la centrale de Melun pour nous encadrer et former des équipes de basket. Il a une entreprise de charpente-menuiserie. Il est alpiniste et, déjà en prison, nous parlions de cette passion commune. Il m'a ouvert sa porte et invité à l'escalade sur les massifs rocheux de Fontainebleau. Je retrouve mes gestes de grimpeur en haute montagne. Le grès me change du granit, on y utilise davantage l'adhérence. J'achète des chaussons d'escalade et de la résine en poudre pour les mains.

Le récit de l'évasion me transforme en taupe. L'escalade du dimanche me saoule de liberté. Je raconte au grand Jacques que j'écris « un livre ». Il m'écoute sans y croire. En semaine, je ne dis plus que je suis représentant de commerce. Je dis que j'écris. En m'entendant le dire, ça me paraît énorme. Quelle prétention ! Je trouve une dame pour taper le récit : madame Lamagnère, à Saint-Germain-des-Prés. Un couple sympa. Lui dans les assurances, et des cours du soir par ambition. Leur gosse, une dizaine d'années, m'annonce que lui aussi, écrit. L'histoire d'un grand tigre végétarien. Vous voyez bien que tout le monde peut écrire. Après mon travail, j'aide madame Lamagnère à déchiffrer mon écriture. Elle tape dans la journée. Croit que j'invente cette histoire d'évasion. Me demande si elle réussira... Je n'ose pas lui dire que Manu Borelli est là, en face d'elle, revivant ses rêves. Je crains les préjugés : un ancien taulard, pour le citoyen clean, ne frôle pas les sommets de la moralité. Je m'offre au jugement pour ce que je suis et non pour ce que j'ai été.

J'écris vite. Les pages s'entassent. Je revois mes fantômes : les surveillants, la cohorte des détenus. Je sens le froid, la faim, la peur, l'odeur des égouts. Mon sommeil s'agite comme une brusque lame de fond. Assis, en sursaut, je cherche le sablier qui m'indiquera l'heure de la relève et je ne trouve que ma montre, une Rollex en or, souvenir de mes rapines, beaucoup trop belle pour un placeur en brillantine. Et pour un écrivain ?

Madame Lamagnère m'assure que c'est passionnant, et moi je ne continue que pour en finir, avec l'angoisse de retomber à plat comme un mauvais plongeur sonné au contact de l'eau.

Voilà, je suis en train de relire l'ensemble tapé à la machine. Mon Père ne pose jamais de questions, et d'ailleurs ne répond jamais à aucune. Ma mère et ma sœur respectent mon silence. Quant à mon beau-frère, il n'a pas encore réalisé que j'habite là.

« *Ils s'approchèrent à deux, le dépassèrent et ouvrirent la porte du cachot voisin. Son cachot. Il passa devant eux très droit. Si son âme hésita, son corps n'en laissa rien paraître. Il s'enfonça dans la nuit. Sa nuit. Il traînait un capital souffrance déjà au-dessus de la limite. Mais où était la limite ?* »

Après le point final, je dépose le tout devant mon avocat. Il est romancier, chroniqueur théâtral et critique littéraire.

« *Les rêves meurent sous la terre*, c'est un mauvais titre, me conseille-t-il dans son parler rapide et un peu saccadé. *Le Trou*, c'est le vrai titre... Il englobe l'évasion et la prison en général. »

Merci, Stephen. Il le lira très vite. Je sais qu'il dort peu. Une malformation cardiaque, inopérable alors, limite sa vie à quarante années de séjour terrestre. Il le sait et compense par un éveil de vingt heures sur vingt-quatre. Il appelle à la maison. Il a lu. En écrivant, j'ai eu l'air de me foutre du résultat. En face de lui, mon émotion me prouve le contraire. Il me regarde en silence, se frotte le dessus du menton avec le tranchant de la main.

« Ça vous gênerait que je le soumette à un professionnel ?... Je veux dire à un éditeur ?...

– Pour qu'il ricane ?...

– La chose restera entre nous. J'ai un ami chez Gallimard... Roger Nimier. »

Il est tard. Demain matin tôt, je dois me rendre à une réunion de représentants chez Roja. J'en ai tellement marre qu'avec deux anciens de la geôle nous avons fait une demande pour partir en Australie en qualité de pionniers. Stephen le sait.

« Ce bouquin, ça n'a été que le temps de l'écrire... Ça serait idiot d'en espérer plus.

– Ce bouquin existe, et l'Australie n'existera pas à cause de vos casiers judiciaires », m'assure-t-il.

Son invitation à revenir était constante. Sa maison était la mienne. Son cœur fatigué aussi. Je m'abreuvais à la cascade de son intelligence. Un nouveau coup de fil, et un rendez-vous parfumé d'urgence au café-restaurant du Palais de justice à 13 heures. J'écourte ma tournée brillantine et franchis les grilles du Palais – je ne le connais que trop. Stephen est là, sa robe d'avocat sur le bras.

« Nimier croit qu'il s'agit d'un canular. Vous me direz que lui-même est un farceur...

– Un canular ?...

– Il croit qu'un auteur très connu a signé le livre sous un nom d'emprunt. »

Stephen me cite le nom qu'un minimum de modestie m'empêche de dévoiler. Dans le doute, Roger Nimier, à moitié persuadé de mon authenticité par Stephen, prendra conseil au sein des Éditions Gallimard. Albert Camus, inspiré par deux faits divers pour *L'Étranger* et *Le Malentendu*, lira mon bouquin.

Il me convoque chez Gallimard. En prison, j'avais lu *L'Étranger*, et, à peine entré, je cherche à deviner dans son accueil ce qu'il connaît de mon passé. Il a cette nonchalance élégante adaptée aux situations les plus délicates. Je sais qu'il est fâché avec Jean-Paul Sartre. Donc, il doit être sensible aux sentiments familiaux. Car Sartre conseille aux enfants de cracher sur leurs parents. Et puis Camus est beau comme Bogart, tandis que Sartre a quelque chose du crapaud. Camus croit en la justice, mais il défendra sa mère avant la justice. Il est contre la peine de mort, et j'éprouve, en lui serrant la main, une légitime fierté. Nous échangeons quelques politesses, j'en reste à la plus grande sobriété. Il a lu le manuscrit et me demande, sans aucun voyeurisme, de lui parler de moi. Je ne tiens pas à en rajouter sur mes épreuves. Mon enfance dorée remonte à la surface. Est-il étrange qu'un berceau capitonné veillé par une armée de nurses prépare à l'ignominie, ou est-ce simplement le destin ? Je parle, je parle, étonné parfois qu'un illustre écrivain m'écoute sans lassitude apparente. Sans doute son inclination à s'occuper des damnés...

Il ne dit presque rien. Quelques mots sur la chance qui passe un jour ou l'autre.

« Non seulement Gallimard éditera le livre, mais on vous conseille de continuer », m'annonça Stephen Hecquet.

La sève du printemps grimpe sous les écorces des arbres et des humains. Roger Nimier me prête son stylo et je signe le contrat d'édition de mon premier livre, *Le Trou*, additionné d'une option sur dix romans. Je touche un à-valoir qui ne me permet pas d'abandonner mon travail chez Roja. Roger Nimier est d'une jeunesse absolue. Il ironise sur la société. Connaît dix endroits dans Paris pour y déposer n'importe quelle rumeur stupide et la voir envahir la capitale. Il a isolé quelques pages de mon manuscrit avec un trombone.

« Là, vous avez cru important de philosopher, me dit-il. À votre place, je supprimerais ces pages. Vous avez une écriture de comportement. Laissez philosopher ceux qui n'ont rien à dire. »

Sans hésiter une seconde, je coupe ces pages. À l'occasion d'un déjeuner, je suis étourdi par le nombre de gens qui le connaissent et qu'il salue en me disant qu'ils sont, pour la plupart, intéressés par sa position chez Gallimard. Ses reparties sont tellement vives et variées qu'il échappe à tout jugement.

Ma mère et ma sœur sont fières et attendront la sortie du bouquin avec fébrilité. Mon Père dévore en silence ses beignets de farine de châtaigne.

Marcel Duhamel, directeur et fondateur de la « Série noire » chez Gallimard, me téléphone. Il voulait publier *Le Trou* dans sa collection, mais Roger Nimier préfère le sortir dans celle qu'il dirige : « L'Air du temps ». Mon conte de fées s'intensifie avec Marcel Duhamel. Écrire pour sa série et toucher une avance correspondant à cinquante mille exemplaires lors de la remise d'un polar, la chose pourrait-elle m'intéresser ?...

Me lancer dans l'écriture d'un nouveau livre ? Réfléchir d'abord à l'histoire. À ma grande surprise, il me suffit d'y penser en visitant mes clients et les personnages se lèvent, s'aiment, se haïssent, se pourchassent dans mon imaginaire. Je signe donc chez Marcel Duhamel et prends le risque d'abandonner mon travail.

Bientôt toute la famille part à Vichy. Mon beau-frère pianiste accompagne des chanteurs au Casino. Ma sœur, ses enfants et mes parents suivent. Mon Père flambera au poker et ma mère continue à chercher, à la roulette, une martingale infaillible. Et moi, sur ma planchette, je recommence à noircir du papier pelure jaune avec un stylo à bille ordinaire. J'écris près du bassin de la piscine municipale. De temps à autre je me baigne. Contracté par l'eau, je nage mal.

Je mets en scène le vieux Gu, condamné à perpète après l'attaque du train d'or, et qui s'évada de la centrale de Castres avec mon ami Bernard Madeleine. Gu est fatigué, il n'ose pas sauter du toit et, au passage, s'accrocher au faîte du mur d'enceinte. Mon stylo court. Le troisième évadé, le Belge, manque le haut du mur et va s'écraser douze mètres plus bas. Une mort en liberté. Je décris la peur de Gu, caïd respecté, accroupi sur le toit. Sa faiblesse m'inspire. Je l'aime bien, le vieux Gu. Nous avons raté ensemble une évasion depuis un hôpital-prison. Il va sauter du toit... Il saute et Bernard Madeleine le rattrape. Sur le corps du Belge, dans une sacoche de toile pendue à son cou, ils récupèrent des lettres. Des lettres que le vieux Gu renverra à la femme fidèle qui les écrivait à son homme perdu.

Je viens de l'inventer, mais Gu l'aurait fait si les lettres avaient existé. Je me baigne et j'écris. Ma main mouille la feuille jaune en papier pelure. J'invente une mort à Bernard Madeleine. Traqué, il se jette d'une falaise pour exploser contre les rochers. Puis je plonge le vieux Gu au sein d'une pègre modifiée par les compromis. À cheval sur les anciens principes, il entreprend un nettoyage avec des balles de colt en guise de paquets de lessive.

Je me lève tôt, et je retrouve mon Père sirotant déjà son café de l'aube. Parfois il chantonne. Il a soixante-quatorze ans. Ma mère habille Vichy d'un « petit Paris », énorme louange pour cette femme qui place la capitale plus haut que l'Olympe. Et nouveau sujet de dispute avec son mari, qui déteste le culte que Vichy voue à Napoléon III. Mon Père, à brûle-pourpoint, me récite des vers de Victor Hugo destinés à cet empereur de salon :

Va, court, vole et pille
Voici de l'or et des filles
Petit, petit... petit petit

J'entends à peine, assourdi par les clameurs de mon roman. Le commissaire Blot – *alias* Clot – renifle les traces sanglantes que le vieux Gu vient de laisser derrière lui après l'attaque d'un transport de fonds qui a sectionné la vie aux deux motards de l'escorte. Ouf ! je respire. Je ne suis pas dans ce coup désespéré. En l'écrivant, je me mets tantôt à la place du gang et tantôt à la place de Blot, le patron de la Crim, ce superflic humaniste qui travaille vite.

J'expédie les feuillets chez madame Lamagnère, elle tape au fur et à mesure, familiarisée avec mon écriture. Je me baigne de moins en moins sans pouvoir écrire ailleurs qu'auprès de la piscine. Les gammes de cuisses et de fesses me rafraîchissent l'intellect. Les femmes les plus jeunes ne sont pas les plus bandantes. Pour me balader, je choisis le parc du Casino. J'observe. Je déchiffre les approches d'une ou deux demi-mondaines chassant de riches coloniaux venus noyer leur vésicule biliaire dans les lampées d'eau tiède labélisée pure Vichy. L'empire colonial français disparaît sous les coulées de lave de l'indépendance. Vichy devra se reconvertir, se confier à un lanceur d'idées.

J'enrichis le vieux Gu, je le couvre de lingots. Après une deuxième évasion, il pourrait fuir. Je le dirige vers une fin qui sauvera son honneur dans un mitan qui se fout de l'honneur comme un pingouin d'un radiateur électrique. Je lui offre un dernier combat pour punir les traîtres. Ce n'est pas un surhomme, il n'avale pas les balles. Seulement un homme blessé qui se traîne sur le palier, un flingue dans chaque main, refusant de se rendre aux flics, tiraillant sans aucune chance de leur échapper, pour qu'ils l'abattent. Une mort de guerrier. Il dira simplement avant la fusillade : « Et qu'on en finisse ! »

Je sais bien qu'à la vérité le vieux Gu, repris après l'évasion de Castres, s'évada encore. Fut repris et s'évada à nouveau pour se laisser cueillir sur une plage du Sud, entre les rochers, affaibli par la faim. Le livre lui parvint à la centrale de Nîmes. Il y purgeait sa peine perpétuelle. Mais la vie n'a pas d'éternité. Le bouquin lui fit sans doute croire à son ultime trajet de desperado intact. Je souhaite qu'il croie aussi à l'histoire d'amour que je lui ai inventée avec Manouche, égérie des barons de la pègre. Tous ces personnages réels qui ne se sont jamais rencontrés et que j'ai précipités dans le même haut-fourneau de la tragédie.

Plus tard, on me certifiera que, pendant la promenade, les condamnés faisaient cercle autour de lui pour l'écouter. Mon livre passera de main en main, et le vieux Gu, en balayant les feuilles mortes de la cour, brassera des souvenirs plus glorieux.

Marcel Duhamel accepta le roman, et un chèque immédiat acheva de m'étonner. Je l'avais écrit si vite. Minie Danzas, la reine des titres, travaillait à la « Série Noire ». *Et qu'on en finisse*, mon mauvais titre, devint

Le Deuxième Souffle. Chère Minie Danzas, merci grandement.

Je suis seul à Paris. La famille est restée à Vichy. Mon beau-frère tape sur son piano et ma sœur peaufine un tour de chant. Elle a interprété des rôles, un récital de poèmes avec talent, et, sans le promettre vraiment, je pense que si ma position s'affirme je pourrai l'aider.

Mon ami le Duc et un autre « ancien » jouent de leur virilité affirmée, que les femmes saisissent au premier regard, pour draguer les vendeuses des Galeries Lafayette. Il suffit qu'une d'entre elles se confie à une copine, etc. Il y a une petite place pour moi.

Nous sommes en été 1957. Je ne suis libre que depuis six mois et, derrière moi, deux bouquins en édition, prêts à sortir en librairie. Pour quel avenir ? Marcel Duhamel y croit puisqu'il m'a dit « À bientôt avec un autre livre et... un autre chèque ».

Je suis prudent. J'attends encore pour m'acheter une voiture. Nous circulons tous avec la bagnole de fonction du Duc, aux couleurs de la marque d'apéritif pour laquelle il travaille maintenant, il est devenu chef d'un groupe de représentants.

Donc, j'écris et je commence à me distraire un peu. Les filles des Galeries ne se posent pas trop de questions sur notre passé : l'affectif, mariage, divorce et le reste. Mais, à l'heure des inévitables questions – nous avons tous passé la trentaine –, que répondre ?... Nous venons d'où ?... Mentir ?... S'inventer une vie en dehors des juges et de la prison ?... Je demande son avis au Duc.

« Si elles apprenaient notre itinéraire, tu crois qu'elles nous jetteraient ?

– Faudrait y aller doucement », préfère-t-il.

Dans le même style, je me souviens d'un ami toujours détenu à la prison centrale de Melun, qui m'avait demandé, la veille de ma sortie, de lui rendre un petit service. Puisque la centrale formait une presqu'île entre deux bras du fleuve :

« Tu vas et viens avec un bateau à moteur et une fille, la mieux roulée possible, qui me montrerait son cul... mais pas à poil : bas, porte-jarretelles, etc. Et si tu pouvais éviter une pute... Je ne rêve qu'aux gentilles gratuites. »

Je l'avais toujours senti submergé par le souvenir des femmes. Son manque était corrosif. Nous avions risqué ensemble, avec Roland, la tentative d'évasion de la prison de la Santé. Si je pouvais réussir à rafraîchir la fin de sa peine avec le spectacle d'une jolie fille en lingerie fine et petite culotte amovible, j'aurais, en plus du service rendu, l'avantage d'y poser les mains. Lui, il mettrait un surveillant dans le coup, qui apporterait une paire de jumelles. Ils pourraient loucher depuis la fenêtre d'une des galeries du quartier dortoirs-cellulaires, puisque mon ami était comptable d'étage.

Arlette, trente ans, vendeuse en maroquinerie, ronde depuis les coudes jusqu'aux genoux, un regard de faïence des plus indulgent, m'aidait à trouver chaque week-end meilleur que le précédent. Elle savait qu'en semaine j'écrivais un troisième roman. Sur quel thème ? Un gangster en fuite avec deux enfants. Un point de non-retour. Je lui pose la question : après la découverte des cavernes de la forêt de Fontainebleau, est-ce que ça l'amuserait d'aider, à distance, un prisonnier de droit commun condamné pour braquage ? Au lieu de s'évanouir, elle me demande s'il s'agit de le faire s'évader.

« En quelque sorte, mais juste par l'esprit. »

J'explique. Elle s'inquiète. Ça lui plaira vraiment, au gangster ? À mon avis il explosera et elle peuplera toutes ses nuits. Je prends une date en termes sibyllins par l'entremise de l'assistante sociale. Ce n'est plus « Ici Londres... Ce soir Fernand mangera le chat de la mère Michelle », ça donne « La vie sera rose de dix heures à dix heures trente chaque matin ». L'obligation de tenir compte des horaires des Galeries Lafayette nous fait choisir le dimanche. Je loue un canot. Seule la pluie gênerait Arlette.

Elle n'a qu'un manteau léger à enlever pour dévoiler ses rondeurs. Elle a vu les deux hommes à leur fenêtre et les jumelles qu'ils se disputent. Elle imagine peut-être la sueur dégoulinant jusqu'à leur sexe tendu contre la fermeture Éclair. Je coupe le moteur au premier passage, un bateau de vacanciers nous croise. Arlette laisse glisser son manteau. Sa croupe, ses belles cuisses croisées et décroisées vers le ciel, ses seins qu'elle soupèse parfois, sa culotte qu'elle agite comme un drapeau charitable... pour mon ami derrière ses barreaux.

L'autre bateau s'éloigne et elle présente la pleine lune à mon ami voyeur. A-t-elle une pensée précise pour la verge qu'elle gonfle à distance et qui ne pourra la rejoindre, s'enfouir en elle ?... Finira-t-elle par l'attendre ?... L'espérer ?... Le temps passe sur ce mystère, et il est compté. L'homme devra rejoindre sa cellule. Son rêve va commencer. Je ramène le canot au loueur. Arlette me dit qu'elle n'osera jamais raconter cette matinée à ses copines. Une honte rétrospective ? Non, me rassure-t-elle, mais qui pourrait la croire ?... Elle me remercie de cette matinée brûlante.

Je n'ai que la nuit prochaine pour la satisfaire. Pas même le temps de lui raconter la genèse du héros de mon prochain livre. De lui expliquer comment ce personnage est arrivé jusqu'à moi, s'est gravé en moi, pour que je m'en souvienne au point de romancer son histoire comme j'ai romancé celle du vieux Gu.

J'étais dans le couloir de la mort lorsqu'un brigadier sympa – que j'ai déjà évoqué en écrivant *Le Trou* – me dit qu'on venait de boucler dans la cellule voisine une célébrité de la pègre. Impossible de caser l'homme ailleurs que dans cette division spéciale, bien qu'il ne fût pas condamné à mort, mais seulement en préventive. Il a trop d'amis partout, un parfait isolement est indispensable. On doit le transférer en Italie où il répondra du meurtre d'encaisseurs et où il traîne, après évasion, une vieille condamnation à perpète d'avant la guerre. Autant dire qu'il est perdu. Ce brigadier l'a déjà gardé, toujours avant guerre, à la centrale de Poissy. Il l'estime pour son côté « homme debout face à l'adversité ».

Il est dans un total dénuement. Pas même l'argent d'un timbre pour écrire à son avocat. Je lui fais passer, grâce à ce brigadier, des timbres, du papier à lettres et une plaque de chocolat. Le soir, j'entends frapper contre le tuyau de chauffage traversant toutes les cellules de ce sinistre secteur. Je réponds et monte sur mon lit à la hauteur de la fenêtre. Mes chevilles sont reliées par une chaîne et mes poignets sont menottés l'un sur l'autre, seulement pour la nuit. Les chevilles, c'est jour et nuit.

« Merci pour les timbres et le choco, me dit ce voisin. Qui es-tu ? Combien tu tires ?

– J'attends la veuve.

– Merde, c'est con. »

Le moins qu'on puisse dire.

« Et toi ?... »

Il me raconte que son père, à l'annonce de sa nouvelle arrestation, vient de se pendre. Qu'il a perdu sa femme, abattue par des douaniers au cours d'un débarquement clandestin dans une crique du Midi. Ils venaient d'Italie avec son complice, Raymond Naldi, un lieutenant de Pierrot le Fou. La maîtresse de Naldi, enceinte, a accouché sur la grève, blessée dans le combat. Et Abel, le personnage central, a quitté le rivage en laissant derrière lui le cadavre de sa femme, celui de son ami, ceux des douaniers. Il s'est enfui, tenant ses deux enfants par la main.

Du polar grand cru.

Chaque soir, à la fenêtre, Abel m'en raconta un peu plus. En vrac. En morceaux, comme un alpiniste qui dévisse et dont le corps s'éparpille à chaque heurt contre les lames de granit. Sa déchéance : finir par cambrioler des chambres de bonnes, courir, poursuivi par les clameurs « Au voleur !... Au voleur !... », essayer de monter sur la plate-forme d'un autobus en marche et recevoir en pleine gueule le revers de ceinturon d'un pompier avec la boucle en guise de gong. Il n'avait trouvé qu'un jeune type pour le ramener de Nice à Paris en ambulance avec ses gosses. Le mitan l'abandonne, le trahit même pour éviter de se mouiller. Ça ressemblait à la vie d'un financier en banqueroute qui ne trouve même plus un verre d'eau auprès de ceux qu'il a entretenus. Un parfum de jardin des Oliviers. Un goût de faiblesse humaine débarquée avec le premier homme.

« T'es jeune... ils te la couperont peut-être pas », me dit-il avant qu'on le transfère.

Auprès d'Arlette, sur l'oreiller, je ne peux que taire mes anciennes et étranges conversations nocturnes à la fenêtre de la prison de la Santé. Je me confie à mon papier pelure et à mon Bic ordinaire. J'écris. J'intitule ce troisième roman *Le Dernier Voyage*. J'ai inventé une histoire d'amour au jeune sauveteur momentané d'Abel. J'ai donné un sens moral à l'échec total de sa vie. J'ai arraché le jeune à la truanderie, donné un avenir aux deux gosses. Point final sur la machine de madame Lamagnère.

Je palpe le deuxième chèque de Marcel Duhamel et j'embrasse Minie Danzas, qui raye le titre et déclare que mon personnage a toujours voyagé en *Classe tous risques*.

Les arbres changent de couleur et je roulerai sur les prochaines feuilles mortes au volant de la 4 CV que je viens d'acheter d'occasion. Je n'ai pas de compte en banque. Ma mère tient la bourse commune et inscrit dans son livre cartonné noir les dépenses et les recettes de la famille. Le matriarcat corse.

Marcel Duhamel attend mon troisième « Série noire ». Nous sommes en octobre 1957. Libéré depuis la fin décembre 1956, j'ai écrit trois livres en dix mois. Ils m'ont maintenu en apnée, étranger au monde extérieur, sauf guêpières et escalades des rochers de Fontainebleau avec le grand Jacques et les amateurs de ce sport qu'il m'a présentés. Ma 4 CV facilite les déplacements. J'emmène ma sœur en forêt pour lui changer les idées, son mariage donne des signes d'effritement.

Nous avons un urgent besoin d'action après nos années de prison. Pour ma part, puis-je vraiment affirmer que ces onze années furent perdues, alors que j'écris mon quatrième roman en cette première année de liberté ? Pour certains, quatre romans, ça peut s'étaler sur quatre années. Je cavale après le temps égaré.

L'étau se desserre. Grâce à mes contrats, j'obtiens une suspension de mon interdiction de séjour. Ayant échappé à la brillantine Roja, je me déplace pour écrire : dans des bistrots, et même, entre deux parcours d'escalade, dans le bivouac de la forêt de Fontainebleau. Le Duc rêve de galoper sur son futur domaine, maîtrisant un étalon seigneurial. Il m'initie à l'équitation. En semaine je loue un cheval dans un club de Bois-le-Roi. Aux aurores, qui faillirent m'être fatales, je respire mieux. Le cheval aussi. Son odeur n'inquiète pas la faune : douceur des biches, orgueil des cerfs, puissance des sangliers...

Un jour, je traverse une route pour rejoindre le champ de courses désert et y pousser un sprint. À côté d'une voiture garée sur un terre-plein, un homme, une femme et deux enfants ont dressé leur table de pique-nique. J'avance au pas de mon superbe alezan, vêtu sport chic et tête nue. L'homme, soulevé par l'étonnement, déplie sa carcasse et porte une main à son visage. Je viens de reconnaître un fonctionnaire de l'administration pénitentiaire : le greffier comptable de la centrale de Melun qui m'avait fait signer ma levée d'écrou sept mois plus tôt. Ma main gantée de pécari le salue de la hauteur du cheval, ce qui l'incite à se rasseoir, comme si Charlemagne venait de lui taper sur l'épaule. Cette rencontre me donne la mesure du capital vivant que chaque homme possède en lui-même, du cachot à la lumière.

Un cheval de manège est souvent un ancien cheval de course. Il reconnaît le décor et pousse des galops furieux. Plus tard, j'inviterai Jean-Paul Belmondo à ces sprints.

J'écris *L'Excommunié*, les aventures de Roberto La Rocca, un gangster sévissant dans les années vingt et qui finira dans les années cinquante par se tromper d'époque en sous-estimant la nouvelle pègre. Vivant de la peur qu'il inspire aux autres, mon personnage évolue dans les combats d'une existence de western. Jugé et condamné à vingt ans de travaux forcés, il passe par la centrale. Je le fais travailler à enfiler des perles pour couronnes mortuaires, et il s'engage avec d'autres taulards pour désamorcer les bombes, les torpilles et les mines dont les Allemands avaient truffé les plages françaises. Les survivants sont graciés. Je tombe dans le polar-aventure, et laisse le temps blanchir les cheveux de mes truands.

En vérité, Roberto La Rocca fut abattu à Pigalle par la nouvelle pègre. Je le laisse vivre. J'en fais une sorte de prince qui disparaît dans le vieux Montmartre. Point final et nouveau chèque de Marcel Duhamel. Cette fois, Minie Danzas ne change pas mon titre. Elle pense que dérouler le destin d'un homme violent sous un titre à connotation religieuse déclenchera l'intérêt lorsqu'on le lira sur la couverture de la « Série noire ». Duhamel m'assure que l'enchaînement des actions est encore plus dense que dans les trois autres bouquins. Il me dit que ça vient aussi de l'écriture. Je n'ai pas suffisamment confiance dans ce qu'il appelle « mon écriture » pour comprendre son analyse. Je pense que je dois la nervosité du récit au fait que Roberto La Rocca, alias l'Excommunié, dégaine plus vite qu'une étoile filante, que son regard sombre, posé sur ses ennemis, dessine déjà la forme d'une pierre tombale.

Après *Le Trou*, maître Stephen Hecquet préfère attendre que les trois autres soient édités pour les lire. *Le Trou* paraît le 1er janvier 1958. Et chaque trimestre verra la sortie d'un autre livre. Nos rêves de pionniers en Australie ont sombré sous le poids de nos casiers judiciaires respectifs : pas de visa. J'y croyais, et les aventures à vivre là-bas me galvanisaient davantage que la perspective de me défouler sur le papier. La société ne solde jamais la facture. Elle prend sans doute les deux mille feuilles jaunes en papier pelure pour de la fausse monnaie.

En regardant mon Père silencieux qui avait en son cœur des jardins introuvables, je me posais une question : comment oser me séparer de lui pour partir en Australie ?... Comment le trahir à ce point ?... À l'heure de mon départ, je l'aurais serré dans mes bras à l'étouffer et lui aurais parlé à l'oreille :

« Tu viendras là-bas... Tu viendras me rejoindre... On sera tous les deux... On reconstruira à nous deux une autre vie, d'autres gens... Tu m'aideras, toi qui parles si bien l'anglais... Tu revivras une nouvelle émigration, mais cette fois avec le seul fils qui te reste et que tu as tant aimé. »

Aurais-je réussi à libérer ces phrases ?... Le refus des visas repoussa une fois de plus l'heure de nous parler d'amour. Et puis serait-il venu avec moi en Australie ? Pouvait-il quitter ma mère avec laquelle il s'engueulait chaque jour ? Et maintenant, mes livres vont-ils se vendre ?

Des questions sans réponse déroulent devant mes

pas un étrange tapis. Les fêtes de Noël approchent. Fin 1957. À peine un an. J'ai raté trop d'arbres de Noël en cellule et je me suis mis à détester l'homme en rouge, les confettis, les mirlitons et autres chapeaux pointus.

Pour ce début 1958, je vais avec des amis dans notre bivouac de la forêt de Fontainebleau. Je me lève à l'aube de cette année comme si les arbres, encore nimbés de nuit, pouvaient me prédire l'avenir. Mais l'avenir n'a pas changé, c'est toujours une terre vierge. Je monte à cheval avec le Duc et nous détournons une chasse à courre en assurant que le dix-cors vient de nous croiser et qu'il a disparu entre les blocs rocheux de cette colline, là, juste à droite. Ils ne l'auront pas, le grand cerf. Nous sommes des mal remis de la traque. Nous lutterons à jamais contre les chasseurs, nous, les anciens gibiers.

Et voilà que j'entends parler de cinéma par le responsable des droits cinématographiques chez Gallimard. Il s'appelle Jean Rossignol.

« Vous savez que chacun de vos livres fait penser à un film », me dit-il.

Non, je ne le savais pas. J'aime qu'un film me raconte une histoire, mais j'ignorais que les miennes évoquaient le cinéma. Et alors ?... Il avait donné à Jacques Becker les bonnes feuilles du *Trou,* et le metteur en scène voulait me rencontrer. Jean Rossignol m'explique qu'un livre est souvent la base d'un film. Devant les écrans, je me mets désormais à chercher le titre du roman qui a inspiré le film. Avec le Duc, nous allons voir des westerns et des polars. Près de la place de Clichy, il y a le Gaumont Palace. Cinq mille places et, à l'entracte, un spectacle. Un soir, à deux rangées de nous, un type se lève et se met à gueuler en s'adressant au chanteur sur la scène :

« Hé ! connard !... Va prendre des cours !... Tu veux que j'ten pousse une, moi ? »

Et il s'essaye à des gammes éraillées. Quelques personnes protestent mollement, mais personne ne bouge. Le chanteur s'est tu et lui répond que c'est dégueulasse d'empêcher un artiste père de famille de faire son métier, de gagner sa vie. L'autre devient violent, sort de sa rangée en éructant qu'il va le virer et lui montrer ce qu'est vraiment un chanteur.

Avec le Duc, et dans un ensemble parfait, on se précipite sur le gêneur, on l'empoigne et on le tire vers la sortie. Il se débat comme la chèvre de monsieur Seguin et nous resserrons la prise en lui tordant les bras. Stupéfaits, on l'entend nous souffler :

« Lâchez-moi, merde... c'est un numéro... un spectacle... J'fais partie du spectacle ! »

Nous stoppons. Nous échangeons, le Duc et moi, des regards d'hommes préhistoriques. Il n'y a vraiment pas assez longtemps que nous sommes sortis de prison. Nous sommes des incultes de la vie. Nous n'osons plus regagner nos places et quittons l'immense cinéma. Derrière nous, on entend le chanteur dialoguer avec son comparse :

« ... mais non, ça c'est une guitare... on souffle pas dedans... »

Jo Attia tient un bar tout près, rue Joseph-de-Maistre. Nous allons y boire le verre du passé. Quelques joueurs de cartes, et Jo, de sa forte voix de gorge, raconte à deux truands couleur locale une histoire de gendarme et de voleur. Il a un physique d'acteur italo-américain. Je l'ai connu en prison quand il répondait de ses dérives avec le gang des tractions avant. On s'embrasse.

« Allez, Carmen, fait sauter une roteuse. »

Et Carmen débouche le champagne.

Je lui raconte que Jacques Becker s'intéresse à ma tentative d'évasion. Jo connaît un peu le cinéma. Il a servi de « conseiller technique » à Jules Dassin, qui se frottait aux réalités pour adapter *Du rififi chez les hommes* d'Auguste Le Breton. Qui plus est, Jo a une proposition pour jouer le rôle principal d'un film intitulé *Monsieur Jo*. Ça paraît couler de source, sauf qu'il doit apprendre un texte que Carmen lui fait répéter. Parfois, les truands le charrient sur le côté poudré, féminin, du boulot d'acteur. J'enregistre que la pègre n'aime pas se séparer d'un de ses membres. Ça leur fiche le trac, aux hommes, de rester en équilibre entre la liberté et la prison. Ils voudraient bien qu'Attia, desperado légendaire, reste avec eux dans le canyon du risque.

« Le Breton a pris beaucoup de talbins avec le *Rififi* et t'en prendras encore plus. »

Il se fonde sur le fait que je parle de la truanderie vue de l'intérieur. Je n'ai pas l'intention d'étayer mes livres avec mon casier judiciaire. Je ne cherche à tirer aucune gloire de ce parfum-là. Dans *Le Trou*, mon personnage s'appelle Manu Borelli. Pour les médias, on pourrait aussi bien m'avoir raconté son histoire.

Jo me dit que Le Breton, secteur cinéma, pourrait me faire gagner du temps en me mettant sur des coups.

« Il vient dans le mitan rouler sa caisse... Il s'appuie sur nous, alors on l'écoute et il consomme... Je vais lui jacter sur toi et il sera fier de t'aider. »

Il est vrai que mon passé empêchera toujours que

les aventuriers dont je parle me prennent pour une truffe. Soudain, au fond du bar, un homme s'en prend à un autre. Ça monte vite.

Jo s'approche et Carmen m'invite à sortir d'un geste amical. Elle me juge sauvé par ma nouvelle vie. Déjà, un jour, j'étais sorti d'un bar dans lequel un énervé lançait de lourds cendriers contre des rangées de bouteilles.

Alors que nous nous éloignons du bar de Jo Attia avec le Duc, les lumières de la ville nous parlent de notre liberté. Nous marchons où nous voulons. Nous pourrions même, dans ma petite 4 CV, aller à la mer, écouter les galets bruire sous sa langue géante, attendre que le jour se lève et que le mystère de la galaxie tire la masse liquide en arrière comme un drap découvrant l'intimité d'un corps de femme.

CHAPITRE II

Quand le présent appartient au passé

J'ai rendez-vous avec Jacques Becker chez Jean Rossignol. J'ai vu certains de ses films : *Goupi mains rouges*, *Touchez pas au grisbi*, *Casque d'or,* avec le héros jeté sous la guillotine et Simone Signoret assistant au massacre depuis une fenêtre. Le couperet tombe sur Serge Reggiani son amant, et la comédienne sublime a un bref mouvement vers sa poitrine pour signifier que la lame vient de couper deux têtes.

Cette image finale de *Casque d'or* me rapprochait de Jacques Becker. Une aube semblable n'avait-elle pas failli ensanglanter ma nuque ? Je suis pile à l'heure. Becker est déjà là. La poignée de main, entière, nette, est celle que j'attendais. L'élégance de ses gestes est en accord avec la coupe et la souplesse de ses vêtements. Un visage aigu, la peau bistrée et un timbre de voix grave que l'hésitation sur certains mots rend singulier. J'aurais dû mettre pour l'occasion le costume que mon ami d'enfance, Robert Urbini, tailleur de son état, m'avait confectionné. Et le tapis d'Orient du salon subissait l'injure de mes chaussures de training.

Jacques Becker me montre une coupure de journal relatant avec du vrai et du faux notre tentative d'évasion de l'époque. Je rectifie le faux et je me trouve renvoyé un paquet d'années en arrière, changé en taupe pour m'arracher au piège.

« En lisant votre livre, l'article que j'avais découpé m'est revenu en mémoire. »

Il ajoute que si nous n'avions pas été trahis, je n'aurais sans doute pas écrit le livre. Il pense que le traître est donc le personnage principal de cette aventure.

« Dans votre livre, on entre dans la cellule avec Manu. L'évasion va être décidée avec Manu, donc, personne ne doute de lui. Dans le film, je veux entrer dans la cellule avec le futur traître, et que les détenus déjà là se demandent si oui ou non on pourra lui faire confiance. »

Il sait évidemment que je suis le Manu Borelli du bouquin. Il veut traiter d'un Judas moderne, le plus ambigu possible, qui finirait par capter notre confiance. Allergique aux traîtres comme je le suis, il fallait que la proposition de construire le film autour d'un donneur vienne de ce cinéaste de talent pour que je l'accepte. Je venais de respirer la différence entre l'écriture cinématographique et l'écriture tout court. J'avance en territoire inconnu. Je ne réalise pas encore l'importance de voir les personnages et les actions du livre s'animer sur un écran.

À la question : « Qui jouera les différents rôles ? » Becker me répond que cela réclame davantage de réflexion que je ne peux l'imaginer. Il prend congé le premier. Resté seul avec moi, Jean Rossignol m'assure que Becker fera le film.

« J'ai déjà lu vos autres livres, ils donneront naissance à autant de films », conclut-il.

Je regarde ce petit homme fragile au visage fin et j'ai envie de le soulever de terre, de le faire tournoyer pour être certain de son existence. Ne pas le confondre avec un enchanteur venu se glisser dans un rêve.

À la maison, je ne claironne pas. Ma mère risquerait d'en concevoir trop d'espoirs. Becker passait pour un hésitant. Il flairait et tournait autour d'une décision à prendre comme un pèlerin au seuil d'un pont suspendu. Tiendra ? Tiendra pas ? Mon téléphone n'est pas sur la liste rouge et le cinéaste André Cayatte me joint facilement. Il s'est procuré *Le Trou* chez Gallimard. Il veut faire le film.

« Je vous donne toutes les garanties : Aurenche et Bost au scénario... les meilleurs. »

Je suis inculte dans ce domaine. C'est con, mais je ne cultive qu'Humphrey Bogart, son 38 spécial et une série de films de plaies et de bosses. Je me risque à lui poser une question :

« Très honoré, monsieur Cayatte, mais quelle idée vous faites-vous sur cette histoire ? »

Il se lance dans la psychologie des familles des détenus. Un fait de société. Je refuse ce point de vue. Il le prend de haut et je raccroche. Ma mère, toujours à l'écoute, s'inquiète. J'aurais lâché la proie pour l'ombre. Je m'en fous, et l'ombre prend assez vite la forme d'un contrat proposé par Jacques Becker.

Le jour de la signature de la cession des droits du bouquin chez Rossignol, j'emmène ma mère et ma sœur. Je paraphe chaque bas de page et signe la dernière. Je signe sans lire parce que je n'y connais rien. J'ai, en plus, un contrat de conseiller technique sur l'univers carcéral. Becker doit fixer la date du début de ce travail avec lui et un coadaptateur du roman.

Nouvelle différence : j'étais seul en face de mes pages jaunes. Là, nous serons trois. Maître Stephen Hecquet est heureux pour moi, quoique surpris de la rapidité des choses.

« Bonjour, ici le service des attachés de presse des Éditions Gallimard... Vous êtes disponible pour la promotion de votre livre *Le Trou* ?... »

Plus disponible que mon calendrier, on ne trouverait qu'une promesse électorale. Je commence par dédicacer des piles de bouquins destinés aux médias : télé, radios, critiques littéraires.

« Personnalisez les dédicaces si vous entretenez des relations privilégiées avec des journalistes », me conseille l'attachée de presse.

Je ne connais personne. Je débarque de la planète des porte-clefs. Monique Lange, chargée des traductions, se présente et m'annonce qu'elle a déjà des touches pour deux traductions du livre en Angleterre et en Italie.

« Vous iriez dans ces pays-là pour la sortie du livre ?

– J'ai un léger empêchement.

– L'avion ?

– Non... le passeport. »

Je l'avais demandé pour accompagner des copains d'escalade à l'étranger. Refus. Convoqué par des visages méfiants :

« Tu chercherais pas à nous compliquer la vie hors frontières ?... »

Monique Lange a l'habitude. C'est une amie de Jean Genêt, l'ancien paria de génie. Dès qu'un éditeur étranger me réclamera, le service des passeports soulagera la pédale du frein. Dans mes dédicaces, j'essaye de n'oublier personne : Vincent Auriol, qui m'avait gracié des chaînes, Pierre Billy, mon éducateur, madame Lebègue, assistante sociale d'élite, Marquette, le directeur de la prison de la Santé à l'époque de la tentative d'évasion.

Le livre est déjà dédié à maître Stephen Hecquet en caractères d'imprimerie. La plus longue dédicace est pour ma mère. Je rapporte cet exemplaire à la maison avec un autre pour ma sœur et un pour mon Père. J'espère qu'il déclenchera un dialogue entre nous. J'y ajoute un livre pour chacun de ses frères, mes oncles d'Amérique Antoine et Simon. Mon Père prend les trois livres et les tient sur ses genoux. Il ne lit pas les dédicaces. Les pages ne sont pas coupées et on doit les ouvrir une à une, à la lame, en lisant.

Ces livres viennent peupler la maison, la remplissant de toutes mes années d'absence. Ma mère se met à en lire les dernières lignes, lorsque son fils, alias Manu, va pénétrer dans son cachot, dans sa nuit « traînant un capital souffrance au-dessus de la limite ». Elle jette alors à mon Père un regard terrifiant, noir et brûlant comme du goudron liquide. Je comprends qu'elle l'accuse des tourments de ces années de ténèbres, alors que Santos, son ordure de frère, en est le seul responsable. Ce regard injuste fissure pour la première fois l'amour aveugle que je témoigne à cette mère depuis mon berceau.

Mon Père va-t-il couper les pages pour y lire mes états d'âme ?... Ou aura-t-il peur de se souvenir de son déchirement lorsque nous échouâmes, lui qui nous avait fait parvenir la première lame de scie ?... Il rentre du poker au petit jour, mange ses beignets de farine de châtaigne glacés, et je partage souvent son café en silence. Ses frères ont reçu le livre. Ils m'écrivent. Surtout Simon, l'aîné, qui n'a pas eu d'enfant.

On me voit à la télé dans une émission intitulée « Lecture pour tous ». Pierre Dumayet lit des passages du livre, ce qui m'évite d'en trop parler. À la radio, dans les journaux, on annonce le prochain film de Jacques Becker.

Je n'écris plus. J'attends. Je vais au cinéma et je vois déjà les acteurs creuser, scier, fabriquer les mannequins, épier les matons...

La « Série noire » publie *Le Deuxième Souffle*. Le journaliste Yvan Audouard parle aussitôt d'un roman à clefs, à cause du vieux Gu, gangster célèbre, de Manouche, nostalgique de la pègre, du commissaire Blot. Le courrier des lecteurs s'intensifie et chacune des lettres m'étonne. Comment ce fil entre des inconnus et moi a-t-il été tendu ? Et, surtout, comment ai-je pu les transporter ailleurs, leur distiller du rêve à l'aide d'un pauvre stylo à bille ordinaire et malgré mon inculture ?

Je reçois une lettre de Jean Cocteau. L'intrigue, la langue, tout lui paraît assez remarquable pour que je lise, stupéfait, que *Le Deuxième Souffle* est « une sorte de chef-d'œuvre ». Je me plante devant une glace, la lettre à la main, pour qu'elle s'y reflète. Je parle tout seul « d'où je viens et où j'en suis devant cette glace ». Il est donc vrai que mon Père n'a pas sauvé un incapable, un crétin de fils tout juste bon à l'insulter. Je commets encore l'injustice de montrer d'abord la lettre à ma mère. Ensuite, d'une main tremblante, je la dépose sur la table de nuit de mon Père. Pour qu'il m'en parle. Pour que nous nous parlions enfin.

Je retrouve la lettre de Jean Cocteau sur mon lit. En

a-t-il conçu un peu de bonheur ? Je n'arrive pas à lui poser la question. Il a horreur de répondre aux questions. Et si je lui disais seulement que je suis heureux davantage pour lui que pour moi d'avoir reçu cette lettre... Combien il est difficile de réaliser le plus simple. J'ai gardé le silence. J'ai cependant récidivé avec un courrier de Mac Orlan, l'auteur de *Quai des brumes* et de *La Bandera*. Il m'assurait que je pouvais avoir confiance en mon avenir. Un court voyage de cette lettre, de la table de nuit de mon Père à mon lit. Et l'inexplicable silence.

Mon avenir ? Le prochain film de Jacques Becker. Soudain un coup de téléphone de Jean Rossignol. Becker abandonne le projet. Un cas de force majeure. La maladie ? Un deuil ? Non, une sorte de trahison de la part du producteur avec lequel il s'était associé. La trahison est donc partout. Rossignol m'explique patiemment que les métiers de passion nourrissent cette faiblesse humaine. Raoul Levy, producteur connu, s'était disputé avec Becker sur la propriété du futur négatif du film, et il œuvrait pour l'empêcher de faire le film de son côté.

« Mais c'est Becker qui a mes droits !

– En partant du fait divers, Raoul Levy a commandé un scénario de comédie... Des détenus s'évadent la nuit, vont casser une banque et réintègrent leur cellule. Un alibi amusant et le système de l'évasion qui déflore la vôtre. »

Évidemment, ce petit film sortant avant celui de Becker, il ne peut plus tourner mon histoire. Un abîme s'est ouvert sous mes pieds et je refuse d'être précipité dans le vide par des bras cassés. J'essaie de reconstruire honnêtement ma vie et, en plein vent favorable, une bande de comiques auraient le culot de plier mes voiles ! ?

Jacques Becker en sait plus. Il me le dit. Je suis célibataire, ni femme ni enfant à charge. Aucun enlisement dans la bourgeoisie. Les risques à prendre ne regardent que moi. Il restera à les limiter. En deux jours j'ai rassemblé les éléments : la location d'une grosse voiture américaine – une Oldsmobile au nez arrondi et aux chromes menaçants –, et deux hommes discrets dont le regard neutre et la dureté des traits n'incitent pas à la plaisanterie. Ils ont le borsalino naturel, j'ai refusé l'artillerie. Ils devront rester muets et hermétiques comme des portes blindées, ce qui maintiendra l'ambiance à un niveau opérationnel.

Les deux recrues du producteur écrivent dans une ferme-auberge de la côte normande. Un endroit un peu mode. Les voitures, dont quelques-unes de sport, sont garées devant une dépendance. J'y aligne la masse de l'Oldsmobile, et nous marchons en direction des colombages du bâtiment. À l'intérieur, décor rustique pour richissimes aux goûts simples. La vision de deux gus attablés devant une des fenêtres d'un grand living avec leurs feuillets en étalage m'évite d'avoir à me renseigner. Ils lèvent les yeux sur notre trio. Mes deux copains restent en retrait et j'approche seul. Mon bouquin *Le Trou* est ouvert et annoté en marge. La simplification s'impose.

« Je suis l'auteur. »

Ils regardent derrière moi les deux silhouettes débarquées d'un polar américain. J'ajoute que l'histoire est autobiographique, c'est-à-dire rédigée avec du froid, de la faim et des ténèbres. Ce n'est donc pas la

Bibliothèque nationale, leur désinvolture va se payer. Et pour la facture : ni monnaie ni procédure.

Ce n'est pas eux... Ils ne savaient pas... Ils sont engagés, c'est tout... Je devrais m'adresser à leur producteur... Ils comprennent que j'ai raison... Et ça cause, et ça cause à ne plus pouvoir les arrêter.

« Alors vous voulez m'aider ?... »

Plus volontaires qu'eux pour m'aider, je ne trouverais personne, même à l'Armée du salut. Les deux borsalinos s'avancent, les encadrent, et nous passons d'abord par un téléphone qui confirme la présence de leur producteur l'après-midi dans ses bureaux de l'avenue George-V. Les banquettes en cuir de l'Oldsmobile accueillent leurs fesses qui vont trouver longuet le voyage silencieux vers Paris.

J'avais décidé par avance de n'entrer dans aucune tentative de conversation susceptible de détendre l'atmosphère. Familiers des lieux, ils nous guident jusqu'à la porte du bureau du patron. J'entre le premier, sans frapper. Raoul Levy cesse de parler au couple qu'il reçoit. Je trouve qu'il émane de sa personne une intense sympathie, le physique très jeune, avec cette maturité naissante que procure la réussite dans le business. Son charme et sa position de producteur de cinéma doivent l'obliger à se planquer pour dormir seul.

« Je suis l'auteur du *Trou* et je suppose que Jacques Becker a dû vous parler de moi. »

Il balade un peu son regard et acquiesce gentiment.

« ... vous savez d'où je sors ?... »

Il le sait. Je me méfie du couple témoin de notre entretien et je mesure mes paroles.

« Je ne connais pas vos règles. Avec mes amis, nous

avons les nôtres, et j'accepte mal que vous me portiez préjudice en pillant mon livre. »

Oui, la raison m'en échappe, et, à mon grand regret, je mettrai ses deux auteurs dans le même chapeau. J'attends donc son point de vue sur la situation. Un des deux scribouillards annonce qu'il ne tient pas à continuer ce travail.

J'ai appris que Raoul Levy s'était fait tout seul. Je perçois chez lui une sorte d'aventurier. Je lui glisse que le film de Jacques Becker sera la meilleure chance de reconstruire ma vie et de m'éviter un retour vers une existence acrobatique. Il n'avait pas envisagé son croche-pied à Becker sous cet angle et promet, sur le ton d'un chef d'industrie décideur, qu'il ne donnera aucune suite à son projet. Habitué qu'il est à fréquenter des caractériels et marginaux de toutes les couleurs dans son métier de monteur d'affaires, j'ai le sentiment que mon intervention ne lui a pas déplu. Nous devrons d'ailleurs nous revoir à d'autres occasions.

« C'est quand même des drôles de gonzes », résuma un des borsalinos avant que nous nous séparions.

Ce milieu du cinéma me réservait sans doute d'autres bizarreries. J'avais beau vouloir respecter la loi dans ma nouvelle vie, les méthodes du septième art venaient de me contraindre à bifurquer à nouveau pour éviter d'être piétiné.

J'avise Jean Rossignol du renoncement de Raoul Levy, que Becker pourra contrôler s'il le juge nécessaire. Jean, avec sa délicatesse un peu craintive, n'ose pas me demander de détails. Il est sans doute plus intelligent de n'en donner à personne et d'attendre. Avec le cinéma, l'attente est généralisée. On devient des nomades qui survivent de film en film. Sous les projecteurs de ce boulot, l'insécurité est totale.

Marcel Duhamel me reproche de ne plus écrire pour sa « Série noire ». Il pense que le cinéma est une sirène : elle attire les auteurs et les livre à une pieuvre géante qui les standardise en les ventousant.

Au volant de ma 4 CV, je roule vers la Normandie pour rejoindre Jacques Becker, qui ne dirige pas une chorale de sirènes. Ne m'a-t-il pas dit dernièrement que, l'évasion ayant échoué, le film ne marcherait pas, mais qu'on devait le faire quand même si on avait une bonne raison de le faire ?

L'adresse est précise. À côté de Pacy-sur-Eure, la propriété m'impressionne. En compagnie de la Mercedes de Becker et d'une autre luxueuse cylindrée, ma 4 CV se met à ressembler à Timide, un des sept nains de Blanche-Neige. La paix entre les bâtiments. La richesse, sans l'imitation châtelain de certaines demeures de parvenus. Dès l'entrée, une enfilade découvre Jacques Becker qui vient à ma rencontre. Derrière lui, dans un salon, je reconnais Simone Signoret, Françoise Fabian et sans doute d'autres célébrités dont j'ignore les noms.

À peine dix-huit mois que je suis sorti de prison et j'ai le trac de commettre des gaffes en prenant les vedettes pour des lampistes. Jacques Becker me rassure. Les rapports avec cet échantillon de la société sont des plus simples.

« Faites des compliments et vous n'en ferez peut-être pas encore assez. »

On m'installe. Le premier soir, à table, personne ne fait preuve de curiosité malsaine, pas une seule question sur mes onze années en résidence d'amaigrissement. Il y a gêne dans la retenue et, au café, j'entrouvre un peu les vannes. Je raconte. J'aime ça, raconter des histoires. Tous les jours je racontais une histoire à un codétenu, en échange il nettoyait ma gamelle. Après un certain temps, il réalisa qu'il s'agissait toujours de la même aventure située soit dans le désert, soit dans le grand Nord, soit dans les océans, à la montagne, à la campagne ou à la ville : des méchants punis par un héros. *La Fiancée du cheikh* à toutes les sauces.

La propriété de Simone Signoret et d'Yves Montand faisait office de résidence secondaire pour Jacques Becker. Son film *Casque d'or* était pour ce couple une source d'admiration. Mes capacités de courtisan sont aussi inefficaces que les cloisons étanches du *Titanic*. Je donne sincèrement dans la juste mesure :

« Madame Signoret, en valsant dans *Casque d'or*, vos regards sur Reggiani sont inoubliables. »

Elle me pria de l'appeler Simone et avoua que la mise en scène de Jacques y était pour beaucoup.

Justement, en écoutant Jean Aurel, coadaptateur du *Trou*, et Jacques Becker élaborer une vague construction qui deviendrait mon histoire en images, je ne parvenais pas à différencier la mise en scène de l'imaginaire. Je ne savais que trier les lentilles.

Les jours passaient. Becker en revenait toujours au point de départ. Notre première lame de scie étant trop courte, Roland l'avait lâchée. À force de serrer, les doigts se tétanisent. Pour le spectateur, Becker cherchait une raison plus évidente. Il inventa à Roland un furoncle dans le cou qui l'aurait gêné. À ma grande stupeur, j'assistai à l'infection de ce furoncle fictif. Pour suivre le raisonnement de Jacques : qui dit infection dit visite médicale. Avec Aurel, ils en étaient arrivés à l'infirmerie, incision du furoncle et changement de cellule pour Roland. Hébété, ils me précipitaient dans un cul-de-sac. Roland parti de la cellule, la tentative d'évasion mourait dans l'œuf.

Tout ce que j'avais vécu avec ce roi de l'évasion, gommé par un furoncle mûri par le cartésianisme de Jacques Becker...

Mon sommeil ne peut pas être attaqué. Le lendemain, à l'heure de la rosée, je vais courir en campagne. Puis douche et petit déjeuner.

« Vous avez réfléchi ? » s'informe Jacques Becker.

Jean Aurel, démolisseur professionnel que Jacques a engagé dans la peur de se tromper, reste muet comme la motte de beurre salé qui honore la table.

« Comme Roland ne souffrait de rien, même pas d'un furoncle, je n'ai aucun besoin d'y réfléchir. »

Cette remarque primaire allait sans doute me faire virer.

« Il a raison, reconnaît Jacques... On reprend tout à zéro. »

Yves Montand se pointe avec ses musiciens pour répéter son prochain récital. Ils travaillent dans un local spécialement aménagé. Une petite construction à l'écart. Les repas prennent de l'importance. Les sympathies communistes d'Yves et de Simone voguent mal sur leur arche de Noé pour nantis et autres grossiums tartinés aux lingots. Je préfère écouter Jacques Becker nous parler des acteurs et écrivains qu'il préfère. Il aime Antoine Blondin, un de mes parrains en écriture, pour son spleen, sa nostalgie. Chez Blondin règne la passion pour ce qu'on désire et qu'on ne fera jamais, l'insatisfaction à la moindre des choses que l'on réussira à faire. Courir après son ombre.

« Vous en parlez trop bien pour ne pas travailler un jour avec lui.

– J'ai essayé, me répond-il. Il arrive au jour dit, à l'heure dite, mais il se trompe de mois. »

Jacques Becker aimait faire les courses à Pacy. Françoise Fabian conduisait la 2 CV. Jacques établissait une tournée pour acheter les marchandises, sans les emporter, et, au cours du ramassage, il changeait tout ce qu'il avait acheté. Un comportement indissociable de son talent.

« Voyez-vous, me dit-il un jour, je peux partir pour un voyage autour du monde avec une simple brosse à dents pour tout bagage. Mais aussi de quoi fabriquer exactement la même s'il m'arrivait de la perdre. »

Limpide. J'aimais ses emportements, son humour, ce parfum d'un autre temps, son arc à la main. Ancré à une authenticité compréhensible, je lui présente Roland qui arrive dans une bagnole rafistolée. Le regard analytique de Jacques détaille l'épaisseur rurale de Roland, son pouce et son index sectionnés, sa manière spéciale d'être à l'aise dans tous les milieux.

Becker démonte aussi des objets, des montres qu'il ne parvient pas à remonter. La dextérité manuelle de Roland l'enchante. Ce simple contact fait progresser le scénario.

Roland reviendra et reviendra encore. Je lui présente Georges, surnommé le Caïman, obsédé sexuel capable de se sacrifier pour sa mère cardiaque. Il vient passer une journée sous les ombrages de la propriété.

« Il est surtout venu pour voir Françoise », dit Jacques après son départ.

Celui qu'on surnommait Monseigneur serait, dernière information, encore détenu dans un centre pénitentiaire pour aveugles. Roland et moi nous connaissions son talent de simulateur. Quant au traître de l'histoire, il est devenu récidiviste, ne cessant d'entrer et de sortir de prison. Il y séjournait à l'heure du scénario.

On dirait que mon destin en marche m'a soufflé de raconter, à table, une scène vécue dans un cabinet de juge d'instruction. Nous étions quatre, inculpés de recel d'armes, à l'intérieur d'une cellule. Les armes, entrées par un moyen astucieux, avaient été dissimulées en descellant et rescellant une plaque d'aération. Un moment précis déciderait de l'action armée. Notre jeune avocate argumenta :

« Aucune cellule ne peut-être considérée comme le domicile d'un détenu, puisqu'il ne décide pas de ce lieu et qu'on peut l'en changer au gré d'un règlement. »

Pour elle, le seul citoyen domicilié dans la prison de la Santé était le directeur. Qu'on veuille donc bien l'inculper de recel à notre place.

Chez Montand, la tablée s'en amusa.

Un après-midi, Jacques Becker me demande d'écrire la scène. Elle ne concernait pas *Le Trou*. Ce serait juste pour lui. Il sort se promener sous la rangée de tilleuls sur les arrières de la propriété. Je l'écris rapidement.

De retour, Becker lit aussitôt les quelques feuillets et les tend à Jean Aurel :

« Ça confirme ce que je pensais, me dit-il, vous participerez à l'adaptation et aux dialogues du film. »

Engagé pour les éclairer sur la technique de la chiourme, les clefs dans les serrures, les fouilles, j'accède au grade de scénariste. Je peux intervenir, amener l'émotion. Je n'ai aucun mal à abandonner la réalité géographique de notre tentative, trop complexe pour le spectateur : les tuyaux à air chaud désaffectés, dans lesquels nous circulions, etc. Et un jour, Becker m'enseigne l'essentiel, le déclic, l'angle du cinéaste. Dans mon bouquin, deux des candidats à l'évasion allaient au Palais de justice. Ils regardaient la liberté à travers les lamelles du fourgon cellulaire. J'y étais et j'avais vu un ami d'enfance prêt à traverser une rue.

« La caméra ne sortira pas de l'enfermement, sauf pour le plan final où vous regarderez passer un taxi en soulevant à peine la plaque d'égout... Sinon, ce plan n'aurait pas de force », m'explique Jacques Becker.

Je viens de saisir l'ensemble, l'esprit qui donnera au spectateur le désir de s'évader, lui imprimera la même soif de liberté qu'aux personnages. La mise en scène de Jacques Becker résidait tout entière dans ce point de vue.

Il disait que l'odeur des tilleuls l'engourdissait parfois. Cette torpeur proche du sommeil... À l'occasion d'un voyage à Paris, j'en parle à ma mère. Toujours dramatique, elle m'assure :

« Celui qui a sommeil trop souvent est proche de la mort. »

La construction, l'ossature du scénario s'achevaient. Je livre des scènes dont les dialogues s'attaquent différemment. Jacques m'a envoyé au théâtre voir *Vu du pont,* avec Roland. Une approche de Marcel Bozzuffi, auquel il envisage de confier le rôle de Roland. Dans les coulisses, Bozzuffi a claqué maladroitement la porte de sa loge derrière lui. Il ne peut plus y entrer. Roland avise un morceau de ferraille qui traîne et fait jouer la serrure. Son ancien métier de serrurier d'art et sa dextérité de la cambriole des mairies pour faucher des cartes d'alimentation pendant la guerre peuvent encore servir.

Bozzu en parlera longtemps.

La méticulosité de Jacques enroulant et déroulant sans fin son moulinet de pêcheur, le moustique qui ne doit pas rider la surface de la piscine, l'hésitation perpétuelle pour être certain que le traître sera visité au parloir par une jeune femme ou par un homosexuel, ce taraudage continuel déclencha chez moi une paralysie faciale. J'en suis au début lorsque nous nous séparons. Il va réfléchir seul au scénario, s'en pénétrer et penser sans doute à ses positions de caméra. Et à moi la saveur des piqûres de vitamine B12 administrées par une infirmière, Geneviève, la sœur de Bernard Madeleine, lequel purgeait toujours une longue peine.

Le seuil de l'été. Les robes légères des femmes, les terrasses de bistrots. La vie, quoi ! La famille va partir en vacances dans une station balnéaire de l'Atlantique. Mon beau-frère a un contrat de musicien. J'achète une voiture à ma sœur Simone pour la rendre plus indépendante de la famille. Je vais les accompagner et revenir aussitôt. Jean Rossignol m'a trouvé du travail sur un film. Il y a un clash sur un scénario tiré d'un bouquin d'Auguste Le Breton, *Du rififi chez les femmes*. Les femmes ont disparu du texte. Le producteur a vendu le film à l'étranger sur le titre. Il craint le procès. On doit remettre les femmes ! Auguste s'est brouillé avec Alex Joffé, le metteur en scène, et Gabriel Arout, le coscénariste. Le travail est au point mort.

Auguste, sourcils broussailleux des caractères difficiles, accepte que je vienne pour arranger les bidons.

Briffé par Jo Attia, il m'avait d'ailleurs déjà téléphoné. Du style :

« Ici Le Breton... Alors le mitan me dit que t'es d'chez nous... Tu peux compter sur mon épaule. »

La conjoncture est très bonne. Le chèque aussi, pour le confort du scénariste sauveteur. Mes deux romans en librairie font causer dans les instances du métier. Un nouveau, ça intrigue, et puisque le mystère énerve les commères, une vie s'invente facilement. Sous le manteau, les langues de vipères frétillent.

Je rejoins Le Breton, Joffé et Arout dans l'auberge du Bas-Bréau, à Barbizon. Un haut lieu gastronomique. La générosité du producteur se retourne contre lui car les siestes sont longues après la ripaille du midi. Je demande où sont passées les femmes rayonnantes du bouquin d'Auguste...

« Elles sont parties une à une », me répond Arout.

Il quitte l'équipe, dont le travail à venir a une odeur de soufre. En ma présence, Auguste se croit obligé d'en remettre une couche et achève de terroriser Joffé. À la décharge d'Auguste, je dois reconnaître que Joffé a enlevé tout l'originalité de son sujet. En écrivant *Du rififi chez les femmes*, il cherchait à se démarquer des casses de banque. Il se retrouvait entièrement trahi et voulait sévir pour que je témoigne de son autorité. Exemple sur Joffé :

« Dis-le à mon ami – moi, en l'occurrence – dis-le que tu as tout saccagé... Dis-le que t'es un enculé !

– Si ça te fait plaisir... Je suis fatigué », bredouillait Joffé.

J'étais gêné par l'excès et surtout l'inutilité de l'ambiance. Ce n'était pas la faute de Joffé si on l'avait pris pour un tigre blanc alors qu'il n'était qu'un lapin de garenne. Auguste se calme et se range à l'idée de le ménager car il restera le maître d'œuvre, sur son plateau, du nouveau scénario. Après le film de Jules Dassin *Du rififi chez les hommes,* Auguste est devenu un représentant en perçage de coffres. Il n'est plus qu'une marchandise vendue d'avance autour du pillage d'une banque ou d'une bijouterie de la place Vendôme. Mon cahier des charges consiste à maintenir le coup de banque inventé par Joffé et Arout. Ce dernier hors de combat, il ne reste que Joffé.

Auguste accepte l'inévitable coup de banque en me précisant que Joffé est tellement fortiche que les casseurs n'arrivent même plus à sortir de la banque... qu'il les y a coincés comme des naves.

Je le rassure. On les décoincera en quelques jours. Il suffira de leur éclairer le cerveau, de rajeunir leur calendrier. Parfois, Auguste ne réalise pas qu'on a construit une voie périphérique sur les fortifications habitées par les apaches.

Les acteurs du film, Robert Hossein, Nadia Tiller la vedette allemande, Sylvia Montfort, sont déjà engagés. Le début du tournage ne peut être reculé. Alex Joffé, lancé dans la préparation, doit nous laisser, Auguste et moi, le soin de replâtrer le scénario. Malgré ma faible expérience du cinéma, je m'étonne que la comédie, une histoire d'autobus, *Le 95 part en vacances*, qui est l'univers de Joffé, ait pu le propulser dans celui du polar. Jean Rossignol me répond que les assemblages hétéroclites sont un des charmes de cette profession qui n'obéit à aucune règle stricte, à aucune recette absolue. Individualiste forcené, j'allume un cierge sur l'autel du cinoche.

La production nous loge, Auguste et moi, dans le

pavillon Henri IV de Saint-Germain-en-Laye. Certains soirs, Joffé viendra se tenir au courant de nos progrès. La ribambelle d'embûches semées devant les pas du metteur en scène dans la préparation d'un film fatigue Joffé. Becker chevauchait le pur sang d'un mousquetaire, Joffé enfourche la carne du valet. Je rase le sol en écrivant pour lui.

Auguste a cessé de terroriser Joffé en jouant avec le déclic de son couteau à cran d'arrêt. J'opte pour les blagues de collégien. Nous lui faisons son lit en portefeuille et on l'écoute, l'oreille collée à la porte de sa chambre. Il rigole humide. Une sorte de gargouillis entrecoupé de paroles :

« Les cons... les salauds... sacrées canailles, va... hou !... hou !... hou !... »

Dire qu'en plus on gagne de l'argent ! J'agrémente, un autre jour, en plaçant un verre à dents plein d'eau sur le haut de la porte entrouverte de sa salle de bains. Ce sera la gouvernante de ce palace, en tournée d'inspection, qui se fera arroser avant Joffé. Stricte et stylée de la boucle argentée de ses chaussures à la barrette de son chignon austère, elle s'indigne qu'un zigoto comme Joffé habite ces lieux historiques.

« Vous savez, dans le cinéma... », lui dis-je.

Elle fait des heures sup pour attendre et guetter le retour tardif de Joffé et le prier d'adopter une conduite digne d'un adulte. À ce déferlement d'indignations, Joffé oppose un air absent, car les problèmes de costumes de sa vedette féminine l'ont déjà transformé en zombi. Je plaide sa cause auprès de la gouvernante.

« Il est resté jeune de caractère. »

Auguste ne risque pas de mourir étouffé par le sens de l'humour, et le travail scénaristique – un pas en avant, deux pas en arrière – le déprime. Je reste seul avec le producteur pendu au téléphone.

« Le scénario, ça vient bien ?... Les femmes sont revenues ?... »

Je ne peux pas prendre au sérieux les personnages masculins dont j'ai hérité : des caricatures du milieu apparentés au couteau à cran d'arrêt d'Auguste. Mage, le producteur, se doit de renforcer le casting. Y aurait-il un rôle pour Eddie Constantine, la star des comédies policières ? J'ai bien un flic américain des narcotiques sous le coude, mais un peu short pour Constantine.

« Allongez-moi ça », réclame Mage.

Et si ce tour de magie allongeait aussi un peu mon chèque ?... Jean Rossignol l'obtient à la condition que je réussisse à décider Constantine. Ce dernier me rejoint pour déjeuner. À la table voisine, une équipe de foot friquée, on s'excite comme des puces à sa vue.

« Tout le monde m'aime », me dit-il avec son accent exotique.

Nous mangeons peu. Lui pour la ligne, moi pour aiguiser mes arguments. Tout scénario peut se raconter du point de vue d'un personnage secondaire placé en pivot. Au café, il n'a rien décidé. Il demande son vestiaire et je vois ma rallonge de chèque se rétrécir comme les chances de survie d'un taureau dans l'arène. Il m'invite à le suivre. Arrivés dans le hall, il met son chapeau, le rebord cassé, et laisse pendre son imper autour de son avant-bras.

« Regardez bien », me dit-il.

Il monte les marches du grand escalier et disparaît derrière un virage.

« Vous êtes toujours là ?... »

Oui, en sentinelle dévouée au film à venir. Je le vois

apparaître lentement, chacune des marches ponctuant sa nonchalance affectée.

« Vous avez vu comment je descends un escalier, moi ?... »

Les conseils de Jacques Becker me reviennent : « Faites des compliments... »

« Impressionnant, je lui réponds.

– Alors, je pourrais descendre un escalier dans le film... Un bel escalier ?

– Je vous arrange ça et le décorateur fera le reste. »

J'ai peur qu'il se mette à éclater de rire et que je passe soudain pour un con.

« Et aussi, dans les dialogues, je pourrais parler à mes ennemis en leur tournant le dos, pour qu'on voie que je n'ai pas peur d'eux ?...

– Riche idée... Ça m'aidera beaucoup pour solidifier votre personnage. »

Heureusement qu'un chansonnier n'a pas surpris notre conversation.

Je l'escorte vers la sortie. J'avance en terrain miné. Il a entendu parler du *Trou* de Jacques Becker et il a vu *Touchez pas au grisbi* avec Jean Gabin. Le mythe. Je comprends qu'il veut se la jouer sérieux. Il ne sera plus Lemmy Caution. Son côté enfantin me touche. Je lui promets de lui écrire du méchant. Il me donne une imprévisible accolade.

« Je fais le film... parole d'homme ! »

Je transmets à Jean Rossignol, qui répercutera. Il est prié de ne pas oublier ma petite rallonge. L'argent, c'est seulement la sécurité qui m'a tellement manqué au cours de mon adolescence. Nous déménagions tous les six mois, de précarité en précarité.

Nous sommes à trois semaines du tournage et certains décors se construiront au fur et à mesure. Je rentre chez moi, au square de Clignancourt. Famille en vacances. Appartement vide. Je prends les messages des abonnés absents. Une journaliste qui m'a accordé ses faveurs m'invite à la distribution du prix Citron, décerné à l'actrice la plus acidulée du moment. Elle me présentera des gens. Je reprends contact avec les Terriens. Dès l'entrée, trop de monde, et les goinfres habituels soudés au buffet. Je reste à l'écart. Elle me présente.

« Maurice Ciantar, critique à *Combat*... José Giovanni, l'auteur du *Trou.* »

Look « vieille France » et idées décalées.

« J'aurais bien fait cambrioleur, mais j'ai la main maladroite », me confie-t-il, direct.

Pris de court, mon regard cherche ailleurs et croise celui d'un type d'une sobre puissance que je reconnais aussitôt. C'est un discret qui sourit imperceptiblement sous la peau. J'ai eu un mouvement vers lui pour saluer l'homme du *Grisbi.* Incapable de mettre un nom dessus.

« Lino Ventura... », en proposant sa main.

Un profil romain, des épaules confortables et l'air de se demander ce qu'il est venu foutre dans ce caquetage.

« ... c'est bien vous qui avez écrit *Classe tous risques* ?... »

Pour en être vraiment persuadé, je me répète intérieurement que c'est bien moi. Jacques Becker, mon ange gardien, lui en avait conseillé la lecture. Le rôle d'Abel, l'ennemi public n° 1, en cavale avec ses deux gosses, et trahi par ceux qui lui doivent tout, l'intéresse.

« Si ça vous plaît, c'est bon pour moi.

– Vous avez déjà pensé à un metteur en scène ?

– Non... je n'ai même pas pensé qu'on en ferait un film. »

J'ai un petit geste sur la foule.

« Je suis étranger à tout ça... Si le compte est juste, il n'y a que vingt mois que je suis sorti de prison. »

Nous n'avons ni l'un ni l'autre de carte de visite, ni de petit carnet en cuir. Marlyse, ma copine journaliste, a de quoi noter. Nous échangeons nos numéros de fil.

« Vous me laissez faire lire votre bouquin à un jeune assistant que je connais ? » me demande Lino Ventura.

Rude effort pour parler autant. Il ajoute que ce type, bien que n'ayant pas encore tourné de film, a du talent.

Lino s'en va. Je reste sans réaction. Marlyse me reproche de ne pas mesurer ma chance. Avec quel instrument de mesure ?... Le petit avion d'un fermier australien qui fait le tour du propriétaire ?

Actif de naissance, l'attente m'est néfaste. Deux tournages à venir plus la sortie du polar *L'Excommunié*, mes nerfs se tendent comme l'arc de Guillaume Tell. Les parcours d'escalade de Fontainebleau avec le grand Jacques Évrat ne suffisent plus à les détendre. Je quitte Paris pour poser mon sac dans une auberge de Bois-le-Roi située en bordure de Seine : *La Table de la reine*. Elle a dû avoir les moyens d'en jeter. Elle ne les a plus. Approximativement tenue par un original au chapeau rond : monsieur Bénazet, ex-tenancier de bal de voyous. Il a une vieille Rolls ornée de panneaux publicitaires de son auberge.

« Elle tapine pour moi », me dit-il.

Un bien-être immédiat détruit ma tension nerveuse. J'ai besoin d'espace. Je veux m'enfuir des cercles de jeux, des lumières glauques, de la guerre des gangs.

J'écris un titre : *Les Aventuriers.* L'idée de base sort du chapeau de mes souvenirs. En 1944, à Nantes, chez Léa, ma demi-sœur, qui tenait un bar à la mode où je m'étais planqué pour éviter le STO, j'avais rencontré le commissaire Antonini, le patron des RG. Il m'avait proposé une mission d'infiltration dans la poche de Saint-Nazaire toujours occupée par les Allemands. J'avais accepté et, on ne sait jamais, avant de risquer ma vie, j'avais fait une virée dans un bordel du quai de la Fosse avec des noceurs du bar. Une pute jouait de l'accordéon. Elle m'avait semblé trop « classe » pour les lieux. Intrigué, j'étais monté avec elle, alors que payer pour la bagatelle m'enlève mes moyens.

« D'où viens-tu ? Tu ne ressembles pas à l'endroit.

– J'ai peur, m'avait-elle confié.

– Je peux régler ça, si tu veux. »

J'avais joué au preux chevalier. Son évasion sous ma protection avait fait déferler une cascade de menaces chez Léa. Elle connaissait la musique mieux que moi, et le mac concerné s'était trouvé face à la perspective de voir débarquer mon oncle Santos, haut du panier de la pègre, et mon frère aîné à la détente expéditive pour purger l'abcès. Le mac s'était contenté de me dire que j'étais un jeune con et que ma protégée n'était qu'une pute adorant son boulot de pute et indissociable d'un bordel.

Dans mon livre, les aventuriers n'ont plus qu'à se heurter au mystère d'une femme séquestrée. Je l'invente. J'y ajoute mes rêves de découverte d'un trésor. Je les baptise Manu et Roland, une sorte de revanche des cachots du *Trou*. Ils reviennent en Corse avec le trésor et le corps du troisième tué lors de leur dernier combat.

Roland, qui sait toujours où me trouver, m'annonce que Jacques Becker lui a demandé de jouer son propre rôle dans le film. Pour les autres personnages, il prendra des non-acteurs pour l'entourer sans le décaler. Le traître, un menteur qui joue la comédie dans la comédie, sera un acteur de métier. Jean Becker, le fils de Jacques, est son premier assistant. Sportif, il amène à son père des sportifs qui authentifieront le creusement musclé vers la liberté : Philippe Leroy-Beaulieu, capitaine d'une équipe de rugby, ancien baroudeur, jouera mon rôle, celui de Manu, Michel Constantin, ex-capitaine de l'équipe de France de volley, sera Geo, surnommé le Caïman. L'acteur Marc Michel sera le traître. Raymond Meunier, cameraman à la télé, jouera Monseigneur, le simulateur, dont il a la malice et la gouaille rassurante. L'imagerie se précise et m'enlève de la concentration pour le roman *Les Aventuriers*.

Un coup de fil de Lino Ventura aux abonnés absents. Je rappelle. L'assistant dont il m'a parlé a lu *Classe tous risques*. Son nom : Claude Sautet. J'arrive au rendez-vous.

Les phares de nombreux taxis rangés en arc de cercle isolent Lino Ventura, traqué, blessé par la violence de la lumière. Édouard Molinaro tourne la fin d'*Un témoin dans la ville*. À l'écart, un homme, la trentaine, le col de son pardessus relevé, fume. Il se déplace lentement. Je l'aborde.

« Vous êtes Claude Sautet ?... »

Il reste une seconde la cigarette immobilisée près de ses lèvres.

« ... José Giovanni. »

Poignée de main. Il me parle, et, bien que rapides, ses paroles sont alourdies de sa réflexion.

« Votre bouquin... la période italienne, les personnages sur des rails tragiques, le déracinement, la traque prise par le ventre... »

Son émotion grimpe et racle ses mots. Il s'arrête, se remet à fumer, bouge, stoppe tout.

« ... je vois Abel avec ses deux gosses qui le suivent à vingt mètres... c'est dangereux qu'il s'en approche... les flics peuvent l'abattre... »

Molinaro a crié « coupez » et les lumières s'éteignent. Je dis à Claude Sautet :

« Ça serait bien que vous fassiez le film. »

Il hoche légèrement la tête.

« On verra... on verra... Merci... Le cinéma c'est difficile. »

Lino nous rejoint. Claude et lui se tutoient. Je balance encore du monsieur Ventura. Un producteur s'intéresserait au projet.

« Mais, dit Lino, il y a un problème.

– Comme toujours », ajoute Sautet.

Lino Ventura est dans l'agence de Bernheim, l'agent royal qui décide de tout pour tout le monde. Lino n'a pas besoin de nourrice. Il est assez grand pour monter sur le ring sans escalier mécanique, et sans qu'on le prenne par la main : il a été champion d'Europe de gréco-romaine. Peu après, chez lui, en compagnie de Claude Sautet, j'écoute parler de leur jungle. Bob Hamon, l'éventuel producteur, est l'homme de Bernheim. Ils sont soudés comme deux clébards en chaleur et j'apprends que Bob a dans ses cartons un scénariste et un metteur en scène de talent, aussi éloignés du bon sens naïf de Lino qu'un iceberg du Sahara. Pour aller jusqu'à l'impasse, Lino précise que Bob Hamon raisonne sur le roman comme un phoque égaré dans une mosquée.

« Que faire ?... »

Je dis mon ignorance. Logiquement, on ne construit pas de maison aux toits plats dans les pays de neige. Lino me propose une réunion dans son agence avec Bob Hamon et ses poulains.

« On mettra direct la marmite sur la table avec votre univers à l'intérieur.

– Plat unique », glisse Sautet dans un nuage de fumée.

Qu'est-ce qu'il bouffe comme nicotine ! Il me dira que l'exercice lui aère le cerveau. Je vais chez Bernheim. J'ai préparé des phrases simples. Je ne prétends pas qu'un gangster qui se croit au ball-trap pour protéger sa fuite mérite de s'asseoir sur les genoux du pape parce qu'il a des gosses. Je n'ai que ma passion pour le sanglier solitaire contre les chasseurs. Le metteur en scène Claude Chabrol et le scénariste Paul Gegauff sont des hommes de talent. Paul est armé d'un brillant cynisme et d'une méchanceté tellement subtile que le cinéma aurait eu tort de s'en priver. Claude Chabrol tient à redescendre du cosmos après la lecture de mon personnage extraterrestre. Je le remercie de son honnêteté. Il forme avec Gegauff une équipe majeure qui laisse et laissera des films spectaculaires, en rupture absolue avec le train-train asthmatique des comédies de genre du cinéma français, style Le colonel cocu ou Le curé de la comtesse.

Bob Hamon me demande si les droits de *Classe tous risques* sont libres de toute option. Je lui réponds qu'ils sont en liberté surveillée et que Jean Rossignol les pouponne. Tous les acheteurs de droits pleurent misère un jour ou l'autre auprès de Jean pour qu'il cède des droits à l'œil par amour de l'Art.

Lino me donnera des nouvelles. Ma 4 CV me ramène dans la forêt et à mon auberge. Je n'écris plus comme si mon récit était une longue lettre. J'essaie un plan pour structurer *Les Aventuriers*.

Il y a un ultime clash avant le début du tournage du *Rififi chez les femmes*. Auguste a écrit les paroles trop longues d'une chanson que Nadia Tiller doit chanter dans le cabaret du scénario – avec l'escalier pour la descente d'Eddie Constantine.

« Vous devriez raccourcir, propose le directeur de production. Après tout, ce n'est pas du Shakespeare. »

Clic ! La lame du cran d'arrêt jaillit. Stupeur. Surtout que, jeu de mots improvisé, ce directeur de production s'appelle Plantet. Auguste opère une sortie théâtrale dont je salue l'à-propos. Il a conservé la lame au bout du bras et tord un peu son cou sur le seuil de la porte pour fusiller l'assistance d'un œil de cyclope. J'ai déjà vu plus intense avec Bogart ou Mitchum.

Le vieux couple de producteurs, monsieur et madame Mage, sont cloués comme des papillons sur un bouchon par le droit de veto d'Auguste sur le scénario. Et s'il ne revenait pas ?... Alex Joffé n'est pas là. Jean Rossignol a un geste apaisant de la main et sort. Rodé aux numéros d'Auguste, il le retrouve sur le trottoir en position de se voir supplié de remonter. J'attends pour savourer les excuses qu'il doit à Plantet. Il y aura mieux. Les coulisses de ce métier n'en finissent pas de me surprendre.

« Cher Auguste, sanglote presque la vieille madame

Mage, vous saviez que mon mari venait de perdre sa tendre maman ?... »

Je fais un bref calcul. Mage n'a pas loin de quatre-vingt-dix ans, quel âge avait donc sa mère, sans doute morte depuis longtemps ?

« Une mère, c'est sacré », déclare augustement Auguste, moins que dupe.

Et il prend le couple dans ses bras. Sur cette envolée, le tournage du film de Joffé peut commencer.

Lino Ventura, Claude Sautet et moi, nous nous revoyons. Mes deux amis témoignent envers Jacques Becker d'une admiration qui grandit à chaque phrase. Je retrouve chez Sautet les qualités analytiques de Becker à propos des personnages. Je nourris Claude des ramifications réelles qui me guident dans mes récits. Il s'inquiète de la proportion à donner entre la partie italienne des deux gangsters traqués et le reste de l'histoire.

Loin des préoccupations des créateurs, Jean Rossignol et Bob Hamon discutent des contrats. Le producteur doit aussi chercher un coproducteur italien.

Jacques Becker me reparle du peaufinage du scénario du *Trou*. Tournera-t-il la scène de délation entre le traître et le directeur de la prison de la Santé, ou la laissera-t-il en suspens ? Le traître est-il occasionnel ou systématique ? Le domaine de l'Art.

Becker m'invite pour les fêtes de fin d'année. Il a loué un appartement qui donne sur la place de l'Étoile. Il a également invité un metteur en scène dont il pressent la carrière : Henri Verneuil. C'est, en plus, un illusionniste de talent. À l'aide d'un jeu de cartes et de pièces de monnaie, il charmerait une tribu de cannibales s'apprêtant à le tremper dans une marmite d'eau bouillante.

Becker me parle de mon roman *L'Excommunié*. Il vient de sortir. Le commissaire Blot – *alias* Clot – y apparaît pour la troisième fois.

« À part saint Blot, me dit-il, c'est du même tonneau que les autres... Je pense que mon fils Jean le porterait très bien à l'écran. »

Il m'assure que Lino Ventura sera parfait dans *Classe tous risques*. Il me signale que Simone Signoret a une faiblesse pour le rôle de Manouche dans *Le Deuxième Souffle*.

Un drôle de manège s'est mis en route. Il prend de la vitesse à me filer le vertige, à me faire éjecter de mon cheval de bois ou du cochon rose sur lequel je me cramponne. Jean Rossignol ne me rassure pas. Les nouveaux acteurs, romanciers, cinéastes ou metteurs en scène, s'il plaisent, sont jetés dans l'œil du cyclone. Sous des lumières trop violentes pour durer. Flinguer la monnaie quand elle passe, disait Albert Simonin.

Dans l'auberge déserte *La Table de la reine*, seul avec le patron qui me déverse des tonnes de spleen sur ses amours perdues avec une déesse noire du music-hall, je décortique mon conte de fées. Comment le fortifier pour qu'il résiste à la mode ? Ne pas penser à l'argent. Travailler. Bosser comme un artisan. Le goût du travail bien fait. Deux ans. Vingt-quatre mois à peine que je suis sorti de prison. Lorsque j'étais vierge en écriture, j'écrivais vite, uniquement tendu vers la mise au monde de mes personnages.

Aujourd'hui, en 1959, ils sont nés et ils ont grandi. Je me complique la vie en essayant de mettre un nom d'acteur ou d'actrice sur chacun.

« Signoret s'intéresse à Manouche, Montand pourrait jouer Gu », projette Rossignol.

Gu, gangster affaibli par l'âge, vieux lion au dernier rugissement, requiert un acteur plus âgé.

« Vous verrez, dans le cinéma, il existe des arrangements avec le diable. »

Je ne cherche pas le sosie du vieux Gu, un homme de fer dans une enveloppe frêle en contradiction avec sa liste de braquages et son aura d'ancien parrain. Une silhouette s'impose : Charles Vanel. L'âge, le talent, la force, l'émotion. La totale. Je saute dans ma nouvelle voiture, une Dauphine Gordini, et roule jusqu'à Concarneau. Il y tourne *Pêcheurs d'Islande*.

J'arrive sur le tournage lorsque le capitaine doit sortir d'un petit entrepôt pour embarquer. J'attendais un homme indestructible, la peau cuite aux tempêtes, les mains couturées, ses rudes vêtements défiant les froids polaires. Je vois sortir, suivi par la caméra, un grand type racé, cuissardes d'opérette, canadienne ceintrée à la taille et rehaussée de cuir souple aux coudes et aux épaules, le visage bronzé au fond de teint. Un pêcheur de saumon milliardaire du Colorado.

« C'est Jean-Claude Pascal », murmure quelqu'un.

Un acteur. Il n'est pas responsable de son costume.

Après le tournage, je me présente à Charles Vanel.

« Une chance de vous trouver avant que vous embarquiez, lui dis-je.

– Nous ne prendrons pas la mer, car le bateau n'offre aucune sécurité pour sortir du port, m'annonce-t-il.

– J'avais cru comprendre que le capitaine supporterait mal un gros temps. »

Je lui laisse un exemplaire du *Deuxième Souffle* et un numéro de téléphone. Je passe la soirée avec cet acteur d'une grande humilité en regard de ses inoubliables interprétations.

Quand ma mère apprend que je connais Charles Vanel, elle délire. C'est une dramatique, et deux acteurs sortent de l'écran pour l'envahir d'émotion dans son fauteuil : Victor Francen et Charles Vanel. Bientôt, Vanel me téléphone pour me parler du rôle du vieux Gu. La chose lui paraît impossible.

« Je le regrette, mais c'est votre droit de refuser.

– Ce n'est pas le cas, voyons... Merci de me proposer ça... C'est magnifique, mais les autres refuseront.

– Les autres ? Quels autres ?

– Le commerce... Les affaires... Le devis du film... Le rôle principal doit être couvert par une star. »

Je n'ose lui dire qu'à mes yeux il en est une. Quant aux yeux de ma mère, passons. Viendrait-il à la maison pour faire le tour du problème ? Il viendra d'ici deux semaines. Un break sur le tournage en cours.

Il est venu au square de Clignancourt. Il déjeune en face de ma mère. Elle le contemple comme l'apparition de quelque messie qui s'évanouira en fumée si on pose la main dessus. Ma sœur, comédienne de formation, lui parle de son métier. Mon Père a parfois une phrase décalée, du style :

« Je connais des poèmes d'Hugo par cœur. »

Personne n'y voit un rapport avec Javert dans *Les Misérables,* joué par Vanel. Au café, mon Père s'endort. Les ronflements de sa sieste habituelle. Vanel me demande si le montage du film a pris corps.

« J'ai commencé par vous... Je n'ai que vous. »

Un sourire discret m'indique que cela lui paraît faible. Mais même si rien n'aboutissait entre nous, il est très heureux d'avoir lu le destin de Gu. Je lui dis la part de vérité et celle du romanesque. Il aurait bien voulu le rencontrer. Nous devons laisser Gu finir sa vie en dehors du monde, le laisser transformer ses échecs en victoires. Peut-être a-t-il entendu la môme Piaf chanter « *Non, rien de rien... non, je ne regrette rien* ». Après le départ de Vanel, ma mère souligne que mon Père, endormi, ne s'intéressera jamais à rien en dehors des tables de poker.

Le futur producteur de *Classe tous risques* doit signer à la fois les contrats de Ventura, les deux miens en qualité de romancier et de scénariste, et celui de metteur en scène pour Claude Sautet. Ça s'enchevêtre, et le tissage d'un tapis artisanal prend du temps.

Un autre metteur en scène m'appelle. Il voudrait acquérir les droits de ce roman. Borderie est son nom. Je suis dans son bureau. Il s'enflamme en me parlant de l'originalité du récit. Tout converge vers l'ambulance qui ramène Abel et ses gosses à Paris. Le bureau se transforme en ambulance.

« C'est le film, mon vieux... Du jamais vu... On reste dans l'ambulance... on ne quitte pas le suspens... Arrivera ? Arrivera pas ?... »

Où sont donc passées les quelque cent cinquante pages du bouquin qui peignent la partie italienne, l'isolement d'Abel après la fusillade de la crique, le lâchage de ses amis de la grande époque, le refus du dernier règlement de comptes et son abandon de la violence ? Sa déchéance ?

Borderie se sert un troisième scotch. En lieu et place de ce qui devrait être une bibliothèque, un bar s'étale sur la paroi. Je refuse une nouvelle fois de la main. J'apprends le cinéma. J'imagine que sous ses lumières orgueilleuses, un livre, décortiqué comme un homard, devient une carapace vide. Encore une chance s'il en reste le titre.

Si les jambes de Borderie résistent comme celles d'un cow-boy pilier de saloon, je doute qu'il puisse monter à cheval. Vous me direz qu'il n'y a pas de cheval attaché au bureau de l'hôtesse près de la sortie. Bien que cette jeune femme puisse s'aligner face à une pouliche de grand prix.

Je n'arrive plus vraiment à écrire. Ce que pense Marcel Duhamel du cinéma me flanque la sinistrose.

Le tournage de *Rififi chez les femmes,* le film de Joffé, va continuer à m'enseigner l'envers du décor. Un temps fou gagné sur une école de cinéma. J'avais donc, dans le rafistolage du scénario, bourré l'histoire de femmes. Même des splendeurs du Crazy Horse meublaient la boîte de nuit – n'oubliez pas l'escalier d'Eddie ! De dévoilage en petits rôles. Chasseur célibataire, je m'infiltre. Je commence par les loges du studio. J'entends un jeune type gueuler après la figuration qui s'entasse : costumes, maquillage, etc. Il pousse en avant trois ou quatre femmes qui ne marchent pas assez vite. Sans doute des figurantes professionnelles habituées à ce genre de traitement. D'une pression d'épaule, je le fais pivoter dos au mur.

« C'est quoi, le problème ? »

Il tente un dégagement et je regrette immédiatement de devoir resserrer la prise sous le regard des figurantes étonnées que l'assistant se soit brusquement assagi. Je ne veux ni me désavouer ni m'enferrer davantage.

« J'fais mon boulot, arrive-t-il à prononcer.

– Traiter les gens comme des chiens ? »

J'ai envie d'ajouter qu'il n'est pas gardien de prison.

Je m'abstiens. Je relâche le tourniquet du col. J'ai peur qu'il fasse payer sa lâcheté aux autres.

« Si tu remets ça, je reviens. »

Il se rajuste et je lui dis que je suis l'auteur du film. Soulagé de ne pas avoir abouti à une bataille de rue que mon passé m'interdit, je gagne le bar-restaurant du studio. Alex Joffé en sort, maître d'œuvre, il affiche une assurance que je ne lui connaissais pas. Je rejoins le vieux producteur Mage à une table.

« Il travaille bien, mais lentement », se plaint-il directos.

En clair : « Qu'est-ce que ce bon dieu de saloperie de film va bien finir par me coûter ? »

Très vite, au début de l'après-midi, le tournage s'arrête. Deux cents figurants dans le cabaret, et l'inertie. Je vois un assistant aller et venir entre Nadia Tiller et Joffé assis sur un fauteuil près de la caméra. Mage, inquiet, regarde sa montre :

« On tourne pas ? Pourquoi on tourne pas ? »

Il me serre le bras. Je n'y connais rien, alors j'embraye :

« Vous avez raison... On tourne pas... Mais j'y connais pas grand-chose... »

Au sommet de son escalier, Eddie Constantine s'impatiente. L'assistant tente un dernier va-et-vient.

« Pas grand-chose !... C'est quand même vous qui avez écrit la scène », grogne Mage.

Ça me revient. Nadia Tiller, une pointure de la pègre dans le scénario, doit arbitrer un litige entre deux gangs. Elle a peut-être un problème avec mon dialogue ?

« Non, me répond Joffé, mais tu as vu son chapeau ?... »

J'observe mieux le chapeau. Un édifice. Une création de modiste pour concours d'élégance aux courtines de Longchamps.

« Elle devrait même être en cheveux pour le style de la scène.

– Elle a qu'à l'enlever, je lui dis.

– Elle NE VEUT PAS L'ENLEVER », martèle Joffé.

Bizarre, le cinéma. L'art de compliquer le plus simple : prendre délicatement le chapeau de Nadia entre le pouce et l'index et l'expédier au fond du décor. Je freine mon impulsion. Vivement la personnalité de Jacques Becker ! J'apprends les différences. Pour chaque film un metteur en scène, et, avec lui, la lâcheté ou le courage. Au choix.

Une jeune habilleuse propose à Joffé une bouée de sauvetage. Le chapeau est démontable, il comporte deux étages. La vedette serait disposée à en enlever un. J'assiste à ce compromis. Une phrase de Winston Churchill me revient, adressée à la lâcheté de Daladier, Chamberlain et compagnie en face d'Hitler : « Entre le déshonneur et la guerre vous avez choisi le déshonneur et vous aurez quand même la guerre. » Joffé se contentera du ridicule, dont seul Robert Hossein sera épargné grâce à son physique aigu de loup solitaire et à son talent. De toute aventure tirons le meilleur, me dis-je en raccompagnant parfois une des mignonnes du film.

À cette époque, je m'occupe de ma sœur Léa. J'ai l'expérience des groupes thérapeutiques conduits en prison par les éducateurs : cesser de se mentir à soi-même, cesser de faire endosser à la société ses propres échecs et surtout ses propres saloperies. Léa est courageuse.

« Parle-moi sans mentir et sans dire du mal de quelqu'un. »

Elle garde un silence blessé. Elle est injustement jalouse de notre jeune sœur, qui l'a pourtant aidée. Notre mère ne sait pas aimer sans aimer en divisant. C'est inconscient. Ça fera des dégâts. Dès que Léa commence à voir clair en elle-même, je la vois reprendre confiance. Un peu comme moi, elle se lance dans la reconstruction de sa vie. Elle remet les pieds à la maison. Cette relation privilégiée avec ma sœur Léa m'aide à ne pas perdre de vue mes défauts. La sortie de mes livres, l'appel du cinéma, les émissions, les articles, ça vous enveloppe dans une brume parfumée, peuplée de gazouillis et de fontaines enchanteresses, ça vous assoit sur un fauteuil surélevé, une baguette magique à la main.

Et l'autre, le vrai, le violent qui doit se protéger contre lui-même, cervelle intransigeante, primaire aux jugements abrupts, il existe toujours, me semble-t-il. Oui, cet homme-là, je le regarde toujours dans la glace en me rasant.

Ne pas laisser l'express de ma chance insolente bifurquer sur une voie de garage. Tout est finalement signé. Comment travailler avec Claude Sautet à l'adaptation de *Classe tous risques* ? C'est un citadin chronique, tandis que onze printemps derrière de hauts murs m'ordonnent de me saouler des senteurs de la forêt et des herbages après la pluie.

La production paye notre séjour à Bois-le-Roi. Claude Sautet, entre deux séances de travail, pénètre dans le labyrinthe du passé de Bénazet, notre aubergiste, ex-boxeur raté, puis manager de boxe, pilote de derby pour abriter un coureur cycliste sur Bordeaux-

Paris, agent artistique pour tournées de danseuses peu farouches, videur de boîte de nuit, ex-patron de La Boule noire, un bal de voyous, pygmalion ruiné par une fausse Joséphine Baker. Je trouve que pour des scénaristes bossant sur un sujet de blessures à l'âme et au corps, Bénazet nous maintient dans une marginalité propice à la création. Nous n'écrivons pas. J'écoute Sautet me parler de l'écriture cinématographique. Il complète l'enseignement de Jacques Becker. Si le roman n'est pas un métier en soi, son adaptation à l'écran en est un. Je suis heureux. À trente-six ans, j'apprends enfin un métier. Je me transforme en éponge. Même le folklore vécu avec Le Breton et Joffé est dans cette éponge.

Sautet pense que le film ne parviendra pas à s'étendre, comme le roman, sur les nombreuses péripéties des deux gangsters traqués en Italie, et pas davantage sur la longue déchéance d'Abel.

« Mais, dans la courbe de leur trajet, on doit tout garder. »

Sautet pense à la voix off d'un récitant. Un texte ramassé, propre à mon style. Sautet n'écrit pas mais il rectifiera, avec le sens du mot à sa place et sa place pour chaque mot. Ce perfectionnisme m'est inconnu. J'écris à la vitesse de ma pensée et je ne rature pas. Sous la direction de Claude Sautet, lentement, en dix jours, nous arrivons au terme d'un commentaire qui me servira d'exemple pour longtemps. Le choix des images coulera de source sur le texte.

Dès le départ, en gare de Milan, la situation de ce gangster en fuite avec femme et enfants est campée. Le récitant n'interviendra ensuite que pour éclairer le passé des trois personnages et sceller le destin d'Abel.

J'essaie d'aérer Claude, qui fume beaucoup trop. On joue aux boules et on marche dans la forêt. Curieux de tout, il accepte de monter à cheval. Au début, je tiens sa monture par la bride. À force de voir grimper des gens sur les rochers, il essaie. Je grimpe derrière lui pour parer la chute. J'aime son rire le soir à la veillée, lorsque le récit de Bénazet tourne au burlesque. J'aime aussi son émotion à fleur de peau, la vue troublée par les larmes lorsque, un soir, Bénazet ne pourra plus s'endormir.

« À vous deux je peux le dire, cette garce, cette traînée reviendra. Ça sera un soir comme celui-là. Il pleuvra sur les vitres, comme il pleut là-haut dans ta chambre, José. Elle tiendra sa valise en carton bouilli, celle du début, avant que je la connaisse. Elle n'osera pas frapper à la vitre. Elle dégoulinera comme mon cœur a dégouliné lorsqu'elle m'a plaqué. Je la distingue debout dans sa honte. Alors j'attendrai un peu et j'ouvrirai la porte lentement, tu vois, Claude, lentement, comme ça. Y aura que la pluie dans le silence et j'ouvrirai les bras... Vous voyez, comme ça... »

Il les ouvre et une larme s'échappe de la paupière de Claude.

Bénazet referme ses bras sur lui-même. Je torture un trombone abandonné sur une table. Il revient vers nous :

« ... et qu'est-ce que je pourrai lui dire à l'oreille de pas trop con ?... Vous qui écrivez, vous pouvez pas me trouver quelque chose à dire de pas trop con ?... »

Claude se lève. Son regard erre dans la pièce. Il a sans doute l'impression de sortir d'un film. Il pose sa main sur l'épaule de l'homme qui vient de ramasser les morceaux brisés du vase de sa vie et monte se coucher en silence.

Je ne peux rien dire non plus. Claude et moi nous avons le même âge. J'ignore évidemment le temps qu'il nous reste à passer sur terre, mais j'ai l'impression très forte que nous nous estimerons et que nous nous verrons toujours, jusqu'à ce que la mort nous arrache l'un à l'autre.

Lino Ventura vient parfois déjeuner avec nous à l'auberge. Claude Sautet pense qu'il ne faut pas trop lui en dire sur le scénario. On risque de se laisser emporter « à la raconte » dans un certain lyrisme.

« Plus tard, à la lecture, il sera déçu. L'acteur, dans l'attente, se fabrique tout seul un personnage qu'il ne retrouve plus. »

Nous parlons surtout du futur partenaire de Lino. Celui qui vient le chercher en ambulance à Nice. Quel âge ? Sautet le voit plus jeune que dans le roman. Une chimie doit exister entre eux, l'appartenance à une même famille de hors-la-loi.

Un associé de Bob Hamon, notre producteur, nous visite également. Il descend de sa voiture dans le parc de l'auberge et soupire dès qu'il est debout sur ses jambes. On le dirait venu à pied depuis Paris. Je le surnomme le Fatigué. Ça existe, des gens qui sont nés fatigués. Sa dose d'enthousiasme pour le projet ne ferait pas plier un cil.

Et surtout il y a Stan, libéré lui aussi de la maison centrale de Melun. Un physique à la Richard Widmark. Polak d'origine, braqueur à la retraite, il est devenu représentant en peinture industrielle. Il vendrait du sable à un Touareg. Le Duc lui a dit où me trouver. Il a besoin d'un conseil. Depuis son arrivée, Sautet ne le quitte pas des yeux. Stan a l'âge de Lino.

« Alors voilà l'affaire », commence-t-il.

Claude se lève discrètement. Il l'arrête :

« Restez, restez, y a pas de mystère. Y a que la vie... »

Quelqu'un a mis Stan en cheville avec un producteur japonais qui offre un paquet de fric pour le film d'un avion qui passerait sous l'Arc de triomphe.

« ... on visserait une caméra sur l'appareil, argumente-t-il, et on aurait l'approche et tout.

– C'est interdit de survoler Paris à basse altitude, prévient Claude.

– Ça sera rapide. À peine signalé, l'avion sera loin... »

Je lui demande s'il a un avion, s'il a pensé au risque de s'écraser contre l'Arc de triomphe en tuant je ne sais combien de personnes.

« Y a pas trop de risques... J'ai mesuré le passage... Y aura plus d'un mètre de marge de chaque côté des ailes... Un petit Piper, ça serait champion.

– Mais tu l'as, ce Piper ?

– Dis-moi où je peux trouver Roland... »

Roland est engagé par Jacques Becker pour jouer son propre rôle dans le film dont les décors sont déjà construits.

« Et puis il a pas d'avion.

– Mais il a un brevet de pilote. »

Sautet prend la mesure de cette folie et recommande d'en parler à Becker à cause de l'assurance du film pour Roland.

« C'est pas lui qui piloterait... C'est moi, promet Stan.

– Toi ? T'as un brevet de pilote ?

– Roland me donnera deux ou trois leçons... C'est du sucre... Je vise droit sur l'Arc de triomphe et je tiens le manche bien ferme.

– Et l'avion ?

– On pourrait l'emprunter juste pour le truc.

– Tu veux dire le faucher. »

Le dialogue, assez vif, entraîne Sautet dans un mental qu'il croyait réservé à un scénario pour cascadeurs.

« Avec le paquet de fric à la clef, je serai à flot d'un coup... J'achète un grand casse de bagnoles... Tu peux pas savoir ce qu'on peut palper dans la ferraille... Tous les copains pourront en croquer. »

L'aide-cuistot de Bénazet a laissé brûler la tarte aux pommes. Le silence est tombé sur notre trio comme le rideau d'un confessionnal.

« Ça ne me regarde peut-être pas, dit Sautet, mais vous êtes certain qu'on ne vous a pas monté un bateau ? »

Il a pris la température de Stan, candidat à toute chasse au trésor. Pour le ménager, je lui conseille d'approfondir le sérieux de ces Japonais. Et aussi de l'intermédiaire.

« Elle est bizarre, votre auberge », lance Stan pour dire quelque chose.

Claude Sautet se met à réfléchir profondément.

« Ça vous tenterait de jouer un rôle dans notre film ? » lui propose-t-il soudain.

Sautet ajoute, de son débit précipité, que le producteur n'est pas japonais. Il lui parle du personnage traqué en Italie avec Lino Ventura et qui finira sur une grève déserte, abattu par des douaniers : Raymond

Naldi, ex-lieutenant de Pierrot le Fou. Stan s'adresse à moi :

« Si tu crois que je peux le faire...

– Du moment que Claude Sautet pense que oui... »

Étrange, tout cela. Roland engagé comme acteur par Jacques Becker, et Stan par Sautet. Lui, il sort de l'Idhec, et nous de la centrale de Melun. Sautet s'assoit sur les bancs d'une drôle d'université. Pour mieux réussir son film, il cherche à emprunter notre regard, à voir les choses de l'intérieur.

Je l'emmène chez Jo Attia. Ce fut le chemin suivi par Jules Dassin, qui cherchait, avant lui, à saisir la véritable tonalité de ce monde si éloigné du sien, à seule fin de tomber juste en tournant *Du rififi chez les hommes*. Sautet sympathise avec Carmen, la femme d'Attia, elle a connu le véritable personnage que jouera Lino. Dans son futur film, il veut rejoindre le réalisme par l'envers du décor de ce milieu – ce ratage que les truands ne peuvent rectifier – et non par la caricature du folklore.

Ses acteurs ne porteront pas de borsalino, et son idée de rajeunir le voleur solitaire qui portera secours à Lino devient impérative. La vive intelligence de Sautet, cette faculté de se mettre à la place des autres, m'épate. Il s'intéresse aussi au point de vue de Jacques Évrat sur l'univers carcéral. Pourquoi le chef d'une petite entreprise de bois et charpente avait-il accepté d'apprendre le basket à des taulards ?

Évrat dit que nos efforts pour l'en remercier, cet horizon qu'il nous ouvrait, représentaient pour lui les grandes heures de sa vie d'homme.

Le scénario nous semblait terminé. Sautet demanda que nous nous penchions à nouveau sur les dialogues.

« Il faut mettre en lumière ce que tes histoires portent en elles à ton insu », me dit-il.

Roland, venu nous voir, lui donna raison en nous racontant ses rapports avec Jacques Becker. Il le vénérait. Les hommes choisis pour revivre avec Roland la tentative d'évasion ne ressemblaient pas, physiquement, à ceux que nous avions connus.

« Pourtant, nous dit Roland, à force de les voir, je les reconnais... Ils ont chassé les véritables de ma mémoire.

– Et le traître ? s'informe Sautet.

– Surtout lui, assure Roland. Son élégance un peu affectée, une candeur, une sorte de naïveté. »

Sautet découvre que Roland a toujours pris ce traître en pitié. Il trouvait qu'il était à la plus triste place. De ce point de vue, Jacques Becker dépassera, dans son film, la simple idée de l'évasion.

Nous retravaillons le scénario de *Classe tous risques* en élevant le débat vers une démystification du gangstérisme. Claude connaît Lino mieux que moi. Dans la force de Lino, il y a un frein, une pudeur qui masque une fêlure.

« Ce n'est pas un comédien, me dit-il, c'est un acteur naturel... Aucun artifice, aucune tricherie. »

Nous lui présentons Stan. Je capte le premier regard de Lino sur lui. J'ai déjà vu le même dans des ambiances à hauts risques. C'est le juste poids, le ciment rapide.

À l'occasion de nos brefs retours à Paris, j'ai présenté Claude à la famille. Mon beau-frère lui fait écouter quelques thèmes de sa composition dans le but voilé de faire la musique du film. Claude, mélomane pointu, me confiera qu'il n'a aucun talent pour ce genre d'exercice. Dans son métier, il ne pratique ni le copinage ni le compromis. Alors son choix de confier à ma sœur Simone le rôle de la femme de Lino, mère de deux enfants, me touche encore davantage. Elle sera abattue par les douaniers à côté de Stan. Lino est déjà venu à la maison. Il connaît ma sœur.

Le casting se construit. Ma vie aussi. Mes mains, ou plutôt mon stylo à bille, assemblent les pièces d'un Meccano géant. Une tour s'élève.

À la maison j'évite l'encensoir de ma mère. Le choix de ma sœur par Sautet était libre. Je ne veux en tirer aucun avantage sentimental. Que mon conte de fées rejaillisse sur ma famille me semble normal, après ma chute qui les avait durement éprouvés.

Mon Père ne participe toujours pas. A-t-il au moins lu un de mes livres ? La réponse de ma mère est toujours la même : un joueur ne sera jamais qu'un joueur. Au cours de mes derniers mois de prison, je craignais ma réinsertion. Quel mystère, ce retour de l'enfant prodigue. Pierre Billy, mon éducateur, rendait parfois visite à ma famille. Il l'avait jugée instable. Il savait que mon adolescence et les débuts de ma vie d'homme avaient été secoués par une absence de moralité éducative, comme l'élaboration d'un mauvais cocktail.

« Êtes-vous certain que de rejoindre votre famille en sortant serait le meilleur moyen de faire table rase du passé ?

– Pendant onze ans, je n'ai rêvé qu'à nos retrouvailles. Ils m'aiment et je les aime. Ils ont besoin d'une force nouvelle.

– Vous aurez à fonder votre propre famille », me dit encore cet homme auquel je devais tellement.

Sa confiance, d'abord. Un banni, cerné par la

méfiance, guette la confiance comme le marin perdu, rongé par le scorbut, hurlait : Terre !... Terre !...

L'avenir avec femme et enfants ? La peur qu'un jour les enfants me reprochent d'avoir été un bandit, ou qu'ils en pâtissent dans leurs ambitions, cette peur-là me tenaillait.

Les mâchoires de cette tenaille s'ouvrent avec mon entrée dans le monde des arts. Je suis accueilli. Le casier n'est qu'un morceau de papier, seule la justice peut se le procurer. L'infamie gravée au fer rouge sur le corps n'existe plus. Néanmoins, Marcel Duhamel me demande ce qu'il doit répondre à la question posée par le jury du prix du Quai des Orfèvres. L'auteur du *Deuxième Souffle*, José Giovanni, est-il un ex-truand ou un ex-flic ? Au dernier tour, nous sommes restés à deux, mais *Le Deuxième Souffle* part favori.

« Tu réponds que tu n'en sais rien, et même tu peux répondre que ton auteur est un homme qui semble ne plus rien devoir à personne. »

Dans le doute, le jury refuse de donner le prix à un ex-locataire du box des accusés. Combien de fois devrai-je payer l'addition ?... Duhamel me console :

« Ton livre n'a pas besoin de ce prix... Le premier tirage est déjà épuisé. »

Je lutte mal contre l'impression d'être fragilisé. L'idée d'une pièce de théâtre surgit. Avec un joli rôle pour ma sœur Simone. Ça fera un étage de plus à ma tour. Un titre, *Le Départ*. On m'assure qu'au théâtre l'auteur a un pouvoir de décision sur la distribution. C'est l'histoire d'un gangster traqué – j'ai l'impression d'en faire un élevage ! – qui s'introduit chez une famille bourgeoise et menace de tuer tout le monde si on le dénonce. Un policier entre. Tous se sentent sous le tir du gangster planqué derrière un rideau. Un jeune type de la famille admire ce gangster. Une avocate, que jouerait ma sœur, le démystifie. Les parents ne maîtrisent pas les mauvais penchants de leur fils. J'écris vite et envoie le manuscrit à la sélection du prix d'Enghien. J'ai remarqué un jeune acteur au Théâtre Hébertot, dans une pièce intitulée *Jésus*. Je vais le voir dans sa loge. Il s'appelle Claude Berri. Je l'invite à la maison et lui donne le texte. Il m'invite chez lui. Il a une passion pour son père. Moi aussi pour le mien. Sauf que son père et lui se le disent. La famille de Claude est modeste. L'appartement est petit. Son père, artisan fourreur, usine sur sa machine à coudre. Elle me rappelle celle que j'avais à Melun, lorsque j'assemblais des pantalons de gendarme. Un boulot à la tâche, à côté de Chiusi, un Rital court sur pattes, têtu comme un troupeau de rhinocéros. En regardant les grands ciseaux du père de Claude Berri, je pense à ceux que nous utilisions, Chiusi et moi. Les nôtres avaient des extrémités rondes.

« J'vais quand même te les faire bouffer, hurlait Chiusi au maton qui avait fait de lui sa tête de Turc... T'as vu... Si tu m'oublies pas, tu les boufferas. »

Alarme, mitard, et toujours le même discours : « Tu m'oublies ou tu les boufferas. »

Je n'ai pu m'empêcher de poser ma main sur les ciseaux du fourreur. Je ne suis plus là.

« À quoi tu penses ? » me demande Claude Berri.

À des trucs d'un autre monde. J'ai le sentiment que, pour sa famille, ce jeune acteur de talent va élargir l'avenir, ouvrir d'autres fenêtres. Nous avons déjà cette richesse en commun.

Dans l'ambiance du prix d'Enghien, je trouve un

metteur en scène et un circuit pour la pièce. Je propose ma distribution : Jean Gaven pour le gangster, Claude Berri pour le fils de famille décalé, ma sœur pour l'avocate. Le reste est libre. Je trouve que Gaven a des résonances avec l'acteur américain John Garfield, celui du *Facteur sonne toujours deux fois*...

Pendant ce temps, Claude Sautet était parti en repérages avec le Fatigué pour les extérieurs de son film. Nous avions eu l'aval de Lino Ventura et de la production sur notre scénario. Sautet revient d'Italie et du midi de la France. Beau fixe. Pour tromper l'attente, théâtre et film, je décide de partir en Corse chercher, à mon tour, les extérieurs de mon roman *Les Aventuriers*. J'irai aussi à Rogliano, le village natal de mon Père.

Une halte dans les calanques de Cassis pour la pureté de l'escalade, des dalles en surplomb, des fissures en traversées, du vertige. Les copains, le charriage sur celui qui dévisse et pend au bout de la corde. L'initiation des filles qui préfèrent, avec les grimpeurs, frissonner de peur, le vide sous les pieds, à une partie de canotage sur le lac du bois de Boulogne avec des timides. Et, la nuit venue, les grimpeurs ne grimpent pas seulement sur des rochers. En prison on me surnommait « l'Avocat ». Pour le milieu de la grimpe, je suis « l'Écrivain ».

Arrivé à Nice, je regarde, sur le port, les extérieurs que Sautet a choisis pour la scène où Lino se planquera, avec les enfants, dans une maison donnant sur des bateaux. Le logeur qui l'abritera, anonymement, s'appelle Bénazet, en souvenir de *La Table de la reine*.

Je regarde ma bagnole soulevée par une grue qui la

déposera sur un bateau. Il a fallu débrancher la batterie et ne garder en carburant que le niveau de la réserve. Fin de matinée. Dans une heure, nous couperons l'eau vers Calvi. Un haut-parleur crache mon nom. Je dois me rendre à la capitainerie du port. Là, on me dit de rappeler un numéro à Paris : celui de Jean Rossignol. Il connaissait mon emploi du temps au cas où... Et le cas où... concerne le film.

« Le producteur abandonne, m'annonce Rossignol. Il n'y a plus de film. »

Détenteur des droits, Bob Hamon tient à m'exposer ses raisons et à trouver un arrangement.

« José, essaie de revenir et n'oublie pas qu'on a deux contrats signés, me précise Jean Rossignol.

– Demain, vers 17 heures, ça irait pour eux ?...

– Je l'appelle et te rappelle. »

Le temps de voir ma Dauphine Gordini côtoyer les mouettes, et mon rendez-vous avec Bob est confirmé. La rencontre sera personnelle.

La N 7 me ramène à Marseille, Aix et la suite... Je prends de l'essence et une fille en stop. Elle va à Paris. La trentaine, une valise et un sac. Des vêtements modestes tendus sur des formes évidentes. Elle monte dans une voiture qui file vers Paris, mais fera peut-être une étape nocturne. Dans ce cas, s'attend-elle à une proposition légère ? Je lui jette des regards brefs. Je n'aime pas profiter de certaines situations. Une « Série noire » dépasse de son sac.

« Vous lisez des polars ?

– Oui, on s'ennuie pas... »

Elle l'attrape. Sur la couverture : ma photo et le titre *L'Excommunié*.

« Je l'ai pas encore fini. »

Je lui demande si la photo ne lui rappelle rien ? Sa tête va et vient de la photo au chauffeur, du chauffeur à la photo. Une spectatrice devant un match de tennis.

« C'est vous ? Vraiment ?... Oui, j'crois bien que c'est quand même bien vous.

– Ce n'est que le hasard, vous savez. »

Je pose sur sa cuisse une main qu'elle tolère. Nous ne prendrons qu'une chambre. Ma victoire est modeste. Elle m'aide à ne pas trop dramatiser l'échec programmé qui m'attend. Ma lectrice a trouvé du travail à Paris, je la laisse, en fin de matinée, devant son point de chute. Un bar aux vitres opaques de la rue d'Armaillé.

Quand j'avais douze ou treize ans, nous habitions dans le secteur, passage d'Oisy. Le rétro de ma voiture m'éloigne d'elle. À vingt ans, je serais sans doute entré dans le bar. À trente-six, le saint-bernard a perdu le tonnelet de rhum suspendu à son cou.

Je passe à la maison sous l'avalanche de questions de ma mère. Sans connaître les raisons qui me ramènent à Paris, son inclination à s'imaginer le pire l'en rapproche. Le pessimisme est un fabricant de naufrages. Je la détrompe énergiquement. Ma ligne de chance fait le tour de ma main. Comment aurais-je pu annoncer à ma sœur que le film est abandonné ? Que c'était trop beau ? Qu'elle ne jouera pas sous la direction de Claude Sautet ? Que je suis un vendeur de rêves inaccessibles ?

Bob Hamon habite un hôtel particulier proche du pont de Neuilly. Je pénètre dans un grand jardin qui voudrait jouer les parcs.

« Monsieur Hamon vous attend dans sa chambre. »

Je monte à l'étage. Bob est allongé sous un couvre-lit rehaussé de fils d'or. À son chevet, son associé le Fatigué. Deux oreillers immenses soutiennent la tête de Bob. Il lève une main accueillante.

« Heureux de te voir, José... D'abord, sache que tu as en face de toi deux grands honnêtes hommes. »

Joyeuse nouvelle. Ça ressemble au théâtre de Molière. J'ai un geste vers le lit.

« J'espère que tu ne souffres pas trop. »

Il se touche le front.

« C'est là-dedans... Le film m'a détraqué.

– Oui, appuie le Fatigué, nous avons passé le bras et nous ne voulons pas y passer le corps. »

Motif ? Ils n'y croient plus pour une foule de raisons trop longues à expliquer. Ils veulent savoir comment ils peuvent s'arranger avec moi... Mes contrats, la monnaie, le fait que Lino Ventura soit stipulé dans mon contrat de scénariste. Donc, si mes contrats tombaient...

« Capituler au champ d'honneur ou en rase campagne ? » je leur demande.

Je les sens étrangers à ce dialogue. J'en profite pour leur parler du préjudice qu'ils feignent d'ignorer : liés avec eux par des dates précises, Lino Ventura et Claude Sautet également, que font-ils des propositions de travail que nous avions peut-être refusées pour eux ? Leur manque de considération m'oblige à écarter tout arrangement à l'amiable.

Bob, d'un large geste, rejette le couvre-lit sous lequel il s'était allongé tout habillé.

« Au moins, avec lui, on sait à quoi s'en tenir », déclare-t-il au Fatigué.

Il se redresse en plein tonus et m'informe qu'il « s'est fait tout seul », qu'étant môme il vendait des oranges et qu'il ne faudrait pas le prendre pour un pigeon.

« J'étais en haillons, et aujourd'hui, regarde ça, mon cher José. »

Il ouvre la porte de son dressing-room et sa rangée de costumes évoque le magasin d'un marchand de fringues. Idem pour les chaussures. Je lui transmets mon admiration. Enfant, il vendait des oranges, et si demain sa production de films s'écroulait, je me dis qu'il arriverait bien à fourguer des bidets en or aux chameliers devenus rois du pétrole.

Bref, il fera le film, mais à certaines conditions. Jusqu'à présent, on lui avait bandé les yeux et on le conduisait par la main là où nous voulions aller. C'est terminé. Sans tarder, il nous parlera en chef suprême. À commencer par le casting.

Le « sans tarder » nous retrouve, Sautet et moi, dès le lendemain, à 2 heures du matin en face de Bob et du Fatigué. L'air est doux. Il y a du café servi dans le jardin-parc et les lumières de petits spots sur des statuettes en pierre. Pendant l'écriture du scénario, nous avions déjà expérimenté ces rendez-vous nocturnes. À chacun son terrain et à chacun ses heures.

« Mon petit Claude, tu devrais le savoir, un film se fabrique, mais, pour le fabriquer, il faut le vendre... »

Bob étale sa déception quant à la valeur marchande de Lino, ce n'est plus exactement ce qu'il croyait.

« Tu dois m'aider à redorer le blason et non à me foutre la tête sous l'eau avec ton idée sur le deuxième rôle... »

Il se tourne vers l'immuable Fatigué.

« C'est comment, déjà, le nom de cet acteur inconnu ?

– Belmondo... Jean-Paul Belmondo. »

Le Fatigué tend à Bob une minuscule photo découpée dans un magazine.

« Un jeune premier avec une bobine pareille !... »

Depuis le début de l'entretien, Claude tire posément sur sa cigarette. Il est visible qu'il s'efforce au calme plat.

« Et puis ce n'est pas parce qu'il est jeune que c'est une idée moderne... Moi qui te parle, mon petit Claude, je vais te la donner, la véritable idée, l'idée moderne, l'idée dont Ventura te sera éternellement reconnaissant... »

Je ne l'écoute plus. Lino a déjà accepté de jouer son histoire d'amitié avec Belmondo, sa tête de jeune boxeur, son allure déliée, une lueur à la fois grave et amusée dans le regard, sa maturité naissante qui lui prête un passé.

« ... mon idée, poursuivait Bob, est tellement neuve, surprenante, mon petit Claude, que tu ne devras pas me répondre immédiatement... Tu devras la laisser descendre en toi, faire corps, et, dès le choc passé, je ne te demanderai même pas de me remercier... »

L'enthousiasme puisé dans ses paroles le met debout en face de Claude.

« Tu es prêt ?... »

Claude a un léger mouvement de la tête.

« Dario Moreno. »

On pourrait chanter ce nom comme un chant liturgique pour martyrs chrétiens. Claude regarde le sol et se lève insensiblement. Muet, il se déplace en rond, sur quelques mètres, plongé dans une profonde réflexion. Il cherche à comprendre. Moi aussi.

« Écoute, Bob, essaie de nous aider, lui dis-je.

– J'avais prévenu... C'est la grande idée... Vous êtes secoués, hein !... »

C'est lui qui est secoué. Mais je garde le contrôle.

« Dario Moreno, le comique mexicain avec chapeau et moustache !...

– Une star, mon vieux, une star... Vous avez vu les entrées dans les opérettes ?... »

Claude revient s'asseoir.

« Sans doute, dans son registre... Mais c'est l'opposé du rôle.

– Pour l'instant... On peu réécrire... Quant à moi, le tandem Ventura-Moreno, c'est de l'or... Vendu d'avance... D'ailleurs, je l'avoue, déjà vendu. »

Il nous assène la dédramatisation du film et, plus encore, son défaut actuel : s'imaginer que Lino peut défendre un grand thème avec son côté primate.

« C'est à cause de son dernier film qui ne marche pas que tu remets tout en question ? lui demande Claude.

– Il n'y a que les imbéciles qui ne se remettent pas en question. »

D'ailleurs, Bob a pensé à tout. Il a engagé un œil neuf, un scénariste en vogue qui a déjà fait une analyse très intéressante du scénario. Par chance inouïe, ce Jacques Robert, ou Robert Jacques – je mélange déjà nom et prénom – a accepté le travail. Une rencontre s'impose. Nous sommes d'accord. Profitant sans doute de son estocade, Bob nous branche aussi sur le titre du film.

« Mon petit Claude, personne ne comprend ce titre, *Classe tous risques*. C'est quoi, une agence de voyages ?... Une croisière dans les îles ?... Mon petit

Claude, comme je t'aime beaucoup, j'ai trouvé un titre... un magnifique cadeau.

– Merci pour lui, je dis à Bob.

– Ah ! mes bons amis !... Et vous savez où je trouve mes titres, moi ?... »

Non, mon cher Bob, mais on va le savoir.

« Dans mon bain. Je me délasse dans la mousse, et là, je bouquine pour trouver mes titres. Et qu'est-ce que j'ai lu pour trouver le tien ?... la Bible... j'ai lu la Bible. »

Un temps mort et le titre tombe :

« PRIEZ POUR MOI !... »

Claude n'a qu'un geste évasif.

« Ça ne te plaît pas ?... PRIEZ POUR NOUS !... »

Ça nous achève. Bien qu'alpiniste, je ne tiens pas à ascensionner l'épaisseur de la Bible. J'émerge de cette entrevue suicidaire pour le film, plus fatigué qu'en haut d'une face nord.

La suite du feuilleton en démolition se passe dans le grand living de Bob. Tous les penseurs qui dissertent sur le cinéma, critiques et autres *Cahiers*, s'instruiraient en cheminant aux côtés des créateurs entre les traquenards d'avant-tournage.

L'heure est plus humaine : 16 heures. Bob et le Fatigué nous présentent à leur scénariste sauveteur. Visage sec, moustache, costume noir sur un gilet fantaisie rouge brodé d'argent, chaîne de montre : Pancho Villa embourgeoisé. Il sort d'une serviette en croco trois précieux stylos et des feuillets écrits sur papier parcheminé. Avec mon papier pelure et mon Bic, je vire au clodo.

Et nous voilà sur les bancs de l'école, enveloppés par le ton professoral d'un génie (sauf qu'un génie ne donne pas de cours !) : nous aurions oublié que Lino Ventura n'était qu'un gorille (d'où le succès du film du même nom), que nous ne devions jamais le tenir éloigné des noix de coco et des régimes de bananes... Qu'un voyage en corbillard enfermé dans un cercueil avec Dario Moreno au volant en uniforme des pompes funèbres et la veuve éplorée enrubannée de noir serait plus astucieux qu'une ambulance pour le personnage... qu'un gorille n'a pas besoin d'un colt puisqu'il est doué pour étrangler ses ennemis de ses mains...

« Et les enfants dans le voyage Nice-Paris ? se risque à demander Sautet.

– J'y viens... En pension depuis le début. Il les verra de temps en temps.

– Et l'histoire d'amour entre le jeune truand qui vient chercher Ventura et la comédienne récupérée en chemin ?...

– Une histoire d'amour avec ce Belmondo que vous cherchez à imposer à mon ami Bob ? C'est une plaisanterie.

– Il existe un roman que la production, Lino Ventura et moi avons aimé, insiste Sautet.

– Le cinéma, c'est une histoire sur un écran... Et le producteur a le droit d'intervenir sur l'adaptation du roman. »

Et lui, Pancho Villa, il parle à la place du public, à notre place, à celle de Lino, à celle de Bob et à la place de Dieu et de Mahomet s'ils existent. Il se met à ressembler au fakir, le crâne emmailloté, qui nous endormait, mon frère et moi, quand nous avions quinze et dix-sept ans, chaque soir sur une scène, moyennant finance.

« Ce n'est pas l'idée que je me fais du film », dit encore Claude.

Le scénariste, debout, a le geste large du semeur.

« L'idée que vous vous faites de votre film... » et à Bob : « Il a donc une idée de son film ?... »

La raillerie du ton réduit ma patience à l'épaisseur d'une feuille de papier à cigarettes.

Il se plante en face de Sautet :

« Et vous aviez sans doute des idées sur vos autres films ?... Combien, déjà ?... J'ai un trou de mémoire sur les titres des deux derniers... »

Il ne sait que trop bien qu'ils n'existent pas. Je suis déjà debout. Il est à ma gauche. Je tends le bras droit, comme s'il appartenait à un autre. Ma main se referme sur le haut de son gilet broché. Mon bras se détend latéralement et rejette ce fanfaron dans son fauteuil. Trois secondes. Je ne peux les revivre. Elles sont ce qu'elles sont. Mon nouveau métier a ceci d'étrange qu'il est plus dangereux pour moi qu'une mauvaise fréquentation du milieu. Coup de bol, Pancho Villa ne bouge pas. Il balbutie :

« Bob... Qu'est-ce que... Qu'est-ce que ça veut dire ?... »

Bob m'incite à l'apaisement d'un geste d'acteur. Je suis apaisé comme un cygne rôdant sur un lac. Je lève le doigt du bon élève :

« J'peux répondre, m'sieur ?... »

Je souris largement. Bob aussi. Ça détend. Le Fatigué a un léger rire. Claude allume une cigarette.

« Ça veut dire que tu as insulté Lino en son absence... Tu veux recommencer devant lui ?... »

Pancho Villa a le mouvement de tête d'un cheval harassé.

« Et ça veut dire que tu as essayé d'humilier, en ma présence, mon ami. »

Claude m'assure d'un geste que cela n'a aucune importance.

« Ça veut dire qu'il n'y a pas que des contrats, dans la vie, il y a aussi des êtres vivants... »

Il ne me regarde que brièvement.

« ... mais si tu crois que tu as raison, que tu dois continuer à nous insulter... Tu dois au moins défendre tes couleurs... Mais, par respect pour la maison de Bob, on va sortir tous les deux. »

Sous ses mains mal assurées, les précieux stylos s'entrechoquent. Il les fourre dans sa serviette avec ses notes et assure qu'il s'agit d'un malentendu. Il se lève et sort. Bob Hamon hésite du geste, du regard, de tout le corps puis lui emboîte le pas.

« Il faudrait que tout s'arrange, dit le Fatigué.

– Cherchons une solution intelligente », ajoute Claude Sautet.

Là-dessus, Bob réapparaît et jette quelques mots en vrac. Pancho Villa ne reviendra pas. D'après Bob, il regrette même ses propos sur Lino Ventura. J'ajoute que, dans cette affaire, un peu de dignité serait la bienvenue. En ce qui concerne l'intelligence souhaitée par Claude Sautet, pour prendre son envol, elle gagnerait à être désengluée des problèmes de fric.

Bob campera sur ses positions. N'ayant produit que des comédies, il repousse le côté dramatique du scénario. Il en appelle à la médiation d'un ponte du Centre national de la cinématographie. Il paraîtrait, nous dit cet homme de bonne volonté, que nous voulons obliger notre producteur à engager un acteur « qui mettrait le spectateur en droit de se faire rembourser son billet ».

Texto contre Jean-Paul Belmondo. Sautet fait remarquer que Jean-Paul est engagé par Jean-Luc Godard pour interpréter le rôle principal d'*À bout de souffle*. Que faire ?... J'en parle à Jacques Becker. Ce folklore ne l'étonne pas. Un réalisateur a dernièrement commencé un film en tournant le matin une scène avec la comédienne de son choix, et l'après-midi la même scène avec la comédienne imposée par le producteur. Un combat à l'usure, gagné par la comédienne du réalisateur.

J'apprends, j'apprends toujours. Et nous ?... Le cœur, l'énergie, la foi en notre travail. Les liens entre Lino, Sautet et moi, sans parler du jeune Belmondo, heureux de monter sur notre ring. Je refuse de croire à l'étouffement de cet avenir exaltant sous le sombrero de Dario Moreno.

Jacques Becker nous conseille. Ma position est fragile : si Bob paie tous mes droits d'auteur, il pourra à son gré transformer le sujet en barbe à papa ou en croquettes pour chat. La position de Claude Sautet est plus forte, il a un contrat de metteur en scène, il n'a commis aucune faute professionnelle et Bob ne peut pas le virer. Sauf si Sautet refusait le film dans sa nouvelle version.

D'après Jacques Becker, ne jamais refuser le film. S'éteindre. Se laisser dégouliner, s'affaisser comme un cierge en fin de combustion. Et attendre les réactions du producteur en face de son réalisateur aussi opérationnel qu'un coureur à pied cul-de-jatte.

Je n'assiste plus aux entretiens entre Claude et Bob. Claude lui a précisé que n'ayant aucun plan de carrière, *Classe tous risques* sera sans doute son premier et dernier film. Bob le qualifie de metteur en scène mystique. C'est alors que, pour notre salut, débarque la Sainte

Vierge sous les traits de Sandra Milo, la vedette italienne de la coproduction. À l'approche de la date du tournage, elle veut revoir son metteur en scène, lequel amène son auteur. La vie est là, simple et tranquille. Il a bien changé, le metteur si incisif, si intelligent. Elle comprend que le capitaine a perdu sa boussole et elle retourne en Italie, davantage qu'inquiète.

Ergas, le coproducteur, est son amant. Il doit au plus vite retirer ses billes de ce naufrage annoncé. Mais les billes, Bob en a déjà bouffé plusieurs. Il ne peut plus faire le film sans la totalité de l'apport d'Ergas et ne peut plus le rembourser. Bob doit se suspendre à Claude Sautet comme le pilote d'un avion en flammes à son parachute.

Convocation fiévreuse au Fouquet's. Il se pointe les bras ouverts. Claude est devant un Coca-Cola et moi devant un quart Perrier.

– Du Coca-Cola, mon petit Claude !... Mais c'est très mauvais... Y a du coca là-dedans ! Garçon ! Deux autres Perrier. »

Claude allume une cigarette.

« Tu connais la nouvelle ?...

– Non.

– Moi non plus.

– Ergas me lâche... Voilà, mon petit Claude... une coproduction à 40/60... Je suis foudroyé. »

En haute montagne, j'avais vu un foudroyé moins vigousse que Bob.

« ... Tiens, mon petit Claude, tes billets aller et retour pour Rome. »

Il lui glisse les billets d'avion.

« T'as vu... en first.

– À Rome... Pourquoi ?...

– Pourquoi !... Pourquoi !... Pour voir Ergas. Pour le persuader de rester dans le film.

– Le persuader !... Je ne pourrai pas... Moi-même je n'y crois plus, à ton film.

– Pas mon film... *Ton* film. »

Claude, d'un calme olympien, lui balance toute la sauce... Dario Moreno et ses castagnettes, le corbillard à la place de l'ambulance, Lino en étrangleur, Belmondo la honte du spectacle, l'abandon des gosses, le Fatigué qui trouve que l'Italie c'est trop loin... La lumière de ce printemps parisien éclaire le visage de Claude Sautet. La tournure de ses phrases évite l'écueil des reproches acerbes. Il les enrobe d'une logique douloureuse à entendre pour Bob Hamon.

« Alors, tu vois bien qu'il ne reste que des cendres », conclut-il.

Bob, lutteur expérimenté, me prend à témoin.

« Tu l'as entendu !... C'est impossible... Un metteur en scène ne doit pas parler comme ça... Un metteur en scène, c'est le patron... Tu es le patron, mon petit Claude... Tu m'entends... LE PATRON... Tu feras ce que tu voudras... L'acteur, comment déjà ?...

– Jean-Paul Belmondo, dis-je à son secours.

– C'est ça, Belmondo... Le scénario, votre scénario, tout, l'Italie... Tout... Ventura sanctifié... Mais ton avion part à 14 heures. Mon chauffeur te déposera, ou, mieux, moi, mon petit Claude... On déjeune et je te dépose à Orly... Et tu me reviens avec l'accord d'Ergas. »

Dès que Claude prend les billets d'avion, Bob décompresse. Il se tasse sur sa chaise et je tiens à lui manifester ma sympathie d'une main sur son épaule. Je comprends mieux pourquoi le gosse vendeur d'oranges a ses bureaux sur les Champs-Élysées.

CHAPITRE III

Une machine à remonter le temps

La vie a plus d'un tour dans son sac éculé.

Alain LEFEUVRE.

Sur le tournage du *Trou*, je retrouve un homme du passé envers lequel j'ai une dette sentimentale, le genre de dette souvent impayable. Il s'appelle Fournil. Dans le film, il sera nommé Grinval. Le vrai brigadier de la pénitentiaire à la prison de la Santé dans les années 1940-1955. Les années de ma tentative d'évasion et de mutinerie armée. Mes années de chaînes en attendant la veuve. À présent, il est affecté aux transferts des condamnés.

Nous nous serrons la main sur fond de décor du film de Jacques Becker. La 11e division, avec sa galerie haute surveillance, ses passerelles et ses ronds-points. Ça nous fait drôle. Il est en uniforme et conseille Jacques Becker. Il lui a amené des surveillants en disponibilité pour la précision du tour de clef dans les serrures.

Avec Fournil, on ne se dit pas « vous vous souvenez » ou « tu te souviens ». On l'a dans le regard.

Le bruit de mes chaînes gravé dans l'oreille, et, gravé dans mon âme, Fournil risquant sa place pour m'enlever ces chaînes des chevilles et éviter que mon Père ne les entende lorsque j'approche du parloir. Il me demande des nouvelles de ce Père sublime, cet emblème de fidélité, figé pendant mes quatre années de prévention dans le bar situé en face de la prison de la Santé. Il m'avait dit un jour dans ma cellule : « Mérite-le. »

Et là, debout devant lui, dans cette fausse prison, je n'ai même pas le courage de lui répondre que je ne mérite toujours pas mon Père. Que nous ne sommes réunis que par les petits gestes du quotidien. Viendra-t-il sur le tournage ?... Non, il ne vient nulle part. Il a sauvé son fils et il attend la mort en jouant au poker.

« Moteur ! » demande Jacques Becker. Les murs de la 6e cellule sont montés sur roulettes pour assurer le recul de la caméra suivant les axes. Sophie, la fille de Jacques, est scripte. Je la regarde avec le sentiment de la connaître depuis toujours. Jean, le fils de Jacques, est son premier assistant. Il m'indique la place d'où je profiterai le mieux de la scène sans gêner la technique. Il me semble que Jean Becker, impressionné par le charisme de Roland qui joue son propre rôle, l'observe avec une certaine tendresse.

Jacques tourne la scène du rétroviseur : Roland fixe un débris de miroir de poche sur le manche d'une brosse à dents. En introduisant ce manche par l'œilleton de surveillance ménagé dans la porte, il inspecte la galerie dans les deux sens. Pour le contre-champ, Jacques Becker a réclamé un manche de brosse à dents pour géant mythologique : 30 centimètres de large. Le miroir suit et l'œilleton a 50 centimètres de diamètre.

On filme plein cadre ce miroir surdimensionné, et toute la galerie apparaît, bien visible.

Le cinéma est un tricheur, une machine à remonter le temps qui me rajeunit de quatorze ans : les mêmes bruits de serrure, le roulement des chariots porteurs des marmites de soupe. L'émotion me gagne. Je finis par craindre de coucher en cellule ce soir, alors qu'une charmante comédienne engagée pour lire des passages du *Trou* sur les antennes de France Culture a accepté une invitation. Resto et plus si affinités. Nous croquerons la pomme entre deux draps. Je mangerai son coquillage. J'ai déjà senti, au contact de ses lèvres, qu'elle était gourmande. Au dessert elle aura un sucre d'orge.

Bonjour la chance !... Bonjour la vie !... Elle me ramène à Stephen Hecquet, qui s'affaiblit par moments. Roger Nimier passera sur le tournage. Stephen s'abstiendra. Je vais le voir. Je lui décris cette machine à rêves. Il se sait condamné par un problème cardiaque inopérable. Il refuse de se reposer et a déclaré à son ami Roger Nimier :

« J'ai dit à la mort que j'avais beaucoup de travail et qu'elle me laisse encore un peu de temps. Depuis, je l'entends respirer difficilement la nuit à mes côtés, et j'ai de la peine pour elle. »

Stephen Hecquet, le seul avocat à s'être permis de rabrouer le président de la République, Vincent Auriol, en claquant la porte. Il était venu plaider la grâce d'un client condamné à mort dans une affaire où ils étaient plusieurs. Et Vincent Auriol voulait envoyer à l'échafaud son seul client parce qu'il avait déjà un casier judiciaire chargé. Stephen Hecquet s'était indigné de cet amalgame.

À la fois stupéfait et touché par l'attitude de ce jeune avocat, Vincent Auriol avait gracié son client.

Le destin m'a permis de rencontrer l'élite. L'exemple de Stephen me donne la mesure de ma pauvreté intellectuelle. Mon manque d'élévation d'esprit. Mon cher Stephen, je dois ravauder, replâtrer une jeunesse saccagée qui n'est déjà plus une jeunesse plein tarif. De brusques pulsions m'entraînent. L'enfermement visuel du film de Jacques Becker me donne une envie forcenée d'espace. Le Duc voudrait faire un peu de haute montagne facile.

Une femme dont je viens de croiser la route cherche une rupture entre ses puissantes relations politiques et ce qu'un personnage au premier degré pourrait lui apporter. L'abrupt est souvent mal élevé. Je suis un abrupt bien élevé. Elle est roumaine. Nous nous retrouverons à Chamonix. Je prends mon matériel, deux survêtements, et ma soif de grand air pose mes fesses sur la moto Guzzi que j'ai achetée au Duc. En guise de casque, je coiffe celui de montagne. À la frontière du printemps et de l'été, je peux partir à l'aube. Je m'enivre de la douceur du vent. Je ne fuis pas les problèmes. Becker tourne. Sautet va tourner. Mes bouquins se vendent. Tout en bouffant des kilomètres, j'étoffe le récit des *Aventuriers*.

Peu après Nevers, en haut d'une côte, un gendarme m'arrête. En fait, ils sont deux, à pied, à côté de leur voiture.

Papiers de la moto toujours au nom du Duc.

Pas de permis de conduire pour une moto de cette cylindrée.

Plaque minéralogique pas assez visible de jour.

La lumière qui doit éclairer la plaque est cassée.

Assurance périmée.

Leur bagnole est équipée pour la transmission. Le gendarme me pique mes papiers d'identité et rentre dans sa bagnole. J'ai très bien pu voler la moto. Je ne suis ni un patron ni un employé. Je n'ai pas de fiche de paye. Je m'attends à ce qu'ils se renseignent à l'Identité judiciaire et découvrent mon casier. Je dois ranger la moto, donner la clef de contact et patienter debout.

Ma soif de grand air va bifurquer sur l'odeur de grésil d'une cellule de gendarmerie. Je demanderai qu'on avertisse Stephen Hecquet. J'entends déjà les bruits de serrure, lorsque le second gendarme s'avance pour arrêter un automobiliste. Celui-ci le découvre subitement et ne peut l'éviter. Il shoote le gendarme qui, sous le choc, décolle du sol et achève son voyage contre un arbre. La violence de l'impact semble le maintenir deux secondes durant collé contre l'écorce et il glisse sur le talus comme une serpillière abandonnée après usage.

Son collègue se précipite, se penche sur lui, se relève et me regarde. Sous le képi impec, le regard de l'homme s'égare entre le sol et le ciel à la vaine recherche d'un secours. Ni dieu ni diable n'y peuvent plus rien.

« Il est... mort... Il est mort... »

L'automobiliste, garé à trente mètres, accourt avec une jeune fille. Elle marche doucement.

« À une semaine de la retraite, ajoute le gendarme. Vous l'avez tué, dit-il encore à l'arrivant.

– À la dernière seconde... J'lai vu trop tard, se défend-il.

– Bougez pas de là », hurle soudain le jeune gendarme.

Le « tueur » me prend à témoin. Il me présente sa fille, blonde éthérée, une Ondine du répertoire. Il est notaire à Nevers. Le contre-coup du drame l'agite d'un tremblement qu'il ne peut maîtriser. Je n'ose lui dire que cette attitude accentuera sa culpabilité. Il répète sans cesse :

« Vous avez vu comme moi... Il a surgi sous mes roues... Il a surgi... J'ai pas pu... J'ai rien pu faire. »

Un attroupement se forme. Un lieutenant se pointe. Voiture, deux aides, camionnette, fourgon. Un état de siège. Je remarque que le jeune gendarme parle de moi à distance avec ses copains et le gradé. Ils prennent des photos du cadavre au pied de l'arbre et un brancard l'emporte. Ils conduisent le responsable et sa fille dans la camionnette. Le lieutenant s'y enferme avec eux. Personne ne s'intéresse plus à mon cas. Si j'avais la clef de contact, je pourrais reprendre la route dans l'indifférence générale. Je suis un peu con de penser à un délit de fuite. Le lieutenant réapparaît. Il me rejoint, une feuille à la main. Il porte deux doigts à son képi.

« Alors, comme ça, vous avez tout vu !

– Enfin, si rapidement...

– Le gendarme qui vous a arrêté s'est-il jeté lui aussi sous les roues de votre moto ?... »

Pas besoin de jumelles longue portée pour le voir venir. J'appelle au secours tous mes démêlés avec la justice.

« Je m'en serais voulu toute ma vie, mon lieutenant.

– Et ce pauvre gendarme que ce chauffard vient de tuer, l'auriez-vous vu se jeter sous la voiture ou non ?...

– Je l'ai vu monter en l'air sous le choc et s'écraser contre l'arbre. »

J'ai biaisé.

« Mais pour que la voiture le heurte, il se trouvait obligatoirement au milieu de la route.

– Il me semble.

– Bien visible au milieu de la route ! » accentue-t-il.

J'hésite à m'enfoncer davantage dans le mensonge, et je perçois que la vérité, le gendarme se démasquant soudain de l'abri de sa voiture, cette vérité peut attendre un peu. Je conserve le silence. Le gendarme contemple sa feuille de contredanse.

« Vous l'avez volée, cette moto ?... »

Le ton a viré procureur.

« Vous me traitez de voleur ?... »

Il est normal que je m'indigne.

« En sortant de prison, il est souvent difficile d'acheter une moto. »

Le fichier, comme une bête malfaisante, a donc craché mon passé.

« Appelez les Éditions Gallimard à Paris, qui publient mes romans. Je peux m'acheter une moto. »

Un coup de boutoir. Mais le lieutenant poursuit une idée fixe.

« Remarquez... On ne cherche pas à vous faire des histoires... des broutilles. »

J'ai déjà fait mes comptes. Une déposition pour me débarrasser de lui. Et, plus tard, une lettre adressée à ce malheureux notaire, additionnée d'un témoignage pour rétablir la vérité.

Je m'arrange pour entretenir la possibilité d'une

échappatoire dans ma déposition. La langue française est riche de pièges et d'ambiguïtés en forme de virgules. Je mémorise le nom et l'adresse du notaire qui figure dans le procès-verbal de ma déposition.

J'ai perdu trois heures. Je rejoins tard, à l'hôtel, le Duc et mon amie de la haute.

Le lendemain, nous montons au refuge Albert Ier. Je prends au plus court mais au plus raide, le sentier qui rejoint la moraine du glacier du Tour. On a le front proche des chaussures. Chaque empreinte de mes pas retrouve l'empreinte de mes souvenirs.

Au cours des années 1942-1943 et début 1944, j'ai marché sur ce sentier qui mène aux neiges éternelles et aux chandelles de roc. Parfois en qualité de chef de cordée à Jeunesse et Montagne, pour aider à maintenir un idéal dans une époque déstabilisée par le combat inégal que le vice menait contre la vertu.

D'autres fois, seul ou avec un copain, nous utilisions ce sentier pour servir une filière de passage en Suisse, au bénéfice d'un personnage traqué par l'occupant.

Je raconte au Duc et à mon amie :

« À l'automne 42, je guidais un homme d'une quarantaine d'années sur la raideur de la sente. La marche nocturne, sans lampe à cause des patrouilles, n'était que heurts des chaussures contre les pierres. L'homme s'épuisait sous un sac à dos extrêmement lourd. Je ne pouvais y toucher qu'à l'occasion d'une halte pour le décharger et le recharger sur ses épaules. On racontait à cette époque tellement d'histoires sur des trésors transportés ainsi... Son sac contenait peut-être trente lingots d'or et le type craignait que je le tue pour le voler. Porter son sac : il refusait. Que je le mette en lieu sûr pour qu'il le récupère après la guerre ?... Il refusait. Parvenir à le hisser avec lui en haut du col supérieur du Tour ?... Il en était incapable. Le jour allait se lever. L'abandonner, lui et son sac, sur la moraine ?... Les chasseurs alpins italiens l'arrêteraient et le livreraient aux Allemands, leurs alliés. Son entêtement m'énerva. J'ouvris son sac violemment. Des bouquins ! Il risquait sa peau et ne voulait pas se séparer de ses livres. Comme j'étais, de toutes les manières, obligé de l'abandonner sous le col, il ne pourrait pas le franchir écrasé par ce poids. Ni traverser le long plateau neigeux pour demander asile aux Suisses. Un gros bloc rocheux ménageait une cavité. J'avais fourré son sac dedans et avais entassé des pierres devant. Le type était crevé, sans réaction. Il accepta de faire quelques pas vers le haut et revint récupérer son sac. Son amour pour ses livres lui donna des forces surhumaines.

– Et qu'est-ce qu'il a fait ensuite ? me demanda mon amie.

– Il est redescendu dans la vallée.

– Il y a des livres rares qui valent une fortune. »

Je revois son visage soudain illuminé lorsqu'il me quitta. Il y a surtout des passions qui valent des fortunes. Je ne connaissais même pas son nom.

Avec le Duc et mon amie, nous passons à côté du bloc rocheux, toujours à sa place. Mes pas continuent. Ils avancent vers l'avenir. Nous dormirons au refuge. Le lendemain nous irons aux aiguilles du Tour par l'arête ouest, dite arête de la Table, une curiosité sans doute taillée par l'érosion qui dessine cette géante Table de granit sur l'arête rocheuse elle-même.

À quelques mètres du refuge, l'ambiance m'étonne. Des alpinistes se déplacent lentement en silence.

D'autres sont rivés à leurs jumelles braquées sur la face nord de l'aiguille d'Argentière.

« Ils arrivent », crie l'un d'eux.

Il y a de la neige et des traîneaux glissent vers nous en traversant le glacier du Tour. Cinq traîneaux tirés et retenus par des hommes. Et cinq cadavres. Un par traîneau, enroulé dans une bâche. Les cinq alpinistes morts l'avant-veille sur la face nord d'Argentière, entraînés par une coulée de neige dans une chute de la hauteur d'une tour Eiffel.

Je viens de quitter un gendarme écrasé contre un arbre pour compter cinq morts en montagne. Je n'aurai peut-être jamais droit à la quiétude de la vie quotidienne. Les cinq traîneaux vont se transformer en brancards pour descendre les corps dans la vallée. Évidemment, j'en ai vu d'autres dans ces montagnes. À Jeunesse et Montagne, nous étions volontaires pour redescendre en plaine des blessés et des corps désarticulés. Il y eut même une cordée d'imprudents reliés par une corde à linge.

Le Duc et mon amie me semblent tomber en basse température. Après la nuit nous redescendons tranquillement pour aller bouffer des gâteaux dans une pâtisserie de Chamonix. Le jour même, je rédige une lettre au bénéfice du malheureux notaire qui a heurté le gendarme.

Je mets la Guzzi dans le train en bagage accompagné et rentre à Paris. Je ne veux amener personne sur le tournage du *Trou*. Ce n'est pas un moulin. C'est pour moi le haut du panier. Tandis que, pour mon amie roumaine, le haut du panier n'est peuplé que par les gens du pouvoir. J'y suis allé. Dans ce marché aux célébrités, je n'ai rencontré que Joseph Kessel à emporter précieusement afin qu'il m'en souvienne. À se demander ce qu'il était venu foutre dans cette réception organisée par une ambassade. Et moi donc ? Bref, on y discourait de la guerre d'Algérie et de toutes ses conséquences, présentes et à venir.

J'écoutais les phrases ronronnantes, le langage fleuri s'efforçant de mettre en lumière les racines de ce chaos sanglant. Et l'obscurité demeurait jusqu'à ce que Kessel se décide à parler.

« Le droit de vote, c'est une voix indigène qui vaut une voix de colon, et pas six voix indigènes en équivalence d'une voix de colon. »

Un coup de projo sur les conneries colonialistes du passé. Je manœuvre pour lui parler discrètement. En face d'un homme de cette qualité, j'ai plaisir à lui toucher deux mots de ma prison et de ce que j'essaie de devenir. À ma grande surprise, il a lu *Le Deuxième Souffle*, et je lui avoue que ses livres aident des prisonniers à vivre.

« Je crois qu'avant la guerre vous avez connu mon oncle Paul Santos.

– Oui, à Montmartre, dans son cabaret *Le Palermo*. Je m'en suis même inspiré pour un personnage de *Belle de jour*. »

Comment a-t-il pu deviner, entre deux bringues, que Santos était « l'homme par lequel le malheur arrive » ?

« Ses yeux, sa voix et ses mains... Des mains étranges, comme des papillons blêmes », me précise-t-il.

Joseph Kessel, le talent qui raconte tout en trois mots. Je me sépare à regret de cet îlot d'humanité. La forte évocation de ce fumier de Santos se prolonge à la maison. Toujours en vie sur la Costa Brava espagnole, il a fait le point entre son neveu et le démarrage d'un nouvel auteur de polars. Il envoie une émissaire à ma mère, sa sœur, très heureuse d'avoir des nouvelles de son frère bien-aimé. Et encore davantage, jusqu'à me dire :

« Tu te rends compte, mon fils, quelle revanche pour toi !... Ta renommée après tout ça !... Il t'invite, tu dois y aller. »

Le cristal de notre amour vient encore de se rayer, de se fragiliser avant sa brisure.

« Maman, le "après tout ça", comme tu le dis, ce n'est que l'étalage, le souvenir de toute la saloperie que représente ton frère... Il est responsable de la mort de ton fils aîné, qui n'a malheureusement pas assez vécu en cavale pour aller flinguer ce pourri à Barcelone. »

Ma mère n'a donc rien compris et ne comprendra jamais rien à un problème posé tout le long de notre vie. Mon Père vocifère dans son coin contre Santos. Il le vomit et ma mère soupire : « Ton père ne changera donc jamais. »

Heureusement.

Voici, ce jour-là encore, ce que j'aurais dû lui dire : « Bravo, papa, et merci de nous avoir toujours mis en garde contre cette ordure, ce simulacre d'homme. Nous aurions dû t'écouter. »

Je reviens sur le tournage du *Trou*. Notre appartement se vide pendant l'été : la côte atlantique, avec mon beau-frère qui bosse sur son piano. Un instinct me soude à Paris. Je n'ai plus rien à y faire. Pourquoi suis-je resté ?... Un coup de fil de Roland à 2 heures du matin répond à la question. La voix d'une urgence. Il appelle d'une cabine de banlieue. Je dois sauter dans ma voiture et ne pas perdre une seconde pour le rejoindre.

Je roule normalement. Ne pas ajouter un accident de voiture à ce qui m'attend. Je pense au film. Il est acteur. Indispensable. Que lui est-il arrivé ?... Nous nous retrouvons dans le secteur d'Épinay. Il monte brusquement avec un signe de la main pour que je continue à rouler. Je reste à vingt à l'heure. Il me raconte. En rentrant tard chez lui avec sa compagne : panne. Il doit changer les vis platinées et décide d'en « emprunter » à une autre voiture. Pour cela il faut quand même forcer un capot de moteur. Il est vu d'une fenêtre, puisqu'elle s'allume.

« Au voleur ! Au voleur ! » Deux types courent vers lui. Pas le temps de rejoindre sa voiture. Il s'enfuit à travers un grand chantier d'immeubles en construction, leur échappe et me téléphone.

« Ils ont certainement trouvé ma voiture et embarqué la petite chez les flics », conclut-il.

Il évite de dire que le lendemain matin ils viendront le cueillir sur le tournage. Ce qui ne nous empêche pas d'y penser. Je le ramène chez moi.

« À la première heure j'appellerai Stephen Hecquet, mon avocat providentiel. »

L'attente s'étire comme le nez de Pinocchio. Stephen dort peu. Il est 7 heures du matin. Roland doit rejoindre le studio à 11 heures.

« Allô ! Stephen... »

Je la lui fais courte. Le conseil tombe : contrôler d'abord sur les lieux la présence ou l'absence de la voiture de Roland. Aviser ensuite et se présenter au commissariat pour avouer la chose et ne pas avoir l'air de se dérober.

Il y a une cerise sur le gâteau : la petite amie de Roland est mineure et en situation irrégulière au regard de l'organisme social dont elle dépend. La totale, un sac plein de serpents. Nous retournons dans l'enfer des vis platinées. Roland s'allonge à l'arrière de ma bagnole et je passe lentement à côté de la sienne, toujours stationnée au même endroit. Calme plat dans le secteur. Craignant un piège tendu autour du « voleur » lorsqu'il essaiera de récupérer sa propre voiture, je ne m'arrête qu'après avoir dépassé le premier angle de rue.

« Dans la voiture, t'as pas vu la petite ?...

– Non, je ne l'ai pas vue.

– Ils ont dû l'embarquer. »

Dans son regard, je déchiffre qu'il se voit déjà emmailloté dans le filet. Et si la petite avait quitté la voiture ?... Si elle rôdait aux alentours ?... Je descends et j'y retourne à pied.

Comme il s'agit de la sauvegarde de notre tentative d'évasion tournée par Becker, j'avance, éprouvé par un suspens égal à notre partie de cache-cache avec les surveillants. Voilà, j'arrive à la hauteur de la voiture. Lentement, au passage, il me semble distinguer quelque chose entre la banquette arrière et le siège avant. Je suis passé. Je reviens. Ça pourrait être un sac. J'ouvre la portière sans m'arrêter encore.

« C'est toi, Roland ? » qu'elle me jette.

La petite n'avait pas bougé depuis l'incident.

« Il est plus loin... T'as qu'à sortir et marcher derrière moi. »

Elle obéit comme un chien perdu sans collier.

La puissance des bras de Roland serrant cette frêle jeunesse contre l'épaisseur de son torse me renvoie à

Victor Hugo, Cosette et Jean Valjean. Roland reviendra plus tard pour dépanner sa voiture à l'aide de vis platinées régulièrement achetées. Il rejoint le plateau de ce tournage menacé d'arrêt total une nuit durant. La fébrilité permanente du producteur associé de Becker se serait transformée en crise d'épilepsie.

J'avise Stephen Hecquet du retour à la normale. Il en profite pour me conseiller de ne pas confondre ma vie privée et professionnelle avec les péripéties d'un roman.

Alors je continue à m'exorciser en écrivant *Les Aventuriers*. Je vais en Corse. Cette fois, personne ne m'appelle sur le port de Nice pour interrompre mon voyage. Une fois sur l'île, je dois partir à la recherche des lieux de l'histoire : le retour des deux aventuriers sur leur côtre, l'ensevelissement du corps de leur copain tué pendant leur découverte d'un trésor, la recherche des héritiers pour leur remettre leur part. Ensuite, je dois repérer les décors d'un duel au pistolet en pleine nature, la maison d'une séquestration, le trajet d'une longue traque à travers l'île de beauté. Les personnages Manu et Roland, ceux du *Trou*, et tous les autres sont déjà inventés.

Je me mets donc à parcourir la Corse. À revenir au village natal de mon père, Rogliano, à l'extrémité du Cap. Un pèlerinage. Trente années se sont écoulées depuis nos vacances enfantines avec mon frère aîné, ma jeune sœur et nos parents. Ma mère détestait le village.

Je trouve des décors d'une splendeur émouvante pour mon récit. Je m'amuse à y mêler des personnages réels que rencontrera un des aventuriers. D'abord Tino

Rossi. Puis Auguste Le Breton. Je le rencontre près d'Ajaccio et je l'utilise en le magnifiant. Une façon de le remercier pour le paquet de fric gagné sur *Du rififi chez les femmes* et son folklore humoristique.

Des calanques de Piana aux aiguilles de Bavella, des gorges profondes, des torrents et des lacs, des rivages turquoise au désert pierreux des Agriates en passant par l'entrée en sommeil du soleil entre ses draps multicolores, les images de mon île venaient au secours de la pauvreté de mon vocabulaire. Je fabrique le destin de mes aventuriers. J'écris sur le bateau qui me ramène en France.

Je fais un crochet par Les Baux-de-Provence. Jean Cocteau y tourne un film. Je tiens à le remercier de sa lettre bienveillante sur mon polar *Le Deuxième Souffle*. Il a planté son QG dans le haut lieu gastronomique de Beaumanière. J'ose à peine prononcer mon nom que l'ambiance rend insignifiant. Je me trompe. Il se répercute bien. Chez les poètes et les intellos, la « Série noire » fait parler la poudre, et l'aisance avec laquelle Cocteau me présente à son entourage achève d'effacer mes incertitudes.

À Paris, Claude Sautet me parle d'un jeune auteur de talent, Pascal Jardin, qui a jeté un œil neuf sur le scénario de *Classe tous risques*. Claude subit le stress de l'athlète juste avant de s'élever le long de sa perche. Pascal est étranger à la densité de l'homme perdu que jouera Lino, mais sensible au sens de l'humour du personnage qu'incarnera Jean-Paul Belmondo. Bien qu'au fond de lui-même Jean-Paul soit moins caoutchouté qu'il n'y paraît. Je l'invite à la maison. Homme du Sud lui aussi, le mutisme du Père ne peut pas le troubler. Il me confie son inquiétude à propos de l'ambulance du film. Il doit la conduire, sait conduire mais n'a pas de permis.

« Qui le sait ? je lui demande.

– Personne de la production.

– Personne, ça vaut largement un permis. »

Est-il rassuré ? Sans doute. Peut-être... Car j'apprendrai que la flammèche amusée qui sautille dans son regard n'est pas le juste reflet de sa paix intérieure.

L'œil neuf de Pascal Jardin n'a aucune incidence sur le scénario, mais Pascal est sympa. Lino n'a couru qu'une seule fois le risque d'une invitation à souper chez Pascal, qui dit lui-même : « En cas de perquisition à la maison, ce n'est pas dans la cuisine qu'on trouvera les empreintes digitales de ma femme. »

Le tournage du film commence à Milan. Ma sœur Simone est partie jouer la femme de Lino. J'ai l'impression de ne plus quitter le bonheur, malgré ma mère qui déplore l'arrivée trop rapide de la mort du personnage joué par sa fille.

Je m'isole pour l'écriture de mon prochain roman. Mon stylo Bic n'avance jamais assez vite.

Si je ne cherchais pas à compenser l'absence de ma sœur auprès de ma mère, je ne prendrais plus de repas à la maison pour éviter de me retrouver face à un membre de sa famille resurgissant dans notre vie. En l'occurrence : ma cousine germaine Lucienne Bernadac. Elle a une émission de musique classique à la télé : « Musique pour vous ». Mon Père ne lui adresse pas la parole. Elle n'a jamais aidé dans le malheur, dit-il, et il continue à marmonner que ma mère a une famille de merde. Ma mère m'ensevelit sous les compliments que sa nièce chérie débite à mon bénéfice. Je me tais.

Si ce n'est par amour, le respect que je dois à ma mère m'empêche de rappeler à cette Lucienne Bernadac, entre les tomates farcies et le gruyère – seul fromage que tolère mon Père –, la très regrettable démarche qu'elle dirigea contre moi à l'époque de mes cimetières d'enterrés vivants.

Mes films se tournent. Je suis invité à voir un premier montage de l'agression d'un encaisseur tournée à Milan par Claude Sautet. Bob Hamon, le producteur, occupe une rangée avec son staff de production : vendeur, distributeur, etc. Les images arrivent. Un climat des meilleurs polars américains. Lino et Stan en attente de leur gibier. L'intensité des grands fauves surveillant, le soir, un point d'eau. Le talent de Claude, sa justesse de ton. L'attaque se déclenche, réaliste et fulgurante. La fuite des deux parias, plus émouvante qu'héroïque. On comprend qu'ils ne peuvent plus voyager qu'en « classe tous risques ». Bob se retourne alors vers moi et proclame :

« Hein !... T'as vu ça !... Hein !... C'est pas du très grand cinéma ?... Génial !... Sublime !... »

Est-ce bien le même homme qui avait rayé cette séquence du scénario ? Qui voulait transformer Lino en étrangleur sordide de sombre ruelle ? Il a donné l'impression que tout arrivait grâce à lui, qu'il avait écrit, réalisé, joué et imposé la séquence à l'auteur nullissime auquel il venait de s'adresser. Il ne faut pas contrarier les vendeurs d'oranges.

D'autres images, celles de ma sœur Simone offrant à Lino-Abel, le père de ses enfants traqué, un regard d'une belle retenue émotionnelle. Du pathétique noble. Je passe déjà au-dessus du reste, ces malentendus sur la création qui jalonnent ce métier depuis longtemps et continueront d'en paver les chemins.

Le travail consolide l'essentiel. Les Éditions Gallimard vont publier *Les Aventuriers* dans une collection hors série. Jacques Becker, enfermé dans l'austérité du *Trou*, fabrique le film le plus dépouillé de sa carrière : des plans fixes, des visages, des hommes transformés en taupes. Jacques subit le stress de ses prisonniers, les muscles, les nerfs et l'âme tendus vers la liberté. Et la fatigue lui tombe dessus. Un jour on doit même l'extraire d'un souterrain, l'installer au calme, lui mettre une couverture sur les épaules. À la tête de ce combat, il est respecté, admiré, obéi comme un grand capitaine. Son fils aîné, Jean, et sa fille Sophie conserveront ce souvenir.

En les voyant travailler ensemble, je pense aux relations muettes entre mon Père et moi. Si seulement nous pouvions parler de ma nouvelle vie. Ce conte de fées. Il abandonnerait un peu le poker. Nous irions partout ensemble. J'ai souvent la preuve que sa pensée est pleine jusqu'au débordement de notre tragédie. Mais elle ne déborde pas. Je m'occupe d'un jeune type qui postule en qualité de photographe de plateau. C'est le fils d'un vieil ami de mon Père. Le jeune Tavéra vient à la maison. Pourquoi mon Père semble-t-il se renfrogner ? Un jour ça se débloque. Il a circulé deux fois autour de ma chaise.

« Quand ton frère s'est évadé, il a erré toute la nuit, les pieds en sang. Il fallait une porte que la police ne connaisse pas... Il a été frapper à la porte des Tavéra et elle ne s'est pas ouverte. »

Il est retombé dans le silence. Sa pendule est à l'heure. À moi de régler la mienne sur la sienne. À moi de ne plus m'occuper de celui dont le nom est gravé sur la porte qui est restée fermée. À moi de ne plus jamais franchir cette porte que l'on ouvre devant mon succès.

Mon Père n'a pas oublié son fils aîné, ni de l'avoir revu en cavale, ni d'avoir tremblé pour ma vie, d'avoir refusé de me perdre. J'ai l'impression de me noyer dans son cœur usé. J'écris une fois de plus à mes oncles, ses deux frères Antoine et Simon. Ils vivent à Richmond, en Virginie. Je leur envoie mes livres. J'ai lu dans leur réponse que Simon félicitait mon Père de ma réussite.

Il n'a pas d'enfant. Il m'envoie sa montre de gousset en or gravée à ses initiales. C'est très corse, cette tradition de se transmettre les montres. Celle de mon Père joue de la musique. Il la porte parfois à son oreille. Mon Dieu, arrangez-vous pour qu'il me la donne le plus tard possible...

Ma sœur a terminé son rôle dans le film de Sautet. Elle entame les répétitions de ma pièce de théâtre. Les feuilles mortes de mon troisième hiver d'homme libre couvrent d'or le sable de la forêt de Fontainebleau. Lorsque les rochers humides nous interdisent la grimpe, on organise une bouffe sauvage entre intoxiqués de l'adhérence bleausarde et du muscle. Les filles admirent les plus forts.

Je compense grâce à mes bouquins et au cinéma qui m'accueille. Jacques Becker m'invite à la projection d'un premier montage. Pendant trois heures, j'enfourche une machine à remonter le temps : j'ai vingt-quatre ans, je partage une cellule de quatre mètres sur quatre avec quatre candidats à la belle. Nous creusons, scions et espérons l'impossible. Les images de Becker sont tellement réalistes que je demeure cloué sur mon siège. Je suis épuisé. Je me passerais bien un bout de peau à la flamme pour me persuader que j'existe, addition payée cash. Jacques m'annonce qu'il devra couper, ne pas tirer à bout portant sur la patience du spectateur. Je suis mal placé pour l'aider sur les longueurs : simple crise de mégalomanie de ma part.

Je n'écris plus et les films s'achèvent sans moi. Pour meubler ce vide je fréquente les clubs d'échecs. J'ai appris ce jeu en prison, jusqu'à jouer par correspondance avec des joueurs nationaux hors des frontières. L'escalade à Bleau et sur les falaises du Saussois, dans l'Yonne, grignote aussi du temps. Il en reste pour les amours passagères qui ne sont même pas de l'amour.

Marcel Duhamel attend un autre polar. J'ai davantage besoin de westerns que de fusillades dans des parkings et de concours de borsalinos. Je participe à une signature à côté d'Antoine Blondin et de l'auteur du *Zéro et l'infini*, Arthur Koestler. Antoine trouve que j'écris trop. Il professe de ne donner aux éditeurs qu'un minimum de livres « pour qu'ils s'en occupent vraiment ». Il n'a que deux bouquins à la signature.

« Prenez celui-là, chère madame, il fait vingt pages de plus que l'autre... et c'est le même prix. »

Tout me renvoie à la prison. Quand on négociait l'échange de nos livres à la criée, d'une fenêtre à l'autre, avant la promenade, ça donnait : « Ici la 32... j'ai un 410 pages... », « ici la 24... j'échange avec deux, un de 200 et un de 205... », « Hé ! mec ! tes 410, elles sont complètes ?... Y en a pas qu'ont servi de papier cul ?... »

De la lecture, oui. De la haute littérature ?... Nous demandions d'abord à un livre de nous aider à vaincre, le plus longtemps possible, nos insomnies sous la lumière électrique blessante du quartier de haute surveillance.

Maître Stephen Hecquet, malade, ne cesse de travailler davantage. Et moi, malade d'inquiétude sur mon devenir, je recommence à écrire en guise de protection. Le besoin de croire en ce métier qui me protégera contre la crainte de retomber dans la précarité. Dans les expédients.

J'écris des nouvelles westerniennes. La première, intitulée *Les Ruffians*, débute par l'attaque d'une mine d'or en Amérique du Sud. J'entremêle un problème de cupidité – la soif de l'or – avec celui de la soif tout court, les pillards ayant la langue plus sèche que le cuir de leurs bottes poussiéreuses.

Je loge en forêt. J'écris, je grimpe, j'écris, je monte à cheval et j'écris. Je ne possède ni dictionnaire, ni grammaire, ni recueil de synonymes. J'écris sur les points de non-retour des destinées, sur la valeur des chaussures déchirées par les silex d'une piste de montagne, sur le prix de l'ombre, sur la saveur partagée d'un serpent grillé, sur l'endurance décuplée par l'appétit de vengeance, sur l'amitié trahie, sur l'amitié du sacrifice, sur le courage et la peur. Je lis Ernest Hemingway, John Steinbeck, Dashiell Hammett, Raymond Chandler, Joseph Kessel et Marcel Aymé.

La vente de mes livres se déverse sur le compte en banque tenu par ma mère, les montants de mes travaux de scénariste également. Sera-t-elle jamais rassurée ?... L'avenir me répondra NON. Je retourne dans ma forêt.

J'invente l'histoire d'un type seul dans une scierie artisanale, en lutte contre une grande scierie. Pour s'en sortir, il engage des libérés conditionnels, et cette main-d'œuvre de taulards lui amènera le chaud et le froid.

En parlant de froid, une saloperie de mois de février me glace le cœur. Jacques Becker meurt. Plus personne ne le verra. Plus personne ne l'entendra. Il est mort. Le torse de Roland oscille devant moi comme un chêne foudroyé. Et je répète pour ne pas y croire : « Becker est mort... Becker est mort. » Aller embrasser ses enfants et prononcer les pauvres mots de circonstance. Et se dire qu'à travers ses films, Jacques Becker ne nous quittera jamais. Son fils Jean, futur grand cinéaste, reste seul au chevet du film de son père. Le montage est terminé mais il manque un plan dans les égouts et la présentation du film par Roland annonçant l'histoire vraie. J'envie Jean Becker de pouvoir se graver pour toujours dans l'œuvre de son père comme s'il le réchauffait de son corps pour le ressusciter. Je me sens orphelin de Jacques. Je devrais sauter dans ma voiture, m'évader de l'envoûtante forêt, aller prendre mon Père dans mes bras et lui crier : « Parlons-nous... Parlons-nous avant la mauvaise heure ! » Et je reste adossé à un arbre géant, entraîné malgré moi dans l'imaginaire de mon histoire de scierie. Si je n'ai pas vendu mon âme au diable, je l'ai vendue à mon usine d'intrigues et de personnages.

Lino Ventura a terminé son rôle dans *Classe tous risques*. Claude Sautet l'a marqué par la mise en valeur du moindre geste, du moindre regard. La dernière image du film voit Lino marcher sans but sur les Grands Boulevards. Une voix off nous dit qu'il sera arrêté, jugé et exécuté. Il est vêtu de la canadienne de mon Père.

Un autre projet autour de Lino se concrétise. Luciano Emmer, metteur en scène italien, va tourner un film : *La Fille dans la vitrine*. Deux émigrés italiens au fond d'une mine du Nord. Ils tombent amoureux de deux putes qui s'offrent derrière leurs vitrines dans le quartier chaud d'Amsterdam. Pour finir, les gueules noires les invitent à vivre avec eux un week-end pastoral. Deux univers obscurs se rencontrent et s'aiment dans la lumière. C'est très italien. Fresson sera l'ami de Lino. Marina Vlady et Magalie Noël, les deux pulpeuses derrière leur vitrine. Le producteur, Cassouto, avait présenté Lino à Jacques Becker pour *Touchez pas au grisbi*. Lino est incité à renvoyer l'ascenseur, mais il n'aime pas les dialogues. Il me propose d'y retravailler. La production m'engage et j'accompagne le tournage. Je dois réécrire au fur et à mesure.

Il y a une sorte de géant, un Juif russe style Raspoutine, qui gère une bonne partie de la prostitution du quartier. Il baragouine dans un paquet de langues et porte un gros calibre espagnol sous l'aisselle droite, car il est gaucher. C'est un morceau de polar ambulant. Il nous est facile de sympathiser. Il assure la sécurité du tournage, pour autant que le producteur dédommage les autres putes que les prises de vues empêchent de travailler. Et Raspoutine passe pour prélever sa manne. Le non-respect de cette règle élémentaire se traduira par notre matériel et certains membres de l'équipe balancés dans le canal, domaine des rats et des étrons.

À part ce léger incident, Luciano Emmer est heureux. C'est un réalisateur-poète, vibrant d'idées, qui remet chaque jour le récit en question. Je continue à bien gagner ma vie dans ce folklore. J'ai pris une chambre au rez-de-chaussée dans un bon hôtel. Elle donne sur un parc. Si Cassouto ne paie pas l'hôtel, je pourrai toujours sortir par la fenêtre avec ma valise.

Je passe mes dialogues à Luciano. J'ignore ce qu'il en restera. Le talent de Magalie Noël me touche et ses porte-jarretelles me hantent. Ma politique dans ce métier est de ne commettre aucun impair. Je m'abstiens donc. D'autres soupapes sont à ma portée.

Luciano tourne souvent de nuit. Sous les réverbères, les pavés humides créent une ambiance à la Simenon. Au besoin, on les arrose. Une nuit, la rumeur annonce la présence de Federico Fellini dans le quartier. C'est vrai. Cette légende vivante avance vers le tournage, son pardessus négligemment jeté sur les épaules, une longue écharpe dénouée, entouré de son staff.

« Felliini !... Felliniii !!!... »

Magalie, en guêpière et talons hauts, court vers lui et se jette dans ses bras. C'est bien cette comédienne bouleversante qu'il est venu voir. Une scène de ce niveau, je n'en demandais pas tant au monde du spectacle. Je m'enrichis bien au-dessus de la monnaie.

Lino est inquiet car la sensibilité talentueuse de Luciano Emmer ne peut se ressentir par fragments. Je suis certain qu'elle existera sur la longueur. Lino est acteur. Malgré le bloc, son apparence, il subit la faille, la faiblesse réservée à sa part de création. Surtout lorsque le metteur en scène lui confie ses propres doutes.

« Lino, on se trompe sur les dialogues... Écoute... Pourquoi un pauvre mineur qui ne parle qu'italien pourrait-il dialoguer avec une pauvre pute hollandaise qui ne devrait parler que le hollandais... Réfléchis à ça, Lino. »

Réfléchir à quoi ?... À mimer le rôle ?... Luciano, à

la recherche de la vérité, se tourmente. Un dimanche, il réunit un véritable émigré italien mineur de fond et une vraie pute hollandaise. Et il observe cet espèce de laboratoire sur une des nombreuses péniches d'habitation. Un coup de fiesta n'est pas exclu. Il glisse et se fêle une côte sur un plat-bord.

J'admire cet homme qui se bat pour habiller son film de chair et d'os, guettant entre le mineur et la pute authentiques de quoi nourrir ses acteurs. Il n'arrivera pas à leur transmettre les gestes de ses deux cobayes, mais il réussira à infiltrer dans son film un peu de la tendresse qu'il a butinée ce dimanche-là. Luciano m'enseigne que la mise en images d'un scénario est aussi éloignée de la grammaire cinématographique des esthètes qu'un tramway d'une banquise.

Odette, la femme de Lino, le rejoint sur le tournage. Ils viennent de s'installer dans une belle maison du parc de Montretout, à Saint-Cloud. Le week-end, ils font les antiquaires d'Amsterdam, et moi je fais du cross dans les grands parcs. Les Hollandaises ont les cuisses trop blanches et elles s'assoient les jambes écartées sur les bancs des parcs en oubliant que le sexe réclame du mystère.

Je n'ai pas besoin de m'enfuir par la fenêtre de mon hôtel. La petite ardoise sera pour Paris sur le dernier échéancier des dialogues. Pratique courante.

Le film de Claude Sautet en est à l'enregistrement de la musique de Georges Delerue. Superbe et fortement figurative du comportement des personnages. En m'écoutant parler du rythme obsédant de cette musique, ma mère ne peut s'empêcher de m'entreprendre. Je ne dois pas oublier que « Lucienne, ma cousine germaine, est une des meilleures musiciennes du monde, et... que mes films ont absolument besoin de son talent ».

« Quand j'étais au fond du trou, quand j'étais, après les chaînes, condamné aux travaux forcés à perpétuité et qu'un avocat s'est présenté de sa part pour me dire que “ma chère cousine avait honte de prononcer mon nom”, pensait-elle faire les musiques de mes films ?... »

Les mâchoires de ma mère se crispent en silence et en signe de contrariété.

« C'est du passé, mon fils.

– Pour elle, ce passé-là restera au présent. Tu peux lui dire. Avec ton frère Santos, ils devraient faire équipe. »

La fissure s'agrandit et m'éloigne de ma mère tout en consolidant l'amour entre mon Père et moi.

Je ne donne pas mes nouvelles à l'éditeur. Elles pourraient devenir des romans. J'en parle à Stephen Hecquet. Il pense que de toutes les manières elles sont trop longues pour des nouvelles. Il me confie sa fatigue progressive. En dehors de Roger Nimier et de sa propre famille, il ne doit en parler à personne. J'en éprouve de l'émotion. Il me conseille de sa voix moins saccadée :

« Le succès attire les vipères. Ne répondez à aucune attaque, aucun chantage, et elles rentreront dans leur fourré. Quant aux critiques professionnelles sur votre travail, vous en avez eu de bonnes. Vous en aurez de mauvaises. C'est le lot. Travaillez, travaillez toujours davantage. »

Les premières projections privées du film de Jacques Becker déclenchent l'enthousiasme. Le festival de Cannes sélectionne le film. Bien cher Jacques, vous n'êtes plus là en face de votre film-testament. On m'invite à le présenter à votre place. Personne ne peut occuper cette place. Je n'occuperai que la mienne en m'efforçant de défendre vos couleurs, les raisons profondes qui vous poussèrent à raconter cette histoire. Roland, en sa double qualité d'acteur de cinéma et d'ex-roi de l'évasion, monte les escaliers du palais du Festival à mes côtés. La presse fait aussi état de ma double casquette : celle d'ex-scieur de barreaux et d'auteur du film. Nous gravissons lentement les marches. Nos jambes et notre mémoire totalisent vingt cinq années de prison. L'étoffe d'un costume bleu marine est tendu par les contours massifs de la silhouette de Roland. Son col cravaté l'étrangle. Urbini, mon ami d'enfance, m'a taillé un smok sur mesure. La foule massée dans la rue et sur le trottoir près des escaliers regarde les deux inconnus aller de marche en marche. Même pas une starlette à l'horizon. Au lieu de chercher bêtement à paraître, j'aurais mieux fait de poser un regard lucide sur ces gens et d'y découvrir mon Père. Il était là, entre deux têtes, humble, à peine visible. Nous lui devions la première lame de scie, et je pense qu'à un badaud lui demandant s'il me connaissait, il aurait répondu “non”, sous son chapeau Eden.

Notre assurance extérieure dissimule notre émotion lorsque nous pénétrons dans le bastion des pellicules internationales. J'ignore que j'ai laissé derrière moi la seule authentique richesse de cette journée. La richesse du cœur. Sa lumière se passe des paillettes et des projos.

La salle est pleine. Celle de la cour d'assises le fut aussi. Nos places réservées sous l'œil d'une caméra me changent de celles du box décorées par des uniformes de gardes mobiles. On nous appelle sur la scène. Roland parle de Jacques Becker comme d'une porte ouverte sur le monde, comme de la meilleure rencontre de son passage sur la terre. Un témoignage hors convention dont les festivaliers se souviendront jusqu'au lendemain. Pour eux, c'est déjà beaucoup. Je dis combien j'aurais préféré que le film n'existe pas et que Jacques Becker vive.

Silence planète pendant la projection. Pas de musique. Des bruits de serrures, de respiration, de révolte. Du noir, du blanc et du gris. Un traître et le pardon de Roland pour ce traître. Sur le seul générique de fin, quelques notes de musique au piano. Mon nom s'inscrit au roman et aux dialogues. Ce n'est plus un matricule. C'est un nom qui voyagera avec le film, à côté du nom prestigieux de Jacques Becker. Avec Roland, on signe des autographes. Notre nom sur un bout de papier, un carnet, un programme. Quelle importance pour les gens ?... Nous logeons au Carlton. Roland a invité le copain qui l'a trimballé en voiture jusque-là, un break pourri aux pneus lisses comme une peau de bébé. Je me méfie. À étudier ce copain, je lui prête le projet d'errer dans la ville pour « emprunter » quatre roues de même dimension. Je suis tombé juste. Pour la mémoire de Becker, Roland m'aide à éviter ce qui aspergerait le film d'une mauvaise odeur. Et ils quittent Cannes sur leurs pneus lisses.

Jean et Suzanne Rossignol sont eux aussi à Cannes. C'est leur boulot d'agents littéraires pour les droits audiovisuels. Jean, qui avait eu l'idée de proposer mon livre à Becker, est particulièrement touché par le succès critique du film. La sortie en salles interviendra plus tard. Mais Jean Rossignol me parle immédiatement d'un admirateur : Jean-Pierre Melville. Il aurait lu tous mes polars et bande pour les borsalinos et les holsters. Il prendrait bien les droits du *Deuxième Souffle*. De l'avis de Rossignol, c'est un metteur en scène de talent dont le képi de producteur est au niveau d'une tirelire, alors que la mise en scène de ce film réclamera un compte en banque matelassé. Secteur talent, Jean-Pierre Melville organise dans ses studios artisanaux une vision de deux de ses films : *Le Silence de la mer*, d'après Vercors, et *Bob le flambeur*, écrit par Auguste Le Breton.

Le Silence est une œuvre intimiste de haute tenue. Trois personnages. Une chanson de gestes. Je tire mon chapeau. Au figuré, car le seul chapeau de l'entourage direct, un truc de cow-boy, reste vissé sur le crâne de Melville. Dans *Bob le flambeur*, les parties de poker accentuées style « LES HOMMES et LES BRÈMES » me gênent. C'est du folklore de durs pour midinette. Mon Père est un joueur de poker professionnel et mon adolescence baigna dans l'ambiance des internationaux qu'il amenait à la maison. Je connais malgré moi.

J'ai confiance en Jean Rossignol qui plaide pour Melville. Si *Le Deuxième Souffle* déclenche un film, ça fera le troisième roman porté à l'écran. Rossignol croit à l'effet dynamique sur ma carrière. Melville est un charmeur de serpents. Sa voix mélodieuse lui sert de flûte, mais un rien de jésuitisme suinte du personnage. Je n'ai aucune raison précise de me méfier de lui. Il s'est débrouillé pour voir le film de Claude Sautet, dont la sortie est retardée par la commission de censure. Son admiration pour le film s'additionne à celle qu'il témoigne au film de Becker. Le total se reporte sur son envie d'acheter les droits du *Deuxième*

Souffle. Il m'invite chez lui à décortiquer des films américains des grandes années du gangstérisme. Les privés joués par Mitchum, Bogart, Robinson et Cagney dans *Les Réprouvés*. Il continue de fantasmer sur eux au volant de sa bagnole américaine dans le Paris nocturne.

Mais, question fantasmes sur le sujet, j'avais eu l'occasion de faire le plein pendant onze ans. Pas de dérive avec Melville sur la poésie du crime. Je lui préfère la fréquentation de Lino Ventura et de Jean-Paul Belmondo.

CHAPITRE IV

Le trésor d'un ermite

La mort de Jacques Becker a creusé un vide familial que la marche de la vie comblera. Jean, le fils aîné, doit mettre en scène. Il le peut. Il ne reste qu'à assembler les éléments. Les protestations d'amitié de Serge Silberman, le producteur du *Trou,* du genre « mon petit Jean, c'est à moi et à moi seul de produire votre premier film », nous font croire à tous les deux qu'il veut vraiment renvoyer l'ascenseur. Je parle à Jean de mon histoire de scierie. Silberman la refuse en s'appuyant sur un personnage important qui triche aux dés. Il prétend qu'un tricheur aux dés n'est crédible qu'en Amérique. Comme il fait les questions et les réponses, ça use. J'ai l'impression d'être passé à la pierre ponce. Dès qu'il refuse une autre proposition, je crois que son ascenseur est en panne. Un grippage du cœur. J'aurais dû mieux regarder son visage.

Jean-Paul Belmondo vient de lire *L'Excommunié*. Le rôle principal lui plaît. Un souvenir remonte. Celui de Jacques Becker me confiant que son fils Jean ferait très bien ce film. Jean et Belmondo sympathisent. Nous montons tous les trois dans un véritable ascenseur, et un producteur, madame de Carbuccia, qui croit en Jean

Becker, appuie sur le bouton. Cette dame avait produit un film de Jacques, *Ali Baba et les quarante voleurs*.

La popularité du jeune Belmondo, dit Bébel, pousse à la vitesse d'une canne à sucre sous le soleil tropical. *À bout de souffle* de Godart et *Classe tous risques* de Sautet vont accélérer sa mise sur orbite.

Avec Jean, nous nous lançons dans la construction du scénario de *L'Excommunié*. La jeunesse de Bébel nous oblige à décaler les événements. Jean choisit Pierre Vaneck pour jouer le copain qui perdra son bras au cours du déminage. Le tandem marche bien mais confirme un allégement de passé dans leur truanderie.

Pour moi, c'est le métier qui rentre. Rester ouvert, ne pas s'accrocher à chaque phrase, chaque genèse de l'épreuve. Penser à ce jeune metteur en scène doublé d'un ami pour écrire ce qu'il aura le plus de plaisir à filmer. Et je lui enseigne le jeu des échecs.

Une menace s'abat sur nous comme un rapace sur une marmotte folâtrant trop loin de son terrier. Madame de Carbuccia veut obtenir la cote catholique ! Elle achète l'histoire d'une fine gâchette qui marche sur des cadavres, un passage dans une centrale inhumaine, des corps déchiquetés par des mines, une amoralité permanente, et elle me demande d'accéder à la cote catholique !...

Lorsqu'elle crispe sa main sur mon avant-bras pour appuyer ses arguments, je crains de m'envoler sous les serres d'un aigle. Elle n'a pas des doigts à jouer de la harpe, et le piano lui est interdit. Elle est associée avec un sympa nerveux au débit rapide, qui actionne ses bras en cadence. Un jour, il envoie voltiger malencontreusement une carafe de vin dans un resto huppé. La faute à la cote catholique. Madame de Carbuccia s'imagine que j'assimilerai mieux le problème dans sa propriété de Sainte-Maxime. Côté rue, un mur d'enceinte long comme les nuits sur un lit d'hôpital. À l'endroit, un chapelet de grandes chambres donnent sur la mer, avec piscines au pluriel. Même la bagnole du jardinier a davantage de cylindrés que la mienne.

Au temps de l'Inquisition, on descendait le têtu à la forge. Je suis prié de m'asseoir sur une bergère – ce n'est hélas que le style du fauteuil ! – trop voisine du siège de ma productrice. Le titre du roman, *L'Excommunié*, coupable de faire bégayer le pape, est devenu *Un nommé La Rocca*. C'est le nom du personnage principal. Jean Becker repère les lieux du tournage. La fin est remise en question. Madame de Carbuccia voudrait que le gangster se rachète en travaillant.

« Vous savez, dans un polar, ça manquerait de romantisme.

– Vous avez raison, il ne faut pas qu'il travaille mais... que diriez-vous d'entraîneur de boxe ?... »

Un métier qui en est un sans en être. Un truc artificiel plaqué sur ce récit. Mon visage s'attriste. Elle est inusable.

« Oui, c'est vrai... Ne le faisons pas travailler mais... que diriez-vous d'un emploi dans une armurerie ?... Il pourrait essayer les armes dans le sous-sol. »

Une reconversion humoristique. Alors que notre héros repartait libre vers d'autres aventures. Les propositions bidon se succèdent. Le dîner de Madame est servi. Nous ne sommes que deux. Une lourde argenterie décorative, un coq de bruyère, deux poissons massifs, m'enlèvent de l'oxygène. Entre chaque cuillerée de bisque de homard, sa main puissante me bloque le bras :

« Vous savez, si ce n'était pas pour la cote catholique, que diriez-vous d'employé à la sécurité sur un champ de courses... »

De la cervelle d'agneau arrive dans nos assiettes. À chacune des bouchées que la grande dame absorbe, j'éprouve l'étrange sensation qu'elle grignote ma propre cervelle.

« Et garde du corps d'une star de la chanson ? Ça serait formidable... Jean Becker filmerait le chanteur. »

À force de sourire mécaniquement d'un air entendu, j'ai une crampe dans la mâchoire. Elle m'achève en me disant qu'une fois le métier du gangster décidé pour la sauvegarde de la morale, je devrais aussi économiser les balles de revolver tout le long de l'histoire. Je somnole pour me tirer de ses griffes : la fatigue du voyage. Une hypocrisie.

Une grande chambre vénitienne, une salle de bains pour élevage de dauphins, une double porte-fenêtre qui donne sur une des piscines, tableau en mosaïque au fond de l'eau, un parc pour botaniste agrégé et la Méditerranée langoureuse. L'ensemble vaudrait-il la cote catholique sur le polar que va tourner Jean Becker ?... J'apprends que le cinéma peut être à la fois un très bon payeur et un très mauvais acheteur.

En l'absence d'une soubrette noire en bas blancs, la croupe à la hauteur de la damnation, je me glisse entre les draps pur fil couleur pêche. À 5 heures du matin, je m'éveille d'un bloc. Quelque part, sous son toit en tuiles anciennes, les serres de la reine de l'intox m'attendent. Je me jette sur l'écritoire pleine peau cuir d'antilope et je lui laisse un mot : l'auteur, torturé par le choix à faire sur les propositions géniales de sa productrice, doit s'isoler pour trier. Mon matériel d'escalade ne quitte pas le coffre de ma voiture et des copains grimperont dans les calanques de Cassis le week-en tout proche. Si le vantail de la propriété est fermé à clef, je réveillerai le gardien. La clef est à l'intérieur. J'ouvre. Je roule sur la nationale 7 chantée par Trenet. Accro à la liberté, je pousse des cris de bête évadée du zoo.

Michel Constantin est choisi par Jean Becker pour interpréter un méchant. C'était déjà grâce à Jean qui l'avait présenté à son père, que Michel avait joué le rôle d'un des évadés dans *Le Trou*. Jean Becker rencontre mon Père à la maison. Il me demande s'il accepterait un petit rôle dans le film. En même temps, il organiserait les parties de poker dans le tripot qui sert de décor. Il est vrai que mon Père a du charisme. Je laisse passer une nouvelle occasion d'établir un contact en conseillant à Jean Becker de proposer lui-même cette présence dans le film. Entre mon Père et moi, le silence scellera notre tombe commune.

Mon Père jouera dans le film de Jean. Ma sœur Simone trouve que notre famille chemine toujours sur d'étranges chemins. Elle a bien raison. De plus, Jean, par pure amitié, commande à mon beau-frère la musique de son film.

Je ne viendrai pas en studio voir jouer mon Père. Je crains de le gêner. Lorsqu'il rentre du tournage, nous espérons qu'il finira par nous en parler sans qu'on ait à lui poser de question – la plus anodine des questions le refermerait comme une huître sur sa perle.

Je descends sur le tournage à Marseille. Entre Jean, Bébel, Constantin et Vaneck, c'est l'ambiance d'un corps de garde. Je suis sensible à cet esprit d'équipe prolongé après tournage. Sophie, la sœur de Jean, est scripte. Il me semble que ce film sera sa rencontre avec Pierre Vaneck. Un coup de rafraîchissement, car notre productrice surveille la cadence du tournage le chrono à la main. Une sorte de louve dont les mamelles contingenteraient le lait de ses petits, et, pour nous, les litres d'essence.

Un soir, dans un resto, la bonne humeur de Bébel se trouble. Il s'absente par la pensée. Un peu plus tard, nous nous séparons. Il s'isole. Je le rejoins. Une convocation à l'armée vient de lui parvenir. Elle le place dans une situation d'insoumis. Il est secoué. Il se voit retiré de la circulation alors que sa carrière prend son élan. Il a négligé les rappels, les convocations. Il en avait assumé une partie. Se croyait quitte. Il est, en fait, peu organisé pour régler les problèmes administratifs. Avertie, la productrice intervient auprès d'un général de gendarmerie qui promet de suspendre toute intervention contre l'acteur principal du film, et ce jusqu'à la fin du tournage.

La suite s'abattra sans doute sur Jean-Paul seul, aggravée par le temps qu'il aura mis à se présenter dans la caserne désignée. À ce moment-là, il sera bien seul. Tandis qu'abandonner le film pour se présenter jouerait en sa faveur. Et si l'armée le gardait malgré tout ? Connaît-il l'histoire de la grenouille tombée dans une jatte de lait qui se débattit jusqu'à se retrouver sur une motte de beurre ?... Je connais la combativité de notre productrice. Elle se débattra pour récupérer son acteur. Elle ne se noiera pas. Elle trônera sur la motte de beurre. Et Jean Becker, privé de son acteur principal ? Il a de l'amitié pour Jean-Paul. Il comprendra son geste. Dans l'attente, il tournera les parties du film dans lesquelles Jean-Paul ne joue pas.

La nuit suivante, nous roulons vers la caserne de Bourges et le colonel qui doit réceptionner « l'insoumis ». Jean-Paul a une Daimler qui nous propulse à 200 à l'heure entre deux rangées de platanes. À peine dans la lumière des phares, ils ont déjà disparu. On dirait que la longue bagnole les dévore. J'espère que le tronc d'un des platanes à venir ne se vengera pas en testant la résistance de notre capot.

À l'heure du laitier, devant la caserne de Bourges, le jeune Belmondo me laisse la Daimler, les papiers et la clef. Je suis optimiste. Aux yeux de Bébel, les bâtiments de la caserne le sont moins. Le planton lui indique une direction. Il s'éloigne dans la grande cour. Je gare la voiture un peu plus loin. Je reste là. Je prendrai des nouvelles. Si l'armée le garde, j'aviserai immédiatement Jean Becker et la production. Jean a dû trouver ma lettre. S'il choisit de ne travailler qu'à partir de midi, Belmondo pourrait ne lui manquer qu'une seule journée.

À partir de 9 heures, je vais aux nouvelles toutes les heures. Je raconte tout à un lieutenant sympa qui a déjà lu des articles sur ce jeune espoir du cinéma français. Tout baigne, dans cette caserne. Le colonel est en roue libre. Bébel sort du bâtiment du fond. Il est midi. Il a repris sa démarche style « la vie est devant moi ». Un grand geste d'un seul bras et c'est l'accolade.

Le colonel n'en revenait pas.

« Alors comme ça, vous êtes en train de tourner un film ?... C'est pas contre l'armée, au moins ?... »

La petite flamme amusée se remet à danser dans les yeux clairs de Bébel. Il a rassuré le colon, qui ira voir le film. Et nous, on va aller bouffer des escargots. En Bourgogne, ça s'impose. Du resto, on téléphone la bonne nouvelle à la production : l'armée a régularisé la situation. Une jeune fille accompagnée de ses parents a reconnu Jean-Paul. Ils sont émus. S'ils s'attendaient à rencontrer ici un acteur de cinéma ! Le hasard fait vraiment bien les choses.

C'est ce que je pense toujours aujourd'hui, à la fin de ma vie. Je contemple le soleil levant qui dépose sur la mer un fleuve d'or et je me dis qu'il est bien court, le passage sur la terre.

Classe tous risques, le film de Claude Sautet, sort en 1959 épinglé par une interdiction aux moins de seize ans. *Le Trou* de Jacques Becker sort en même temps. Et *À bout de souffle* de Godart. Et *Plein soleil* de René Clément, avec Alain Delon. Sur les écrans, une avalanche d'histoires criminelles.

Jacques Becker m'avait annoncé l'échec commercial du *Trou* parce que l'évasion échouait. Heureusement, ce film et celui de Claude Sautet s'inscriront dans la durée. Il apparaît à certains cinéphiles qu'une même tonalité circule entre eux. Une petite revue, *L'Âge d'or*, éditée par un jeune journaliste, René Chateau, me consacre un numéro entier. Je découvre sous la plume de Philippe Labro qu'il existe un héros « giovannesque » : il s'agirait d'un loup solitaire traqué qui tire un peu la langue de planque secrète en planque secrète, alourdi par le sens de l'honneur. Alphonse Boudard, venu de l'ombre lui aussi, me gratifie d'un article.

Jean Rossignol pense qu'il est salutaire de ne ressembler à personne. Il n'y a, de ma part, aucun calcul. Je me souviens. J'invente. Et j'écris cet amalgame, sans me prendre la tête à deux mains.

Un nouveau metteur en scène veut porter *Les*

Aventuriers à l'écran. Il contacte Jean Rossignol. Il s'appelle Jacques Deray. Il a réalisé *Le Gigolo* avec Jean-Claude Brialy, un acteur de la Nouvelle Vague. Le film se voit agréablement, les ambiances sont légères comme un champagne millésimé. Rossignol analyse leur différence avec la tragédie développée dans mon bouquin et son esprit profondément corse. Il refuse diplomatiquement l'offre de Deray, qui m'avait reçu dans son appartement de l'avenue Victor-Hugo et dans sa maison à Barbizon. Le refus de lui confier ce film aurait pu m'en faire un ennemi, mais Jacques Deray tendait vers l'ouverture et la compréhension de l'autre.

Jean-Pierre Melville, toujours sensible à la qualité des films de Becker et de Claude Sautet, rôde autour du *Deuxième Souffle*. Il échafaude un casting, mais sa position exclusive de producteur inquiète encore Jean Rossignol. Le cinéma, avant de conclure, maintient en file d'attente ses candidats à la gloire, comme les pèlerins devant la grotte de Lourdes.

Mon système nerveux en danger me conseille l'action. Je me dirige vers les grandes forêts de l'est du pays à la recherche des décors de mon histoire de scierie. Je cherche d'abord une scierie artisanale isolée dans une clairière. Elles ont toutes été transformées en résidences secondaires. L'atelier devenu salle de séjour a conservé sa machinerie comme élément décoratif. Un lourd cadre de bois supporte la scie verticale qui débitait le tronc de l'arbre en longues planches. Cet engin s'appelait un « haut-fer ». Dans le prolongement de cet atelier, une maison d'habitation d'un seul étage et le plus souvent de plain-pied.

La vie du scieur à façon dans sa clairière ressemblait

à celle d'un peintre, d'un sculpteur ou d'un écrivain : son travail au sein de sa famille. Travailler avec le privilège incalculable de pouvoir embrasser sa femme et ses enfants. Les femmes furent les premières à se plaindre de l'isolement. En dehors des charrois qui livraient à la petite scierie les arbres entiers, elles ne voyaient guère de monde. Ces scieries semblaient sortir de l'imagerie poétique des créateurs de Walt Disney. Malgré des fleurs qui les rendaient pimpantes, elles étaient mortes. La roue à aube était figée, le haut-fer, muet. Le scieur et sa famille avaient troqué leur paradis contre trois ou quatre pièces en forme de cube dans une tour. Ils apprendront qu'au sein de la foule l'isolement est plus total que dans une clairière. Et puis les oiseaux ne chanteront plus pour eux, les biches et les chevreuils que j'aperçois au cours de mes repérages ne leur feront plus de petites visites dans la brume légère de l'aube.

J'use presque ma nouvelle bagnole pour sillonner les chemins vicinaux, à la recherche d'un haut-fer en activité. La grande scierie concurrente, je l'ai trouvée. Les hommes qui descendent le bois sur leur drôle de traîneau, la schlitte, je les ai vu bosser dans les hautes Vosges. La pente est raide. Les traverses qui bloquent leurs pieds forment un escalier vertigineux. Ils chargent mille cinq cents kilos sur la schlitte et s'arc-boutent devant. J'essaye avec cinq cents kilos. Les deux jambes tendues, je tiens. Mais il faut en lever une et la placer sur la traverse suivante. Il faut alors bloquer la charge sur une seule jambe le temps d'amener la deuxième. L'impression que la schlitte veut jouer de l'accordéon avec ma colonne vertébrale. Et, sous la charge, le mouvement se précipite. Dans la forêt de ma première leçon, il y a une croix plantée en terre. Et puis une autre. Elles rappellent les schlitteurs morts sous leur charge. Ils sont payés au poids. Ce danger commence à meubler mon roman. Je me débrouille mieux entre les bûcherons qui risquent leur vie qu'entre des notaires du parc Monceau qui règlent les litiges d'héritiers aux dents longues.

Je me renseigne à Gérardmer chez un nommé Jean Grossier qui travaille à entretenir la mémoire : costumes anciens, chants, instruments de musique – l'épinette –, exploitation de la forêt ancienne. Mais il ne connaît aucun haut-fer qui fonctionnerait encore. Je décide le porte-à-porte, les hameaux, les gardes barrières. Et puis la chance. Ma chance. Un mécano de campagne m'en indique un au bout d'une route de terre. Une clairière en cul-de-sac à des kilomètres. Le scieur et sa grande lame sont seuls depuis 1923, à pic sur ma date de naissance ! J'arrête ma bagnole à cinquante mètres et j'avance, à pied, à l'orée de sa clairière. J'entends battre le haut-fer. Mon cœur cogne aussi. Mon rêve se concrétise. Il m'attendait : le vieux toit, le petit bâtiment en équerre, une maison pierre et bois, et les ruines de ceux qui désertèrent. Les piles de planches débitées et les troncs intacts. Aucun véhicule. Un antique vélo.

C'est vrai qu'il a l'air coriace, l'ermite. Un taiseux avec des mains à hauteur des chevilles. Il a rejoint mon imaginaire. Je reste loin, de peur de briser quelque chose. Je monte ma petite tente de camping. Le soir tombe. Le battement ralentit et le haut-fer se tait. Il y aura la lumière de ma lampe à gaz et l'ampoule de l'ermite au bout de son fil.

Nous nous levons avec la rosée et le passage délicat

d'un chevreuil. C'est un gus à vider une cannette ou deux au petit déjeuner. Je les entrechoque en marchant vers lui. Il prend celle que je lui offre. Son décapsuleur, un coup de dents, est plus rapide que le mien. J'ai un geste large sur l'ensemble :

« C'est beau.

– J'en sais plus trop rien. »

On va progresser. Du temps des hauts-fers, le sien était le plus rapide. Il avait cassé un volant de sa machinerie à coups de masse dans une crise et ça avait changé la démultiplication. Sa roue à aube, sous un filet d'eau, actionne le tout. Une voix secrète me dit que je suis arrivé aux limites du temps. J'observe sa démarche de funambule fatigué, en danger parce qu'il n'y croit plus, lorsqu'il erre autour du grumier qui lui apporte les arbres et emporte les planches.

J'ai parlé à ces transporteurs. Même en sciant moins cher, dans ce coin isolé, leur travail n'est plus rentable. À l'époque du débardage à chevaux, d'accord. Et puis aucune main-d'œuvre possible dans ce réservoir à biches et à renards, trop loin de tout. Après le boulot, on veut des troquets et des filles.

C'est là qu'un romancier change tout d'un trait de stylo magique. Je lui en amènerai, de la main-d'œuvre. Mes taulards en liberté conditionnelle, avec la rage de reconstruire une vie. J'écris déjà sur ma petite table de camping, et la clairière se meuble de caractères, de violence et de travail exténuant.

L'ermite me raconte ses ruines, les familles d'avant la guerre, la clairière en fête. Il est né là et n'en a plus bougé. Mon roman lui fabriquera un passé plus large. Et s'il revenait des montagnes Rocheuses pour reprendre l'héritage paternel ?... Avec une Winchester !

Une nuit, sous ma tente, je m'éveille en sursaut. Je distingue des flammes. Merde, un incendie de forêt. Non, ce n'est que l'ermite devant un feu de branchages, son litron de rouge à moitié vide au bout de son bras d'orang-outang. Le feu, oui, le feu. Tout finira comme ça. Les libérés conditionnels retourneront en taule et l'ermite foutra le feu. Jean Rossignol m'envoie un télégramme chez Jean Grossier, ma boîte aux lettres de Gérardmer. Je dois rentrer à Paris. Une proposition sur le Japon. J'hésite à interrompre le roman sur place. Je lui téléphone. Il insiste. Ça serait court et bien payé. J'ai hérité de ma mère la peur de manquer, et mon métier n'offre aucune sécurité.

Le sujet du Japon croise, une fois de plus, la route d'Auguste Le Breton. Il a écrit *Rififi à Tokyo*. Jacques Deray doit faire le film, et un problème de scénario se digère aussi mal qu'une arête de poisson fichée dans la gorge. Jacques Bar, le producteur, est une antenne de la Metro-Goldwyn-Mayer en France. Il a expédié un scénariste maison à Tokyo pour s'imprégner des lieux et revenir avec une adaptation de la nouvelle d'Auguste. La mayonnaise n'a pas pris. La Metro refuse le scénario. Le casting est arrêté : Charles Vanel et Mylène Demongeot, vedette aux États-Unis après sa prestation dans *Bonjour tristesse,* d'après Françoise Sagan.

Jacques Deray pense que l'histoire de base, disons le casse de banque à Tokyo, m'ira comme un thermomètre à un malade. Il ne me demande même pas d'écrire. Je dois reconstruire au magnétophone. Le Breton s'en bat le borsalino. Il a déjà encaissé le chèque pour la cession de ses droits.

« Mais je ne connais pas Tokyo.

– On va t'organiser le voyage », m'annonce Jacques Deray.

Après mon refus pour *Les Aventuriers*, sa confiance me touche. J'y ajoute la paye américaine, plus l'exotisme, plus Charles Vanel. Me voilà donc dans l'avion. Une escale à Anchorage. L'Alaska, mes rêves de chercheur d'or, Croc-Blanc, et les bouquins de London. Peut-être un prochain livre.

Je débarque à Tokyo. Le palace, une charmante interprète à ma disposition. Dans les rues, beaucoup de costumes traditionnels. Visites nocturnes des boîtes pour flairer les ambiances. La ville est divisée en blocs que se partagent les voyous. D'une main, ils font régner l'ordre. De l'autre, ils encaissent le produit du racket. Dans le scénario, le recrutement du gangster par Vanel manque de souffle. Je visite une grève déserte et une pêcherie de perles. J'y vois plus clair et je me raconte chaque soir la progression des événements. J'ai inventé très vite, ce qui me permet de bénéficier des charmes de la jeune interprète. Jacques Juranville, le directeur de production de Jacques Bar, m'a rejoint avec le scénariste, qui transcrira mon récit enregistré au magnéto. Juranville est alpiniste. Nos conversations creusent l'écart entre nous et le scénariste, plus habitué à l'aventure de boudoirs peuplés de couturiers qu'à l'Aventure.

J'ai débuté en écrivant des polars dans une chambre de bonne, les bistrots et les parcs. Qu'il est bizarre, l'itinéraire me conduisant aujourd'hui à Tokyo dans le cul-de-sac d'une impasse coupe-gorge, allongé sur une natte, le corps couvert d'aiguilles par un vieux bonze parcheminé ! Il m'avertit que la dernière aiguille dressera le bilan de mon système nerveux. Il la plante et mes pieds semblent rejoindre mon nombril. Ce raccourcissement violent m'ouvre les portes du calme, me transforme en nénuphar. Je flotte, étranger à la circulation et même au séisme qui m'arrache du lit et me projette jusqu'au sol.

Nous rentrons à Paris. Autour du magnétophone, mon nouveau récit accroche. Je peux m'installer à Bois-le-Roi dans mon auberge pour écrire *Le Haut-Fer*. Les personnages m'envahissent. Je m'inspire de Nénesse, un ami qui me racontait : « J'ai eu des comtesses, t'entends... Elles me disaient : C'est pas une poitrine que t'as, Nénesse, c'est un char d'assaut... Et encore : C'est pas des bras que t'as, Nénesse, c'est des essieux d'autobus... »

Nénesse et les autres. Toute ma richesse. Ils deviendront *Les Grandes Gueules* au cinéma. Jacques Deray revient. Le type qui a couché sur le papier les phrases sorties du magnéto a fait retomber l'intérêt comme l'affaissement d'un soufflé au fromage. Si la Metro lisait la chose, elle retirerait à nouveau ses billes. Et Jacques doit partir préparer le film sur place. Dans quels délais puis-je écrire les événements, et surtout les dialoguer ?

Rompre avec mon roman, l'oublier pour fonctionner dans l'autre univers. Nous tombons d'accord pour que Jacques reçoive les feuillets au fur et à mesure pendant son tournage. La veille de son départ, il me soumet un dernier os : Mylène Demongeot refuse le rôle qu'elle avait accepté. C'est plus qu'un seul os, c'est un squelette. Sans elle, les Ricains coupent le robinet. Dans la nouvelle d'Auguste Le Breton, elle agissait dans le casse de la banque. Elle n'y est plus dans le récit actuel. Je vais lui parler. Elle est intelligente et comprend que le déroulement rend sa présence impossible dans la banque. Elle accepte l'idée d'être enlevée et séquestrée par la bande adverse qui cherche à lui extirper des informations sur le jour et l'heure du casse.

Cette fois, Jacques Deray est libre de tourner un des premiers polars français en terre lointaine. Il reçoit mes feuillets à temps et je peux achever mon roman. À la fin, mon scieur, isolé, fout le feu à son haut-fer. Le roman est sous presse lorsque Jean Grossier m'appelle de Gérardmer : l'ermite a vraiment incendié sa scierie et a disparu. J'avais vécu de nombreux jours dans sa clairière. Ne m'aurait-il pas confié ses projets ? Pourquoi détruire les dernières traces de son enfance ? Je me précipite. L'hiver a lancé ses premières attaques. La scierie n'a pas entièrement brûlé. On pourrait facilement la recoiffer. En marchant pour me laver le cerveau, j'ai découvert sur les hauteurs un abri de chasseurs. L'ermite l'avait fabriqué pour l'affût aux sangliers. Plus jeune, il descendait le cadavre du sanglier sur son cou à travers la forêt. Trois mois de viande pour les pauvres. Je suis monté direct depuis la clairière. Une intuition. Un repli de mort. Il y était, pour en finir. Ses membres n'ébauchaient plus que des gestes lents. En tombant, il avait bousillé son vélo. Le mauvais signe, celui qui indique la fin du trajet. Il ne lui restait que le feu.

Un hôpital l'a accueilli. Et puis un autre. Il ne parlait plus. J'avais pris des photos de son haut-fer. Le dernier haut-fer. J'étais devenu la courroie de transmission du halètement sauvage de cette guillotine verticale.

CHAPITRE V

Et l'amour, dans tout ça ?

Ma tour professionnelle s'élève sans employer toutes les pièces de mon Meccano géant. Il en reste pour construire, parallèlement, la tour d'une vie d'homme. Celle de la femme et des enfants. D'abord le miracle d'une rencontre. Un petit bout de femme qui travaille chez Gallimard auprès de Raymond Queneau. Un surnom s'est imposé : « Zazie ». Des nattes et, pour ma sensibilité aiguisée par les cachots, une gravité de l'âme. Le parfum d'une autre époque. J'étais venu voir Marcel Duhamel. Un grand bureau avec le plein de secrétaires.

Ce soir-là j'étais invité à voir deux films de Joseph Losey au cinéma de Passy. Deux cinéphiles : Bertrand Tavernier et Pierre Rissient, s'efforçaient de faire connaître en France ce talentueux cinéaste. Je déteste aller au cinéma tout seul, alors je lance sans plus d'idée lointaine :

« Qui voudrait venir au cinéma avec moi ?

– Je veux bien, m'a répondu une petite voix : Zazie. »

Jugez de la grande simplicité de cette rencontre. À peine jeune femme, elle n'y voyait aucune longue distance. Mais une voix discrète m'habite en permanence, c'est mon chien d'aveugle. Il y a un carrefour et je dois m'arrêter en face des yeux gris-bleu, en face de la fierté.

Claude Sautet et la romancière Monique Lange seront les témoins d'un mariage discret. Pas de famille en dehors de ma sœur Simone. Ni mes parents ni la mère de Zazie, orpheline de père mort en déportation.

Mon Père a accueilli Zazie dans sa pratique d'amour absolu. La femme de son fils est sacrée. Ma mère subit les tiraillements de son caractère : on lui a volé son fils. Rien de bien nouveau dans ce genre de rapports.

Lorsque mon frère aîné avait été abattu à l'âge de vingt-six ans dans la rixe imbécile, mon Père résuma son chagrin en disant : « Si au moins il nous avait laissé un petit. » Mon destin lui donnera ce petit. Il a sous les paupières le bleu des mers du Sud de mon Père. Il est blond comme le fut mon Père dans sa tendre enfance. Nous l'avons baptisé Paul, un des prénoms de mon frère. Nous lui laissons l'exclusivité de son grand-père. Il lui apprend à marcher, à fréquenter les pâtisseries, et il ne pourra jamais être question de réprimander, même légèrement, le gosse devant lui. J'ai en face de moi l'éducation que j'ai dû recevoir. Comment le reprocher à mon Père alors que j'éprouve la même faiblesse que lui envers l'enfant-roi. Et il est si beau, ce petit. Sur les plages, son grand-père le présentera à tous les concours de beauté, bien que le gosse déteste les photographes. Il leur envoie du sable ou fait semblant de leur cracher dessus.

À la naissance d'un bébé fille, Marie-Josée, des bourrelets annonçant sa gourmandise, ma sœur Simone se lance dans une nouvelle vie auprès d'un homme de valeur qu'elle a rencontré avec moi dans les milieux de la montagne. Il appartient à la compagnie des guides de Chamonix. Il est professeur à l'école nationale qui forme les guides. Il s'appelle René Desmaison et il est déjà très connu chez les internationaux. Ma sœur a trente-cinq ans, l'âge de la plénitude, et c'est une très jolie femme. Malgré deux films et deux pièces de théâtre récentes, elle tourne le dos à ce métier pour se rapprocher d'une vie plus naturelle, les montées en refuge, les couchers et les levers de soleil sur les glaciers. Moi, le fils prodigue, j'habite avec mes parents, ma jeune femme et mes deux enfants. Je gagne largement ma vie. Nous avons du personnel, deux voitures, et la visite de gens connus : Lino Ventura, Jean-Paul Belmondo, Jean Becker, Claude Sautet et même Jean-Pierre Melville, curieux comme un renard venu s'imprégner du retour d'un proscrit. Sans doute pour mieux l'entuber, mais il se trompe d'adresse. Il a du retard. Avec Santos, j'ai déjà donné.

Ma tour affective est d'une bonne hauteur. Je solidifie chaque jour, par le travail, les piliers de sa base. J'ai du mal à me désangoisser. Les souvenirs de notre existence familiale dissolue durant mon adolescence me hantent. Je rêve de stabilité définitive. Je tente de me rassurer en parlant tout seul :

« Jean Becker a réussi le film. La séquence du déminage par les bagnards est puissante, unique dans le polar français... C'est un échelon de plus sur mon échelle branlante... Jean-Paul Belmondo, après *L'Homme de Rio* de Philippe de Broca, devient une star et il aime bien mes ambiances romanesques... Il voudrait jouer dans *Les Aventuriers*, et toi tu continues à regarder ton avenir comme une feuille morte qui tombe d'une branche... Mon vieux José, tu ne serais pas devenu un peu con par hasard ?... Jacques Deray s'est bien débrouillé avec *Rififi à Tokyo*... Tu aurais pu éviter de l'engueuler à cause d'une différence entre ton idée d'aventurier hirsute grillant son poisson sur sa plage déserte et celui du film qui, dans une kitchenette avec un tablier blanc, cuisine au beurre... Tu ferais mieux de modérer tes emportements, surtout quand ça ne change rien à rien... Et puis tu as de l'affection pour Jacques Deray, alors pourquoi t'être montré désagréable ?... Les années passent... Essaye d'oublier le jeune homme violent, son intransigeance lorsqu'il était menacé... Personne ne te menace... Adouci ton regard... »

Léa, ma demi-sœur aînée, a gagné son combat contre elle-même. Souvent, notre ennemi le plus actif habite tout près, enfoui en nous-mêmes. Très douée question fringues, Léa confectionne des robes dans son petit appartement. Elle réussit, refuse des clientes. Taille courte, 1 mètre 50 elle aussi, elle habille Zazie. Ma sœur Simone s'est installée à Chamonix avec ses enfants. Un femme de guide ressemble à une femme de marin : elle attend que son mari revienne du danger et le regarde partir vers un nouveau péril.

Je ne parle toujours pas du passé douloureux avec mon Père. Ni lui, pour me féliciter de ma réussite. Ni moi, pour le remercier de m'avoir sauvé la vie. Un jour, j'ai eu un chagrin et il m'a glissé trois bonbons dans la main pour me consoler. Muet, il me disait ainsi que j'étais toujours son petit gosse. Un sacré sale gosse qui l'aura plongé dans la tourmente.

Aujourd'hui, les livres, les films sont-ils suffisants pour le guérir ?... Existe-t-il un temps pour l'oubli ?...

Il faudrait pour cela qu'il puisse museler les crocs du système, qu'il en termine avec le slogan imbécile « qui a bu boira ».

Le miaulement d'une sirène de police plaque les concierges du square de Clignancourt contre leur fenêtre. Deux voitures bleu marine. Six inspecteurs. Notre appartement envahi, à la recherche de quoi ?... De qui ?... Pour mes parents, ça ressemble à quinze années plus tôt. Pour Zazie, ma jeune femme, ça ressemble peut-être à une scène de film. Ils m'embarquent. La concierge, sur le pas de sa porte, fait le plein pour alimenter ses futures conversations. La Crim occupe un immeuble banalisé rue du Faubourg-Saint-Honoré. Les bureaux ont conservé les moulures des plafonds et les cheminées des appartements bourgeois.

Le patron du service, le commissaire Chevalier, a une sorte de dossier devant lui :

« Tu reconnais ?... »

Yes, je reconnais le scénario du film de Jacques Deray *Rififi à Tokyo*, joué par Charles Vanel.

« Tu ne devinerais pas où on l'a trouvé ?... Allez, un petit effort de mémoire... »

Je l'avais donné comme modèle à un truand libéré qui souhaitait un lifting social par un boulot de scénariste. Cette vérité ne me gêne pas.

« Mais, en plus, des voisins t'ont vu entrer et sortir de sa planque, ajoute le patron.

– Une planque ?... Un pavillon de banlieue, pourquoi une planque ?...

– Parce que c'était la crèche d'une équipe de braqueurs en pleine activité.

– J'ignorais.

– Il vaudrait mieux que tu n'ignores pas où on pourrait les serrer !... »

Sa brigade les avait manqués d'un petit quart d'heure et se rabattait sur moi pour passer un meilleur moment.

Je lui explique que, l'écriture ayant transformé ma vie en un conte de fées, beaucoup de détenus ou d'ex-détenus voulaient prendre ma roue. Je n'avais aucune raison de ne pas les aider sur le même chemin.

« Tu vas partout. On te voit trop... même au Gavroche chez Jo Attia. »

Il me reproche d'offrir un label. S'ils isolent les hommes traqués, il prétend que ma fréquentation leur redonne de la ressource morale. C'est vicieux, son truc. Il argumente aussi sur l'éventuelle inculpation pour association de malfaiteurs. Je vais avertir Pierre Billy, mon éducateur et ami. Comme témoins de moralité, j'avance aussi mon travail et ce début de renommée. Je gagne de l'argent. Mes impôts en témoignent. Depuis ma sortie, je travaille.

« Si on peut appeler ça un travail, me balance un inspecteur. Sublimer des gangsters dans des polars... »

C'est injuste. Je ne les sublime pas. Et mes personnages échouent. Ils paient leur dérive de leur vie. Le patron est hospitalier : une cellule dans ses caves aménagées en garde à vue. Je n'en finis plus de refermer les mains sur les rondeurs des barreaux. Cette section antigang m'a semblé fébrile, soumise à la pression des politiques comme du raisin vendangé l'est au pressoir. Le crime ne passera pas. Sauf qu'il alourdissait déjà la massue des hommes préhistoriques.

Je calcule : dix-huit ans plus tôt je regardais défiler Paris à travers les lamelles d'un fourgon cellulaire. Mais j'étais seul. Ce soir, dans cette cage en sous-sol, je pense à ma femme et à mes enfants. Ce soir, je suis innocent. Dans ce pays, est-il vraiment possible de recommencer une vie ?... Du haut des marches du palais du festival de Cannes, je viens de descendre celles qui conduisent à cette cave.

Cette chute est-elle seulement jouissive pour la justice et la police ?... Mes enfants doivent dormir. Un enfant, ça peut jouer au milieu des bombes. Le sommeil abandonne mes vieux parents. Que doit penser Zazie, qui n'a pas vécu nos drames anciens ? Je n'ai envie ni de m'asseoir, ni de m'allonger, ni de rester debout. Si je mangeais je vomirais. Je pense à mon frère aîné protégé par sa mort. Oui, la mort est calme. Elle n'entend plus les cris, les bruits de serrures. Elle ne voit plus les visages ennemis, les hauts murs, les grilles. Elle ne voit que l'azur.

L'aube arrive quand même, et avec elle un café. Il se mélange à mon amertume, et il me semble que le commissaire Chevalier, le patron, n'a pas meilleure mine que moi. Il émerge sans doute d'une planque. Il regrette de ne pas pouvoir autoriser mon Père à me voir. Il est tout proche dans le bistrot de l'autre côté de la rue. Je raconte qu'il a passé quatre ans dans le bistrot en face de la prison de la Santé, le temps de ma préventive avant le jugement. Et je me mets à haïr ce grand flic pour la douleur présente de mon Père. La douleur renouvelée. S'il veut me traduire devant un juge d'instruction, il lui faudra formuler un chef d'accusation. Par exemple, prouver que je connaissais les agissements de ce gang lorsque je revoyais son chef.

D'après Chevalier, le scénario que je lui ai prêté lui servait de couverture dans son environnement. Ses voisins proches le croyaient scénariste. Il avait pris le soin de laisser traîner une fausse correspondance entre lui et le metteur en scène de ce futur film. Malin. Sans doute. Et moi, dans tout ça ? Quel serait mon intérêt ? Avec la situation que j'ai, j'irais m'associer à un gang ? Mon éducateur vient plaider. Mais personne ne peut agir avant la désignation d'un juge. On ne m'interroge plus. Ils ont droit à quarante-huit heures de garde à vue. Espère-t-il sauter l'équipe traquée avant, pour me relâcher ou me faire écrouer ? Ils utilisent une deuxième nuit. Mes joues se transforment en râpe à fromage. Encore une aube. J'en ai connu d'autres plus risquées. Je converse dans la grande salle des inspecteurs en attendant le patron. Ils se plaignent de la ringardise de leur matériel, leurs flingues et les bagnoles inscrites au grand prix des escargots. Le commissaire Chevalier a dû se pencher davantage sur ce que je suis devenu. Mon bouquin *Le Deuxième Souffle* est sur la cheminée de son bureau. Il a connu le commissaire Blot – alias Clot –, que j'ai nappé d'épaisses couches de sympathie.

« J'écrirai peut-être un truc sur le charmant séjour que vous m'offrez. »

Il me répond que je suis homme à réfléchir et me conseille d'en terminer avec la nostalgie de la pègre.

« Survolez-moi ça de loin. »

Je note qu'il ne me tutoie plus. Le bien-être. La vision d'une fleur vivace née dans une faille de roc.

À mon retour, le regard de la concierge témoigne qu'elle me prend pour un évadé. Je la rassure. Il y a eu méprise de la part des flics. C'est inutile, car le mal est plus crédible que le bien. J'embrasse les miens : femme, mère et notre minuscule Marie-Josée, ma princesse. Une nouvelle occasion manquée d'embrasser mon Père, parti chercher Paul, son petit-fils, à l'école. Parti lui offrir la pâtisserie quotidienne qui empêchera le gosse de bien manger à midi. Pourquoi essayer de l'en empêcher ? Dans la pâtisserie, le bonheur de mon Père est monumental.

Le cinéma continue de dérouler le filin du cerf-volant. Je suis ce cerf-volant. Jacques Deray m'appelle. L'adaptation d'un roman, *Les Mystifiés*. Son scénario prend l'eau. Il a besoin d'un remorqueur de sauvetage en haute mer. À bord, l'équipe spécialisée : Claude Sautet-José Giovanni. Nous déposons nos sacs dans notre auberge émouvante, *La Table de la Reine* à Bois-le-Roi, et nous reprenons nos marques de *Classe tous risques* : la forêt et mon ami Jacques Évrat, l'ex-instructeur bénévole de basket en milieu carcéral.

Nous remettons en place la mécanique implacable de l'histoire. Comme d'habitude, Jacques Deray est proche de son tournage. Il travaille sur son casting : des acteurs intéressants et décalés par rapport au polar : Michel Auclair, Jean Rochefort, Claude Dauphin et Charles Vanel, plus proche du genre. Mais le scénario le tuera assez tôt. Je me trouve engagé comme acteur à cause d'un physique capable de climatiser ce film désormais intitulé *Symphonie pour un massacre*. Jean Rochefort va me faucher, dans un wagon-lit, une sacoche bourrée de fric. Il y a bataille. Je lui conseille un coup violent du genou qu'il doit bloquer avant le choc m'expédiant contre la paroi. Emporté par l'action, il ne bloque pas et j'hérite d'un choc contre l'oreille. Mille tambourins dans la tempe avant ma mort causée par un crochet de la paroi me trouant le crâne. La joie de vivre assurée. Jacques Deray, impressionné par le charisme de mon Père et par sa connaissance du poker, lui demande de jouer une silhouette dans le décor du cercle de jeu de son film. Avec Jean Becker pour *Un nommé La Rocca*, ça sera la deuxième prestation de mon Père sur un écran, et il ne s'en étonne pas davantage qu'un oiseau s'étonnerait de gober une mouche.

Le travail vécu une nouvelle fois avec Claude Sautet m'enchante et me fait oublier la fréquentation de Melville. Jacques Deray signera avec *Symphonie pour un massacre* un de ses meilleurs films. Peut-être bien le meilleur. Une pierre de plus à la solidification de ma carrière.

CHAPITRE VI

Les meilleurs partent toujours les premiers

Trois morts à de courts intervalles, comme les trois coups avant le lever de rideau d'une sinistre pièce : Stephen Hecquet, Roger Nimier et Albert Camus. Stephen, épuisé, partait chez lui et gagnait le Nord pour mourir. Un peu de force lui revenait, le ramenait à Paris, et il en repartait pour mourir peut-être. Jusqu'à en mourir vraiment, loin des hommages parisiens. Il ne me reste qu'une photo et sa voix enregistrée sur des disques. Les voitures ont tué Nimier et Camus. Leur talent, martyrisé entre des tôles, survivra.

Chez Gallimard, je n'ai plus que deux contacts : Marcel Duhamel à la « Série noire », et Robert Gallimard. Je donne encore un bouquin à Marcel, *Histoire de fou*, un perceur de coffre en cavale s'efforce de changer de planque dès que les péripéties de Loutrel, Pierrot le Fou n° 1, répandent les flics dans le secteur. Cette partie de cache-cache entre les deux hors-la-loi d'un style différent est la colonne vertébrale de ce polar. Je crois qu'il m'aime bien, Marcel. Il me conseille de ne pas me laisser embarquer par le cinéma. De rester sur les bords. De leur vendre seulement les livres. Il pense que l'écriture s'assèche au service des scénarios et coupera le souffle du romancier. À Mougins, il me présente Jacques Prévert. Mon admiration pour lui m'oblige à ignorer la perpétuelle fumée de sa cigarette. Il me dit que le cinéma est restrictif et qu'on ne doit compter que sur les acteurs pour raconter : Jean Gabin, Arletty, Jules Berry, Pierre Brasseur, Renoir, Jouvet, Le Vigan... il a été servi royal.

Aussi pense-t-il aux personnages avant d'envisager les situations. Il fait des fiches. Toute la vie de chacun. Ce n'est qu'après qu'il les entremêle aux événements. Nous parlons du *Jour se lève*, de son ouvrier bouleversant. Lui, le poète, il reconnaît qu'il émane de Jean Gabin les racines d'un ouvrier poétique. Un homme qui serait devenu le roi d'un pays si un pauvre environnement de départ ne lui avait rogné les ailes. Nous parlons des *Enfants du paradis*, des inoubliables déclarations d'amour du mime Jean-Louis Barrault, de la gouaille universelle d'Arletty. Nous nous quittons sur l'idée que la chance n'existe pas. Le destin est le seul distributeur des cartes.

Dès que mon bouquin *Le Haut-Fer* sort des presses, je le donne à Lino Ventura. Sa porte m'est ouverte en permanence et la mousse au chocolat de sa femme Odette vaut à elle seule le passage sur la terre. Lino aime beaucoup le personnage qui lutte dans sa vieille scierie. C'est le reflet de son laconisme. Il me dirige vers le producteur avec lequel il a signé des options de films. Jean Rossignol traite d'abord mon contrat de scénariste, et je me mets au boulot. Tout en considérant que ce travail ne sera qu'un premier jet, je rame. Les scènes entre Lino et sa main-d'œuvre encombrante de taulards me semblent forcées. Je recommence. Ou bien Lino sort du personnage pour les mater, à l'image d'un chef de bande, ou bien j'en fais un type dominé, et cette tonalité ne lui va pas. J'arrive néanmoins au bout et le producteur, en face du devis du film, en avale sa pomme d'Adam. Lui si enthousiaste chez Ventura, entre le gigot et le parmesan spécial – Lino est natif de Parme –, aidé par des goulées de pétrus, lui si lyrique – Belmondo dans Le Vengeur, Aznavour dans Le Tricheur ! –, il voudrait les rillettes et l'argent des rillettes.

La réduction d'un devis de film est sans doute une spécialité. D'abord les Vosges.

« Il pleut tout le temps dans les Vosges... Et puis on doit défrayer les équipes... Que dirais-tu, mon cher José, de la forêt de Fontainebleau ?... »

Et la schlitte ?... Et l'isolement ?... Et les ventes aux enchères des lots à débiter ?... Je me modère et attends une proposition précise. Le producteur économise le tiers du devis à la vitesse d'un éternuement. Il me colle sous le nez les photos d'une scierie artisanale et me demande si moi, le gros malin, le « je-sais-tout du cinéma français », je la connais cette scierie, par h-a-s-a-r-d... Toute l'entrevue dans un ricanement.

Le hasard est grand. Cette scierie à ruban coupe du bois de chauffage à côté de Bois-le-Roi. Je passe devant tous les jours à cheval. Dans leur projet, adieu la schlitte, adieu les muscles, adieu la poésie de la lumière bleue des Vosges, la cathédrale de ses sapins géants.

« Et si, pour simplifier encore davantage, je ne te vendais pas les droits du roman ?... Tu économiserais tout. En voilà, une idée qu'elle est bonne, me semble-t-il. »

Il croit à une plaisanterie. Dans mon contrat avec Lino Ventura, le titre de mon roman est écrit en lettres majuscules. Je ne peux plus me dérober. Mais qui se dérobe ?... Un auteur qui a ancré son roman dans les Vosges a-t-il le droit de refuser ou non que le cinéma fixe son histoire dans la forêt de Fontainebleau ? J'ai signé un *step-deal,* un paiement à étages sur le scénario. Je décide d'abandonner le reste des paiements et refuse de vendre le roman. Lino comprend. Je lui fais une lettre pour relater la chose. Il a une date précise de tournage. Il est en droit de se faire payer son contrat. J'analyse qu'il est stupide pour une production de saboter un bon projet à cause d'une frénésie d'économies, et, par ailleurs, de payer une vedette sans tourner. Perte sèche du montant des économies. Chacun est libre de balancer son fric par la fenêtre, mais je n'envisage pas de jeter le mien pour lui tenir compagnie.

Libre de tout engagement, j'accepte la proposition de Jacques Deray pour l'adaptation d'un bouquin de Gilles Perrault, *Au pied du mur*, avec Lino Ventura dans le rôle-titre. Une action pour aider les clandestins à franchir le mur de Berlin. Deux scénarios successifs existent déjà, et c'est le mur qui n'existe plus dans l'histoire. Elle se déroule ailleurs, emportée par les mystères des adaptations. Je ne suis pas chargé de le remettre – comme j'avais remis les femmes dans le film de Joffé –, car il reste, entre Deray, Ventura et le producteur, un seul point commun : TOUT sauf le mur.

Je prends la température chez Lino, heureux de tourner un film d'espionnage. Et il aime bien Deray. J'ai besoin d'un ancrage. Jacques pense à Vienne. Nous partons en repérage pour que je m'imprègne. Il y a de la musique dans les squares et je pourrai au moins bouffer des viennoiseries. Je travaille sur le registre majeur de Lino, qui est également le mien : l'amitié.

J'invente un deuxième agent secret. Je livre un premier scénario. Je n'aime pas replâtrer. Je recommence tout. Acceptation et picaillons sous forme de chèque. Le film s'intitulera *Avec la peau des autres.* Deray apportera son style.

À Vienne, je rencontre Anton Karas, le compositeur de la musique du *Troisième Homme.* Un seul air pour une fortune. Fauché, il faisait la manche à la terrasse des brasseries avec sa cithare. Orson Welles arrive pour tourner le film. Il entend les trois notes et le troubadour s'enrichit.

J'ai mal digéré mon échec sur le projet des scieries vosgiennes. Que faire ?... Rien de plus réconfortant que la haute montagne. La saison commence. Je vais demander au granit des parois et aux séracs bleus des glaciers de me consoler. Je loue un chalet à Chamonix pour ma femme, mes enfants et mes vieux parents.

Sans que nous ayons besoin, ma jeune femme et moi, d'en parler ouvertement, nous éprouvons l'envie de vivre l'un près de l'autre vingt-quatre heures sur vingt-quatre. Je l'ai déjà initiée à la pratique des écoles d'escalade : Fontainebleau et les parois calcaires de l'Yonne. À Chamonix, elle m'accompagne dans tous les refuges. Les sommets seront pour un peu plus tard. Je me gorge de parois et je clôs ma saison par la face nord de l'aiguille du Dru avec Jacques Le Menestrel, alpiniste ailé devant les dieux de la grimpe. Et pour la première fois, aux prises avec cette glaciale face nord, je pense à la famille dont je suis responsable, deux enfants en bas âge, et je me reproche les risques côtoyés. Je ne peux imaginer le cadeau que va m'apporter cette ascension.

Nous tirons sur nos muscles depuis 4 heures du matin. À midi, très proches du sommet, nous apercevons une minuscule ouverture dans la paroi. On s'y engage en rampant, elle nous conduira à la face sud. Enfin le soleil sur la peau. Nous voilà sur la vire de quartz, un balcon du vertige avec la hauteur de deux tours Eiffel bout à bout sous les pieds. Pain et fromage là-dessus. Mon copain me pose une question sur ma fabrique de rêves. Lui, sorti de Polytechnique, est cartographe. Je raconte mon échec sur mes scieries. Et, soudain, une vision s'impose. Ce n'est pas la Sainte Vierge. C'est l'image d'un homme simple, proche du terroir, un peu timide, qui vient remettre en marche la scierie artisanale et poussiéreuse de son père. Ce n'est plus Lino Ventura et sa force de décideur. Mon erreur était grandiose. Alors qui est-ce ? Je pense à Bourvil. Merci chère face nord des Drus... Merci ! Il ne me reste qu'à embrasser la vierge métallique scellée au sommet.

Au cours de la descente, une succession de courts rappels, l'idée se solidifie. Mais acceptera-t-il ? Je bénéficie du bon sens de mon ami Lino Ventura. Il jouera avec plaisir le rôle du taulard proposant une main-d'œuvre de libérés conditionnels à la scierie isolée pour assumer une vengeance personnelle. Il ne connaît pas Bourvil. Jean Rossignol non plus. Et moi non plus. L'agent de Bourvil me réclame le sujet. Je dépose le scénario et le roman. Réponse dans trois semaines. L'attente. Il pourrait lire en deux jours. Non. Trois semaines.

J'attaque un roman : une « Série noire » intitulée *Ho !* Un gangster, que j'ai connu, gonflé par la presse. Pour rester à la hauteur de sa réputation médiatique, il s'engagea dans un engrenage infernal. Je romance les faits. Je me souviens d'un ami et donne au personnage du roman la passion des cravates. Trois cents cravates. C'est le moment qu'Eddy, surnommé Eddy les belles cravates, choisit pour me téléphoner. Ce braqueur, libéré depuis peu, m'avait aidé à surmonter ma première cellule. Mon arrivée, boitant des suites d'une balle qui m'avait fracturé le fémur, avec Eddy déjà dans la cellule. Un optimiste orienté vers des projets d'évasion. Il finira par purger sa peine.

Je le retrouve dans le bar de la mère Ninie, rue aux Ours. Il a un problème. Il a accepté les économies d'une grosse pute en guise de dépannage. Elle est fière de bosser pour ce truand de grande renommée. Il n'est qu'un mac occasionnel et se trouve empêtré par le désir que cette volumineuse a de lui. Impossible de bander pour l'honorer. Je dois déjeuner avec eux. Eddy mettra le sujet sur la table. D'allusion en allusion je devrai reconnaître qu'après une longue détention notre système, déréglé, nous fait tomber en panne. La débordante n'est pas éclairée à tous les étages. Un peu avant le dessert, elle entrevoit que nous parlons pudiquement de notre virilité défaillante à cause des années vécues dans ces saloperies de prisons. Elle en excuse Eddy :

« Mon chéri, ce sont nos petits secrets... Faut pas en causer à tout le monde. »

Eddy est sauvé. Il peut encaisser la monnaie sans rembourser en nature.

La rencontre avec Bourvil survient. Il arrive avant l'heure et avant moi dans une petite brasserie près de la place des Ternes. Sur la table, le scénario, le roman et le silence. Il a eu un imperceptible mouvement de la tête. Je rassemble mes arguments pour quand il refusera le rôle. Ma gorge s'assèche. Les secondes s'écoulent. Sa main se pose sur mon avant-bras et le serre progressivement. Il ne sourit pas et un seul mot s'évade de ses lèvres serrées :

« Merci. »

Une poussée d'adrénaline. Tout mon sang transformé en oasis paradisiaque.

« Comment avez-vous pu penser à moi pour ce genre de personnage ? » ajoute Bourvil.

Comment ? Grâce à la haute montagne, quand j'étais accroché à une paroi comme une pince à linge sur son fil. Cette vérité risque de me faire passer pour un cynique quelconque.

« Mon cher Bourvil tout le monde pense à vous.

– Dans le solide ? Avec une carabine ? » insiste-t-il.

Je le rassure. Secteur solide, il aura un associé : Lino Ventura. Par chance, il ne se renseigne ni sur le metteur en scène ni sur le producteur. Je n'ai dans mon chapeau que lui, Lino et l'histoire.

Lino, enchanté, ajoute un producteur dans le chapeau. Michel Ardan le harcelait périodiquement avec des propositions de film aussi captivantes que la culture des rutabagas. Ex-acteur de second plan, Michel Ardan avait raccroché, après un bâton de maréchal dans un personnage pathétique de *Classe tous risques*. Au-delà du vedettariat de Lino, il lui témoignait une saine admiration. Buvant au calice de notre projet westernien, rempli par Lino et Bourvil, il se jette sur moi comme un canard sur un hanneton. Il étale dans son bureau une liste de metteurs en scène d'un niveau artistique au-dessous de la ligne de flottaison. Un canot de sauvetage sera le bienvenu. Je viens de voir un moyen métrage en projection privée : *La Rivière du hibou,* d'un certain Robert Enrico. L'aventure, le sens de l'espace, l'émotion, la poésie... Le royaume du talent. J'organise une projection pour Lino et Ardan au Publicis-Champs-Élysées. Nous en sortons à minuit. Lino a des gammes de silence que j'ai appris à déchiffrer. Un rejet ou un applaudimètre intérieur. Il pose une main sur mon épaule pour concrétiser l'applaudimètre. Je glisse alors au producteur le numéro de téléphone de Robert Enrico.

« Ce type, me dit Ardan, c'est le Verneuil de la Cinémathèque. »

Il entre dans une cabine et l'entretien s'étrangle avec la colère d'un homme qu'on réveille et qui prend la proposition du film pour la saloperie de blague d'un collégien attardé. Calme, Michel Ardan, martèle ses coordonnées. Malgré sa *Rivière,* pas encore célébrée, et un long métrage sur la guerre d'Algérie d'une exploitation difficile, Robert Enrico n'est pas homme à perdre confiance en lui. À l'heure dite, il vient contrôler l'existence des Productions Belles Rives du producteur Michel Ardan. On ne sait jamais.

Je suis là. Dix heures du matin, et un jeune metteur en scène saisit la chance entre le pouce et l'index pour en dérouler une première longueur. Il emporte le roman et l'adaptation. Il voudrait retravailler avec moi et remettre dans le scénario certains éléments du roman qui avaient disparu dans l'adaptation. Surtout le début. Je ne m'acharne jamais à conserver mon imaginaire de romancier en travaillant pour le cinéma. Mon investissement sur les scieries vosgiennes, mon ermite détruit par l'isolement, sauvé à moitié mort de froid, ces sentiments me poursuivent, et la proposition de Robert Enrico de ne pas s'éloigner du roman ne flatte pas seulement l'ego de l'auteur, elle me lie d'amitié avec Enrico.

Le travail se fait. J'emmène Robert sur tous les décors du roman. Les contrats des acteurs se signent. Le mien aussi. Michel Ardan marchande, évidemment. Avec Jean Rossignol, nous décidons de ne céder les droits que pour une durée de dix ans – ça passe vite, dix ans. Robert procède lui-même aux essais qui complètent le casting. Je présente Michel Constantin, qui est immédiatement engagé.

L'équipe de ces libérés conditionnels amènera au cinéma français un humour musclé, mais Michel Ardan rigole moins. Les Vosges sont réputées pluvieuses. Il me montre un bilan météorologique sur vingt ans qui lui inonde le sommeil. Chaque matin il craint de retrouver ses pantoufles transformées en barquettes. Que va devenir le film sous la pluie ?... Les pompiers n'arriveront peut-être jamais jusqu'à la clairière pour sauver les acteurs de la noyade ! Sans vouloir inquiéter Lino, je crains que cette complainte sinistrose nous ramène à la forêt de Fontainebleau ou au bois de Saint-Cucufa.

Le Haut-Fer est un titre hermétique pour lancer le futur film. On choisit *Les Grandes Gueules,* qui habille le groupe turbulent sorti de prison comme une capote sur un gland.

À la maison, un choc dans la salle de bains. La porte s'ouvre vers l'intérieur et le corps de mon Père bloque la porte. René Desmaison était de passage à Paris, nous joignons nos forces pour pousser la porte. Mon Père n'est plus qu'une masse muette. Nous avons peur de procéder par à-coups. J'arrive enfin à me glisser dans le passage, étroit comme un orifice pour évadé. Mon cœur me barbouille l'âme. Il me semble entendre un soupir rauque. J'ose à peine tirer son corps vers le fond de cette minuscule salle de bains. René me rejoint.

« Le cœur », dit-il simplement.

Il en a sauvé, des vies, en haute montagne. Mais là, dans une salle de bains, et bientôt sur un lit, il faudrait un toubib. Mes mains tremblent sur les pages du Bottin, sur le cadran du téléphone. Le cabinet du toubib est dans l'immeuble d'en face. Il n'aura pas besoin de se faire descendre sur une paroi par le treuil de l'hélico.

Proche ou pas, il est trop tard. Ma mère tortille une étoffe entre ses mains. Le ravage crispe son visage. Un petit paquet de secondes pour oublier les accusations, les ruines, la course à l'amour pour les enfants. Le sang m'a quitté, ma mâchoire absorbe mes joues. Je vais entreprendre de parler au Père sublime en écrivant et il me répondra en peuplant mes rêves. Il vient de mourir pour la première fois.

Ma sœur Simone arrive de Chamonix pour le cimetière. Il y a aussi p'tit Louis, le demi-frère de mon Père, toujours resté près de nos malheurs. Pas d'église. Mon Père, incroyant, s'en remettait à ses cartes. Dans les allées du cimetière, ma mère affirme que le toubib s'est trompé. Elle revoit mon Père allongé sur le dessus de lit. Elle l'a senti encore vivant. Nous l'aurions enterré vivant. Pas simple, avec ma mère, un enterrement. Pas facile à détromper non plus. Mes deux enfants en bas âge l'aideront peut-être. Sauf qu'elle a toujours vécu avec ma sœur Simone et ses deux filles. Leur absence lui pèse.

Je relis le testament de mon Père : « Quoi qu'un enfant fasse contre la société, quoi qu'il fasse contre toi, tu n'abandonnes jamais ton enfant. Il est ta chair, il est ton sang. »

Je voyage entre la préparation du film d'Enrico dans les Vosges et Paris XVIIIe. Tandis que la présence sur la terre de Léa, ma demi-sœur, atteint son terminus dans l'escalier de son immeuble. Chaussée de talons aiguilles disproportionnés, au secours de sa petite taille, l'un d'eux s'est cassé net. Léa est tombée en arrière et s'est tuée. Elle avait peut-être écouté la philosophie d'Arletty : « Évitez les talons plats... ça fait le cul bas. » Léa n'habitait pas loin de nous, rue Henri-Monnier dans le IXe arrondissement. La rue de mon ami Alphonse Boudard. Le père de Léa était mort à la guerre de 14. Avec Léa, ma mère enterre son passé le plus ancien. Je lui parle de l'avenir qui reste. Ses petits-enfants. Ceux de ma sœur Simone et les miens. À cet instant, ma mère me donne l'impression de ne chercher à exister que par elle-même et pour elle-même. Elle se croit seule à tirer la charrue. Du moins le voudrait-elle.

Un soir calme, on sonne à la porte. Un ancien de la geôle. L'adresse du square a tellement été échangée entre les familles se croisant dans les parloirs des prisons... L'homme a besoin d'un service que je serais seul à pouvoir lui rendre. Il est en liberté conditionnelle et a récemment oublié de pointer devant les autorités. Infraction. Il jure n'avoir commis aucun délit et me demande un mot de recommandation auprès de mon éducateur, Pierre Billy, devenu chef au sein du comité postpénal. Je rédige une courte lettre en priant cet éducateur devenu mon ami de vérifier le cas et d'essayer de rétablir le lien légal entre ce libéré conditionnel et la loi. Le voilà parti avec ma lettre. Je ne me doutais pas que trois tordus l'attendaient dans une bagnole devant ma porte. Sous les sièges et les aisselles, de l'artillerie digne de fort Alamo. Un barrage de police. Contrôle. Commissariat et les flics de la Crim alertés. Je me retrouve en face du commissaire Chevalier. Il a récupéré ma lettre sur le truand.

« Encore vous !... »

La dernière fois, il m'avait bien recommandé d'en terminer avec le faux romantisme de la pègre. Je m'offre une journée plus une délicieuse nuit dans une cellule de garde à vue. Pierre Billy, convoqué aussi, fait éclater ma bonne foi. Le mieux sera de déménager. Une nouvelle adresse inconnue de ce passé adhésif transformé en colle forte. La Sécotine colle seulement les tissus, le bois et le fer. La colle dont je dois me dépoisser, englue le passé avec le présent, une sorte de sable mouvant qui menace d'engloutir l'avenir.

Nous quittons Paris pour Fontainebleau. Une villa louée en bordure de forêt. Une école à deux pas. Malgré la présence des voisins de ce lotissement, j'achète un magnifique berger allemand qui rassure ma mère.

Les affaires s'enchaînent. Jean-Pierre Melville précise son attachement pour *Le Deuxième Souffle*. Jean Rossignol signe des contrats prudents. Des contrats à paliers progressifs. Serge Reggiani jouera Gu, dont il est, en plus de son talent d'acteur, physiquement proche. Simone Signoret jouera Manouche. Melville habite dans ses propres studios de tournage, replié sur lui-même, une femme et des chats en guise de famille nombreuse.

Avec Jacques Becker, Claude Sautet, Robert Enrico,

Jacques Deray, j'étais heureux. Libre. J'avais rangé au grenier mes instincts défensifs. Oui, garde basse. En compagnie de Melville, j'écoute davantage que je ne parle et je reconnais là mon état d'alerte. J'essaye de comprendre son système, à savoir son désir d'envoûter les gens, de les posséder. Sa première erreur sera de jouer à l'homme. Du style : lorsque, chez lui, des femmes sont présentes. « Laissez-nous, on doit parler entre hommes. » Un jour, il va au bout de son erreur et me confie un sentiment lourd à porter, qu'il n'a confié à personne. Heureusement, qu'aujourd'hui je croise sa route. Il ne pouvait se décharger qu'auprès d'un être à mon image. Il me parle, la nuit, sous une lumière de polar censée sculpter le danger sur son visage bourgeois.

« Alors voilà, commence-t-il en écoutant la mélodie onctueuse de sa voix... Comme un acteur il marque un temps... Je dois tuer quelqu'un. Je vais donc le faire, et maintenant que je viens de le dire au seul homme capable de l'entendre, je suis serein. »

Boum ! Moi aussi je vais mieux. J'ai compris ce faible qui court après la force. J'ai compris son amour des borsalinos, des holsters, des froids règlements de comptes. Il est assis entre deux chaises. Même trois. Et sa contradiction est indissociable de son talent. Ne pouvant l'imposer de face, j'ai, ce jour-là, une nette vision de l'araignée dans sa toile. En attente. Heureusement, avec mon oncle Santos, ce chacal, j'ai déjà payé pour voir. En face de Melville, je vais voir sans payer. J'ai ressorti mes défenses du grenier et la lecture d'une pleine page dans *Le Film français* me rend la digestion difficile :

JEAN PIERRE MELVILLE PRÉPARE
LE PLUS GRAND FILM POLICIER
DE L'HISTOIRE DU CINÉMA FRANÇAIS

Mon nom et mon bouquin ont disparu. Il ne reste que Melville le magnifique, l'empereur de la rue Jenner, le multicréateur. Manants, laissez passer le prince. La colère me replonge dans le risque. Pour me calmer je vais d'abord chercher mes deux enfants à l'école. Paul et ses yeux bleus, ceux de mon Père. Marie-Josée raconte et raconte encore. Mes responsabilités me remettent dans l'axe. Je retrouve Melville et mets l'annonce devant son regard de loukoum teinté d'un étonnement de comédie.

« Je suis où, là-dessus ?... »

Ce n'est rien, absolument rien. Que j'attende pour lire le générique du film, que j'attende pour juger de son amitié, de son admiration pour moi ! Je ne tiens pas à m'attarder, de crainte de perdre mon contrôle face à ce baratin de bazar. Je lui balance qu'il ne fera pas le film et je me précipite pour téléphoner à Jean Rossignol. Nous n'avons pas signé tous les accords. De plus, le producteur de Melville est très en retard sur l'échéancier des paiements du roman.

Je sais très bien qu'une autre possibilité de traiter le film ailleurs sera moins talentueuse, mais je m'en contrefout. Tout sauf ce jésuite.

Une production – Jaquin – cherche un sujet pour Gabin. Nous signons, et l'adaptation est confiée à Denys de La Patellière et Pascal Jardin. Ce n'est pas exactement leur univers. Le mien ne consiste pas non plus à me faire éliminer par un simulacre d'homme, sa bagnole américaine et sa parodie d'un Bogart en papier mâché.

Je me lave le cerveau en intensifiant les séances d'escalade dans la forêt de Fontainebleau. Melville, dans sa tanière, doit bouffer ses lunettes de soleil. Jacques Deray m'appelle. Il a signé pour un film, *L'Homme de Marrakech,* d'après un roman anglais, et la lecture du scénario décourage la coproduction italienne. Si elle quitte le projet, l'édifice financier du film se fissure. Suzy Prim, ex-comédienne, sex-symbol du cinéma français, dirige cette production folklorique. Acteurs choisis, repérages faits dans le sud de l'Espagne, ce tournage imminent, privé de scénario, relève du bloc opératoire d'urgence. Sous leurs bonnets de chirurgiens, Claude Sautet et votre serviteur vont rassurer la famille du malade. C'est-à-dire la production. Et le sympathique metteur en scène.

Le sujet prend de légères racines dans l'attaque d'un transporteur d'or. Une astuce : charger le fourgon à l'intérieur d'un gros camion, et au revoir Gertrude. Nous disposons d'une belle, Claudine Auger, et d'un aventurier, George Hamilton, plus crédible au sein de la jet-set, la fille de Nixon à son bras, qu'armé d'un bazooka sous le soleil torturant du désert.

Avec Claude, nous bénéficions d'une telle confiance de la part de Suzy Prim qu'elle n'attend pas de lire notre réécriture pour lancer le tournage. Le matériel de Deray, véhicules, fourgon spécial, etc., est bloqué à la douane espagnole. Ce fourgon, dans son immense camion, ressemble à une machine de guerre qu'on aurait cherché à dissimuler. Il n'était sur aucune liste. Néanmoins, Deray tourne pour meubler : passages de voitures, etc. Il essaye d'arranger les choses par pure gentillesse, et personne n'en tiendra compte à l'heure du retard sur l'essentiel.

Finalement, nous devons le rejoindre, avec le scénario en chantier, près d'Alméria, le fief des westerns-spaghettis. Au fur et à mesure de nos séquences, nous lui livrons de quoi tourner. L'acteur Ivernel entrebâille parfois notre porte, et de son visage angoissé s'échappe toujours la même phrase :

« Mon rôle ?... Ça vient bien ?... »

Un bel hôtel et l'intelligence de Claude Sautet pour m'enrichir. Deray, sur son tournage, mastique calmement les difficultés, repasse les plis profonds du désordre de la production. Suzy Prim, transferts de fonds non établis, ramène du fric de Paris en liquide, caché dans sa culotte.

À la fin de l'histoire initiale, l'héroïne abandonnait le butin pour partir avec l'aventurier. Le casting nous incite à lui laisser son blé et à virer la gravure de mode qui lui sert de guerrier. Claude Sautet s'en va. Je reste pour attendre Zazie. Elle va venir en voiture. Ma mère et une employée s'occupent des enfants. Nous reviendrons en profitant un peu de l'Espagne. Un voyage de noces tardif. Deray, pour sauver son film, est obligé de dépasser le budget, d'ailleurs fantaisiste. Le distributeur débarque pour mettre de l'ordre dans les comptes. Il a l'impression que son grisbi fond comme un suppositoire dans le cul d'un fiévreux.

Suzy Prim s'inquiète : sa bouche, ses lèvres se compressent et se relâchent à faire exploser un tabernacle. Elle me prie de déjeuner sur une table à côté d'elle et me demandera d'intervenir si nécessaire. Elle a un petit loulou de Poméranie dans les bras. Le distributeur a le même clébard. Chers trésors !... J'écoute leurs histoires de chiens. Celui du distributeur n'a pas de bonbons le soir, quand il a désobéi à sa maîtresse. Celui de Suzy Prim gémit quand elle se dispute avec son homme. Pas un mot du film, le combat de Deray. Rien. Une dernière histoire de chiens et le distributeur reprend l'avion. Encore une leçon sur le cinéma qu'on ne risque pas d'apprendre dans une école.

Zazie arrive au volant de notre break Volkswagen. Jacques Deray n'a plus besoin de moi. Nous rentrons à la maison. Hemingway disait : « Aller en Espagne sans visiter Ronda est un péché. » J'ai commis assez de péchés pour ne pas y ajouter celui-là. Nous dormons à Ronda, ville bâtie sur deux pitons rocheux qu'un pont relie au-dessus du vide.

Durant mon épopée espagnole, Melville, grâce à ses relations – il aurait pris Malraux sous le bras –, a fait bloquer par le CNC l'autorisation de tournage du *Deuxième Souffle* mis en scène par Denys de La Patellière. Je continue à penser que, sans mettre leur talent en cause, ni lui ni son scénariste, Pascal Jardin, n'ont le tempo de ce roman. Pascal Jardin écrit : « Gu, gâchette de soie », etc. C'est joli mais il n'y a pas grand-chose derrière. Malgré tout, je suis content qu'ils fassent le film à la place de Melville. Je me précipite au CNC. Melville a brandi des débuts d'accord sur le scénario. Mais Jean Rossignol avait récupéré les droits du roman pour défaut de paiement. Ça coince les rouages du cinéma, plus compliqués que ceux de la pendule astronomique de la cathédrale de Strasbourg. La justice devra trancher sur le fond. Je ne suis pas pressé. J'écris un nouveau roman, *Meurtre au sommet*.

La réalisation des *Grandes Gueules* par Robert Enrico est imminente.

« Comment va la hyène ? » me demande parfois Lino en parlant de Melville.

Je lui réponds qu'il lui manque mon cadavre.

L'écriture de *Meurtre au sommet* me ramène sur la face nord du Dru. J'utilise l'étroit passage séparant les deux alpinistes, un en face nord et l'autre en face sud, pour manigancer une fausse disparition. L'un jurerait que l'autre est tombé dans le vide sans l'avoir vu vraiment tomber. Partant de cette idée d'un mort toujours vivant, j'invente toutes les motivations, peuple l'histoire des grands noms de la grimpe, traite des sauvetages. Je retrouve mon personnage dénommé Manu, celui du *Trou* et des *Aventuriers*. Je suis à l'aise auprès de mes familles du vertige. Sans oublier le sexe, le mythique hôtel de Paris à Chamonix transformé en baisodrome par les filles en mal de chef de cordée amateur de haut niveau. Le tournage des *Grandes Gueules* m'interrompt. J'ai décidé de le suivre intensément. J'écrirai le soir pour ne pas perdre le fil de *Meurtre au sommet*.

Zazie loue une maison à Gérardmer. Les enfants ont un jardin et ma mère son éternelle recherche d'un système gagnant à la roulette. Une sorte de course au trésor. La clairière de mon ermite est peuplée d'acteurs, de techniciens, de projecteurs. Jean-Claude Roland joue le tricheur aux dés. Ses yeux gris et son aura à la Montgomery Clift élargissent encore les horizons de mon histoire. Des câbles rampent comme des serpents géants. Enrico dirige avec une grande maîtrise. Lino Ventura est heureux dans son rôle d'homme qui a manigancé la venue des libérés conditionnels pour préparer sa vengeance. Lorsque son ennemi sortira de prison, il bossera dans cette forêt... Lino, à l'heure de la pose, joue au foot dans la clairière avec l'équipe hétéroclite de ces taulards en sursis. Mais André Bourvil s'isole dans sa voiture.

« Qu'est-ce qui le gêne ? » s'inquiète Lino.

J'ai amené Bourvil dans cette aventure. C'est à moi de lui parler.

« J'our, André... jouez pas au foot ?... »

Il lève les yeux de son livre.

« Pas avec des gens qui me compliquent la vie dans le scénario. »

Il me rappelle qu'il joue un contre-emploi et qu'il doit conserver ses distances avec ces bûcherons d'occasion pour être crédible sur l'écran. Un métier absolu.

Une pluie fine insiste comme un vendeur d'aspirateurs à domicile. La lumière du film n'en sera que plus poétique. Lino Ventura a une telle confiance dans ce film qu'il refuse les propositions à venir. Après le succès qu'il attend, il fera monter les enchères. Pour la minute, les penseurs du cinéma français nous prennent pour des boy-scouts bouffeurs de bons sentiments. Ma famille de cinéma s'agrandit : François de Roubaix fera la musique des *Grandes Gueules*. Le parfum de son talent emportera le puissant film d'Enrico entre les nuages irisés du succès. Le royaume des vilains jaloux. Je n'ai pas quitté le tournage, et le coproducteur-distributeur du film pense que je projette de mettre en scène.

« Pas du tout. Je me dis seulement que ma compréhension de la technique m'aidera à devenir un meilleur scénariste. »

Dans tous les cas, le jour où je décide de tourner

une de mes histoires, il produira le film. Sa boîte s'appelle SNC : Société nouvelle de cinématographie. Jean Rossignol m'assure que trouver un producteur sans rien demander le réconcilie avec son métier d'agent.

Pour ne pas me paumer dans le labyrinthe des espérances, je me jette dans le concret : une première hivernale sur la face nord de l'aiguille du Midi avec René Desmaison et Pierre Mazeaud, l'homme politique. Fin décembre, le froid colle nos mains au métal des mousquetons. Le menu propose d'abord une succession de descentes en rappel dans un couloir merdique. Le dernier sera pendulaire pour atteindre le point d'attaque de la remontée. La voie est en escalade artificielle, entièrement surplombante. René, en tête, enfonce les pitons, je l'assure, puis, je fais monter Mazeaud jusqu'à moi. C'est lui qui a le boulot musclé d'enlever les pitons. Il me les tend et je les passe à René qui les replante, etc. Nous progressons très lentement. Les pitons rendent un son clair ou mat suivant la matière. Nous sommes suspendus à des étriers. Pleine lune, un ciel et des étoiles de décor théâtral. Le froid nous maintient en vie.

Normalement, je devrais m'occuper d'un nouveau producteur qui a commencé les allers et retours entre Melville et moi pour arranger les bidons. Il s'appelle Charles Lombroso. C'est un rescapé de Buchenwald qui a droit au respect. Concernant Melville, j'ai besoin de réfléchir. J'ai appris que, privé des droits de mon roman, il avait essayé de le plagier, de s'en inspirer, sans avoir l'air de s'en inspirer, tout en s'en inspirant. Pour m'éviter d'agir et de répéter l'épisode du *Trou* avec Raoul Levy, j'ai répondu à l'offre de René

Desmaison quant à la première hivernale sur la face nord de l'aiguille du Midi. J'en ai encore l'âge, tandis que je n'ai plus, moralement, celui de me commettre avec quiconque, Melville compris.

Les derniers 40 mètres s'inclinent. Nous rangeons les étriers et débouchons à 3 800 mètres d'altitude au sommet de l'aiguille du Midi. Merci à René Desmaison de son invitation à se faire peur. Pierre Mazeaud retrouvera les joutes bon enfant de la Chambre des députés, et moi, le petit Charles – 1,60 mètre –, son humour et sa copine Mercedes, un grand cheval.

Jean Rossignol, pour mon bien, penche du côté de Melville. Il est temps, dans ma nouvelle vie, de limer mes angles vifs. Chacune de mes demandes est d'abord refusée par Melville. Puis acceptée. La vie du petit Charles se transforme en yo-yo. D'abord mes dialogues. La Hyène a utilisé dans le scénario tous les dialogues du roman et il veut signer seul. J'en rajoute : il faudra aussi encadrer mon nom sur les lumineux des cinémas. Ensuite, la distribution. Il distribue le gangster à Paul Meurisse et le flic à Lino Ventura, qui, il est vrai, adore le rôle. Je refuse de signer. Je veux inverser pour la crédibilité au premier degré. Pour épater la profession, il distribue Tino Rossi dans le gangster qui a monté l'attaque du fourgon. Je refuse de voir Tino un colt à la main. Je n'accepte que Raymond Pellegrin. Simone Signoret ne joue plus Manouche, le rôle étant minimisé. Melville pense à une speakerine de la télé, Christine Fabrega. Il ne cesse de jouer à celui qui fait ce que personne n'a imaginé de faire. Ça lui prend la tête. J'accepte pour arrondir. Il voudrait que je cède sur les droits du roman pour ce qui me restait à toucher du premier projet. Il s'indigne que je veuille revendre, que je remette le compteur à zéro. De quoi tu te mêles, machin, sous ton chapeau de cow-boy et tes lunettes noires ?... En Corse, on dit : « Qui tu es toi ?... » Si ce n'était pour le petit Charles, j'aurais tout annulé.

Comme Lino va travailler avec Melville, il me demande si mon litige est réglé. Moralement, il ne le sera jamais. Avant la tentative d'arnaque, nous étions d'accord pour que je joue le rôle du prisonnier qui s'évade avec Gu au début du film. Par l'intermédiaire de Lino, il me propose à nouveau le rôle. Je suis tellement présentement heureux que je refuse l'idée de me gâcher la vie, le temps de poser les yeux sur lui. Sa machine à déverser les calomnies fonctionne à haute production. Et pas seulement sur moi. Son talent, son esthétisme sont épargnés par ce triste côté des choses. Plus tard, avec *L'Armée des ombres* de Joseph Kessel, il signera son meilleur film et le meilleur film de la période ambiguë de l'Occupation.

Après l'avalanche des romans arrive celle des films. La réussite des *Grandes Gueules* est totale. Le métier de réalisateur échappe à toute analyse, et il me semble inaccessible. Cette façon de raconter une histoire, tournée en centaines de petits morceaux, dans le désordre, puis reconstituée au montage, est tellement différente de l'écriture d'un roman que je déroule en continuité et qui ne peut donc pas m'échapper...

Melville a connu les pires difficultés, mais il a pour qualité de ne rien brader. Le petit Charles avait déclenché le tournage dans un coup de folie : il ne pouvait payer que la première semaine de tournage car le distributeur ne débloquait pas son avance. Pour payer la deuxième, il emprunte de l'argent à Louis Malle.

Un système à 10 % la semaine. Pour payer la troisième, un jeune directeur de production ambitieux sauvera le petit Charles. À la fin de la quatrième semaine, ça manque de bouée de sauvetage à l'horizon et le tournage s'interrompt. Lino va tourner un autre film pendant que Melville monte les séquences des quatre semaines d'images. En les visionnant, le distributeur reçoit un coup de gonfleur Michelin et débloque l'avance. Le film, oxygéné, reprend. Melville n'aura concédé aucun allégement au scénario. On prétend qu'un film policier n'a de public que sur un impact court, haletant, d'une heure trente. Melville conclut en deux heures et quinze minutes et conserve l'impact. Ma fresque de la pègre n'est pas trahie. Melville a sauvé son film. Il doit le protéger définitivement au montage.

Alain Delon, de retour d'une expérience américaine, regarde autour de lui et juge que travailler avec le metteur en scène et l'écrivain des *Grandes Gueules* ne serait pas une si mauvaise idée. De plus, nous avons des amis communs chez les Corses. Delon est aussi apparenté à notre île. Je fais lire à Enrico mon bouquin *Les Aventuriers*. Il n'adhère pas à la partie centrale du récit, qui relate comment une femme séquestrée est délivrée par Manu. Il appelle ça l'histoire de la pute. On n'avait pas la même vision de cette femme. Je lui propose d'ignorer cette partie et de travailler sur les deux personnages : Manu et Roland qui cherchent un trésor. Un film largement inspiré par le bouquin qui dégagerait un rôle pour Lino Ventura et un autre pour Alain Delon. Par éthique, le projet arrive chez SNC, les coproducteurs et distributeurs des *Grandes*

Gueules. Ceux qui m'avaient incité à essayer la mise en scène. Pourquoi ne pas tourner l'action centrale de mon roman, celle de la femme séquestrée et de l'aventurier Don Quichotte ?... Ce récit me va aussi bien qu'un fusil à un Corse.

Chacun de nos deux contrats de metteur en scène, celui d'Enrico et le mien, comporte les numéros de pages du roman que nous utiliserons. Je laisse au film d'Enrico le titre du bouquin, *Les Aventuriers* et je baptise le mien *La Loi du survivant*.

Enrico me demande si un autre scénariste peut se joindre à notre tandem : Pierre Pellegri, avec lequel il a déjà travaillé. Ça aiderait aussi son ami à mettre le nez à la fenêtre. Cette pratique de l'amitié me plaît. De plus, je dois mener de front l'écriture de mon propre film. Le renfort d'un soldat est le bienvenu. Sur le scénario des *Aventuriers*, Enrico amène l'idée d'un personnage féminin. Un trio : deux hommes et une jolie fille qui éclairera l'histoire. Enrico amène aussi le métier de la fille : elle sculptera de la ferraille. Moi, je nourris les rôles de Ventura et de Delon. Lino sera, comme le Roland du *Trou*, un mécano-inventeur. Delon, un pilote assez fou pour accepter le pari de passer sous l'Arc de triomphe avec son avion – je place ici le souvenir de la tentative que Stan nous raconta pendant l'écriture du scénario de *Classe tous risques*. Tout s'imbrique bien.

En sa qualité de soldat-renfort, Pellegri semblerait manquer de munitions. Je ne m'en inquiète pas. Du moment qu'Enrico s'empare pleinement du tempo imprimé aux deux aventuriers, je suis rassuré. Dans mon propre film, il y aura un trésor trouvé dans une sorte de désert. Je pense à une recherche sous l'eau pour le film d'Enrico. J'utilise le Congo en pleine révolution. La fuite d'un type avec ses diamants et la chute de son petit avion dans la mer. Enrico a l'idée de relier le canular de l'Arc de triomphe avec le renseignement qui précipitera notre trio sur les côtes africaines. Son copain, le soldat Pellegri, n'appuie toujours pas sur la détente de son arme.

Le matin, je bosse sur le scénario de *La Loi du survivant* et l'après-midi sur celui d'Enrico. J'ai accepté de donner, le soir, des idées au magnétophone pour un film exotique, *Le Judoka à Hongkong,* joué par Gaby, un copain de sport, une force de la nature surnommé Spartacus. Ma cadence de travail ne baisse pas sa garde. Rempart dressé contre le retour éventuel des expédients. Le pessimisme de ma mère rôde. Elle appréhende mes voyages, le moindre éloignement. Elle s'imagine seule avec les enfants, privée de ressources, soudée à jamais à notre misère dorée d'antan, nos craintes des lendemains.

Je transforme brusquement mon compte en banque en lingots d'or et j'enterre ce pactole dans le jardin de la maison. L'or de mon travail enfermé dans des boîtes en fer. Ainsi, ma mère se calme. En regardant un point précis de la plate-bande longeant le mur d'enceinte, elle sait que, quoi qu'il m'arrive, sa sécurité est là. Notre chien-loup, un des plus beaux de France, se couche près de la plate-bande enrichie, plus efficace qu'une porte de coffre-fort.

CHAPITRE VII

Pourquoi courir sans cesse ?

L'approche de ma première mise en scène déclenche, jour après jour, les problèmes de ce genre d'exercice. Et si je m'évitais cette future galère ? D'abord, pourquoi l'avoir décidée ? J'ai une confortable position de romancier et de scénariste. Ça devrait suffire. Est-ce l'hérédité du côté de ma mère, ce culte du « toujours plus » ? Est-ce le point de vue d'un certain critique professant que, dans un film, seul le metteur en scène prend un risque ?

Sur *Les Grandes Gueules*, après avoir écrit un roman, un scénario, des dialogues, trouvé les vedettes et le metteur en scène, en le pilotant sur les décors de l'histoire, je m'étais étonné que mon apport passe à la trappe. Pas un mot de la critique sur mon travail. En principe, tous les auteurs dans le sac de l'oubli...

Alors, puisque la mise en scène est le seul risque à courir, je n'en suis pas à un risque près. Si je réussis, ça m'évitera des rencontres négatives comme le fut celle avec André Versini, un acteur-metteur en scène, champion de la drague juponnée et de la raconte dans les oreilles du producteur. De l'anesthésie cervicale. Deutchmester avait produit *Un taxi pour Tobrouk* et se plaignait devant Versini des scénarios à venir, très faibles quant au courage, à l'amour, au suspens. Versini cavale jusqu'à une librairie et revient avec *Horace*, la tragédie de Corneille.

« Tout est là-dedans... L'honneur, l'amour écartelé, le combat... C'est éternel et y a plus qu'à le remettre à aujourd'hui dans un milieu corse de vendetta. »

Pour le lifting, un scénariste corse s'impose. Suivez mon regard. J'accepte. Charles Aznavour jouera Horace. Le champ clos du duel des trois Horaces contre les trois Curiaces, Versini me le dessine sur un plan de Paris. Un cercle qui va du Sacré-Cœur à l'Étoile, jusqu'à la Concorde et revient au Sacré-Cœur.

Nous travaillons à *La Table de la reine*. Mes doutes s'accentuèrent lorsque Versini m'annonça qu'Aznavour serait coiffeur de profession. Le fossé entre la houppette et le colt 11,45 me sembla infranchissable, et, à mon avis, le grand talent d'Aznavour ne le comblerait pas. La bataille des Horaces et des Curiaces s'était déroulée dans une arène, mais la nuit, dans Paris, comment contrôler, à la mise en scène, l'intégrité du duel ?... Le combat entre les Horaces et les Curiaces évita à deux sociétés entières de s'entretuer. Avec Versini les héros ne réglaient que le litige entre deux familles. Ça en revenait à l'extermination des deux familles.

Le sujet coulait à pic, et ma cervelle suivait dans le naufrage. J'ai essayé d'alerter Versini. Nous devrions changer les choses. Inventer deux villes... Reculer dans le temps... Il était davantage préoccupé par la pub pour son film. Des journalistes venaient déjeuner. Versini se targuait de l'amitié d'Aznavour, sa vedette. Je patientais.

Ma récompense descendit d'une voiture garée au bout de la grande terrasse de l'auberge, parsemée de tables et de chaises. Était-ce possible ?... Un ex-condamné à mort. Un ami des chaînes surnommé Manouche. Sous la pommette, sa cicatrice s'approcha. L'émotion ralentissait nos gestes. L'accolade se prolongea. Il était accompagné d'une jeune femme. Il me la présenta.

« Mon infirmière. »

Il est vrai qu'il était tubard. Il venait de me retrouver grâce à un article de journal qui mentionnait ma présence dans cette auberge. Je l'ai invité à déjeuner. À l'écart, Versini baratinait une mère et sa fille. Pour la fille ou pour les deux, car la mère croisait encore de belles gambettes. Elles riaient aux éclats. Il était doué pour dilater les rates. Pourquoi diable se lançait-il dans les tragédies grecques ?...

Manouche était sorti en liberté médicale. Nous évoquâmes notre effroyable passage dans le couloir de la mort. Son regard s'enfuit et il me demanda, à toute vitesse, un peu de fric sous un vague prétexte. Je lui ai donné un chèque. Il avait regagné sa voiture. Je l'avais vu hésiter, revenir vers moi et déchirer le chèque.

« Je t'ai raconté une salade... »

Il n'arriva même pas à sourire.

« Après ce qu'on a vécu ensemble... »

Je ne voyais plus que son dos et les morceaux du chèque, comme les morceaux de notre passé d'anciens parias... À quelques mètres, Versini, un genou en terre, regardait au travers du petit rectangle du couvercle d'une boîte d'allumettes. Quelqu'un en arrivait toujours à lui demander ce qu'il faisait là.

« Un plan en Scope... C'est juste le format du Scope. »

J'avais pensé qu'un viseur, une casquette et un fauteuil de metteur en scène seraient insuffisants pour réussir un film. En plus du travail sur le scénario, le metteur en scène et le scénariste devaient se découvrir quelques valeurs communes au quotidien. J'avais apprécié ce courant avec Becker, Sautet, Enrico et Deray.

La visite de deux amis corses, François et le petit Antoine, me coupa l'envie de continuer à bosser pour Versini. Retrouvailles par le canal de la pub. Une splendeur de femme au bras du petit Antoine qui avait pour elle un regard d'ébène à la fois protecteur et meurtrier. Déjeuner au champagne, évocation de la Corse, étalage d'une mentalité plus hermétique, pour Versini, que le rideau de fer de Staline.

Bénazet, le patron folklorique de l'auberge, entreprit les deux Corses sur la boxe et les courses de chevaux. Je restais avec Versini, dont les plaisanteries insinuantes délivrèrent le rire clair de la femme d'Antoine. Soudain, elle sentit, depuis la terrasse, le regard de son homme pesant sur elle. Le rire cassé net, elle le rejoignit. Versini, planté sur place :

« Qu'est-ce qui lui prend ? »

Je lui répondis qu'elle venait de lui rendre un grand service en lui évitant une intervention d'Antoine, allergique aux amuseurs.

« C'est un Martien, ce type », grogna-t-il.

Les Horaces et les Curiaces de Corneille étaient aussi des Martiens pour Versini, et je donnais ma démission au producteur. Que Versini continue sans moi, car j'étais devenu négatif. Le producteur garda l'argent de mon contrat et j'avais récupéré ma liberté. René Fallet et Le Chanois débarquèrent à l'auberge pour me remplacer au scénario. Fallet, l'auteur de *Banlieue sud-est*, avait du talent. J'avais moins d'estime pour Le Chanois. Je m'apprêtais à les saluer et à les quitter en bonne intelligence lorsque, dès leur entrée, ils commandèrent au bar deux cartouches de cigarettes chacun, sur le compte, évidemment, de la production. Ce geste déplacé acheva de me détourner de cette triste expérience. La légèreté de Versini avait des côtés sympa, aussi lui ai-je donné mon sentiment sur sa nouvelle équipe, plus orientée sur le profit que sur une contradiction professionnelle capable de l'aider. J'ai parlé dans le vide. Versini avait préféré la flatterie.

Chacun vit comme il peut. Au volant de ma Gordini, en route pour la grimpe dans les falaises auxerroises, j'entonnais une chanson de western.

La mise en scène de *La Loi du survivant* commence par une erreur de casting. Je me trompe sur le couple. Vera Belmont, coproductrice, en est la première consciente. Il faut essayer d'autres acteurs et annoncer franchement la couleur aux premiers pressentis.

Très, très désagréable. J'ai l'impression de ne pas être au niveau des difficultés que je dois affronter.

Je repense aux frères Hakim : Robert et Raymond, producteurs géniaux de *Pépé le Moko, Plein soleil,* qui me disaient :

« Nous décidons de produire un film si le projet devient comme un œuf et que nous avons cet œuf bien en main. »

Ils m'avaient engagé pour écrire un scénario d'après un roman de Guy des Cars intitulé *L'Entremetteuse.*

Actrice envisagée : Annie Girardot. Une histoire de chauffeur de taxi qui racolait des clients étrangers pour un bordel de luxe. Le cul décrit par les femmes de ménage qui faisaient les chambres. De la suggestion habile pour le large public de cet auteur. J'avais livré mon boulot et touché mon chèque. Les frères Hakim oscillèrent. L'errance nocturne du chauffeur de taxi dans Paris leur parut plus captivante que les états d'âme de la tenancière. Le projet ne réunissait pas l'unité d'un œuf qu'ils auraient bien en main. Il avorta. Mais j'avais croisé la route de talentueux producteurs. J'apprenais toujours.

Aussi, dès que les producteurs des *Aventuriers* ergotèrent sur une facture de frais, pourtant modeste, concernant notre vie en commun : Enrico, Pellegri et moi, dans une auberge, je m'énervai. Nous payâmes nous-mêmes et je chargeai Rossignol de leur transmettre notre idée de changer d'attelage.

Le festival de Cannes vient de commencer. Les frères Hakim feraient un excellent relais pour notre diligence en mal de chevaux frais. Je descends à Cannes. Je ne suis pas dans les rangs d'une grande agence qui s'occuperait du problème. Je fonctionne à l'instinct, avec ma chance qui me fait croiser au Carlton la distributrice de SNC, nos producteurs frileux, pour tout le midi de la France. *Les Grandes Gueules* avaient rempli ses caisses et elle me demande des nouvelles du prochain film.

« Pas pour vous, et croyez qu'avec Enrico nous le regrettons... J'ai rendez-vous à 17 heures au Carlton avec les frères Hakim. »

Elle écarquille les yeux à les éjecter de sa tête.

Qu'est-ce que je lui raconte là ?... Et pourquoi ?... Je raconte la mesquinerie de l'auberge, etc.

« Pour un détail aussi idiot... Écoutez... Ils sont là, venez à 15 heures au Majestic. »

J'y vais. Pinière et Beytoux, les associés, m'accueillent avec la chaleur d'un bijoutier pour un prince arabe. Pinière ne savait rien de l'embrouille. Beytoux assume sa maladresse. On raccroche les wagons. C'est le cinéma. Je suis toujours à l'école.

Le casting des *Aventuriers* dégage un rôle pour lequel Serge Reggiani serait parfait. J'y pense en souvenir de deux de mes personnages qu'il aurait dû jouer et qui ont capoté : Gu, le gangster du *Deuxième Souffle* première mouture, et Ho, chauffeur d'une équipe de braqueurs dans un projet de mise en scène de Roger Coggio.

Cher fou de Roger Coggio, touche-à-tout attendrissant, acteur permanent, même dans ses rêves. Je le revois sur un vélo dans une course pour rire agencée par Gilles Durieux. Le vélo, ça surprend. Ce n'était pas son sport. Coggio vomissait sur le bas-côté. Pour se venger, il me demanda de le guider sur un sommet de haute montagne. J'avais choisi l'aiguille du Géant. Une cordée de trois avec Zazie. De concert avec une autre cordée de trois : René Desmaison, ma sœur Simone et un client de René. En somme, une ballade en famille à 4 100 mètres d'altitude. Le bonheur. Mais, pour Coggio, un calvaire auquel ne manqua qu'une couronne d'épines et des coups de fouet. De retour au refuge, il se coucha sur la terrasse en me priant de le laisser mourir là.

Cela me ramène à Serge Reggiani. Je lui propose de jouer entre Lino Ventura et Alain Delon.

« Sauf s'il s'agit d'un traître... J'en ai trop joué... Je ne veux plus laisser cette marque derrière moi. »

Je le comprends, car sur la route du délateur, il fait toujours nuit. Mais il s'agit, au contraire, d'un personnage noble qui se fait descendre plutôt que de balancer Delon à des tueurs. Il rejoindra le film.

Je boucle également mon propre casting : Alexandra Stewart et Michel Constantin. Son premier rôle principal. L'histoire se passe entièrement en Corse. Avec Zazie, nous partons en repérages. Ma mère et une employée gardent les enfants. Ma mère garde aussi nos lingots d'or.

« Amusez-vous bien », nous dit-elle sur le pas de la porte de la villa. Comme si nous partions au Club Med.

En guise d'amusement, nous devrons rouler et marcher sans arrêt pour déterminer chaque emplacement du tournage, intérieurs et extérieurs. Le sujet se déplace à travers toute la Corse. Le tournage sera musclé. Peu d'argent, donc pas d'hélico. En montagne, tout le matériel sur le dos des hommes.

Parallèlement, Robert Enrico découvre un décor grandiose pour la fin de son film : le fort Boyard, au large de La Rochelle. Il est abandonné. Robert va tourner pendant la grande marée d'équinoxe. Je m'inquiète pour lui. Le fort sera-t-il accessible ?

Le danger, comme en amour, surgit de l'inattendu. Et il est bien question des sentiments amoureux de Robert Enrico envers Johanna Shimkus, sa vedette féminine. Il a des excuses : elle est, à son insu, progressivement envahissante. Le platonisme enlève toute lucidité. Dans le découpage technique de notre scénario, Robert ne s'est pas méfié de cette vague déferlante. Les emplacements sur papier de la caméra étriquent les deux rôles masculins. Alain Delon m'appelle et me demande si j'ai lu ce découpage technique. Oui, mais c'est le territoire du metteur en scène. Il ironise :

« Tu devrais mettre deux femmes en place de Lino et de moi et un homme à la place de Johanna... Je jouerai volontiers ce rôle-là. »

Robert, à défaut de Johanna, prend ce nouveau problème à bras-le-corps et va discuter avec Delon dans le Midi. Lino Ventura, moins axé qu'Alain sur la technique, n'a rien dit à ce sujet. Mais les conciliabules entre son partenaire et le metteur en scène ne lui plaisent pas. Lino aime qu'on pose d'un bloc toutes les cartes sur la table. Je le rassure. Il sait que je ne le trahirai jamais. Ni lui ni personne, d'ailleurs. Robert Enrico rétablit l'équilibre et on le félicite même d'avoir eu l'idée d'immerger le corps de la belle Johanna dans un scaphandre en guise de linceul, lorsque les méchants l'auront tuée. François de Roubaix, le compositeur des *Grandes Gueules*, fera la musique du film de Robert et celle du mien.

Une ultime discussion pointe son museau. Le cinéma est une table aux multiples rallonges. Pour le bien du film, Alain pense que son personnage devrait séduire Johanna. Il pense que le public attendra ça. Pour l'heure, avant de mourir, elle dit à Lino : « Je veux vivre avec toi. » L'idée est de Robert. Excellente puisqu'elle m'a fait rebondir sur une fin pathétique offerte à Delon agonisant dans le regard de Lino. Delon est l'ange de la mort. Un amour inaccessible inscrit son romantisme dans la mort. Alors ?... On tourne ou pas ?... On tourne aux mêmes dates. Robert en Afrique et en Bretagne. Moi en Corse.

Bertrand Tavernier et Pierre Rissient assurent, pour mon film, les relations avec la presse. Ce tandem est irremplaçable pour les contacts avec la critique.

Mon tournage démarre. L'équipe est restreinte et on va lui demander de violents efforts. Vera Belmont gère l'ensemble. Comme elle est de religion communiste, je suppose qu'elle entretiendra l'ambiance du cœur avec le monde du travail. J'ai un chef opérateur-cadreur de talent : Barsky, doté d'un solide physique. Alexandra Stewart est infatigable. Michel Constantin a décidé de m'aider, il coopère maxi en fermant sa grande gueule. Je flanque mes deux acteurs dans l'eau froide des torrents, sur des vires vertigineuses au-delà d'une marche épuisante. Il n'y a que deux machinistes, alors, pour le matos, je porte avec eux.

Michel l'aventurier doit guérir Alexandra de sa peur maladive de tout, animaux compris. J'ai écrit qu'un ânon devait la poursuivre. Oui, je l'ai écrit. La régie doit m'amener un ânon qui tète encore sa mère. On mettra Alexandra entre la mère et son ânon, et, en courant après sa mère, l'ânon donnera l'impression de poursuivre Alexandra. Ça paraît archisimple. Mais l'époque tardive du tournage n'offre que des ânons sevrés. Malheureusement, aucun retard n'est possible : le devis du film est verrouillé comme une huître malade. Je suis dans la gonfle. On me propose de couper la séquence. Je touche aux délices de la mise en scène : un assistant se pointe avec un agneau dans les bras. Bébé animal pour bébé animal ! Cette fois, je me heurte au danger que le tournage fait courir à l'écriture. On a mis des annonces. Un ânon tardif existerait en montagne. Nous sommes à Corte. Je tourne. L'ânon poursuit Alexandra dans la descente d'un long escalier en pierres inégales. L'ânon brinquebale.

« On va manger du saucisson d'âne », dit un Corse curieux de la suite.

La séquence se termine. Michel ramasse Alexandra évanouie dans un champ. C'est dans la boîte. Vera Belmont respire. On tourne en Cinémascope. Pour filmer la traque du couple par le clan qui cherche à récupérer leur victime, je tourne pendant les déplacements. Chaque jour nous changeons d'hôtel. Pas la moindre journée à sacrifier aux voyages. Nous arrivons un soir à 18 heures à Porto pour rejoindre Girolata, un port minuscule seulement accessible par mer ou par un sentier de montagne.

Des rafales de vent s'amusent avec une lourde pluie. Le bateau prévu ne peut prendre la mer. Nous sommes bloqués. Pour combien de jours ?... En octobre, ça peut durer. Et je ne peux tourner rien d'autre en dehors de Girolata. Le sentier qui nous y mènerait part d'un col accessible par la route au-dessus de Porto. De là, deux heures à pied. Je décide de louer des ânes dans un village voisin et de charger le matériel de tournage et un soupçon d'affaires personnelles pour l'équipe. À 21 heures nous serons sur place. Le lendemain, on tournera sans une minute perdue. Les membres de l'équipe, assis sur leurs valises, rappellent l'exode des réfugiés en 1940.

« C'est pas la guerre... Juste un film... Allez !... C'est un métier d'aventure. »

Sans doute pour Zazie et moi. Moins sûr pour eux. Ils ont des impers pour la pêche à la crevette. Lorsque la caravane d'ânes bosselés par les charges et dégoulinant de flotte s'engage sur le sentier, j'ai l'impression de tourner *Le Trésor de la sierra Madre*. On descend d'abord sur une plage. On la traverse et on attaque le col muletier qui débouchera sur le magnifique golf de Girolata. Dix habitants en hiver. Deux restaurants d'été et des cabanes en bois équipées chacune de plusieurs lits et d'un lavabo. Mes amis tiennent le restaurant de la grève *La Cabane du berger*. Pour Alexandra, j'ai négocié un peu de confort chez l'habitant.

Parfois je marche devant. Parfois je laisse passer la caravane pour balancer quelques encouragements. Je me risque même à des plaisanteries. Les machinos ont des lampes de poche. Je soutiens Suzanne, ma scripte, qui s'est encouragée au petit blanc sec. Zazie est heureuse, elle adore l'orage.

Les Corses voient sortir de la pénombre la caravane funambulesque. La bouffe redressera le moral des troupes comme une verge devant des hémisphères.

Le lendemain, grand beau. Sous la caméra, le paradis et la beauté irréelle, presque tragique, d'Alexandra. Les valises arrivent par bateau, et aussi la flottille du film : une sorte de vieux yacht et ses quelques cabines, un Chris-Craft rapide, un cabin-cruiser et un petit voilier.

Le golfe en forme de double goulet est en principe abrité. Bonnes nouvelles du film d'Enrico. Il bénéficie d'une mer d'huile pour aborder le fort Boyard. Tandis que, deux semaines après mon arrivée à Girolata, une tempête s'engouffre dans le golfe, soulève le Chris-Craft pour l'enterrer sur la grève sous une tonne de galets. Le cabin-cruiser s'esquinte contre le flanc du yacht, le voilier dessale.

Un groupe électrogène de 800 kilos me procure la lumière pour les intérieurs. Fixé sur une grosse barque de pêche à la place du moteur central, on le remorque jusqu'à une crique voisine pour tourner un duel entre l'aventurier et un homme du clan des Corses. À la finale, la barque, mal équilibrée, se retourne, et le groupe électrogène tombe à la flotte. Nous mettons un dimanche entier à le haler sur la grève à l'aide de cordes.

Après Girolata, il me manquera une semaine de tournage à Ajaccio. Des raccords qui doivent se caser dans le montage définitif comme les pièces d'un puzzle. Il était temps que j'en termine avec ce village de pêcheurs de langoustes du bout du monde : le premier assistant réclame des légumes frais pour s'éviter le scorbut – il doit s'imaginer sur le vaisseau de Christophe Colomb – ; quant à Vera Belmont, elle a une faible expérience de la susceptibilité masculine des Corses, et le patron de *La Cabane du berger,* qui assure l'intendance, ne lui adresse plus la parole.

Le personnage joué par Alexandra se suicide du haut de la tour et celui joué par Michel Constantin l'enterre de ses mains. Nous plions bagage.

Dans l'hôtel d'Ajaccio, un syndicalisme rampant conduit à la rupture entre toute l'équipe et Vera. Si j'ai bien compris, il est question d'heures à récupérer ou à payer. L'argent ne saurait me concerner, car je n'ai pas touché un centime. J'ai laissé mon travail de metteur en scène, mon roman et mon scénario au pourcentage après remboursement des dépenses du film, qui ne sont pas non plus à débiter sur l'argent de Vera : elle gère pour le compte de SNC. Bref, un matin, j'assiste au départ de l'équipe ; restent un acteur indispensable aux raccords (Dayan), un accessoiriste-homme à tout faire (Michel Desrois), Zazie qui remplacera la scripte, et le cadreur-opérateur (Tourjansky) qui comme prévu, avait remplacé Barsky, parti sur un autre film. La faucille et le marteau de Vera n'avaient pas servi à grand-chose. J'aurais pu insister auprès des techniciens. Je n'aime pas demander. Debout dans le hall de l'hôtel, je les ai regardés partir. Si j'étais parti avec eux, le film était impossible à monter, et du coup impossible à sortir. Je n'allais pas abandonner mon enfant, il n'était déjà plus celui de Vera, puisqu'elle me laissait elle aussi.

J'ai assumé les frais du tournage restant. Le courage de ceux qui étaient demeurés fidèles a fait le reste.

À Paris, les images du film, j'en avais vu très peu en cours de tournage, me soulèvent sous les aisselles. La beauté magique des paysages corses, leur variété interviennent comme un troisième personnage dans la tragédie.

Robert Enrico a lui aussi terminé son tournage. Dans une boulangerie-bistrot voisine des bureaux de François Truffaut, je rencontre par hasard Alain Delon. Direct comme une lame, il me parle du film fabuleux dont il émerge à peine :

« Écoute... Tiens-toi bien... Que je te raconte la fin... »

Je suis pétrifié. Auraient-ils changé ma fin ?... Et il se met à détailler sa mort... Lino qui l'assure, émouvant, de l'amour de Johanna pour lui, et Alain qui lui répond dans un souffle : « Sacré vieux menteur. »

« Une grande fin », conclut Alain.

Rien n'était changé. Dans son enthousiasme, encore dans la peau de Manu, son personnage, Alain vient d'oublier que je suis l'auteur de cette scène. En cet instant, je m'infiltre entre les ressorts étranges qui animent un acteur lorsque son envergure déborde de ses rivages comme un fleuve indiscipliné. J'apprends toujours. Merci, Alain.

Bertrand Tavernier et Pierre Rissient organisent une longue série de projections à destination des critiques. Les échos sont positifs. Je remarque un homme qui est venu plusieurs fois. Je viens à lui puisqu'il n'essaye pas de me parler. Hercule Muchielli, PDG de Valoria Films. Il distribue des films éclectiques et très importants – *La Grande Vadrouille*, *Z*. Il se gave des paysages de notre île et me glisse gentiment qu'il serait heureux que je travaille pour sa maison. De quoi meubler mon avenir. Et puis Hercule est corse.

Claude Sautet vient à une des dernières projos. La majorité des écrivains se plantent lorsqu'ils passent à la mise en scène. Il craignait que je fasse partie de la charrette. Le sujet hors des sentiers battus et son traitement austère, voire naïf, surprennent. On m'attendait dans un polar. Je débarque avec un thème sur l'évolution de l'être humain et le courage de se suicider lorsqu'on ne peut plus rien assumer. Le tout parfumé par l'action. Les compliments de Claude consolident ma confiance. Lino Ventura me dit :

« Si tu continues dans ce truc, je viendrai. »

Le truc, c'est la mise en scène. Elle m'a tenu trop longtemps éloigné des enfants. C'est l'époque des champignons et de la folie des arbres revêtus de roux, de blond, d'or, avec des acharnements de touches vertes. Paul et Marie-Josée courent devant nous, derrière nous, à côté de nous. Et voilà que Zazie, encore presque une jeune fille, court et rit avec eux. Cargaisons de bonheur.

Le film de Robert Enrico et le mien sortent en même temps. *Les Aventuriers* distille un charme énorme, un réservoir de rêves pour toutes les générations. Mise en scène élégante, des acteurs de légende. Le film cueille un succès public plus vaste que ma *Loi du survivant*. Quelques critiques, énervés par ce cinéma classé « commercial », l'égratignent. Qu'importe. Dans la gamelle de mon film, il tombe moins de monnaie, mais une étonnante adhésion de la critique, des plus simplistes aux plus « je me prends la tête », notamment *Les Cahiers du cinéma*.

« Tu devrais relire le total, plaisante Lino Ventura, car t'en liras peut-être plus jamais à ce niveau. »

Sans doute. Mais je ne déraille pas, je sais que Tavernier et Rissient sont les artisans de ce chouchoutage de la critique sur mon film. Pierre Billard titre dans *L'Express*, en mêlant les deux films du même écrivain : *L'Or de Giovanni*. Il ne croit pas si bien dire en regard d'une des plates-bandes de mon jardin. J'espère que la ribambelle d'articles écrits sur moi guériront ma mère de sa peur du lendemain. Dans ma quiétude je relève l'épine d'un critique belge : il me reproche d'avoir fait jouer, en la personne de Michel Constantin, un acteur principal aux oreilles décollées. Michel a beaucoup apporté au film, aussi je contacte le critique au téléphone. Je l'avertis que je passe à son journal pour qu'il me répète ça en face. Il convient de ne pas avoir mesuré son propos et me promet de s'en excuser. Ce qu'il fit. Beaucoup plus tard, dans cette vie de cinéaste, je cesserai de m'énerver devant le décalage entre mon travail et le leur. Du temps perdu sec.

Je déplore l'absence d'Alexandra Stewart pendant la sortie. Une timide. Elle a eu peur que, dans cette tragédie, on la trouve ridicule. Elle se planque au Canada. Il aura fallu que François Truffaut la félicite dans un câble pour qu'elle revienne voir le film, avec un châle sur la tête et des lunettes !

Ma mère et ma sœur Simone ont vu le film. Il va donner à son mari René Desmaison l'envie de filmer ses exploits et de les produire en conférences.

Je ne roupille pas sur mes lauriers. J'ai le sommeil court. D'une santé à décourager les pharmaciens, j'équilibre mon intellect avec les joies musculaires : la varappe, le cross. Parfois, Gilles Durieux me colle dans une partie de basket entre gens du spectacle. En prison, à Melun, je jouais en défense et en tir à mi-distance.

J'entretiens avec Lino Ventura une amitié qui tournera à la fraternité. C'est un perpétuel inquiet.

« Tu comprends, j'ai pas le droit de me tromper.

– Mais Lino, tout le monde se trompe et se trompera... Toi et moi... Comment être sûr à l'avance... On est seulement sûr que chaque année on aura un an de plus. »

Il attend la sortie du *Deuxième Souffle* de Melville. En coulisse, le délire enveloppe déjà le film. Bertrand Tavernier, proche de Melville sur ce film-là, pense qu'il restera un étalon dans l'histoire du polar français. René Chateau, journaliste grandissant, idem.

Lorsque Manouche – à ne pas confondre avec mon camarade de chaînes –, ex-égérie de la haute pègre, essaye de bloquer la sortie du film en justice, ça fait désordre dans mon univers. Je n'avais pourtant utilisé que le surnom de cette dame. Les événements du roman ne la concernent pas et elle n'a jamais eu la moindre relation avec Gu, gangster évadé sur le retour. Je dois me défendre. Je n'ai plus d'avocat. Dans les emmerdes, votre agent et votre éditeur vous lâchent. On me parle de maître Robert Badinter, spécialisé dans les litiges créés par le cinéma. Je lui confie l'affaire. Il lit le livre, voit le film de Melville, étudie la personnalité véritable de Manouche, qui a déjà confié sa vie de truanderie à une presse friande de cette pâtisserie pour midinette. Badinter gagne le référé. Manouche est déboutée. Qu'espérait-elle ? Sans doute un paquet de talbins pour débloquer le film.

Le Deuxième Souffle remplit les salles malgré sa durée : deux heures et quart, qui passent plus vite qu'une heure trente. Les films successifs gonflent la vente des livres dont ils sont tirés.

Je jette les bases d'un nouveau roman. Lino cherche toujours un sujet. Je reçois toutes les « Série noire » qui sortent. Je les passe en revue dans ma bibliothèque et un titre m'intrigue : *Le Rapace,* de John Carrick. Les aigles me fascinent. En Corse, en montagne, j'ai entendu le vent siffler entre leurs ailes, j'ai détaillé leurs serres impitoyables. Cet auteur raconte l'histoire d'un tueur à gages chargé de dessouder le président imbécile et bestial d'une petite république bananière d'entre les deux guerres. Le personnage croque des oignons crus pour tenir, par l'haleine, les gens à distance. J'en conseille la lecture à Lino. S'il aime ça, il pourra en parler à un des metteurs en scène qui ne cessent de lui apporter des sujets qu'il refuse.

En lisant, il devra aussi croire que les rapports antipathiques de ce Rapace avec les femmes et son gosier en pente ne sont pas obligatoires. Il lit et on soupe chez lui. Il m'en parle comme s'il était en train de le jouer. Claude Sautet, auquel il ne cesse de penser, a conservé un très mauvais souvenir de *L'Arme à gauche,* tourné avec lui. En clair, il ne veut plus revivre un chaos saccageant la création. Lino a donné *Le Rapace* à la Hyène, qu'il supporte encore. Mais les réponses sont négatives. On lui oppose le peu d'intérêt politique. Je rigole. Ce n'est pas un film politique. On critique l'époque : ça fera vieillot. Je rigole encore plus. Il existe un modernisme pâlichon moins bandant que les gladiateurs.

« Et si, au lieu de rigoler, tu tournais le film », me surprend Lino comme une prise de catch.

Et le fric ?... Ça sera de quatre à six fois le prix de mon premier film. Essayons. Par éthique, j'apporte le sujet chez SNC. Avec *Les Grandes Gueules* et *Les Aventuriers*, ils ont rempli leur grenier. Trois semaines passent et Gérard Beytoux, le co-PDG, me répond que ça ne plaît pas à sa femme. Il y a trop de rocaille et de sueur dans les ambiances. J'oublie d'autant plus facilement que je ne vis pas avec elle. Je me souviens de l'émotion d'Hercule Muchielli devant mon film corse. Rendez-vous dès le lendemain à 10 heures dans ses bureaux place de la Madeleine. Je dépose le bouquin et l'accord de principe de Lino Ventura. Il m'invite à repasser à 15 heures le même jour. Je me dis qu'il veut parcourir le livre et me poser des questions plus précises. Je suis là à 15 heures.

« D'accord pour le film, et si vous voulez, je vais vous présenter le producteur qui organisera tout. »

Il a parlé doucement. Et il n'a parlé ni du sujet ni d'argent. Qu'on le mette simplement en rapport avec mon agent pour signer mes contrats et acheter les droits du bouquin anglais. Jean Rossignol, à l'annonce d'un film décidé en vingt-quatre heures, se demande si je suis un être humain ou quelque représentant de Merlin l'Enchanteur.

CHAPITRE VIII

Les accidents

Nous sommes en 1967. *Le Rapace* pourrait agir dans n'importe quel pays de l'Amérique du Sud. Le producteur, Paul Cadéac, s'appuiera sur des accords de coproduction entre la France et le Mexique. Alors va pour le Mexique. On y trouve des studios, du matériel et des équipes techniques. J'écris vite un premier traitement du scénario, sans les dialogues, pour me fixer les idées sur les impératifs des décors à trouver.

Je ne connais pas le Mexique. Le plus long voyage de ma vie. Je laisse ma jeune femme, mes gosses, ma vieille mère, ce qui me fragilise et m'oblige à contracter une assurance-vie supplémentaire qui couvrira un crash éventuel de l'avion. J'écris pendant le voyage. Je sommeille par tranches, et en émergeant je me demande s'il n'y a pas erreur sur la personne. Est-ce bien moi, avec un matelas de traveller's cheques et carte blanche pour construire un film d'aventures, soutenu par un acteur-vedette doublé d'un ami ?...

À Mexico je loue une bagnole américaine. Je passe pour un bref contact avec le studio partenaire et je préfère la compagnie d'un dictionnaire franco-espagnol à celle d'un assistant mise en scène-interprète, qu'il faudra convaincre de mes idées à chaque virage. Je roule vers la frontière américano-mexicaine, à Chihuahua, où Henri Verneuil tourne un film avec Anthony Queen. Il me conseillera.

Après un col, la route redescend. Je roule doucement et la roue d'une voiture me double. Oui, une roue toute seule. Je me dis : « Tiens, un type qui a perdu une roue. » Elle s'échoue dans le premier virage. Je m'arrête pour aider ce malchanceux. Personne derrière moi. Cette roue est la mienne. Les boulons sont partis en vacances. Je prends mon sac de sport et un camion me charge en stop. Je connais le directeur de production d'Henri Verneuil, Jacques Juranville. Il fait dépanner ma grosse bagnole. Verneuil est à la tête d'un film fastueux. Tout un village construit et une armée de figurants pour l'histoire d'un faux prêtre, *La Bataille de San Sébastien.* Je n'ai pas revu Verneuil depuis les fêtes de Noël passées chez Jacques Becker, peu avant sa mort. Il travaille pour une *major company* américaine. Il doit son ascension à ses foudroyants succès en France. En le voyant contrôler son prochain plan derrière une caméra géante, assis sur le siège aérien de la grue fixée sur la Chapman – un camion travelling aux dix-huit roues indépendantes –, je pense à mon seul film, la caméra à la main et le groupe électrogène tombé dans la mer.

Il m'accueille chaleureusement et me dresse la liste des meilleurs techniciens mexicains. Sa scripte, Lucile Costa, dite Minouche, est corse. Elle accepte de me rejoindre pour *Le Rapace* après le film de Verneuil. Je parle à ce dernier du directeur de production choisi par Cadéac pour gérer mon film.

« Si tu n'as besoin que d'un directeur de production

qui monte à cheval, il sera parfait », me dit-il sur le ton d'un merveilleux conteur oriental.

Écouter cette critique voilée m'eût épargné une fatigue considérable. Des forces à mettre ailleurs. Je reprends la route. Je cherche l'impossible : un village pauvre recelant une maison riche, une seule. Dans ce village doit passer un train, lequel train ralentirait à peu de distance du village, à cause d'un élément naturel, ce qui permettrait au Rapace d'en descendre et d'y remonter en marche à la fin du film. Je veux aussi éviter les cactus qui abondent dans tous les films de ce style.

Alors je roule au hasard, d'instinct, jamais loin d'une voie ferrée. Je longe toute la côte du Pacifique. Une minitornade noie le moteur de la voiture. J'attends que ça sèche. J'arrive bredouille à Acapulco. Je pousse jusqu'au Guatemala. Chaque endroit me donne envie d'écrire une histoire. Je remonte côté Atlantique. Le vent et la poussière modifient la couleur de ma bagnole. Les plaques minéralogiques deviennent invisibles. Je franchis une sierra dont un versant est en sapin et l'autre en forêt vierge et cris assourdissants de perroquets. Souvent, isolé, je regrette de ne pas avoir un flingue dans la boîte à gants.

Soudain j'appuie furieusement sur le frein. Ce n'est pas pour éviter un abîme. Ce n'est qu'un écriteau : VERACRUZ. Le mythe de l'aventure. Burt Lancaster et Gary Cooper tiennent la pancarte. Pour un peu je verrais passer la diligence alourdie de métal précieux. La poésie des tireurs d'élite, des desperados de toutes races défendant la veuve et l'orphelin sont au rendez-vous sur cette pancarte. Je n'ai plus qu'à y inscrire mon Rapace.

Je me baigne prudemment. Il y a quelques jours, un requin est venu, à fleur d'eau, sectionner les jambes de deux curés. Un iguane géant s'est couché sur mes vêtements. Avec son look préhistorique rébarbatif, il n'incite pas à la conversation. Sur cette plage de sable fin, je ne trouve pas une seule pierre à lui lancer. À la maison, Zazie m'imagine peut-être galopant avec des planteurs de canne à sucre. Il est vrai que Veracruz m'a débarrassé des cactus.

Le lendemain je longe la piste défoncée en bordure de la voie ferrée et j'entre dans un village. Des chevaux, des charrettes, une caravane de mulets, des maisons basses fâchées avec la peinture. Plus pauvre, il faudrait ressusciter le Job de la Bible. Plus loin, une maison de riche, la seule, comme je l'espérais, trône, colorée kitsch comme une pièce montée. Juste en face, une cantine populaire, avec un étage au-dessus, une planque providentielle pour le Rapace et sa courte carabine à répétition guettant sa cible.

Et qu'y a-t-il au-delà de ce village ? Le soir tombe. Pas d'hôtel. La tequila fait louvoyer les ombres en marche. On me sert du crabe et des galettes de maïs, et la large banquette arrière de ma Chrysler héberge mon sommeil. C'est plus confortable qu'un bivouac sur une selle neigeuse de haute montagne. Un café de petit jour avec quelques voyageurs rustiques qui prendront le train. Rien n'a sans doute vraiment changé depuis 1938, date de la révolution que déclenchera *Le Rapace* sur les écrans.

La suspension de la Chrysler provoque la piste en duel. Dix kilomètres plus loin, un double pont, voitures et trains, traverse un fleuve. La voie ferrée passe en haut. Je me gare et inspecte l'ensemble. Je le grave dans ma mémoire car il s'y déroulera un combat entre le Rapace et une bande de révolutionnaires fêlons chargés de rapporter sa tête pour sauver la leur. Le train s'approche et ralentit pour franchir le pont au pas. Banco.

Lino Ventura, venu en Amérique du Sud pour un festival, me rejoint. Je lui montre les décors.

« Un jour, ils pourront toujours te payer comme spécialiste des repérages », me dit-il.

J'habite à 5 kilomètres de Veracruz dans un vieil hôtel colonial baroque, des hélices d'avion en guise de ventilateurs. J'y invite Lino, mais... comme il rejoint sa chambre, un gros crabe de cocotier traverse le couloir. Lino est délicat sur les bestioles. Il va se loger pour la nuit dans un hôtel moderne de Veracruz.

Je rentre en France après un bref casting à Mexico. Pour faire vivre le Rapace sur un écran, le combat sera dur. Je dois immédiatement refuser une actrice mexicaine hollywoodienne : Maria Félix, déjà presque engagée par Cadéac. Elle est trop splendide pour jouer la théâtreuse utilisée par les insurgés comme appât. J'ai trouvé une comédienne mexicaine insolite : Rosa Furman, d'un physique poivré, à la fois proche de la population de la région et fascinante par ses défauts. Le film a pris racine en moi. Ses branches, ses images me survoltent. Paul Cadéac a un administrateur qui dressera un bref bilan de ce premier désaccord sur le casting :

« J'ai l'impression, mon cher Cadéac, que Giovanni et vous n'envisagez pas le même film. »

Un cas de figure sans doute assez banal, mais ce n'est pas dans une école de cinéma qu'on enseigne à s'en protéger. Heureusement qu'avec Lino Ventura nous avons été aiguisés par la même meule : la dureté de la vie. Lui, jeune émigré misérable, et moi ce que vous savez déjà.

Lino attend le scénario avec impatience. Son personnage, qui ne vient de nulle part et ne retournera nulle part à la fin, aura sa préférence sur tout ce qu'on lui a proposé jusque-là.

J'attaque le scénario. J'ai les décors, la distribution et l'argent du film. Je commence dans ma villa de Fontainebleau et je poursuis en montagne, à Chamonix. Les enfants sont en vacances. Avec Zazie, nous en avons un peu marre de louer des chalets, nous pensons à acheter ou à construire. J'ai senti que ma jeune femme aspirait à être vraiment chez elle. Dans ses meubles, comme dit le populaire. Dans quel coin de cette vallée ? Les Houches, Le Praz, Les Tines, Argentière, Le Tour, pour me rappeler les années de guerre à Jeunesse et Montagne ? Non, tout a changé et continue à changer très vite. Le béton a envahi la vallée. Nous rêvons d'un village de montagne parsemé de chalets, sans immeuble ni rues encombrées de voitures. Pas trop éloigné des glaciers et de la symphonie du granit effilé dominé par les hautes croupes laiteuses du dôme du Coutet et du mont Blanc. Zazie va prospecter à deux pas, de l'autre côté de la frontière suisse. Je reste à Chamonix avec ma mère, les enfants, une employée et la mère de Zazie.

L'écriture du scénario du *Rapace* me propulse au Mexique. Ma sœur Simone, ses enfants et René Desmaison habitent un grand appartement en bordure de Cham. René gagne sa vie comme guide. Je suis un amateur. Il nous arrive de nous tromper d'itinéraire, mais nous arpentons les sommets par amour. Dans cette famille se regroupent des prolos, des scientifiques, des financiers, des avocats, des commerçants, des profs de gym, des étudiants et un romancier-cinéaste.

Il ne pleut pas que sur Brest. Cette saison-là, il pleut sur tout le décor. La pluie sur le bitume, un grésil givrant sur les parois qui immobilise deux Allemands en pleine face ouest des Drus. La presse tartine tragique, du style « La montagne mangeuse d'hommes... ». Les deux Allemands s'affaiblissent de jour en jour. Ils ne peuvent ni entreprendre la descente dans le mauvais temps ni sortir par le haut. Le granit se transforme en savonnette. Le Groupe de haute montagne est de permanence de sauvetage. Il faudrait une pointure au-dessus de la compétence de ces militaires. Au hasard de ses courses avec des clients, René Desmaison a observé leur tentative de faire descendre du matériel par le sommet. Ça cafouille à cause des surplombs qui rendent les naufragés inaccessibles. René commence à m'en parler et me demande de surveiller les opérations.

Je prends un sac léger, des jumelles, je traverse la mer de Glace et je remonte les moraines en direction des Flammes de pierre, une arête dentelée d'où on a une vue plongeante et parfaite sur la face ouest des Drus et le pilier Bonatti. L'un des deux Allemands est accroupi aux pieds de l'autre, sur leur vire inclinée. Celui qui bouge a les mouvements lents d'une mouette engluée dans le mazout. Il me semble entendre des appels qui ne viendraient pas d'eux. L'hélico d'un journaliste qui a survolé les hommes piégés a parlé d'un troisième homme pendu sur la face nord. C'est un copain des deux malheureux qui a tenté de les atteindre par là et s'est pendu, par quelque maladresse, sur son rappel. Comme on n'a jamais vu un pendu hurler des appels, il s'agit donc d'autres alpinistes.

Je redescends en pleine nuit pour renseigner René. Le Groupe de haute montagne s'est décidé à s'offrir les services d'un Ricain, Garry Hemming, le beatnik des neiges, car la Compagnie des guides de Chamonix se refuse à intervenir. Sauf si le GHM reconnaît son incapacité, tout en tirant leur sonnette. Dans cette attente, interdiction à tous les membres de la Compagnie d'intervenir. Mais le superguide René Desmaison, frondeur, d'origine périgourdine, n'aime ni cet interdit ni cette guéguerre. Il décide, avec un jeune alpiniste de talent, Vincent Mercier, de tenter le sauvetage. Il rejoint Hemming, Lothar et d'autres et prend la tête des opérations. Lorsqu'il arrive sur la vire des Allemands, je reçois la visite du président de la Compagnie des guides de Chamonix. Il est vrai qu'avec ma famille nous sommes arrivés à Cham en 1938. De quoi connaître et être connu de tous. Je communique depuis le début avec René à l'aide d'un talkie. Je suis prié de lui annoncer la présence de trois guides sur la face nord. Je dis alors à Perret, le président de la Compagnie :

« Mais la Compagnie est représentée largement, puisque René en fait partie.

– Non, parce qu'on ne parle que de lui dans la presse. »

D'un seul coup je comprends mieux pourquoi je cherche à me loger ailleurs. La ville n'est pas la seule à avoir changé. Les jalousies de la renommée n'existaient pas en ce lieu aux heures de mon adolescence. Que faire si la pureté de la haute montagne se met à ressembler à l'Assemblée nationale ?

René répond à Perret, par l'intermédiaire de mon

talkie, que l'équipement des golots est trop vieux, qu'il en manque, et que le reste va se déboutonner sous le poids. En plus, si les Allemands peuvent être descendus en fil à plomb, ils sont trop épuisés pour cette traversée.

Malgré ce qu'en pense Perret, René ne cherche nullement à parader. Il propose de remettre les Allemands aux trois guides s'ils veulent bien traverser pour les rejoindre. Les guides préfèrent se déballer dans la face nord. Déjà qu'un pendu se balance au dessus de leurs têtes, ils jugent que la plaisanterie a assez duré. Néanmoins, ils déclareront à la presse que René avait refusé de leur remettre les Allemands par gloriole personnelle.

Grâce à son métier, René assurera la descente de la face ouest dans l'orage. Les Allemands sont sains et saufs, mais il sera expulsé de la Compagnie pour désobéissance. Il est néanmoins guide national, ce qui lui permettra d'exercer.

Zazie a découvert un village de rêve, Les Marécottes, aidée par maître Edmond Sauthier, qu'elle avait contacté. Je visite le village. On nous recommande un architecte et des corps de métier. Zazie va et vient entre Cham et le village. Et moi j'écris en pensant à Lino. Un coup de fil m'arrache à ce travail. Soudain l'impression que le sang ne circule plus. Que je n'ai plus de sang.

« Je voudrais parler à José Giovanni... C'est vous ?... Très bien, ici l'hôpital de Martigny, votre femme a eu un accident de voiture... Elle est dans le coma. »

Ma mère, qui m'a vu raccrocher sans y croire, a senti le drame. Elle est douée pour ça. J'ai un regard absent sur les gosses. Est-il possible que Zazie, la tendresse du foyer, mon p'tit bout de femme, nous abandonne ?... Ce n'est pas l'heure. La mienne doit la devancer. Elle conduisait un break Volkswagen bleu ciel. Je saute dans la 2 CV, sa voiture de jeune fille. Je ne peux doubler personne. J'aurais dû dénicher un motard. Un premier col et la douane. J'attaque la Forclaz. Une boule dans la gorge. Depuis la naissance, la mort est dans le programme. Pour les jeunes aussi ?... Pour une jeune femme qui a déjà perdu trop de monde ?... La malchance a pris la couleur de ce break bleu, là, à l'extrémité d'un pierrier, contre les blocs du fond. Il pleut encore. C'est un virage doux qui se referme brusquement. Et, à droite, rien ne sépare de ce pierrier.

L'hôpital a des panneaux. Les urgences aussi. Je cours, et derrière moi la portière ouverte de la 2 CV continue de battre comme un adieu. Je vais ouvrir la porte de la chambre de mon accidentée. J'étais habitué à son sourire, il est chez elle une seconde nature, un ordre de vie. Mais, ce jour-là, à cette minute-là, ce n'est pas un sourire. C'est une lumière. Dans son lit, elle est si petite que le corps soulève à peine les draps. Comment se fait-il qu'elle me sourie, que mon sang soit revenu ?... Et le coma annoncé ?... Il paraît que ce n'était qu'un terme médical. Zazie n'avait connu qu'un assoupissement léthargique. Elle ne se souvient de rien. Sous les yeux d'un couple de touristes sa voiture a quitté la route. Ils se sont arrêtés, ont vu le break bleu au fond du pierrier et une silhouette sortir de la voiture par le pare-brise explosé. Zazie remonte le pierrier dans un état second, et le couple la dépose à l'hôpital. Alerté par la radio, maître Sauthier lui apporte des fleurs et signale sans doute son numéro de téléphone à Cham.

Le break a pivoté sur ses angles et une grosse souche d'arbre s'est encastrée dessous, le freinant avant qu'il n'éclate contre les blocs. Je rassure ma mère. Non, mais non... même pas une blessure... oui, un miracle. Cette idée de construction de chalet dans un petit village étranger ne lui plaisait pas. Dès notre retour, elle s'empresse de nous dire que ce pays nous portera la poisse, et que l'accident de Zazie n'est qu'un début.

J'aide Zazie à reprendre le volant immédiatement pour qu'elle garde confiance. Notre vie s'est enjolivée. Une maison s'élève pour nous et j'achève le scénario. Avec la fin des vacances, les femmes de guide, dont ma sœur Simone, voient les risques faire un entracte.

Nous rentrons à Fontainebleau et poussons la grille de notre jardin aurifère. La production tire des exemplaires de mon scénario tapé par Zazie. J'attends surtout la réaction de Lino Ventura. J'ai l'avantage qu'il connaisse les lieux. Il s'y transporte déjà en pensée. Mais la crédibilité des actions et des motivations entre les personnages lui file des angoisses. J'ai pensé que le Rapace, tueur à gages, devait s'enrichir au-delà du fric. Et j'ai introduit une relation ancienne entre lui et la théâtreuse, à laquelle le président de la République, qu'il doit abattre, rendra visite. On aura ainsi le sentiment que le Rapace a également accepté le contrat pour la protéger contre les révolutionnaires. Lino hésite. Il ne voudrait pas que cette piste trouble le côté abrupt du Rapace. Il protégera simplement cette femme pour sa qualité de femme.

« On ne tire pas sur une femme », dira-t-il à son jeune partenaire, dont il a enrayé l'arme.

C'est ma deuxième mise en scène. J'ai besoin de 100 % d'adhésion. L'ambiguïté de leur relation existera quand même. L'aventure a ses prolongements lorsque ses racines existent.

Je m'arrache à ma famille. À Mexico, je boucle le casting, l'équipe technique, etc. Elle est lourde, les techniciens français sont là en plus. Les lois syndicales imposent une équipe mexicaine complète et abusive. L'ingénieur du son a six assistants. Barsky fera le cadre et la lumière comme dans *La Loi du survivant*. J'ai une des meilleures scriptes du cinéma français : Minouche. Des acteurs mexicains d'une belle présence et Lino Ventura, dont le charisme évoquera la puissance d'un aigle.

Je suis à deux mois du tournage. Tout semble se régler normalement. Ce n'est pas à moi d'affronter les problèmes syndicaux. François de Roubaix, le compositeur, m'a demandé d'enregistrer quelques airs d'ambiance terroir, avec trois musiciens. Mais ils sont indissociables d'un orchestre de trente-six. On doit en payer trente-trois pour tirer sur des cigarillos. Zazie arrivera le lendemain. J'ai réservé dans le seul hôtel d'époque, pris d'assaut. Verrières ouvragées, patio-orangerie intérieur... en plein centre de Mexico, à côté d'un modernisme de peu d'imagination. J'ai hâte de quitter le vacarme de cette ville. Cinq millions d'habitants entassés et 80 % des véhicules à échappement libre...

Les passagers arrivent dans la salle des bagages. J'aperçois, de loin, à travers les vitres, mon p'tit bout de femme. Je glisse un billet dans le creux de la main du garde et il m'ouvre la porte. La corruption est dans les mœurs comme le miel dans une ruche. Je pose mes mains sur Zazie. Elle est si jeune. Elle s'étonne encore d'être au Mexique. Elle s'émerveillera de tout avec une facilité d'adaptation héritée de ses origines russo-polonaises. Elle a des photos des enfants et de notre chalet à peine sorti de terre. Si je l'écoute parfois à peine, elle m'excuse. Elle me sait envahi par le film. D'ailleurs, elle m'excuse toujours trop. Je veux qu'elle participe davantage. Minouche la prendra comme scripte-stagiaire. Nous partons pour Veracruz. Des voitures d'époque – 1938 – doivent nous rejoindre. Un collectionneur avait la Packard 35 du président et, plus rare encore, des Auburnes décapotables pour son escorte.

Nous logerons, avec Lino, dans un hôtel moderne. Il donne sur une place décorative. Le village principal du tournage est à 40 kilomètres.

Moteur. La caméra tourne. Les emmerdes n'attendent pas. Le ouistiti que le Bosco, un révolutionnaire, a sur son épaule au bout d'une chaînette parvient à s'enfuir dans les arbres. Il est raccord et la production n'en possède qu'un. On offre une prime pour sa capture. Tous les gosses du village sont perchés dans les arbres avec des filets.

La panthère noire que la théâtreuse doit tenir en laisse appartient à un cirque. Elle meurt pendant le voyage. Je ne peux me résoudre à voir cette image s'effacer. Le cirque propose un léopard. Il n'y aurait qu'à le teindre en noir. Comparé aux photos de la panthère noire, on s'y tromperait. Le léopard n'est pas d'accord. Il ne reconnaît pas sa marque de naissance. La tristesse l'avachit. La comédienne n'aura plus au bout de sa laisse qu'un animal aux membres en pâte à modeler. Je dois abandonner la couleur et redonner sa véritable robe au léopard. Sa vigueur retrouvée se manifeste aussitôt par une tuerie : un chien rôde autour de sa gamelle, il le laisse approcher, le zigouille d'un coup de crocs et le bouffe.

Lorsque la comédienne le tient en laisse pendant le tournage, il émet un souffle proche d'un sifflement. Rosa Furman ne bronche pas. Idem pour le Bosco, Enrique Lucero, que le ouistiti juché sur son épaule n'aide pas à jouer la comédie : il lui plante ses dents acérées dans le cou. En plus de leur talent, mes acteurs mexicains sont fiers de donner la réplique à Lino Ventura. Il aime leur pays. Ils le ressentent.

Un problème de déco me tombe dessus. Pour renvoyer l'ascenseur à Cadéac, j'ai engagé son fils, assistant décorateur, comme chef. Dix fois qu'il refait le local dans lequel le Rapace doit se planquer pour attendre le président. Je repousse les séquences qu'on doit y tourner à la fin du plan de travail.

J'en arrive aux séquences avec le train qui amènera le Rapace dans le village. Il traversera d'autres villages. Sur certains quais, le Rapace remarque de discrets préparatifs de la révolution qu'il doit déclencher en abattant le président. Bref, le train établit toute une ambiance. Dès que je tourne un plan, il doit rentrer en gare ; la voie sur laquelle il est prévu de rouler est très fréquentée. La cadence du tournage s'enraye. Cadéac s'affole, le devis nous éclatera à la gueule comme une grenade. Je le plaisante : il s'agit du fruit ou de l'œuf quadrillé ?...

Je continue avec le train. Le dépassement augmente. Cadéac maigrit en multipliant les briefings d'après-tournage. Sa régie croit aussi plus raisonnable de remplacer le train par un autocar. Plus de problème. On contrôlera facilement la route. Un autocar déglingué – pour faire aventure – avec des cageots de poulets caquetant sur la galerie et peut-être des chèvres avec les passagers. C'était justement pour éviter ce cliché qu'il y avait un train dans le scénario. Attendu que le scénario est sur le bureau d'Hercule Muchielli, coproducteur et distributeur du film, attendu qu'il finance le film, attendu qu'il est mon ami, Corse de surcroît, attendu qu'il attend un train sur l'écran et non un autocar de merde, attendu qu'il serait trahi, Ventura aussi, et que ma mentalité s'oppose à la trahison, j'achèverai les séquences avec le train. Je m'use à expliquer à Cadéac que ce train est davantage qu'un train. C'est ma croyance totale dans le film. Il ne pige pas, alors je cherche un exemple. Je lui dis d'aller chercher un revolver chargé – les Mexicains en ont tous –, d'en appuyer le canon sur sa tempe et de me faire la proposition suivante :

« Je tire si vous vous entêtez à garder ce train.

– Eh bien tirez, mon cher Paul. »

Il comprend que je n'échangerai jamais le train contre le car, mais il restera étranger à ma passion. Résistera-t-il à un nouvel écueil ? Le photographe de plateau nous tire des grands formats. L'exotisme du film apparaît violemment. C'est un réconfort inattendu. J'en ai à peine besoin. Je me souviens d'une des leçons de Jacques Becker : « À la première projection privée du film, la lumière se rallume et le metteur en scène croise le regard des spectateurs. Il n'est plus temps de leur expliquer qu'il n'a pas pu obtenir le vent, la pluie ou la nuit trop chère, ou la figuration suffisante... Oui, c'est trop tard, et inutile de sous-titrer son film. Il sera jugé sur ses images. »

La nuit, parler avec Zazie m'aide à dresser le bilan : le but à atteindre et les déviations à éviter. Le bouchon de radiateur de la Packard 35 du président est une tête de rapace en cristal. J'ai écrit que le soleil en tirait des éclats en gros plan et que la caméra reculait pour découvrir le cortège et le peuple des planteurs en blanc.

Tout est prêt... sauf le soleil. Je reporte la séquence. J'ai l'impression bizarre que mon film est en danger. Je m'accroche au moindre détail. À force d'idées, je dois styliser une insurrection car je n'ai pas l'argent d'une mise en scène à grand spectacle. Mon chef opérateur-cadreur, se met à discuter sans cesse chacune des places de caméra que je décide. Un jour, après le plan exécuté, je pose la question habituelle puisqu'il avait l'œil derrière le viseur :

« C'était comment ?

– Tu le verras... C'est toi qui as voulu te placer là. »

Je verrai quoi ? Rien. Je ne verrai mon travail que dans deux semaines. Il faudra se déplacer un dimanche pour se faire projeter les images sur un écran. Le soupçon qu'il pourrait dauber un plan pour se donner raison devient intolérable. Peut-être à tort. La nuit suivante restera blanche. Où puiser les forces pour tenir ? Au petit déjeuner je parle directement à ce technicien :

« Tu quittes le film. »

Son poste étant indispensable, il croit à une sinistre farce. Je maintiens. Il transmet à Cadéac, qui prend mon attitude pour de la parano. J'obéis simplement à mon instinct animal endormi depuis mes années de ténèbres. Dans l'équipe mexicaine il y a un chef opérateur et un cadreur affectés au portage du matériel. Je les remets en selle dans leurs fonctions. Leurs compatriotes, fiers de les revoir en titre, se mettent à survolter le tournage. Les travellings sur échafaudages les plus compliqués sont montés à la vitesse d'un ours bouffant un saumon.

Rien n'empêche Cadéac de peser une tonne sur le tournage, claironnant à chaque prise qu'il serait superflu de la doubler. La chaleur humide amenuise ma patience déjà élimée comme la soutane d'un vieux curé de campagne. Je sais qu'il a déjà réalisé un film.

« Ça vous plairait, de continuer à ma place ? De diriger Lino ?... »

Il est gentil, ce coproducteur. Et même attendrissant. Je n'ai plus de place pour cueillir les marguerites. D'ailleurs, il n'y a que des cannes à sucre dans le coin.

« Pourquoi, mon cher José ?... »

Puisqu'il y a un metteur en scène de trop sur ce tournage, l'un des deux doit prendre un avion. La régie se plaignait aussi de sa pression. Il ne cherchait qu'à aider et n'était pas fait du même bois qu'un de ses collègues : Robert Dorfman, qui sablait le champagne avec l'équipe dans les pires moments.

Arrivé à Paris, il déverse son chargement de doutes sur le bureau d'Hercule Muchielli. Je reçois un coup de fil au début de la nuit :

« José... C'est Hercule... José, ne vous occupez pas de l'argent... Ramenez-moi surtout un bon film. »

Ma fatigue s'envole, la confiance de mon fidèle compatriote me blinde. Elle a dû regonfler Cadéac, qui reconnaît honnêtement l'incapacité de son fils au décor. Il engage un homme de talent, Jean-Jacques Caziot, qui construit le décor de la planque du Rapace en studio, à Boulogne-Billancourt, avec la maison de la théâtreuse en découverte. Le tournage au Mexique s'en trouve soulagé, car il me reste le combat du pont entre Lino et les retourneurs de veste.

Lino est heureux. Il mange ses oignons crus. Il aime ces dialogues qui ne répondent jamais à une question directe. Il professe « qu'en politique on meurt toujours pour rien » et « qu'on ne fait pas une révolution avec des choses à perdre ». Il admire Brassens. Moi aussi. Nous convenons que l'esprit du Rapace, en général, s'aligne sur une chanson de Georges : « *Mourir pour des idées... d'accord mais de mort lente... d'accord de mort len-en-te* ».

Les fêtes de Noël approchent et Lino ne peut envisager de les passer loin de sa famille, loin de sa fille malade. Alors ce combat du pont l'inquiète. J'accepte, le dimanche précédent, de venir sur les lieux lui détailler les choses. À ma grande surprise, le directeur de production, le cavalier, se pointe avec la monteuse. Sa femme. Erreur naïve de ma part. Une vision en flash : leurs parties de cartes avec Lino.

Je précise le style de la séquence : le combat tourné deux fois. Une prise avec Lino en amorce sur le pont, tirant sur des ennemis en bordure du fleuve. L'autre avec eux, tirant sur Lino perché comme un rapace sur le sommet du pont. Double temps de tournage. Les deux complices interviennent : il serait beaucoup plus simple et surtout plus court de ressentir les impacts du tir des autres sur Lino sans voir les tireurs. Et vice versa. Un combat étriqué, un combat de coin de porte.

J'admets que je deviens très désagréable. Le directeur de production sent qu'il a un pied dans l'avion. Lino prend mal ma sécheresse. Rien ne serait arrivé si nous avions été seuls. Zazie n'est pas là pour tempérer le climat. Il ne s'agit, bien sûr, que de mon deuxième film, mais ce n'est plus une question de film. Je ne suis pas un gadget. Lino, froissé dans sa susceptibilité latine, a du mal à comprendre que je travaille pour lui, pour son panache d'aventurier.

Ce dimanche m'a serré le cœur. Le même soir, à l'hôtel, un télégramme de Claude Sautet nous arrive. Il a vu beaucoup de rushes du film et même des séquences entières, le train, etc., il complimente sur la force du climat, le ton imprimé au récit. Je donne le télégramme à Lino. Il a ce sourire retenu qui offre beaucoup avec l'air de ne rien donner de plus.

Nous avons depuis peu une nouvelle équipe française à la caméra. Pour des raisons corporatives arrivent Petit à la lumière et Martin au cadre.

« Martin... Martin..., m'avait dit Lino. J'ai déjà eu un problème sur un film avec un Martin au cadre. »

Il y a tellement de Martin ! Évidemment. Mais au cadre ?... Il m'explique : il avait un rôle infime dans un film avec Eddie Constantine. Il s'était vu interpeller par le cadreur : « Hé ! vous, là-bas ! Comprenez rien ?... » Lino s'était approché de la caméra. Martin avait senti une seule main le soulever du siège et le planter en face de ce petit acteur de rien du tout. « C'est pas "vous là-bas", c'est monsieur Ventura. » C'était payé. Martin pouvait nous rejoindre au Mexique filmer « le petit acteur de rien du tout » devenu une star. Ce que j'aimais, chez Lino, c'est qu'il n'ait pas attendu qu'on lui déroule le tapis rouge pour se faire respecter. Ce respect qu'il exigeait et qu'il pratiquait envers les autres est un des sentiments majeurs qui nous unissait, Lino et moi. S'il nous arrivait de nous énerver, à cause de notre orgueil, sur le pont du Rapace par exemple, ce même orgueil nous rassemblait.

Avec Zazie, nous téléphonons souvent à ma mère et aux enfants. Zazie reçoit les rapports de l'architecte, il y a un toit sur notre chalet. Elle achète des meubles et de beaux objets. L'art mexicain flatte le regard. Le combat du pont est dans la boîte. Le Bosco harangue Lino sur son perchoir : « La révolution est morte... Les pauvres resteront pauvres ! » Je suis ému. J'ai décollé du polar. Le soir, Lino parle de sa mère. Je lui parle de la mienne. Je la crois protégée. Mon ami Jacques Evrat passe la voir. Je suis loin et, pour elle, si loin qu'elle imagine ne plus me revoir. Avec les avions, on ne sait jamais ! L'or enterré dans le jardin la rassure à peine. Elle voudrait sentir, au bout d'une tige de fer, le petit choc contre les boîtes en fer. Elle ne trouve que la terre. Elle sonde à droite et à gauche. Rien que la terre. Quelqu'un s'est emparé de l'or ! Elle appelle Jacques Evrat qui remuera les plates-bandes. Ma mère s'était trompée d'endroit. Merci à Jacques, dominant sa peur du chien. L'or est réenterré. Jacques Evrat, cet homme de haute qualité, est toujours celui qui venait en centrale nous enseigner bénévolement le basket, qui venait nous redonner confiance en nous, qui venait nous regarder comme des hommes libres. Il m'a ouvert sa porte, et la montagne a parachevé notre amitié.

On a dû anesthésier le léopard pour que, abattu par Lino, il joue sa fausse mort au cinéma. Et il ne s'en remet pas. Il souffre d'une pneumonie, or son rôle d'acteur n'est pas terminé. La théâtreuse a un perroquet, une vraie palette de peintre, qui a clamé « Vive le Président » en plusieurs langues. Je dois l'étourdir pour qu'il pende de son perchoir, au bout de sa chaîne, environné de fumée. Une des images de la fin de l'insurrection. Un Mexicain l'attache à une corde et le fait tourner comme les ailes d'un moulin à vent. Le perroquet a toujours l'œil aussi vif. Et la tequila ?...

Un alcool qui effondre les hommes les plus vigoureux. Si le perroquet se saoulait le bec, il ne ferait plus le malin. On l'y aide. Il en meurt. Pendu au bout de sa chaîne, l'image est tellement horrible que je la couperai au montage.

Minouche m'engueule : « Tu aurais mieux fait de rester scénariste... La mise en scène est un métier de chien. » Le léopard, en guérissant, me fait pardonner. Et nous rentrons en France.

Le studio de Boulogne-Billancourt respire le Mexique. Les peaux cuites et recuites accentuent la pâleur des falots. Lino tourne à deux pas de Saint-Cloud. Deux pas de son foyer. La vérité des décors de Jean-Jacques Caziot ne me coupe pas de mes extérieurs mexicains. Les scènes entre Lino et le jeune play-boy apprenti révolutionnaire, Xavier Marc, s'intègrent bien dans l'aventure totale, un peu bizarre, qui ressemble à une fable. Lino domine. Il émane de sa personnalité une probité qui n'appartient qu'à lui. Il est à l'image d'Humphrey Bogart : ils agissent mal et on leur souhaite le paradis.

Au-delà du talent, de la renommée, de l'amitié, Lino apporte dans sa création ce qui doit s'exprimer sans être formulé, il joue un type que l'on paye pour tuer, et il apparaîtra finalement plus honnête que ses commanditaires, qui lécheront les bottes du pouvoir toujours en place.

Nous pendons la crémaillère de notre chalet pendant les fêtes. Le Père Noël viendra à ski vider sa hotte pleine sur la terrasse. Derrière les baies vitrée, les regards étoilés de Marie-Josée, ma princesse, qui croit toujours au bonhomme. Mon fils Paul a passé l'âge, mais il ne dira rien à sa sœur. Comme tous les enfants du monde.

Je tourne encore. Le vendredi, à minuit je prends un wagon-lit. À 6 heures du matin Zazie vient me chercher en 4 × 4. Dix kilomètres de montée et je retrouve ma famille : ma mère, René Desmaison, ma sœur, ses deux filles, la mère de Zazie. Mon corps est là. Mon esprit sur le film : je dois réussir à faire applaudir le ouistiti du Bosco lorsque ce dernier gagnera la partie de dames contre Lino.

Le dimanche dans la nuit, je remonte dans un wagon-lit. À l'aube du lundi un assistant vient me chercher à la gare de Lyon. C'est le jour du numéro du ouistiti. Ce singe caractériel est à la charge de l'accessoiriste. Un poste ingrat qui va du grille-pain aux ambiances de fumée et de brouillard en passant par le ramassage des excréments d'éléphant dans les films exotiques. Michel Sunet, mon accessoiriste humoriste – il faut de l'humour pour survivre dans ce métier –, avait la hantise de la séquence des applaudissements du ouistiti. Ça le tirait la nuit par les pieds. Il avait essayé de mettre la bête sur une plaque chauffante en espérant qu'il sautille avec des petits cris, ce que j'accepterais comme applaudissements. Il avait secoué une banane au-dessus de sa tête pour qu'il tente de l'attraper par petits sauts. Échec.

La journée commence par la partie de dames. Au début, le Bosco laisse hypocritement gagner le Rapace. Il réclame une revanche « pour l'honneur » et ridiculise le Rapace par une brillante et inattendue science du jeu. Dans le plan final, le ouistiti, assis sur la table, doit applaudir. Les techniciens de cinéma sont de redoutables charrieurs. Le cadreur est prêt. Les deux acteurs sont prêts. Je suis prêt.

« Et le singe ? » je demande à l'accessoiriste.

Il y a des toussotements épars.

« C'est une star, ce singe, alors, caprice forcé, m'sieur, balance le perchman.

– Oui, mais Sunet aussi, c'est une star, enchaîne un électro... Alors, tout à la face ! »

Sunet, l'accessoiriste, présente une banane.

« Tu vas nous sodomiser c'te p'tite bête-là, s'indigne le chef machino.

– J'crois qu'mon horoscope est pas terrible, m'sieur », me dit Sunet.

Le ouistiti met ses deux mains miniatures sur sa tête. Lino patiente, il a longtemps vécu dans un milieu de catcheurs spécialistes en farces et attrapes. Les regards éperdus de Sunet attendrissent un jeune électro. Il attache un fil invisible au collier du singe. Le fil invisible est au plateau de cinoche ce que le souffle est à la trompette. Le jeune sauveur tient le fil en hauteur et tiraille sur le collier. Le singe, secoué sur place, caquette en agitant les mains. L'effet sera suprême.

La journée s'achève. Je n'ai plus que deux allers et retours de nuit à effectuer pour passer le Nouvel An en famille et en montagne. En plus, à part le Père Noël pour les gosses, j'ai la haine des fêtes répertoriées. J'en ai trop égrenées en cellule. Cette empreinte s'estompe ou reprend du relief comme si elle se pavanait devant mes yeux pour me dire que je ne m'en débarrasserai jamais.

Je m'infiltre dans cette année nouvelle avec un compagnon d'armes : le Rapace et sa carabine à répétition. Oui, je vais aller au baroud, épaule contre épaule avec l'immense Lino Ventura. Le film ambitionne de jouer dans la cour de la grande aventure, avec dans l'oreille les sonnailles des éperons des desperados de toutes couilles qui avaient connu Veracruz.

Nous baptisons notre chalet *Le Deuxième Souffle*. C'est le cadeau de Noël offert par mon roman. Notre première toiture, nos premiers murs de pierres et de bois. Le chalet est assis dans une clairière. Je ne m'éloignerai plus de mes arbres et des animaux de la forêt.

Nous rentrons à Fontainebleau avec les enfants et ma mère. J'achève le film dans le bonheur. Les Mexicains rentrent chez eux. L'accessoiriste ne fera pas un élevage de ouistitis. Mon travail sur le montage des prises de vues m'emprisonne au Mexique. De cette prison-là, j'en redemanderais.

François de Roubaix me propose un thème musical. Un frisson pianote sur ma peau. Le soir même je fais partager mon émotion à Lino. Nos émotions sont mitoyennes. Il a conservé le chapeau du Rapace et il a toujours aimé les oignons crus. Il attend la sortie du film, distribué par Gaumont. Il a le comportement d'un joueur de poker, ne se jette ni sur les cartes ni sur les propositions de film. La sortie du dernier film représente pour lui la donne. C'est selon ce que vaut cette donne qu'il pourra ou non exiger beaucoup de la suite.

Bertrand Tavernier et Pierre Rissient travaillent sur les contacts critiques. Je traînaille autour des nombreuses projections. Le succès critique de mon premier film, *La Loi du survivant*, m'a ouvert des sympathies dans cet univers nébuleux. Je rencontre des auteurs et des réalisateurs que les critiques ont écorchés vifs. Comment se protéger en dehors de l'humour ?... Je me prépare donc à ne pas prendre une descente en flammes pour un coup d'épée, mais comme un battement de paupière. Tavernier et Rissient appréhendaient le jugement des intellos sur les aventures d'un héros monolithique. À leur étonnement, ils en frétillèrent et extirpèrent du sujet une forte ambiguïté placée là à mon insu. L'humour demeurait de mise. Heureusement, car un critique éminent, Gilles Jacob, venait d'écrire dans sa revue un article sur les trois films d'atmosphère à souligner particulièrement : *Le Trou* de Jacques Becker, *Le Deuxième Souffle* de Jean-Pierre Melville et *Classe tous risques* de Claude Sautet. Gilles Jacob, en une analyse de haute gamberge, essayait de définir pourquoi un ton général filtrait des trois films. Saperlipopette, comment se faisait-il que Becker, Melville et Sautet se mettaient à se ressembler ?... Est-ce la présence de Lino Ventura acteur dans deux des films ?... Je déchiffre des phrases brillantes sur la grammaire cinématographique, les chansons du non-dit. La démonstration de Gilles Jacob creuse mon ignorance. Je prie Bertrand Tavernier et Pierre Rissient de me rendre le service d'une rencontre avec cet homme. N'étant qu'un humble débutant de l'image, je désire combler mes lacunes.

Nous nous retrouvons dans un bistrot. Je le remercie de sa sensibilité éveillée par le parfum des trois films. Je m'excuse de mon absence de culture, n'ayant pour y remédier que la lecture des génériques : j'ai signé les trois romans, les trois participations à leur adaptation et aux dialogues. Gilles Jacob pourrait-il reconnaître que le lien entre les trois films vient peut-être de moi ?... Cette entrevue n'est pas une relance pour qu'il rajoute mon nom à son article. D'ailleurs il est déjà paru. Ce n'est pas non plus un reproche, plutôt un service rendu à un critique sympa, pour qu'il ne s'enlise pas dans le ridicule à l'occasion d'un débat éventuel entre cinéphiles.

Je lui donne *Le Deuxième Souffle* avec une dédicace en forme de plaisanterie. Car, après son analyse, il y a dix pages admiratives sur l'imagination de Melville, ses dialogues, l'épaisseur du comportement de ses personnages, etc. S'il y a une chose que je devais à Melville, c'était bien d'avoir respecté la construction du roman, les événements, les caractères et les dialogues puisés dans le livre à la virgule près. Gilles Jacob taxait le film de chef-d'œuvre – ce dont j'étais heureux –, car ce terme avait déjà été prononcé par Jean Cocteau à la lecture du bouquin.

Le débat entre les auteurs et le cinéma ne s'épuisera jamais. Ni entre les critiques et les créateurs. À chacun son sillon. Il est court pour chacun. Les feuilles mortes se ramassent à la pelle.

Ma mère quitte nos enfants, Zazie et moi pour vivre chez sa fille. Je peux comprendre qu'elle préfère sa fille à ma femme. Du temps de mes prisons, ma sœur Simone était restée auprès de sa mère. Ma profession et sans doute mon début de renommée échappent à sa régence. Le cordon entre elle et sa fille résiste toujours. Ma mère emporte avec elle ses angoisses chroniques et sa peur perpétuelle de manquer de tout. Je n'ai plus besoin de dormir à côté des lingots d'or. Je les déterre et je les revends. Je n'ai ni gagné ni perdu. On ne gagne sur l'or qu'en période de guerre ou de menace de guerre. Le blé retourne sur un compte en banque et Zazie réorganise la maison en cherchant une employée supplémentaire. Zazie s'occupe de toute notre paperasse administrative et elle tape les romans et les scénarios. En dehors de la cuisine, qu'elle aime faire, je déteste la voir astreinte aux travaux ménagers.

J'établis un certificat de travail pour qu'une Espagnole, âgée de vingt ans, obtienne un permis de travail. On me convoque à Melun, au service de la préfecture. Un fonctionnaire me reçoit. Il est gêné par la question qu'il doit poser à un romancier-cinéaste dont on parle :

« Vous avez bien eu affaire à la justice ?...

– Oui, mais nous sommes quittes. »

J'apprends qu'un ex-condamné n'a pas le droit d'employer une mineure, à l'époque, la majorité était à vingt et un ans, il manque donc un an à la jeune Espagnole. Je paye un paquet d'impôts, mon travail représente la France à l'étranger, je suis marié, deux enfants, et je demeure marqué au fer rouge. Il est vrai que je n'ai pas non plus le droit de voter.

Quelques années auparavant, un ministère m'avait chargé d'une mission en Algérie. Une tournée dans les maisons de la culture sur le cinéma et l'adaptation des romans. J'avais accepté. Arrivés à Alger, nous avions rendu visite à Pouillon, l'architecte.

« Je te prête une Jeep et allez visiter les oasis du Sud, nous dit-il. Ne faites pas cette tournée merdique. »

Impossible. Les coopérants français avaient organisé des rencontres, des projections. D'entrée on me conseille d'être très, très diplomate... les Algériens sont susceptibles. En clair, se laisser critiquer en fermant sa gueule. L'exercice n'entre pas dans mes options. Pour eux, dans mon premier film, Alexandra Stewart est trop belle, les paysages corses, trop paradisiaques. Je devrais pourtant savoir qu'il y a des usines sinistres et surtout des Algériens exploités en France, etc.

Je pense à l'opinion d'Albert Camus : « Une Algérie

constituée par des peuplements fédérés et reliée à la France me paraît préférable, sans comparaison possible au regard de la simple justice, à une Algérie reliée à un empire d'islam. »

Les coopérants s'effrayent. Je vais finir par me faire emballer. Je suis venu pour aider, pour ouvrir des horizons sur mon métier et mon expérience de la vie. S'en prendre à soi-même et non au monde entier si les oranges sont tachées et mal calibrées, si le rendement du sous-sol baisse. Je leur parle de leur richesse et non de leur marasme. Je leur parle d'un petit peuple voisin qui a bâti des villes, des cultures, des industries, des jardins, dans un désert. Je leur dis que chaque journée est un morceau d'avenir et non un morceau du passé.

Après les débats ils sont tous autour de moi. Surtout les jeunes. À une question sur l'individualisme qu'on leur enseigne comme un défaut : c'est quoi, exactement, mon individualisme ?... C'est que je punirais moi-même quiconque ferait du mal à ma famille.

Et pourquoi je ne prends que des vedettes pour jouer dans mes films ? Dans la rue, un passant serait peut-être plus intéressant. Je leur réponds qu'une star, avant d'être une star, n'était qu'un passant.

Des articles positifs tombent dans les journaux. Les coopérants respirent. Dans les réunions privées, ma femme est souvent l'unique femme. Elle s'en étonne. Un notable lui répond qu'il « ne sort pas avec sa télévision ». Pour lui, une femme ne comptait sans doute pas plus qu'une télévision.

Dans tous les cas j'ai honoré le ministère qui m'avait chargé de mission. Et, là, dans cette préfecture de Melun, je ne présente pas assez de garanties morales pour engager une employée âgée de vingt ans ! Si j'avais pu deviner une connerie pareille, j'aurais écouté Pouillon et opté pour sa visite des oasis du grand Sud.

J'expulse une certaine amertume en amorçant un autre projet de film. Hercule Muchielli a produit *Le Rapace*. Il accepte de poursuivre le chemin avec moi. Il m'achète une nouvelle intitulée *Les Ruffians* et je me lance dans son développement, qui deviendra un bouquin pour la « Série noire ». Entre le travail, ma famille, les copains et le sport, je me place hors des mesquineries administratives. *Le Rapace* va sortir en avril et j'écris de nouvelles aventures. Cette fois au Brésil. Cette orientation m'éloigne du climat des bitumes humides, des réverbères, des tripots, des flics, des évadés, des braqueurs. Je ne les renie pas. Il me semble seulement me purifier.

Je profite des projections privées du *Rapace* pour inviter des amis. Je n'oublie pas Pierre Billy, mon éducateur de la centrale de Melun, qui m'avait accordé sa confiance contre toute attente. Il m'avait connu à l'isolement dans une cellule de trois mètres sur deux, j'y fabriquais des lampions pour les fêtes du 14 Juillet. Aujourd'hui il voit apparaître mon blase sur un écran, associé à celui de Lino Ventura, que le grand public a élu comme un acteur s'élevant au-dessus du métier d'acteur.

À la sortie du film, en avril 1968, Robert Chazal titrera dans *France-Soir* :

LE RAPACE, UN AIGLE NOMMÉ VENTURA

Si les lanceurs de pavés de Mai 68 ne l'atteindront pas, ils fermeront quand même les cinémas et les écoles et conseilleront au bon peuple de rester chez lui.

À Fontainebleau, en bordure de forêt, je croyais ma petite famille en sécurité. Erreur. Jo Attia cherche à me joindre. Je rappelle. On ramasse les ex-condamnés fichés au grand banditisme et on les emprisonne dans des camps. La « justice » craint qu'ils ne profitent des troubles pour tenter quelques mauvais coups.

« Passe une frontière », me conseille Attia.

Je le sais à l'écoute des services spéciaux. J'hésite à faire des valises. Cette position de fuyard me fait honte. La rage de cette injustice se mêle à un sentiment d'écœurement. La vision de mes deux enfants, de ma jeune femme, auxquels on m'arracherait, me décide. Vite, les valises, le chien-loup, le break. Vite, la route ensemble pour nous abriter sous le toit de notre chalet en Suisse. Le village est fleuri. Ici les gosses vont à l'école. Elle est juste au-dessous et nous les entendons jouer dans la cour. Nous explorons les sentiers des montagnes alentour. Les chevreuils, les chamois, les marmottes sont à portée de vue. Les torrents nous parlent des sources de la vie. Nos enfants en rencontrent d'autres. J'écris, en paix, dans notre clairière.

La grève générale referme son étau sur le pays de France. Un slogan bizarre déferle : « Le fascisme ne passera pas ». De quoi est-il question ? De Gaulle dirige le pays. Il fut en juin 1940 le premier rassembleur contre le fascisme. De Gaulle a-t-il besoin qu'un agité surnommé « le Rouge » lui explique que le fascisme est à bannir ? Si l'anarchie s'installe, les faibles dérouilleront les premiers, comme toujours. C'est la loi de l'Ouest. « Il est interdit d'interdire », ça revient à permettre aux forts d'envahir ta maison, de violer ta femme et ta fille, de ripailler et de se torcher avec les rideaux.

Le mot de « révolution » est prononcé. Mais on ne fait pas une révolution avec des choses à perdre. Personne n'est dans la rue pour marcher sur ses morts. Gavroche n'est plus sur les barricades. L'essence revient, les vacances se pointent, et les hommes qui luttèrent contre le véritable fascisme descendent dans la rue pour couper la sono, la danse des pavés s'assoupit. Le calme revenu vaut-il la peine que nous rentrions à Fontainebleau ? Pourquoi ? Pour m'entendre dire que je ne serai jamais un citoyen à part entière ? Il y a tellement de lumière dans les yeux de Zazie et des enfants qui embellissent chaque jour en ces lieux à dimension humaine. Nous demandons un permis de séjour et l'admission des enfants à l'école en septembre. Maître Sauthier l'obtiendra.

Zazie me décharge de toutes les obligations matérielles, déménagement, etc., et je reste plongé dans l'écriture des *Ruffians*. Je vis au rythme de l'attaque d'une mine d'or, d'un partage tendu, de la fuite du plus gourmand et de sa traque à travers le Brésil. Je ne pense pas tellement au film à en tirer. Les moyens à mettre en œuvre me dépassent. Un roman de plus en librairie me suffit. Je montre à Lino Ventura des photos de mon paradis en montagne.

« C'était ton rêve caché », me dit-il.

Il ne se décide sur aucun des scénarios qu'il reçoit. Je viens de lire un polar américain, *Dernier domicile connu,* de Joseph Harrington, écrit par un ancien flic. Personnage taiseux, ratissant New York avec une assistante de police, à la recherche du témoin d'un crime indispensable à la condamnation d'un tueur. Classique, sauf que l'enquête se démarque de tout le déjà-vu : le flic et la fille se déplacent à pied et en métro. C'est pile pour Lino. Il trouvera facilement un metteur en scène.

Ils ricanent tous. New York n'est pas transposable à Paris. Je donne des arguments à Lino pour qu'il leur prouve le contraire. Il adore le personnage. Le ping-pong entre les autres et moi déclenche la logique de Lino :

« Puisque tu aimes ça aussi, pourquoi tu ne le ferais pas toi, ce film ?... Têtu comme tu es ! »

Avec lui, si le compte est juste, ça ferait deux têtes de mules.

CHAPITRE IX

Le rugby contre la censure

Une jeune femme s'était cassé un petit os de la cheville en s'évadant d'une prison. Elle s'appelait Albertine Sarrazin. J'avais croisé le destin de Sarrazin, l'amour de sa vie. Le petit os d'Albertine portait un nom : l'astragale. Albertine écrivit le bouquin qui déclencha un film.

Une ravissante et émouvante comédienne joua le rôle d'Albertine : la rouquine Marlène Jobert. Il émanait d'elle la vitalité de la chèvre de monsieur Seguin, la ténacité du combat inégal qui offre finalement la victoire. Je ne peux déjà plus imaginer une autre comédienne pour faire tandem avec Lino dans *Dernier domicile connu.*

Hercule Muchielli accepte de produire d'emblée et s'associe avec Jacques Bar, un producteur dont le niveau professionnel ne peut que rassurer le metteur en scène. En plus, Jacques Bar est sportif.

Je pourrais utiliser mon passé siamois avec le couple Sarrazin pour proposer le rôle à Marlène Jobert. Nous passons par le canal de son agent, Gérard Lebovici, éminence grise du cinéma français, force occulte qui s'amuse à raser les murs. En bref, un personnage que l'on préfère avoir de son côté. Il ne représente ni Lino ni moi. Alors pas de picaillons de notre côté. Mais le projet lui plaît pour Marlène. Il en profite, c'est son boulot, pour faire monter les enchères. Le casting est monté. Il reste à acquérir les droits du roman américain. Lebovici se jette sur cette recherche comme un loup sur un agneau. S'il intervient sur les droits du roman, nous perdrons une partie de notre liberté. Heureusement, Jacques Bar a travaillé avec des majors américaines. Il se charge de la recherche de l'auteur.

Ennemi du temps perdu, j'attaque sans attendre l'adaptation dialoguée du film. Nous sommes installés dans notre chalet. Zazie est enfin la maîtresse du foyer. Elle est douée pour le bonheur et les contacts avec la petite population montagnarde qui nous entoure. Notre clairière domine le village. Les sentiers de montagne bordent le chalet. J'ouvre deux voies d'escalade sur les parois d'une falaise qui débouche sur un plateau d'où l'on voit le mont Blanc. Cette fois ma tribu est à l'abri. Mon fils Paul randonne avec moi. Tintin, le berger allemand, retrouve un peu de sauvagerie en cavalant après un chevreuil ou un chamois qu'il ne rattrape jamais.

L'enquête du flic de la Crim et de son assistante me passionne, par la patience et la palette de la société qu'elle utilise. Lino s'appellera Marceau, du prénom d'un hôtelier montagnard du village, dans lequel je me suis reconnu. Il me prête un chalet miniature en altitude lorsque j'ai besoin de me couper du monde pour écrire plus vite.

J'ai terminé dès septembre et on recherche toujours l'écrivain américain. C'est un ancien flic qui doit cultiver le mystère sur sa vie privée. L'absence de ses droits empêche la production d'avancer. Lino et Marlène aiment le scénario. Je pinoche avec Lino dans sa propriété d'Anjou et je rentre en famille. Nos enfants sont toujours à l'école du village. Ils s'y rendent en suivant un sentier sans risquer de se faire écraser par un chauffard.

Coup de fil de mon copain Jacques Juranville, le directeur de production d'Henri Verneuil. Il va venir me consulter sur un sujet. Volontiers. J'ai toujours du temps pour jeter un œil neuf sur le cancer d'un scénario. Au besoin, je frapperai à la porte du bon docteur Claude Sautet. Juranville se pointe avec un roman, *Le Clan des Siciliens,* écrit par Auguste Le Breton. Henri Verneuil a pris les droits. Le casting – Alain Delon et Jean Gabin – additionné à une production américaine, la Fox, sonne comme les trompettes de la gloire.

« Où est le problème ?... »

Verneuil revient de travailler aux États-Unis. Son agent, Lebovici, lui a conseillé un nouveau scénariste, déjà au générique des *Aventuriers*. Pourquoi ne pas glisser que je n'ai qu'une part infime de création dans ce film ? j'ai échangé les contacts médiatiques : premières, cocktails, festivals... contre les raids à ski, les ascensions, le camping en famille à travers la Corse. Les absents ont toujours tort. Verneuil, confiant, s'est mis au boulot avec Pellegri. Comme tous les grands réalisateurs, Verneuil part d'une idée de son scénariste pour rebondir dessus. Étant lui-même un excellent conteur, il sait que deux imaginaires valent mieux qu'un.

Il a compris que sur le bouquin de Le Breton il fallait changer la domiciliation du clan, regroupé dans une épicerie fine de produits italiens. Entre ce décor et le détournement d'un Boeing, le fossé est visuellement infranchissable. Verneuil voudrait s'éloigner des sempiternels cercles de jeu, casinos, traite des Blanches, restaurants interlopes. Il cherche aussi une certaine rudesse. Ce n'est pas, à mon avis, l'univers de Pellegri.

Je lis immédiatement. Le livre offre, en effet, la possibilité de réunir des stars. Juranville m'attend dans le village. Il a eu l'idée de me soumettre cette recherche pour *Le Clan des Siciliens.* Verneuil pensait qu'après la mise en scène de deux films je ne voudrais plus travailler sur un scénario pour un autre metteur en scène. Aucune raison, surtout pour lui dont j'admire la carrière.

J'ai lu et je me balade en forêt pour rassembler mes méninges. Une renarde a mis bas non loin du chalet. J'aperçois ses petits se mordillant dans le soleil léger, entre deux blocs rocheux moussus. Je fais défiler mes souvenirs et, parmi cette galerie de malfrats fantômes, la silhouette de Fernand le Sonneur se détache. Il devait son surnom aux bruits échappés du ventre des machines à sous. Aidé de ses deux frères et d'une bande de gros bras, il gérait une entreprise de jeux. Un entrepôt, un stock de machines à placer dans les bars et galeries de jeux. Je redescends direct dans le village pour retrouver Juranville et lui proposer l'idée : Jean Gabin et ses fils à la tête du relevé des compteurs des machines à sous, plus ou moins truquées... Du muscle et de l'autorité. J'ai aussi pensé à une immense casse de bagnoles. Ça grouille de combines. Juranville préfère les machines à sous. J'ai grande confiance en Verneuil. S'il l'utilise, il me payera pour cette idée-là. Point.

Non seulement il accepte mon idée, mais il me

demande si je suis disponible pour travailler avec lui sur l'histoire. Auguste Le Breton sera-t-il d'accord ? J'interviens pour la troisième fois sur une de ses histoires. Je le sais un poil susceptible et deux poils jaloux. Pourquoi ne travaille-t-il pas avec Verneuil ? Question de contrat. La cession des droits de son livre exclut qu'il travaille au scénario. Je réponds à Verneuil que je suis en attente de l'achat d'un roman américain pour le mettre en scène. Le scénario est fait. J'ai bien trois ou quatre mois de disponibles et je suis enchanté de le rejoindre à Paris. Je retrouve en lui le métier de Jacques Becker et de Claude Sautet. Entre les siennes et les miennes, les idées s'entremêlent. Nous travaillons avenue Bosquet, chez lui. La production m'a loué un studio à Paris. Je gagne royalement ma vie et celle de ma petite famille.

Après la journée du brassage des événements et d'un embryon de construction, Pellegri nous dresse la synthèse de ce qu'il a entendu. Des éclairs d'humour traversent le regard de Verneuil. Voilà qu'une saloperie de mauvaise grippe tombe sur Pellegri. Il ne reformera jamais le trio. Mais il a des enfants et je suis content que son contrat soit honoré. Sa présence au générique lui assurera des droits SACD. Tant mieux, vraiment. Néanmoins, dans ce métier, les producteurs ne se renseignent jamais assez sur la part artistique de chacun en lisant un générique de film.

Avec Verneuil, nous arrivons assez vite à un premier jet. Un grand metteur en scène sait alors qu'il faut grimper d'un étage et même de plusieurs. Ce qui aide le scénariste à se surpasser. Verneuil pense qu'après avoir réuni tous les éléments du braquage flamboyant, le clan dirigé par Gabin devrait frôler l'échec. Un truc à une seconde près. Du même coup, le rôle du flic s'en trouverait renforcé. Comme Lino Ventura doit le jouer, ça me stimule. La profession et l'amitié nous maintiennent l'un près de l'autre. Je dialogue aisément entre lui et Delon dans un bureau de juge. Après *Le Rapace* et l'écriture des *Ruffians*, j'étais heureux de rompre avec mon arsenal coutumier. Je m'y replonge en compagnie de Verneuil à un niveau de qualité qui entretient mon conte de fées : écrire pour Gabin, Delon et Ventura, qui s'en plaindrait ?

J'invente que le flic débarque chez un faussaire, et, à la seconde où il va découvrir les photos du clan, destinées à de faux passeports, le faussaire allume la lampe de son labo et toutes les frimousses sont voilées. L'efficacité de la mise en scène fera le reste. Verneuil aura de gros moyens. Le scénario est accepté. Je rentre dans mon nid d'aigle. C'est la première fois que j'ai bossé sur une affaire de cinéma qui ne crée pas de crise du genre : le film se fera... se fera pas... on doit couper... pas couper... etc.

Des copains passent au chalet. J'ai loué pour 10 francs suisses par an une vieille bergerie à retaper dans un alpage à 1 800 mètres d'altitude. C'est à deux heures à pied de notre village. L'alpage comporte d'autres bergeries et une fabrique artisanale de fromage. Nous transportons de lourdes charges pour réparer le toit, un mur, et aménager un dortoir, ainsi qu'une grande table à manger. Électricité de camping, un abreuvoir pour se décrasser, les toilettes en pleine nature. Une rivière vive court pas loin. L'aventure amuse beaucoup les enfants. Leur santé éclate comme un orchestre de cuivres.

Un coup de fil de Verneuil depuis les États-Unis.

Irina Demick, la vedette féminine du film, s'est plainte à notre producteur de l'étroitesse de son rôle par rapport au roman d'Auguste, dans lequel elle participait au détournement du Boeing. Avec Verneuil, nous avions eu peur que les images rendent peu crédible Irina, un flingue à la main, entre Gabin et Delon. Zanuck, furieux, nous renvoyait à un accord avec elle. Irina contente, le film existerait. Pas contente, plus de film. Nul besoin d'une cartomancienne pour deviner les sources du pouvoir d'Irina sur ce magnat de la production. Il s'agissait de la rassurer sans handicaper la séquence. Il me suffit de lui créer le rôle d'une fausse hôtesse de l'air qui s'oppose à certains déplacements des passagers, incompatibles avec l'action du détournement. Irina est enchantée et donne le feu vert. Nous aurions pu y penser avant.

Le coup d'envoi résonne dans la presse comme les tambours des armées de l'Empereur. L'approche de l'hiver plombe le ciel des montagnes d'un gris souris prêt à orner les arbres d'une longue barbe blanche.

Un clash fait trembler le foyer de ma sœur. Elle m'annonce que notre mère est à l'hôpital. Je me garde bien d'essayer de savoir si leur vie commune est impossible à cause de ma sœur ou de ma mère. Un malaise cardiaque à la suite de quelques scènes intenses pourrait découler de l'insatisfaction permanente de notre mère. Je vais la chercher et l'amène au chalet. Elle a sa chambre, son fils, ses petits-enfants et la douceur de Zazie. J'étais décidé à ne pas croire à ses tourments chez ma sœur. Néanmoins, ce qu'elle me disait contre mon ami et compagnon de cordée, René Desmaison, fit pénétrer le doute comme le goutte-à-goutte d'un supplice chinois.

Il neigeait tous les jours. La préparation de Noël nous replace sur les rails de ce qui vaut la peine de vivre. Le Père Noël arrive dans la haute neige chargé comme un mulet. Nous ignorons si Marie-Josée, la princesse, y croit toujours. Nous attendions au bout de notre route privée. Le Père Noël balance sa lanterne et agite une clochette. Marie-Josée lâche brusquement ma main et s'enfuit en courant vers le chalet. Encore des poupées. Pour mon fils Paul, du matériel de sport, des skis, un bob, etc. Pour tous, la joie. Celle de ma mère existera-t-elle enfin ? La neige tombe, un rideau qui ne se lève pas, tendu entre le ciel et la terre. Nos voitures ne sont plus que des monticules rectangulaires. Ma mère bouquine et se plante le plus souvent devant les baies vitrées. La neige fine et serrée ferme le décor. Son fils et ses petits-enfants ne lui suffisent pas. Qu'espère-t-elle de plus à quatre-vingts ans passés ? Que regrette-t-elle ?

Jacques Bar est en passe de traiter les droits américains de *Dernier domicile connu*. Pour meubler l'attente, je pose les bases d'une nouvelle histoire sous forme d'un récit entre scénario et roman. Celle de Dédé le Juif, surnommé Dédé la Chance, cambrioleur solitaire dont j'avais croisé la route après ma tentative d'évasion en 1947. Un personnage pétri de romanesque.

À la maison, tout est calme et tranquille. Sauf dans le cerveau de ma mère. Je l'entends dire à mon fils Paul, un garçonnet de neuf ans, que nous devrions quitter ce trou, qu'il serait mieux dans un grand lycée, et que moi, son père, je vais m'enliser, entrer dans l'oubli, alors que mon travail réclame la lumière des télévisions, etc. Bref, ma mère voudrait que j'échange notre paradis contre l'enfer des bagnoles et de la pollution. Elle retrouverait les Galeries Lafayette et sa mélomane de nièce. Je refuse de me laisser déstabiliser et propose de lui louer un appartement dans sa chère capitale, assorti d'une rente. J'espère un refus pour qu'elle finisse ses jours dans la chaleur de mon foyer. Elle accepte, persuadée que je ne supporterai pas de la sentir seule à Paris et que nous la rejoindrons. Tout ça, évidemment, pour notre plus grand bien.

Zazie, pour me libérer l'esprit, s'occupe de son installation et de son déménagement. Elle habitera le XVIIIe arrondissement, à deux pas de sa nièce.

Au printemps, la production possède les droits du bouquin américain. À cause des dates de liberté des deux vedettes, tournage en septembre. Je commence les repérages à Paris. Le scénario développe une recherche des flics sur une multitude de décors, et dans chaque décor, de nouveaux acteurs. Ce qui oblige à les choisir au meilleur niveau pour que le récit ne faiblisse pas. Je passe ensuite au découpage technique des séquences. Je m'installe dans ma bergerie médiévale au cœur de l'alpage. La fromagerie a le téléphone. Lorsqu'on m'appelle, le fromager lance une pierre ou deux sur le toit de ma bergerie.

Un jour que l'orage tire au canon sous les coups de sabre brûlants de la foudre, j'ai l'agence de Lebovici au bout du fil. Marlène Jobert a changé d'avis. Elle ne veut plus faire le film. Je sais qu'elle tourne *Le Passager de la pluie* sous la direction de René Clément. À côté, mon film lui semble peut-être mineur. J'écoute les explications alambiquées de Lebo, les yeux sur l'immense marmite en cuivre pleine de lait chauffé au bois. L'idée que personne n'imaginerait d'où je réponds au téléphone m'amuse. La foudre tombe sur la ligne. L'écouteur me balance un choc dans l'oreille et me jette au sol. Allongé sur le dos, je vois l'appareil oscillant au bout de son fil. La foudre vient de transmettre ma réponse à Lebo. J'ai Lino Ventura, un beau sujet, une production et, derrière moi, aucune création déshonorante. Que le monsieur « puissance occulte du cinéma » aille se faire masser dans les îles.

Les portables n'existent pas. Pour prendre l'avis d'Hercule Muchielli et de Jacques Bar, je dois redescendre au village ou attendre que la ligne téléphonique soit rétablie. Je continue à décider du nombre de plans par séquence. J'en arrive à une jolie scène entre Lino et Marlène. L'ébauche d'une liaison possible entre une jeunette et un vieux cheval que le regard de Lino enveloppe superbement de spleen.

Consultée, ma production déplore la désaffection de Marlène. Je m'assois sur ma susceptibilité et je vais sur le tournage de René Clément pour lui parler. Serge Silberman produit le film. Il est présent. Il a déjà produit *Le Trou.* Il s'est mal conduit après la mort de Jacques Becker. Je ne l'aime pas et il le sait. Donc pas d'ami à l'horizon. Marlène me reçoit après le tournage. Elle prétend ne pas retrouver le roman dans le scénario. Impression classique. Je sais que le talent de Marlène touche Claude Sautet. Et réciproquement. Je plaide pour que Claude donne son avis. Continuer à ergoter auprès de Marlène pour certifier que son rôle n'a, au contraire, cessé de s'amplifier m'apparaît inutile. Elle est d'accord pour que Sautet intervienne. Ils ont le même agent, l'incontournable Lebovici.

L'arbitrage se déroule. Sautet calme le jeu et Marlène signe son contrat définitif. J'ai constitué une équipe technique canon : Étienne Becker, chef opérateur – il est le fils de Jacques et le frère de Jean, qui a déjà fait deux films avec Jean-Paul Belmondo depuis *Un nommé La Rocca.* Si Jacques les regarde, il peut en être fier. Jean-Jacques Caziot au décor, Jacques Rouffio à l'organisation. François de Roubaix composera la musique. Je précise les costumes pour qu'ils collent à l'histoire : un petit imper pour Marlène ; quant à Lino, il m'emmène chez un chapelier. Il est sensible à ce qu'un chapeau peut apporter à un personnage. Coiffé juste, il s'empare du rôle.

Je commence par du facile : Lino marche d'une adresse à l'autre, d'un renseignement à l'autre, en compagnie de Marlène, sa frêle assistante. Ces premières images me donnent le ton général du film : Marlène trottine pour suivre les grandes enjambées de Lino. Un flic, un roc indestructible, et une *pasionaria* fragilisée par ses illusions. Je maintiendrai ces rapports.

Jacques Bar organise très bien la production. L'originalité du sujet s'impose jour après jour. Marlène Jobert n'a pas tellement conscience de l'importance de son rôle. Elle y est parfaite tout en s'imaginant qu'elle travaille pour deux machos qui ne cherchent qu'à l'amenuiser. Avec Lino, nous ne cherchons jamais à imposer un côté masculin. Nous sommes là pour réussir le film, et nous savons qu'une équipe soudée, c'est primordial.

Un soir, en allant chez Louis Daquin, qui gère avec Rouffio le budget du film, je vois, au mur, une série de photos de tournage en haute montagne : *Premier de cordée*, d'après Frison-Roche.

« Tu fais de la montagne ?

– Non, j'ai le vertige... Mais j'ai tourné ce film-là en 1943.

– J'y étais. »

Je lui raconte ma présence en qualité de chef de cordée à Jeunesse et Montagne de 1942 à 1944. Et que nous avions, sur son film, porté à dos d'homme son lourd matériel sur les glaciers et dans les refuges de la vallée de Chamonix. La haute montagne m'est une seconde nature. Elle efface d'un seul coup le peu d'estime que je témoigne à Daquin à cause de ses lacunes professionnelles sur le film que je tourne.

Le film est vivant. Zazie fait construire deux garages et un deuxième chalet dans notre clairière. Nous formons un couple de castors. Elle me rejoint avec les deux enfants en vacances de Toussaint. Je tourne au parc Montsouris le meurtre du témoin par Michel Constantin. Je mêle les enfants à la figuration. Ainsi, je les reverrai plus tard, et je l'espère beaucoup plus tard.

Bertrand Tavernier et Pierre Rissient présentent le film à la critique et à d'autres rats de cinémathèque. Il semblerait que *Dernier domicile connu* deviendra le film préféré des cinéphiles dans ma modeste carrière.

La musique de François de Roubaix accentue l'enquête de Lino et de Marlène, qui cherchent un homme anonyme parmi six millions d'habitants. J'attends la sortie en me disant que cette fois les lanceurs de pavés partiront aux sports d'hiver.

Le Clan des Siciliens d'Henri Verneuil s'ajoute à la liste des triomphes du cinéma français. Depuis ma sortie de prison, les bonnes fées me tiennent toujours par la main. Mais chaque jour est nouveau. La censure interdit la sortie de *Dernier domicile connu*. Pourquoi ? Aucune scène de sexe. La violence ? Je n'ai tourné qu'une bataille de rue de deux minutes à coups de poings. Du patronage. La censure a dû se tromper de film. Non. L'esprit du film calomnie l'institution de la justice. J'ai montré un témoin protégé jusqu'à ce qu'il témoigne pour rendre service aux autorités, et, à la minute où il a parlé, les flics l'abandonnent. Sans défense contre le vengeur qui rôde, il est assassiné une heure après son témoignage.

On me condamne sans m'entendre. Les bonnes fées n'auraient pas un lapin blanc en réserve qui sortirait du chapeau ? Chaban-Delmas est Premier ministre. Je l'ai connu sous-lieutenant, à Nice, en 1940. Nous venions de Chamonix. Il était capitaine d'une petite équipe de rugby. J'avais dix-sept ans et ma vitesse. Chaban m'avait placé trois-quarts aile. À l'attaque. Une trentaine d'années plus tard, Chaban-Delmas s'en souviendrait-il ? Notre attachée de presse parvient à établir le contact avec son chef de cabinet. Amusé par ce rappel et le devenir d'un ailier adolescent devenu romancier et cinéaste, Chaban accepte de voir le film en litige. Il vient à une projection tardive dans une salle réservée pour lui en haut des Champs-Élysées. Son geste, en toute simplicité, de la part d'un chef de gouvernement, me renvoie à mes années intactes, lorsque la vie ne m'avait pas encore bosselé. Quelle émotion !

Après la projection, Chaban reconnaît que montrer ainsi ce témoin largué sec, ce n'est pas très sympa pour le système.

« Je ne pouvais pas le faire protéger davantage... Trop proche de la fin, je dois finir avant que la tension ne baisse... »

En toute bonne foi, la police manquerait d'effectif pour protéger un homme vingt-quatre heures sur vingt-quatre... Chaban me promet d'arranger les choses. Nous sommes déjà dans le hall. Il a oublié une écharpe dans la salle. D'un pas de sportif, il dévale un court escalier et le remonte quatre à quatre.

La censure est levée. Merci au rugby, merci au sport, merci à Chaban-Delmas, merci à la chance.

CHAPITRE X

Les Ruffians

Une brute qui marche ira toujours plus loin qu'un intellectuel assis.

Michel AUDIARD.

J'ai autant de joie à contempler notre deuxième chalet qu'à voir mon film *Dernier domicile connu*, affiché dans Paris. À la sortie de l'avant-première, au Balzac, les spectateurs d'une deuxième salle comble patientent dans la rue.

« C'est gagné », me dit Hercule Muchielli d'un ton paisible.

Il est malheureusement vérifiable que la carrière d'un film se joue sur les recettes du premier jour. Le film qui ne fonctionne pas ne fonctionne nulle part. Le titre n'est pas en cause. C'est le mouvement du public, son appétit pour le film, ou non. Ça ressemble à la mort subite de la guillotine. Ma position se solidifie comme le ciment dans le coffrage d'un barrage. Je n'en finis plus de ce besoin de protection. Contre quoi ? Contre qui ? Et le moindre accroc semble me donner raison. Une instruction s'ouvre contre moi pour diffamation. La plaignante s'est reconnue sous les traits d'un personnage de *Dernier domicile connu.* Une femme interrogée par Lino et Marlène dans une HLM et qui voyait du vice chez tous les enfants. Pendant mes repérages, j'avais vu, fixé sur la porte d'un logement, une petite revue ronéotypée invitant à s'associer contre l'apocalypse créée par les enfants :

« Le cyclone des moins de 12 ans »
« Adultes, formez vos bataillons... »

Dans la scène avec Marlène-Lino, elle passait vraiment pour une dingo. La plainte argumentait que toute la cité avait dû la reconnaître sous cette caricature. Convoqué chez le juge d'instruction, je charge une jeune avocate, maître Rendel, de me défendre. Je l'avais rencontrée au début de ma carrière, lorsqu'elle s'occupait d'une starlette jolie comme deux cœurs, un peu compliquée hors du lit. Je demande à maître Rendel de chercher un arrangement avant que, de témoin, je ne passe à coupable avec un échantillon de mon casier. Dans ce genre d'emmerde, comme pour le problème de censure, je me sentais plus isolé qu'un gardien de phare. Le juge d'instruction a vu le film. Maître Rendel plaide la passion de l'artiste dépassé par sa création. J'ai commis l'erreur de reproduire la porte et ses slogans. Je propose de couper cette scène. Maître Rendel avance un chiffre pour le préjudice moral : 30 000 francs. La plaignante lève le pied. Le juge d'instruction aussi, et il en profite pour me demander si Alain Delon et Lino Ventura sont vraiment comme on les voit sur un écran... Une question de midinette. Je réponds que s'ils tuent quelqu'un sur le plateau de tournage, ils pourront quand même rentrer chez eux le soir.

Je gambade en quittant le Palais de justice, ce distributeur de misère, cette tombola où les gagnants perdent quand même une parcelle de leur âme. Je rentre en montagne. Le deuxième chalet permet à Zazie de loger du personnel, un couple pour la maison et les extérieurs. Nous nous enracinons. Nous donnons à nos enfants le goût de l'effort, l'accès à la coulée de bien-être dans les veines après une grande fatigue physique.

J'achève le sujet de *Dédé le Juif, dit Dédé la Chance*. Je n'ai pas réfléchi aux moyens pour reconstituer les années d'occupation. J'ai laissé courir la pointe Bic sur le papier pelure jaune.

Hercule Muchielli m'appelle. Il me produirait bien un autre film. C'était vraiment un pari de poursuivre une carrière de metteur en scène depuis un coin de forêt au bout d'une route en cul-de-sac. Je lui propose une « Série noire » américaine de Henry Edward Helseth : *Un aller simple*. Les Ricains en ont déjà tiré deux films. Je dois trouver des équivalences de décor. J'ai la liberté du casting. Hercule et Jacques Bar montent une coproduction franco-italo-belgo-espagnole.

Il n'y a pas de rôle principal pour Lino. Le héros a vingt-cinq ans. J'ai repéré un acteur dans le film de Labro *Tout peut arriver* : Jean-Claude Bouillon. Les yeux clairs, des angles sur le visage, une allure déliée. J'obtiens deux acteurs connus en Italie :

Giancarlo Giannini et Ottavia Piccolo. Pour le reste des acteurs solides : Maurice Garrel, Jean Gaven, Rufus et Nicoletta, chanteuse de blues de caractère, au tempérament explosif.

Ce n'est plus la grosse armada habituelle. La nostalgie des polars américains me porte. J'engage un certain Alain Corneau comme premier assistant. Nous décidons d'utiliser les brumes du port d'Anvers. Un paquet de séquences tournées la nuit pour commencer. Corneau me conseille un jeune chef opérateur, William Glenn, innovateur et physiquement indestructible, pour un plan de travail serré qui menace d'être exténuant. Je retrouve Jacques Rouffio à la direction de production.

Les nuits sont froides et humides. Je porte une veste en duvet. J'ai lu parfois sur la vitre d'un bistrot « Interdit aux chiens et aux nègres ». La mauvaise odeur d'un racisme illustré au Congo.

Il me suffit de sommeiller un quart d'heure sur une chaise longue pour récupérer durant les nuits. La vitalité d'Alain Corneau est stupéfiante. On coupe à 6 heures du matin, et à midi il réveille déjà l'équipe pour parler de la suite. Lorsqu'une personne, parfois étrangère, m'approche, il s'interpose :

« Faut pas déranger le metteur en scène. »

Il est évident qu'il en sera bientôt un. Ma scripte, Minouche, est snobée par le matériel électrique de William Glenn. Il nous éclaire une poursuite de nuit dans un hangar avec des lampes torches traditionnelles. Minouche m'assure que l'écran sera noir comme un puits de pétrole. Au contraire, nous suivons la poursuite du plus bel effet dramatique. J'adore cette nouvelle équipe. On s'amuse à des joutes idéologiques. Ils sont trotskistes, alors que je me définis comme un révolutionnaire de droite. Un jour qu'un artificier place sur le chambranle d'une porte des petits détonateurs pour faire éclater le bois, j'indique à l'acteur qui joue un vigile contre lequel un gangster ouvrira le feu – à blanc

Je me reconnais à peine...

Mon Père, lorsque son petit-fils Paul l'enivrait de joie.

Très vite après ma libération avec mon Père, ma sœur, ses deux fillettes, ma mère... le fils prodigue.

Mon fils Paul, ma fille Marie-Josée et leur père, cet étrange auteur de polars !

Pendant le tournage du Trou. *À gauche le brigadier Fournil, qui servit de modèle dans ce film – ainsi que dans* Mon Père *sous les traits de Rufus. Au centre Jacques Becker. À droite Roland, le vrai personnage de l'évasion qui joua son propre rôle.*

À gauche Jo Attia dans son bar Le Gavroche.

Avec mon ami Claude Sautet, à droite... Un peu de détente pendant l'écriture, dans une auberge, de Classe tous risques.

L'escalade de la tour Eiffel par les plaques extérieures avec le célèbre guide René Desmaison. Pourquoi prendre l'ascenseur quand on peut faire plus simple !

Lino vient de kidnapper l'inspecteur Fardiano joué par l'étonnant Paul Francœur.

Les Grandes Gueules. *Bourvil à contre-emploi, son premier rôle de force.*

Delon, Ventura, dans Les Aventuriers, *avec l'inoubliable sourire de Johanna Shimkus.*

Dernier domicile connu. *Entre Lino Ventura et Marlène Jobert. Une plage de charme dans ce film austère.*

Avec Jacques Rufus,
acteur rare. Entraînement
sur le film Où est passé Tom ?

Tournage de Un aller simple.
Je n'en veux à personne...
je dirige un acteur !
À droite Alain Corneau :
mon premier assistant
redoutable d'efficacité.

La Scoumoune.
Claudia Cardinale
et Jean-Paul Belmondo
les Rolls-Royce
de la comédie.

Deux hommes dans la ville. *Alain Delon et Jean Gabin. Ils disaient mon texte devenu leur texte et je me demandais si je ne rêvais pas ma chance.*

Alain Delon bouleversant face à la guillotine.
Mon engagement contre la peine de mort.

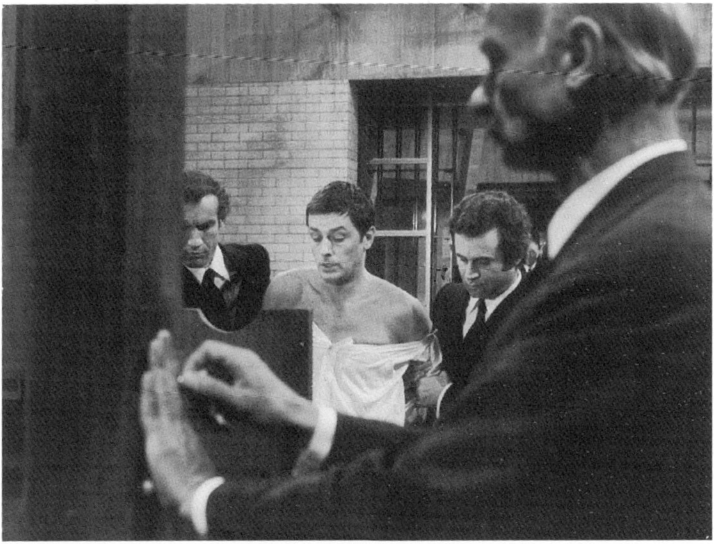

Alain Delon, plus gitan qu'un gitan.

Image d'Épinal du réalisateur.

Charles Vanel dans Comme un boomerang. *Plus que du talent, une absolue vérité.*

Avec le courageux Claude Brasseur dans Une robe noire pour un tueur.

Mon premier vélo sur mesures fabriqué par Sablière,
un artisan de Saint-Étienne.

À l'occasion d'une réunion sur le vélo. Avec Antoine Blondin,
Michel Audiard, Louis Nucéra.

Le Ruffian. *Bernard Giraudeau, Claudia Cardinale, Lino Ventura, la santé et... des caisses d'or.*

Toujours Le Ruffian. *Lino a préparé le petit déjeuner pour Claudia Cardinale. Dans la vie il adorait le faire pour sa femme.*

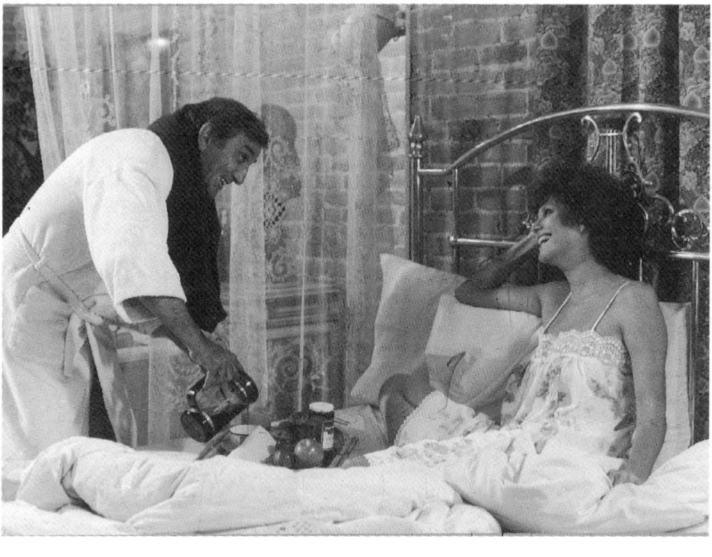

Avec mon ami Jean Becker, mon élève aux échecs qui dépassa le prof.

Avec Alain Delon, l'homme de cœur qui parraine la fondation d'Albina de Boisrouvray.

L'approche de la grande aventure nordique qui restera à l'état de rêve : Le Musher.

Pour revivre avec Bruno Crémer – qui joue mon Père –,
et Vincent Lecœur – qui joue mon rôle –, notre douloureux conflit.

Le plein bonheur avec mon p'tit bout de femme.

– l'endroit précis où il devra placer sa tête pour ne pas risquer de prendre un éclat de bois.

« J'ai compris... Je n'ai pas envie de prendre une balle dans la tête », me répond-il.

Vertigineux. Il croyait qu'on allait le canarder à balles réelles et il acceptait de jouer la scène malgré tout. Émouvants, les acteurs.

Coproduction exige, le tournage se transporte en Espagne. Zazie m'y rejoint. Les enfants, à l'école dans notre village, sont gardés par Marceau et sa famille, nos amis hôteliers. Pour des questions de trésorerie, je dois tourner la suite et la fin dans un studio espagnol. Le septième art reste de l'art industriel. Les intérieurs en studio sont censés correspondre avec les extérieurs belges. Je ne suis pas encore rompu à la tricherie du cinéma et je m'y retrouve mal, quant au climat du récit.

Dans ce film, Rufus a interprété un braqueur perdu de l'équipe des Chats sauvages. Ce garçon, étrange dans la vie et dans son métier me marque. Il touche à la comédie discrètement, comme s'il craignait de gêner. Il ne ressemble à personne.

Dès le premier montage, j'éprouve la complexité du récit. On part sur une histoire et on bifurque sur une autre. Je ne l'avais senti ni à l'écriture ni sur le plateau. Ce n'est plus rectifiable. Le film aura une carrière très moyenne. Je me console car mon ami, mon père dans le cinéma, Hercule Muchielli, a monté habilement l'affaire et il ne perdra pas d'argent. J'ai toujours la crainte de ne pas honorer la confiance qui m'est offerte.

Je rends visite à ma mère à Paris. Je m'attends à ce qu'elle s'ennuie au moins de ses petits-enfants. Elle ne s'ennuie pas. Elle rumine un passé qu'elle ne peut modifier et me parle inlassablement de ses travaux de systémière à la recherche d'une martingale imparable. Elle m'attriste. Je crois, et c'est tant mieux, qu'elle a renoué avec ma sœur. Je ne peux que faire des chèques pour ma mère. Ma sœur et René Desmaison possèdent maintenant un beau chalet à Chamonix. Il est situé juste au-dessus du petit hôtel de douze chambres que nous avions tenu en famille en 1938. Certaines traces sont ineffaçables.

Lorsque nous allons à Paris, Lino Ventura et sa femme Odette nous accueillent dans leur résidence de Saint-Cloud. Lino s'étonne parfois du manque d'envergure des scénarios qu'il reçoit, du décousu de leur trame. Je lui parle de mon histoire d'Amérique du Sud : *Les Ruffians*. Au départ, trois aventuriers : lui, Jean-Paul Belmondo et Serge Reggiani. Ensuite, la jonction avec un quatrième lascar, dans une mine d'or, Michel Constantin. On discute. Lino est dérouté par le début. Le trio de mercenaires débarque au Brésil sur les traces d'un criminel de guerre nazi. Ils doivent le kidnapper et le livrer contre une prime. Ça marche, et in extremis le bourreau se suicide. Le trio est en panne. Une fille de joie leur indique une mine d'or. On recrute des gratteurs de terrain. Et les filles vont éponger les hommes par brèves périodes.

Je trouve que le début a du parfum. Moins naïf que de tomber sur une mine d'or directos. Lino craint une déroute dans la cervelle du spectateur. Il m'arrive de manquer d'entrain pour convaincre. Je reçois un coup de fil de la chanteuse Mick Micheyl. Je l'avais rencontrée à la projo d'un de mes films. Édith Piaf, sensible à *Classe tous risques*, le film de Claude Sautet, m'avait invité aussi. Les sorties nocturnes de ce bout de femme qui brûlait sa vie en forme de torche m'avaient effrayé. Sa faune me gênait aux entournures comme un smoking gênerait un pingouin. Édith Piaf s'était brièvement entichée de mon copain qui jouait le gangster ami de Lino et qui attaquait les encaisseurs à Milan, dans *Classe tous risques*. Je dis « brièvement », car elle prenait et jetait de la même façon que la vie la prenait elle-même pour la rejeter par secousses. Rien que de la brûlure. Que désirait Mick Micheyl ? L'inverse de tout ça ?

Elle me raconte qu'elle assiste un prisonnier de droit commun. Je ne m'en étonne pas, beaucoup de taulards cherchent à fourguer un romantisme de voyous à une romancière, un acteur, un chanteur. Le tout de préférence au féminin. Pour un malin, il est facile d'abuser de ce cœur d'or. Sorti de prison, le type va remercier sa bienfaitrice. Le coup classique est de lui montrer le mal fou qu'il a à se réinsérer. Sa cliente devient presque complice des confidences et des mauvais chemins que la chienne de vie l'oblige à emprunter. Un jour, ce sera une arme qu'il lui confiera pour s'en protéger contre lui-même.

J'écoute Mick Micheyl et accepte de voir le type. Il roule sa caisse en me parlant du quartier de haute surveillance. Je le piège sur la géographie des lieux. Il n'est déjà plus pour moi qu'un tiers escroc, deux tiers mac, de la raclure de pelle à pizza comme dit l'écrivain Jean Schmitt. Le mieux, pour son arme, serait les égouts de la Seine. Il réalise que sa bienfaitrice n'est plus seule et il ne reviendra pas.

Pourquoi penser que je puisse rendre ce genre de service ? Pourquoi ne pas me demander un accompagnement dans une soirée dansante chez Maxim's ?

« Parce que tu ne sais pas danser, pauvre idiot. Et que tu n'as pas fait tes armes avec les énarques du cinéma. Tu es tout nu dans tes romans de plaies et de bosses. »

[illegible]

CHAPITRE XI

Sauvé par le gong

Il n'y a qu'un seul luxe, c'est celui des relations humaines.

Albert CAMUS.

Pierre Lesou, le superauteur du *Doulos* en « Série noire », a vendu un autre bouquin au cinoche. J'accepte de travailler avec lui sur l'adaptation d'un policier-aventures qui baigne dans le trafic d'armes. Mais à la seule condition que nous travaillions dans mon chalet, lui, le metteur en scène et moi.

Nous les hébergeons, c'est le début de l'hiver. Tout en passant mon cerveau à la pierre ponce sur ce nouveau scénario, je peux voir mes enfants descendre en luge à l'école depuis notre clairière. Ils vivent à l'heure de Walt Disney, l'ami public n° 1.

Lesou, comme moi pour *Le Deuxième Souffle*, est très content du film que Melville a tiré du *Doulos*. Mais il a subi une arnaque côté finance. Quand je lui étale que le chalet, la clairière de rêve, ont été acquis avec la vente de mes droits à Melville, il me prend pour un fakir. Comment est-il possible de ne pas se faire posséder par le jésuite ? Je lui touche deux mots de Santos, mon oncle machiavélique, qui nous avait précipité sur un toboggan infernal, mon frère et moi. Depuis j'étais armé contre les coups tordus. Lesou est un gentil. Pour nous détendre, je lui apprends à skier. Il plaît à une agréable jeune femme qui tient le minuscule resto d'altitude au pied des pistes. Elle est libre. Il est libre.

« Et si tu posais ton sac là, compagnon ?... »

Il râle toujours de se faire dépouiller par le fisc français. Pour écrire, il se base chez sa sœur où il s'emmerde. Ça l'aide à bosser. Il est démâté. J'insiste.

« N'hésite pas... Reste dans ma vallée... »

La fille serait fière. Pensez donc, un écrivain... Il serait comme un coq en plâtre, pour reprendre, cette fois, l'expression de Francis Blanche. Il a quarante ans. Le cap qui accélère ce qui reste à vivre. Par petites touches je réalise qu'il a fait de la ratière. Il m'est d'autant plus sympa. Nous écrivons pour un metteur en scène qui vient épisodiquement. Il voyage avec son producteur à la recherche de partenaires étrangers. Pour avoir l'Allemagne, il nous faudrait changer l'âge de l'héroïne afin d'obtenir une starlette qui monte là-bas. Un autre jour, pour avoir l'Italie, il faut bouleverser le rôle d'un personnage. J'ai l'impression qu'ils jouent au bilboquet avec le metteur en scène et je conseille de tenir les positions initiales.

« Et si l'étranger nous lâche ? J'ai peur de ne pas faire le film. »

La peur n'évite pas le danger. Ce film ne se fera pas. Avec Lesou, nous avons été payé pour le travail livré. Je le vois quitter notre chalet avec une pincée de tristesse. Il est instable, et la perspective d'une même femme matin et soir ressemblerait à une chaîne au bout d'un collier.

Avec nos enfants nous formons un quatuor sur les pistes de ski. Paul skie déjà plus vite que nous. Nous chaussons devant le chalet pour glisser jusqu'au télésiège qui nous monte à 1 800 mètres. De là, d'autres remontées jusqu'à 2 300 mètres. Petit domaine skiable, loin de la marée humaine des stations géantes. La descente nous ramène tout droit à la clairière. Nous sommes bronzés. Je me souviens d'un conseil du producteur Raoul Levy :

« Dans ce métier, tu te montres bien bronzé, prospère, même si tu ne l'es pas... Ils doivent toujours croire que tu n'as besoin de rien... Ils s'écartent des malchanceux. »

Un vrai philosophe de la monnaie, Raoul ! J'ajoute au bronzage les plaques suisses sur nos voitures. Un jour, il m'a consulté sur les procès d'assises. Il avait un projet. Il cherchait à comprendre les sensations éprouvées depuis le box des accusés. C'est un théâtre bizarre au sein duquel seul le passé a de l'importance. Je l'ai renvoyé à *L'Étranger* d'Albert Camus : la bible sur cette question.

Un coup de fil de Paul Cadéac, coproducteur du *Rapace*, me récompense du travail bien fait. Il a l'opportunité de produire *Papillon*, le best-seller d'un ex-bagnard. D'après lui, *Le Rapace* est le meilleur film de sa maison, et il a le cœur d'oublier notre mésentente. Il me présente au fameux Papillon comme étant le plus apte à filmer ses évasions.

Mais Robert Dorfman s'empare du projet, jugeant que le budget et Steve McQueen revenaient aux Américains. J'oublie.

Lino Ventura et Jean-Paul Belmondo n'accrochent définitivement pas aux aventures des *Ruffians*. Je flotte un peu, lorsqu'un producteur me demande comment nous pourrions nous rencontrer. Il est vrai que je ne déjeune pas au Fouquet's tous les jours. Mais j'ai justement envie d'aller voir ma mère, alors le rendez-vous de travail s'organise.

D'abord ma mère et son petit logement sombre. Elle a troqué la lumière de notre chalet et les yeux de nos enfants contre une pénombre solitaire. C'est dingue. J'ai relu une phrase du testament de mon Père lui conseillant de ne jamais quitter son fils. Nous sommes au seuil de 1971. Elle est sur le point de trouver le système infaillible à la roulette. Pour en faire quoi ?

« Je te le donnerai... Comme ça, tu ne manqueras jamais de rien. »

J'ai un travail, mais pour elle il reste abstrait.

Le producteur rencontré sur les Champs n'a pas de sujet à me soumettre. Il désire seulement financer ce que j'aurais envie de tourner. Tient-il à un polar en ville ? Pas forcément. Tant mieux. Qu'il lise *Où est passé Tom ?* paru dans la « Série noire ». L'histoire d'un pacifique un peu lunaire, qui s'emploie, avec Amnesty International, à mettre les projecteurs sur certains prisonniers politiques non déclarés par la dictature qui les détient. Il sera obligé d'en passer par la violence.

Le thème me plaît et je suis sûr que Rufus apporterait beaucoup au personnage. Si le bouquin plaît aussi à ce producteur, je demande que, par souci d'éthique, je puisse en parler à Hercule Muchielli, en qualité de distributeur. Les choses s'enclenchent et j'attaque l'adaptation du roman. Tout se passe en Espagne à l'époque de Franco. Je dois trouver une équivalence des lieux. Porté par la confiance de mes partenaires, j'avance vite. Lorsque, dans la deuxième quinzaine de février, la tragédie de René Desmaison en perdition sur les Grandes Jorasses s'impose à l'opinion publique.

Serge Goussault, son compagnon de cordée, s'est affaibli longueur de corde après longueur de corde. René le tire et s'épuise. Enfin ils s'immobilisent à 80 mètres du sommet. Le mal que ma mère ne cesse de me dire sur René, sa prétendue maltraitance, a laissé en moi une telle amertume que son drame sur cette face nord verglacée ne me touche pas comme il le devrait. Pourtant, je suis écartelé. Ma place est là-bas, près de ma sœur, pour suivre ce sauvetage qui n'en finit pas. Il semblerait qu'on veuille le sauver, sans le sauver, tout en faisant semblant de le sauver.

Nous avions risqué nos vies reliés par la même corde. Je ne suis pas à ma place, mais, si j'aide René, le sentiment de trahir ma mère m'englue le cerveau. Qu'importe, il est suspendu depuis trop longtemps à son piton. Serge Goussault vient de mourir. René est accroché à un mort. Et moi je reste, comme un con, accroché à mon enfance, à mon adolescence. Dans ma deuxième vie ma mère m'avait déçu, mais voilà que ses plaintes contre René ravivaient mon amour.

En prison, impuissant à la protéger, je n'étais pas à ma place d'homme. Et aujourd'hui, par quel mystère suis-je cloué, empêché d'influer sur les secours que l'on doit porter à ce sublime alpiniste ? Je n'ose même plus penser que si j'étais en danger de mort sur une paroi il viendrait me sortir du piège. J'empêche cette pensée de prendre son envol.

Périgourdin, il est étranger dans le cénacle des

guides de Chamonix. On fait part à ma sœur de toutes les grimaces des efforts du sauvetage muselés par je ne sais quelle jalousie. René est trop marginal et trop célèbre. Heureusement il y a toujours quelque part un homme pour s'indigner. Alain Frebault, pilote d'hélicoptère, décolle de Grenoble et va se poser à deux reprises sur une brèche, entre les deux sommets des Jorasses. De là, des sauveteurs à pied ne sont plus qu'à 100 mètres du sommet de la pointe Walker. Un treuil et un câble pour qu'un guide, Gérard Devouassoux, atteigne René. Ils remontent tous les deux, tractés par le câble.

De mon chalet proche des aiguilles, je n'écrivais plus. Je vivais chaque seconde, j'avais fini par me détester. La montagne, son équilibre, ses risques, ce corps que l'on dresse au sommet d'un pic, l'ivresse de guider si on est le meilleur, cette architecture au-delà du temps m'ensorcelaient toujours, et, dans les séjours de mes cachots, son simple souvenir m'avait aidé à déterrer mes qualités ensevelies.

Mon absence au cœur de cette tragédie, c'était comme si la montagne me rejetait. Poussé dans le dos par les dates du contrat du film que je viens de signer, ma pointe Bic reprend sa ronde. J'utilise tous les décors environnants de grande nature pour fixer les actions de Tom le pacifique. Il doit tuer un chamois pour se sentir capable de tuer un homme. Un petit chef de district qui refuse de reconnaître la présence de cinquante prisonniers politiques enfermés dans une forteresse. Ce pays restera imaginaire et la langue s'approchera du catalan. Un sujet dit réaliste doit toujours s'ancrer dans un pays nommé, un pays réel. Inconsciemment, je bâtissais sur du sable.

J'avais entraîné Rufus en montagne pour la séquence acrobatique de la chasse au chamois. William Glenn, chef opérateur, karatéka de fer, chef d'une équipe musclée, reconnut que la difficulté de ce tournage resterait dans les annales : « Quand vous direz plus tard : j'étais avec Giovanni sur *Où est passé Tom ?*, on vous répondra que vous êtes un extraterrestre. » Équipe réduite logée dans les bergeries à côté de la mienne, dans l'alpage médiéval. Réveil à 5 heures du matin. Marche alourdie par le matos vers la paroi schisteuse zébrée de vires à chamois. La paroi concave ferme ce cirque. Le haut d'un raide pierrier – une heure et demie – amène à une des extrémités. Avec une équipe de chasseurs de chamois et Marceau, grand randonneur, nous avions équipé d'un câble une faille rocheuse ascendante. L'équipe, caméra, son, scripte, encadrés par mes copains, se tire au câble et débouche sur une des vires inclinées qui traversent toute la paroi. Glisser sur cette vire conduirait à un saut de l'ange pour s'écraser 150 mètres plus bas. Nous sécurisons avec des cordes. Rufus est athlétique. On le filme sur un pilier pourri en plein gaz.

En ce lieu de toutes les folies, je tourne une traque par des gardes-chasse qui le prennent pour un braconnier. Quelques jours de travail furieux. Parti à 5 heures du matin, je tourne encore en redescendant aux bergeries à 21 heures. Copieuses journées. C'est la montagne. Le bonheur avec des acteurs familiers : Alexandra Stewart, Jean Gaven, le pathétique Paul Crauchet, Gaby, dit Spartacus.

Dans le décor de la forteresse de Salce, Charles Denner, fébrile, joue un prisonnier politique antifasciste. Il nous abandonne au bout de deux jours, marqué par les sombres souvenirs de l'Occupation, écorché par la sensibilité de son talent. Le décor le détruit. Je respecte son désarroi et je recommence les deux journées avec un acteur qui avait tourné avec Claude Sautet dans *Classe tous risques* et avec moi dans *Dernier domicile connu* : Aimé de Marche.

Mes rapports affectueux avec les acteurs sont l'atout principal de mon travail sur un plateau. Je raconte le film à travers leurs regards, leur charisme. Seul le talent de l'acteur s'échappe de l'écran pour toucher le spectateur dans son fauteuil. La grammaire cinématographique des professeurs de cinéma ne fera jamais ni rire ni pleurer personne.

Je tourne dans un village fortifié près de Perpignan. Et, aux environs de Collioure, une action frénétique. Zazie et les enfants en vacances suivent le film. Les prouesses en voiture de Rémy Julienne, ce cascadeur génial, me foutent toujours le trac. Ce n'est que du cinéma, et un accident grave sur un de mes films me terrasserait. Alors je ne tourne qu'une seule prise. Se donner un mal de chien ne pèse pas lourd sur le succès ou l'insuccès d'un film.

L'avant-première, moitié invitations et moitié public, ne remplit pas le Balzac. Marceau, qui avait assuré avec son hôtel l'intendance du tournage en Suisse, s'est déplacé avec sa femme pour admirer ses paysages suisses. Cette splendeur ne suffit pas non plus. Et pas davantage la meilleure musique qu'ait jamais composée François de Roubaix. À la sortie, Hercule Muchielli me dit sobrement :

« C'est perdu. »

On ne peut pas toujours dire « c'est gagné ». Il trouve d'autres mots pour me consoler.

Je dois me remettre en question. Lorsqu'on perd aux échecs c'est plus évident : l'adversaire est plus fort. Mais là, sur un écran, où est l'adversaire ? Je suis mon propre adversaire. Deux fois de suite je viens de me gourer d'idée de film. Je me sens responsable envers tous. Surtout envers le magnifique Rufus, dont le premier rôle principal se solde par un bide.

Je rentre dans ma forêt, je fuis ma mère et sa politique du pire. D'une prise de main à une prise de pied, hissant mon corps dans l'univers vertical, je me protège des ricanements des gens du métier. En ma qualité d'auteur, j'ai alimenté des metteurs en scène avec mes sujets, j'ai obtenu l'accord de grands acteurs. Mais aujourd'hui, qui m'appellera pour me dire : « Giovanni, j'ai un bouquin, un producteur, deux stars... Si vous veniez tourner le film ?... Qu'en dites-vous ?... » J'essaye de faire le point. Sans sextant. J'ai de la chance d'être arrivé jusque-là : une famille de rêve, la santé, quelques moyens et des murs au soleil. Je n'irai pas consulter, comme ma mère, une cartomancienne.

Le téléphone sonnera quand même. René Chateau est au bout du fil. Il a grandi. Il trace avec Belmondo un sillage scintillant. Chacun des films est devenu « un Belmondo ». René croit savoir que j'ai récupéré les droits cinématographiques de *L'Excommunié*, dont Jean Becker avait tiré *Un nommé La Rocca*. C'est exact. Jean Rossignol n'avait cédé les droits que pour dix ans. Peu de temps avant, madame de Carbuccia, la productrice d'*Un nommé La Rocca*, avait proposé un prolongement des droits contre 7,5 %. Une insulte. De la mendicité. J'avais refusé pour réfléchir à un pourcentage honnête.

Rendez-vous avec Chateau et Belmondo dans un

restaurant de Montparnasse, *Le Caméléon*, tenu par un Juif russe, ex-beau mec de Belleville, Maurice, et sa femme, Ginou, une rousse pulpeuse, une vivandière. Maurice écrira *Les Grooms de Lucifer*, le récit de sa déportation, dans un humour bouleversant et unique. Sur des étagères de son resto, un alignement de pots de chambre. Jean-Paul voudrait rejouer le même personnage, mais plus près de mon roman. À l'époque d'*Un nommé La Rocca*, il se sentait trop jeune. Cette jeunesse, celle de Pierre Vaneck aussi, avait donné au film un charme particulier, moins de dureté que dans le livre, mais un beau film, unique dans le registre policier du cinéma français.

Je ne veux pas qu'un nouveau film mette à mal l'exploitation de celui-là. René Chateau s'est déjà renseigné. L'existence du film de Jean Becker ne sera pas remise en cause. Mon échec récent n'a pas l'air d'assombrir l'horizon. J'apporte le sujet, le scénario, la mise en scène. Secteur production, Jean-Paul Belmondo me demande si je pourrais m'entendre avec Genovese, car il a un accord général concocté par Lebovici, son agent. Vu le contexte, je sais déjà qu'il y aura du foin au râtelier pour réussir une incontestable reconstitution d'époque.

Ce déjeuner m'a soulevé sous les aisselles. Je passe deux coups de fil : un à Zazie, l'autre à Jean Rossignol. Avec moi, il ne s'étonne de rien. Il me croyait en train d'écoper ma barque alors que je me prélassais sur un yacht. Je conviens d'une somme globale pour mon travail : roman, scénario et mise en scène. Nous accordons nos violons.

J'entre dans une vaste pièce. Genovese est assis derrière un grand bureau à côté de Lebovici. Ça a des airs de petit tribunal. J'annonce mon chiffre, ils se regardent comme si je venais de m'accuser d'une mauvaise action. Dans un sourire aristocratique, Lebo flatte mon talent, mais – il y a un mais – je dois tenir compte de l'échec de mon dernier film. Et si on tenait compte de mes succès ? Non, la valeur marchande se calcule sur le dernier film. Genovese acquiesce.

La situation est limpide : ce producteur, d'un certain entregent, est dans la main de Lebo, qui traite pour Belmondo. Je réfléchis vite. Me courber sous le joug tendu entre Genovese et Lebovici est un fléchissement que mon corps refuse. Mon âme aussi. Je les regarde bien en face et je vide calmement les lieux.

J'ai le numéro personnel de Belmondo. Il me répond que je suis libre de proposer le film ailleurs, pourvu que le niveau soit garanti. Il y a, sur la place de Paris, un producteur fastueux, charmant : Raymond Danon. Rendez-vous immédiat. Une certaine concurrence entre Genovese et lui accélère la conclusion. Mon agent et Raymond Danon s'entendent. Le milieu est tout petit. Genovese me donne courtoisement rendez-vous. Même endroit, même bureau. Lebo et lui ne comprennent pas :

« Nous étions les premiers à en discuter avec toi... Alors, qu'est-ce que tu as fait ? s'informe gentiment Genovese.

– Rien.

– Comment ça, rien ?

– J'ai vendu mes droits à Raymond Danon, qui fera le film.

– Et nous ?

– Vous n'aviez pas confiance en moi.

– Tu pouvais revenir... Dans ce métier, on discute toujours, tu le sais bien. »

Chacun vit comme il peut. Moi je ne retourne pas les étiquettes de ce que je veux acheter. J'ai de quoi, j'achète. Je n'ai pas de quoi, je n'achète pas. Je ne suis pas doué pour le marchandage. Je leur précise qu'ils avaient tenté de m'humilier et que Belmondo n'appartient qu'à lui-même. Lebovici incline un peu son corps sur son coude. Position nonchalante derrière laquelle je perçois son intention de me compliquer la vie.

Raymond Danon me présente une femme encore plus petite que Zazie. Elle est vêtue de bleu pervenche et parle cinq langues. Ludmilla Goulian sera la directrice de production du film. On la surnomme « la petite fée ». Elle roule légèrement les R, le charme des Roumains. Je pense à Michel Constantin pour le second rôle masculin et à Claudia Cardinale pour le rôle principal féminin. Andreas Winding, chef opérateur très doué pour éclairer les femmes, est choisi. Parallèlement, je bosse sur l'adaptation. Le roman est déjà évident.

Je ne reste pas longtemps loin de Belmondo. Je le tiens au courant. Je vais le voir sur le tournage du film de Claude Chabrol, *Docteur Popaul*, près de Bordeaux. Évidemment, Lebovici n'a pas encore traité son contrat avec Danon. Le temps, dans sa marche, détruit bien des choses, et il paraîtrait, rumeur gluante, que je vais manquer d'argent pour construire les décors ! Je fais certifier le montant réservé à la décoration sur le devis du film, un des plus élevés de l'année. J'écris le scénario en restant aux aguets.

La coproduction italienne est enchantée que je prenne une vedette en Italie, mais préférerait Monica

Vitti, l'égérie d'Antonioni. Je me débrouille mal avec les états d'âme. Je dois quand même explorer l'idée. Elle me reçoit à Rome dans un appartement de cinéma. Je lui raconte le rôle sans tricher. Elle a une forte présence qui me donne à réfléchir. Mes derniers doutes s'enfuient lorsqu'elle exige son compagnon comme chef opérateur. Je le vois déjà prendre trois heures pour éclairer un gros plan de sa bien-aimée, l'incorporer sans cesse dans un tableau Renaissance. Le devis du film tomberait dans le coma.

Le coproducteur italien semble se rallier à mon refus. J'en profite pour lui reparler de Claudia Cardinale. Il a tout essayé, des relations intimes, etc. Elle refuse nettement.

Lebovici, informé, pousse sa carte. Il propose Jeanne Moreau à Danon. Elle revient des États-Unis. Danon transmet. J'ai une profonde admiration pour elle, mais ce serait lui rendre un mauvais service que de la plonger dans une violence, un ton, un âge qui lui correspondent si peu. Alors, qui d'autre ? Quel autre nom important ? Il faudra aussi que les dates de disponibilité soient les mêmes que celles de Belmondo. Pourquoi Claudia Cardinale refuse-t-elle ? D'après Lebovici, elle n'en a rien à foutre de tourner avec un auteur-metteur en scène spécialiste des histoires d'hommes.

Je m'énerve. Je finis par croire qu'il est en cheville avec le coproducteur italien pour m'obliger à prendre sa cliente. Un attaché de presse m'obtient un rendez-vous avec Claudia Cardinale à Rome. Elle me reçoit entre deux séances de synchronisation d'un film. Sa gentillesse est proverbiale. C'est une femme-femme, et j'ai un physique décalé. Un physique de loup solitaire. On lui a vaguement parlé du projet. Elle a déjà tourné avec Belmondo. Je ne veux pas qu'elle s'imagine que j'ai besoin de sa renommée pour faire le film. J'ai besoin d'elle parce que, artistiquement, je suis bloqué. Je ne peux envisager qu'elle. Et je ne lui pose qu'une seule question :

« Croyez-vous que je vous porte préjudice en vous proposant un rôle principal avec Belmondo, une production royale et un metteur en scène que vous fascinez ? »

Si elle ne dit pas encore oui, elle ne dit plus non. Elle me promet une réponse rapide. Je rentre à Paris et j'explique à Danon qu'une deuxième visite sera nécessaire pour conclure. Nous patientons. Un coup de clairon de Lebovici : Claudia Cardinale est partie en Afrique pour un safari. Pauvre prétentieux de Giovanni. Il se prenait pour qui ? Visconti ?... Fellini ?...

Je ne me prends que pour Giovanni et je demande à Danon de me prendre un billet, je la rejoindrai en Afrique. Appelons son agent.

« C'est inutile... Madame Claudia Cardinale nous a laissé son accord pour votre film avant de partir. »

Hi ! Hi ! Hi !... Comme la vie est belle ! Moins belle quand même que Claudia. Jean-Paul Belmondo est enchanté du choix. Ma tension nerveuse retombe. Une lassitude inhabituelle coule un soporifique dans mes veines. Le tournage qui m'attend sera lourd. Je me souviens d'une leçon de Jacques Becker : un film se fait en préparation. Tout doit être aplani, décidé avant de lancer le moteur. Le film avant le film ? Alors le mien, *La Scoumoune*, est déjà dans la boîte.

Le principe s'est vérifié. Ludmilla Goulian m'a évité toutes les embûches anticréation. Elle ne fait pas seulement des comptes. Elle a un feeling artistique, une finesse de rapports avec les techniciens, les stars, et surtout le staff des stars. Son régisseur général, Nicolini, est un solide. Jean-Paul Belmondo, soleil de bonne humeur, rend le tournage de plus en plus agréable. Et tonique. Au repos, dans les hôtels, avec son copain Charly, son maquilleur, ils deviennent des farceurs de légende.

J'ai engagé Gaby, dit Spartacus, pour le rôle de l'Immortel. Un ami de sport. À côté de Jean-Paul, ils enfilent les perles des couronnes mortuaires. J'ai reconstitué cet atelier dans lequel j'avais travaillé en maison centrale. Au cours de la bataille rangée dans le réfectoire, Jean-Paul et lui font de la surenchère. Les plats volent. Ils visent Michel Constantin, enseveli sous des assiettes en métal pleines de lentilles. Ce jour-là, son sens de l'humour s'est rétréci. Il se présente devant Ludmilla Goulian, des chapelets de lentilles accrochés à son habit de bure, et il s'informe :

« Montrez-moi, sur le scénario, où il est écrit que je dois recevoir des plats de lentilles dans la gueule ! »

L'art diplomatique de Ludmilla en a vu d'autres. Ça s'arrange. Tournage musclé. Zazie et les enfants nous rejoignent dans une nouvelle bagnole peu courante : la Range-Rover. Évidemment, l'équipe me la planque. Mais où est donc passée ma Rolls du tout-terrain ?

Malgré le luxe qui entoure le film, un préavis de grève nous tombe dessus : ça serait par solidarité pour des problèmes sur un autre film. Si je prends du retard, je n'aurai plus l'autorisation de tourner à minuit place Pigalle. Ludmilla Goulian l'a obtenue à jour fixe par miracle. Le jeune délégué syndical du film, la gêne dans le regard, m'annonce le préavis. C'est que, en week-end, je l'ai initié à l'escalade. Il m'assure et je l'assure. Un lien se crée au-delà de la corde. Il me dit que toute l'équipe est consternée d'avoir à suivre ce préavis. Ils sont heureux sur ce film attractif, et bien traités par Ludmilla Goulian. Je ne vais pas me mettre à pleurnicher pour qu'ils désobéissent aux décideurs de grève. Un jour, peut-être, ils regretteront cet âge d'or du cinéma français.

Ils s'en tiendront finalement à une heure de grève symbolique.

L'attaché de presse m'amène parfois des journalistes sur ce film, déjà catalogué, en coulisses, de bassement commercial. Je regrette mes amis Tavernier et Rissient. Leur tandem est désuni : Tavernier attaque sa première mise en scène, *L'Horloger de Saint-Paul*, Rissient se dirige vers une autre manière de servir le cinéma. Il deviendra une force occulte, une éminence grise.

Pour les scènes tournées à Nice, nous avons loué un appartement et emmené ma mère. Elle tombe malade. On l'hospitalise. De l'eau dans les poumons. Elle refuse de rester à Nice, n'a confiance qu'en l'hôpital Saint-Joseph de Paris. Je travaille. Zazie s'en occupe et l'accompagne en ambulance.

Claudia est superbe. Dans le film, elle tient un bordel. Elle a un côté Gitane, violente, et des formes à vous donner des maux de tête. Pour jouer les méchants, les géants noirs américains du roman, on engage des basketteurs incorporés dans plusieurs équipe de la Côte d'Azur.

L'imagerie du film se renforce chaque semaine. Belmondo me surprend dans les temps de repos. Il laisse passer une réflexion sur la vie, inattendue de sa part. Sous ses airs de contact simple et direct, il est finalement difficile à connaître vraiment. Le mystère du chat.

Je parviens quand même à déceler dans ses éclats de rire s'il est spontané ou pas. Dans l'équipe, un technicien nous montre un bon point d'école. Je me rappelle que les instituteurs en distribuaient aux bons élèves. Celui-là lui a été donné par Jean-Pierre Melville sur un tournage en guise de récompense. C'est plus triste que marrant, cette ridicule distribution de bons points.

Belmondo a fait un excellent film avec Melville : *Le Doulos*, d'après Pierre Lesou. Je parle de Lesou, que Jean-Paul ne connaît pas. Melville n'est pas le genre à présenter ses auteurs. Avec lui, on grelotte. Jean-Paul admire son talent et déplore le rapport humain. Moi aussi, et Ventura aussi, qui a joué récemment dans *L'Armée des ombres*, d'après le livre de Kessel. À mes yeux, le meilleur film de Melville et le meilleur film sur la Résistance. La distance que Lino, masse dramatique, prenait avec le rôle, déjà lourd, m'avait à la fois touché et intrigué. C'est que les deux hommes ne se parlaient plus. J'en connaissais la raison, que Melville n'arriverait jamais à comprendre. Le côté masculin de Lino lui échappait.

Ça venait d'une déclaration de Melville sur le tournage du *Deuxième Souffle*. J'ai noté, dans ce métier, une tendance des metteurs en scène à se prendre pour des manipulateurs de comédiens. Plein de stratagèmes pour les violer à leur insu. Ils peuvent fonctionner avec des comédiens et surtout des comédiennes pâmés entre les mains du grand alchimiste. Mais Lino est un acteur naturel et un homme tout court. On ne peut pas déclarer à la presse qu'on a fait augmenter la vitesse d'un train de marchandises à son insu pour qu'il peine davantage à le prendre en marche. Melville aurait dû l'avertir qu'il augmenterait la vitesse pour mieux servir le personnage du gangster évadé. La manipulation déclarée de Melville avait profondément vexé Lino.

Je le comprends et je lui donne raison. J'ai même dû le calmer. Il tournait *L'Armée des ombres* et ne devait pas exploser. Une vague l'emportait comme elle m'avait emporté. Il ne supportait plus le chapeau de cow-boy et les lunettes noires de Melville. Il a fini par lui demander de les enlever quand il lui adressait la parole. Melville avait toujours l'intelligence sur la défensive :

« Tu devineras jamais ce qu'il m'a répondu », me raconte Lino au petit déjeuner dans sa cuisine.

Deviner la Hyène, c'est pas facile.

« Il m'a répondu : “Je ne peux pas, Lino, je suis trop laid.” »

Superbe réplique qui plonge l'humanisme de Lino dans l'embarras.

« Merde, m'avoue-t-il, j'aurais peut-être pas dû lui balancer ça !... »

La Scoumoune arrive à l'heure pour reconstituer Pigalle en 1945, les filles au cou des vainqueurs, Xavier Saratov – Michel Constantin –, l'ami de la Scoumoune, devenu manchot du bras gauche.

« Heureusement que c'est pas le bras droit, dira un truand.

– J'étais gaucher », lui répond Saratov.

La nostalgie du temps qui passe avec quelques fils argentés dans la chevelure de Claudia Cardinale. Mes aventuriers lèchent leurs blessures comme les grands fauves au point d'eau. À cette galerie j'ajoute un inconnu. Il se produisait au fond d'une cour avec deux autres comédiens dans un théâtre d'occasion. Un public de chapelle, assis sur des coussins à même le sol. Ils avaient pour noms : Gérard Depardieu, Patrick Dewaere et Miou-Miou. Du café-théâtre, Depardieu en solo. Il m'impressionne. À ma question sur le cinéma, il me répond qu'il n'a pas reçu de proposition.

« J'ai une bonne scène dans mon prochain film, ça t'irait ?... »

Alors, dans *La Scoumoune*, il est un jeune truand de la nouvelle pègre d'après-guerre et tente d'enlever Claudia Cardinale. Son regard se charge d'une certaine folie. Il fait le poids.

Je tourne le dernier plan le cœur barbouillé et je conserve le costume et le pardessus noirs de la Scoumoune en souvenir. Et puis le noir est ma couleur. Raymond Danon avait des accords avec la Fox. Mon ami Hercule Muchielli ne distribuera pas le film.

Les images sont montées pendant le tournage. Même avant de resserrer, le film passe bien. L'absence de Bertrand Tavernier et de Pierre Rissient ne m'incite pas à organiser les habituelles projections de presse. François de Roubaix fonde sa musique sur l'orgue de barbarie du Mexicain, mon Bosco du *Rapace*, celui qui a protégé la Scoumoune contre les tireurs dans le dos. Dans notre métier, il y en a pas mal. Je m'adosserai contre un mur !

L'affiche est superbe. Faite par un Corse, Feracci. Jean-Paul Belmondo, une écharpe blanche autour du cou, un revolver dans chaque main.

Alain Delon assiste à la première projection du film terminé.

« Jean-Paul m'a fauché mon écharpe de *Borsalino* », sourit-il...

Et il me lance rapidement, sans appuyer :

« T'es fait pour travailler avec des stars. »

Ça ne s'oublie pas.

Je suis à Paris. Je vois ma mère. Elle s'est remise de sa pneumonie. Je lui montre le film. Une nuit, son sommeil se prolonge tellement que la mort, sans bruit et sans douleur, se glisse entre les draps. La mort... Adieu la vie, adieu la lumière et le vent. J'arrive. Son visage est paisible. Sur une table basse, près du lit, sa roulette et le graphisme de ses dernières expériences. Ses rêves acharnés jusqu'au bout. La peur a enfin déserté son cœur : la peur d'être assassinée par son chauffeur de maître pour lui voler ses bijoux... La peur que je me pende par mégarde avec ma corde de montagne... La peur d'être étouffée par la neige... La peur que je meure avant elle. J'enfile le costume et le pardessus noir de la Scoumoune. Une messe sera dite. Ma sœur est venue. La nièce mélomane et chichiteuse aussi. Direction l'Institut médico-légal : ma mère a donné son corps à la science. Pas de cimetière pour l'Institut. Nous sommes priés de venir chercher les restes du corps dans trois semaines. L'horreur à n'en plus finir. Un résumé de sa vie et de ses tortures intérieures.

Ma sœur et moi sommes orphelins, et les derniers témoins de notre entre-deux-guerres chaotique. La sortie du film est avancée. Il doit prendre la place du dernier Melville, qui ne marche pas. Ce n'est pas de ma faute, mais, à distance, j'ai l'impression que ça souffle sur les braises haineuses qu'il a toujours entretenues à mon égard. J'en aurai l'illustration prochainement. À la production, je croise Raymond Danon. Je suis en noir.

« Ma parole, plaisante-t-il, on dirait que tu reviens d'un enterrement. »

Presque. Quelqu'un l'informe que ma mère est morte. Il me retrouve, désemparé :

« Écoute, José, excuse-moi... »

Je le sens profondément touché. Il m'a toujours soutenu, entouré d'une confiance dynamique. Ce n'est pas un homme de grands discours. Je lui presse l'épaule, geste d'estime. Il est tout excusé. Le costume noir, c'est la marque de notre film. Son drapeau.

Le succès est immédiat. Le film était attendu. Les sourires de la profession sont revenus. Mes deux échecs avaient détourné beaucoup de regards. Un souvenir resurgit. Une rencontre avec mon ami Albert Simonin, le poète de la « Série noire ».

« Qu'est-ce que tu fais en ce moment, Albert ? »

Il venait d'écrire pour une production d'arrière-garde. Sa philosophie me revient :

« Je flingue la fraîche au ras du sol », m'avait-il dit.

Je trouve ce raccourci tellement juste que je le répète ici. Le cinéma, une grande famille ?... Oui, en laissant les illusions au vestiaire.

CHAPITRE XII

Carlo Ponti... vous avez bien dit Ponti ?

Producteur petit de taille et gigantesque de renommée : *Docteur Jivago*, *Le Cid*, et Antonioni pour le côté culturel. Il a propulsé Sophia Loren sur les hauteurs de Los Angeles. Il charge un agent italien de me joindre. Je viens à peine de ranger nos skis de fond dans le ski-room. Le sauna attendra. Tous les chemins mènent à Rome. L'agent est là à ma descente de l'avion. En Italie, sous le titre *Le Clan des Marseillais*, *La Scoumoune* fait un carton.

Carlo Ponti est un expéditif. Puis-je modifier à ma convenance un scénario intitulé *Les Familles*, et le rendre accessible à deux stars italo-françaises et à une troisième, si je suis en forme ? Le scénario est déjà entre les mains de l'agent. Mon contrat est sur la table. Je peux lire, tout de suite. Son téléphone sonne. Il prend les urgences. Dépassement sur le tournage d'un western-spaghetti, il ordonne d'arrêter net. Mais la fin n'est pas tournée. On trouvera toujours une fin pour ce film à rallonge. Ensuite, c'est un distributeur qui réclame une date précise pour la sortie du dernier Antonioni. Il semblerait que le montage s'éternise comme une nuit polaire. Carlo explique patiemment qu'Antonioni souffre toujours en se séparant d'un film. C'est son enfant. Une fois livré, il le perd et Carlo ne veut pas lui prendre la chair de sa chair. La douceur du ton de ce redoutable homme d'affaires me surprend. Il va parler d'Antonioni comme d'un artiste des temps anciens, un ciseleur, un peintre qui consacre sa vie à une fresque.

Et moi, entre les extrêmes de Ponti, dans quel tiroir m'a-t-il collé ? Le western-spaghetti ou l'orfèvrerie ? Le contrat est avantageux. Je le repose sur la table et vois apparaître le premier chèque de l'accord et un stylo. Je paraphe les pages, signe la dernière et empoche le chèque. Un premier jet du scénario doit être remis dans quatre mois. Il me donne son fil à Paris et l'adresse de ses bureaux et de son pied-à-terre, avenue George-V.

En lisant le scénar dans l'avion du retour, j'essaye immédiatement de dégager un rôle pour Lino Ventura. Il m'a manqué sur mes derniers films. Il tourne de son côté des comédies policières brillamment dialoguées par Michel Audiard. Mais j'ai regretté qu'Enrico et lui ne me proposent pas de travailler sur *Boulevard du Rhum*.

Pour m'aider « à la raconte », je parle des *Familles* à Carlo Ponti. Les matériaux de son repaire de l'avenue George-V, des boiseries claires et du cuivre, évoquent quelque luxueux navire. La présence de Sophia Loren achève de sanctifier l'ambiance. Elle m'accueille en toute simplicité, s'efforçant d'oublier son personnage mythique, son physique sculptural. À mes yeux, une bizarre irréalité émane de sa féminité. Autant la sensualité de Claudia Cardinale déclenche l'irrésistible envie de poser les mains sur elle, autant un débordement vers Sophia Loren subit le frein de la raison. Prendrait-elle une main posée sur ses charmes dans un ascenseur pour un hommage naturel ?

Sur le scénario des *Familles*, mon imaginaire s'est enclenché à partir d'un événement et non comme d'habitude, en partant des personnages. Je suis parti d'un piano à queue, débarqué d'un cargo battant pavillon panaméen, et observé à la jumelle par des flics. Au bout de sa grue, ce piano se balance dans les airs. Nous sommes dans le port de Gênes. Au sol, un fourgon noir, deux Mercedes et des borsalinos l'attendent. Le couvercle se soulève juste pour qu'un fusil-mitrailleur s'aère, et les hommes tombent sous la violence des rafales. Le tireur monte dans le fourgon noir, démarre immédiatement.

De cette trame naissent deux rôles. J'ai alerté Lino Ventura pour l'un d'eux. L'idée d'une production Carlo Ponti lui plaît aussi. Ce dernier a déjà pris contact, et, un jour, me confie sa surprise :

« Lino m'envoie un homme bizarre qui semble le représenter. »

À la description, je reconnais un hurluberlu que j'ai croisé chez lui à Saint-Cloud. Prenez une parcelle d'acteur amuseur de mariage, une parcelle de metteur en scène de troisième zone, complétez par une science de la flatterie puisée dans les fables de La Fontaine et la culture du fou du roi, et vous obtenez cet hurluberlu dans sa totalité. Il m'est d'abord impossible de croire que Lino, en dehors d'une partie de boules ou de cartes, puisse l'introduire dans ses affaires. Je me trompe, mais finalement, ça ne me regarde pas. Néanmoins, je cherche à percer la méthode employée, comme s'il s'agissait d'un personnage de scénario. Chez Lino, je converse avec l'hurluberlu, qui est d'ailleurs assez marrant. Lino l'a connu chez Lelouch, et l'hurluberlu a fait croire que les succès de Lelouch lui doivent beaucoup. C'est malin et c'est mal connaître Claude Lelouch, créateur très doué et homme d'affaires génial.

Un jour, je réalise la simplicité de la méthode de l'hurluberlu : nous sommes entre le salon et la salle à manger. Il est près de moi, et il juge d'un bref coup d'œil que Lino, un peu plus loin, entendra ce qu'il va me dire malgré le ton de confidence : « C'est une grande star et il ne le sait pas. » Un culot assez payant. J'avance dans l'écriture. Carlo Ponti conserve le secret sur la vedette italienne qu'il a contactée. Quand il me parle de l'hurluberlu, il m'annonce :

« Aujourd'hui j'ai vu le chauffeur de monsieur Ventura. »

Lino pense que son nouveau copain serait mieux placé que Carlo pour vendre le film à l'étranger. Ma cervelle s'effiloche. Je ne vais quand même pas me fâcher avec Lino, le frère de ma seconde vie, pour un malentendu aussi stupide. Je sais bien que dans le cinéma on ne cesse d'apprendre, mais, cette fois, j'ai envie de poser mon cartable et de refermer mon plumier. Un coup de fil me sauve de l'immédiat. René Desmaison, en pleine forme, m'invite à une première : la paroi des Voûtes, dans le Devoluy. Nous serons deux cordées. Six cents mètres déversants, sur du rocher instable.

Je laisse à Carlo ma première mouture et un téléphone où me joindre. L'histoire de quelques jours. Point de base, Zazie chez Théo, le curé atypique du village le plus proche de la paroi. Couper un peu me fera du bien. Un jour, Lino, pugiliste lucide, percevra, en un éclair, que Tartuffe n'est pas un véritable homme d'Église.

Et on attaque la paroi. La mort de ma mère a enseveli les zizanies familiales et une corde m'unit une fois de plus à René qui cloute pour progresser. L'autre cordée, dirigée par Bertone, un grand guide italien, nous passe les deux gros sacs que nous tirons à chaque relai. Il y a beaucoup d'eau et le matériel de bivouac. Nous dormons sur des hamacs suspendus au-dessus du vide, et même, une nuit, dans un nid d'aigle déserté. Il y a cinq jours que nous nous mesurons à cette paroi. Émouvant de penser qu'aucun être humain ne l'a touchée depuis que la Terre tourne. Dans un champ, à la base de la paroi, Zazie est là avec Théo le curé. Il a un message qu'il me transmet à l'aide d'un haut-parleur :

« José !... Tu m'entends ?... »

Je hurle dans le vent un oui prolongé.

« C'est Sophia Loren... Elle a une amie journaliste italienne qui veut rencontrer Lino Ventura... Tu peux lui arranger ça ?... »

Je suis suspendu à un étrier au-dessus du nid d'aigle, et, sous mes pieds, 500 mètres de vide. J'assure René qui pitonne dans une roche friable. Il a mis huit heures pour s'élever de 30 mètres. Que répondre à Sophia Loren ? Qu'on va lui arranger un coin de litière avec les branchages laissés par l'aigle, pour qu'elle partage notre prochaine nuit ?

Heureusement qu'au sol Zazie est la seule à avoir entendu l'appel de Théo. D'autres témoins auraient pu douter de sa soutane, et puis, est-ce que ce curé a bien toute sa tête ?

Nous arriverons au sommet et le projet du film restera projet. Le piano-mitrailleur n'animera pas les toiles. J'ai bien gagné ma vie et les enfants ont visité la chapelle Sixtine et la villa Borghèse. Ils ont surtout mangé des pastèques dans le parc sous une canicule à terrasser les mouches. Ponti a abandonné pour des raisons mystérieuses. Peut-être à cause du casting italien ?...

J'ai ramené à Paris la plénitude de notre ascension. Lino me surnomme gentiment « le fou ». Ses autres metteurs en scène sont plus reposants. Nous ne parlons jamais de l'hurluberlu infiltré ailleurs. Nous dînons chez les Ventura avec Zazie, et ma distraction me conduit au sacrilège : j'ajoute de l'eau dans mon verre de pétrus.

CHAPITRE XIII

De toute éternité

Et derrière ces murs j'ai vu une machine qui tue.

Robert BADINTER.

Lorsque maître Robert Badinter accompagna à l'échafaud un condamné qui n'avait pas de sang sur les mains, il partit en croisade contre la peine de mort. Sa religion.

Nous montions à cheval dans la forêt de Fontainebleau. Entre ma femme, mes enfants, mes livres et mes films, le souvenir du lourd fer tranchant qui coulisse du haut d'un cadre jusqu'à la nuque d'un être humain, oui, le souvenir de cette machine à laquelle j'avais posé un lapin s'était estompé. Et voilà que son armature se précisait à nouveau. J'écoutais l'indignation de Robert Badinter. Il ignorait qu'il parlait à un survivant :

« Tu sais, moi aussi je peux faire quelque chose pour cette cause », lui dis-je.

J'étais à ma place. J'écrivis directement le scénario de *Deux hommes dans la ville*. Un ami, Jeannot le

Nantais, ex-perceur de coffres, avait refait sa vie après dix ans de cage. Carrossier de métier avant de tomber, il avait trouvé, en sortant, du travail chez Peugeot. Les flics débarquent. Vous vous rendez compte, confier de la soudure, des chalumeaux à ce perceur de coffres fiché au grand banditisme ! La direction hésite à le licencier : c'est leur meilleur ouvrier. L'intox d'un seul flic s'accentue. Au même moment, une équipe de braqueurs contacte Jeannot : un coup juteux en Espagne. Ils neutralisent les vigiles et Jeannot fait parler le coffre.

Je pars de ce principe d'un acharnement de la justice, mêlé à une tentation. Je romance le reste. Le flic échafaudera des charges préventives et mon repenti finira par le tuer.

Donc l'échafaud. Coupable de l'acte et innocent moralement. Deux personnages clefs : le libéré qui reconstruit sa vie et son éducateur. Ensuite, le flic et deux femmes.

Mon propre éducateur me sert de modèle. Je pense à Alain Delon et à Lino Ventura. À la lecture du scénario, Lino me demande de tempérer le flic, trop manichéen et pas crédible à ses yeux. Je refuse car il faut pouvoir expliquer son meurtre par l'ex-détenu qu'il persécute. Je pense à Yves Montand. Réponse polie : « Ce n'est pas l'orientation qu'il souhaite donner à sa carrière. » Je ne veux pas contacter Delon, qui réclamera avant tout le nom de son partenaire. Et Jean Gabin ?... Je n'ai qu'à vieillir l'éducateur, en faire un homme au seuil de la retraite. Je retravaille les dialogues et contacte Gabin. Quand je tournais la fin du *Rapace* au studio de Boulogne, il était venu voir

Lino, lequel parlait toujours de moi avec beaucoup d'affection.

Jean Gabin, acteur de légende aux nombreux classiques dans sa musette, de *Pépé le Moko* à *Quai des brumes*, de *La Grande Illusion* au *Jour se lève*, de *Touchez pas au grisbi* à *La Traversée de Paris*. Il a servi les dialogues de Jacques Prévert, Henri Jeanson, Michel Audiard, Pascal Jardin. Que va-t-il penser des miens ?

Rendez-vous sur le tournage de *L'Affaire Dominici*. Je me pointe avec mon script. Il est assis à côté de son habilleuse de toujours, qui m'annonce d'entrée :

« Nous ne voulons plus travailler, monsieur, c'est notre dernier film. »

Ça l'amuse peut-être que l'habilleuse décide de son boulot, mais il ne remue pas un cil.

« Le rôle ?... C'est pas un Indien, j'espère ? » finit-il par marmonner.

Je sais qu'il entend par là « c'est pas un truand ».

« Non, c'est un éducateur... assez rare dans le cinéma. »

Je lui tends le script et il me fait signe de le remettre à l'habilleuse. Elle le saisit comme une denrée avariée destinée à la poubelle. Il râle contre la région aride de son tournage... Contre la marche forcée pour jouer ce vieux paysan... Réponse à Paris dans deux semaines.

L'attente du cinéma. Je l'appelle de la cabine téléphonique d'une station-service entre la Suisse et Paris. Il accepte. J'attends la question sur l'autre rôle. Elle ne vient pas.

« Pour mon contrat, voyez mon agent.

– C'est pas un problème, monsieur Gabin.

– Le fric, c'est toujours un problème. »

Je lui dis ma fierté de travailler avec lui et je raccroche. Zazie m'attend dans la voiture.

« Il est d'accord.

– Jean Gabin... Te voilà dans les hautes sphères. »

Curieux comme le nom de Gabin dépasse même la notion d'acteur. Avec Belmondo, Ventura, Claudia Cardinale, mon travail se balade pourtant déjà très au-dessus des plaines.

Alain Delon tourne à Milan un sujet policier-espionnage. Par le col du Grand-Saint-Bernard, nous le rejoignons d'un coup de voiture. Nous retrouvons Alain en fin de journée. Il nous conduit jusqu'à son hôtel. La voiture franchit un porche qui débouche dans la rue. Nous sommes encore sur le trottoir lorsqu'une nuée de filles, ses fans, s'écrase contre le pare-brise et les vitres des portières. Le chauffeur s'arrête. Alain plaisante :

« Je savais pas que tu viendrais, alors c'est pas une mise en scène. »

Il entrouvre une vitre et les filles lui jettent une pluie de petits papiers, sautent sur leurs engins pétaradants et arriveront avant nous à son hôtel. Elles en feront le siège jusqu'à ce qu'il apparaisse à une fenêtre. Il lit sur la couverture *Deux hommes dans la ville*.

« Et le deuxième ?

– C'est Jean Gabin... L'histoire part de faits réels. »

Il n'acquiesce pas. Il n'aime pas promettre à l'avance car il a le respect de la parole donnée. Est-ce que j'ai envisagé la production ? Après *La Scoumoune*, je me dois de le proposer à Raymond Danon, et je pense à Hercule Muchielli pour la distribution. Bel écrin pour le film. Hercule a distribué *La Grande*

Vadrouille et a sauvé financièrement *Z* de Costa-Gavras. Chapeau pour l'éclectisme.

L'accord de Delon me parvient très vite. Il entrera même dans la production. Je complète le casting : pour jouer le fils de Gabin, les yeux bleus, bonne famille, le fichier du spectacle me propose un certain Bernard Giraudeau. Primé au Conservatoire, solide carrière de théâtre et pas encore de cinéma. Cécile Vassort, rousse au regard clair, jouera la fille. Et l'étonnant Michel Bouquet accepte le rôle du flic inquisiteur. Victor Lanoux fera le poids pour le chef de bande qui essayera de ramener Delon dans l'armée des braqueurs. Mimsy Farmer, la magnifique, sera la femme de la deuxième vie d'Alain.

Il reste un rôle court, mais capital. Une seule scène pour s'imposer et humilier Delon, qui refuse de récidiver. Ce truand nouvelle vague doit donner le change en face de Delon. Je fais des essais en compagnie d'Alain. Difficile pour un jeune acteur de jouer à froid en face de lui. Personne n'existe suffisamment. Et Gérard Depardieu, merde, je l'avais oublié. Je donne son nom à Delon.

« Connais pas.

– Tu seras étonné... »

Gérard en est toujours au même point. Bien que la proposition d'un rôle principal rôde au-dessus de sa tête : *Les Valseuses*, de Bertrand Blier. Il accepte la scène avec Delon. Son regard chargé de nitroglycérine s'imposera.

Jean-Jacques Caziot au décor pour la fin dans une prison réinventée et une lueur d'aube sur une guillotine authentique, bien que shakespearienne. Montpellier, une des plus belles villes de France, et ses environs m'offrent tous les extérieurs.

Au dernier moment, Alain, dans un souci de perfectionnisme, me demande si un œil neuf sur le scénario me gênerait. Ça dépend de l'œil. J'espérais Claude Sautet. Il me propose Daniel Boulanger. J'accepte cet auteur de talent. Bon contact immédiat. Il a lu le scénario. Il m'avoue franchement que Delon, toujours inquiet, lui a laissé toute liberté pour travailler à des changements. Néanmoins, Boulanger juge que la construction linéaire du récit, au service d'un seul but, doit rester telle quelle. Par contre, il essayera des dialogues. J'attends. Le talent est toujours bienvenu. Mais il n'y a pas seulement la brillance d'un texte. Il y a les racines véritables, contre la peine de mort. Trop grave pour incorporer des dérapages du verbe, brillants ou pas.

Ma présence au générique est peut-être gênante, je suis partout : scénario original, adaptation, dialogues, mise en scène. Delon délire sur l'apport de certains nouveaux dialogues. Je lui prédis qu'une fois lancé dans sa création d'acteur, il ne pourra pas les jouer. Ce qui arrivera.

Le film terminé, il ne reste absolument rien de la participation de Daniel Boulanger, alors qu'il devait s'inscrire au générique par contrat. Il accepte, avec son agent, d'en parler après une projection du film. Je ne tiens pas à ergoter. S'il reste une seule phrase de lui, il signe au générique. Sinon, il s'en va. Il reconnaît spontanément qu'il ne peut apparaître. Je l'en remercie. J'oublie ses contrats, avec lesquels il va s'inscrire au CNC et me piquer une partie de mes droits pendant des lustres. C'est fou ce qu'on peut apprendre dans ce métier.

Un jour, Alain Delon attestera que je suis le seul auteur du film. Sur d'autres films, des usurpateurs ont bouffé dans ma gamelle. Je m'en foutais. Mais pour *Deux hommes dans la ville*, ça me blesse. Qui passa dix mois dans le couloir de la mort ?...

Nous louons, avec Zazie, un appartement à La Grande Motte, un endroit vivable hors saison. Pour me simplifier la vie, j'ai pris l'équipe son de Jean Gabin et l'équipe lumière et caméra de Delon. J'ai un vrai pro comme premier assistant : Jean-Michel Lacor. Les registres bas de Gabin, dans lesquels il excelle, sont parfois difficiles à prendre pour le son. Qu'ils se démerdent entre eux. Il y a même un camion de son sous les fenêtres des décors. Quant au chef op' et au cadreur d'Alain, je les trouve très moyens et je m'en contrefous. Le talent des acteurs et mes idées me suffiront. Je vais me battre sur le thème de l'abolitionnisme, et mes repérages sur l'aération pleine nature de mon sujet en contrepoint de la tragédie se passeront de la peinture d'un chef opérateur talentueux.

Je n'empiète sur les jardins de personne et je ne peux supporter qu'on marche sur les miens. Je ne m'étendrai pas, pour un metteur en scène, sur la tension créée par la présence de deux stars de ce calibre. Des acteurs qui furent dirigés par Marcel Carné, Jean Renoir, entre autres, pour Gabin, et par Visconti, René Clément, Melville, Joseph Losey pour Delon. Je me concentre sur ma qualité de conteur. Je surveille le respect de mes intentions et de mes émotions.

Et je garde mon calme. Pour m'y aider, j'ai vu un vélo de course dans une vitrine. À La Grande Motte, il n'y a rien à escalader. J'achète le vélo. Il me renvoie à mon adolescence. Je fais 50 bornes par jour avant d'aller au tournage. Dans le but d'associer Zazie à tout, je lui apprends à monter sur un vélo. La tenant derrière la selle et courant derrière elle comme avec un enfant.

Après avoir tué le flic, Delon se retrouve au parloir face à l'éducateur Gabin. J'ai écrit des parloirs muets, des parloirs de regards. Personne ne sait qu'il s'agit de MES parloirs. Ceux que j'ai vécus en face de mon Père. Les mots, les phrases étranglés dans la gorge.

« Tout ce que vous êtes venu dire et que vous n'arriverez pas à dire. »

Je précise cette attitude à Gabin.

« Aurez plus qu'à mettre des sous-titres », me répond-il.

Il grogne. On dirait qu'il s'en veut de jouer magnifiquement. Son dialogue quotidien, son dialogue personnel, ressemble à celui d'un film.

« Giovanni, c'est pas de ma faute si quand j'ouvre les chasses on voit la mer... »

Tout en paraissant classique dans sa routine pépère, il ne cesse de me surprendre. Juste avant le début du tournage il m'invite au resto.

« Vous verrez, c'est bon ici parce que les chiottes sont nickel... J'vais d'abord aux chiottes avant de regarder la carte... »

Un dialoguiste se féliciterait d'avoir trouvé ça pour un de ses personnages. La séquence finale de *Deux hommes* sera muette. Alain Delon prononcera un « J'ai peur... » chargé de l'angoisse de tous les hommes, et Jean Gabin s'imprégnera de cette peur les yeux fermés, le masque sculpté, la tête alourdie sur la poitrine. Alain réfléchit beaucoup à la séquence, à son effrayante bascule sous la lame de la guillotine.

Et moi donc ! Me retrouver face à cette machine qui m'avait guetté pendant dix mois. Alain me demande une réunion, deux jours avant, avec l'équipe caméra. Je dois leur détailler ma conception de la séquence. Je veux un long travelling arrière pour cadrer les officiels regroupés. Je veux leurs visages constipés par l'assassinat qu'ils vont commettre. Je veux qu'ils changent insensiblement de place, le mouvement de leurs têtes doit faire penser à une marée humaine avançant inexorablement.

Le cadreur se permet de me dire que ce travelling n'est pas dans le style du film et que je devrais découper pour donner du rythme. Quel rythme ?

Pauvre connard, pauvre technicien au rabais qui confond cavalcade et émotion pure...

Alain, dubitatif et pour m'aider, me parle d'un film de Lelouch sur le thème de la peine de mort.

« C'est la bible », m'assure-t-il.

À mourir de rire, le cinéma !... Le talent de Lelouch n'est pas en cause, mais en la circonstance, la bible, c'est moi. J'aurais dû, ce jour-là, ajouter à cette réponse : « la bible c'est moi, à cause du cliquetis des chaînes que j'ai portées à l'âge de vingt-quatre ans dans le couloir de la mort. » Si Alain était seul, j'aurais opposé ces souvenirs à cet homme de cœur, mais je jugeais l'équipe caméra indigne de les entendre. Ces techniciens émus comme un merlan en gelée réussissent à déclencher en moi une rage sourde. Notre entretien à lieu dans le décor-prison du film, lequel élève, du moins pour moi, ce débat à un autre niveau. Je muselle ma colère.

« Si vous n'êtes pas capable d'assurer ce que la mise en scène réclame, dites-le et j'engagerai une autre équipe pour le final », dis-je paisiblement.

Je me suis souvent senti seul, et trancher dans le vif ne m'inquiète pas. Et puis le talent de Gabin et de Delon me porte. J'ai gardé secrète une question de mon ami Hercule Muchielli : l'exécution d'Alain Delon n'entraînera-t-elle pas l'échec commercial du film ?... La coproduction italienne a persuadé Hercule de cet échec. Ils ont fait un sondage d'opinion. Pour Hercule, en difficulté, *Deux hommes* représente la dernière chance. Il m'a demandé de bien réfléchir. Ne pourrait-on, à l'ultime seconde, gracier le personnage écrasé par le hasard. Le public en exploserait de joie. Dans le cas contraire ?...

Ce cas contraire, je vais le tourner. Alain Delon, l'ange de la mort, le visage taillé dans un linceul, sort de la cellule pour marcher vers la guillotine. Toutes mes raisons de filmer cette histoire se soudent en un bloc que je veux jeter à la gueule du système. J'ai écrit que Delon adressait à Gabin un regard d'enfant perdu. Se détourner, en gros plan, de la guillotine, et mettre dans ces yeux tout ce qui aurait pu être si beau, tout ce mal impossible à effacer.

Ce regard, je l'aurais lancé à mon Père s'il avait dû m'accompagner jusque-là. Alain le laisse déjà monter en lui lorsqu'on découpe le col de sa chemise, qu'on porte à ses lèvres le godet d'alcool et la dernière cigarette. Elle tremble entre ses lèvres. Je vais réclamer une prise qui évite ce tremblement. J'ai peur que les spectateurs, les nerfs étirés comme des câbles à haute tension, ne se relâchent d'un coup à la vue de l'agitation de la cigarette.

Je le vois le lendemain sur l'écran, il restera le regard de ma carrière, celui d'un acteur qui m'a offert son âme. La caméra le cadre allongé sur la planche qui s'abat vers la lunette, et la lame meurtrière tombe en volet.

Jean Gabin sort de la prison et on entend sa voix intérieure prononcer la phrase de Robert Badinter :

« Et derrière ces murs, j'ai vu une machine qui tue. »

Badinter viendra à l'une des premières projections privées du film. Avec Delon, nous restons à l'extérieur de la salle, et nous voyons Badinter en sortir pendant le film, monter dans la cabine de projection et revenir dans la salle. Alain s'en inquiète : le film l'ennuie peut-être. Non, il ne tient simplement pas en place. Il aime ce film qui embrasse son combat.

Lino Ventura est venu à une projection. J'ai tout revu deux rangs derrière lui. À la sortie, il a marqué une pose, une main sur mon épaule.

« Tout le monde peut se tromper », m'a-t-il dit.

La sobriété de son émotion m'est familière. Moi aussi j'aurais aimé le voir dans ce film. Par l'âge, il était plus proche de Pierre Billy, mon éducateur modèle. Mais Jean Gabin, plus âgé, installe avec Delon, des rapports père-fils. Pierre Billy est venu également. Il s'est sans doute revu en train de se porter garant de ma rédemption.

Cher Lino, il serait temps que l'on retravaille ensemble. À force d'aller l'un chez l'autre, on en arrive à oublier l'acteur et l'auteur. Au chalet il fait la cuisine avec une manière à lui d'occuper le terrain. Attention, en Suisse il n'y a pas de gros sel. Un pays sans gros sel, ça existe vraiment ?...

« Oui, Lino... Ici y a que du gros sel pour répandre sur les routes contre le gel. »

J'apprends que le Comité contre la peine de mort visionnera le film. On ne m'invite pas. Il y a des oublis qui ressemblent à une blessure. J'attends leur sortie de la projection dans un petit bar attenant à la salle. Ils apparaissent avec Delon. Je reconnais Frédéric Pottecher, Léo Ferré, Bernard Clavel.

« Il me semble qu'au générique le metteur en scène est aussi l'auteur du scénario... Pourrions-nous le rencontrer ? s'informe Clavel.

– Justement, il est là », me désigne Delon.

Pour tomber de plus haut, il faut se jeter de la tour Eiffel.

Je m'avance. Je souhaite que nous partagions l'admiration de ce comité pour notre film.

« Vous venez de nous faire un grand cadeau, j'habite en Toscane... Vous venez... Vous y écrivez... Vous y vivez. »

Je garde pour moi seul cette invitation spontanée de Léo Ferré.

Le public lui aussi prendra le film comme un don. Dans une salle de Clichy, Michel Bouquet, en flic insoutenable, se fait insulter par le public. Ailleurs, ils applaudissent quand Delon l'étrangle. Michel a rejoint la grandeur de l'acteur, il a renoué par le talent avec le contact brûlant entre l'acteur et le public. On raconte que, dans l'Ouest américain, les spectateurs tiraient sur l'écran pour abattre le salaud. À ce petit jeu, l'image d'Erich von Stroheim s'est vue criblée de balles.

À la télévision, un journaliste me reprochera d'obliger le public à se réjouir de la mort du flic Michel Bouquet. Ce n'est pas moral. Qu'est-ce qui est moral ?

Expédier des hommes les uns contre les autres, forcés de s'égorger dans des tranchées boueuses ?... Pour la bonne cause de part et d'autre ! Qu'est-ce qui fut moral ? La rafle du Vel' d'Hiv ?

Je suis heureux pour Hercule Muchielli du succès de mon film. Et aussi pour les acteurs et pour certains techniciens. Remis en selle par mes deux derniers longs-métrages « grand public », j'active mon entraînement à vélo. Encore un meilleur vélo, toujours plus de kilomètres, le franchissement des grands cols. Nous achetons un tandem. Les enfants grandissent, mon garçon a quinze ans et ma fille onze. Nous formons deux cordées : ma fille et moi, le fils et la mère. Je les guide en haute montagne sur les aiguilles de Chamonix : traversée des petits Charmoz, aiguille de l'M. Coucher en refuge. Ma passion est contagieuse. Cette famille me rend la noblesse de mes vingt ans. Je leur enseigne les relais, les manœuvres de cordes, les descentes en rappel.

Le sport me sert toujours d'ambassadeur. À Unifrance Films, Gilles Durieux, le roi des contacts, des liens de l'esprit et du cœur, entre les artistes de toutes tendances et de tous calibres, est un sportif. Il m'a jeté dans des parties de basket. Puisque j'ai progressé à vélo, on roule ensemble à l'occasion du festival de Cannes. On tient salon à bicyclette...

CHAPITRE XIV

Un film c'est la vie

Je savoure les millions d'entrées de *Deux hommes dans la ville*. Je passe voir Raymond Danon dans son bureau seigneurial, veillé par le pouce géant, sculpté par César. Après un succès, toute la profession vous parle d'avenir. Nos projets les plus proches, c'est quoi ?... Pourraient-ils se confondre comme l'air et le soleil ?...

Raymond a signé pour produire cinq films avec Delon. S'il lui propose un sujet qu'il accepte, Danon a la priorité sur toute autre proposition étrangère. Je m'entends lui dire :

« J'ai peut-être quelque chose :

– Raconte, raconte...

– Ça serait un Gitan... Alain Delon dans *Le Gitan*. »

J'avais déjà l'idée avant *Deux hommes dans la ville*. Mon roman *Histoire de fou* recelait un gangster gitan en personnage secondaire, qui deviendrait facilement principal. Un spécialiste d'ouverture de coffres est accusé d'avoir balancé sa femme par la fenêtre. Il se met en cavale alors que le gang dirigé par le Gitan écume la France : attaques de transports de fonds, de casinos, règlements de comptes, etc., bref, après chaque braquage, une nuée de flics tombent sur le secteur. Ce qui oblige le spécialiste des coffres à changer d'adresse. Il fuit ce Gitan comme une marée noire. À la fin, le Gitan vient se planquer chez lui.

« En gros, voilà le mouvement. Mais les motivations sont sympa. »

Alain Delon tourne au studio de Boulogne. Raymond prendra un rendez-vous pour moi.

« Ça lui plaira... Il n'a jamais tourné de gitan », m'assure Danon.

Un côté naïf anime souvent le démarrage d'un projet de cinéma. J'adore la naïveté. C'est un sentiment universel.

Dès le lendemain, Alain m'accueille chaleureusement. Je me lance dans les détails. J'avais connu le véritable personnage en centrale, lorsqu'il purgeait une longue peine pour son action avec Pierrot le Fou dans le gang des tractions avant. Je sens vibrer Alain. Il me demande immédiatement de placer le Gitan au sein d'une vraie famille, de bien l'enraciner. Riche idée que je prolonge en le faisant agir pour une cause antiraciste et non pour entasser le fric de ses razzias. Je pourrais demander à Paul Meurisse de jouer le cambrioleur distingué et à Annie Girardot d'être la mère Ninie, haute en couleur, ex-maîtresse du cambrioleur et refuge des truands.

Alain et Raymond sont précis. Jean Rossignol signera très vite mes contrats. Tournage en mai. Me revoilà dans l'œil du cyclone. J'écris et contacte les acteurs.

À la sortie du *Rapace*, Paul Meurisse m'avait appelé pour me confier gentiment :

« Dommage que, pour moi, vous arriviez trop tard dans le cinéma. »

Il parlait de l'aventure large. Dans *Le Deuxième Souffle*, il avait joué un flic savoureux d'intelligence. Il joue une pièce de théâtre. J'y vais. Nous soupons et je lui raconte le cambrioleur. Autrefois Melville lui avait dit que je le jugeais incapable de jouer un truand, c'est-à-dire le vieux Gu du *Deuxième Souffle*.

« Sur le moment je vous en ai voulu, m'avoue-t-il, mais, après une plus longue fréquentation de Melville, j'ai pensé qu'il m'avait menti. »

Menti ou presque.

« Votre talent n'était pas en question... Simplement, Ventura jouant le flic, il vous aurait décalé... On l'aurait toujours vu jouant le gangster à votre place. »

On en revient à mon film *Le Gitan*. La date ? Mai-juin-juillet. Aïe, aïe, aïe... Pendant dix ans il a promis, et chaque fois annulé, une croisière à sa femme. Il avait donc décidé d'arrêter la pièce et déjà acheté les billets pour la balade en Méditerranée. Je le sens écartelé. Je le voyais déjà ouvrir le coffre du bijoutier les mains gantées de blanc. Le baratiner pour l'influencer serait de mauvais goût. Je reste économe.

« Disons que ce n'est pas mon jour de chance.

– Je pourrais lire quand même ?... Je veux dire, quel est le stade du scénario ?...

– Une continuité de trente pages et le total dans deux mois. »

J'ajoute que je pourrais dès maintenant répondre à toutes ses questions.

« Vous m'appelez dans une quinzaine ?

– Je vous appelle. »

Sa porte me reste donc ouverte. Il a eu Lino Ventura

comme partenaire dans deux grands films et je dois bénéficier de la fraternité qui circule entre Lino et moi. Ce n'est pas l'auteur de film qu'il accueille chez lui. C'est l'être humain. L'homme qui, à son image, ne sort d'aucune école, n'appartient à aucun cercle de grimaciers, ne s'est frotté qu'à la dureté des temps. Dans *Le Gitan*, le rôle destiné à Paul Meurisse n'était pas pour Lino, qui a besoin d'un rôle moteur et surtout, à mon avis, d'émotion. Je pense que sa renommée vient d'une aptitude à régler ses comptes lui-même et de sa capacité à émouvoir. Un regard, un geste, à peine quelques mots égrenés, comme venus d'ailleurs.

On essaie le costume d'Alain Delon, qui sera un Gitan plus vrai que vrai. Traqué comme une bête : j'ai créé un vétérinaire pour lui extraire une balle. L'insolite de la situation devrait intéresser un acteur inattendu. Et Simone Signoret ?... Elle me reçoit place Dauphine. Nos liens viennent de Jacques Becker, de *Casque d'or*. Je lui raconte. Delon blessé, qui la menace d'abord de son flingue pour qu'elle le soigne. Menace d'enfant puisqu'il s'évanouit à ses pieds. Elle accepte.

« J'ai bien fait de venir...

– Tu risquais seulement un refus », me répond-elle de sa voix inoubliable.

Sur la place, j'arrive à la hauteur d'une Rolls en stationnement. Vitres ouvertes, Yves Montand me dit bonjour. À ses côtés, au volant, Jean-Pierre Melville continue à fixer son pare-brise. Ni chapeau de cow-boy, ni lunettes noires. Son visage, enflé par la cortisone, est méconnaissable. J'écoute à peine Yves Montand me parler de *Deux hommes dans la ville*, que j'avais eu raison de tourner avec Jean Gabin, que le sujet valait le coup... J'espère que Melville tournera les yeux vers moi. L'occasion de mépriser de vaines querelles, de balayer toutes les calomnies, de lui souhaiter courage pour vaincre le crabe, la maladie qui n'épargne personne. Ses yeux restent obstinément braqués sur son pare brise. Ses bagnoles folklo-polar lui allaient mieux qu'une Rolls. A-t-il besoin de se rassurer en exposant son fric ? Sans doute.

Je demeure debout sur cette place. Il a essayé d'être son propre Dieu. Il aurait mieux fait d'en chercher un autre. Que faire ? Lui parler gentiment ? Je comprends soudain qu'il a du déverser tellement d'ordures sur moi devant Yves Montand qu'il lui est devenu impossible de me regarder. Il aura construit ses propres prisons. J'annonce à Yves que je prépare un film avec mon ami Alain Delon et je m'éloigne.

Guère plus tard, un matin, aux studios de Boulogne, en préparation du tournage du *Gitan*, Alain Delon me rejoint.

« Melville est mort », me dit-il, à la recherche d'une autre compassion... Une sorte d'appel au secours.

Je lutte contre un mauvais instinct qui consisterait à me réjouir de la mort d'un homme. Je suis loin du niveau d'humanité de saint Vincent de Paul, je boirais bien quand même une coupette de champ. Le chagrin d'Alain vient du *Samouraï*, le chant d'amour de Melville pour un acteur mythique. Armé pour séduire et haïr à la fois, Melville laissera pour certains une trace de lumière et pour d'autres, et moi en particulier, une trace fourchue.

Je continuerai à célébrer son talent à chaque représentation du *Deuxième Souffle*. Lorsqu'il nous arrive, Lino et moi, de parler de l'homme, nous voguons sur les eaux de la plaisanterie. La rudesse de la vie de Lino, avant le cinéma, l'avait placé en face de quelques fantoches vite percés à jour. Même chose pour moi. Pour se déblayer l'horizon, Lino avait préféré payer un dédit et se dégager de son contrat pour *Le Cercle rouge*. Bourvil l'avait remplacé.

Entouré de ma famille et d'une poignée d'amis fidèles, je ne m'étais pas laissé emboucaner par les gaz échappés de la Hyène à mon égard.

Pour *Le Gitan*, nous nous installons avec Zazie dans un Novotel en pleine forêt de Fontainebleau. À l'aube, nous pouvons courir sous le couvert profond ou faire du vélo avant de regagner le studio. Les vacances nous ramènent les deux enfants. Pendant que je travaille, ils sont heureux dans ce lieu : piscine, tennis, et notre tandem.

Un week-end, Alain Delon vient les chercher avec son hélico pour les amener dans sa propriété de Douchy. La continuité des jours heureux. Mais dans toute vie le saccage est en embuscade.

Une nuit, nous revenons de Paris en Range-Rover. Zazie conduit. Elle s'apprête à doubler une voiture convoyant un engin de rallye. L'attelage s'orientait vers la bretelle de sortie de Melun. Le chauffeur change d'avis, donne un brutal coup de volant, sa remorque se balance de droite à gauche. Pour éviter qu'elle ne heurte violemment notre bagnole, Zazie vire sur la gauche et nous projette contre la glissière. Rejeté sur la droite sous la menace accentuée de la folle remorque, notre véhicule se dérobe et heurte une nouvelle fois la glissière. La Range, déséquilibrée par l'éclatement d'un pneu, passe par-dessus et s'affaisse sur le toit au centre de la voie opposée. Nous sortons à plat ventre par les vitres brisées. Un coup de frein gémit violemment. Une voiture s'est bloquée à 50 centimètres de la masse accidentée. Tout s'est déroulé comme dans une cascade professionnelle, trente ou quarante secondes. Quelques secondes qui auraient suffi à rendre nos enfants orphelins...

Cotonneux, nous voyons les voitures s'agglutiner. Des gens autour de nous. Sur la chaussée, quelques affaires éparpillées. Privé de réactions, je vois un type rassembler mes outils dans leur mallette et l'emporter. La fauche n'a pas de religion. Zazie a supporté le choc. Elle est forte.

Des sirènes. Gendarmes et SAMU. On me parle avec précaution comme à un grand blessé de guerre. C'est que je me suis coupé contre une vitre, et en passant ma main sur mon visage je crée un barbouillage sanglant. Le type à la remorque s'est arrêté. Les gendarmes regroupent leur petit monde et nous conduisent au premier poste. Paperasses massives, et ils ont la gentillesse de nous déposer à notre hôtel. Il est 3 heures du matin. Demain samedi, pas de tournage. Une chance, car au réveil j'ai le tonus d'une pelote de laine.

J'appelle mon ami Nicolini, le régisseur général du film, pour qu'il règle les problèmes, l'épave de la Range-Rover, une bagnole de remplacement, et même, s'il pouvait venir tourner la cuillère dans mon yoghourt !

Les enfants sont beaux et le Gitan sauvage de Delon de plus en plus envoûtant. Paul Meurisse a une interprétation pétillante. L'excellent Bozzuffi et la bouleversante Annie Girardot fortifient le standing du film. Simone Signoret n'a finalement pas souhaité participer à un film dans lequel jouait Annie. Un contentieux qui ne regarde qu'elles. Les enfants terribles du cinéma compliquent leur existence dorée. Rispal, déjà dans *La Scoumoune*, sera le véto qui opère Delon. Le cinéma français est un inépuisable réservoir d'acteurs qui maintiennent la barre très haut. Paul Crauchet, Maurice Barillet, Paul Frankeur, Michel Aumont, Jean-Pierre Sentier, Jean Bouise, Michel Robin... Des presque inconnus, me direz-vous !... je vous réponds : des atouts maîtres.

La genèse d'un roman est inerte. Feuilles, stylo sont des objets. Un film, c'est la vie : des acteurs jouent, des techniciens bossent en blaguant. Sur *Le Gitan*, ils savent que le metteur est un accro du vélo. Ils savent aussi qu'un machino est un ancien champion de Paris et qu'il conserve, plié dans son portefeuille, un article de journal le célébrant. Le temps a jauni l'article, mais ils gonflent leur collègue « qui en a encore sous la pédale », « qui ne va pas se laisser cirer par un metteur en scène de cinquante balais », etc. Défi. Le ton monte. Nous sommes sur les bords de la Marne. Une route tranquille. Course de vitesse sur 1 kilomètre. On protège avec des motards. C'est la fête. Départ immobile. Nous sommes tenus sous la selle. Je mets un braquet moyen pour avancer en vitesse de jambes. Je gagne plus que nettement. À partir de là, ça commence :

« Pourquoi tu dis pas au metteur en scène que t'as pas voulu le vexer ?...

– C'est, m'sieur, des fois que vous l'auriez viré... Il a des gosses...

– Et puis ton championnat de Paris ?... T'avais dû oublier la date !...

– Ta voiture suiveuse, c'était pas celle des brigades du Tigre ? !... »

Il en aura pour une semaine. C'est le cinéma, et, sans l'ombre d'un doute, c'est la vie.

Je suis devant la prison de la Santé avec toute l'équipe. Je vais tourner Paul Meurisse qui sort de prison et Annie Girardot qui l'attend. Nous avons envahi le bar d'en face, dans lequel mon Père passa quatre ans pour être « plus proche de moi » avant les assises. Je demande à Nicolini, le régisseur général, d'essayer d'obtenir la sortie d'un véhicule, peut-être un panier à salade pour créer une animation. Nico y va et revient me dire que c'est réglé, mais que le directeur serait heureux de me connaître. Ce n'est évidemment plus le même homme qu'à l'époque de ma détention, mais le bureau est inchangé. Tout est à sa place. Il y a vingt-six ans de cela, j'étais debout en face de monsieur Marquet. Extrait du cachot, il me sermonnait, me priait d'arrêter mon cirque... Que j'étais jeune... Que j'avais encore une chance de m'en sortir...

Aujourd'hui, je bois un café et un directeur de prison me félicite d'honorer ces lieux en tournant un grand film. Pensez donc, Alain Delon !... Au fait, comment il est dans vie, ce célèbre acteur ?... On le prétend difficile... Je le rassure. Pas davantage que monsieur Tout-le-monde chez son tailleur. Je signe un autographe et je promets de lui envoyer *Le Trou*. Il l'a déjà lu, alors dédicacé, si vous permettez. Étrange matinée.

Il y a un plan à tourner avec le Gitan et le passage d'une colonie de flamants roses. Le cadreur qu'affectionne Alain se renseigne :

« Faudra sans doute séparer, un plan sur le passage de flamants roses et contrechamp sur Alain, bien propre, bien net.

– Non, tout dans le même plan... Pour la beauté... Le Gitan avec ses symboles.

– On pourra pas diriger les flamants roses... Ça risque de prendre deux jours.

– Non, deux heures. »

J'engage Walter Bal, dit le Hollandais, et une caméra et je le mets sur le coup des flamants roses. J'ai secoué le cocotier. J'assure mes séquences à Marseille tandis que, en Camargue, Walter règle tout. Dès qu'il appelle, je fais un saut en bagnole avec Alain et le coiffeur. Le coin est venté. C'est l'heure repérée. En passant, la colonie de flamants change la couleur du ciel. Delon, Gitan nostalgique, entre dans l'image. On a tout. Le plan est dans la boîte. L'autre cadreur, monsieur « impossible », est venu sur sa moto. Un petit air de « j'suis là quand même, patron ».

Le tournage se déplace de la Méditerranée à la Manche et la mer du Nord. Avec de vrais Gitans dans leur camps. Les jeunes filles tombent amoureuses de Delon.

François de Roubaix m'a demandé si j'avais besoin de lui très vite pour le thème musical. Il a des photos sous-marines à terminer pour un album. Je le laisse partir vers sa passion. Elle le tuera. Un archange doué comme un ciel étoilé, noble comme un missionnaire pauvre. François, tu as emporté ta musique et la mienne. Je tourne privé de ta délicatesse et je me rabats sur la guitare d'un jeune musicien gitan, Lick. L'esprit authentique de sa musique sera mon thème.

La mort scénaristique du Gitan ne convient plus. Criblé de balles par la police, il devait s'accrocher, dans une décharge publique, à un vieux sommier métallique dressé vers le ciel. J'écris une nouvelle fin.

Le camp familial est expulsé par les autorités qui veulent sédentariser. Alain Delon, dissimulé à proximité, assiste à ce qui ressemble à une rafle. Son fils l'a vu et le rejoint. Le Gitan hors la loi comprend que son combat à la Robin des Bois est révolu. Il conseille au gosse d'aller à l'école. Alain puise dans ses tripes. On ne respire plus et je sens une larme glisser jusqu'à mes lèvres.

Ce tournage alterna entre le cœur et l'humour. Parfois, le matin, Sunet, l'accessoiriste, me disait :

« Mon horoscope est pourri... J'ai la marque. »

De l'index, il traçait sur son front le Z de Zorro. Delon avait incarné ce rôle pour faire rêver son fils Anthony. Henri Salvador chante « Zorro est arrivé... », le mien est de retour : il s'appelle Carlo Ponti. J'ai à peine commencé le montage du *Gitan*.

CHAPITRE XV

L'hameçon des grands espaces

À partir d'un certain âge, chaque homme est responsable de son visage.

Albert CAMUS.

Le Canada, les forêts géantes, les loups, et par-dessus tout la silhouette de Jack London, mon auteur de chevet. Coen veut produire un bouquin d'Auguste Le Breton intitulé *Le Bouncer*. En argot, un « bouncer » est un videur de boîte de nuit, un gros bras. Gérard Depardieu dans le rôle principal, forcément... Carlo Ponti, intéressé par le Canada pour y transférer son fric à moitié bloqué en Italie, financerait le film. Coen pense que je suis fait pour tourner ce polar-aventures comme l'eau va à la mer. Je connais Carlo Ponti et Auguste Le Breton, ce qui me facilitera les choses. Gérard Lebovici, l'agent d'Auguste, lui a ménagé un pouvoir de coscénariste capable de faire réfléchir n'importe quel cinéaste lucide. Mais la terre des trappeurs, des hommes à la longue carabine, me prive de toute lucidité.

Carlo Ponti, l'expéditif, signe mes contrats, ceux de

Le Breton et celui de Gérard Depardieu. Coen engage mon premier assistant, Jean Couturier, ainsi que le régisseur général, Michel Nicolini. Rassuré par le sérieux du projet, nous dressons le programme des repérages au Canada.

Gérard Depardieu est enchanté de jouer un personnage musclé de chasseur venant d'une région isolée pour venger, à Montréal, la mort de sa sœur aînée et de son beau-frère, flingués par une sordide mafia. Il ne cesse de répéter : « On va faire un film popu... ». La confrontation de ce primaire avec les mafieux d'une grande cité est la colonne vertébrale du sujet. Je commence à visualiser ce jeune type, déboussolé par la circulation, dormant au début dans des parcs, un fusil à canon scié comme oreiller. Je dois trouver son village natal et le théâtre de sa vengeance.

J'envoie Jean Couturier, mon premier assistant, et le directeur de production. Je reste à Paris pour achever les finitions du *Gitan*. Coen se manifeste : Ponti désire deux versions, une en anglais, l'autre en français, pour vendre le film dans les territoires anglo-saxons. Je dois tourner directement dans les deux langues. Puisqu'on me donne les moyens de rallonger le temps de tournage, ça ne me gêne pas. Ponti m'adjoint un scénariste bilingue de talent, Tom Rowe.

Les photos des premiers repérages nous démontrent que le récit doit subir une adaptation, des changements auxquels Le Breton, par nature, s'opposera. Je négocierai son accord au dernier moment. Cette période de travail est intense. La vie me file entre les doigts. Trop vite, mais qui peut bloquer le temps ?

Le Gitan terminé, je vais travailler à Montréal, avec Tom Rowe, dans une résidence. Le matin, je fais du cross dans les vallonnements du mont Royal. Les écureuils viennent manger dans la main. Je ne croise pas Davy Crockett pour autant !

Pour renforcer l'errance du vengeur, on fixe le tournage en décembre. Je m'accorde bien avec Tom Rowe, qui veille à sauvegarder le tempo américain du sujet. Je veux dire son parfum.

Jacquillard, le directeur de production français, se casse une jambe. Le régisseur, Nicolini, et le premier assistant, Jean Couturier, assument la préparation. Surtout l'extrême Nord.

À Paris, Coen achève d'engager le reste de l'équipe. Avec Zazie, nous louons à Montréal un appartement pour le tournage, trop long pour qu'on reste à l'hôtel. La double version achevée, je reviens à Paris pour discuter avec Ponti du reste du casting. Parallèlement, je fais lire le scénario à Le Breton pour qu'il me donne son sentiment sur les changements. C'est un bon romancier, mais entièrement privé du sens de l'écriture cinématographique.

Le métier réserve la surprise des problèmes. Ils sont comme le requin des *Dents de la mer* : ils n'arrivent jamais où on les attend. Je me débrouille avec Auguste Le Breton, tandis que Carlo Ponti me propose une starlette montante en Italie pour jouer la sœur jumelle de Depardieu. On ne pourrait pas y croire davantage qu'à une caravane de Touareg au pôle Nord. Mon personnage de femme est solide comme un chêne. Celui de Carlo Ponti, fragile comme un coquelicot. Il prétend que si je refuse il ne pourra boucler le financement.

Néanmoins on avance. Je tourne un flash-back sur une large rivière torrentielle de l'Allier. Un adolescent jouera un Depardieu jeune emporté par le courant. Son beau-frère lui sauve la vie. J'utilise Gaby, dit Spartacus, mon acteur fétiche, grand nageur. Le tournage a commencé. Tous les contrats sont signés. Il me semble que c'est un point de non-retour qui m'autorise à tenir fermement ma position sur le choix de la comédienne.

Le Gitan sort en salles. Nouveau succès. Le troisième de suite. Je sème les cailloux du Petit Poucet. Alain Delon est au courant de mon projet au Canada et du bras de fer avec Carlo Ponti. Il pense que, trop engagé, ce dernier fera le film. Alain m'a donné un accord sur le résumé d'un autre sujet.

Carlo Ponti ne cède pas. Margaux Hemingway m'a pourtant donné son accord. La situation apparaît de plus en plus bizarre. Est-il vraiment possible qu'un producteur de la surface de Carlo Ponti suspende un film de ce coût et dans lequel il est si fortement engagé à l'accord d'une fille à la renommée aussi timide que sa petite Italienne ? Carlo, docteur ès sciences en malignité, ne cherche-t-il pas un prétexte et surtout une truffe pour se dégager gratos en lui mettant tout sur le dos ?... La truffe ne peut être que moi. Erreur sur la personne. Survivant d'un combat contre deux requins, Melville et mon oncle Santos, forgé par des universités en forme de miradors et de murailles, j'ai des ressources de dernière minute. Mon refus de l'Italienne serait l'occasion rêvée de me rendre responsable de l'arrêt du film. Carlo compte sur la réputation d'intransigeance qu'on me taille bêtement dans le métier. Je pourrais m'en foutre, ma carrière est au top. Je peux tourner demain un film avec Alain Delon.

Mais je refuse que Carlo Ponti ou quiconque me prenne pour un gadget. Je choisis de placer Ponti au pied du mur : j'accepte brusquement, devant témoins, de tourner avec l'Italienne. Il y a flottement, et la vérité se fait jour. À une semaine du tournage, Carlo Ponti abandonne complètement le film. Motif ? Mystère du fantôme du Louvre. Certainement une combinc complexe de virement de fonds au Canada. J'imagine un devis gonflé autorisant le transfert de la somme totale dans une banque canadienne. Ensuite, on arrête tout. Que je voie juste ou non, le film ne se fera pas. Par contre, Carlo sera obligé de payer tous les contrats. Ma petite avocate, maître Rendel, a représenté tout le monde, et il a dû payer. Il aurait confié à quelqu'un que, s'il avait su devoir régler cette lourde addition, il aurait fait le film.

Nous sommes en décembre. Nous devions réveillonner au Canada. J'invite ceux de l'équipe qui sont disponibles à passer les fêtes dans une superbe vallée en Suisse, la vallée de Conche, près de la source du Rhône, à 1 800 mètres d'altitude. Des villages anciens de bois noir, un train électrique qui va et vient le long du Rhône, le paradis des skieurs de fond. Nicolini et sa famille, Jacqueline Thiédot ma monteuse, mon avocate, Minouche ma scripte et son fils, et nous avec nos deux enfants. J'ai loué un centre de fond, petites chambres, dortoirs, cuisine. Ski de fond facile pour tous, à plat. Celui qui est fatigué prend le train pour revenir. Une gare à chaque village.

Le sujet que j'avais confié à Alain Delon, *Comme un boomerang*, pour le tourner après le Canada, se déclenche immédiatement. Je conserve la même équipe et nous allons préparer ce nouveau film. Avec un avantage : Ludmilla Goulian, qui n'avait pu participer au Carlo Ponti, accepte la direction de production. Je n'ai plus qu'à développer définitivement le sujet et à profiter, une fois encore, du talent d'Alain. Ma chance a des rallonges et je me dis qu'il en restera bien une pour un film avec Lino.

CHAPITRE XVI

Boomerang : arme aborigène
qui vous revient dans la gueule

Le sabordage du projet avec Carlo Ponti accélère encore mon besoin de me jeter en avant. J'aurais plutôt besoin de freins hydrauliques. J'écris vite. Cette fois je commets l'erreur de ne pas prendre le temps d'approfondir les caractères. Le sujet de base : Delon, PDG d'une grande boîte, voit son fils entrer dans le crime. Lui-même est un ex-truand qui a su dissimuler son passé. Et ce passé lui retombe sur le dos. Le voilà en fuite avec son fils. En gros, le suspense fonctionne. Mais le public ne s'identifiera pas aux problèmes de Delon. Sa situation initiale est trop luxueuse.

J'avais cru, au contraire, que le fait de tout perdre serait un atout. Hélas ! on ne peut refaire un film et considérer le premier comme un brouillon ! J'emporte la satisfaction d'avoir conseillé – je déteste le terme « diriger » – l'immense Charles Vanel. Pas loin de quatre-vingt-dix ans, plus de deux cents films et une continuelle humilité. Nous évoquons notre rencontre sur *Pêcheurs d'Islande* et le rafiot exténué interdit de sortie du port. Il est resté lucide, le vieux Charles. Après le triomphe du *Salaire de la peur* de Clouzot, de cette peur qu'il avait rendue pathétique, il était resté un an sans l'ombre d'une proposition.

« Tu comprends, il n'y avait pas de lâche à interpréter à ce moment-là... »

Il a connu toutes les époques : celle du muet, des passions lorsque les équipes partageaient toutes les tâches, même la bouffe. Aujourd'hui, il s'étonne à peine de l'époque des grèves. Je m'en efface une qui contraint Suzanne Flon à faire deux fois pour rien l'aller-retour Paris-Nice.

Grève pour conditions de travail sur un film aux tarifs et aux défraiements maximaux. Mais chaque tournage qui compte la présence d'une star est dans le collimateur. À la fin du film, nous sommes sur un col de montagne dans l'arrière-pays niçois. Le facteur y assure encore la livraison du courrier avec un mulet. Nous courons après le beau temps depuis le début du tournage à Nice. Il me reste trois jours pour terminer, ensuite Alain Delon n'est plus disponible. J'ai un ballet de quatre hélicos. William Glenn, à la caméra, m'annonce le préavis de grève. Encore une. Il comprend que je le digère mal. Je peux tenir à Glenn un langage direct. Nos métiers sont difficiles, pour ne pas dire acrobatiques. Je connais le syndicaliste barbu qui doit descendre de Paris, un jour il était venu aux studios de Boulogne, avec une très jeune assistante, pour interrompre un de mes tournages. Le droit de parole syndical pour parler à l'équipe sur le plateau. Mes priorités de créateur, je n'avais qu'à me les taguer sur les fesses. Je l'avais questionné devant la petite sur l'économie de la profession. Comment se monte un film ?... Les ventes à l'étranger ?... La distribution ?... Et pourquoi le studio dans lequel on se trouve fonctionne... « Parce que Alain Delon y tourne trois films par an, mon cher barbu. Dès qu'il arrêtera, le studio sombrera dans un programme immobilier. C'est l'accord d'une star qui amène le financement... Il ne gagne pas de fric sur le dos des techniciens... En plus, Alain Delon réinvestit dans l'industrie du cinéma. »

La petite assistante attendait une contradiction de son professeur. Vainement.

« C'est vilain de couper l'inspiration du metteur en scène, mon cher barbu... Et c'est encore plus vilain de scier la branche sur laquelle nous sommes tous assis, mon cher barbu. »

Il a attendu la fin de ma journée de travail pour s'exprimer. Il se souvient de moi. Je ne lui laisserai pas bousiller l'ultime séquence d'action de *Comme un boomerang*. Mon ami Glenn se charge de transmettre, et, surtout, de bien décrire notre isolement et la loi de l'Ouest.

Il ne descendra pas et je tourne ma fin, filmée avec un objectif impressionnant. Un mille. Le tout au ralenti pour voir Delon et son fils de cinéma traverser en courant l'espace découvert du col-frontière avec l'Italie, un tireur d'élite dans un hélico au-dessus de leurs têtes.

Merci à Glenn pour la netteté du plan. Le perchman du film, Jacques Berger, est devenu un ami. Il est communiste et je préfère discuter avec lui du syndicalisme dans le cinoche, plutôt qu'avec un intello. Si j'ai tort, au moins, que ce soit un ouvrier qui me l'apprenne. Je passe avec lui des moments formidables. Nous grimpons des parois ensemble. On rigole. De plus haut, je hurle :

« Si tu me contredis, je coupe la corde !...

– Tu feras jamais ça !... Un capitaliste bousille pas son matériel !... »

Adorable Jacques Berger, je ne suis pas un capitaliste. Je suis un ouvrier de la pointe Bic... qui ne couperait pas sa corde toute neuve !

J'en ai fait, de précieuses rencontres, sur ce film : Willy Holt, décorateur si inventif, rescapé des camps de la mort, me disait : « Je ne leur en veux plus mais je ne les oublierai jamais. » Chaque film enrichit et meuble ma vie d'acteurs nouveaux. J'ai débuté dans le néant et ils m'ont tout apporté. Écouter Charles Vanel évoquer ses tournages avec Clouzot et le soin dont il entourait ses acteurs me conforte dans le sentiment que j'éprouve : les acteurs racontent le film.

À propos de Clouzot, il m'avait appelé après la sortie de *Dernier domicile connu*. Un engagement pour parler de quelques bribes d'idées sur la pègre. Un désir d'extrapoler, me confia-t-il. Existe-t-il des messes noires dans la pègre ?... Accroché que je suis aux réactions primaires et aux trains express des destins, je vois mal la truanderie organiser ce genre de mise en scène. À part quelques inventions dans un clandé spécialisé, je cherche le but lucratif de ce genre-là. Clouzot est plus complexe. Il m'expose un volontariat du crime de la part de la victime. Pourrais-je écrire une scène d'apparence banale : un couple à une terrasse de bistrot déserte, une scène dans laquelle l'homme sortirait placidement un couteau, le ferait admirer à la femme, lui ferait comprendre qu'il la tuera avec et parviendrait à lui faire aimer ce couteau dominateur ?...

J'en suis resté à Tarzan et Jane suspendus à leurs lianes, à Rhett Butler et à Scarlett, à Gary Cooper et à Calamity Jane dans *Buffalo Bill*. Impuissant à aider

Clouzot dans son laboratoire, je protège mon esprit simplificateur.

Un paquet de procureurs de la République réunis en congrès m'invitent à leur présenter le film de Jacques Becker *Le Trou*. Une question m'est posée dès la fin de la projection :

« Comment se fait-il que nous, procureurs, ne puissions nous départir d'une certaine compréhension, sinon d'une sympathie, envers ces condamnés de droit commun candidats à l'évasion que présente ce film ?...

– Parce que ces hommes, dont j'étais, ne disent pas qu'ils sont innocents, ne tapent pas sur la société ni sur la justice... Ils veulent seulement s'évader... Le droit d'un animal encagé... »

Par cette réponse, je rejoins mon idée qu'un délinquant doit d'abord s'en prendre à lui-même quant aux motifs de son emprisonnement. Et puis la tentative d'évasion du *Trou* était pacifique. Nullement question de porter atteinte à la vie d'un gardien.

Pour compenser l'accueil timide de *Boomerang*, je m'inscris à une course de cyclos sportifs. Quatre cols, 4 000 mètres de dénivelé sur 210 kilomètres. Je termine dix-neuvième sur cent-quatre-vingts, dans les temps extrême limite de la médaille d'or. J'ai cinquante-quatre ans. Mon copain Albini, surnommé « le facteur des cimes », signe le meilleur temps. Il me rend deux heures. J'étais au maxi, plus rien sous la socquette. Donc tout est OK.

Mais dans le cinéma, le maxi consiste en quoi ? On est sur un drôle de manège. On ressemble au zigzag d'une feuille de température qui retrace une crise de paludisme. On est secoué dans le shaker d'un barman. C'est humiliant et je m'en écarte grâce au roman. Sans abandonner les situations explosives, revenir au polar serait banal. Je réfléchis au thème de la rédemption. À savoir au pardon de la société, de la justice des hommes. À la possibilité de se racheter. Le comportement d'un orang-outang dans sa forêt vierge en 1930 sera identique en 1950, mais vingt années écoulées sur le cerveau d'un homme le transforment. En bien ou en mal. Être anarchiste à vingt ans est un devoir. À cinquante ans ça tourne à la stupidité. Je veux écrire sur ce sujet.

Je repense au marchandage d'un fait divers : un gangster notoire compromis dans la collaboration livre le plan du minage du métro par les Allemands. En échange : un coup d'éponge sur son passé. Une bonne structure que je vais romancer. D'abord, je rajeunis le personnage et lui donne un frère bossu, un maléfique, qui l'a entraîné vers le mal pendant l'Occupation. La haine envers l'humanité, qu'il rend responsable de sa bosse. Cette idée de Quasimodo me vient d'un sous-directeur de maison centrale, lui aussi bossu. À son arrivée dans ce poste, j'avais dit à mes codétenus : ou c'est un saint qui assume sa bosse, ou c'est une ordure qui nous la fera payer. Ce fut le diable.

Je construis l'histoire. Un service de contre-espionnage accepte le marché. Le métro qui devait sauter sous la Seine est déminé. Georges, le personnage central, se prend au jeu du rachat et se met à travailler avec un officier du service de l'épuration. Nous sommes en 1945. Le frère satanique de Georges s'est suicidé. Georges ne subit plus de mauvaises pressions. Il se lie presque d'amitié avec l'officier et, soudain, la protection tombe. Une autre brigade arrêtera Georges et le traînera devant un tribunal pour intelligence avec l'ennemi. Georges essayera de prouver qu'il s'est racheté.

J'ai deux choix : soit l'officier viendra témoigner que Georges a sauvé un paquet de vies humaines, soit il jurera qu'il ne le connaît pas.

Je mélange ces deux options pour intensifier ma fin. L'officier, sur ordre de son service, jure au procès que Georges a tout inventé. Il est condamné à mort. L'officier pris de remords, désobéit à son service et, le jour de l'exécution, témoigne en sa faveur. Il est trop tard. Georges est fusillé.

Il me manque tous les personnages annexes et un rôle principal féminin, la maîtresse de Georges. Elle est facile à incorporer. Je peux commencer à rédiger le roman, intitulé *Mon ami le traître*. Je le donne à Gallimard, qui l'éditera dans une collection hors série.

L'écriture m'a rendu une totale indépendance. Dans la foulée, j'attaque un polar qui va, cette fois, me donner la possibilité de ridiculiser la guillotine. Une occasion à ne pas manquer. Lorsque mon imaginaire m'arrache du quotidien, je peux écrire tout en jetant, dans le même temps, les bases d'une autre histoire. J'ai le titre du roman suivant : *Une robe noire pour un tueur*. Un condamné à mort s'évadera, un rasoir sur la gorge du procureur. Souvenir d'un fait réel avorté, à Béziers. Le bourreau, au pied de sa machine désormais inutile, dira :

« Qu'est-ce que je fais, moi ?... Je démonte ?... »

Le reste se déroule avec une galerie de personnages dont les motivations me réjouissent. Ne me prenez pas pour un forçat de la pointe Bic.

Nous partons en Suède avec Zazie, inscrits dans la plus longue course de ski de fond du monde :

86 kilomètres. Dix mille skieurs au départ. Nous participons dans le seul but de finir. Il y a de nombreux abandons. Il faut s'accrocher. Nous terminons. Une très longue journée. Zazie n'est qu'à une heure de moi, et il y a encore deux cents skieurs derrière.

J'attends la réponse de la « Série Noire » pour le manuscrit d'*Une robe noire pour un tueur*. Marcel Duhamel n'est plus là. Le préposé, Soulé me semble-t-il, se met à discuter sur la crédibilité carcérale, l'évasion, etc., du début du roman. Sur l'écriture, ça passerait encore. Très difficile d'écouter une leçon technique sur un univers que je connais pour en conserver encore l'odeur et les bruits, de la part d'un sédentaire qui court tous les dangers devant sa télé. Comment en est-il arrivé à diriger la prestigieuse collection ? On est loin du feeling de Marcel Duhamel. Seul Robert Gallimard me rattache encore à cette maison.

Je confie *Une robe noire pour un tueur* à Jean Nainchrik, l'agent d'Annie Girardot, qui cherche un sujet pour elle. Si un producteur achète le roman sur manuscrit, Gallimard passera devant le buffet pour ne pas l'avoir édité.

Après l'écriture de ces deux derniers livres, une nouvelle attente démarre. Toute la profession, les acteurs, les techniciens, les scénaristes, les romanciers avancent d'attente en attente comme des nomades transitant d'une étape à la prochaine. Je n'entretiens des contacts suivis qu'avec Lino Ventura. De succès en succès, il est devenu le personnage rassurant du cinéma français. Le père des jeunes, et, bien qu'il ne roucoule pas, sa force et son sourire escortent les pensées d'une foule de femmes.

Nos deux enfants grandissent à une vitesse qui me fait vieillir. Zazie ressemble encore à une jeune fille. Notre fils a passé son bac. Nous franchissons ensemble les grands cols à vélo. Le sport que nous intensifions à quatre est notre manière de nous parler d'amour. J'avoue que je suis bloqué sur les déclarations orales.

Parfois on m'invite à jouer aux échecs lors de réunions médiatisées : les bons joueurs du monde du spectacle se mesurent entre eux ou contre un superchampion. Un week-end dans l'empire du champagne, Moët et Chandon. Ce dernier joue très bien. Un séjour avec Spassky. En plus, visite des 25 kilomètres de galeries-caves taillées dans la craie et des cinq millions de bouteilles. Pas désagréable.

Ça mène à tout un crayon à bille et du papier pelure, et la symphonie du 38 spécial des privés américains.

Coup de fil d'un certain Rawson, détenteur des droits du bouquin d'Albert Spaggiari sur le casse de la Société générale de Nice, *Les Égouts du paradis*. Rendez-vous à Paris, l'inévitable Paris, et lecture immédiate du bouquin. Ma première impression, celle qui s'imposera : l'autopsie d'un casse. Son culot frise l'inconscience. L'entreprise de ces truands baigne dans l'humour. D'où l'idée de Rawson de faire dialoguer le film par Michel Audiard. Ce dernier a bien saisi le décalage entre le plus grand casse commis en France et la personnalité fantasque d'Albert Spaggiari. Tout en conservant l'ampleur de cette aventure, notre galerie de casseurs n'entrera pas dans les poids lourds de la truanderie. Plutôt des inconscients, le ton léger, dirigés par cet ancien guerrier de Spaggiari, un hors-la-loi pétillant.

« Tout à fait pour Francis Huster, conseille Audiard... Je l'ai vu jouer... Étourdissant... Du champagne. »

On se rencontre. Je suis frappé par sa passion, sa folle croyance en lui.

Spaggiari a fait deux guerres : l'Indochine et l'Algérie. Il s'est rangé des voitures dans son petit magasin de photo. Il photographie les mariages et surtout les starlettes du studio de la Victorine. Une femme par jour au service du repos du guerrier à la retraite. Parfois, un baroudeur en activité passe. Aux souvenirs de la mitraille, Spaggiari a presque honte de sa vie étriquée. La lecture d'une « Série noire » américaine, *Tous à l'égout*, sera le déclencheur. Le roman décrit l'entrée dans la salle des coffres d'une grande banque en passant par les égouts. Spaggiari rôde autour de la Société générale de Nice, contemple les plaques d'égouts voisines, visite la rivière sous-terraine du Paillon. Tout ça communique. Il repère méticuleusement avec un ex-soldat perdu comme lui, se met à recruter des musclés, car il faudra creuser, percer dans d'épouvantables conditions.

Coup de fil furieux d'Auguste Le Breton. Qu'est-ce que c'est que ce projet de film sur un casse de banque dans les égouts ?... On lui pique ses idées. Il a justement un livre sous presse, plusieurs casses de banque la même nuit, et le tout par les égouts. Je lui explique que je vais filmer la véritable histoire, écrite par le chef de la bande qui pénétra dans la salle des coffres de la Société générale. Ça serait plutôt l'homme du *Rififi* que l'on pourrait accuser de plagier Spaggiari. Les faits, les dates ne suffisent pas à Le Breton, qui tient le discours d'un parrain. Un cas clinique, la honte d'avoir un casier judiciaire vierge. J'en connais tellement qui voudraient blanchir le leur. Je coupe court.

J'entreprends un recrutement. On appelle ça un casting. Jean-François Balmer pour le copain principal. Walter Bal, dit le Hollandais, à la photo et au cadre. Très vite l'équipe complète subit des piqûres immunisantes contre les morsures des rats. On prétend Francis Huster délicat. Les mauvaises langues, plus nombreuses que les sauterelles, prédisent qu'il descendra tourner dans les égouts avec un masque et multipliera les piquouses en prévoyance de toutes les maladies contagieuses qui existent. Erreur. C'était mal connaître le dépassement d'Huster en face d'un rôle.

Ils doivent, Balmer et lui, disparaître sous la flotte qui charrie les étrons, les déchets d'abattoir et j'en oublie, pour échapper à une ronde d'égoutiers. J'ai, évidemment, prévu de doubler les acteurs par deux véritables égoutiers. Les acteurs filmés de face, alertés par la ronde, et remplacés de dos par leurs doublures qui s'immergent dans un liquide à faire vomir un crocodile. Francis Huster proteste.

« Pourquoi des doublures ?... Y a pas de raison... Je veux plonger là-dedans de face. »

C'est meilleur à la mise en scène. Et Jean-François Balmer ? Ils sont plein cadre tous les deux de face avant l'immersion. Je ne peux les séparer. Balmer se trouve entraîné dans cette plaisanterie par le côté absolu d'Huster.

Je filme les deux amis sur une route périlleuse. Huster conduit une Land-Rover. Des cailloux roulants, du dévers, pas de garde-fou contre le vide. Tout y est. Huster doit enlever les lunettes qu'il porte souvent dans la vie et il lui faut négocier un virage en épingle. La pente s'y redresse davantage. Il doit prendre de l'élan. J'ai deux caméras en place.

« Il voit qu'à moitié sans lunettes... Un ralentissement serait le bienvenu », remarque Balmer.

Je suis de son avis. Je dis à Huster que l'impression de difficulté de la route me suffira. Les roues patinent d'elles-mêmes contre la caillasse. Huster acquiesce. Mais il joue un aventurier. Alors je vois la Land s'amener furieusement, cahotant comme des castagnettes. Et le virage ? Prendra-t-il au moins le virage, ou ira-t-il s'écraser contre la paroi qui en limite l'étroitesse ? Il tourne juste et les cailloux bombardent, voltigent sous les roues en folie. Bon plan.

« Je peux améliorer, propose Huster.

– C'est souvent la première prise la meilleure », susurre Balmer avec son humour particulier.

Un acteur rare qui ne cessera de m'étonner.

Je filme les acteurs sur l'exact trajet suivi par Spaggiari et son équipe. Les effluves puants les éprouvent. Un jour on doit en sortir plusieurs et les allonger sur le trottoir devant la Société générale. Ma scripte, ma compatriote, Lucile Costa, dite Minouche, ne décolère pas. Passionnée de fleurs, elle me reproche les égouts, l'obscurité, l'humidité gluante, la merde, les rats gros comme des chatons, leurs cris acérés.

Un soir, sur un de ses cahiers de travail ouvert sur sa petite table pliante, elle lit : « Le bonjour d'Albert » avec l'empreinte digitale d'un pouce. Albert Spaggiari, un mandat d'arrêt international aux fesses, traînaille autour du film qui retrace son exploit : un casse royal « sans haine et sans violence », comme il l'a placardé au mur de la salle des coffres éventrés.

Un de ses amis s'était pointé un matin à la

production. Des épaules, une taille, du calme, et surtout un regard. Rawson, ne sachant si l'homme faisait le poids ou non et s'il devait accéder à sa demande, l'invite à déjeuner avec moi dans le resto de Pouce. Rawson se fie à mon expérience de ce genre de client. Il me semble crédible. Son phrasé paisible, son absence de baratin, ses menaces voilées, une certaine retenue émotionnelle lorsqu'il évoque son amitié pour Spaggiari dessinent à mes yeux le danger réel que ce messager représente. Rawson est prié de payer cash à l'éditeur suisse la totalité de ce qui reste pour l'achat des droits. Un échéancier était prévu, mais Rawson doit tenir compte qu'Albert Spaggiari a besoin d'argent. Avec son équipe, ils se sont fait faucher par les fourgues entre Nice et Marseille. Et, en cavale, on dépense beaucoup de fric. J'adresse à Rawson un léger signe d'acquiescement.

« Je crois que ça ne pose aucun problème », dit Rawson.

Michel Audiard déjeune à une table voisine avec un type aux narines ratissées par un spécialiste du « vous ne vous aimez pas, venez me voir ». J'échange avec Michel des réflexions sur le vélo. Branchement immédiat avec son compagnon, Régis, pour lequel Michel a jeté les bases d'un sujet sur la petite reine. J'apparais comme le metteur en scène idéal. Il est vrai que je couvre une moyenne de 12 000 kilomètres par an sur mon engin haut de gamme. C'est magique, ce métier. Je déjeune avec mon producteur des *Égouts du paradis*, et, de la table voisine, on me propose un autre film. Où prendre le temps ?... Dieu, Satan ou Allah ne refilent aux Terriens qu'une heure après l'autre.

L'émissaire de Spaggiari saute dans un taxi. Je note

qu'il ne donne pas l'adresse au chauffeur. Forcément : personne ne pourra l'entendre lorsque le taxi roulera. J'explique à Rawson que les liens qui unissent ce type à Spaggiari sont tissés par la mort venue si souvent ricaner à leurs oreilles. Par suite, il ne fera pas de détail. J'ai lu dans ses yeux le jusqu'au-boutisme des hommes qui ne se dérobent pas. En payant, Rawson rallongera sa vie.

André Pouce jouera dans le film un personnage énigmatique. C'est un ami d'Audiard. Ce dialoguiste-artificier dissimule sous des abords caustiques-cyniques une chaleur humaine qui se traduit par une pratique de l'amitié longue durée. Envers Jean Carmet, par exemple.

La séquence de l'irruption dans la salle des coffres et le défonçage de ces coffres pendant le week-end prolongé réjouit un ami de Rawson, Jean-Pierre B., truand en activité. Il émet, en voyant les rushes, les exclamations joyeuses des gosses devant le guignol. Les casseurs travaillent comme des forcenés avec du mauvais matériel. Ils trouvent dans un coffre des photos pornos sur les ébats de quelques grandes bourgeoises et les suspendent sur un fil tendu. Il faut bien que le linge sèche ! Le butin est chargé sur des canots pneumatiques : l'or, les bijoux, les pièces de collection, ressemblent au pactole des anciennes razzias. Le parfum de la caverne d'Ali Baba et des quarante voleurs.

Mes pillards sont des acteurs retrouvés : le gigantesque Jean Franval, un pagnolesque, Gaby dit Spartacus, Michel Subor, rescapé de la Nouvelle Vague avec lequel je fais du vélo, et même des courses contre la montre ! Et les nouvelles rencontres : Huster, Balmer. À l'image de Spaggiari, ils ont éclairé leur chantier de la salle des coffres en se branchant sur une prise du parking Massena. Une sérieuse longueur de fil parcourt les égouts et leur tunnel jusqu'aux ampoules. Le week-end du casse, de fortes pluies avaient empêché une ronde d'égoutiers de franchir une écluse et de tomber sur le fil électrique venant du parking. L'équipe Spaggiari devait sa réussite à l'abondance de la pluie.

Cette écluse, nous l'avions franchie à plusieurs reprises au cours des repérages. Vêtus de combinaisons imperméables liées à des bottes en caoutchouc, nous avions de l'eau dégueulasse jusqu'aux aisselles. Sol plus glissant qu'une savonnette. Un dérapage sur l'arrière et vous vous retrouviez à plat dos, buvant une tasse de ce délicieux nectar.

La fabrication du faux trésor, imitation de lingots, de billets de banque toutes monnaies, coûta fort cher. Il fut dilapidé à la fin du tournage. Dommage : Rawson aurait pu le louer pour chacun des films qui en aurait eu l'utilité. Ce coproducteur de charme était mal entouré. Son directeur de production, incapable d'établir par avance le devis du film, se contentait d'additionner les factures. Les autres techniciens le prenaient pour un charlot. Trois d'entre eux saisissent un jour des pelles et des pioches et se placent sur son passage dans les studios de la Victorine :

« Vite, magne-toi, il faut creuser la tombe pour enterrer Spaggiari... Séquence 83, et y a la grève des croque-morts. »

Et ils lui passent une pelle qu'il empoigne pour courir derrière eux. Il n'y a, bien entendu, aucune séquence de cimetière dans le script.

Dans une scène de commissariat, arrestation de

Spaggiari avant son évasion, j'ai essayé dans un petit rôle d'inspecteur le fameux Régis présenté par Audiard. Dans le projet d'une fiction sur le vélo, il veut jouer le rôle principal. Plus coincé devant une caméra, tu vas filmer une gaufre dans son moule !

J'écris, pendant les finitions du Spaggiari, le scénario d'un porteur de bidons qui prend le maillot jaune dans une échappée miracle et qui se bat, contre son équipe, pour le garder. Une gloire éphémère que cet obscur s'imagine être définitive. Régis me paye... mais il voudrait arriver avec le maillot sur les Champs-Élysées. Tant qu'ils auront de l'argent, j'aurai de la patience...

Alors, au moment de la sortie des *Égouts du paradis*, je tourne des séquences éparses de ma fiction sur le vélo. Je reconstitue le Grand Prix des Nations et j'utilise le stade plein de Paris-Roubaix pour filmer mon arrivée, deux heures avant celle des pros. Je répète avec Régis, qui pédale à une cadence au-dessous de celle d'un cyclo-campeur. Désolant. Son sprint paraîtra bidon.

Un drame amène sa vérité sur ce film que je n'aurais jamais dû accepter, mais cette ambiance vélo m'avait mis la tête dans le sac. La régie du film, pour faire nombre dans le peloton, avait, en plus de quelques amateurs d'élite, recruté dans un club de cyclos. Ils roulent très vite, sur des kilomètres de ligne droite avant le stade. Soudain, un des cyclos s'écroule, foudroyé par une crise cardiaque. Me sentant responsable de cet accident, je déchire mon contrat de metteur en scène. Régis gardera le fric prévu pour la mise en scène, et moi, je garde un assaut de mauvaise conscience.

Je regagne ma clairière. Une respiration pour me poser des questions sur les chemins étranges du cinéma. Je manquerai de réponses. L'éloignement de Paris, du bal des premières, des médias ne m'inquiète ni ne me manque. Notre fille fait sa médecine, notre fils se base en France. Je vois bien que le système du service militaire suisse lui déplaît : trois semaines obligatoires par an pendant un paquet d'années.

En séjour de ski de fond sur les crêtes du Jura suisse, Zazie et moi voyons une affiche : « Course de chiens de traîneaux – Championnat d'Europe ». La magnifique tête d'un chien polaire aux yeux couleur de lune illustre l'annonce. C'est dans deux semaines. Renseignements à la librairie du village de Saignelégier.

Le libraire, surnommé le Frisé, a aussi un attelage et même un élevage de huskies de Sibérie. Envahi par cette passion, il saute sur mon idée de filmer la course, qui passera à la télé à une heure de grande écoute. Ici, ils se mettront tous à plat ventre pour m'aider.

J'appelle Jean-Pierre Hutin, le producteur de « Trente millions d'amis ». Il m'avait proposé de tourner un sujet sur des animaux pour son émission.

« Le championnat d'Europe d'une course de traîneaux à chiens, ça t'intéresse ?... »

Ça l'intéresse tellement qu'il me donne l'espace entier d'une émission : trente minutes. De quoi m'exprimer. Je monte deux équipes caméras et des skidoos pour nos déplacements sur la course. J'engage Walter Bal, le Hollandais. Il vient aux repérages. Nous définissons les places des caméras sur tout le parcours suivi par les traîneaux. Le jour J arrive. Le jour CHIENS. Des centaines de chiens et dix mille spectateurs. Les mushers, les conducteurs de traîneaux, ne sont pas tous

Européens, on compte des Lapons, des Américains, des Canadiens. Froid sec : moins 15.

Je filme sans discontinuer pendant tout le week-end. La course sous tous ses angles, les origines des différentes races de chiens, les traitements, les looks les plus accentués chez les mushers. Certains ressemblent à des boucaniers, les frères de la côte.

« On vous verra aussi sur l'Iditarod ? » grimace l'un d'eux, dont les lèvres étirent le buisson d'épines qui lui sert de barbe.

L'Iditarod ? C'est quoi ?... Un volcan, une mer gelée ?... Non. La plus grande course de traîneaux à chiens du monde, en Alaska : 2 000 kilomètres d'Anchorage à Nome, sur le détroit de Béring. Les loups, les ours, le blizzard, les hauts cols. Des attelages de vingt chiens. Une carabine, une corde, des crampons à glace sur le traîneau. Celui qui dort trop ne se réveille plus. Celui qui ne dort pas s'épuise et abandonne. Un juste dosage.

Le champion du monde est indien. Il a une jambe raide, suite d'une attaque de polio. Ses chiens ne courent jamais, ne marchent jamais. Ils trottent inlassablement. Attendez ! Attendez !... N'en jetez plus ! Mon cerveau est déjà là-bas. Dans la salle de montage, en compagnie de Jacqueline Thiédot, les chiens polaires de mon petit film semblent cligner des yeux vers moi et chaque jappement me dit : « Allez, vas-y ! Va là-bas. » Sur les plans du soir, ils hurlent à la lune.

« Ils sont d'un bruyant, ces chiens », râle Jacqueline.

Elle se débat avec des kilomètres de pellicule 16 millimètres. Des heures et des heures d'images dont on ne gardera que trente minutes. Et elle n'aime pas les chiens, polaires ou pas. Parfois, elle précipite ses gestes :

« Je suis une conne ! Je suis une conne ! » répète-t-elle sans cesse.

J'imagine que Claude Sautet, dont elle est la monteuse préférée, doit le lui dire dans une de ses crises affectueuses. Si elle pouvait deviner que je suis là, près d'elle, sans y être, que j'invente déjà le personnage romanesque à incorporer dans l'Iditarod, l'épreuve des géants !

Hutin est très content. Il programme le reportage. Dans le Jura suisse, c'est la gloire. Nous sommes adoptés. Le Frisé, imaginatif, se voit déjà en Alaska avec nous. D'abord de la doc, des cartes, des livres sur le pétrole, sur les Indiens, des reportages sur l'Iditarod, le journal de bord tenu par l'Indien boiteux. Et, mêlé à cette vérité, je vais pétrir mes rêves. À ne plus faire qu'un bloc indissociable. Un roman intitulé *Le Musher*.

Dan Murphy est né. Défenseur professionnel de la faune, auteur de livres sur cette protection des espèces, opposé aux pipelines qui empêchent les transhumances, accusé faussement d'avoir tué un guide de chasse pour sauver une ourse pleine, il a tout perdu : biens et honneur. Sa peine purgée, il sort de prison et revient sur les lieux. Seuls les Indiens l'accueillent. Il va s'inscrire dans l'Iditarod. Il compte sur la dureté de la course pour écarter les faux-semblants. La nature impitoyable lui rendra l'estime de tous et forcera un menteur à dire la vérité sur l'accident de chasse qui le fit condamner.

Je m'isole dans la puissance des personnages de mon récit : un pilote dont chaque atterrissage est une option sur la mort, deux femmes de pionniers, des chiens plus courageux que l'orage. En écrivant, je vois le film avec une telle précision que je me réserverai les droits cinématographiques sur le contrat d'édition. J'ai à peine terminé que Jean Nainchrik m'oriente sur l'adaptation et les dialogues d'*Une robe noire pour un tueur*.

Le cinéma m'arrache à mes grands espaces. J'attendrai la sortie du *Musher* en librairie pour m'y replonger. Avec *Une robe noire*, je dresserai une nouvelle guillotine. Il est sans doute normal que mon passé me pousse à recréer cette vision. Cette salope n'accepte pas que je la quitte des yeux. Elle m'attendait et j'avais préféré m'abstenir. Comme l'a déclaré Woody Allen, « quand la mort frappera à ma porte, j'aimerais mieux ne pas être là ».

Claude Brasseur, Bruno Crémer et Jacques Perrin rejoignent Annie Girardot dans la distribution. Il y a de la place pour des plus jeunes. Richard Anconina, Arielle Dombasle que j'ai connue petite fille à Mexico chez ses parents. Bruno Crémer joue un chirurgien reconverti dans la réadaptation de drogués plus ou moins délinquants, dans une ferme isolée. Cela me donne l'occasion de rendre service à monsieur Fournil. Ce brigadier de la pénitentiaire en retraite, touché par la fidélité de mon Père, enlevait les chaînes de mes chevilles pour lui en épargner les cliquetis lorsque je le rejoignais au parloir. Fournil, alias Grinval dans le film de Jacques Becker *Le Trou*, surveillait à ce moment deux immeubles dans un quartier difficile de Poissy.

« Tu me prends quelques jeunes en figuration ou pour des petits rôles dans un de tes films et je leur dirai : “Si vous vous tenez peinards, je vous ferai engager dans un film”. »

Quelle joie et quel retour du destin de l'aider à ce niveau ! Sur le tournage, j'éveille ces jeunes à la chance qu'ils ont d'avoir Fournil pour leur parler de la vie.

Arielle Dombasle est un condensé de charme. C'est l'égérie des élèves cinéastes, qui se l'arrachent pour leurs films d'étude.

« Ils me font toujours jouer des fantômes, mon petit José... Alors demain, si je pouvais ne venir qu'à 15 heures, tu serais un amour... »

Elle s'est assise sur mes genoux avec un naturel aussi troublant que fou, ce qui lui facilitera les choses.

Le directeur de production, Georges Casati, a organisé le film comme le paquetage d'un légionnaire :

« Tu as la réputation d'arriver le premier sur le tournage, mais personne n'arrive avant moi », m'a-t-il annoncé gentiment.

On commence dans la grande ferme de l'Oise, le décor de Bruno Crémer. Zazie et moi utilisons un camping-car dans notre vie sportive, avec les vélos et le matos de montagne. Nous dormons donc dans la cour de la ferme. Quand Georges Casati se pointe, avant toute l'équipe, nous avons déjà parcouru quelques kilomètres dans la campagne sur nos vélos.

Chez Bruno Crémer, je retrouve la sobriété émotionnelle de mon ami Lino Ventura.

Jacques Perrin met beaucoup de finesse dans son personnage de flic parallèle et manipulateur.

Claude Brasseur, évadé le jour de son exécution – un complice avait glissé un rasoir sous le tapis de l'autel devant lequel il s'agenouille –, joue à la perfection l'homme haletant courant après la preuve de son innocence.

Ma deuxième rencontre avec Annie Girardot me confirme son autorité et son côté oiseau blessé.

Quant à Richard Anconina, il me surprend par son intériorité.

« Dans ma scène avec Crémer, me dit-il, s'il reste debout et que je reste assis, je vais jouer avec sa masse. »

À l'écoute des acteurs, je suis heureux.

Un jour, dans les bureaux de la production, je vois passer une femme brune, de belle allure. Une voix, des yeux, du piment. Je lui ferais bien jouer une amie de Girardot. Je me renseigne. Il s'agit d'une grande productrice : Albina du Boisrouvray, comtesse authentique. Je vais avoir l'air de quoi en lui proposant le rôle ?

« Elle a été comédienne », m'encourage Casati.

Je me lance. Je propose et Albina accepte. Fabuleuse rencontre. Casati m'informe au passage qu'il est marié avec Albina.

Pendant le tournage à Paris, nous habitons à Saint-Cloud chez les Ventura. Lino, qui aime les visites surprises, débarque sur le tournage. Unis dans la vie et momentanément séparés dans le métier. Je n'ai pas de projet. Je fonctionne au coup par coup, d'un producteur à l'autre. J'ai l'impression que *Le Musher* est le dernier bouquin que je donnerai à Gallimard. Est-ce l'heure de marcher vers quelque chose de nouveau ?

Ma fille vit à Lausanne pour ses études. Mon fils a vingt ans. Il se cherche.

CHAPITRE XVII

Contre les chacals il faut des loups

J'achève le montage de cette *Robe noire*. Bientôt je serai orphelin de ce film. Lanoë, le chef monteur, procède à la préparation des éléments du mixage. Ultime opération. Pour remplir les quelques jours de vide absolu pendant lesquels je suis d'une nette inutilité, je décide un raid à vélo avec un copain. Martin, un antiquaire surnommé le Distrait parce qu'il ressemble à Pierre Richard. J'ai vingt-cinq ans de plus que lui. Sur nos bécanes ça ne se voit pas tellement.

Chez Lino Ventura, au petit déjeuner, nous parlons de nos projets les plus proches. Il est pieds nus, en peignoir. Parfois c'est un projet immédiat, parfois un cross dans le parc de Saint-Cloud. Je lui raconte que j'ai quelques jours libres avant mon mixage et que je vais descendre à Nice.

« En voiture ? En avion ? me demande-t-il.

– Sur mon vélo. »

Il a suspendu sa tartine.

« À vélo !... Jusqu'à Nice à vélo ?... Il arpente sa cuisine. Y va descendre à Nice à vélo... Mais qu'est-ce qu'il va me faire, celui-là, il va se taper mille bornes à vélo !...

– C'est un brevet... On est deux... Zazie suivra avec le camping-car... On a trois jours pour être dans les temps... Un peu plus de 300 kilomètres par jour. »

Un fou, voilà ce que je suis. J'approche de la soixantaine et je dois avaler cette distance sur un vélo. Lanoë, dans sa salle de montage, a épinglé au mur le tracé de notre itinéraire, avec les étapes prévues, les horaires. Zazie lui téléphonera pour le renseigner sur notre avancée. Dans le studio, les monteurs de tous les autres films défilent dans sa salle. Un metteur en scène déjà amorti qui pédale à ce niveau, ça leur semble aussi rare qu'un bébé récitant un poème le jour de sa naissance.

Nous roulons. À deux, l'abri contre le vent est modeste. Nous longeons le Rhône côté Moulins et Saint-Étienne. Aux 200 kilomètres, j'entends :

« José, hé !... José !... »

Nenny, le mixeur du film, est sur le bord de la route. Il est du coin, et le monteur l'a averti de notre passage. Le cinéma ne lâche pas sa proie. Nous refusons « le petit verre » offert par Nenny. Nous avons besoin de toutes nos jambes pour couvrir les 100 kilomètres qui restent au programme de la journée. Nous n'en ferons que 50. Le film m'a quand même fatigué. Il nous manquera ces 50 kilomètres à rattraper. Le brevet, organisé par la fédération, comporte un carnet avec des petites cases. On doit demander à une poste, ou à un commerçant, de tamponner une case qui authentifie notre passage dans le secteur. Vous me direz qu'on pourrait faire ça en bagnole. On ne mentirait qu'à soi-même, à l'image des gens qui portent perruque.

Le camping-car conduit par Zazie permet de dormir une heure dans la journée, de se changer, de se ravitailler, de rouler plus ou moins tard le soir. Un seul col, celui de la République. Je trouve les plats interminables, plus fatigants que le terrain varié. Même position, même braquet.

Le corps est bizarre. Sollicité par les longues distances, il a des besoins étranges. À Pont-Saint-Esprit, avant de quitter les rives du Rhône, je bouffe un bocal entier de cornichons. Je vois d'ici la tête de Lino ! Successions de côtes de 3 ou 5 kilomètres du côté de Draguignan. Pour combler le retard, on roule non-stop le jour et une grande partie de la nuit sur 400 kilomètres. On fait tamponner dans le bureau d'un hôpital.

Arrivés à Nice, juste dans les temps, on s'arrête à la police de l'aéroport pour le tampon.

« Vous avez un billet d'avion ?...

– C'est que..., on est venus à vélo.

– On tamponne rien sans billet d'avion.

– Vous voyez bien qu'il s'agit d'un raid à vélo.

– Nous, ici, c'est les avions, rien que les avions... »

J'ai l'impression d'être dans une poissonnerie sous le regard des poissons trucidés. On se précipite dans un hôtel voisin. Une jeune réceptionniste roulée joyeuse nous tamponne – le carnet évidemment !

Arrivés, on peut se permettre d'ingurgiter de gigantesques glaces italiennes. L'obscurité de la salle de montage m'attend pour trois semaines. Avec Nenny, on parlera autant de ce raid que du film. La musique composée par Olivier Dassault soutient les traquenards de l'histoire. J'ai rencontré Olivier dans des festivals. Je l'avais vu jouer aux échecs. Ce jeu muet est un formidable langage, une rapide connaissance l'un de l'autre. Je le croyais seulement passionné par les avions de chasse. J'ai découvert son talent de photographe et de compositeur.

Le film achevé, générique compris, je deviens mou. Un sentiment de vide. Que faire ?... Un autre film ?... Après chaque film je m'imagine que plus personne ne me donnera les moyens d'en faire un autre. Mais je suis riche d'une magnifique famille et d'une santé insolente. De chez Lino, je roule dans la vallée de Chevreuse. Je m'arrête parfois à Neauphle-le-Château pour voir mon ami Rufus. Et aussi France et Michel Loeb, de très chers amis de Lino. Elle est décoratrice. Il est peintre. Leur moulin est une source de charmes. Michel joue au foot et au tennis.

Claude Berri a aussi une vaste maison dans le village. Nous bavardons. Il me parle un jour de Coluche, qui veut interpréter un rôle dramatique. Il pense que l'idée est mauvaise. Une idée d'échec. Mais il produira quand même car il doit renvoyer l'ascenseur à Coluche, qui l'a fait bénéficier de sa renommée pour d'autres films. Claude Berri produira donc *Tchao pantin...* et sera payé de son geste désintéressé. Le film, un beau succès, consacre l'ampleur du talent de Coluche. Il avait d'autres ressources que de jouer les benêts intelligents.

Je fais le point de ma propre chapelle. Ne pas oublier l'origine de mon entrée dans ce monde : le roman. Je parle édition avec mon ami Alphonse Boudard. L'écriture nous avait dégagé tous les deux d'un horizon encombré par les articles du Code pénal, nous ne demandons qu'à persévérer dans ce nettoyage. Alphonse, plus expérimenté que moi rayon éditeurs, me conseille, car je désire quitter Gallimard.

« Chez Jean-Claude Lattès, y a un directeur littéraire formidable, me dit-il. Louis Nucéra. »

Un ami d'Alphonse, ce qui est déjà une garantie. Un

homme du Sud, et, couronne royale, le culte de la petite reine. Jeune, il pensait même devenir coursier pro. Rendez-vous immédiat. Les angles du visage, oui, le vélo entretient sa forme. L'un en face de l'autre pour parler littérature, nous ne parlons que de dentures, boyaux et longueur de manivelles. Et nous nous retrouvons dans la vallée de Chevreuse. Pour un habitué des grands cols, la côte des dix-sept tournants ressemble à un faux plat. Louis Nucéra conserve une cadence qui lui permet de parler. Il ne s'intéresse qu'aux obscurs. C'est une encyclopédie des porteurs d'eau, de ceux qui n'ont tiré que souffrance d'une carrière de coureur cycliste. C'est passionnant. Sous sa plume, les petites gens de ses quartiers niçois découvrent leur noblesse.

Il m'assure que chez Lattès on m'éditera volontiers. Je n'ai rien à raconter de précis. Qu'importe ! On se revoit. On déjeune. On pédale. Il est doué pour présenter les gens qui iraient bien ensemble. Un soir, chez lui, je rencontre Jean Schmitt, un pilier du journal *Le Point*. Ancien guerrier, le culte de l'Empereur, une connaissance des marginaux, des bizarres. En quelques phrases courtes, et malgré le respect que nous témoignons à nos charmantes épouses présentes ce soir-là, nous tombons d'accord sur le fait que les terroristes sont des enculés, des glaviots de tubards, des résidus de plateau-repas d'Air Inter. Qu'envers eux, le respect des droits de l'homme, du citoyen, etc., n'est plus de mise, que le temps de la parole est révolu. Ce sont des chacals, et contre les chacals il faut des loups. Ce slogan est un prémisse de scénario.

Jean Schmitt n'est libre que le week-end. Nous nous réunissons dans quelque auberge pour jeter les bases d'un film d'action : recrutement des loups pour aller enfoncer un manche à balai dans le cul des chacals qui mitonnent dans un lieu secret de quoi faire sauter les grandes capitales. Nous créons des loups originaux. Des spécialistes de la mauvaise surprise. Des raffinés de la mort discrète.

Un premier scénario s'établit assez vite. Les personnages et l'action sont déjà là. Quelques repérages nous aideraient à enrichir ces personnages. La géographie des lieux précise les comportements. Priorité au regroupement et à l'entraînement des loups avant d'aller chatouiller les chacals. Une planque secrète pour que l'entraînement du commando passe inaperçu. Nous faisons un saut en Corse, à Bonifacio. Sur la face rocheuse regardant la mer, on a tourné *Les Canons de Navarone*. Au sommet du rocher s'étale le cantonnement de la Légion. Jean y a ses entrées. Dans son journal, il est spécialisé dans les problèmes de défense nationale.

Trop de bâtiments et le village trop proche gêneront les prises de vues. Nous allons à Girolata, ce hameau de pêcheurs de langoustes dans lequel j'ai tourné mon premier film. Là, nous serions prisonniers des saisons, car d'avril à octobre il y a autant de bateaux dans le golfe que de cerises dans un clafoutis.

Avant de réembarquer depuis Ajaccio, je retrouve mon fils Paul. De la faculté de droit en passant par un commerce, il est venu réfléchir en Corse chez un copain de montagne, un Dijonnais, plombier-zingueur-couvreur, un fou de boulot. Le travail manuel avec lui, douze heures par jour, aide à relativiser les problèmes.

Comme j'étais dans le cinéma, mon fils se refusait à y entrer. La jeunesse, c'est son privilège, cherche toujours à mettre les pieds dans d'autres traces que celles du père. Mais, aujourd'hui, à l'aéroport d'Ajaccio, mon fils a dépassé ce blocage. Il a entendu parler, pendant toute sa jeune vie, du cinéma, celui qu'on voit de l'intérieur. Le vrai. Pas celui des revues sur les acteurs, actrices, et la marée des cancans. Il aura de l'avance.

Problème : tout se passe à Paris. Aucune famille pour accueillir mon fils. Mais j'ai un ami. J'ai Lino Ventura. Il vient justement de m'écrire une belle lettre sur mon roman *Le Musher*. Je le devine nostalgique des personnages rudes, comme le Rapace. Odette installe Paul dans une chambre de leur propriété du parc de Montretout. Le tournage d'un gros film américain démarre à Paris. Je connais le directeur de production. Il engage Paul comme stagiaire. Un poste touche-à-tout : transport des acteurs, multiples courses pour la régie... Paul a une voiture, mais il ne connaît absolument pas Paris. Je le sens très motivé. Il ne dira à personne de l'équipe qu'il est mon fils. Il existera par lui-même. J'ai des échos positifs sur sa disponibilité avant et après tout le monde. Il a trouvé sa voie. Je suis rassuré.

Avec Jean Schmitt, nous laissons un peu reposer notre sujet, lorsqu'une très, très mauvais nouvelle m'arrive. Mais alors vraiment très mauvaise.

CHAPITRE XVIII

Va-et-vient

L'homme est bon mais le veau est meilleur.

L. J. WITTGENSTEIN.

Les Russes ont acheté *Une robe noire pour un tueur*. Je rencontre leur représentant. Il ne me parle pas des qualités artistiques du film. Il s'en fout autant que de la liberté de son peuple. Selon lui mon film représentera la pourriture du système occidental, la corruption et l'étouffement des scandales par les politiques en place.

Je l'écoute et me demande s'il ne regarde pas le petit défaut du voisin avec un télescope et l'ignoble système répressif de chez lui, des pétales de roses sur les yeux. Je lui dis qu'au moins, en France, la création est libre et que je n'irai pas présenter mon film en Russie. Mon seul message a été de mettre en scène un polar pour distraire le public. Il comprend ou pas, qu'importe !

Ils mettront deux siècles à se décrasser du stalinisme. Un élève du KGB en remplacera un autre pour perpétuer Staline. Je n'ai pas encore pigé la différence entre un hitlérien et un stalinien vu que les deux régimes suppriment tous les droits à leurs peuples respectifs : le vote et la liberté de la presse. Leurs opposants se retrouvent dans les mêmes camps d'extermination.

Un journaliste-critique espagnol, Antonio Llorens, qui suit ma carrière page par page, image par image, me parle toujours de l'ambiguïté qui se glisse à mon insu dans ma création. Alors que je m'acharne à simplifier, à en rester à un dialogue simple sur des colts d'or.

« Ici, tes colts qui éblouissent l'adversaire, on va les passer au brou de noix, dit un provocateur.

– Qu'est-ce que tu attends ? Viens les passer toi », répond le héros en mastiquant sa chique.

Derrière le comptoir, son ami pose l'index sur la détente de sa Winchester. Une méthode archisimple pour protéger son associé contre les tireurs dans le dos.

Paraîtrait, d'après Antonio Llorens, qu'une scène comme celle-là n'est étrangère ni à Freud ni à Nietzsche !

Je n'ai pas le temps de faire une fixette sur les Russes. Un producteur de télévision allemand me propose le pilote d'une série policière, et d'autres épisodes si l'ambiance me plaît. Création libre, et les cadres de mon équipe française si je veux. J'ai dans mes cartons une histoire sur un alibi très ingénieux. Je vais aux studios de la Bavaria à Munich. Le producteur, Ringelmann, accepte le sujet et me présente l'acteur qui jouera le commissaire, Lovitz. La série s'intitulera « Le Vieux ».

Mon équipe et moi serons logés au bord de lac de

Steinberg, à deux pas du château baroque de ce cinglé de Louis II de Bavière. C'est d'une étrange beauté quand l'édifice émerge du brouillard.

Pendant le tournage de « L'alibi », je jette les bases d'autres histoires. Je pourrai les tourner à ma convenance entre deux romans ou deux longs-métrages. À cette cadence infernale, la vie m'échappera à ne même plus m'apercevoir qu'elle existe. Le producteur ne sait comment nous faire plaisir. L'équipe française a un régime alimentaire mieux adapté à ses goûts. Ma partie du studio est voisine du film géant de Bergman *L'Œuf du serpent*. Il doit en avoir marre de refiler 80 % de ses gains au fisc suédois. Dans le système allemand, le créateur, qui fait fonctionner le studio, avec toute une équipe, ne paye que 12 % d'impôts sur place.

La *guest star* de mon film s'appelle Michel Robin. Il joue un type accusé d'avoir tué sa femme pour épouser une pin-up étrangère menacée d'expulsion. Mais où est le corps ?

L'alibi de l'accusé est en bronze. Michel Robin les épate à force de talent. Je tourne en français. On doublera en allemand. Impression étrange. Ma monteuse, Jacqueline Thiédot, trouve que, « de toutes les manières, c'est bizarre d'entendre des Allemands parler un français qu'ils ont appris sous l'Occupation »...

Nous rentrons dans le beau pays de France, ses p'tits restos, et le bruit de l'œuf dur sur le zinc à la Prévert. J'essaye d'établir un programme pour travailler à nouveau avec Jean Schmitt, lorsqu'un agent m'appelle. Un producteur achète le premier jet de notre scénario. Ça nous fera une base plus solide pour avancer dans le développement.

Avec Zazie, nous regagnons notre chalet. Paul, à

Paris, enchaîne déjà d'autres tournages. Marie-Josée vient en week-end.

Je repense à la première mouture des *Loups entre eux*, écrit avec Jean Schmitt. Puisqu'un producteur a déjà un pied dessus, nous pourrions étoffer l'histoire sous forme de roman. C'est un art plus libre que le cinéma. Sa richesse se retrouvera dans un scénario définitif. Louis Nucéra est d'accord pour nous éditer ce bouquin écrit à deux mains avec la quasi-certitude du film derrière. Nous gardons les droits cinématographiques.

Jean Schmitt vient habiter le chalet pendant ses vacances. J'ai l'impression de le connaître depuis toujours. Je suis triste de le voir fumer trois paquets de cigarettes par jour. Il fume sans envie, d'un geste machinal il sort une nouvelle cigarette après l'autre. Nous écrivons un chapitre du livre chacun. Les personnages sont ceux du scénario. Chacun de nous invente des événements. Nous écrivons par métaphores, de sorte que, à la relecture de l'ensemble, nous ne savons plus quel chapitre est le nôtre. Nous devenons siamois.

Notre ami Louis Nucéra, méticuleux, chirurgical, se penche sur notre manuscrit pour le lustrage avant édition. Un peu comme les carrosseries avant le Salon de l'automobile.

Mon coauteur retourne à son journal. Nous sommes au début des années 80, sans attache, je fais un peu de haute montagne avec Zazie lorsque Lino Ventura m'appelle. Il tourne à Zurich un film d'espionnage. La voix est au minimum :

« Tu viendrais pas ?... On se verrait... »

J'ai toujours envie de le voir. Il doit s'ennuyer sur

le film. Ou bien a-t-il de mauvaises nouvelles de Patoche, sa fille qui souffre d'un handicap ? Éloigné d'elle, je l'ai souvent vu s'attrister peu à peu.

À Zurich, je l'attends dans son hôtel. Les deux mots avec lesquels il résume l'ambiance du tournage m'en disent plus qu'un discours sud-américain. Je sais qu'il mélange la vie privée et le travail. Il en a souffert avec Melville. Sur le plateau, il aime travailler en osmose, estimer avant de se ranger à l'avis du metteur en scène. Son estime passe par la netteté, le regard droit, la poignée de main franche, un comportement général sain. Je me souviens qu'un jour il s'était brouillé avec un technicien très important. Pendant le tournage, en province, la maîtresse du type venait une partie de la semaine, la légitime la remplaçait le jour suivant dans la même chambre et prenait, elle aussi, ses repas avec l'équipe. Vu le respect que Lino témoignait à sa propre femme, il s'était mis à mépriser cet homme et son triste manège.

Heureusement, sur le tournage à Zurich, il y avait le producteur, Norbert Saada. Lino se sentait bien en sa compagnie. Il était très doué pour les rapports conviviaux. Je pressentais que Norbert avait déjà dû intervenir pour arrondir certains angles.

Un soir, nous dînons tous les trois autour d'une table gastronomique. Lino dit qu'il en a marre de jouer des personnages cravate noire et costume gris.

« Pour l'instant je n'ai rien de rustique... à part *Le Musher*.

– J'aime bien... mais on gèle sur place dans ces régions-là. »

Il va aux sports d'hiver, mais le terrain de curling n'est pas loin d'une pièce chauffée. Il ajoute, en reprenant du pot-au-feu, que j'ai autre chose dans mes tiroirs. Il me rappelle une histoire de coureurs automobiles dont l'un avait causé la paralysie des jambes de l'autre. Et aussi la mine d'or des *Ruffians* attaquée par des pillards.

« C'est de la matière riche... Tu réfléchis et tu essayes de mélanger les deux... Ça sent bon et je suis déjà partant. »

Je promets d'essayer. Norbert Saada a écouté attentivement. En fin de soirée, nous attendons sur le trottoir la voiture et le chauffeur qui nous ramèneront à l'hôtel. Norbert est entre Lino et moi. Je me sens légèrement tiré par le blouson. Norbert, discret, murmure à mon oreille :

« Le film, c'est pour moi, hein... »

Avant d'écrire une seule ligne, une grande vedette et un producteur sont du même voyage que moi. Je mets en route mon usine à raconter. Je n'écris jamais rien au début. Je me parle. Faisant les questions et les réponses en marchant ou en roulant sur mon vélo. Jamais en escaladant une paroi, trop dangereux. L'univers vertical exige de ne penser qu'aux prises de mains et de pieds. Le repos total du cerveau.

Je dois décider du départ de mon histoire. En flashback pour le passé des deux pilotes de course, ou bien dans l'ordre chronologique, poussant l'histoire devant moi comme un chasse-neige ? Pour choisir, il faut raconter en déroulant les deux options. Je franchis à vélo le col de la Forclaz, près de chez moi, et je trouve déjà le cadre de la mine d'or : elle sera en montagne, au Canada, dans les Rocheuses. À ciel ouvert, avec des wagonnets que les chercheurs guideront sur des rails au bord du vide.

Puisque le vélo est source d'idées, j'entraîne deux copains dans un raid de quatre jours : du lac Léman à Nice. Vingt cols échelonnés sur 720 kilomètres. Avec le fameux carnet à faire tamponner. Zazie et son camping-car pour nous chouchouter. Le premier jour, c'est l'été, on se réserve une petite sieste de deux plombes aux heures les plus chaudes. En roulant à la fraîche jusqu'à 22 heures, j'ai déjà opté pour que le film s'ouvre grands espaces. Un hydravion se poserait sur un lac de montagne pour ravitailler les mineurs.

Pierrot Rieux, dit le Socialo, et Jean-Paul Martin, dit le Distrait, roulent avec moi. Le Distrait, meilleur, est souvent devant. Les montées et les descentes de col ne sont pas des terrains de bavardage. Un ex-coureur du Tour de France, Guelpa, est également de ce raid. Il nous snobe par son avance. Sa femme suit en voiture et ils dorment à l'hôtel. Nous sommes dans notre bus-dortoir, plus spartiate. À la fin du deuxième jour, je sens un début de tendinite me chatouiller le talon gauche. Pas grave, j'ai trouvé deux gags pour illustrer l'entente de mes deux pilotes de course : ils prennent des paris sur la traversée d'un billard dans sa longueur, chaque pied posé sur une boule. Et ils font les cons sur la tour Eiffel, le plus jeune menace de se suicider, son copain le raisonne, les badauds s'amassent. Le jeune se jette dans le vide et se rattrape à une poutrelle.

Le troisième jour, le ciel se met en deuil. Nous franchissons le col du Galibier, passons par le col du Lautaret et attaquons celui d'Izoard, versant Briançon. Ma cheville grince comme la porte d'un château hanté. Je change ma chaussure cycliste contre un chausson d'escalade montant et je supprime la courroie du cale-pied. Aussitôt, j'oublie ma tendinite pour me concentrer sur les personnages féminins de mon film. J'invente une aventurière surnommée la Baronne. Je verrais bien Claudia Cardinale mettant du fric dans une entreprise dingue de ce rêveur de Lino.

Et pour adoucir la vie du deuxième coureur, paralysé sur son fauteuil après l'accident provoqué par Lino, une jeune Canadienne sportive rencontrée sur la tour Eiffel prend naissance à chaque coup de pédale. En compagnie de ces deux femmes, j'arrive au sommet de l'Izoard. En descendant versant Casse-Déserte, Zazie fait une photo devant la stèle de Fausto Coppi. Une lourde pluie commence à nous rincer dans le col de Vars. Guelpa, le quatrième, est sans doute déjà dans son hôtel à Barcelonnette. L'humidité géante m'amidonne le cerveau. Nous avons l'adresse de l'hôtel de Guelpa. On s'arrête pour le saluer. Il est douché, pimpant et au sec. Nous restons dans le jus.

On roule dans l'étroit vallon menant au col de la Cayolle. La route est une rivière, les arbres, des douches. Il nous manque ce col au dessert de la journée. Zazie trouve un dégagement et arrête le bus. Nous descendons de vélos. On les couche sous le bus et nous y abritons nos fontaines. Le séchage des vêtements relève d'un prix Nobel du bricolage. À quoi bon ? La pluie agressera le toit du véhicule sans une goutte de répit. Nous sortons avant l'aube. Re-douche immédiate. L'imperméabilité des coupe-vent tourne à l'humour. Ma cheville fait bloc avec mes doigts de pieds. Nos lampes frontales ressemblent à des regards fatigués. Quel plaisantin s'est amusé à plomber nos pédales pendant la nuit ?

Le col culmine à 2 300 mètres. Une saloperie de neige fondue nous attend à 2 000 mètres. On passe au sommet dans la papette. Pour la descente, Zazie nous a préparé des vestes en duvet. Nous quittons la neige. Plus bas il ne pleut plus. Le jour a étranglé l'aube. Après des boissons chaudes dans le bus, je trouve un boulot pour mon pilote de course paralysé : il retapera des bagnoles de collection. J'ai vu dans un documentaire un mécano, les jambes inertes, travailler sur un siège suspendu à des câbles actionnés par une commande électrique. Il se déplaçait ainsi autour de la voiture à réparer. Mon scénario avance. Nous, plus tellement. La descente a coulé du béton dans nos cuisses.

La voiture de Guelpa nous a rejoints. Il est dedans. Dans son lit, au réveil, le tambourinage persistant de la pluie contre la vitre l'a rendormi. Abandon pour cause de confort. Nous repartons, en automates. Il n'y aurait que le Distrait pour terminer dans les temps des cyclo-sportifs. L'élite des cyclos. Ma cheville a ralenti la moyenne. Et je n'avoue pas que je construis un scénario en même temps ! Il nous reste la remontée à Valberg, puis Saint-Martin-Vésubie vers le col du Turini et une autre sur Menton. Ensuite, le col d'Èze et La Turbie. Une indigestion de kilomètres.

On va en garder un peu pour le lendemain. De quoi décrocher le cyclotourisme. Je n'ai pas le sommeil de brute déclenché par les efforts intenses. Mon subconscient travaille pour mon film. Au réveil du dernier jour, je crois tenir une fin très originale pour Lino. Après avoir récupéré ses caisses d'or tombées sous une meurtrière chute d'eau, les deux anciens pilotes font la fête avec leurs femmes. L'accidenté sabre le champagne, et le sabre touche Lino à la gorge. Ce côté abrupt, presque dans la comédie, plaira beaucoup à Lino. Tous les scénaristes et les romanciers en panne sur leur page blanche devraient sauter sur un vélo et gravir quelques cols.

J'ai de quoi raconter à Lino une histoire complète et je le rejoins à Paris. Il est rescapé du film de Zurich. On ne discute pas définitivement. Nous savons qu'à l'écriture ça peut encore bouger. Il me conseille de confier le film à son ami Norbert Saada. J'entrevois déjà la dimension de ce tournage, les décors lointains, la grosse équipe, les spécialistes en fleuve torrentiel, enfin quatre ou cinq fois les moyens mis en œuvre pour tourner *Le Rapace*.

« Tu crois que Norbert a le goût d'une organisation boulonnée ?... »

Il acquiesce, plus indulgent envers Norbert qu'un Sicilien avec son premier fils. Je comprends et j'aime bien la complicité qui les unit. Un jour, Norbert l'a défié quant à la cuisson des spaghettis. Et aussi secteur sauce tomate. Il avait cuisiné sous la surveillance muette de Lino. Certain d'avoir les bons gestes, un peu de ci... un peu de ça... il en remettait sur les spaghettis inoubliables... jusqu'à la sentence de Lino :

« Reste dans le couscous... »

J'ai de la tendresse pour ces rapports. On les retrouve aux cartes, aux boules, à la pêche en mer, aidé d'un blanc sec. Mais un film au fond des montagnes Rocheuses ?... Je signe prudemment un engagement fractionné. Je me dépêche d'écrire un scénario suffisant pour établir un plan de travail, durée du tournage et devis. En face de ce travail, je demande à Norbert d'engager un directeur de production et mon premier assistant. La bonne saison pour tourner serait août-septembre-octobre.

« Mais c'est dans dix mois... Tu vas quand même pas entrer en préparation dix mois avant », m'oppose-t-il.

Le rôle que je destine à Claudia Cardinale ne couvre pas le temps complet du tournage. Le plan de travail définira exactement les dates de son rôle. J'irai la voir en Italie. Savoir si elle est disponible ou pas. Si on s'y prend trop tard, elle ne sera certainement plus disponible. Un coiffeur de cinéma comprendrait ça.

« Donc, tu veux préparer ce film dix mois avant », me répète-t-il.

Je flaire le dialogue de sourds. J'éprouve une joie renouvelée à passer du temps avec Saada mais les problèmes que posera ce film obstruent l'horizon. L'impression d'être en danger me retombe dessus. J'ai le sentiment de foncer dans un cul-de-sac. Je contacte Claudia Cardinale. Après le succès de *La Scoumoune*, son accueil est magnifique. Je peux, sur le principe de ce film d'aventures, compter sur elle. Un atout de plus dans le chapeau.

À l'écoute de mon inquiétude, mon agent me parle de Christian Fechner. Un producteur en vue que ce genre de film « grand public » intéressera. Je mets les cartes sur la table chez Lino. Il admet mon besoin de sécurité, qui est d'ailleurs au service du film. Norbert Saada dissimule sous son humour une bonne lucidité. Quand je lui propose de lui rembourser ce qu'il m'a déjà versé, il accepte. On déchire le contrat chez Lino et je dois remplir plusieurs chèques à des personnes différentes pour atteindre le montant global. Tout est net. Rien ne fâche. Le soir, je précise à Lino que le scénario sera déposé chez Christian Fechner.

« Connais pas, dit-il.

– Chez lui on sera bien. »

J'ai rendez-vous d'abord. Fechner parle peu mais efficace.

« Et le second rôle masculin ?

– Une grande vedette ne l'acceptera pas.

– Sans doute... mais une vedette qui monte... je pense à Bernard Giraudeau. »

Je n'imaginais pas une si grande différence d'âge entre les deux personnages, puisqu'ils pilotaient sur les mêmes circuits. À la réflexion, c'est un faux problème. Ça ferait un troisième film avec Giraudeau. L'idée de Fechner est que les deux acteurs se rencontrent et qu'on assiste aux échanges de regards.

Ça fonctionne comme les bielles de la Pacific. Au premier regard de Lino sur Giraudeau, je retrouve celui qu'il posa autrefois sur Belmondo.

J'enchaîne des rapports extra avec Fechner et l'informe de mon intention de changer la fin du film. J'avais donné des exemplaires du scénario à mon ami Pierre Rieux, dit le Socialo, pour qu'il les fasse lire à des membres de son association sportive et culturelle : un échantillonnage de tous les métiers et professions libérales. Une fiche avec des questions sur le sujet, les personnages... La mort du personnage joué par Lino est refusée à l'unanimité.

« À la fin du film, Lino doit vivre, dis-je à Fechner.

– J'allais vous le proposer. »

Il attendait le bon moment pour oser. Il est vrai qu'il existe un moment pour tout. Après les repérages, la fin s'imposera sans doute. La production, dirigée par Henri Brichetti, se met en place. Le correspondant de Fechner à Montréal, René Malo, préparera notre arrivée. Il a déjà prétendu connaître tous les lieux importants du récit : la mine d'or, la chute d'eau, etc.

Lino tourne *Les Misérables* dans le Périgord, sous la direction de Robert Hossein. Je vais sur le tournage pour discuter de la fin et d'autres éléments à consolider.

Le film va s'intituler *Le Ruffian*. Mon compatriote et ami, Hercule Muchielli, a pris sa retraite. Fechner placarde le film chez le meilleur distributeur du moment. Il ne manque plus que les décors. À cause de l'hiver, nous devons attendre mars pour repérer au Canada.

À Sarlat, sur son tournage, je revois Robert Hossein avec grand plaisir. Son petit côté excessif m'enchante. Michel Bouquet interprète Javert, le flic obstiné de *Deux hommes dans la ville*. Nous en reparlons. Après Harry Baur, Jean Gabin et d'autres grands acteurs étrangers, Lino Ventura rencontre la légende de Jean Valjean.

Notre entente en étonne plus d'un. Nos chemins leur sont interdits. Hossein est soulagé de me soumettre sa gêne : il semblerait que Lino ne suive pas ses recommandations sur le plateau.

« Alors, José, toi qui le connais si bien... »

Je ne demande qu'à l'aider. C'est délicat. J'ai peur de froisser. Puisque Hossein désire que j'éclaire sa lanterne médiévale, j'essaye le soir même. Un coup de sonde sur la qualité de la vie.

« Le Périgord, ses vieilles pierres... Ses grandes tables... T'es heureux, j'espère !

– Réveille-toi, l'ami... C'est de la cuisine lourde... Y a pas d'âme... Que du foie gras. »

Ça pourrait commencer mieux. Et le rôle, ça va ?... Il trouve que les figurants qui jouent les pauvres sont trop sales. Le visage noirci volontairement. Très pauvre lui-même au début de sa vie, il avait fréquenté tant d'humbles absolument propres... Je suis plus à l'aise pour lui parler de ses rapports avec Robert Hossein. Il l'aime beaucoup. Moi aussi. Il le trouve généreux, passionné, se laissant dévorer par le film.

Néanmoins, certains acteurs, devenus réalisateurs, éprouvent le besoin de jouer eux-mêmes la scène avant la prise, pour que leur acteur les imite. Par ce biais, Robert pense aider Lino, qui est à l'opposé de son style de jeu. D'où un léger malentendu. On peut traîner les pieds pour jouer la fatigue... On peut aussi s'asseoir en se prenant la racine du nez entre le pouce et l'index. Ce que fait Lino.

J'indique à Hossein ce qui dérange Ventura : il n'agit pas animé d'un esprit de contradiction. Il agit sainement. Ce dosage de colère et d'émotion lui est propre. Il existe sans doute des acteurs qui ont besoin d'un modèle vivant. Nous sommes tous les visages du monde.

Je passe quelques soirées avec Lino. Dans la journée je visite de magnifiques villages sur mon vélo. Et j'écris. Je berce mon ami avec mes rêves de décor. Je dois trouver l'absolu. Un mot qui ne veut pas dire la même chose pour tout le monde.

À Montréal, René Malo, le correspondant de Fechner, me reçoit amicalement. Il va m'amener vers les paysages uniques dont le film a besoin.

On commence par les mines d'or. Les chercheurs ont des casques de chantier jaunes ou rouges et ils bossent sous la terre. D'une mine à l'autre rien ne diffère. Autant tourner dans un tunnel près de Paris. Le régisseur de Malo l'avertit que « rien ne me plaît ».

On me conduit dans une forêt sur les bords d'une chute coincée entre deux rochers encerclés de passerelles et d'une plate-forme en bois pour les touristes. Tout ce qu'on me présentera ressemblera au saut du Doubs : infilmable et beaucoup plus loin de Paris que le Doubs.

Je rappelle calmement que le personnage joué par Lino doit chavirer sur un canoë chargé de caisses d'or, ces caisses vont tomber dans une chute d'eau violente et vertigineuse, l'endroit est tellement isolé et sauvage qu'il pourra y revenir pour les sortir de là.

Coup de fil de René Malo : je dénigre le Québec. Il est vrai que les forêts me déçoivent. J'avais en mémoire les futaies géantes des films américains situés au Canada. À la production, à Montréal, je parle des montagnes Rocheuses.

« Mais c'est au Canada anglais... Ce n'est pas le Canada !

– Pourquoi ?... Il faut un passeport ?... »

Est-ce que je suis aveugle ?... Je n'ai pas vu qu'à Montréal on remplaçait dans les rues la signalisation STOP par ARRÊT ?... Je ne vois pas le rapport avec mon film. Il y en a un : René Malo ne veut pas qu'on dépense du fric chez les Anglais. Point. Dès que mon premier assistant, Patrick Costantini, et mon directeur de production, Henri Brichetti, débarquent à Montréal, je demande à rayonner entre Vancouver et Calgary, la région mythique de Lake Louise.

Les parcs protégés s'y succèdent. Les gardiens nous distribuent des fascicules de recommandations : « En face d'un ours, ne pas rester debout. Pour le grizzli, qui pullule, cette position est celle de l'agressivité. Ne pas s'enfuir en courant non plus : on devient son gibier et il est très rapide à la course. Et il grimpe aisément aux arbres. On doit impérativement s'allonger au sol. En principe, l'ours se contentera de vous flairer. Légère exception, si la femelle a des petits qu'elle veut protéger, elle sera alors imprévisible. » Enfin, le conseil royal : « Ne pas quitter sa voiture. »

Après des semaines de repérages dans cette région aux splendeurs quotidiennes – David Lean y tourna *Docteur Jivago* –, nous découvrons une ancienne mine d'argent. Vingt kilomètres sur une route à Jeep depuis une confortable station de ski. Un nom prédestiné : Panorama. La mine, encore en activité il y a peu, recèle mon « absolu » : grand bâtiment pour loger les mineurs, administration de la mine, rails et wagonnets sortant des galeries. Le tout sur fond de cirque de montagnes. Un bout du monde. OK, c'est vendu. Henri Brichetti se sent mieux.

Et la chute d'eau ?... On y concentre nos efforts. Un guide de chasse, dans un ranch isolé, nous en indique une. Sur la route de terre, deux seigneurs de la forêt traversent à quelques mètres de la voiture. Beau poil et, d'après leur taille, un couple. Pas d'ourson, mais quand la route s'arrête, ourson ou pas, nous devons descendre de la bagnole. Henri hésite.

« C'est pas tellement pour moi... C'est pour le film... Toute une équipe là-dedans... Avec ces bestiaux... »

Je reconnais que c'est antisyndical ! Les Ricains ont bien tourné *Les Neiges du Kilimandjaro* dans des savanes pleines de grands fauves. Tenir compte que nous sommes plus frileux qu'eux. Les cimetières des GI en Normandie en sont les éternels témoins.

Avec mon jeune assistant, nous sommes dehors.

« Vous aurez une grosse équipe, beaucoup de

matériel, et si on doit porter à pied pendant des kilomètres », prévient Henri.

« Au ranch, ils ont dit quinze minutes depuis ici... Écoutez... On entend la chute d'eau. »

Je suis un excité de metteur en scène qui ne pense qu'à ses images, tandis qu'Henri est chargé de rendre le film réalisable. Nous marchons dans la forêt en file indienne, sur un sol élastique : une tourbe silencieuse. On entendrait pas un ours à deux mètres.

La chute d'eau, violente comme une charge de bisons, ronge ses rives au passage, dénudant les racines des arbres qui ressemblent à des squelettes. Elle offre la puissance d'une presse hydraulique géante. Le danger est partout.

J'avais écrit que Lino voguait sur une rivière paisible à bord de son canoë, les caisses d'or brut volées à la mine devant lui. Et que, soudain, cette rivière se jetait dans un fleuve torrentiel à 100 mètres de la chute. À peine le temps de plonger dans l'eau et de s'accrocher à la rive pour voir basculer le canoë et le trésor.

Plus tard, Lino reviendrait avec une barge, l'amarrerait à un arbre près de la chute et descendrait à l'aide de câbles et de treuils récupérer les caisses.

L'absolu était là. La rivière existait telle que je l'avais imaginée.

« Tout y est, dis-je, tonique.

– Si les amarres cèdent, l'équipe et les acteurs seront perdus dans la chute avec la barge... Un cimetière marin », ironise Henri.

Son poste ne lui permet pas de plaisanter vraiment. Nous prenons des photos. Les deux décors enfin trouvés vont me permettre, à Paris, de garantir l'envergure du film à Christian Fechner et à Lino Ventura.

Pour gagner du temps, nous louons un hélico. Trois cents kilomètres de Calgary. Un saut à Montréal et Paris.

La production avait rêvé de décors plus sages. Du style René Malo au Québec. Même Henri, de bonne foi, tirait le signal d'alarme : chute d'eau angoissante, mine d'argent en altitude qui pourrait être bloquée par la neige...

La tempête secoue l'hélico. La bulle de verre giflée par les rafales de pluie. Le pilote descend au ras d'un fleuve et le suit. Ça lui sert de boussole et lui évite de s'exploser contre une montagne.

À Paris, un bref coup d'œil sur le personnel de Fechner me renseigne sur la disparition de l'optimisme. Il me reçoit. J'ai déjà connu une balance, celle de la justice, dont un des plateaux descendait au ras du sol. Je n'ai pas une vingtaine d'années devant moi pour charger l'autre plateau. Seulement deux heures, en face de mon producteur. Ma foi en ce film est absolue. Je n'attends pas après le fric de mon contrat pour payer mon loyer. Je ne veux baratiner personne. Si je n'avais pas trouvé les décors exacts, l'écrin du film, je déconseillerais à Lino d'y jouer. Mais si, avec des acteurs vedettes, des décors à faire rêver une méduse et une production compétente, un scénario accepté par tous, je suis incapable de déclencher ce tournage, j'abandonnerai le cinéma. J'irai bavarder avec les chamois.

« Allons-y... Faisons ce film », laisse tomber tranquillement Fechner.

Je transporte mon enthousiasme chez Lino. Il a vu les photos des décors. Pourtant, le regard que je croise est celui de l'ami qui a quelque chose à me dire et ne me le dit pas.

« J'ai reçu un truc que j'ai déjà oublié », commence-t-il.

Devant mes yeux surgit une feuille administrative. J'ai à peine le temps de réaliser qu'il s'agit d'un casier judiciaire, le mien en l'occurrence, qu'il l'a déjà déchiré en morceaux grands comme son ongle. Il ajoute de sa voix en pleine mesure émotionnelle « qu'il y a longtemps qu'il me regarde vivre... Qu'il me connaît... Et que ce torchon ne changera rien, jamais rien ».

« C'est signé, ce courrier du cœur ?... »

Il acquiesce sobrement.

« Qui est-ce ?... »

Il hésite.

« Tu feras pas de connerie ?... Tu me le jures ?...

– Oui.

– Auguste Le Breton. »

Pourquoi ?... Je n'aurai pas la réponse immédiatement et Lino, évidemment, ne me pose pas de questions. J'ai besoin d'un conseil approfondi. J'en parle à Pierre Billy, l'éducateur devenu mon ami depuis la centrale de Melun. Il me renvoie auprès du magistrat président du comité postpénal. Cet homme cite souvent ma réinsertion en exemple. Il m'écoute. Il est à la fois écœuré et surpris.

« Je croyais que les artistes formaient une grande famille, m'avoue-t-il.

– Des enfants terribles... Il y a des jalousies...

– Il y a aussi des lois... Vous devriez porter plainte. »

Le casier judiciaire n'est communiqué qu'à l'intéressé lui-même ou à une administration d'État : justice, police, poste, etc. Tout individu l'utilisant pour nuire est condamnable en correctionnelle. Le juge du post-pénal me demande où j'en suis. Le Canada et des vedettes m'attendent. Je représente un cas unique dans son travail de reclassement des libérés.

« Vous devriez déposer une demande de réhabilitation... Elle effacerait toutes les fiches contre vous en vous rendant l'estime publique... Je vous appuierai au nom du comité du postpénal. »

J'ignorais que la réhabilitation était possible dans mon cas. D'une saloperie d'un collègue en écriture, je rebondis vers le soleil.

Réhabilité.

Sorti de prison à trente-trois ans au-dessous de la cote zéro, ni argent, ni métier, ni instruction, j'avais cinquante-neuf ans à ce jour. Et, dans ma musette, mes romans et mes films.

CHAPITRE XIX

Au hasard d'une langouste

Dans un avion long courrier, ce qu'il y a de bien, en *first class*, c'est l'étirement de son corps. Le miel de la vie. J'y avais droit, sans doute. Mon vélo reposait dans la soute. En préparation, j'aurai le temps de franchir les cols des Rocheuses. Zazie me rejoindra à Montréal.

Derrière moi, je n'ai pas serré le cou des turpitudes. Qu'elles meurent donc de mort naturelle. Que peuvent-elles contre un grimpeur que chaque arrivée au col renforce ?...

René Malo m'envoie chercher à l'aéroport. Il a bien bossé. Il a vaincu son allergie pour le Canada anglais, il a engagé un spécialiste en maîtrise des éléments naturels : John Thomas, basé à Vancouver, qui travaille sur les films d'aventures des Ricains : *Rambo*, etc. Ses dessins et son projet m'attendent à la production pour régler le problème du trésor dans la chute d'eau.

J'attaque le casting pour engager la comédienne amoureuse du personnage que jouera Bernard Giraudeau. J'imagine une fille claire, saine, bien plantée sur ses jambes sexy. Je ne reçois qu'un défilé de petites brunettes, pétroleuses du féminisme, qui sabordent leur apparence pour qu'on retienne leur talent. J'avais vu, dans un film canadien, une jolie fille crawlant dans un grand lac. Je la réclame en vain. Elle serait d'origine hollandaise, et, ici, le chauvinisme a quelque chose de religieux.

Pour jouer l'alter ego de Lino, personnage comique de petite taille, on me propose en effet un comique. Je regarde une cassette sur son numéro de cabaret. Une charge contre le sado-masochisme, cuir et fouet. Je le refuse. Malo se fâche : ce comique est extrêmement populaire au Québec. Malo a l'habitude de traiter avec des metteurs en scène aux ordres. Je n'utilise pas les prérogatives de mon contrat, mais qu'il expédie la cassette à Lino Ventura, et, si ce dernier est d'accord, je jure d'engager le père fouettard. Et j'en rajoute sur ma coopération. S'il envoie la cassette, je resterai neutre. On attendra ensemble la réponse de Lino.

Tous les jours je lui demande si la cassette est bien partie. Des airs embarrassés. Finalement, il a réfléchi et ne l'enverra pas. J'ai un client pour le rôle : le petit Frag, en souvenir de sa magnifique prestation dans *Les Grandes Gueules*. Deuxième avantage, il n'appartient pas à l'écurie de Lebovici, dont la puissance pourrait faire penser qu'aucun film français ne peut se construire sans un membre de son agence. Dans *Le Ruffian*, il n'y aura pas de strapontin pour lui.

J'ai engagé la comédienne. Le téléphérique ingénieux et artisanal de John Thomas m'enchante. On a trouvé une brasserie-cabaret très originale pour la baronne, pour Claudia.

John Thomas, qui n'est pas autorisé à installer des blocs de ciment pour amarrer ses câbles, a détourné l'interdiction avec des troncs d'arbres. Mais comment détourner l'interdiction TOTALE de tourner dans ce parc ?... René Malo agite le papier officiel. C'est le jour de l'arrivée de Zazie. J'ai perdu ma chute d'eau et nous n'en avions qu'une. Que faire ?... Changer de région ?...

Le décor de la mine est prêt. Les acteurs ont signé des dates de début de tournage. René Malo, suave, sort son atout de son chapeau de toile : la chute d'eau du Québec, version saut du Doubs. De cette humiliation, je me bats le slip. Mais amputer mon film avant de le commencer, ça me hurle aux oreilles de tout abandonner. Les paroles de Jacques Becker me reviennent : « La première projection privée est terminée... La lumière de la salle se rallume... Et il vous faudra regarder les gens... Trop tard pour combler les lacunes du film ».

Trop tard pour expliquer qu'un garde du parc m'a viré. Conciliante, Zazie, pour m'aider, pense qu'une idée nouvelle arrangerait tout. Soudain, dans une rue du vieux Montréal :

« José !... Hé ! José !... »

C'est Bertrand Tavernier. Il prépare un film sur des Indiens. Des décors lointains à construire. Une galère. Et toi ?... Moi... Mon film est tombé à l'eau, hélas ! mauvais jeu de mots ! Si je suis encore là dimanche, est-ce que je pourrais venir le relayer ?... La société de la ville, titrée, argentée, piquée de culture, l'a kidnappé depuis son arrivée et il leur parle de cinéma autour d'une piscine hollywoodienne, orgie de langoustes... Si je viens, nous serions deux. Pas si désagréable, et rien à refuser à Bertrand, mon soutien de longue date.

De fait, langoustes, jolies femmes et messieurs sérieux. À en oublier presque mon problème majeur.

À l'apéritif, j'ai raconté deux histoires sur le cinéma puisées dans mon premier film. J'en garde une pour le digestif. Bertrand, historien, puise dans le folklore américain. Il fait chaud. Personne ne se baigne. Une jeune fille vient s'asseoir près de moi.

« Je sais que vous allez bientôt tourner un film... Vous pourriez me prendre comme stagiaire scripte ?... »

Elle a suivi une école de cinéma.

« Volontiers, mais je dois abandonner ce film. »

Et je lui explique l'impossibilité de tourner dans le décor idéal, un parc. Sa petite main me désigne discrètement une table, un peu à gauche. Elle porte un bracelet d'argent d'enfant sage.

« Vous voyez ce monsieur en veste rouge ?...

– Oui, c'est un officier de la police montée ?...

– Non, c'est seulement mon père... »

Je m'excuse de la plaisanterie. Elle sourit.

« ... et vous voyez, en face de lui, ce monsieur chauve, mais pas encore trop vieux ? »

Je me demande, pour elle, à quel âge on est vieux ?

« Oui, je le vois.

– C'est le ministre qui gère les parcs nationaux...

– Le mien est au Canada anglais.

– Ils se connaissent tous, et sur l'écologie ils font bloc... C'est un ami de mon père... Je vais leur parler de votre problème, et vous aussi. »

Je la regarde les rejoindre. Pour une bonne histoire sur le cinéma, celle-là est vraiment bonne. Tellement bonne que René Malo sera d'abord avisé par téléphone de l'autorisation de tourner à Golden, dans le parc, avec quelques réserves acceptables. Le papier officiel suivra.

« Finalement, lui dis-je en toute simplicité, j'avais fait du vélo avec le ministre. »

J'avais bien joué au rugby avec Chaban Delmas ! Le tournage commence. Christian Fechner m'offre le confort d'avoir ma monteuse, Jacqueline Thiédot, sur place. Une table de montage est installée dans son hôtel. Toute l'équipe est logée dans la station de montagne de Panorama. On dirait une station suisse, des duplex en bois, une rivière rapide la traverse, des bains bouillonnants dans la rue piétonne.

J'avais trouvé un type sympa et son 4 × 4 pour véhiculer Lino jusqu'à la mine. Interdit syndicalement. Un chauffeur de cinéma agréé a dû venir de Montréal. Ça va le changer de sa limousine lustrée et de son autoroute.

J'ai invité sur le film mon copain Pierrot, dit le Socialo. C'est un fou de cinéma, et il bosse un peu avec la déco. Le dimanche, il joue au tennis avec Lino. Un peu de luxe s'accepte facilement.

Pour jouer deux protagonistes, mon jeune assistant a eu l'idée de chercher des Indiens dans une réserve. Deux gaillards étonnants : la stature, la classe. Avec Lino, entre deux plans, ils imitent la plainte d'un lièvre blessé, et Lino voit apparaître des coyotes affamés. Ça le snobe.

Bernard Giraudeau n'est pas de la séquence de la mine. Il pêche un nombre impressionnant de truites et prend le risque inconscient de cuisiner en invitant Lino. Et ça passe bien. C'est vous dire l'ambiance !

À l'aide d'un appareil de projection portatif, je vois les images déjà tournées. L'attaque de la mine a de l'impact. Tellement que Pierrot, qui fait de la figuration, s'approche trop d'un autre figurant équipé d'impacts par l'artificier. Il restera sourd d'une oreille pendant une semaine. Ce n'est plus le cinéma des magazines.

Et ça continue de ne plus l'être. Un début de continuité de montage m'indique qu'il me manquera un plan sur Lino dans la séquence de la mine. Un plan simple, dit de respiration. À la fin de la journée, je laisse toute l'équipe redescendre dans la station. Je garde un 4 × 4 avec la caméra, le cadreur, Lino et moi. J'ai repéré un virage sur la route. On s'arrêtera et je filmerai Lino, immobile, qui regarde, de ce point précis, une montagne lointaine.

Henri Brichetti, averti, vient me parler de ce plan en dehors de l'horaire.

« C'est rien... Ça ne comptera pas pour toi en heure sup ! »

Erreur. Une convention syndicale oblige Henri à payer l'équipe entière – une centaine de personnes – dès que la caméra tourne. Ce plan de Lino, qui ne semble pas indispensable à la compréhension du récit, va devenir un plan luxueux. Henri me conseille amicalement d'utiliser l'argent ailleurs. Pierrot le Socialo se trouve écartelé entre ses croyances de militant et sa passion pour le septième art, qu'il m'a toujours reproché d'appeler de l'art industriel.

Claudia Cardinale, mon ange, nous rejoint. Même le guide de chasse du ranch isolé que j'habite à côté de la chute d'eau la connaissait. Même les deux Indiens extraits de leur réserve la connaissaient. Sa renommée va de la Terre de Feu à la station scientifique du pôle Nord, et elle est moins exigeante qu'une figurante.

Je dois tourner le début et la fin du film dans les Rocheuses avant d'en tourner le centre à Montréal et à Paris. Face au montage de Jacqueline Thiédot, je comprends que l'écriture de la partie centrale ne supportera pas la comparaison avec l'imagerie du début et de la fin. Le soir et le week-end, je réécris entièrement, je resserre et je dynamise les idées. J'ai de quoi, l'accident du circuit automobile, les paris, les blagues de potache des deux amis, Giraudeau pas encore sur sa chaise roulante et même faisant le con sur cette chaise. Et puis il y aura leur numéro vertigineux sur la tour Eiffel. Je l'accentue, mais il inquiète Henri, le directeur de production. Sa régie s'est renseignée, les responsables de la Tour refuseront l'autorisation.

« Pas pour moi. Je suis dans le musée de la tour Eiffel. »

J'explique à Henri que mon beau-frère, le célèbre guide René Desmaison, m'avait convié à escalader la tour Eiffel par les plaques extérieures. C'était un samedi. Le dimanche, une exhibition était prévue avec des grimpeurs. Les cordées pourraient s'assurer à chaque chaîne en bracelet que nous aurions posée.

Les plaques extérieures sont truffées de petites têtes arrondies, des rivets. Nous grimpions les mains en opposition derrière la plaque et les pieds sur les arrondis rivetés. Des journalistes nous reconnaissent et on se retrouve à la une du *Journal du Dimanche*... et dans le musée de la tour Eiffel. Les 300 mètres en opposition, plus les dévers à chaque étage et les rétablissements sur l'étage, ça vous fait les gros bras. Et la ferraille augmente l'impression de vide. On avait des fourmis sous la plante des pieds.

En souvenir, la Tour me fera une fleur. Lorsque Henri me voit expérimenter, avant les acteurs, le téléphérique de John Thomas tendu au-dessus de la chute hurlante, il ne s'inquiète plus. Assis sur une planchette de balançoire, je vais et viens de haut en bas, de long en large. Ensuite, Lino, debout sur le terre-plein, face à la chute, inondé par les embruns, réceptionne Giraudeau. Par affection, il a permis cette action à son ami infirme.

« Tu te souviens, quand on faisait les cons sur la tour Eiffel », crie Lino.

C'est de la saine amitié. Lino, pour ce film, a fait sans doute ce qu'il n'aurait fait pour aucun autre réalisateur. Malgré une combinaison, on l'a collé dans de l'eau à 3 degrés en amont de la chute. Tombé de son canoë, assuré par un minuscule câble immergé, il a décrit un large cercle à 20 mètres de la chute mortelle pour s'agripper à la berge. Derrière lui, le canoë, dans le même plan, bascule dans la chute avec les caisses d'or. Une seule prise à deux caméras.

Notre camp de base est en pleine forêt, la cantine, etc., mais l'équipe de pointe du tournage n'a pas le temps d'y aller pour le repas. On nous porte une bouffe chaude, Thermos, etc. Un jour, deux ours coupent la route des ravitailleurs. Ils lâchent les vivres et rebroussent chemin. Longue, cette journée, pour nous.

Elle est musclée, la séquence de la chute. Avec mon assistant, on expérimente un autre accès, un canot automobile à turbine qui remonterait le fleuve violent pour arriver au pied de la chute. À un moment, la turbine fait du surplace. Le pilote ne peut que virer pour redescendre le courant. Il nous prévient d'un chavirement possible lorsqu'on présentera le flan au courant. Dans l'eau violente, il ne faudra pas essayer de nager. On a des gilets de sauvetage, il faudra rester sur le dos et se laisser entraîner. Conserver son calme. Ne pas se débattre... Accepter la violence du courant. Plus loin, il s'affaiblit et on tentera de regagner la rive. Voilà ce que *Les Cahiers du cinéma* appellent du « cinéma commercial ». Facile. On a viré limite et le canot propulsé par les eaux s'est transformé en hors-bord.

Le matin, notre camp en forêt porte les traces de la visite nocturne des ours. Ils fouillent pour trouver de la bouffe. On joue comme des gosses à celui qui relèvera le plus de traces. Les jeux de piste d'un camp de scouts.

Lino est brutalement rejeté vers l'enfance des enfances. On l'a prié de rappeler une clinique. J'attends son retour. C'est juste avant le tournage de l'après-midi. Il apparaît derrière une double porte vitrée. Il oscille légèrement d'une jambe sur l'autre comme un boxeur KO debout. Un satané uppercut que la mort de sa mère. Je suis là, près de la voiture. Son ami.

Il est contre moi pour répéter sans cesse : « Elle est morte... Elle est morte... » Il avait déjà cette mort dans ses jambes de l'autre côté des vitres. Je n'ai pas cherché mes mots. Ils sont venus simplement comme s'ils répondaient à une question informulée... Tu as été un bon fils, Lino... Un bon fils. Dans les bras l'un de l'autre, des secondes à la fois brèves et éternelles, il se revoyait sans doute enfant pauvre émigré, avec sa mère, son îlot dans leur naufrage, son rempart contre un peuple pas tellement gentil envers les Ritals.

Il va partir. Je tournerai ce que je peux sans lui. Christian Fechner lui fera un de ses tours de cartes géniaux. Cher Lino, tu n'auras peut-être pas envie de plaisanter tout de suite. Nous attendrons ensemble. Je guetterai dans ton regard le signe du recommencement.

Ma fille et mon fils nous ont rendu visite. Les acteurs

vedettes sont installés dans un palace à Lake Louise. Habiter un ranch près de la chute m'évite la fatigue d'un long déplacement en voiture. Les deux Indiens vivent aussi au ranch. Ils économisent leurs défraiements puisqu'ils sont nourris et logés en échange de leur talent pour ferrer les chevaux. À cheval, ils ont des allures princières. Ma fille monte aussi. Le soir, table d'hôtes, lampes à gaz, chambres étroites et dortoirs. Je reste dans la rudesse de mon film. C'est le bonheur. L'équipe s'est logée près de la civilisation. Un motel-station d'essence.

À Montréal, j'ai un tournage voisin : Sergio Leone filme De Niro dans *Il était une fois en Amérique*. Costumiers italiens, techniciens clefs américains. Les Canadiens s'en plaignent. Avec Claudia Cardinale, Sergio Leone retrouve sa comédienne d'*Il était une fois dans l'Ouest*.

Je tourne attractif. Sans m'étendre. Il reste des séquences à Paris et je ne veux pas que le film dépasse deux heures. On construit des éléments de la tour Eiffel sur la hauteur du parc de Saint-Cloud. Je vais matcher entre la vraie et la fausse. Tous les plans rapprochés sur la fausse.

J'engage deux alpinistes pour doubler les acteurs : Laurent Jacob double Giraudeau, Berardini double Lino. Ce grand alpiniste d'origine italienne lui ressemble jusque dans les traits du visage.

Giraudeau doit s'avancer sur une des poutrelles transversales de la vraie tour Eiffel. Il est en réel, sans assurance à 150 mètres du sol. J'y vais avec lui. Il me semble que la présence du metteur en scène l'encourage davantage que celle d'un cascadeur. De sa place, il harangue les figurants figés sur les escaliers. Il veut mourir, le monde est pourri, il va se jeter dans le vide. Parmi les figurants, il y a une jeune comédienne qui deviendra sa femme.

Je filme Lino caméra vers le ciel. Lino le raisonne : Jeune homme, la vie est belle, pensez aux jolies femmes, au bon vin, à la fête... Soudain Giraudeau amorce le mouvement fatal, il va se jeter dans le vide.

Je passe sur la fausse tour Eiffel, Giraudeau tombe entre les poutrelles du décor sur fond de ciel et se rattrape au rebord de la poutrelle sur laquelle l'attend Lino.

Je repasse en grand plan d'ensemble sur la vraie tour Eiffel, caméra au sol. La doublure de Giraudeau est suspendue à la force des bras. La doublure de Lino se penche vers lui. Je fais un plan de réaction sur les figurants et sur la future femme du « suicidaire ». La doublure de Giraudeau attaque son rétablissement.

Je raccorde *cut* sur le même mouvement exécuté par Giraudeau sur la fausse tour Eiffel. Plan rapproché des deux amis enchantés d'avoir fait « mouiller leur culotte » aux badauds. Au montage, l'illusion est parfaite. Bernard Giraudeau vient de pénétrer dans le tabernacle de l'alpinisme avec deux grosses pointures. Il fera de la haute montagne, grimpera en falaise et à Fontainebleau avec Gaby. Le cinéma mène à tout, de l'intellect aux abdominaux.

Je vais passer une semaine étonnante à Rome pour assister à l'enregistrement de la musique du film par Ennio Moricone. On est loin du carcan syndical dans lequel les musiciens français se sont enfermés. En Italie, pas d'horaire. De la création libre. On dîne dans l'audi. Ennio enregistre plusieurs variantes par séquence : un peu plus de rythme, un peu moins léger...

« Tu choisiras au mixage », me dit ce routier génial. Il évite ainsi à une musique qui ne colle plus exactement d'être coupée. Il fait venir des musiciens des quatre coins du monde. Le fameux harmonica des westerns vivait dans un hameau du Chili. Parfois, dans une journée, j'ai l'impression de n'avoir entendu que des essais, des accords plaqués. Soudain, tout se rassemble, s'harmonise, le travail prend son élan.

La première projection, film peaufiné, devrait me combler. Que de compliments de la production, du distributeur, des acteurs ! Le plan final glisse le poison du doute. Les acteurs sont sur la berge, ils rigolent, ils ont récupéré le trésor, mais l'ex-pilote de course paralysé est toujours sur son fauteuil roulant. À quoi a servi ce trésor ?... Lino rêvait de fortune pour faire soigner son ami, lui offrir la médecine des riches. Je me suis trompé. Je ne suis pas allé au bout. Moi, le boy-scout du cinéma français, j'ai eu peur du « lève-toi et marche ». J'imagine une autre fin. Le parc d'une maison de santé pour têtes couronnées. Lino, Claudia et le petit Frag entrent dans l'image les bras chargés de cadeaux. Ils s'arrêtent. Ils viennent de voir Giraudeau descendre, encore maladroitement, l'escalier qui donne sur le parc. Il s'aide de deux cannes. Puis il les dresse vers le ciel et l'image se fixe.

J'en parle évidemment à Lino. Techniquement, c'est faisable. Fechner acceptera cet *happy end*. Lino n'est pas convaincu. Il craint l'excès. Il croit à la suggestion. Le public comprendra sûrement qu'avec le trésor tout est possible. Et puis la machine est en route. Les dates des projections de presse, les emplacements publicitaires de l'affichage, le circuit des salles de cinéma, rien ne peut se décaler. Tant pis ou tant mieux. Je ne sais plus. Heureusement l'attente est courte.

Déjà les cinémas s'habillent de l'affiche. Le matin de la sortie je traînaille devant le Gaumont à l'angle des Champs-Élysées et de la rue La Boétie. Je regarde les photos du tournage. Je revois toute cette aventure. Dans moins de trois heures le verdict tombera : salles vides ou pleines. Zazie n'aime pas que je me laisse entamer par ce genre de suspens. Elle aurait voulu que je regarde de loin, à l'abri de nos montagnes. Hors d'atteinte jusqu'à la fin du parcours.

« Alors, José, tu fais plus dans le polar ?... »

Je me retourne. C'est P., le chef d'une bande en semi-retraite qui a mis quelques billes dans le cinéma. Très intelligent, il est sa propre météo : ne pas se gourer sur le sens du vent.

« Tu vois... Faut élargir l'horizon. »

Il avait pensé que je traînerais dans le coin. Les Champs-Élysées, c'est le baromètre. Nous évoquons quelques amis rangés des voitures. Certains au boulevard des Allongés.

« Comme je le dis souvent à Auguste, vous avez eu de la chance de savoir écrire », me dit-il.

Tiens, j'avais oublié que l'homme du *Rififi* ne cessait pas de rouler sa caisse chez les truands. Avec une traction avant dans son garage, des galurins de samouraï et des sous-entendus à épater les midinettes. Je remets les pendules à l'heure en deux phrases sur mon casier expédié à Lino. Touché dans sa mentalité, P. ne peut que désapprouver l'acte.

« Alors vous ferez attention quand même à ce qu'il peut voir et entendre... Quant à moi, tu peux lui dire que ça m'a rendu service... Je vais déposer une demande en réhabilitation. »

À quelque chose malheur est bon, dit le langage populaire. Depuis ma sortie de prison, j'ai transformé le négatif en positif. Le Breton va apprendre que j'utiliserai sa crasse comme lessive. Il sentira la brèche que je viens d'ouvrir aux yeux de P. sur son côté homme d'opérette, je me serai bien payé. *Le Comte de Monte-Cristo* n'est-il pas mon livre de chevet ?

À 2 heures, les spectateurs arrivent. Beaucoup de monde. Je vais dans la salle. Dans ce métier, les spectateurs sont mes amis. Par eux j'ai le droit de dire que j'ai ma place. Derrière moi, un sillon.

Dehors, pour la deuxième séance, la queue s'allonge. Avec Lino, nous avions rendez-vous au bar du Fouquet's à 17 heures. Échec ou succès. Il connaît déjà les chiffres et me dit d'emblée :

« Je suis content pour toi. »

Et moi je suis content pour lui. Il pense qu'il n'était nul besoin de changer la fin. Je la regrette dans le principe. On voudrait toujours pouvoir refaire deux fois son film.

Le retentissement du *Ruffian* m'aidera, car même les magistrats vont au cinéma. Un citoyen nouveau va se présenter devant eux. Je sais, maintenant, que je comparaîtrai devant un tribunal. Une cour d'appel. J'en suis traumatisé par avance. Il y aura un procureur, un président et deux assesseurs. Pas d'avocat. Ce que l'ex-condamné est devenu depuis sa sortie servira pour sa défense. Je regroupe les attestations de moralité. J'ai aussi sauvé des gens en haute montagne. Et ma carrière pèsera dans la balance, ma représentation de la France avec les romans et les films à l'étranger. Hors spectacle, un journaliste très important m'aidera aussi.

De son côté, la justice contrôlera ce nouveau dossier. J'ai soixante ans et il y a vingt-sept ans que je suis libéré. Une étrange attente commence. Un suspense si oppressant que je me demande déjà si je n'aurais pas dû m'en passer. Je me glisse dans mon armure : le travail.

[illegible]

[illegible] des [illegible]

[illegible] dans leur [illegible]

[illegible]

[illegible] la fin ce [illegible] faire briller le [illegible] et [illegible]

CHAPITRE XX

Le retour de la mauvaise balle... et ce n'est pas du tennis

À l'agence de Nainchrik, le cinéma frétille autour de mes deux romans, *Mon ami le traître* et *Les Loups entre eux*, coécrit avec Jean Schmitt.

Qui dit cinéma dit obligatoirement scénario. Pas encore de scénario pour *Mon ami le traître*. Pour *Les Loups entre eux*, un scénario déjà vendu à un producteur qui abandonna le projet. Bref, les droits sont libres, mais un nouveau scénario s'imposera.

Par lequel commencer ? Yves Montand serait intéressé par l'officier du Deuxième Bureau de *Mon ami le traître*. Les arrière-plans du sujet m'incitent à travailler avec Claude Sautet et Alphonse Boudard. S'ils acceptent, car nous n'avons pas encore signé avec un producteur.

Ils acceptent, et nous nous mettons au travail. D'abord en parlant. Claude est toujours un formidable constructeur. Avec Alphonse, je pinocherai les dialogues. Dès la première lecture Sautet met la fin en question. Pourquoi faire fusiller le très jeune collabo alors qu'il a changé et sauvé des vies humaines avec l'officier ?... Sautet penche pour une évasion organisée par cet officier. Il se rachèterait ainsi d'avoir obéi à ses supérieurs et menti à la justice en ne reconnaissant pas les belles actions du jeune collabo. D'après Sautet, l'évasion ne serait que justice et elle plairait beaucoup à Montand.

Sauf que je tenais à démontrer qu'en période politique exceptionnelle l'exécution d'un jeune homme racheté était bien peu glorieuse pour la justice.

De toutes les manières, Yves Montand, à la lecture du scénario, demande l'impossible. Il ne veut pas que l'officier mente au procès du collabo en niant son aide. Yves ne veut pas devenir aussi antipathique.

Il arrive que les stars mélangent leur métier d'acteur avec la vie. Un rôle de tueur ne transforme pas, et c'est heureux, l'acteur en tueur à gages. Bref, le projet retombe comme un soufflé au fromage refroidi.

Un producteur franco-suisse achète les droits des *Loups entre eux*. Peu de temps avant, des terros ont enlevé un général américain. Un commando mandaté pour le récupérer serait une meilleure motivation qu'un groupuscule, envoyé pour détruire une arme nouvelle, comme c'est le cas dans le livre.

Avec Jean Schmitt, on arrange ça. Nous conservons les caractères des « loups » et ceux des « chacals ». Le recrutement, etc., nous bouclons vite et laissons le Franco-Suisse monter l'affaire.

Voilà que, sur une pente très raide, ma jambe gauche se dérobe. Elle refuse le poids de mon corps. J'ai mal. Je consulte. Ma hanche est foutue. Le cartilage est rongé. Tout viendrait de cette ancienne fracture de mon fémur droit. Une balle de Walter 7,65 lors d'un racket... Le sinistre souvenir de Santos et de son infernale combine. Tout au long de ma vie sportive, j'avais instinctivement chargé ma jambe gauche. Aujourd'hui, je suis candidat à la prothèse. Opération courante paraît-il. Certains skieurs godillent sur deux prothèses. Je prends date avec un célèbre chirurgien de Lausanne, le professeur Livio. À ma question : « Après l'opération, est-ce que je serai comme avant ?... » il répond : « Vous aurez un an de plus chaque année. » J'ai confiance. Et puis, dans cet hôpital, j'ai un ange gardien, mademoiselle Monod. J'ai toujours un ange gardien quelque part.

Coup de fil de Christian Fechner. Il veut réunir dans un film Gérard Lanvin et Bernard Giraudeau. Il y a bien un scénario en chantier, mais qui ne décide personne car les personnages y sont séparés. Je vais à Paris. Cahier des charges de Fechner : deux marginaux sympa, de l'arnaque, mais pas de sang sur les mains. Patrice Leconte à la mise en scène. J'ai un contrat à étages : d'abord des personnages, des caractères et une trame.

Chez moi, j'établis des fiches par personnage et j'invente une colonne vertébrale. Je réunis les deux lascars dans une évasion et je reviens pour raconter. Sur cette « raconte », les deux acteurs donnent leur accord. J'ai un titre, *Les Spécialistes*. Il a son affiche pour annoncer dans *Le Film français* : Lanvin et Giraudeau. Ils sont sur les traces de Delon et Belmondo. Patrice Leconte a signé de grands succès, et votre serviteur est au scénario.

Je préviens que je serai immobilisé pendant une quinzaine de jours. Je passe sur le billard et rentre dans mon chalet sur deux cannes. Prothèse soumise à calcification. Trois mois avant qu'elle supporte mon poids.

J'ai signé un très beau contrat avec Fechner. J'écris

allongé sur une chaise articulée dans ma salle de séjour. Patrice Leconte viendra discuter du scénario au fur et à mesure. Fechner donnera son feu vert quart par quart. J'arrive au bout. Il me paie. J'ai remisé mes cannes. Avec ce scénario, mon handicap est passé aussi facilement qu'une cuillerée de miel.

J'essaye trop vite de récupérer ma jambe. Je boite. L'impatience me conduira au cimetière avant même que je m'en aperçoive. Mon manque de solidité m'humilie. Je ne pense qu'à ça. Depuis l'Allemagne, on annonce que je suis interdit de tournage suite à une plainte d'un syndicat de flics. Cette nouvelle me laisse plus froid qu'un museau de phoque. Mon épisode de la série « Le Vieux » : « L'alibi », projeté au cours d'un congrès de policiers, a déclenché leur indignation. Un moine hypocrite devant le cul blanc d'une nonne peut aussi s'indigner. J'ai prétendument sali la police allemande en montrant des photos truquées pour provoquer des aveux, en attachant un suspect par une menotte à un tuyau de chauffage – la police ne pratique pas ce genre de sévices – bien sûr. Le producteur de la série est menacé de censure généralisée si je remets les pieds dans ses studios.

Je pense à certains metteurs en scène français « engagés » dont les idées ne choquent finalement personne. Excepté celles de mon ami Bertrand Tavernier. Le seul du métier à m'avoir écrit sur *Le Ruffian*. Transporté par les Rocheuses, il regrettait que l'histoire entière ne s'y soit pas déroulée. Je vois tous ses films. Ceux d'Alain Corneau aussi. Il cherchait à approcher Lino Ventura pour jouer dans *Le Choix des armes*. Il m'avait demandé un avis sur le scénario. Le personnage, truand plus ou moins retiré, tenait un restaurant-club de luxe. Je voyais déjà la grimace de Lino à l'idée du costume gris et de la cravate noire. Je donne à Corneau l'idée d'un haras en souvenir du chef d'une redoutable équipe, récupération de fonds en tout genre, retiré en Normandie, à la tête d'un élevage. Superbe mec, cheveux blancs plaqués en arrière, sapé anglais sport chic. Une jolie femme qui passerait par là n'aurait plus envie de s'en aller. Pour d'autres raisons, Lino ne fit pas ce bon film. Yves Montand le remplaça... dans un haras.

Une bizarrerie se pointe chez Fechner. Les acteurs des *Spécialistes* préféreraient un autre scénario venu sur le mien. Puis-je retravailler avec le nouveau scénariste-copain ?... Non. Je me sens de trop. J'enlève mon nom du générique. Petit problème : et le titre ?... Il est à moi. Fechner a déjà placé le projet sous ce titre. En changer lui serait très préjudiciable. Il prend alors plus de valeur. Je ne suis pas un marchand de tapis. J'en fais cadeau à Fechner et conserve la gentille lettre qu'il m'envoya en remerciement et qui m'assurait que le film ne se serait jamais fait sans mon apport.

Le Franco-Suisse aurait le financement des *Loups entre eux*. On ébauche un casting. Il est très vite évident qu'il prononce les noms du haut vedettariat pour trouver des associés. Il ne prend jamais une décision ferme sur l'équipe technique, ce qui illustre son besoin d'argent. Lorsqu'il installe les bureaux de préparation dans le sous-sol d'un grand magasin de meubles, ma méfiance se dresse comme des cheveux électrifiés par un orage en haute montagne.

Et quand il prétend contacter James Coburn ou Lee Marvin pour le rôle du chef du commando, je jette sur ce producteur un œil nouveau : dès qu'il fait un geste, l'aile d'un moulin à vent se substitue à son bras.

Il devient urgent de récupérer nos droits si on veut éviter qu'ils ne finissent sous la meule. Les retards sur les échéances nous permettent de retomber sur nos pieds. Pas de chance pour le marchand de meubles qui voulait entrer dans le cinéma. Le Franco-Suisse lui vendra 500 000 francs les droits qu'il vient de perdre et passera une frontière.

Pendant que Nainchrik cherche un autre producteur pour lui vendre une troisième fois les droits de Jean Schmitt et les miens, je reçois une convocation à comparaître en cour d'appel au sujet de ma réhabilitation. Mon cœur s'installe derrière mes dents. Franchir à nouveau les portes de ce Palais de justice, gravir les marches et pénétrer dans un tribunal... La dernière fois, quarante ans plus tôt, presque un demi-siècle, oui, la dernière fois, j'étais arrivé en panier à salade par la souricière.

Aujourd'hui je suis libre. Et personne ne m'accuse. J'inspire et expire lentement. Profondément. Le procureur, assez jeune, n'a pas le physique classique d'un proc de cinéma. Une femme préside derrière les dossiers du passé et du présent. Je n'entendrai pas le son de la voix des deux assesseurs. Nous sommes cinq dans ce tribunal qui siège à huis clos. On me rappelle l'objet de l'audience : je demande à la justice des hommes de me réhabiliter. Pourquoi ? Sur le conseil du président du comité postpénal, averti du chantage sur mon passé. Et aussi pour ma famille, mes enfants. Je m'abstiens d'évoquer le souvenir de mon Père. Je m'efforce de ne pas passer à leurs yeux pour un joueur de pipeau.

La présidente lit d'une voix tranquille l'acte d'accusation du procès d'assises. Il ne correspond pas à la réalité. Il englobe toute l'affaire alors que je n'étais que complice, présent dans une seule partie des accusations. Mais je ne plaide pas cette cause. Dubitative, elle me demande si je pense avoir droit à une réhabilitation.

Je réponds non. Je dis ne prétendre à aucune obligation de la part de ce tribunal. Ils échangent des regards.

Elle me demande « où j'en suis avec mes remords ». Je me doute que tous les ex-condamnés doivent se répandre sur leurs cauchemars, ces rejets d'eux-mêmes qui les tirent la nuit par les pieds.

Je réponds que le jeune accusé présent quarante années plus tôt dans le box des assises m'est devenu totalement étranger. Que je n'arrive même plus à croire que j'ai été ce jeune homme. Je ne peux donc pas éprouver des remords à sa place. Je me garde bien d'ajouter, qu'en plus, ce jeune homme a payé ses dettes envers la société.

Elle feuillette mon dossier à décharge et reconnaît qu'il témoigne « d'un sens moral retrouvé ».

A-t-elle vu mes films dans lesquels je dressais à la justice des couronnes mortuaires ? A-t-elle vu *Deux hommes dans la ville* ? J'espère que non. Si elle me reprochait cet esprit-là, je m'en tiendrais à féliciter la société de l'abolition de la peine de mort.

Elle ne me dira pas un mot sur ma carrière. Tous les délinquants pourraient se réinsérer, le monde libre ne les en empêche pas. J'écoute et je ferme ma gueule. Ce n'est pas le moment de contrarier son optimisme. Elle pousse le dossier de ma deuxième vie contre celui de la première. Une femme relativement jeune. Si seulement elle avait la bonne idée de faire de la montagne ! Elle passe la parole au procureur.

Il n'a aucun papier devant lui, ne trouve rien à ajouter aux propos échangés entre la présidente et le demandeur. Il désire s'aligner sur l'avis favorable du parquet général.

La présidente consulte ses assesseurs sur le principe de mettre en délibéré ou pas. Ils optent pour m'accorder la réhabilitation sans plus attendre. La présidente me signale que l'estime publique m'est rendue, effaçant toutes les fiches relatives à la condamnation et les retirant du casier judiciaire. L'article 769 du Code de procédure pénale et les tribunaux puniront les malintentionnés qui chercheraient à en rappeler l'existence.

Je remercie le tribunal et pose une question pratique : le visa de certains pays comporte un questionnaire. À la question « Avez-vous oui ou non eu affaire à la justice ? », pourrai-je dorénavant répondre non ?

« Vous le pourrez », m'assure la présidente.

La balance de la justice, sculptée sur le fronton du Palais, s'est mise à ressembler aux deux plateaux de ma vie. Je viens d'égaliser. Ils sont à l'horizontale.

Christian Defaye, un journaliste de la Télévision suisse romande, m'appelle. Il a une bonne émission sur le cinéma. Cette télé lance une série de téléfilms à ambiance polar. Je suis tout indiqué pour participer à ce lancement. Un accord avec la « Série noire » de Gallimard. Tous les téléfilms doivent être tirés de romans issus de cette collection.

Édouard Niermans a tourné *Ennemi public n° 2*,

dialogué par Jacques Audiard. Très original. J'essaie de transmettre mon enthousiasme aux téléspectateurs. Pierre Grimblat est l'initiateur de la collection. Je le connais depuis qu'il cherchait, chez Jean Rossignol, des sujets pour réaliser un long-métrage.

« Ton truc de la "Série noire" sans moi, c'est comme un canoë sur un champ de betteraves. »

Je lui balance ça en plaisantant. Je me dis que je n'ai plus qu'un bouquin de libre dans la « Série noire », *Meurtre au sommet*, mais que la mise en images serait trop chère pour les conditions d'un téléfilm. Il accepte que j'écrive un scénario original. Que je le réalise dans sa série et que j'écrive le roman après, il sera publié dans la « Série noire ». Mais si le directeur de cette collection le refuse, le téléfilm ne sera pas diffusé. Je ne veux plus discuter avec le directeur de la « Série noire ». J'en parle à Robert Gallimard qui me fait établir un contrat pour ce roman à venir, *Le Tueur du dimanche*. Il sera publié d'office.

Le scénario est accepté. Ma jambe va mieux. Je me rééduque sur un nouveau type de vélo : le VTT, plus stable qu'un vélo de course. Je vais travailler avec une équipe de la télévision suisse. Je prends contact. J'y trouve un désir du travail bien fait. J'amène deux des acteurs principaux : Rufus et Sophie Ladmiral. Le troisième, un flic, sera joué par Georges Wood – déjà dans *Le Gitan* –, et il y aura aussi Michel Voïta, un jeune acteur suisse de talent. Organisation parfaite. Visite de tous les décors avec les principaux techniciens pour régler les problèmes avant le tournage. Préparation très rare. J'ai trente jours de tournage. Pour quatre-vingt-dix minutes, ça me fera une cadence de trois minutes utiles par jour. Presque celle d'un long-métrage, calculé sur deux minutes et demie utiles par jour.

Je boulonne le scénario pour ne rien jeter, garder tout ce que j'aurai tourné. Moteur, c'est lancé. Un journaliste se pointe :

« Vous êtes là parce que le long-métrage ne veut plus de vous ?... »

Fascinant, ce genre de type. Et tellement mal renseigné. Mon dernier film a fait des millions d'entrées, huit cent mille rien qu'à Paris, et je serais au placard ! D'ailleurs, avec cette magnifique petite équipe de la télévision suisse, c'est le bonheur. Ils répondent à mon exigence de travail, et même ils se dépassent. Je tourne à Genève et je termine en montagne, Champex, au val d'Arpettaz.

C'est octobre. Il neige. Le torrent que le courageux Rufus, traqué, doit traverser est glacé. Le sujet est au service de la pure tradition du polar. Une belle fille, Sophie Ladmiral et une chasse à l'homme.

J'ai besoin que Frédéric Dard me rende un service délicat. On avait kidnappé sa fille et le demandeur de la rançon avait utilisé un système très astucieux pour encaisser le fric. Frédéric avait pu récupérer l'argent et sa fille. Le procès du ravisseur était imminent. Il me pria de n'utiliser le système qu'après le procès. Mes dates concordaient.

Un câble est tendu au-dessus d'une rivière torrentielle infranchissable. Les flics sont guidés avec la mallette du fric jusqu'à une extrémité du câble. Ils sont obligés d'y suspendre la mallette qui va glisser jusqu'à Rufus au-dessus des eaux. Il ne joue pas un kidnappeur mais un petit malin qui s'est substitué au *serial killer* qui terrorise la ville.

Je n'ai pas de domicile à Genève. Pendant le montage du film, je suis hébergé par la famille Roussel dans leur château baroque à côté du golf, au-dessus du lac Léman. Ils aiment les artistes et nous avons des amis communs. J'ai une clef pour les soirs où je rentre tard. Un jour, le chef monteur du film me raccompagne. Il a une 2 CV. Ma voiture est en révision. Nous franchissons la grille et nous roulons, nous roulons...

« Dis-moi, faut se méfier de pas tomber en panne d'essence, dans ta crèche », plaisante-t-il.

Je passe vraiment pour un metteur en scène qui a réussi ! Je meuble les moments d'attente que réserve le montage en écrivant *Le Tueur du dimanche*. Écrire ce que je connais déjà ne me captive pas exagérément. Alors j'amplifie l'histoire du film. Le roman, c'est encore et toujours la création en totale liberté.

Jean-Pierre B. arrive à me joindre sur « mes chantiers ». Je l'ai connu chez Rawson. Un truand jailli tout droit des lettres de noblesse du polar. Je l'avais engagé dans un petit rôle savoureux en face d'Annie Girardot sur *Une robe noire pour un tueur*. Et je l'avais gratifié d'une attestation certifiant ses qualités d'acteur. Il avait du blé à investir. Il n'était pas le seul de son milieu à vouloir entrer dans le cinéma. « Jean-Pierre, fais-moi entrer », lui demandaient-ils suivant leur formule consacrée.

Jean-Pierre est contacté par un certain Cohen, à la tête d'une société de prêt-à-porter et touche-à-tout en dépannages à l'enseigne SOS, épaulé par un William Oury, très sympa dans ses éclairs d'accalmie et fournisseur d'argent frais. Lui aussi un grand truc à fringues à Genève. Ils bandent pour le commando des *Loups entre eux*. J'accepte un rendez-vous folklo. Ils me regardent comme si j'avais le plan du trésor des Incas. Ils comprennent mieux le rendement d'un bordel ou d'un casino que celui d'un film, mais, à la tête de ce film, il y a un metteur en scène qui ne les entubera pas, car il a aussi connu le bronzage à rayures.

Cohen et Oury se lancent dans ce film d'aventures avec tout ce qu'il exige de repérages, casting, artificiers, action sous-marine... La mise sur pied de plusieurs équipes : la principale, la sous-marine, celle de l'escalade en paroi pour attaquer la place forte des terros. Réalisent-ils vraiment l'ampleur de l'entreprise ? Une réunion avec eux, Jean-Pierre B. et moi me fait retomber dans une formule d'arbitrage que je n'ai que trop connue :

« Voilà, expose Jean-Pierre B., je vous amène Giovanni. S'il y a un jour un clash entre vous, c'est avec moi que vous devrez régler la chose. Lui, c'est le créateur... Il restera en dehors de tout. »

Je sais qu'il fait le poids. J'annonce à mon camarade Jean Schmitt qu'on va revendre nos idées une troisième fois. C'est son premier travail dans le long-métrage, Jean se demande s'il n'est pas en face d'une machine à sous dressée à cracher le jackpot.

On décroche une bonne avance distributeur de 11 millions de francs. Ça encourage. La préparation souligne un optimisme démesuré de la part de Cohen. Il prend pour acquis ce qui n'est que l'ombre d'une promesse. Exemple : les Allemands demandent le scénario pour le lire. Cohen anticipe, ils viennent d'acheter pour 3 millions de marks, un manque en découle forcément dans le budget. Oury doit le combler, et son tempérament nerveux le fait sortir de ses gonds. Toutes les portes des bureaux aussi. Sauf la mienne. Il a une jolie force qui ne règle pas immédiatement les problèmes.

Je sélectionne des acteurs. Je cherche à rassembler des personnalités différentes. Personne n'ose me dire que certaines réputations regroupées dans un même lot sont autant de produits qui peuvent exploser dans l'éprouvette si le chimiste n'y prend garde. Je ne me préoccupe que de mes futures images : je dois croire à un recrutement de bizarres, de nostalgiques de la mitraille, de fossoyeurs de chacals.

Le distributeur reçoit mes propositions d'acteurs au fur et à mesure. À la lecture du nom de Niels A., il menace d'abandonner le film si je maintiens mon idée de l'engager. Je refuse de me dédire après avoir promis le rôle à Niels A. Je perds donc le distributeur, et, avec son remplaçant, l'avance diminue de 2 millions de francs lourds. Pendant le film, ma fidélité me sera payée par Niels, en monnaie de singe.

J'engage Jean-Roger M., un torse d'ours, géré par personne. Il couche dans sa bagnole et, pour le joindre, j'appelle une boulangère.

J'engage Daniel D., physique de Gitan, acteur et metteur en scène superdoué, qui vient de la même école que la mienne : celle de l'ombre.

J'engage Jean-Hugues A., découvert dans un film de Luc Besson, pour son ardeur juvénile.

J'engage Bernard-Pierre D., physique de baroudeur américain.

J'engage Gérard Darmon, découvert dans un film de Beineix, d'une rare présence.

J'engage Gaby, dit Spartacus, d'une totale crédibilité dans l'action.

J'engage mon fils Paul, également régisseur sur le film. Un petit rôle, toujours présent dans l'équipe.

J'engage Patrick Edlinger, le champion du monde d'escalade. Il risquera sa vie en grimpant une falaise sans assurance pour installer un treuil. Et il aura une scène avec Claude Brasseur. Lequel jouera le recruteur et chef du commando.

J'engage Bob, un Anglais qui travailla avec Hitchcock et jouera le général américain détenu par les terros.

J'engage Edward Meeks, pour le personnage énigmatique placé entre le commando et les autorités officielles.

J'engage Lisa K. Elle sera l'espionne allemande.

J'engage la jeune et ravissante Estelle pour en faire une tueuse impitoyable et inattendue.

J'engage cent vingt techniciens triés sur le volet. Les repérages, en Hollande, à Marseille, à Malte, au Liban, sont définitifs.

Les pieds sur terre, je peux me croire en sécurité. Les dangers les plus évidents et les plus sournois vont débouler un par un. J'avais éprouvé ça avec des punaises, un été moite. Elles se laissaient tomber sur moi depuis le plafond d'une cellule sordide.

Je commence le film par des séquences tournées en équipe très réduite. C'est du forcing, car tous les papiers administratifs ne sont pas réglés.

L'aventure se noue dans le quartier des putes d'Amsterdam. Niels A. s'est retiré dans une échoppe de tatoueur. L'immense Juif russe, le mac, que nous avions connu avec Lino sur le film *Une fille dans la vitrine*, était devenu le parrain du quartier. Propriétaire d'un théâtre hard, du cul sur trois étages, il entretenait une équipe de lutteurs pour mettre de l'ordre dans les rues. Chaque lutteur capable de soulever un perturbateur et de le balancer de l'autre côté du canal. Il me donne deux King Kong pour protéger mon tournage. Son théâtre ne désemplit pas. Les touristes font la queue. De tout, et des mémères qui visitent les tulipes et les moulins à vent. Elles entrent au rez-de-chaussée et regardent sur la scène des couples se mettre à poil. Ensuite, elles montent au premier et regardent des couples se caresser. Et c'est le tour du troisième étage, où deux couples baisent, s'entremêlent, s'échangent. Imperturbables, ce public ne s'étonne de rien. Que vont-ils raconter chez eux, dans leurs fermes, leurs usines, leurs bureaux, de leur voyage aux Pays-Bas ?...

Je filme Brasseur et Niels A. sans problème. Brasseur l'a recruté pour son commando. Il a un cancer et laissera le fric du contrat à son enfant noir adopté.

Jean-Fils Gondre est chef opérateur. Pour le recrutement de Patrick Edlinger par Claude Brasseur, on débarque à Bioux, sur les falaises du Lubéron. Et Jansen, spécialiste de la caméra en paroi, fait d'impressionnantes images d'Edlinger grimpant comme une mouche vers Brasseur.

Ma jambe me permet des rappels et des déplacements. Dans ce genre de film, le metteur en scène doit quitter son fauteuil.

Tout est calme et tranquille. J'enchaîne à Cassis par le recrutement de Gaby sur son bateau. Du sucre. Je filme des anges.

La grande équipe se forme à Malte. Techniciens et acteurs. À Paris, la production n'a pas encore signé avec l'assureur qui offre la garantie de bonne fin. Une question d'heures. J'ai deux jours avant de dire

« moteur ». Nous nous installons dans l'île de Gozo. Les acteurs et les cadres dans un hôtel paradisiaque, chambres-bungalows autour d'une piscine, dans un parc... L'équipe d'Edlinger est regroupée près d'un petit port de rêve. Les autres techniciens sont proches d'une agglomération : ils aiment, le soir, changer de resto. Des habitudes.

La nuit suivante, nous dormons, Zazie et moi, lorsqu'on nous réveille en fanfare. Il est quatre heures du matin. Dans le hall du palace, entre deux flics en uniforme, Jean-Roger M. lève ses deux poignets menottés avec une fierté puérile.

« Salut, les p'tits loups », balance-t-il dès mon entrée.

Et les flics l'embarquent. Je ne peux que voir disparaître son torse épais comme celui d'un ours. Je reste avec le directeur de l'hôtel, Daniel D. – avachi sur un gros fauteuil, un œil obstrué par une énorme compresse qui lui cache la moitié de la tête –, le barman, un Anglais très smart enveloppé dans un luxueux peignoir, accompagné d'une très jeune femme, et Jean-Fils Gondre, mon chef opérateur. Daniel désigne d'une main tremblante le client anglais :

« C'est lui qui a appelé les poulets... c'est pas moi, m'assure-t-il.

– Que je t'explique tout », commence Jean-Fils...

Oui, j'aimerais bien qu'on m'explique.

« ... alors voilà... avec Jean-Roger et Daniel on a traîné au bar... vers une heure du matin ils ont commencé à s'insulter calmement... pas un mot au-dessus de l'autre... un peu anesthésiés par la quantité de bière... Pour agrémenter, Daniel asperge le barman avec son demi... l'autre s'éponge patiemment... Jean-Roger trouve que n'importe qui peut jouer au dur avec des gestes aussi cons et, à son tour, il asperge le barman... Entre-temps, ils ont épuisé leur stock d'insultes, et Daniel quitte le bar avec le dernier mot. Jean-Roger attend un peu et s'en va aussi. Je me suis excusé auprès du barman et je suis parti me coucher. »

Je me retourne vers ce qui reste de Daniel sous son pansement :

« C'est vrai tout ça ?

– Ouais, et la suite aussi... j'dormais dans mon bungalow... parole d'homme, José... j'dormais... Jean-Roger est passé à travers la fenêtre et s'est affalé sur mon lit... »

J'avais entendu parler de cette spécialité de Jean-Roger et d'autres sauvageons de son quartier : passer à travers une vitre sans se blesser. Daniel continue à m'expliquer :

« ... j'étais encore dans les vap et il me fait éclater l'œil comme quoi j'avais insulté sa mère... si j'm'étais pas barré y m'aurait tué... j't'assure, José, y m'aurait tué... j'étais à poil dans le parc et j'ai frappé à la porte du premier bungalow pour demander de l'aide. »

J'ai compris. C'est là que l'Anglais, en partie fine avec une jeunesse, a dû appeler le directeur et les flics.

« Je ne veux plus voir cet acteur violent dans mon hôtel et on vous présentera la facture pour la fenêtre », m'annonce le directeur qui a également alerté l'hôpital pour Daniel.

Un infirmier et une infirmière se pointent et prennent livraison du blessé. Son œil pourrait nécessiter une intervention chirurgicale. J'ai l'impression que les dalles du sol jouent aux dominos sous mes pieds nus. Mon tournage commence dans quarante-huit heures et je viens de perdre deux acteurs. Le plus grave c'est le contrat avec la compagnie qui assure le film : je sais parfaitement qu'il n'est pas encore signé !

Ce contrat devait également apporter la garantie de bonne fin du film sans laquelle le Centre national de cinématographie ne donnera pas l'autorisation de tourner. Si l'assureur apprend le rodéo de cette nuit il ne signera pas le contrat.

Présentement, j'ai perdu mon film.

Un trop-plein de bière et deux irresponsables me foutraient en l'air des années d'effort ?! Je réagis. J'ai un peu d'avance sur Paris : aucun journaliste n'est encore averti.

En compagnie d'une interprète, j'attends chez les flics l'arrivée d'un supérieur. Pour Jean-Roger je plaide un acteur de talent qui a subi une certaine violence du scénario. L'inspecteur est jeune. Ça semble marcher. Il aime le cinéma et a déjà entendu dire que les acteurs vivaient leur personnage, mais... il y a toujours un mais... une déposition écrite du plaignant l'empêcherait de libérer Jean-Roger. Bien entendu, il serait navré que toute l'équipe du film soit obligée de plier bagages.

Je sens le garrot se desserrer. Je n'ai plus qu'à convaincre Daniel. Il est dix heures du matin. Je me précipite à l'hosto. Il est nerveux. Son œil n'est pas, d'après lui, filmable. Il accuse Jean-Roger d'être en rivalité avec lui et d'avoir voulu l'éliminer du film.

Heureusement, Daniel est également metteur en scène. Même excellent, un César pour sa mise en scène de *La Dérobade*, avec Miou-Miou. Nous voilà sur le même terrain. Au début, je le filmerai avec des lunettes noires. Son personnage de gitan le permet. Je peux, de plus, privilégier son bon profil. Nous parlons des scènes. Certain qu'il ne perdra pas son rôle, il accepte de dégager Jean-Roger en retirant sa plainte. La paix des braves. Elle suffira momentanément pour que l'assureur signe le contrat.

Le film est sauvé.

Malgré mes ressources physiques, cette journée m'a fatigué.

Le tournage commence par l'entraînement du commando sous l'œil de la caméra. Une étroite faille dans une falaise relie une minuscule mer intérieure à la grande. Le commando doit subir une épreuve sous-marine, l'initiation aux descentes en rappel après l'attaque du fort et la libération du général. Un câblage, deux par deux, treuillé pour arriver au sommet de la falaise.

Et la peur s'installe. Trop habitué à courir des risques physiques dans ma propre vie, je ne vois pas grandir cette peur chez mes acteurs. Les guides de haute montagne chargés de la sécurité et de l'initiation me tiennent au courant. Si quelqu'un avoue son angoisse, ce n'est pas un problème, on le rassure, on s'en occupe doublement et on le sécurise à 100 %. C'est le cas de Niels, et jamais je ne reprocherai à quelqu'un d'avoir peur. Je la connais, cette contraction, cette faiblesse dans les jambes, je l'ai ressentie à mon heure.

Mais, me confie un guide, y en a qui roulent les épaules en ayant encore plus le trac que Niels. À Paris, j'avais prévenu : je ne veux pas doubler les membres du commando. Lesquels, évidemment, ne mourront que dans le scénario !

Entraînement explosif. Chacun cavale, place une charge et doit se mettre hors de portée de l'explosion. Pour faire plus dangereux dans le fauteuil du spectateur, un des guerriers doit rater son coup et sauter avec l'explosion. Ce sera mon fils Paul. Fin du petit rôle à Malte. La suite se jouera dans les Alpes suisses.

Pour la plongée, nous avons des combinaisons très techniques. Il faut les essayer, s'entraîner. Daniel, dont l'œil est guéri, snobe cette discipline. Pendant le tournage d'une séquence, il fera une erreur de valve et basculera, les jambes vers le ciel et la tête sous l'eau. Gaby, grand nageur, le sauvera. La situation a bien fait rigoler les techniciens ! Mais pour un trio désormais soudé par la peur – Niels, Gérard et Jean-Hugues –, cette dernière est maintenant partout. Jean-Roger en profite pour se donner des airs de personnage inquiétant. Ça mine par en dessous.

L'équipe d'Edlinger filme sans moi. Lui, grimpe sans assurance. Il est le seul à risquer véritablement sa vie. Sur son dos, un petit treuil et son câble pour sauvetage en haute montagne.

En haut, je tricherai, un plus gros câble tractera le commando lorsque les hommes sortiront de la mer, deux par deux, à l'abri d'une grotte, harnachés de baudriers.

Je place Gaby avec Niels. Le câble se balance. Gaby le saisit. Il se mousquetonne avec Niels. Ils démarrent d'un tablard rocheux. Ballant immédiat dès la tension du câble. Ils entrent un peu dans l'eau et en ressortent de gauche à droite et de droite à gauche, jusqu'à se retrouver en ascension au-dessus des flots. Gaby se décolle de la paroi avec Niels, sans ce geste ils risquaient la râpe à fromage.

Ce qui arrive au tandem Daniel et Bernard-Pierre. Plusieurs caméras sont en batterie. Je suis à côté de celle qui assure les plans rapprochés pour bien reconnaître les acteurs. Je me trouve sur un décrochement rocheux parallèle à l'action et crie à Daniel et Bernard-Pierre de se décoller de la paroi. Ce qu'ils font. À cette seconde précise, la traction se bloque net. Au talkie, depuis la falaise, on m'annonce que le câble du treuil est sorti du tambour et s'est coincé sur l'axe. Le poids des deux corps empêche de le remettre en place.

L'équipe d'Edlinger va leur envoyer une corde terminée par deux mousquetons. Ils devront les fixer à leurs baudriers et se libérer du câble. La corde descend vers eux et je leur explique la manœuvre. Je comprends qu'ils soient mal à l'aise, mais ils ne risquent absolument rien, la corde de montagne supporterait un cheval. Toute l'équipe d'Edlinger va assurer leur remontée.

Mais ils n'osent plus se décoller du rocher. Tout en haut de cette paroi calcaire, il y a des buissons d'épineux. On dirait que les deux rescapés adorent les épines. De mon promontoire, je les entends gueuler.

Dès sa montée, le tandem Claude Brasseur se met à tourner sur lui-même. Le treuil, réparé, a dû toronner. Ça me fait une variation d'images. Claude, formidable, plaisante.

Mais la journée n'est pas finie, le pire est à venir. Bernard-Pierre et Daniel ont repris pied en éructant leur peur et se sont attirés les sarcasmes. Une équipe de cinéma saute sur tous les charriages possibles. Quand je rejoins le sommet, Bernard-Pierre se permet un débordement de langage à mon égard. Je dirige le film. J'ai un devoir de contrôle. Ses paroles me détruisent de l'intérieur. Dès la fin de cet après-midi, je le prends à l'écart.

Il y a pas mal de regards sur nous. Je commence par m'excuser pour cette panne du treuil et lui dis calmement qu'une autre insulte à mon égard pourrait lui coûter le saut de l'ange depuis une falaise. Dès que je m'entends prononcer cette menace, je m'en veux d'être assez con pour mélanger la vie et le cinéma. Ce n'est qu'un film, et lui, un homme dont le physique ne reflète pas le mental. L'incident est de ma faute. Il a dû sentir que l'exagération était réciproque et il ne se mêlera plus jamais aux situations qui risquent de se dégrader.

Même un congrès de psychiatres aurait eu du mal à explorer la ligne de conduite de Jean-Roger. Dans une petite scène avec Gaby, il s'arrange, en se retournant, pour lui heurter le torse avec le canon de sa mitraillette. Une fois, ça va. Deux fois, c'est trop. Gaby me demande l'autorisation d'intervenir « hors acteur ». Je suis d'accord. Jean-Roger, invité par Gaby à « s'expliquer » un peu plus loin derrière, se dégonfle et reprend en jouant normalement et non plus comme un voyou.

Je tourne de nuit l'attaque du fort des terros. Jean-Roger doit mourir. Il est dans une Jeep avec Gérard. Ils zigzaguent dans un enfer de mitraille et de flammes. Jean-Roger, blessé, agonise contre Gérard. Des spasmes d'une sublime vérité, mais il y ajoute de courtes rafales à blanc de l'arme qu'il tient toujours pointée sur les pieds de Gérard. Surpris, celui-ci a des réactions qui intensifient la scène. J'en profite à la caméra. Je comprends que Jean-Roger ne joue pas. Il y croit. Il meurt vraiment.

La nuit s'achève. Nous rentrons dans le seul hôtel de Comino, une île de poupée.

« Mon rôle est terminé... Je prendrai le bateau tout à l'heure, me dit Jean-Roger.

– Qu'est-ce que tu racontes... T'as pas tourné le début.

– Mais je suis mort... Tu vas pas faire jouer un mort !... »

Trop fatigué pour suivre ce délire. Je dois dormir deux heures et rejoindre le tournage de la deuxième équipe de fiction, qui devait, en principe, soulager la grande.

Je confie Jean-Roger à mon fils Paul pour qu'il l'empêche de partir « parce qu'il est mort ». Paul est le seul technicien capable d'évoluer entre les clans qui se sont formés sur ce tournage explosif. Et Jean-Roger l'aime bien.

Je roupille deux heures. Quand je me lève, des employés cherchent la sculpture de lion qui trônait sur le bar. En acceptant d'aller se coucher, Jean-Roger l'a emportée. Il dort le lion entre ses bras.

Une nouvelle bataille éclatera entre Daniel et Jean-Roger. Désormais trois acteurs se sentent en permanence menacés par Jean-Roger. Dans le couloir du grand hôtel, ils ne veulent plus rentrer dans leur chambre séparément. Il fait nuit. Ils veulent que je reste avec eux. Ils ne peuvent plus assurer leur travail d'acteurs. Tout au fond du couloir, Jean-Roger traverse leur champ de vision. L'un d'eux m'avoue que la seule présence de ce barbare le détruit.

« Il ne vous a rien fait. Et puis toi, Jean-Hugues, tu es jeune, rapide, tu pourrais même tourner autour de lui en rigolant. »

L'action impitoyable du scénario les habite. Après leur réussite, l'évasion du général américain, les membres du commando seront flingués, où qu'ils aillent, par les services secrets pour camoufler leur action illégale. Par transposition, Jean-Roger figure peut-être ce tueur des services spéciaux. Daniel ne se prive pas d'en rajouter. Une coalition se monte pour faire virer Jean-Roger du tournage.

Claude Brasseur, Gaby, Edlinger et Bob l'Anglais n'y participent pas. Mais je suis obligé de discuter avec les imprésarios de Niels, Jean-Hugues, Gérard. La plus puissante agence de Paris est représentée par la charmante Isabelle. Je reçois l'aide inattendue d'Edlinger. Il s'énerve, ou plutôt il s'indigne. Il les engueule. Il s'était fait une autre image du monde du spectacle. Il aurait donc risqué sa vie pour des gougnafiers capables de faire capoter le film ? ! Claude s'énerve aussi. Il exige que les trois acteurs coalisés indiquent à quelle heure ils reprendront l'avion, car il ne croit pas à ce genre de grimaces.

Jean-Hugues et Gérard reviennent à des attitudes plus responsables. Niels, lui, est irréductible. Il partira. Je m'étais souvent demandé pourquoi, avec son physique et son talent, il n'était pas devenu une star... Les imprésarios ne sont pas les meilleurs conseillers en carrière. En s'opposant à leurs acteurs, en les tempérant dans leurs excès, ils craignent que l'acteur ne quitte leur agence, surtout s'il est très demandé.

C'est un dimanche. Niels a fait son sac. S'il part, le film s'arrête. Le scénario ne tient plus. Je n'avais pas voulu réclamer de l'aide du côté de Jean-Pierre B. et de ses amis. Leur intervention me paraissait incontrôlable. Après le départ de Niels je ne pourrai plus faire face tout seul. Je l'informe que je suis obligé de signaler son départ à certains financiers du film. Attention au comité d'accueil à Orly.

Première brèche. Il perd son air buté, sans appel.

« Est-ce que tu peux remplir une condition ?... »

Je sais que son inquiétude est sincère. Je suis sympathisant.

« Je ferai le maximum, sauf virer Jean-Roger. »

Il veut que je l'autorise à porter un calibre chargé. Cette protection l'encouragerait.

« Ça serait trop dangereux pour toi. Où veux-tu finir ?... Aux assises ?... Ta meilleure protection, c'est moi. Tu as un très beau rôle... Tu gagnes bien ta vie... Elle est belle, la vie...

– Alors tu ne veux pas », me dit-il.

Le voilà qui se bloque à nouveau. Je lui propose de demander cette arme devant toute l'équipe. J'espère qu'il refusera. Il accepte.

Nous habitons tous le même hôtel. Réunion des cent vingt personnes. Il faut un vrai culot pour réclamer ce flingue devant tout le monde ! Il me semble qu'il joue un rôle, qu'il a franchi les limites entre la fiction et le réel. Il devient un film à lui tout seul.

Nous l'écoutons, stupéfaits. Il s'imagine aussi qu'un papier de la production le couvrirait. Un pas de desperado en avant et deux en arrière. Le délégué syndical lui parle gentiment de cette requête qui n'est pas « professionnelle ». Il plaisante :

« Il n'y a que des balles à blanc sur le tournage... On ne fait que du cinéma. »

Nous nous éparpillons. Niels ne parle qu'avec Gérard. J'ai su plus tard que ce dernier avait sans doute confirmé l'existence de commanditaires spéciaux dans ce film. Niels défait son sac et ce superbe acteur reprend son rôle. Lui dire qu'un changement de distributeur à cause de lui nous avait coûté 2 millions lourds n'eût rien changé à nos discussions. Son état était suicidaire. Il ne se rendait même pas compte des conséquences, pour lui, de l'arrêt du film.

Mes images s'animent, je me glisse à nouveau dans mon film, tandis que le stress glisse, incognito, dans mon rein droit, l'embryon d'une tumeur maligne.

Je vous épargne, à Genève, la porte d'un avion de tourisme qui ouvrira le front de Jean-Roger, et j'en arrive aux Alpes.

Mes amis les Roussel, des laboratoires Roussel, voudraient organiser une soirée avec l'équipe du film dans leur château de Genève. Mais j'ai dû changer le plan de travail et nous tournons d'abord au fond d'une vallée suisse, dans les montagnes valaisannes. C'est la dernière séquence avec Claude Brasseur. Les Roussel le connaissent bien. Ils fixent un jour pour venir déjeuner. Ce jour-là, un brouillard intense ferme notre étroite vallée à Fionnay, près du barrage de Mauvoisin.

Je téléphone à mes amis pour qu'ils déplacent le rendez-vous. Impossible. Ils doivent descendre ouvrir leur maison de Saint-Tropez. Ils ont pris la météo : vers midi le brouillard va se lever. J'insiste. Ils feraient mieux de décaler Saint-Trop, d'autant plus que le lendemain je tournerai dans un très beau site au-dessus de Fionnay. Non. Ils viennent. Ils apporteront le dessert.

Ce jour-là, Claude n'est pas de la séquence. Il nous rejoindra en voiture pour déjeuner. Il partira de Martigny avec sa femme.

Lorsque le bruit des pales s'approche, nous sommes dans la gare d'un petit téléphérique privé. Toute l'équipe sort pour accueillir le jeune couple richissime béni des dieux. Ils nous avaient déjà rendu visite à Malte. L'hélico, bien au-dessus des câbles à haute tension qui barrent la vallée, pique soudain sur nous. Un premier câble sectionne le rotor et l'appareil, déséquilibré, percute le talus et s'écrase.

Il a explosé et s'est enflammé. Les occupants périssent carbonisés en quelques secondes. Claude Brasseur est arrivé en voiture en même temps qu'eux. Il a vu le drame derrière son pare-brise. Je suis à la fois mort et vivant, comme un arbre foudroyé et toujours debout.

Je suis terrassé. Ce film a été repoussé d'un an. Puis j'ai modifié le plan de travail. La date de la mort de ce jeune couple était donc inscrite, soudée, incorporée à mes changements !

Je dois appeler le majordome de leur château, que je connais très bien. Zazie m'aide à trouver le numéro. Sacré bordel de merde, si seulement mon film avait capoté à Malte, ils vivraient toujours. Au bout du fil, je me présente. Je demande au majordome s'il me reconnaît, car ma propre voix m'est étrangère :

« Bien sûr, monsieur Giovanni.

– C'est au sujet de monsieur et madame Roussel...

– Ah, ils sont bien arrivés ?... »

Une saloperie de silence.

« Vous savez, s'ils ne sont pas encore arrivés, ils ne vont plus tarder... Je les ai conduits à l'héliport à 11 h 45 exactement... Ils sont avec madame Brunchwig. »

Bon dieu, une amie à nous. Elle nous avait présenté les Roussel.

« C'est que... Voyez-vous... Il y a eu un accident...

– Pas grave, j'espère... Pouvez-vous me passer monsieur Roussel ?

– L'hélico... Il a explosé... On n'a rien pu faire...

– Ils ne sont pas morts ! Ne me dites pas qu'ils sont

morts ! » Il hurle. « Je vous interdis, vous m'entendez... Je vous interdis de me dire qu'ils sont morts ! »

Sa voix s'étrangle. La mienne l'est déjà. J'ai du mal à raccrocher. Les journalistes arrivent. Ils se montrent discrets. Je les regarde sans les voir. Dans ce pays, je suis lié avec certains, comme Patrick Ferla, André Nusslé, Michel Pichon, sur la longue distance, les jours qui s'enfuient.

Très loin, en Grèce, mon amie Albina du Boisrouvray apprend qu'un hélico s'est écrasé ici. Quatre morts avec le pilote. Son fils, François-Xavier, pilote, faisait des transports pour le film. Elle le croit mort jusqu'à ce qu'on la détrompe.

Que de cœurs déchirés pour un film ! Ma tendance à culpabiliser s'accentue. Je dois tourner les quelques plans qui finiront la séquence. Alerté, François-Xavier arrive en hélico et va se poser normalement, au-delà des câbles à haute tension. Il ne comprend pas l'origine de l'accident.

Le lendemain, il doit faire des rotations pour nous transporter plus haut, au bord d'un petit lac, près d'un refuge. Je n'accepte que pour le matériel. Personne ne montera dedans. Ils prendront le télé du chantier et marcheront quinze minutes à pied. L'équipe se concerte. Ils viennent me décharger de ce cas de conscience. La tragédie, depuis l'adolescence, m'enserre comme le lierre qui étouffe un arbre.

Une forte main sur mon épaule. C'est Marceau, l'ami de mon village qui assure l'intendance. Il sait. Et, petite et si grande à la fois, Zazie est là. Toujours.

CHAPITRE XXI

L'Inuit

Tu seras tout seul dans ton cercueil.

Raymond CHANDLER.

Gérard Lebovici meurt, dans un parking, d'une balle de 22 long rifle en pleine tête. L'arme d'un pro. Il avait quitté son domicile sur un coup de fil. Qu'on l'attende pour souper. Il n'en aura pas pour longtemps. Il a sans doute rendez-vous avec un ami ou une relation sans risque. Je veux dire qu'il ne s'était senti nullement menacé.

Sa grande agence artistique, ses maisons de distribution, ça finit par gêner trop de gens. Une fabrique de haine. J'avais toujours trouvé étrange sa fréquentation des marginaux. Il éditait des histoires sur Mesrine, Loutrel – *Pierrot le Fou n° 1* – et sur les Brigades rouges. Je connaissais son attirance pour l'exceptionnel. Mais elle demande une certaine « pointure ». Les barbares flairent la faiblesse d'un interlocuteur comme les loups détectent la fatigue d'un trappeur isolé.

Cognes, village perdu au fond d'une vallée perpendiculaire à la vallée d'Aoste, est le départ d'une course de ski de fond sur 50 kilomètres. Nous y avons participé avec Zazie. Mais, dans cet émouvant village du bout du monde, Lebo prenait retraite. Pour y recevoir quel genre d'hommes de l'ombre ?... Après son assassinat, je me suis posé la question par habitude du polar. Avec Lebo, nous nous étions heurtés. Je le regrette. Je me suis privé d'une intelligence, et puis, qui sait ? mon expérience l'eût peut-être protégé du pire.

Je retourne à la finition des *Loups entre eux*. Le film n'échappe pas au problème de monnaie, le planning financier part en lambeaux, tiraillé entre Cohen, le rêveur éveillé, et Oury le baroudeur qui doit écoper sans comprendre pourquoi l'eau envahit son navire. Les ardoises se multiplient. Je refuse que les techniciens et les acteurs ne reçoivent leur dû qu'après la sortie du film.

Mais, me direz-vous, je n'ai qu'à prier mon ami Jean-Pierre B. de régler ça. Il est garant. Seulement je viens de le perdre, Jean-Pierre. Il est mort lors d'une opération cardiaque. Son nom a rejoint la liste des autres morts sur ce film qu'il avait déclenché.

J'ignore tout des documents qui ont pu être signés entre Cohen et Oury. Ce dernier a dû se couvrir. Je soupçonne Cohen de détenir le record de vitesse du bouclage des valises. Jean-Pierre B., que j'aimais beaucoup, n'est plus là pour le bloquer dans l'ascenseur.

Mon film, plein de morts sur l'écran et en dehors de l'écran, devra au moins payer à chacun le prix de ses angoisses avant d'oser remplir les salles.

Si je ne livre pas au jour et à l'heure dits une copie standard à l'assureur, il peut se l'approprier entièrement. Et je ne procéderai aux finitions que si tout le monde est payé. Les tempêtes d'Oury n'y changeront rien. Il se juge trahi, il n'a aucun sens de l'éthique. Il paye. Par la suite, son incompétence et la fuite programmée de Cohen bloqueront la vente du film à l'étranger.

Tout se termine. Je rentre dans ma clairière avec mes amis disparus. Impossible de revenir en arrière, de ne pas faire ce film. Il est fait et ils sont morts.

Et si je n'étais plus capable d'écrire ?... J'ai soudain peur de vérifier, de commencer un autre livre. Pire : je ne confie pas cette peur à Zazie.

Voilà que le directeur de la troupe de théâtre de mon village, Raphy Jacquier, me demande un conseil. La pièce qu'ils veulent monter leur pose un problème. Les amateurs sont souvent plus à même d'aboutir dans le vaudeville. Cette fois, il s'agit d'une pièce de terroir. Un drame dans le milieu des flotteurs de bois avant la guerre de 14. Je pense qu'un conseil ne leur suffira pas et je propose de les mettre en scène. Ils craignent un tarif au-dessus de leurs moyens, mais je suis bénévole pour cette activité qui me coupera radicalement du reste.

Un décor de forêt naïf mais porteur, et l'intérieur rustique d'un chalet de montagne. J'utilise les éclairages pour mieux cerner le drame. L'intrigue se tient. C'est finalement une ambiance d'aventures avec un des flotteurs poussé dans une gouille mortelle par un rival de cœur.

Nous obtenons un grand succès. Les acteurs amateurs ont progressé efficacement à chaque répétition. J'éprouve une joie nouvelle.

J'ai beaucoup regretté de ne pouvoir filmer le danger réel que couraient les flotteurs. Armés de grandes perches terminées par un crochet, ils accompagnaient les troncs charriés par un torrent furieux jusqu'à la sortie des gorges étroites. Les troncs se coinçaient parfois, s'enchevêtraient, formaient des barrages, et les hommes les crochetaient pour les dégager. Une secousse violente pouvait déséquilibrer l'homme qui tombait et se noyait très vite. Forcément, on pense au crime parfait.

Un Valaisan, Raymond Vouillamoz, est directeur de la fiction à la Télévision suisse romande. Il a vu la pièce. Il m'envoie une équipe pour la tourner dans les décors naturels de la forêt. En quelques jours c'est dans la boîte, et Vouillamoz nous diffuse à 20 h 30. La cassette existe. Tous les acteurs ont la leur. Je n'ai pas été inutile.

Mon désir de créer est revenu, lié à la possibilité d'un film avec Lino Ventura. L'idée d'un personnage qu'on appellera « l'Homme » tout au long de l'histoire, ne dévoilant son identité qu'à la fin. Sous le titre *Un vengeur est passé*, j'écris un polar qui voyage en Europe, teinté de néonazisme et de rapports père-fils douloureux. Même si je pense à un futur film, je ne me censure pas en écrivant le roman. Je me laisse aller. Dans ce petit dernier, je passe par Hambourg, le temple du sexe. J'y puise des personnages troubles, et, à la lecture, le puritanisme de Lino s'en offusquera.

L'écriture d'un roman m'entretient le moral. Depuis le début je n'ai eu aucune difficulté à me faire éditer, ni à coucher mon imaginaire sur le papier pelure jaune.

Côté cinéma, une certitude m'entrave : tout ce que j'entreprendrai sera inférieur à mon histoire du Grand Nord, *Le Musher*. Aussi, dès qu'Albina du Boisrouvray prend une option sur les droits cinématographiques, je n'ose penser que pour moi, depuis ma sortie, c'est Noël. Les mots, la chance et ses dérivés sont trop faibles.

Avec Georges Casati et Zazie, nous partons en repérage en Alaska. Le trajet de la course de chiens de traîneaux, centre du roman, va d'Anchorage à Nome, sur le détroit de Béring. Nous sommes en automne. Georges se préoccupe d'abord des possibilités de loger une lourde équipe de cinéma. Et aussi du froid. Le tournage se ferait également en automne. Puis une coupe, et reprise au printemps avant le dégel.

Georges craint le froid. Un jour, à Fairbanks, je sors le premier de l'hôtel. Sur le parking un thermomètre affiche moins 20 degrés. Je croyais qu'il faisait moins 5. Georges apparaît dans un blouson d'aviateur. Il semble très à l'aise. Mais la lecture du thermomètre le fait changer de tête...

Nome, dernière petite ville du détroit de Béring, n'est accessible qu'en avion. Un acrobatique virage sur l'aile du gros porteur au-dessus d'une mer noirâtre. Nous y verrons une vague se geler en mouvement. Un long bourrelet de glace sculpté par le blizzard.

Autour de Nome, un réseau routier de 30 kilomètres et un seul loueur de voitures : un Chinois qui tient un tripot.

« Il est trop seul dans ce job... Tu commences à un certain tarif, et après il te fait monter au cocotier. »

La température transforme les chiens polaires à l'arrêt en blocs de glace, roulés en boule, leur queue sur la truffe.

Je dois reconnaître que le film ne serait pas tournable en Alaska. Nous allons sur le pacifique, à Skagway, petit port d'arrivée des chercheurs d'or au XIXe siècle.

Nous prenons un train qui franchit la fameuse *pass* décrite par Jack London. Neuf heures pour un trajet de 150 kilomètres.

Finalement, nous explorons les Territoires du Nord-Ouest au Canada, sur les rives du lac des Esclaves. Yellowknife, la petite capitale, offre à la fois le moderne et l'ancien. Sur le lac gelé, belle possibilité de recréer le départ de la course. Le scénario détaille trente traîneaux de vingt chiens. Soit six cents chiens démarrant en ligne. Une image d'enfer réservée à une production hollywoodienne, avec trois ou quatre stars américaines.

Albina essaiera bien de ce côté-là. Mais les Ricains réservent leur fric aux Ricains. En prison, j'avais commencé à apprendre l'anglais avec les méthodes livresques. J'avais mieux réussi dans l'étude du jeu d'échecs.

Après notre voyage sous l'étoile polaire, je dois remiser mon rêve de roi mage. Mais il est si grand, ce rêve du *Musher*, que je ne le perdrai jamais de vue.

Au cours de nos conversation au sujet de ce film, je sens que Lino l'abandonne progressivement. Il remet l'origine du personnage en question, trouve que cet écolo protecteur de la faune complique le sujet. Il voudrait en rester à l'épreuve de force de la course. Il se verrait plutôt en aventurier mystérieux, chercheur d'or à l'occasion, tombant par hasard sur cette course. Et les motivations pour la faire ?... Et qu'y gagnerait-il ?...

La perspective du froid nous sépare aussi. N'en parlons plus. Je reste seul et, par passion, je retravaille mon scénario enrichi par les repérages.

Les vacances nous amènent Vincent, le petit garçon

de notre fils Paul. Une luge sur la neige avec un gosse dessus, un gosse de notre sang, la vie recommencée.

À l'entrée des Territoires du Nord-Ouest, on voit une étrange sculpture en pierres mal dégrossies, jambes courtes, bras courts à l'horizontale, un petit bloc pour la tête. Cette silhouette aussi large que haute figure un Inuit : l'Homme. J'en fabrique un dans notre clairière. Je pose les mains dessus. Cet Inuit en pierre a beau être là, c'est quand même une illusion. Une phrase d'Hugo me revient : « L'utopie c'est la réalité de demain. »

CHAPITRE XXII

Que vous soyez puissant ou misérable...

Ma réhabilitation m'a débarrassé du malaise que j'éprouvais en face d'un palais de justice. L'imbroglio, pour ne pas dire la foire d'empoigne, dont souffre le respect des droits d'auteur dans le cinéma contraint à porter les litiges devant des juges.

Je dirai, avec modération, que les droits d'auteur ont été mis en coupe réglée. Les producteurs qui déposaient leur bilan ont vu s'abattre des vautours sur la vente aux enchères de leur portefeuille. Un seul exemple : le négatif du *Deuxième Souffle* a été racheté pour une poignée de cerises par un grand nom du cinéma, président de la Cinémathèque à l'époque. Tant mieux pour lui. Les affaires sont les affaires.

Mais les droits de mon roman *Le Deuxième Souffle* étaient échus. J'espérais un appel de cet homme pour les prolonger. Silence. Et vente du film à une chaîne de télévision par ce ferrailleur de la pellicule. On achète pour rien et on revend très cher des droits qu'on n'a pas. L'auteur n'a plus qu'à danser devant le buffet. J'ai traité à l'amiable pour lui éviter les bancs de la correctionnelle.

Il est vrai qu'on se prend la tête avec les procès,

mais cette fois, étant du côté de la victime, je vais obliger les voleurs à me rembourser. Avec maître Rendel, ma petite avocate si douée, nous n'engageons de procès qu'avec le droit pour nous et toutes les preuves des contrefaçons. Nous avons toujours gagné. Souvent le perdant n'est plus solvable : rien à son nom, ni le compte en banque, ni la maison, ni la bagnole.

Pour la vente de mon film *Le Rapace* au Japon, le juge m'a demandé d'apporter la preuve de son exploitation en cassettes. Je demande à Unifrance Films, qui représente le cinéma français dans le monde, de se procurer la cassette dans un magasin de Tokyo. Mais cet organisme est celui des producteurs. Ils ont freiné des quatre fers pour protéger celui qui me volait. Je précise, à la décharge des premiers producteurs du film, ceux qui ont permis sa création, qu'ils ont toujours été nets avec les auteurs. Malheureusement ceux qui achètent les négatifs des films déjà produits sont aussi baptisés producteurs.

Un Japonais, à ma demande, est venu dans le bureau du juge avec les preuves de l'exploitation du *Rapace* au Japon et maître Rendel a gagné le procès. Payé, cette fois.

Aujourd'hui, les films sont revendus par paquets de société en société. Souvent les auteurs ont disparu. Parfois ils sont pauvres, oubliés, prêts à prolonger leurs droits contre un pourcentage qu'un usurier n'oserait proposer. J'avoue que le combat pour défendre les miens a plus à voir avec la défense de mes couleurs qu'avec l'argent. Un jour, dans cette arène j'ai quand même rencontré un type bien, Michel Schmit...

Je pose la main sur mon petit bonhomme de pierre, mon Inuit. L'hiver l'environne de blanc. Il doit reconnaître son berceau. Ma fille a un husky de Sibérie qui rappelle peut-être à cet Inuit en granit les crissements d'un traîneau sur la glace.

J'écris bien un polar pour me consoler de la fin des aventures nordiques. Je le veux trépidant, renouvelé dans les événements. Le titre, *Tu boufferas ta cocarde*, vient du dialogue entre deux flics. D'après Séguéla, le publicitaire vedette qui inventa « La force tranquille » pour Mitterrand, mon titre ne me ressemble pas, il ne souligne pas mon image de tragédien de la truanderie.

Et *Le Musher*, dans tout ça ?... Jean-Jacques Fleury, un producteur indépendant, s'y était intéressé sans avoir les moyens de financer l'affaire. Mais il dirige à présent la maison de production de films de Francis Bouygues. Le n° 1 du béton se diversifie. Et puis les troubadours sont plus imprévisibles qu'un viaduc.

Je revois Fleury avec la dernière mouture de mon scénario. J'apprends assez vite que le côté « grand public » de ce projet intéresse le patron. N'étant plus seul dans le vide, je pense à Alain Delon. Aucun contact récent. Je dépose le scénario dans sa maison de production. Et j'attends.

Chez Lattès, mon éditeur du moment, on me soumet la couverture de *Tu boufferas ta cocarde* : des fesses plus rondes que rondes menacent d'éclater un jean, et une carte de police est dessinée dessus. Mon avis sur cette idée ?... Mon cerveau s'est barré sur la banquise.

Alain ne répond pas. Même négative, la réponse doit venir. Je lui écris mon étonnement. Surtout de la part d'un professionnel de son niveau. Il a bien reçu le scénario, qu'il avait confondu avec un autre, sans doute *Le Bouncer*, l'histoire mafieuse de Le Breton au Canada. Bouncer et Musher : malheureuse confusion.

Alain se met donc à lire très vite. Il m'appelle dans la nuit : il me demande quel personnage je lui destine.

« Le principal... Dan Murphy...

– Alors ne le cherche plus, tu viens de le trouver. »

Je le revois au studio de Boulogne. Deux questions se posent : la production et le reste du casting. Je lui dis que Francis Bouygues est intéressé. Quant à l'élargissement du casting, je parle de Christophe Lambert pour jouer le pilote, seul ami de Dan Murphy chez les Blancs. Après *Greystoke* et *Highlander*, son box-office est au sommet.

Alain m'assure que ses relations avec Francis Bouygues sont excellentes. Je peux lui dire que j'ai Delon pour le rôle principal.

« J'attends qu'il me demande de confirmer, et avec lui, le film est monté », m'assure-t-il.

Je fonce chez Fleury pour transmettre l'accord de principe de Delon. Le puzzle s'assemblera avec la réaction du boss. Il lui arrive de voir Alain en week-end. Dès que ce dernier lui en aura touché un mot, on se lancera dans la préparation.

Je ne veux accuser personne de la paralysie de certaines susceptibilités. Mais qui, d'Alain, superstar de l'écran, ou de Francis Bouygues, empereur du béton, nouveau venu dans le septième art, devra parler à l'autre en premier ?

Fleury, chargé de la production, pense à un dîner à trois : lui, Alain et Bouygues. Ce dîner ne se fera pas.

À ce stade, je manque sans doute d'un talent de vendeur qui entre par la fenêtre quand on lui ferme la porte. La passion ne suffit pas. Aller de Bouygues à Alain et d'Alain à Bouygues en leur faisant vivre le film, piétiner mon amour-propre en les suppliant de ne pas se priver d'une histoire pour grands et petits. D'ailleurs, les éditions internationales du Reader's Digest ont publié le livre. Bon signe de popularité.

Rien ne se conclut du côté des productions Bouygues. Néanmoins, Alain Delon reste attaché à son personnage altruiste, protecteur de la faune. Dans sa propriété, Alain possède une dizaine de chiens de toutes les races, dont il s'ennuie dès qu'il s'en éloigne.

Il manifeste son désir de monter le film lui-même. Il en annonce la vente à l'étranger au prochain festival de Cannes. Christophe Lambert a donné son accord de principe depuis le Mexique, où il tourne *Highlander II*.

Une affiche est créée. À Cannes, je me plante souvent devant elle, me laissant emporter par ce rêve un peu fou. J'accepte l'idée d'en faire le dernier film de ma carrière. Je suis certain de ne plus jamais me trouver à la tête d'un sujet aussi porteur, capable de franchir autant de frontières. Lino n'y sera pas. Mais Delon, lui aussi, fait partie de ma famille artistique. Je garde le vivant souvenir de son regard d'enfant perdu offert à Gabin, à deux pas de l'effroyable guillotine de *Deux hommes dans la ville*.

Depuis que je retrace ma seconde vie, un élément domine : ne pas se laisser envahir par le découragement. Faire face. J'ai quand même vu s'approcher la période climatique du tournage avec une sensation bizarre. Vous savez, comme un brouillard intérieur. Une vague au cœur, sinon à l'âme.

On repousse souvent un tournage. Là, c'est impossible. La barrière de dégel ne recule pas. Les lacs du Nord-Ouest et le delta du Mackenzie doivent être encore gelés pour supporter les traîneaux et les véhicules, toute l'infrastructure de la course. J'essaye de multiplier les contacts avec Alain. Il est habitué à son heure et il se cabre sous les pressions. Je suis en relation permanente avec quelqu'un sur place, à Yellowknife, des spécialistes surveillent l'épaisseur de la glace sur le lac des Esclaves. Dès qu'elle devient insuffisante, tombe une première interdiction d'y circuler... jusqu'à ce que l'eau permette la navigation.

L'espace de temps se rétracte comme une verge apaisée. La préparation du film meurt de n'avoir pas vécu. Je dois me retirer dans ma clairière avec Zazie. Elle se sent toujours bien en montagne. À la regarder soigner à nouveau ses plantes, je me demande si elle a vraiment cru que je ferais ce film géant.

Nous évitons le sujet. Est-il mort ?... Dois-je le proposer ailleurs ?... J'ai abandonné une préparation, d'ailleurs rendue impossible par les dates, sans revoir Delon. Un peu plus tard, il me fera dire par Nicolini, son directeur de production sur un autre film, qu'en dehors de lui je ne trouverai jamais l'acteur pour jouer Dan Murphy !

Aucune importance. Rien n'a d'importance comparé à la mort du Petit Prince. Pas celui de Saint-Exupéry. Le vrai. Le fils d'Albina du Boisrouvray. François-Xavier, jeune et brillant pilote d'hélico, rescapé des plus dangereux sauvetages en haute montagne, ingénieur en aéronautique, vient de mourir sur le Paris-Dakar.

Un vol trop tardif sous l'impulsion d'un aventurier de bazar qui ignorait que, dans certains cas, il y a noblesse à renoncer et stupide gloriole à en faire trop.

Ici, le peuple de la montagne pleure celui qu'on rêvait éternel. À l'enterrement, des pétales de roses tombent du ciel. Nous sommes là avec Zazie. Personne d'autre de ce monde du spectacle auquel Albina avait tellement donné. Elle n'en ressent que davantage le faux-semblant de ce monde-là. Elle ne puisera la force de vivre qu'en se rapprochant d'autres personnes. Ceux qui souffrent.

Tous les ans, à la même date, nous serons près d'elle. Les mots ne sont plus nécessaires. Il ne sera juste que d'être toujours là. C'est notre vérité.

Après ce drame, j'ai un peu coupé avec la production. Je ne revois Jacques Bar, ce producteur important, avec lequel j'ai fait deux films, que pour faire du vélo. Il a monté un club, un peu smart, et m'invite à un Paris-Deauville. Départ de Neauphle-le-Château sous une pluie battante. Voitures suiveuses dont, évidemment, celle de Zazie. Ils ont, comme moi, des vélos de gentlemen. C'est-à-dire course chicos. Pas de garde-boue cyclotouriste. Alors la flotte gicle du ciel et des roues. Il y a quand même 200 kilomètres à parcourir. J'arrose la prothèse de ma jambe gauche ! Pas de dénivelé à part la côte de Rolboise. Et sur la fin pas mal de kils en faux plats descendants. Le club est reçu à la mairie de Deauville par madame d'Ornano, la maire. Certainement sur le nom de Jacques Bar et d'autres personnalités de son club.

On m'envoie beaucoup de bouquins. Une « Série noire », *La Pêche aux anges*, signée Jean-Bernard Pouy, me plaît énormément. Un style au service de personnages authentiques. Motivations puissantes.

Il s'agit d'un trafic d'enfants. Une femme, infirmière, a porté plainte pour disparition. La police traînaille. Elle prend l'enquête en main. Des marginaux l'aideront : un Gitan, un ferrailleur... Mais l'auteur est pessimiste. La jeune femme échoue, et son petit garçon, dix ans, et d'autres enfants enlevés seront souillés malgré tout.

Je rencontre Jean-Bernard Pouy pour lui confier mon envie d'en faire un film s'il m'autorise à changer la fin. La mère retrouverait son enfant et les autres, juste avant qu'un bateau ne les emporte vers l'Afrique. Les ravisseurs seraient exécutés sur place. Au cours de son enquête, une histoire d'amour avec un Gitan qui met son fils en danger pour remonter la filière. Chez Pouy, ce gosse-là mourait. Avec moi, il vivra.

Pouy a vu mes films. Il accepte mon optimisme. Il pense que dans la société actuelle l'échec est plus réaliste que le succès mais ne tient pas à travailler sur le scénario. Il ne connaît pas cette technique. On lui a déjà proposé de donner des cours à des stagiaires, traduisez : chômeurs en reconversion professionnelle ! Un fonctionnaire recruteur lui aurait dit :

« Quand on ne sait pas faire quelque chose, on l'enseigne. »

Joli programme, lié à des métiers, il est vrai, difficiles à définir. Comment apprendre à écrire un scénario à quelqu'un qui n'aurait pas d'imaginaire ?

Je me lance dans l'adaptation du bouquin de Pouy et je prospecte. Tournage dans le Midi. Budget très, très moyen. Le sujet rebute immédiatement la production long-métrage. Montrer la souffrance des enfants provoquera un rejet du public. Pourtant, dans le scénario, je ne montre qu'un rapt sans aucune violence. Quant aux enfants détenus dans un bateau ancré en haute mer, pas une seule image de sévice. Mais le sujet sera exposé à la presse comme la lutte contre un trafic d'enfants. L'imagination du public fera le reste. Trafic d'enfants = torture d'enfants.

J'ai payé l'option sur le livre de Pouy. Il a eu confiance en moi et je n'arrive à rien. Pourtant le personnage de la mère est magnifique. Le courage semble ne plus intéresser personne. Pas plus celui d'une femme que celui de Dan Murphy. On aborde peut-être le règne de l'indulgence pour les pédophiles. En la personne de Jean-Bernard Pouy, j'ai rencontré le plus doué des nouveaux auteurs de polars. À force de vivre, on s'enrichit chaque jour si on y regarde de plus près.

Michel Constantin tourne un film dans le Valais suisse, à côté de chez nous. Je lui rends visite à l'heure de la cantine. Reuser, le metteur en scène, est sympa. Nous parlons projets. Entre cinéastes, un sujet de conversation aussi fréquent que la météo. La Télévision suisse est favorable à ce que Reuser travaille pour elle. Je lui propose de tourner le scénario tiré du livre de Jean-Bernard Pouy.

Dès que la Télévision suisse apprend que j'ai un sujet qui entrerait dans le cadre de leurs accords avec la « Série noire », ça l'intéresse. On en parle. Ils le lisent et me demandent pourquoi je n'en ferais pas la mise en scène. J'étais tellement branché vers le long-métrage que je n'avais guère pensé à un téléfilm. Je dois resserrer le scénario pour les quatre-vingt-dix minutes. On me donne trente jours, comme pour *Le Tueur du dimanche*.

J'avise Jean-Bernard Pouy. Il n'a rien contre. Bien qu'éphémère, un téléfilm réunit un nombre de téléspectateurs très supérieur à un long-métrage. Pouy a situé son récit à Antibes. La côte d'Azur est chère. Nous repérons à Sète, ce port qui entre dans la ville. Très photogénique. Des chalutiers longent lentement les terrasses des cafés.

On engage Mimsy Farmer, qui a déjà tourné avec moi dans *Deux hommes dans la ville*, pour le rôle principal. Et au fichier du spectacle, je trouve un acteur de forte présence pour interpréter le Gitan : Georges Coraface. Je monte un casting talentueux pour les autres marginaux, des acteurs de théâtre – qui peut le plus peut le moins : Teco Celio, Jean-Jacques Moreau. Les décideurs de télévision qui pensent beaucoup à leur public famille du 20 h 30 n'ont rien trouvé de rebutant au scénario. Alors, qu'arrive-t-il à ceux du long-métrage ?

Tournage gagnant à Sète. Même de Givray, le décideur fiction de TF1, me rend visite. Un remorqueur de haute mer, look sauvage, servira à la séquestration des gosses et à l'assaut final des héros.

On tourne dans un camp de Gitans réputés hostiles aux étrangers, près de Montpellier. Mais, dans la plupart des caravanes, on peut trouver une cassette de mon film *Le Gitan*. Ils me remercient de lui avoir donné le visage du superbe Alain Delon et accueillent l'équipe de tournage comme des frères.

Roland Deville, mon chef décorateur et ami, construit dans le camp un domicile pour Coraface : un vieil autocar flanqué, sur le toit, d'une citerne qui forme duplex, et sur les flancs de carcasses de voitures, additionnant les pièces. Les Gitans assurent la sécurité de ce décor jour et nuit.

Dans la vie, avec Roland Deville, nous pratiquons le renvoi d'ascenseur. Le montage de la deuxième pièce de théâtre avec la troupe amateur de mon village, *L'Intox* de Françoise Dorin, m'a posé un problème majeur. À Paris, la pièce avait bénéficié d'un décor tournant. Michel Voïta, jeune comédien qui a tourné avec moi dans *Le Tueur du dimanche*, me conseille de m'adresser à Roland Deville, décorateur français basé à Genève. Bien que surchargé de travail, il me sort bénévolement du piège, aidé par son fils Pierre Alexis. Ils peignent une rue sur un rideau en tulle. On jouera une scène devant le rideau tandis qu'on changera le décor derrière. Grand succès pour cette pièce de qualité interprétée à Paris par Jeanne Moreau et Jacques Dufilho.

Le roman de Jean-Bernard Pouy est rebaptisé *La Louve* pour la télé. J'ai reconstitué une sorte de famille. Souvenir d'un charme de tous les instants, moments inoubliables. J'y fête mon anniversaire dans la maison bleue paradisiaque que Zazie a louée pour notre séjour.

Un week-end, je rejoins Sainte-Maxime. Un rendez-vous de vélo. Un raid de 200 kilomètres dans l'arrière-pays. Raisonnablement, j'aurais dû déclarer forfait à cause du tournage. J'ai horreur de ça. Huit cents cyclos au départ donné par Michel Constantin, la vedette du coin. Fatigué par le film, je ne brille pas. À force de chercher de l'air, je me goinfre une guêpe qui me pique la langue. Je connais le danger, si elle gonfle on est bon pour passer à la télé en médaillon, dans le coin en haut à droite de l'écran : « On lui doit des romans noirs... Il a fait ses classes en prison », etc.

À un carrefour, je descends de vélo pour entrer dans l'ambulance de service. Ma langue n'a que très peu enflé. L'infirmière me prévient qui si on me fait une piqûre antivenin, je devrai abandonner la course. Le vilain mot. Je guette l'enflure. C'est elle qui abandonne, et je remonte sur mon vélo pour terminer.

Dans notre métier, piqueté de malentendus comme des choux à la crème sur une pièce montée, Mimsy Farmer, comédienne trilingue, la sensibilité toujours en éveil, d'une beauté naturelle, devrait avoir sa place au premier rang et des prix d'interprétation sur les genoux. Sa *Louve* battra quand même, sur le petit écran, le record d'audience des fictions de l'époque.

Un jeune avocat, Jean-Marc Ghannassia, reprend l'agence de Jean Nainchrik, lequel va se lancer dans la production. D'année en année, les scénarios aboutis et mort-nés s'entassent dans une agence. Jean-Marc exhume du purgatoire celui de *Mon ami le traître*, écrit en collaboration avec Claude Sautet et Alphonse Boudard. Il s'étonne de son séjour à la cave. Je lui dresse un court historique. Après Yves Montand, Claude Berri s'y était intéressé pour réunir Gérard Lanvin dans le rôle du banni et Bernard Giraudeau dans celui de l'officier du Deuxième Bureau. Gérard avait accepté et Giraudeau refusé. Déçu, Claude Berri avait abandonné.

J'avais vu fleurir un peu plus tard l'histoire de deux hommes séparés par leurs idéaux pendant l'Occupation sous le titre *Bras de fer*, avec un slogan : « Un traître est toujours un ami ». Sur le moment, que faire ?... En remplir un saladier ?... J'avais choisi de n'en parler qu'à mon vélo. Ghannassia jugea que le scénario, non galvaudé, gardait sa fraîcheur. Il promit de le ressusciter. Bonne chance, l'ami. Je ne serais pas déçu, car je n'en espérais plus rien.

Il y a un temps pour le regard à travers le pare-brise et un autre pour consulter le rétroviseur. Que laissera-t-on derrière soi ?... J'ai soixante-quatre ans. Sur mon vélo, je ne me concentre plus que sur ma roue avant en maîtrisant les 14 % de la côte du cimetière. Il ne me reste plus qu'à en plaisanter avec tous les copains, Gaby et les autres, que j'ai amenés sur l'obstacle.

Nous avons renoncé à approcher le record d'Albini, le facteur des cimes, sur cette remontée vers mon chalet. J'aime la vraie simplicité de ce phénomène physique à l'aise dans tous les milieux. Lui aussi préfère ceux du terroir à certains fantoches.

Dès que Ghannassia a trouvé un producteur, Alain Sarde, pour *Mon ami le traître*, je vois l'occasion de travailler à nouveau avec Lino. Le rôle de l'officier lui permettrait de s'exprimer pleinement : l'émotion, le tiraillement entre son devoir et sa conscience, la recherche des tortionnaires de sa femme, une résistante chef de réseau liquidée par la Gestapo. Je suis heureux de lui offrir ce personnage. La jeune femme reste un amour informulé. Un amour de regards. Mieux servir mon ami de si longue date. 1957. Trente années déjà...

Il hésite. Encore une fois il m'est impossible de plonger dans un baratin de vendeur. Je n'ai rien à lui vendre. Je ne suis pas un fourgueur d'amitié.

Il refusera. Le point de vue sur les événements de l'époque semble le gêner. Il ne me le dira pas vraiment. Il a gardé la nationalité italienne et ne veut sans doute pas porter de jugement sur la réaction du peuple français à la Libération. L'épuration faite par des héros de la dernière minute, tandis que les vrais résistants se battaient dans les Ardennes aux côtés des Alliés. Bâcler en deux mois le procès de certains collabos très importants et les fusiller avant qu'ils ne dénoncent ceux restés en place dans la nouvelle France. Abattre les lampistes et tondre les femmes qui avaient refusé leurs faveurs à ces ignobles coiffeurs.

Le point de vue du commandant Rove sur cette

époque, proposé à Lino, est sans doute en avance. À l'heure où j'écris, l'histoire l'a rejoint.

C'est au petit déjeuner chez Lino que nous nous sommes dit les choses les plus importantes. C'est devant ma tartine au miel qu'il a refusé de jouer dans mon film. J'ai senti, sans le lui dire, que nous ne retravaillerions plus jamais ensemble. Oui, j'ai gardé le silence. J'ai suivi du regard ses déplacements, en peignoir, pieds nus, pour préparer le plateau d'Odette. Ces pieds assez larges qu'il avait posés sur tellement de rings.

Ce matin-là je revois tout : nos marches en montagne, nos déferlements de rire, nos soirées avec Daniel Cauchy, Jean-Claude Brialy, Roger Hanin, Michel Siné, notre écœurement devant les « artistes » qui donnent des chèques pour les bonnes œuvres, mais seulement devant les caméras de télévision.

Et la plus belle chose : son engagement dans Perce-neige. Son besoin et à la fois sa douleur de rendre public le handicap de sa deuxième fille.

« Tu imagines... Si un journaleux se mettait à insinuer que c'est pour me faire de la pub dans mon métier... Tu imagines ça !... »

Oui, j'avais imaginé qu'il risquait de perdre tout contrôle. Un mauvais coup vite donné, suivi d'une chute en arrière, la tête contre un coin de meuble. Il a longtemps vécu avec la crainte d'un malintentionné, alors il ne se mettait jamais en avant. Il venait peu ou pas du tout dans des soirées de bienfaisance au profit de Perce-neige. Il laissait apparaître sa femme Odette. Je l'ai souvent rassuré :

« Tu es le père idéal, de tous les gosses et de tous les adolescents, Lino. »

Je n'osais lui dire qu'il planait très au-dessus du lot, au-dessus de la fourmilière. Il se méfiait des flatteurs.

Il ne serait pas dans mon prochain film. J'aurais pu lui avouer qu'il me manquait, que j'avais besoin de lui. Blocage. Cette mauvaise maladie qui me sépara de mon Père. Une fièvre inconnue. Du froid et du chaud qu'on emporte dans sa tombe.

[illegible] CHAPITRE [illegible]

[illegible]

[illegible]

[illegible]

CHAPITRE XXIII

Un seul être vous manque et...

André Dussolier, le comédien de toutes les nuances, accepte de jouer le commandant Rove, attaché au Deuxième Bureau. Hésitant chronique, il est sans doute touché que je lui confie un rôle principal. Le cinéma traînaille à reconnaître ses talents.

Dans *Les Noces barbares*, je découvre un jeune acteur surdoué, Thierry Frémont. Il est presque trop jeune pour le personnage du truand collabo et ça me plaît encore davantage à cause du thème du film : la possibilité, le droit même, pour un être humain, de changer, d'évoluer du mal vers le bien. Et, en regard des efforts accomplis, la reconnaissance de la justice des hommes.

L'histoire de mon prochain film ne ressemble pas à la mienne pour ce qui est des actions condamnables, mais la prise de conscience du respect des biens et des personnes, c'est bien moi.

Il s'est évidemment trouvé quelques cauteleux imbéciles pour insinuer que cette histoire était la mienne. J'ai toujours avec moi la lettre d'une femme qui, ayant lu mon livre dans une maison de repos, et reconnaissant l'histoire de son père et de son oncle, m'avait précisé un élément curieux : son père, qui s'était suicidé, n'était pas bossu – j'avais inventé cette bosse pour faire maléfique –, par contre, dans leur famille, un troisième frère était, lui, bossu. Cette femme m'envoya la photo de son oncle.

Voilà pour les calomniateurs poisseux, lesquels, privés de talent, cherchent à exister. Mais sur la route des délateurs, il fait toujours nuit.

Valérie Kaprisky interprète le rôle principal féminin. Dès que je prononce son nom devant des amis étrangers à notre monde du spectacle, j'entends le sifflement admiratif déclenché chez les hommes par les tornades sensuelles. À force de laisser utiliser sa cambrure et son balcon, Valérie, sur un écran, met le spectateur en attente de voir, ou revoir, les atours de la damnation.

Mais elle en a marre de montrer son cul. Et elle a raison. Elle est aussi comédienne. Mon film ne la déshabille pas. Ce qui la fait tomber dans l'excès contraire. Elle se barricade des ongles à la racine des cheveux. Cette réaction donne un côté artificiel à son personnage. Une ancienne « belle » peut rejoindre un jeune amant, entortillée dans une robe de chambre. Pas une « belle » de l'année. Je la persuade, même sur un autre film, d'oser faire, un jour, la synthèse : d'allier son talent de comédienne avec la chair.

Reconstitution d'époque maîtrisée par le décorateur Roland Deville avec peu de moyens. Je retrouve Gondre, le chef op des *Loups entre eux*, ce qui nous donne un sujet de conversation pour les soirées ! J'engage la fille de mon ami Jean Couturier en qualité de scripte. Son premier long-métrage. Elle deviendra madame Gondre.

Christine Gozlan, directrice de production, sera une

heureuse rencontre. Elle a un métier très solide, la science de dépenser et d'économiser où il faut et conserve, en toutes circonstances, le calme d'un jardin japonais.

Nous tournons. Les acteurs bonifient le sujet. Un jour, je vois Thierry Frémont lire une page du roman sur le plateau. Pourquoi ? Le scénario manquerait-il de clarté ? Il juge que la littérature, le style, disparaît dans un scénario car l'écriture y est sèche. Il espère, en relisant dans le roman la scène qu'il va jouer, remettre mon style dans son interprétation. Ça dépasse ma culture. Je n'ai que mon certif, ce qui me permet quand même d'admirer l'intériorité de cet acteur exceptionnel.

André Dussolier, son regard, le moindre de ses gestes, les inflexions sobres et variées de sa voix prolongent le thème.

Jean-Jacques Moreau, pathétique, donne à l'avocat du condamné la brûlante indignation créée par la fameuse raison d'État.

Sur les images, la musique de Jean-Marie Sénia est sensible. Je l'apparente à celle du regretté ami François de Roubaix. Ce qui, pour Jean-Marie, est une sorte de consécration.

J'achève à Paris le premier montage du film et je visionne un court-métrage sur une histoire de vente de vieux camions en Afrique. C'est nouveau, ça transpire l'aventure.

Et le 19 octobre 1987, je montre ce court-métrage, tourné en grand format, à Lino Ventura. Projection dans le laboratoire Telcipro. Lino saisit immédiatement l'intérêt de développer une telle ambiance, de créer des personnages de fiction. Il y a un côté Mad Max dans cet itinéraire suivi par les camions. Nous nous quittons dans le hall du labo. Je reste avec le directeur. Lino s'éloigne, et au seuil de la porte il se retourne vers moi.

Comment oublier son geste, il se touche le front et fait tourner son doigt en l'air près de sa tempe comme une petite hélice, l'air de me dire :

« Vas-y, gamberge là-dessus et on en reparle. »

Je dois rentrer chez moi pendant quelques jours. Le matin du 22 octobre, je passe un coup de fil à Lino pour lui annoncer mon retour. Nous plaisantons sur les cours de la Bourse, dont les fluctuations sont aussi simples à comprendre, pour nous, que la physique nucléaire pour une libellule.

Une halte chez notre fille Marie-Josée, devenue physiothérapeute dans le Jura. Un journaliste a cherché à me joindre en Suisse. Francine, notre gardienne, lui donne le numéro de téléphone de notre fille. Il est 23 heures. Soirée heureuse. C'est la famille. Le téléphone sonne. Lino Ventura vient de mourir. Une crise cardiaque puissante comme la foudre pour fendre ce roc, nous arracher l'indestructible, celui qui aurait dû venir à mon enterrement.

Le bon peuple, stupéfait et bouleversé, écrira à sa veuve. Le facteur viendra avec, chaque jour, une camionnette pleine de ce courrier des illettrés et des énarques. Car, mon vieux Lino, séducteur, tu avais aussi ratissé large, depuis les têtes couronnées jusqu'à la cousette en passant par les décideuses. Ton sourire et ta force...

Je me disais puérilement qu'en voyant André Dussolier dans mon dernier film tu aurais regretté d'avoir refusé le rôle qu'il élevait au niveau du pardon. Quelle idée de pacotille que la mienne en face de ta tombe.

Afin de ne jamais abîmer ton souvenir, je sélectionnerai les endroits pour parler de toi : Youssef, France et Michel Loeb dans leur ferme paradisiaque du Lubéron que tu n'auras pas connue.

On ne fait que quatre pas sur la terre. Je m'enfuis devant ceux que la télé appelle pour parler de toi. Il y a même parmi eux ceux que tu méprisais. Pourvu qu'on les filme. Aucune personne que tu as aimée ne devrait accepter une émission de télévision dans laquelle tu ne serais jamais allé. Pour moi il n'y aurait que Michel Drucker et Jacques Chancel, Jacques et Michel que tu voyais si souvent dans les Pyrénées.

Des photos de toi sur les murs de mon chalet. Nos films. Nos rires. Nos larmes.

Oui, Lino, un seul être vous manque et...

CHAPITRE XXIV

Les grands rêves ne se perdent pas de vue

Christian Fechner n'aime pas la foule. Il n'était pas à l'enterrement de Lino. Plus sa mort l'avait affecté, moins il serait venu.

Depuis *Le Ruffian*, il souhaitait produire un nouveau film avec lui. J'avais même travaillé sur un embryon de sujet avec Simon Michaël, dans le but de réunir Lino et Gérard Lanvin. Un équilibrage de rôle à 50/50. Sauf que Gérard pensait à 75/25 en sa faveur. Et Lino, idem dans l'autre sens. Or 75 + 75 = 150 % du gâteau et un total ne peut... dépasser 100 %, à moins de découper la nappe avec le gâteau !

Je revois Fechner et, avec Odette, nous allons nous recueillir au cimetière. Elle s'efforce de croire que la tombe est vide. Que Lino, squelette compris, est parti dans un monde d'immortels. Christian, sobrement, en deux mots, l'approuve. Je me tais.

Quand j'étais dans le couloir de la mort, les étoiles clignaient de l'œil : « Viens, viens me rejoindre », m'appelait mon frère. Aujourd'hui, à part les avions, rien ne bouge plus pour moi dans le ciel.

Le Musher refait la surface. Christian Fechner a repris les studios de Boulogne. Il va travailler aussi pour la télévision. Producteur ambitieux de longs-métrages, il connaît quand même très bien le music-hall. Il me donne une idée : pourquoi ne pas tourner dans les Alpes la plus lourde infrastructure du sujet ?... Les six cents chiens au départ de la course. Le récit se resserre ensuite autour de cinq ou six traîneaux et des litiges entre les mushers. Cette idée allégerait le devis et, plus encore, éviterait que, au fond du Grand Nord canadien, le nombre de chiens à maîtriser ne multiplie les problèmes.

Fechner a raison. Je connais en Engadine, près de Saint-Moritz, un long kilométrage sur des lacs gelés. Aucun habitat ne gênerait le départ de la course. Pas de problèmes d'hébergement. Je retrouve le sympathique Henri Brichetti pour établir un devis.

Christian a bien aimé *Mon ami le traître*, et Patrice Leconte dit tout le bien qu'il en pense. Pourtant, le film ne fonctionne pas. Il est sorti au milieu de grosses machines *Crocodile Dundy II*, *Rocky*, *Rambo*, et pour finir *L'Ours* de Jean-Jacques Annaud. Je déteste ce genre d'excuse. Ils m'auraient écrasé... Je crois plutôt que le thème du film a été repoussé par le public.

Je vous livre deux trucs marrants :

À la sortie d'une des projections privées, un critique des *Cahiers du cinéma* me félicite. D'après lui, c'est mon meilleur film. J'en tremble. Le goût de ce critique est tellement éloigné de celui du public qu'il vient, sans le savoir, de m'annoncer que mon film ne marchera pas.

L'attaché de presse m'achève. Il se réjouit du grand nombre d'émissions dans lesquelles on lui réclame le film. Chaque fois, Valérie Kaprisky est invitée pour le représenter. Pourquoi ? Pour répondre à la question imbécile la plus croustillante :

« Dans ce film, vous ne montrez pas vos charmes... C'est inhabituel. Est-ce vous qui avez refusé ? Vous qui faisiez fantasmer les hommes... »

Le cul, dans un film qui l'a soigneusement évité, un film s'honorant de son humanisme. Des grands mots. J'ai failli oublier que la bouffe et le cul menaient le monde depuis l'âge des cavernes.

L'addition du convivial Henri Brichetti aligne son chiffre : 70 millions pour que *Le Musher* débarque sur les écrans. À ce prix, le courage de Dan Murphy est trop cher. Christian Fechner jette l'éponge et je retourne admirer les chamois sur les vires vertigineuses.

Je reste près des valeurs. Près de la vérité. Le courage de Mireille Darc après son accident de voiture sous un tunnel du Val d'Aoste. La peau bleuie, les os fracturés. Pas une plainte. Je lui connaissais une force d'âme. Je découvre celle de son corps. Alain arrive aussi. Mireille est transportée d'Aoste à Genève. Nous y allons. C'est curieux, cette comédienne choisie pour jouer les fragiles, les éthérées, et qui est, finalement, de la trempe des héroïnes.

Une épreuve me guette. Au sommet d'un col, sur nos vélos, avec Raymond, un oncle de Zazie, une violente douleur au côté droit me courbe. Nous allons boire un chocolat dans une auberge du col. Appuyé sur la table, je cherche de l'air. Je pense à la crise cardiaque de Lino. L'aubergiste nous prend dans sa Range-Rover, avec nos vélos, jusqu'à Orsières chez Bernard Darbellay, un médecin alpiniste que je connais bien. Une petite pierre venant du rein m'a écorché un canal. La douleur est passée. Le lendemain il m'appelle au chalet, il a pris rendez-vous pour moi chez un urologue. C'est presque un ordre et c'est pour demain. Il me sauve la vie.

Scanner d'urgence. Mon rein droit a triplé de volume, il touche le foie. Deux jours après je suis sous la lumière d'un bloc opératoire à Lausanne. On m'enlève un rein. Tumeur cancéreuse qui a eu la bonne idée de ne pas s'évader de la capsule. Aucune suite, ni chimio ni rien de macabre. À quelques jours près, éclatement du rein, j'allais faire des repérages dans le cosmos. Comme me l'a dit le chirurgien après l'opération réussie :

« La prochaine fois, vous serez candidat à la greffe. »

Un humour du Sud. Au début, on pense qu'il ne vous reste plus qu'un seul rein. On pense aussi à la ferraille qui vous fait office de hanche. Et puis on arrête de penser.

Je recommence à rouler et à grimper. Notre fils a deux enfants. Fille et garçon, le choix du roi. Notre Marie-Josée, ma princesse, est célibataire sans enfant. Il paraît que je ne fais pas mon âge. Dix ans de moins. À peu près mes années de prison. Pas de bringue, couché de bonne heure, pas de soucis de fin de mois !

Et si je ne tournais plus de film ?... Ça me conserverait encore davantage.

Robert Enrico tourne, produit par un type sympa qui vient du film documentaire et d'expédition : Jean-Pierre Bailly. Courts et moyens-métrages. Évidemment, habitué des tournages en terres arctiques et sahariennes, en équipes ultraréduites. Il pense que les gens du long-métrage se ruinent en confort. Robert lui parle du *Musher*. Bailly le bouquine. Il se passionne et me contacte. Je lui dresse l'historique du projet avec Fechner, Delon, Albina du Boisrouvray. Je lui expose la dernière idée de Fechner d'en tourner une partie dans les Alpes. Mon fils Paul, qui a l'expérience de la production du long, accepte d'entrer dans le projet. Il a touché aux nombreux postes de la production : régisseur général, premier assistant mise en scène, directeur de production.

Nous examinons les possibilités sur les lacs gelés de l'Engadine. L'étendue est satisfaisante. Il y a aussi le Jura suisse, et Maurice le Frisé en cheville avec tous les clubs de mushers d'Europe. Rassemblons les choses. Bailly y ajoute sa connaissance de l'itinéraire des subventions. Un sacré jeu de piste ! J'apprends qu'on peut demander au CNC une avance pour payer les repérages lointains indispensables à l'aboutissement de la production d'un long-métrage.

Cette fois, nous allons autopsier les problèmes, arrêter d'estimer le devis avec une fourchette au lieu d'un scanner. Mon ami Bernard Couët, le Canadien chargé des contacts Europe-Canada pour le tourisme, nous aide pour les billets d'avion. Nous sommes cinq.

Jean-Pierre Bailly et mon fils Paul pour l'évaluation financière, et aussi les éventuels contacts de coproduction sur place.

Roland Deville pour l'aménagement des décors.

Au cours d'un précédent repérage, entièrement payé de notre poche, nous avions, Zazie et moi, emmené Jean-Fils Gondre, le chef op des *Loups entre eux*, car le Grand Nord pose un vrai problème de lumière : trop ou pas assez. Avec les fonds trouvés par Bailly, nous ferons une étude sur place, plus complète et plus discrète pour mon carnet de chèques.

Nous attaquons par Vancouver, fief de John Thomas, le spécialiste des actions difficiles. Il était déjà sur *Le Ruffian*. Il travaille en studio sur un crash de Boeing. Une merveille de technicité : carcasse rompue sur un vérin, sièges éjectables des passagers, etc. Une histoire d'hommes et de femmes contraints au cannibalisme pour survivre.

John nous donnera le chiffre des tempêtes de neige, des brisures de glace sur un fleuve, indispensables au récit. Et nous rejoignons Yellowknife. À 5 kilomètres à la ronde, nous trouvons plus de la moitié des lieux de tournage du film. Pour l'isolement de la fin de la course, nous faisons des sauts de puce en hélico, avion, voiture. Nous explorons en détail. Chaque fois, une petite ville ou un gros village seraient suffisants pour loger une équipe. Nous prenons contact avec le nouveau gouvernement de ces Territoires et les organisations ethniques. Et avec des troupes de théâtre pour les acteurs. Un vrai boulot.

Sur les rives de la mer de Beaufort, les tankers sont pris dans les glaces. Tuktoyaktuk, une seule longue rue et des bateaux échoués sur la neige, figurerait l'arrivée de la course. Une mythique ambiance d'aventure.

Les dialogues sont réduits à quelques mots. À moins 40 degrés les mâchoires sont bloquées. Zazie me dit :

« Si tu arrives à tourner ce film, tu seras le plus fort. »

Et comme je ne suis pas le plus fort, il ne se tournera pas.

Le plaisir de rouler en bagnole sur le Mackenzie gelé et d'y voir évoluer des camions gigantesques, le plaisir de voir un Inuit en partance pour la chasse à l'ours blanc avec un arc moderne, voilà ce que nous emporterons dans nos bagages de retour.

Je pense rétrospectivement qu'une panne de voiture dans ce désert de glace transforme les tôles du véhicule en salle frigorifique dès l'absence de benzine. Il aurait fallu marcher. Les loups arrivent vite. J'admets qu'un film aux studios de Boulogne est plus rassurant.

Un chanteur, Michel Sardou, rencontré chez Alain Delon, a un problème de scénario avec un producteur, pour un téléfilm TF1. Il y a bien une idée de départ mais un manque de crédibilité sur l'ensemble. Michel s'est déjà essayé au polar dans un long-métrage.

Mon nom est prononcé, je ne sais par qui, dans un des briefings de TF1. Sardou prend une position amicale à mon égard. Si j'entre dans cette affaire intitulée *L'Irlandaise*, il est prêt à signer les yeux fermés. Cette carte blanche m'honore, car il me connaît surtout par mon travail.

Je suis engagé. Le grand vedettariat de Michel Sardou me laisse la pleine liberté du choix des autres acteurs. L'excellente Thérèse Liotard accepte de jouer sa femme. Pour la troisième fois je prends Jean-Jacques Moreau.

Les bureaux du producteur, Jean-Claude Carrère, occupent un immeuble entier en verre sur un espace réservé aux plateaux de jeux télévisés, feuilletons, etc., 50 hectares à Pantin. Alors que le cinéma long-métrage se recroqueville comme les armées franco-anglaises en 40.

Je désire me rendre à Dublin.

« Pourquoi à Dublin ?... »

Amusante question.

« Pour trouver une Irlandaise, ça serait plus efficace qu'à Dakar... »

Premier casting à Dublin. Une jeune Irlandaise, dix-huit ans, Lauren Pilkington, très originale. Un « engin », comme on dit. Elle parle français. Elle a eu un rôle important dans un film de Neil Jordan. Sardou sera content.

Le producteur l'est moins. Sa coproduction avec le Canada l'oblige à choisir l'Irlandaise à Toronto ou à Montréal, sans cela l'argent du Canada s'envole. Ma carte blanche tourne à la grisaille.

Je promets la bonne foi. Je prends l'avion avec une cassette et des photos de Lauren Pilkington. Si on me propose une Irlandaise équivalente au Canada, j'accepterai. Inutile de toujours écrire que Zazie m'accompagne. Pour vivre pleinement, nous évitons de nous éloigner l'un de l'autre.

À Toronto et à Montréal, le casting de la coproduction me présente des rouquines. C'est l'image d'Épinal. Il y a une force chez les Irlandaises. Et une violence. Une structure du visage, et pas seulement des cheveux roux. Je ne peux accepter. À la rigueur, j'aurais pu doubler la comédienne à cause de l'accent, mais leur différence avec Lauren me désespère.

La boîte de production canadienne retire ses billes en m'assurant que le producteur français abandonnera le projet à cause du trou dans le budget. Tant pis. J'expliquerai à Michel Sardou que c'est préférable. On a trop besoin de la puissance de cette petite, qui doit jouer la fille d'une pétroleuse de l'IRA.

Confronté au diktat des Canadiens, le producteur français me soutient. Il poursuit l'affaire sans eux. Finalement, ils resteront avec nous. Michel Sardou oublie sa renommée d'empereur du show-biz pour servir son rôle d'acteur en toute simplicité. D'une sobriété naturelle, ses expressions toujours justes s'appuient sur sa voix émotionnelle. Je prends soin de donner à Michel une mesure dans l'action qui ne détruirait pas sa prestation d'acteur. Il est possible que, sur le moment, cette mesure lui paraisse insuffisante. Il joue, dans *L'Irlandaise*, un tireur d'élite qui use de son arme pour terroriser les ravisseurs de cette jeune fille, et il invente une revendication de l'IRA pour achever d'affoler les souteneurs. En plus, il gagne. Il n'était nul besoin de le faire jaillir des voitures un pistolet-mitrailleur dans chaque main, un poignard entre les dents. Scènes émouvantes avec la petite : je pense avoir, dans l'ensemble, mérité sa confiance. S'il ne me reste qu'un seul titre positif dans ma carrière, je revendique celui de m'être défoncé pour les acteurs, qu'ils soient des stars ou des inconnus.

Plus mort qu'un mort, il n'y a qu'un autre mort. Cramé ou enterré. Mais un projet de film n'est pas un corps de chair et de sang. C'est un rêve. Une sorte de vent qui tourne, revient, s'éloigne. *Le Musher* revient avec des gens de la pub. Ils trouvent les chiens polaires très photogéniques. Il y aurait, chez eux, beaucoup de fric. Ils peuvent reconstituer en studio la forêt du Petit Chaperon rouge pour faire la promo, au fond de son panier, d'une marque de yaourt.

Ils sont branchés avec le fils de Donald Sutherland pour jouer le pilote. On peut espérer que le père jouera aussi. Et je pense à Bernard Giraudeau pour Dan Murphy. Conduire, debout, un traîneau tiré par vingt chiens réclame du courage et du muscle.

Chaque chien imprime une force de traction égale à

250 kilos. Le démarrage fait décoller le traîneau du sol sur plus de 10 mètres, le musher doit tenir. Il faut savoir virer. Les chiens en tête ont déjà disparu derrière le virage que le traîneau est encore en ligne droite.

Bernard est enchanté par l'expérience. Il est omnisports. Il remplit toutes les conditions. Le talent compris, et une grande renommée internationale en moins. Les Sutherland devraient compenser.

C'est la fin de l'hiver. Nous regroupons un attelage et partons entraîner Bernard en altitude, sur les pentes du col d'Izoard. Mon ami le peintre Michel Loeb est là. De grands articles tombent dans *Le Dauphiné Libéré*. Certains pensent, voyant les photos, que je concrétise enfin ce rêve. Mais nous sommes dans l'illusion. Et, sur un illusionniste, le rideau tombe toujours en fin de soirée. Et les lumières s'éteignent.

Loin de me décourager, les jappements des chiens polaires bourrés d'impatience peuplent mes nuits. Leurs yeux couleur de lune aussi. Obsession. Après nos essais et les derniers repérages chez les Inuits, j'écris un nouveau scénario. Je n'avais guère réussi à doter Dan Murphy d'une histoire d'amour. J'avais bien imaginé une jeune Indienne, mais elle sentait le rajouté. J'en suis à mon sixième scénario. Cette fois, je tiens l'idée naturelle.

J'avais créé un toubib des pauvres qui visitait ses patients, éparpillés en pleine nature, en traîneau à chiens. Et, avec sa meute, il s'inscrivait chaque année dans cette course mythique de l'Iditarod en Alaska. Ce toubib deviendra une femme médecin, d'origine indienne. Dan Murphy, paria en rédemption, l'intéresse. Il habite le village d'Indiens où elle soigne une très vieille femme. Leur histoire d'amour s'enclenche sans forcing. Et, dans la course, les deux amants seront rivaux. Je développe l'idée qui débouche sur des rapports de plus en plus riches.

Je suis prisonnier de cette création. Il n'y a plus de place dans mon cerveau pour autre chose. Nous voilà en 1993. J'ai soixante-dix ans. Coup de fil d'un agent : il a une idée. Il apparaîtrait que les différentes productions se sont découragées en face de six cents chiens à dominer, à gérer. Dans *Marco Polo*, un producteur s'était ruiné avec des éléphants... Le rapport ?... Alors, si je remplaçais les chiens par des camions, plus de problème... Une grande course de camions au Maroc, ça reviendrait au même. Une course, c'est toujours un départ et une arrivée. Les sentiments d'un camion pour son chauffeur sont-ils comparables à ceux d'un chien de tête pour son musher ? Que répondre ?... Rien. Remonter sur mon vélo. À mon âge, je peux encore franchir sept cols, faire le tour du mont Blanc, sur 300 kilomètres, en deux jours.

La petite phrase la plus importante, celle que nous n'avons jamais prononcée, ou bien il y a si longtemps, vacille en nous comme la flammèche d'un feu qui ne veut pas s'éteindre. Il attend qu'on l'alimente. Il a besoin, lui aussi, qu'on lui sauve la vie.

[illegible]

[illegible] précise [illegible] court[illegible]

[illegible] en 1911 [illegible]

[illegible]

CHAPITRE XXV

Le petit lapin

« ... Quand j'étais dans le couloir de la mort et que mon Père m'a sauvé la vie... »

Ceux et celles qui ne me voyaient pas m'ont regardé, et ceux qui me regardaient n'osaient plus fixer leurs voisins. Dans le silence de ce chalet de montagne des Arcs, en cette nuit d'hiver, mon Père était de retour. Trente-neuf ans après sa mort, le souvenir de son sacrifice vient de m'envahir. Mon passage aux chaînes, personne parmi mes amis ne le connaissait.

Évidemment, après *Le Trou*, le récit autobiographique de ma tentative d'évasion de la prison de la Santé, tout le monde savait que j'avais connu la prison. Ma carrière d'historien de la truanderie vue de l'intérieur en témoignait largement. Mais dans cette soirée d'hiver propice à se raconter, l'évocation de ce souvenir à la fois puissant et macabre maintenait le silence.

À partir de ce jour, je m'abandonne à mes fantômes, mon Père, mon frère... Plus rien de précis ne me court-circuite, ni roman ni film à l'horizon. Nous restons à la maison, ce havre que mon Père n'a pas connu. Il serait heureux de m'y sentir protégé. Mon fils Paul a repris en marche le film d'un producteur défaillant.

Plus jeunes, nous avons emmené nos enfants en Corse, dans le village natal de leur grand-père.

Depuis, plus d'intérêt pour la Corse. Et voilà que mon fils me reparle de l'Île de beauté. Il s'en va, dans ce village du cap, à Rogliano, attendre la sélection de son film dans une section parallèle à Cannes. Le geste me touche. Ce soudain besoin de nos racines correspond étrangement au souvenir de mon Père qui hante mes jours et mes nuits.

À tel point que Zazie, ne me voyant plus écrire, me demande pourquoi je n'écrirais pas notre histoire. La mienne, celle des coups durs, ne m'intéresse pas. Mais celle de mon Père. Celle d'un jeune émigré parti de sa Corse natale à dix-sept ans rejoindre ses deux frères aux États-Unis avec un jeu de cartes et cinq louis d'or dans une ceinture à même la peau, héritage paternel. Oui, cette histoire là...

Et puis, longtemps après, il y aurait la mienne. J'en parle à mes amis en littérature : Jean Schmitt à la direction du *Point*, Alphonse Boudard et Louis Nucéra. Louis n'est plus chez Lattès. Il est franc-tireur.

Ils pensent tous les trois que l'idée deviendra purement et simplement mon meilleur livre. Je n'ai ni le titre ni l'éditeur. Alphonse me conseille les éditions Robert Laffont. Bernard Fixot et Antoine Audouard, le fils d'Yvan que je connais bien, m'y accueilleraient volontiers. Ils ont un sens du public. Ce genre d'histoire leur correspond.

À la première rencontre, je suis étonné que Bernard Fixot connaisse aussi bien mes bouquins édités chez Gallimard. Il m'en cite même des répliques. J'ai apporté la montre en or de gousset de mon Père avec la pièce de 20 dollars-or accrochée par une chaînette.

Et des photos. Je laisse défiler des bribes de nos rapports d'un amour écorché vif par les conflits. Déjà, en racontant aux copains, ma voix s'était brisée. Elle remet ça. Mes paupières me brûlent. Tout ce qui n'a pas existé et qui aurait pu facilement exister, des paquets de remords m'entravent comme des cordages mouillés.

Je dois d'abord noter au hasard et en désordre les phrases de mon Père sur son enfance, sur l'Amérique, sur les années folles entre les deux guerres. Et décider par quel bout, quel lieu, commencer à le décrire. Je dois me plonger dans l'époque. Il est né en 1883. J'ai l'habitude de laisser lentement monter en moi la matière du récit. J'ai souvent écrit un livre en imaginant les événements et les personnages d'un autre. À chacun la bizarrerie de sa création.

Je sais que Jean-Paul Belmondo espère un sujet qui le ramènera devant les caméras. Je cherche un personnage qu'il n'aurait pas encore joué. Je pense à un directeur d'une maison centrale pour longues peines. Robert Redford a déjà interprété ce genre de personnage sublime dans *Brubaker*. La population pénale actuelle, que je connais bien – je visite les prisons pour leur redonner espoir – offrirait, en fiction, de quoi nourrir des relations parfois émouvantes avec leur directeur. J'y ajoute des problèmes venant de l'extérieur : l'armée du crime de la Mafia qui doit, d'urgence, tuer ou faire tuer un des détenus pour cause de repentir et de délation.

Je fais passer mon projet à Jean-Paul, qui a signé plusieurs contrats avec Alain Sarde. La réponse est aussi éloignée de l'esprit du sujet qu'un Zoulou peut l'être de la haute couture. Belmondo ne souhaite pas interpréter un garde-chiourme. Ça me paraît tellement court que je ne veux pas venir lui casser les pieds avec mes arguments. J'irais s'il s'agissait d'Alain Delon, qui aime les débats, le combat.

J'ai l'impression d'un signal. L'heure d'écrire sur mon Père vient de sonner à sa montre en or. L'heure de me rappeler qu'il m'avait surnommé « petit lapin » pour mes rapides déplacements à quatre pattes. Et lorsque j'adressais, chez moi, depuis mes prisons, un message par personne interposée, je le faisais signer « le petit lapin » pour l'authentifier.

Dans mon bureau de vieux bois perché sur des piliers à la hauteur des branches des arbres, je commence à écrire. Chez Laffont, la confiance m'encourage. J'en ai besoin. Je n'en ai jamais eu autant besoin.

Une première et seule lectrice, Zazie. Elle l'a connu, mon Père, cet homme qui pratiquait l'amour absolu. J'ai peur que mon style, mes phrases ne sonnent pas à sa hauteur. Un titre arrive bientôt dans le texte : « Il avait dans le cœur des jardins introuvables. »

Bien que mon Père, joueur de poker international, propriétaire d'un bar à Harlem à l'âge de vingt-cinq ans, soit une sorte d'aventurier, je n'ai pas voulu d'un titre proche de mes romans d'action. Je cherche à créer une rupture. L'écriture est un mystère. Je ne suis pas un fabricant de style. Néanmoins, une charge émotionnelle guidait la main qui détaillait ses coups de gueule et ses coups de cœur. Les mots, les phrases ne ressemblaient pas à ceux des autres livres. Je me surprenais à les voir naître sur mon papier jaune. J'en pleurais. Je me croyais simplement fatigué après des mois penché sur un passé qui trimballait les chandeliers de Jean Valjean. Mais Zazie pleurait aussi.

La maladie de Marceau, mon ami de montagne, celui qui m'a accueilli dans ce village il y a trente ans, grandit comme un cheval emballé qui foncerait sur lui et sur ceux qui l'aiment. Je multiplie les visites de crainte de ne plus le voir en vie. De ne plus voir son faible reste de vie.

La dernière fois que je le vis, sa femme et ses deux enfants l'entouraient, guettant le dernier soupir. Je n'ai pu rester dans la chambre. Je m'asphyxiais en même temps que lui.

Sur nos sentiers abrupts nous respirions tellement bien. À l'unisson. Et là, il ne restait que la déchirure. Il repose dans notre petit cimetière. Il n'aura pas eu le temps de lire l'histoire de mon Père magnifique.

Lorsque l'éditeur m'a appelé pour m'annoncer que le livre était, avec deux autres, en attente du prix Léautaud, pour que je vienne, à une chance sur trois, le lendemain midi, Zazie était contre. Je n'avais pas sorti ce livre du tréfonds de mon être pour le vendre, ni pour le voir primé. Ce livre n'avait aucun besoin d'honneur. De toutes les manières, je serais déçu de courir après ça... Ils ne m'avaient rien donné, ni pour les livres ni pour les films. Il est vrai que les lettres bouleversantes des lecteurs sur ce livre – « Monsieur, je me permets de vous dire que vous nous aidez à vivre » – me suffisaient.

Je vais à Paris, seul. Zazie est restée au chalet. J'attends chez l'éditeur. J'ai le prix. Antoine Audouard ouvre une bouteille de champ. L'après-midi, grand cocktail. La foule. Je signe trois cents livres. Je dois parler, un peu surélevé derrière un micro. Je parle de mon Père. Des onze années de parloirs, de sa lettre quotidienne. Et, en récompense, mon blocage, mon silence, pas un seul mot d'amour.

Alors aujourd'hui, devant ces gens rassemblés, je déclare que c'est lui qui a écrit ce livre. Ma voix s'est encore brisée, comme elle se brisera toujours lorsqu'elle évoque nos silences.

La mère de Jean-Paul Belmondo est très âgée, elle a des problèmes de vue. Le soir, avant qu'elle s'endorme, Jean-Paul lui lit le bouquin. Bordel de merde – comme jurait sans cesse mon Père –, il est impossible que nous ne refassions pas un film ensemble.

Une histoire de Hugues Pagan, *Tarif de groupe*, me passionne. Son climat, son vécu entre les flics et une écriture des plus talentueuse. Pagan, Gitan d'origine, ex-flic de la Crim, avait démissionné pour un motif très original. Il est dans son livre. D'ailleurs, tout est original dans ce livre. Reste à l'organiser scénaristiquement.

Avec mon fils Paul, nous prenons une option sur les droits. J'écris une adaptation qui raconte clairement le sujet. Cette fois, Belmondo accepte et me prie de transmettre son accord à Alain Sarde.

Tournage à Paris. Une fille éblouissante, des hommes dangereux. Pas de poursuites frénétiques, mais la densité des situations de polar comme il n'en existe plus depuis longtemps dans le cinéma français.

Et rien n'avance. Le scénario dialogué permet un devis et une préparation. Mais Alain Sarde, malgré un contrat avec Belmondo, ne bouge pas. Des bruits filtrent comme des murmures d'église : Canal+ ne voudrait plus financer de polars... Le tandem Belmondo-Giovanni n'est sans doute plus coté en Bourse... La vérité sur l'abandon d'un film est aussi rare qu'un cheval faisant de la plongée sous-marine...

La maison Bouygues produit toujours. Décideur des films à financer : un banquier du nom de Fonlupt. Mon ami Pierre Rissient travaille à fortifier ces productions par des choix de qualité qui déboucheront sur quelques palmes d'or, parmi eux *La Leçon de piano*. Je leur soumets *Tarif de groupe* et son casting. L'ambiance, les collègues que je croise çà et là, tout cela m'aide à détecter la méthode du siège. Venir et revenir sans cesse, et finir par s'engouffrer, un beau jour, dans l'étroite ouverture de l'acceptation de son film.

Pierre Rissient lui-même tente d'avancer entre les projets vivaces ou moribonds, comme un brise-glace avant le gel définitif.

Comme les horloges n'ont pas de cœur, je ne m'attarde pas davantage. Je rejoins une collection de téléfilms sur la montagne. Une fiction de quatre-vingt-dix minutes qui ne peut se dérouler qu'en montagne.

J'ai toujours pensé à utiliser la géographie de la haute montagne pour y tourner un crime parfait. Non, pas une personne poussée dans le vide. Plutôt un truc de chronomètre. L'impossibilité horaire pour le tueur d'être là où on l'accuse d'être, alors qu'il y était réellement.

Une mécanique imparable. Un alibi indémontable. Le titre : *Crime à l'altimètre*. Rufus, Pascale Rocard et une troublante Eurasienne à la distribution. Michel Voïta que j'avais rencontré pour *Le Tueur du dimanche* jouera le meurtrier par amour, une machination montée grâce à ses qualités d'alpiniste.

La haute montagne – nous serons basés dans un

refuge à 3 200 mètres d'altitude sur le glacier du Trient –, réclame un directeur de production qui connaisse ses impondérables. C'est le cas de mon fils Paul, qui travaille, comme tous les techniciens de cinéma, en toute indépendance. Mais, lorsque le metteur en scène recommande son fils, on risque d'amoindrir sa compétence.

J'ai l'habitude de laisser parler les actes. La gestion de ce téléfilm par Paul le propulsera au niveau de ses qualités.

Champex, surnommée à juste titre « la perle du Valais », est une petite station de montagne été-hiver, située à 1 200 mètres d'altitude. De là, nous partons sur tous les décors extérieurs du téléfilm. Comme Canal+ est partie prenante, je reçois la visite d'Albert Mathieu et de mon ami Gilles Durieux. J'aime leur croyance poétique. Un jour, ils se sont imaginés qu'ils pourraient associer les antennes, TF1, France 2, France 3 et Canal+ pour des projets de téléfilms communs à gros budget. Presque les moyens d'y tourner *Le Musher*. Autant vouloir cultiver du riz au Sahara ou des cactus avec du cresson.

Néanmoins, Mathieu est porteur d'une incroyable nouvelle : Fonlupt, chez Bouygues, vient de lire *Le Musher* et décide de le faire. Il pense aux États-Unis. J'accepte qu'il le fasse traduire. Même si je ne devais pas le réaliser moi-même. Qu'il arrive sur les écrans ! Que je le voie avant d'en finir !

Pour l'instant, je groupe les dix jours de tournage dans le refuge du Trient, au-dessus de la station. Temps variable. Parfois beaucoup de vent.

Antonio Llorens, mon fan journaliste espagnol,

essaye de nous rejoindre à pied. Sentier escarpé. Il se fait peur. Paul le récupérera en hélico.

En souvenir de l'atroce accident d'hélico qui avait tué mes amis les Roussel sur *Les Loups entre eux*, les nombreuses utilisations de l'hélico sur ce téléfilm ne m'enchantent pas. Un jour, dans le refuge du Trient, Jo Pouget, superpilote, nous annonce :

« Demain, en deux rotations je vous dépose sur le bas du glacier, près de votre tournage. J'ai repéré un très gros bloc rocheux. Je ne pourrai y poser qu'un seul patin, moteur en marche. Vous devrez descendre sur le bloc sans faire de secousses. Si j'avais le moindre problème, je serais obligé de décoller à la seconde. Le glacier a trop de pente pour que je me pose ailleurs. Grand beau... Pas de vent... Ça devrait aller... »

Ça devrait aller !... Et si ça n'allait pas ?... Il y aura deux acteurs : mes amants maudits, le chef op-cadreur, le premier assistant, la scripte, la maquilleuse et deux alpinistes pro, pour la sécurité : Lucien et Pierre Antoine. Et moi, bien entendu.

Pas de secousses, du doigté pour descendre et remonter dans l'hélico. De retour au refuge, j'ai mieux dormi que la veille. Lorsque je n'étais responsable que de ma cordée, je ne pensais qu'à la vie. Responsable de toute une équipe, je pense surtout à la possibilité de la mort. La séquence la plus litigieuse est tournée. Mais chaque jour est imprévisible.

Un matin, nous attendons le jeune acteur qui joue un gendarme de haute montagne, spécialiste de la course sur ce terrain. On essaye, chrono en batterie, de démolir l'alibi du tueur. Je suis assis près d'une fenêtre dans le refuge. Je regarde l'hélico se positionner pour se poser. Soudain, sans doute gêné par une rafale de vent, il choisit de s'élever. Il va se placer autrement et amorce une descente vers le glacier. C'est à ce moment-là que je vois sa queue et son rotor arrière se pulvériser contre le rebord de l'abîme. Le corps de l'hélico a disparu. Je ne le vois plus, mais je comprends : écrasé sur le glacier 100 mètres plus bas.

Je ne peux me lever. Mes jambes refusent de me porter. Autour de moi, des appels, des gens courent. Gaby – il joue le gardien du refuge – se précipite pour m'aider. Déjà Paul cavale vers l'accident. D'autres images affluent sous mes paupières. L'accident des Roussel. On se tue sur mes films. Je dis à Gaby que je porte malheur, qu'il faut m'oublier, ne plus me fréquenter.

Zazie est clouée au lit par une sciatique, en bas, à la station. Et si elle avait pris l'hélico avec notre fils !... J'ai envie de vomir. Je m'appuie sur la table pour me lever. Je n'ose plus regarder par la fenêtre. Ce jeune acteur, Fred, joue dans ma troupe de théâtre amateur. Il était si heureux que je le fasse tourner dans un film. Pour y mourir... pour y mourir. Et aussi un ami de ma fille, engagé pour une cascade à moto.

« Rien ! Il n'y a rien ! »

Mon fils a crié du seuil de la porte. L'hélico s'est bloqué sur une terrasse quelques mètres plus bas. Une vertèbre pour le cascadeur moto et la bonne santé pour les autres. Doucement, tout doucement mes forces reviennent, je vais voir. Fred, le jeune acteur, me confie sa peur. L'hélico transportait des cerises. Fred, la tête en bas, prenait les cerises, éparpillées hors de leur cageot, pour du sang. Il est secoué mais bien vivant. Ils sont vivants !

En bas, Zazie apprend l'accident de l'hélico à la

radio. Elle est terrifiée, veut savoir si Paul ou moi, ou bien les deux, étions dedans. Le temps s'est détérioré. Notre tournage en altitude est terminé. Je bénis neige, brouillard et le reste. Nous sommes obligés de redescendre à pied. Plus de rotations d'hélico.

La vaillante équipe de la Télévision suisse romande est équipée montagne. Les habitants de ce petit pays sont toujours proches de la nature. Sous le refuge, le sentier morainique s'est affaissé, érodé par les intempéries, traversé par des blocs que la pente ne retient plus. Mille mètres plus bas, du sommet du télésiège qui plonge sur Champex-lac, je croise Takis, il dirige la boîte qui produit le téléfilm. Il dirigera bientôt Hamster, dont Pierre Grimblat, le fondateur, passera président. Ils proposeront à Paul de rentrer chez Hamster en qualité de directeur de certaines productions.

Je n'ai jamais travaillé avec Roger Hanin. Nous sommes simplement devenus amis grâce à Lino. Il sait très bien, Roger, que Lino et moi n'avons aucune confiance dans l'étatisation. Nous ne croyons qu'à l'individu qui se botte le cul pour sortir de l'ornière. Néanmoins, Mitterrand a aboli la peine de mort. Rien que pour ce geste, ce grand geste, je le défends quand on dit du mal de lui devant moi.

Pour s'occuper du tournage des « Navarro » – le poste a été libéré –, Roger Hanin, qui a tout pouvoir, désigne mon fils. Un comportement rarissime. Il n'a aucune certitude sur ses qualités professionnelles. C'est seulement mon fils. Au cours des années suivantes, ils s'estimeront beaucoup.

Je suis rassuré de voir Paul s'installer et grandir dans l'univers fiction télé. Le long-métrage est devenu une roulette russe, et on peut créer, raconter de très bonnes histoires à la télé.

Jean-Marie Sénia écrit la musique de *Crime à l'altimètre*. Il est sentimental. Il va jusqu'à croire à ma continuité dans le cinéma. Il y a, comme ça, des solidarités attendrissantes.

Après le livre sur mon Père, je crains que le suivant ne soit inférieur. Cette confiance qui me quitte a-t-elle un rapport avec le départ de mon ami Marceau ?... Quand une solidité s'en va, on en éprouve un manque. Profondément.

Chez Laffont, Antoine Audouard me persuade de continuer à écrire. Il pense que je dois renouer avec le polar. Mes grands titres ne sont pas oubliés. Le champ de la criminalité, s'il a changé, est de plus en plus vaste. Ils sont preneurs.

Est-ce que je comprends bien ce qui se passe aujourd'hui ?... Étonné du manque d'efficacité de l'État pour assurer la sécurité dans le métro, j'avais soumis à Robert Badinter, lorsqu'il était garde des Sceaux, l'idée de placer des caméras vidéo reliées à des télévisions de contrôle. Réponse : « Ce serait une atteinte à la liberté individuelle. » Et celle du citoyen qui se fait dépouiller ?...

J'explique par là que je ne peux pas inscrire un futur roman noir dans une réalité sociale quotidienne. Alors mon idée sur un directeur de maison centrale de force me revient. Et avec les spadassins de la Mafia, j'achèverai de me tenir loin de monsieur Tout-le-monde. En quelques jours, je précise les personnages et surtout le début du bouquin. Mon tiroir aux souvenirs.

Tout commence par un détenu qui possède un poisson rouge dans son petit bocal rond. C'est interdit par le règlement. Il y a combat pour le lui enlever. Brisure du petit bocal et mort du poisson rouge. *La Mort du poisson rouge*, voilà le titre.

Lorsque le surveillant m'avait confisqué mon poisson rouge, à la centrale de Melun, j'en avais parlé à un copain serveur au mess :

« C'est un soiffard, ce type... Je l'aurai à coups de faux cols... »

Ce faux col l'avait obsédé. Les petits verres de blanc sec pleins à ras bord. Sauf le sien. Un faux col ! Pourquoi lui et pas les autres ? Parce qu'il n'était pas un maton comme les autres. Lui, il s'en prenait à un poisson rouge, alors que les autres surveillants le toléraient. Et je l'ai vu se pointer, ce type, pour que je lui arrange les bidons avec le détenu serveur au mess. Il m'a acheté un autre poisson rouge. Et son verre de blanc s'est rempli à nouveau.

Dans le roman que j'écris, je placerai d'autres souvenirs. Celui d'un copain libéré et qui, séjournant dans la ville de Melun, séduisit la femme de ce malheureux persécuteur de poisson rouge. Une brunette assez appétissante. Il l'initia à des ébats partagés avec une autre fine braguette. Elle faisait l'amour coiffée de la casquette de l'uniforme de son tatillon d'époux. J'étais convié à en jouir doublement en mémoire de sa méchante attitude à mon égard pendant des années. Mais je n'avais pas fait ce voyage de Paris à Melun. Fraîchement sorti, je n'obéissais à aucune impulsion. Je réfléchissais. Une dénonciation était toujours possible, l'arrivée à l'improviste du cocu pouvait transformer cette partie fine en violence. La plainte d'un honorable surveillant contre la sordide vengeance d'extruands et on pouvait replonger.

Dans *La Mort du poisson rouge*, le sexe est en pleine liberté. Mon Corse libéré et vigoureux aussi. L'écriture court. Le directeur de la maison centrale devient attachant. Le mafieux qu'il protège ne le deviendra qu'à la fin. J'espère ne pas avoir suivi de sentiers battus. C'est un coup de fil de Claude Sautet qui m'en persuade le premier.

« Tu es très en verve, mon coco ! »

Tout semble lui plaire. C'est rare chez ce champion de la réserve. Et si un producteur s'intéressait, accepterait-il d'en écrire le scénario avec moi ?... Il promet.

Le livre est bien accueilli. Il récolte le prix du Polar de l'année et le prix Charles Exbrayat. Je parle à Bertrand Tavernier et à Pierre Rissient de l'intérêt de Claude Sautet. Si nous pouvions déjà passer un accord dans une production pour établir le scénario, un pas en avant... puis un autre. Chez Bouygues, avec Fonlupt, ils voudraient un Ricain célèbre dans le rôle du mafieux repenti. Rissient me présente Harvey Keitel. J'ai aussi pensé à James Wood. C'est un tic du cinéma français de rêver à un cocasting américain. Même Lino avait essayé, une fois avec Jack Nicholson et une autre fois avec Robert Redford.

Fonlupt nous écoute. Il semblerait d'accord. Je n'ai pas le temps de m'enliser dans ses hésitations. J'assure la promotion du *Poisson rouge*, et une étrange proposition m'arrive de Genève.

Georges Wood, le directeur du théâtre de Carouge, m'offre de monter *Le Malentendu* d'Albert Camus. Comment refuser l'honneur de voir mon nom sur une affiche à côté de celui de Camus. À côté de l'auteur prestigieux qui m'ouvrit les portes des Éditions Gallimard quarante années plus tôt.

La pièce est sombre : une vieille femme et sa fille tiennent une auberge très isolée, au début du XXe siècle. Elles tuent les voyageurs solitaires pour les voler. Lorsque le fils prodigue revient après vingt-cinq ans, elles ne le reconnaissent pas. Il reste incognito et elles le tuent comme tous les autres voyageurs alors qu'il leur apportait sa fortune. Lorsqu'elles comprennent, la mère se suicide, la fille devient folle.

Roland Deville fera un décor très particulier, très haut, sans lieu ni date. À la lecture, je me dis que si la mère est trop vieille, déjà un pied dans la tombe, son suicide ne signifiera pas grand-chose. Claude Wolf, du fichier du spectacle à Paris, me conseille immédiatement une comédienne suisse, Corine Codray. Un personnage d'autorité. Un talent très sûr. Elle s'effraye de l'âge du rôle, elle qui, dans la vie, s'efforce de retenir les années. La fatigue, souvent soulignée dans le texte de Camus, vient, d'après moi, des crimes successifs. Oui, la fatigue par le crime. Voilà ce qu'elle devra interpréter. Elle n'hésite plus.

« Avec vous, je suis certaine que la pièce aura un climat particulier », m'assure-t-elle.

Au fur et à mesure des répétitions, je m'inquiète. Ce fameux climat n'arrive pas. J'ai beau me dire qu'il n'y a pas encore de décor, ni éclairage ni costumes, cela ne vient pas de là. D'habitude, je répète une fois le texte maîtrisé par les acteurs. Mais les pros, eux, préfèrent apprendre leur texte en répétant. Ce qui me gêne pour décider des déplacements de chacun.

Philippe Dormoy joue le fils de retour. Il a été nommé aux Césars pour un second rôle dans *Mon ami le traître*. Caroline Gasser joue la sœur. Je l'avais déjà fait travailler dans *La Louve*. Comédienne très singulière. Ils me font repenser au cinéma. Si je tournais une séquence en noir et blanc pour voir les deux tueuses balancer un corps dans une écluse ? Je projetterais ça sur un écran avant le lever du rideau et l'on verrait entrer en scène les deux comédiennes revenant du barrage.

Cette idée de cinéma me conduit naturellement vers la musique. Jean-Marie Sénia débarque. Qu'il me mijote une musique originale avec possibilité de diffusion en même temps que les dialogues !

Au début, les acteurs râlent. Ils ne sont pas habitués à parler sur une musique. Mais ils s'adaptent. Je n'ai encore ni décor ni costumes, mais je tiens le climat. Il ne m'échappera plus.

Nous vivons à Carouge dans le quartier genevois des artistes. Petits immeubles à deux étages, cours intérieures poétiques, maisons de bois, bistrots de rapins.

Je lève la tête vers la première affiche du *Malentendu* d'Albert Camus avec mon nom pour la mise en scène. Depuis une entrevue chez Gallimard avec ce Prix Nobel, le manuscrit du *Trou* posé sur son bureau, la boucle est-elle bouclée ? Ou bien existe-t-il des prolongations ?...

Je viens d'avoir la chance d'offrir à Corine Codray les derniers applaudissements, les derniers rappels, qui remboursent cash les acteurs de leurs doutes. Le silence est retombé sur le théâtre. Il menace de retomber sur sa vie. Elle conduisait encore sa voiture. Et puis elle est morte.

Le théâtre. Les velours. Le rideau rouge. Alain Delon et Francis Huster jouent *Variations énigmatiques* de Schmitt. Nous sommes invités à la première. Je rencontre Huster dans l'après-midi. Il se met

« dans le costume » bien avant de jouer. Huster fait ce métier à bloc. En totalité. Lorsqu'il était candidat au rôle de Spaggiari dans *Les Égouts du paradis*, je le revois encore sortir du coffre de sa voiture une télé, un magnétoscope, une cassette. Il veut, dans l'urgence, me montrer des prestations brillantes. Bien que présentées sans aucune modestie, elles l'étaient vraiment. Nous parlons de la pièce. Ce n'était pas la première fois. Le rôle décrivait Alain Delon comme un Prix Nobel de littérature. Huster, avec son formidable instinct de théâtre, s'en inquiétait. J'avais alors glissé l'idée du prix Hemingway, plus proche de l'homme d'action qu'est Alain.

La salle comble ne respire plus. Ils n'attendent pas la star de l'écran mais celle de chair et d'os, celle de la scène. La star qu'ils pourraient palper de leurs mains. Devant nous, deux femmes dont une ancienne « belle » chuchotent :

« Il n'aurait pas un peu grossi...

– Zut... On ne le voit plus... Huster est devant... »

Pas longtemps, rassurez-vous. Ce n'est plus l'intrigue qui se déroule, ce n'est plus le texte d'un auteur. C'est un mythe, leur rêve qui se déplace. En face de l'écrasante présence de ce fauve, la finesse d'Huster, sa technique infiltrent son personnage, le laissent grandir et s'imposer jusqu'à restituer à l'écriture de la pièce son plein équilibre. La pièce est habile. Le triomphe programmé.

Un filtrage du public vers les loges des acteurs s'imposait. Dans les escaliers je rencontre Christian Fechner. L'avancée, demi-marche par demi-marche, ménage quelques phrases. Je lui avais envoyé le livre sur mon Père. Il le reconnaît. Ne jamais avoir reçu de réponse m'avait déçu, sûrement à cause du passage sur notre bout de chemin avec Lino, et mon témoignage sur l'aventure du Ruffian.

Je regrette cette déception. Le métier ne m'a jamais caparaçonné. Sur l'instant, je pense que tout vaut le coup. Ensuite, avec un brin de recul, je réalise que l'indifférence est une meilleure protection.

Dans la loge, avec Delon, c'est assez émouvant. Il a toujours exprimé à Zazie son plaisir de la voir. Il me fait penser à un boxeur au vestiaire juste après un combat qu'il vient de gagner. Je lui dis peu de chose. J'ai l'habitude de lui écrire. Quant à Christian Fechner, il sait que Belmondo et Delon sont sans doute les deux dernières grandes stars.

Nous allons féliciter Francis Huster. Il n'y avait guère que lui pour passer dans la pièce de l'humilité à la stature.

Après la fabrique de rêves, on retombe malheureusement dans la jungle. La cavale de Cohen et les rugissements d'Oury, floué en la circonstance, n'éviteront pas à mon film *Les Loups entre eux* les serres d'un syndic de faillite. Avec maître Rendel, nous faisons jouer un article du Code qui rend aux auteurs tous leurs droits sur l'œuvre bloquée. Jean Schmitt et moi, pour la quatrième fois, nous récupérons nos droits. Que nous cédons très volontiers pour un passage du film à la télévision.

Le même mouvement me conduit chez le syndic de faillite qui détient tout le portefeuille de Christian Ardan, le fils héritier du producteur des *Grandes Gueules*. Les rouages des banques de notre époque réduisent la légalité à l'état de poudre de perlimpinpin pour farces et attrapes. Une banque a refilé des millions de francs lourds, sans vérifier les droits d'auteur du portefeuille qu'elle nantissait. Qui a ouvert les coffres en fermant les yeux ?

Les Grandes Gueules, notre film avec Robert Enrico, dont nous détenons les droits d'auteur, serait perdu si mon fils Paul n'avait découvert que le nantissement était tombé faute de renouvellement.

Ouf ! J'entre dans l'œil du cyclone – tribunal de commerce, etc. – pour arracher le film et le ramener dans le port naturel de ses auteurs.

Dans ce calme retrouvé, je jette un œil sur l'horizon. Je n'ai pas la vocation de plaideur, j'ai celle de conteur.

Il était une fois un hors-la-loi solitaire surnommé Dédé la Chance. Je signe le contrat chez Robert Laffont et je reprends mes feuilles jaunes.

CHAPITRE XXVI

Revenir à l'essentiel

L'homme est sa propre fin. Et il est sa seule fin.

Albert CAMUS.

Sur ma rencontre dans un hôpital-prison avec André Altmann, dit Dédé le Juif, dit Dédé la Chance, j'avais déjà écrit un scénario proposé à Jean-Paul Belmondo.

Ce que Dédé m'avait confié de son périple, fait de courage et de fureur à travers les turpitudes de l'Occupation, était inoubliable. Il se targuait d'égoïsme – « À chacun sa merde » –, alors que sa philosophie sur l'humanité aurait pu servir de guide spirituel à plus d'un.

Mon scénario, s'il n'était pas à la dimension totale du personnage, avait l'originalité d'une petite peinture de la truanderie sous l'Occupation. Jean-Paul avait refusé. J'étais passé à autre chose. Mais, à cette période, chez lui, il y avait un hurluberlu. Un pied par là, un pied ailleurs. Un pied chez Claude Lelouch. Peu après, Lelouch avait annoncé un film traitant des voleurs sous l'Occupation, *Les Bons et les méchants*.

Jacques Dutronc y incarnera le même personnage que Dédé et tiendra le même discours étranger à toute appartenance, à toute idéologie, à toute religion. Il ne m'est jamais venu à l'idée qu'un homme de spectacle du talent et de la renommée de Claude Lelouch aie pu s'emparer abusivement d'un scénario, surtout le mien. Je n'avais pu que supposer l'intervention de l'hurluberlu, lisant le scénario chez Jean-Paul. Il en aurait transporté les idées maîtresses chez Lelouch. Cadeau ou vente, je l'ignore. Je n'imagine rien d'autre.

À l'époque, j'étais mobilisé par des films majeurs et ne voulais pas descendre des hautes sphères pour me commettre dans un ergotage. Ni sortir de la modération de mon caractère. Je me disais qu'à l'occasion je pourrais toujours en parler à Lelouch, par simple curiosité, après tout je n'avais entretenu avec lui que de bonnes relations.

Aujourd'hui, je relis mon scénario sur Dédé la Chance. Je juge que le personnage mérite encore mieux. Après un demi-siècle, j'essaye de le revoir comme je l'avais vu. Pourquoi s'était-il confié en partie ? Le mystère enfoui en chacun lui aurait-il murmuré que son jeune voisin de lit, atteint d'un faux érésipèle à usage d'évasion, deviendrait romancier et le ferait revivre entre ses pages ?... J'y crois.

Je suis porté à magnifier. Dans *La Scoumoune*, au lieu de faire crever Belmondo criblé de balles dans un caniveau, comme le vrai personnage, sa silhouette disparaît en haut d'un escalier du vieux Montmartre. Et, en bas, le contemplant, un joueur d'orgue de Barbarie s'exclame :

« Merde !... Un prince ! »

Bernard Fixot, mon éditeur, y puise le titre de mon

roman sur Dédé la Chance : *Le Prince sans étoile*. À cause de l'étoile juive qu'il refusera de laisser porter à sa famille d'adoption.

J'adore ce titre. Il me galvanise. Je m'empare de l'homme. Il inspirait une confiance immédiate. Ça existe chez les grands marins et les grands alpinistes. On affronterait avec eux tous les dangers. Néanmoins, mon « Prince sans étoile » ne demande à être suivi par personne, et il ne demande même pas qu'on partage ses idées. Par chance, il me semble avoir les mêmes que moi, à savoir : un nazi arrache un enfant à sa mère juive, un bolchevique arrache un enfant à sa mère russe blanche, un émule de Pol Pot arrache un enfant à sa mère pour cause de révolution culturelle, tout homme qui arrache un enfant aux bras de sa mère est un homme qui a perdu le droit de vivre. Un homme que j'abattrais sans aucun état d'âme.

J'attaque donc ce roman d'action en élevant le débat. Je place sur sa route des personnalités amies ou ennemies, qui le valorisent encore plus. Une aventurière lesbienne qui navigue entre les résistants et les gestapistes sauvera le trésor commun des diamantaires juifs, pour terminer étranglée par sa compagne sur son yacht au large de Cannes. Elle joue de la musique classique à l'accordéon, comme la prostituée occasionnelle que j'avais libérée d'un bordel à Nantes au printemps 1944.

Chaque chapitre me donne davantage le sentiment que je place l'action au service d'une certaine largesse. Quelque chose de beau à l'horizon. Mon prince n'est ni catholique, ni bouddhiste, ni protestant, ni juif, ni collabo, ni résistant. Il est un homme qui conseille de porter un colt plutôt qu'une étoile jaune, qui punira les affreux sans prétendre s'en trouver meilleur pour autant. Un homme qui sait que l'enfant est l'avenir du monde.

J'écris un peu partout, en faisant du sport. J'accompagne Michel Drucker dans la montée du Ventoux à vélo. Et aussi sur des routes plus aimables. Ce que j'aime, en lui, c'est qu'il ne dit du mal de personne. Ça repose. Son immense popularité ne le décale pas. Il prend le temps de visiter les prisons. Il est devenu mon ami de longue route.

Le Ventoux est lunaire. Nous y retournons avec Zazie. Nous l'avons gravi avec Paul et Marie-Josée. Et puis deux fois le même jour avec Gaby et Steve, un Ricain prospecteur de pétrole, pour fêter nos trente-cinq ans de mariage.

Le bouquin s'achève. Le prince est mort. Je savais qu'il était mort jeune. Je ne voulais pas le laisser vieillir, laisser les années l'affaiblir, le dégrader.

Étienne Becker, ce chef op poétique, Tinou, pour ses amis et ses proches, vient de mourir jeune. Les Becker, c'est un peu ma famille. L'église de Saint-Germain-des-Prés est comble. Pierre Vaneck, son beau-frère, nous lit, avec son talent mesuré, l'hommage écrit par Jean-Baptiste Japrisot, le génial scénariste de Jean Becker. Leur père, Jacques Becker, était mort jeune, lui aussi. Je sais que Jean aurait préféré partir à la place de son jeune frère. Il y a aussi le chagrin de Sophie, la sœur, si proche de Tinou. Il habitait près de chez elle.

Nous descendons dans leur Lubéron. Le petit cimetière de Murs accueillera Tinou. C'est la région du tournage de *L'Été meurtrier*, éclairé par lui, au service de la mise en scène de son frère. Un film éternel.

J'aurais tant voulu, à leur image, construire avec

mon frère un truc digne en lieu et place de cette chute vertigineuse dans les abîmes du mal.

Je suis à ma place dans ce petit cimetière. La fosse est ouverte, je suis derrière Jean et je peux poser ma main sur son épaule. Je peux embrasser Sophie et Pierre. Chaque fois que nous repasserons, avec Zazie, sur nos vélos, dans ce village, nous irons voir Tinou. On regroupera quelques petits cailloux pour former un cairn, cette balise pour alpinistes.

Je ne suis jamais revenu sur la tombe de mes parents. Nous la faisons entretenir. J'y serais allé dans la lumière de son village, mais là, dans la grisaille polluée du XVIIIe arrondissement, mon Père n'est pas à sa place et moi non plus. Je songe parfois à exhumer le cercueil et à le ramener dans son cap Corse. Mais celui de ma mère ?... Elle n'aurait pas aimé cette destination. Elle détestait le village. Comment les séparer ?... Je n'ai pas le droit.

Pierre Rissient me transmet une proposition de Fonlupt, des productions Bouygues. Les contacts pour *La Mort du poisson rouge* n'ont débouché sur rien d'autre que ma présence dans leurs bureaux et ma facilité à raconter aux huiles des histoires insolites sur le cinéma.

Ils ont un projet avec Henri Verneuil, tiré d'un bouquin de William Irish, *Into the Dark*. Ils ont senti la nécessité d'adjoindre un nouveau scénariste pour retravailler le scénario d'Henri, lequel n'a accepté que moi en souvenir de mon apport au *Clan des Siciliens*.

Il habite en Suisse, près de Lausanne. Une propriété de parrain, au-dessus du lac. Mon nid d'aigle est à moins d'une heure de là. J'ai lu le roman et son scénario. Henri est cartésien. Irish n'imagine que des situations acrobatiques. Si on n'avale pas le postulat de départ, rien ne résiste à la moindre analyse.

Le sujet ? Une fille qui veut se suicider et qui renonce au dernier moment. Elle préfère jeter son revolver sur une table. Mais elle se trouve face à une fenêtre ouverte au rez-de-chaussée, et le coup part tout seul lorsque le revolver heurte la table. La balle tue une passante. La suicidaire ne tombera pas pour homicide, mais, remords aidant, elle essayera de pénétrer dans la vie de la morte dont elle a, involontairement, interrompu une vengeance en marche. Et elle assumera cette vengeance à sa place.

Pas simple. Avec Henri, le travail est agréable, nos idées rebondissent. Elles finissent par tout remettre à plat. Nous repartons de zéro.

Mon fils Paul m'a négocié un bon contrat d'adaptateur-dialoguiste. La construction établie, j'écris chez moi. J'ai commencé ma carrière dans les chambres de bonne, j'ai besoin d'exiguïté. Mon bureau se resserre autour de moi. Chez Henri, l'espace est seigneurial, angoissant.

Il y a deux rôles principaux de jeunes femmes, qui méritent de rencontrer deux vedettes importantes. Henri devrait se déplacer au-devant d'elles, l'époque a changé. On lui demande aussi d'articuler le prix du film, un prix balancé comme ça. Au pif. Un prix rassurant, autant que possible. Il voudrait d'abord repérer avec son équipe. C'est honnête, mais ce n'est pas « moderne ».

Le film ne se fera pas. Je serai le dernier scénariste à avoir travaillé avec cet orfèvre. Je suis bien payé, d'accord. Mais un sauteur à la perche ne veut pas seulement prendre son élan, planter sa perche et... rester collé au sol !

La Mort du poisson rouge me rapproche de Christian Fechner. Il l'a lu. Il y voit des personnages pour des stars. Comme il prépare un *big* film réunissant Belmondo, Delon et Vanessa Paradis sous la direction de Patrice Leconte, il a les stars dans sa maison. Je signe une option sur les droits du roman et lui demande s'il serait d'accord pour engager Claude Sautet afin de bosser avec moi sur l'adaptation et les dialogues.

Il est enchanté de l'idée. Claude n'a pas changé d'avis. Il confirme à Fechner qu'il est content de m'aider à cette occasion. L'entrevue à trois me dilate le cœur. Fechner lui confie sans détour l'admiration qu'il a pour lui.

Un autre élément vient cimenter le projet : Alain Delon m'appelle, il voudrait que j'envoie le bouquin dédicacé au directeur de la maison centrale de Saint-Maur, Jean-Paul Ricard. Alain visite un prisonnier dans cette centrale pour longues peines. J'envoie à Jean-Paul Ricard *La Mort du poisson rouge*, qui met en scène un directeur de maison centrale.

Claude Sautet a un bureau-studio de travail dans le quartier des Champs-Élysées. Nous convenons d'un programme de réunions. Nous avons, au fil de notre vie, tellement échafaudé de scénarios ensemble que nous retrouvons immédiatement notre rythme et notre façon d'élaguer. Mon roman foisonne de personnages, de motivations, alors qu'un scénario ne peut s'éparpiller.

Parfois, Claude décale un rendez-vous. Il passe des examens médicaux.

« Un problème de tuyauterie », me dit-il simplement.

Je le trouve plus calme. Il ne se laisse plus exploser par la contradiction. Et il fume moins, me semble-t-il. Il me persuade que le début du roman sera la meilleure des amorces pour le film. Cette révolte d'un détenu qui s'accroche au petit bocal rond de son poisson rouge qu'un surveillant essaye de lui arracher lui paraît très originale. Nous progressons sans essayer de mettre des noms d'acteurs sur les rôles. Claude me conseille d'attendre les propositions de Fechner, qui a eu, très certainement, des idées assez précises à ce sujet avant de signer l'option.

Jean-Paul Ricard, le directeur de la centrale de Saint-Maur, me remercie pour le bouquin, le juge très près des problèmes de son métier et m'invite à visiter sa centrale. J'ai une assez bonne cote dans son administration. *Le Trou* de Jacques Becker a longtemps servi de modèle à l'école de formation du personnel pénitentiaire. Ce film est honnête, il ne charge la mule ni d'un côté ni de l'autre.

Aujourd'hui, les rapports déplorables qui règnent entre les détenus et les surveillants ont une origine : les dispositions de certains élus qui confondent une sensiblerie de rosière avec la véritable expérience de la misère humaine. Le règlement a été assoupli de telle sorte qu'un détenu, déjà écrasé par le sort, serait excusable de péter les plombs, d'où la liberté des insultes. Les vrais rapports ont foutu le camp. Le surveillant côtoie la haine et le détenu n'a plus de repères dans sa propre vie. J'avais connu des rapports plus dignes.

Je les retrouve avec la rencontre de Jean-Paul Ricard à Saint-Maur. La grande prison, isolée sur une vaste plaine, a des allures de pénitencier américain. Jean-Paul Ricard, bien planté sur ses jambes et dans sa fonction, me rappelle le brigadier Fournil, alias Grinval dans *Le Trou*. Je représente pour lui une réinsertion spectaculaire qui devrait à la fois servir d'exemple et distiller de l'espérance. Le système des peines interminables en aurait bien besoin, il ne fabrique que du désespoir.

Il me fait visiter sa prison. Nous croisons pas mal de détenus assez libres dans les larges couloirs. Je perçois vite les rapports simples que ce directeur entretient avec eux. Ils viennent spontanément lui parler. Cette liberté-là existe en permanence. Je ne peux m'y tromper.

Je suis présenté à l'atelier d'écriture. Une douzaine de longues peines qui cherchent à respirer encore et toujours par le récit. Certains ont lu mes bouquins. Je parle avec François Besse, que ses évasions et un bref croisement de destin avec Mesrine ont médiatisé à tort. Il ne représente aucun danger pour la société aujourd'hui. Il le prouvera, car il arrive au bout de son temps d'exclusion. Il a lancé une idée de rencontres avec des jeunes délinquants. On pourrait organiser ça, leur amener quelques jeunes en péril de violence, de rejet total, pour que eux, les anciens, tombés dans la maladie du crime, essayent de leur éviter le laboratoire des larmes.

On commence par attaquer les pompiers à coups de pierres et ça se termine, lorsqu'on a grandi, par vingt ans de travaux forcés pour le meurtre d'un vigile.

Je promets de revenir et de leur projeter un film. Le directeur me demande si *La Mort du poisson rouge* a une chance de se tourner. En ce moment, c'est positif.

Un des bâtiments de la centrale est désaffecté. Je pourrais obtenir l'autorisation du ministère pour y réaliser des séquences. Et puis, de l'extérieur, cette centrale en impose.

Je transmettrai à Christian Fechner cette bonne nouvelle. Il n'a pas donné de réponse sur le premier jet du scénario que Claude et moi lui avions envoyé. Il est dans la préparation du film géant.

Avec Claude, on retravaille notre première mouture. Claude n'a pas, pour l'heure, de projet de film personnel. Il est davantage préoccupé par sa santé qu'il ne le laisse paraître. Il reste aussi dubitatif quant au sort réservé, en général, à l'exploitation des films français en salles. Lui aussi pense que les rapports entre les producteurs, les distributeurs et les propriétaires de salles ont insidieusement changé.

Bref, il a perdu l'envie. Après notre dernier travail, je ne reverrai plus cet homme de mes débuts, ce témoin à notre mariage, cet ami. Il tombera vraiment malade. Ne recevra plus. Le courrier, le téléphone, et ça sera tout.

Il reconnaît ne jamais avoir visité quelqu'un à l'hôpital. Alors il trouve normal qu'on ne vienne pas le voir. Et puis il ne veut pas qu'on emporte une mauvaise image de lui.

Je n'aurai même pas la consolation de voir son nom une nouvelle fois associé au mien sur le générique de *La Mort du poisson rouge*. Fechner renouvellera l'option d'une année et finira par tout abandonner. À cause du casting ? À cause de moi ? Il ne s'est pas exprimé. Il est vrai qu'il n'a rien poursuivi avec Belmondo et Delon.

Je confie mon échec à Bertrand Tavernier. Le talent

que Claude Sautet a mis dans le scénario contribue à me décourager. Ai-je toujours ma place dans le cinéma ? Bertrand, lui aussi, pensait que je ferais le film. Que ce polar en avait dans le ventre. On pourrait analyser le problème. Mais la métaphysique n'entre pas dans la sacoche de mon vélo.

Nous roulons, cernés par la lavande, traversons les gorges de la Nesque, faisons halte dans la ferme du bon dieu chez France et Michel Loeb. La douceur de France est unique. Alors, Michel peut traîner encore un peu dans l'enfance. Nous parlons de Lino qui n'a pas connu cette oasis. Il l'eût envahie et aurait eu bien du mal à refaire ses valises.

Chez Laffont, je propose deux livres à Antoine Audouard. Un sur ma nostalgie de la chanson des holsters, les grandes pointures du gangstérisme, et un autre sur un déraciné des Balkans plongé dans une juste vengeance de départ : il y a des événements qui changent les meurtriers en juges. Antoine et Fixot préfèrent ma résonance sur les fauves. Le roman s'intitulera *Les Chemins fauves*.

Des jumeaux, frère et sœur, d'une beauté à vendre son âme au diable. Ils choisissent un couple. Le frère s'occupe de l'épouse et la sœur du mari. Leur passage ressemblera à un champ de blé après une invasion de sauterelles. Mais les jumeaux marchent sur un sol où les mines succèdent aux sables mouvants, si ce n'est à une fosse aux serpents.

La sœur jumelle est le personnage principal. Une aventurière dont l'élégante canne d'argent est une arme : le makila, fabriqué à la main par le dernier spécialiste basque, Anciart Bergara. Il sera sur la couverture du livre. Je le garderai. Nelson Mandela possède le même. Sa devise, « Je suis libre », y est gravée. Sur la mienne, on peut lire : « Faire face ».

Antoine Audouard accepte de m'accompagner à la centrale de Saint-Maur, je crois avoir découvert là-bas un talent exceptionnel au sein de l'atelier d'écriture. Il est condamné à une peine de trente années incompressibles. Du livre sur mon Père, *Il avait dans le cœur des jardins introuvables*, il a cxtirpé mon oncle Paul Santos, le maléfique.

Les autres me parlaient de mon Père sublime. Lui, il voulait que je lui détaille Santos. Il avait sans doute subi une saloperie d'influence licenciée en malheur. Il me demande si, moralement, dans sa tête, on peut se guérir de tout. Par exemple de la prison ?... En suis-je entièrement guéri ?... Sans doute pas, puisque je suis encore en face d'eux pour les aider.

Il a écrit une nouvelle flamboyante de sobriété. Les mille feux de la force contenue. Sur une montagne d'un lointain pays, un étroit sentier entre paroi et abîme relie deux cols. Celui qui s'y engage avec son chargement doit sonner un coup de trompe car deux hommes ne peuvent ni se croiser ni virer pour faire demi-tour. Un jeune et un vieux se retrouvent malencontreusement face à face. Le jeune se jette dans le vide pour laisser passer le vieux. Je me reproche encore de ne pas avoir compris le message. Toi l'écrivain, toi le nouvel ami, tu t'es pendu un matin de non-croyance. Il y a des mains qui se tendent trop tard.

Lorsque je suis venu projeter *Les Grandes Gueules*, le film de Robert Enrico, Robert n'est pas venu. Il hébergeait déjà le cancer du fumeur. Dix personnes seulement dans la salle. Jean-Paul Ricard m'explique leur méfiance, le refus de ce qui vient du dehors : trop longtemps à tirer, et les télévisions dans les cellules. Je pense à la vie associative que nous vivions en centrale dans les années soixante. Tellement avides de quitter nos solitudes. Aujourd'hui, ils capitulent devant leur propre inutilité.

Claude Sautet bascule de l'autre côté du monde. L'église et l'oraison de Jean-Lou Livi. Le cimetière Montparnasse. Tellement d'artistes déjà endormis là. De très grands noms abandonnés quand même. Je félicite Christine Gozlan pour le bon goût des couronnes des films d'Alain Sarde. J'embrasse Claude Berri et je m'approche de Graziella, la femme de Claude. Celle de toujours.

« Vous lui écriviez de si belles lettres, dit-elle seulement... Je sais que vous l'aimiez. »

Des années qui passèrent comme un seul jour. On aurait dû les retenir, en garder un peu, comme la pépite dans la batte du chercheur d'or. Oui, garder ne fût-ce qu'une accolade. Dans les cimetières, les mains sont vides. Il sera là à travers ses films et ses fidèles entretiens fixés par le talent de Michel Boujut.

Bertrand Tavernier ne restait jamais longtemps sans voir Claude Sautet. Pour partager une émotion de cinéphile, pour un avis, un conseil. Nous parlerons encore davantage de lui après le cimetière. Soudain, Bertrand me demande pourquoi je ne porte pas à l'écran le combat de mon Père pour me sauver la vie.

Je n'avais pas écrit notre saga familiale sur près d'un siècle pour en faire un film. Une chaîne de télé murmura un instant l'idée de quatre épisodes. Mais Bertrand a une certitude : n'utiliser que la fin du livre. Mon Père, pendant des années, dans le bistrot face à la prison de la Santé, avant ma condamnation.

Mon Père et ses onze années de parloir.

Mon Père arrachant le pardon des parties civiles.

Mon Père m'écrivant quelques mots chaque jour.

Et, entre nous, le silence incompréhensible. Un silence qui vient de trop loin, lourd de notre passion informulée. Et ma sortie. Et ma réussite jusqu'au film de Jacques Becker tiré de mon bouquin.

« Il y a là un sujet très original, intimiste, d'un devis peu élevé », conclut Tavernier.

Adapter un livre dont on n'utilise qu'un cinquième pose un problème de compréhension sur le passé des personnages. Bertrand Tavernier me propose son aide. Je lui envoie les feuillets. Il y aura obligatoirement des flash-back. Son œil extérieur m'alertera sur ce qui lui apparaîtra obscur ou mal placé.

Nous choisissons de commencer par mon arrivée dans le couloir de la mort. Mon voyage dans le cinéma après des détours entre Veracruz, les montagnes Rocheuses, Porto Rico et le Grand Nord me ramène à mes différences. À mes chaînes. Mon droguet de bure. Presque à Jean Valjean.

CHAPITRE XXVII

Le passé est un prologue

Nous progressons à l'ombre de mon Père, ce joueur inconsolable, comme deux francs-tireurs. Nous n'avons pas de contrat. Nous créons avec le sentiment que le travail décide de tout. J'écris, dans l'émotion, ce temps de ma jeunesse pareil à une marée montante. Un océan qui ramène ma bouteille de naufragé porteuse du message d'amour dont mon Père ne s'était jamais approché. Sur cette grève, solitaire, il n'y croyait peut-être plus.

Bertrand pense que nous ne devons confier cette étrange histoire qu'à un producteur en phase avec le cœur. Il choisit d'en parler à Alain Sarde, qui vient de subir une épreuve injuste, laquelle, nous semble-t-il, lui fait regarder les gens et les choses sous un angle nouveau.

La période est dangereuse. On peut écrire et dire n'importe quoi sur n'importe qui. Et le pouvoir, entre les mains d'un homme de peu, engendre de dramatiques iniquités. Un juge qui cherche sans doute à sortir du lot inquiète Robert De Niro avec un tam-tam médiatique pour une histoire de cul normalisée depuis Jules César, et même avant.

La France n'est pas seulement recherchée pour ses

musées et ses monuments historiques. Il y a la bouffe raffinée, les croupes rebondies échappées des guêpières, et les palaces feutrés. Le petit juge, secteur tournage des gros films américains en France, nous a mis au pain sec. Le plus souvent, un coup dur permet de compter ses amis.

Alain Sarde et Christine Gozlan seront les premiers à lire le scénario.

Enfermé en moi-même, je viens de livrer un bloc à prendre ou à laisser. D'habitude, les portes du scénario laissent passer la machine à discussions. Une sorte de moissonneuse-batteuse ivre de changement. Dans l'attente de la réponse de Sarde, je me surprends à espérer, en secret, qu'il refuse. Ce serait le signe que je ne dois pas voir des acteurs représenter ma famille. Que je ne dois pas voir les photos s'animer pour m'entourer, me parler, me toucher. L'illusion d'enfourcher une machine à remonter le temps.

Lorsque ma sœur avait décrit dans *La Face de l'ogre* ses attentes, dans les refuges, du retour de son mari René Desmaison, un vivra-vivra pas corrosif, Bernard Pivot avait signalé le bouquin et je l'avais porté à Giraudeau pour sa première mise en scène. Dans ce téléfilm, Annie Duperey avait joué le rôle de ma sœur. Elle s'était revue sur un écran, angoissée, dans un refuge tenu par un Pierre Vaneck très authentique. Annie m'avait fait oublier qu'elle était comédienne et on prima le travail de Giraudeau.

Alors, qui sera mon Père ? Et qui rejouera mes vingt ans ?...

En face d'Alain Sarde, décidé à produire le film, nous égrenons les noms d'acteurs autour des soixante-dix ans. Il faudra du talent, et un acteur talentueux de cet âge-là est obligatoirement une vedette. Je recherche les yeux bleus de mon Père, une puissance dans le visage, atténuée par une fêlure, une faiblesse de caractère à peine visible.

« Bruno Crémer », dira Alain Sarde le premier.

Je ne peux plus me séparer de l'idée. Il tourne un *Maigret*. Son agent lui envoie le bouquin et le scénario. Parallèlement, je m'assure le concours du technicien le plus proche du metteur en scène : le chef opérateur. Rendez-vous avec Alain Choquart. Nous nous connaissons. Nous devions déjà faire ensemble *Tarif de groupe* d'après Hugues Pagan.

Choquart va lire le scénario. En racontant mon Père, en racontant mes remords, je change de planète. Je survole les rancunes, les calomnies, les haines de toutes les dimensions, les inutiles vengeances, la fatigue du mépris. Ce vaste marché aux défauts du genre humain dans lequel je ne veux plus mettre les pieds. J'ai clôturé avec l'enterrement d'Auguste Le Breton en mai 1999. Mon ami Gilles Durieux était son filleul. Il plaide pour une réconciliation posthume. Si je ne viens pas, il n'y aura personne de très représentatif. J'ai pour Gilles une sincère affection. Le jour où Unifrance Films l'a écarté arbitrairement avec une inélégance partisane d'une haute hypocrisie, beaucoup se sont indignés, ont écrit. Je fus de ceux-là en souvenir de la chaleur humaine que Gilles cultivait dans cet organisme.

Je n'étais pas à ma place près du cercueil de Le Breton. Mais j'étais à ma place dans le regard de Gilles. Et puis Gilles a écrit le meilleur livre sur Lino Ventura. J'étais donc au cimetière.

« Écoute, Gilles, j'ai su que Melville l'avait manipulé, lui avait refilé mon casier... Alors j'ai oublié. »

Pour être franc, Le Breton, sachant que des Canadiens voulaient reprendre le projet de Carlo Ponti sur son bouquin *Le Bouncer*, m'avait demandé si j'étais toujours partant pour la mise en scène. À cette proposition, j'avais compris son inconscience. Il ne mesurait pas ce qu'avait de sinistre l'envoi de mon casier judiciaire à Lino. Dans ce cimetière, j'ai pensé à la futilité de la vie, à toutes nos fausses croyances.

Réunion dans un bistrot, casse-croûte. J'étais resté près de Gilles en évitant les machos à la mie de pain qui naviguaient sur les eaux de Le Breton. À force de malentendus, ils se prenaient pour Al Capone ou Frank Sinatra. À en faire pitié.

Le film sur mon Père se construit. Il me prend de vitesse car j'avais programmé une opération sur ma hanche droite. Nous sommes à l'automne 1999. J'apprends qu'Alain Delon vient justement de subir la même opération. Je l'appelle à l'hôpital.

« Extraordinaire !... J'ai une jambe neuve... En une semaine, tu te rends compte !... » Il rit, enthousiaste.

Je lui dis que je dois décaler mon opération à cause de la préparation du film. Il me parle du professeur Gérard Saillant qui l'a opéré. Le top. J'imagine assez bien qu'il se soit confié au meilleur, considérant ce qu'il représente lui-même.

« Je parle de toi au professeur... Tu ne penses à rien d'autre... Tu auras ma chambre... »

Son impulsion à m'aider est attendrissante. J'ai rapidement un rendez-vous avec Gérard Saillant. Au-delà de sa renommée, j'éprouve une confiance immédiate. La confiance ne s'explique pas. Il me déconseille une opération d'urgence à cause de la proximité du tournage de mon film. Pourquoi pas en septembre 2000, entre le film terminé et la sortie ? Je quitte le professeur très détendu, remercie mon ami Alain et plonge dans les problèmes comme un redressé fiscal chez son percepteur.

L'argent. Le fric. Le flouze. Le carbure. Le grisbi. Le blé. Les talbins. Le jonc. Les jaunes. Appelez ça comme vous voudrez. On y revient toujours. Car, je persiste et je signe : le septième art est un art industriel. Mon film, évalué par un directeur de production, dépasse le chiffre envisagé de près du double. Il a chiffré sur une construction des décors en studio.

L'histoire commence en 1949. Le bistrot en face de la prison de la Santé a disparu et la grande porte de la prison est moderne. Il semblerait qu'une prison d'époque avec un bistrot en face, propre au tournage, n'existe nulle part.

Christine Gozlan me propose d'appeler mon fils Paul pour qu'il analyse le devis. Il a la réputation de savoir estimer le juste prix des choses. Il rectifie des postes trop élevés et supprime des réserves sécuritaires. Il envisage un décor naturel bon marché qui réglerait le problème du bistrot en face d'une prison.

« Il faut que tu le trouves, me dit-il, sinon le devis s'envolera. »

Et dans le Paris d'aujourd'hui, le moindre déplacement d'une équipe devient infernal. Je ne peux compter sur aucun décor intérieur de prison. J'apprends que Jean-Paul Ricard, le directeur de la centrale de Saint-Maur, est muté à Lyon. Il est responsable des trois maisons d'arrêt. Il essayera de m'aider sur place.

À Trévoux, à une vingtaine de kilomètres de Lyon, il y a une petite maison d'arrêt désaffectée. Nous partons immédiatement, Zazie, le chef décorateur Roland

Deville et moi. Je pourrais utiliser des couloirs de l'intérieur de cette prison. L'extérieur ne correspond pas et aucun bistrot en face.

Il est 13 heures. Nous avons faim. La voiture s'engage dans la rue principale de Trévoux.

« Tiens, ça, à gauche... », me dit Deville.

Un très grand porche en pierre qui donne sur une cour et un petit immeuble au fond. Deux murs, pas très hauts mais assez longs, de chaque côté du porche. On s'arrête un peu plus loin. Nous revenons à pied. En face du porche, un vaste bistrot d'époque nous accueille. Derrière le comptoir, sur une glace, une photo de Cantona dans le film de Jean Becker *Les Enfants du marais*. Jean a tourné dans ce village médiéval.

Deville fermera le porche par une porte de prison. Dans la cour, un mur en découverte. Devant les deux murs extérieurs, deux hauts murs d'enceinte peints sur du sagex sculpté en raccord avec le mur de la prison Saint-Paul de Lyon, que Bruno Crémer longera au début du film.

Bruno a d'abord refusé le rôle.

« Je n'ai pas assez de talent... tu seras déçu. »

Mon Père lui paraît écrasant. Et un metteur en scène qui s'efforce de retrouver son père à travers son acteur principal peut le déstabiliser. Mais le souvenir de notre collaboration dans *Une robe pour un tueur* l'emporte.

Deville construira le couloir de la mort dans une usine vide. Toujours à Trévoux. On tient le film dans le creux de la main.

À Paris, le casting avance. Dans un beau film de François Dupeyron, *C'est quoi la vie*, je trouve la comédienne qui jouera ma mère : Michèle Goddet.

C'est le choc, la rencontre. Je ne cherche pas ailleurs. Une longue recherche pour mon double. Je fais une sélection de cinq ou six comédiens. J'ai une préférence qui devrait s'imposer.

Je confie à Rufus le rôle du brigadier humaniste tellement touché par la fidélité et le désarroi de mon Père. Déjà une longue route avec Rufus.

Cédric Chevalme, que j'avais d'abord vu comme mon double, mais qui me semblait trop fort, jouera mon frère aîné.

Cécile Thiercelin sera ma jeune sœur. Cécile a un physique authentique. Et c'est son entrée dans le cinéma.

Pour Santos, mon oncle diabolique, je n'ai pensé qu'à François Perrot : une fascination un peu canaille dans la voix, un effrayant cynisme, la prestance. Je suis en plein dans notre catastrophe.

C'est épuisant, ce casting doit éviter les sosies et retomber quand même sur mes fantômes.

Éric Defosses apparaît. Il sera Manouche, mon ex-camarade du couloir de la mort. Je perçois en Éric une intériorité, une manière sincère de recréer la souffrance qui palpitait chez ce tuberculeux enchaîné.

Maria Pitaresi, belle comme une icône, sera Dorine, la très jeune avocate qui illumina mon séjour dans le quartier spécial.

Charlotte Kady, tendre prostituée, croisera la longue marche de mon Père. Je lui propose le rôle pendant le festival de neige et glace d'Autrans. Plus de dix ans que je viens parrainer ces images d'aventures, fictions et documentaires. Des retrouvailles simples. Une idée n'existe que grâce à des volontés. Et nous enrichissons notre vie d'avoir rencontré Jean Faure, le vice-président du Sénat et maire d'Autrans. Et aussi Mireille Chiocca, le drapeau de cette réussite. Rassembler, au fin fond d'une vallée de montagne, les quatre coins du monde.

L'an 2000 est à portée de jours. De tourner encore un film sous ce chiffre apocalyptique me pose une question : et après ?... Quoi de plus ?... Je ne me prolonge pas davantage. Que le jeune homme promu au supplice au centre du siècle soit arrivé jusqu'à cette page du calendrier me paraît suffisant.

Par la magie de mon métier, je vais le revoir dans sa cage, ce petit jeune homme, sous les traits de Vincent Lecœur, qui a triomphé des essais. Il va chausser mes bottes. Elles ont foulé le feu et la cendre, le roc, la glace et quelques tapis rouges.

CHAPITRE XXVIII

Se méfier des tireurs dans le dos

L'écrivain Louis Nucéra prononce l'oraison funèbre d'un autre écrivain, un atypique, un mouton noir, gavroche sur les barricades de la littérature : notre ami Alphonse Boudard.

La petite église de Saint-Germain-des-Prés, encore elle, déborde de tristesse. Les phrases de Nucéra parlent de courage, de solitude. On dirait que la gapette légendaire d'Alphonse continue de célébrer les petits restos du terroir, d'errer dans les villages de Paris.

Je vais au cimetière dans la voiture de ses amis Ariane et François Cérésa. Ils sont aussi les miens. François Cérésa a toujours soutenu notre drapeau commun, celui d'Alphonse, de Nucéra et le mien, dans les colonnes de son journal. Nous entourons Gisèle, la femme d'Alphonse, et ses enfants. Elle nous lit le dernier texte écrit par Alphonse entre ses deux infarctus. L'écriture l'aura aidé jusqu'aux dernières minutes.

Ses pensées de fraternité pousseront son âme loin de ces quatre planches. Nous avions, un jour, imaginé un père et un fils qui franchissaient les Pyrénées en fraude pour rejoindre l'Angleterre par l'Espagne. C'est la guerre. L'un d'eux est pris. Alors, un à Vichy et l'autre à Londres. La fin de la guerre arrive : un héros et un traître. Des ennemis ?... Pas pour nous. Jamais un père et son fils ne devraient se haïr, surtout en politique. À l'heure où j'écris, un fils vient de balancer son père et se pavane à la télé. Personne pour le lui reprocher.

Au revoir, Alphonse. À l'image de Camus, tu n'auras cessé de t'occuper des bannis. C'est pourquoi Bernard Madeleine se penche sur ton trou. Tu as fait éditer son livre, *Monsieur Madeleine*, aux Éditions du Rocher : braquages, cavales, re-braquages et re-cavales... Quarante-cinq ans de prison et toujours debout. Tu emportes, Alphonse, une certaine idée de la dignité. Ton fauteuil sera bien vide devant l'écran de mon prochain film.

Maître Stephen Hecquet, ce d'Artagnan du barreau, l'ami de Roger Nimier et d'Antoine Blondin, les fameux hussards des années cinquante, n'est pas facile à ressusciter. Les essais ne donnent rien. Je cherche un acteur de trente ans à peine, tranchant comme une lame, le charisme d'un avocat d'assises – alors qu'on ne le verra jamais plaider dans le film –, un acteur qui véhicule de l'idéalisme et une maîtrise émotionnelle.

Après la sélection, cette lente recherche, il n'en reste qu'un, presque convaincant. Je l'essaye encore, revêtu de la robe d'avocat. Je dois me décider l'après-midi. Lorsque France Degand, un agent, me demande de recevoir un certain Nicolas Abraham.

Il se présente. Sur le seuil de la porte de mon bureau, il est déjà dans le film. C'est bien lui, ce jeune avocat qui me sauva doublement la vie. Une fois en face du président de la République, une autre fois en devinant que je pouvais écrire des bouquins.

Pour entendre sa voix sur son image, je lui donne à lire le texte avec lequel j'avais essayé les autres. Exactement ce que maître Hecquet, souffrant d'une malformation cardiaque inopérable, avait dit à Roger Nimier qui lui conseillait de veiller moins tard :

« J'ai dit à la mort qu'elle me laisse un peu tranquille, que j'avais beaucoup de travail, et, depuis, je l'entends qui respire difficilement la nuit, à côté de moi, et j'ai de la peine pour elle. »

Je sentais que l'acteur qui donnerait à ce texte sa discrète importance serait le personnage. Nicolas Abraham sera maître Hecquet.

Et la production m'annonce que mon film s'arrête. Fini. Terminé avant le tournage. Consternation. Techniciens, acteurs, on y croyait à bloc. Aucune chaîne de télévision ne veut préacheter le film. Donc : brèche dans le financement. Le bateau coule.

Le décideur de France 3 accepte quand même de me rencontrer. Christine Gozlan m'accompagne. S'engage alors un dialogue imprévisible :

« Comment êtes-vous devenu écrivain ?

– En écrivant.

– Comme ça !... » Il claque des doigts. « Sans plus... Et vous pensez que c'est crédible ?... »

À me demander si je suis venu au monde.

« Interrogez mes éditeurs.

– Puisque vous racontez votre histoire pour en faire un film, vous pensez que les spectateurs y croiront ?... »

Ce type est rare. Il faudrait le conserver au musée Grévin, mais éviter quand même d'en faire un élevage.

« Le scénario ne traite pas de ma longue carrière... Seulement du *Trou* de Jacques Becker, qui est d'ailleurs un fait divers... Très facile d'y croire. »

Il a amené deux jeunes filles pour prendre des notes. Je parle du principal : le combat de mon Père pour me sauver la vie. Je m'arrête. Ça devient déshonorant d'évoquer mon Père en ce lieu. Des grenouilles manifesteraient davantage d'intérêt à un cosmonaute. Le film sera refusé pour cause d'incrédibilité.

La nouvelle indigne Bertrand Tavernier. Son prochain film est, en principe, domicilié sur cette chaîne. Les raisons invoquées pour refuser le mien peuvent, en dehors de tout esprit partisan, être qualifiées de stupides.

Dans une réunion chez Alain Sarde, Bertrand propose de lier son film au mien. L'oracle de France 3 prendra les deux ou aucun. L'offre inouïe de Bertrand Tavernier restera en un seul exemplaire dans notre métier.

L'ultime préparation du film peut donc reprendre. Beaucoup en sont émus.

J'ignore que la nouveauté, dans le long-métrage, consiste à jouer au yo-yo avec le metteur en scène. Comme aurait dit Coluche, « ça vient de sortir ».

Le devis, ramené au plus bas, permet quand même de tourner. Un étage au-dessus d'Alain Sarde, on supprime 2 millions de francs. Comme ça, au pif. Dix pour cent du devis. Où les trouver ?

« Tu veux parler au roi de la soustraction ? » me propose Alain Sarde.

Oui. Pour être soudainement sorti de nos accords, ce spécialiste a sans doute une raison majeure. Celle du plus fort, vous connaissez ?

« Vous avez demandé à me voir ?... »

C'est direct. J'acquiesce. D'ailleurs, il sait pourquoi.

« Je n'ai pas lu votre scénario... Je ne le lirai pas... Ça ne m'intéresse pas... »

Ça lui éviterait, s'il l'aimait, de redonner les 2 millions qu'il enlève. Je ne suis plus en face d'un producteur qui a grandi au contact des auteurs et des metteurs en scène, dans le respect mutuel de la création d'un long-métrage. Je suis désorienté. Qu'ajouter ?... De quoi pourrions-nous parler ?... D'un souvenir de voyage ?... De ce rassemblement coloré de centaines de chameliers venus débattre du cours du chameau ?... Pas d'affichage, pas d'ordinateurs, pas de base réelle : le point de non-retour, le jeu du « plus t'en as envie, plus j'te nique ».

Et j'étais perdant parce que ce film me tenait par le sang. Le sang de mon Père. J'avais, dans cette entrevue, quitté mon métier d'auteur-réalisateur. D'autant plus que, pour ce marchand d'un nouveau style, le cinéma venait de commencer avec lui. Ce que Robert Enrico, Claude Sautet, Georges Lautner, Jacques Deray, Philippe de Broca, Henri Verneuil et moi-même avions apporté au drapeau du cinéma français n'introduisait pas dans l'esprit de cet homme la moindre image de respect. Je n'existais pas, ou plus.

Ma passion pour mon film m'affaiblissait. Avec Bertrand Tavernier, nous avions confié ce récit, tout palpitant de la grandeur d'un père, à un producteur cinéphile, curieux de la création, Alain Sarde. Et, brusquement, je dépendais de l'étage au-dessus de lui, jeté, malgré moi, dans le supermarché des chameliers.

Je ferme ma gueule. Je viens de vivre le plus détestable moment de toute ma carrière. Ça ne valait que l'oubli. Il aura fallu l'authenticité que je place dans ce livre de souvenirs pour que je relate cette misérable journée.

En remettant, les acteurs et moi-même, l'argent de notre travail en question, nous donnerons à Christine Gozlan les moyens de régler à l'étage au-dessus ce maquignonnage de dernière minute.

Des temps nouveaux sont arrivés. Un peu comme le beaujolais nouveau, qui ne supporte ni le voyage ni le vieillissement.

CHAPITRE XXIX

Les chaînes de vélo

Je les retrouve dans le musée de l'administration pénitentiaire à Fontainebleau. Des menottes à vis dont les maillons ressemblent à ceux d'une chaîne de vélo. On m'en prêtera plusieurs jeux pour le film. Le long d'un mur, les bois d'une guillotine. Dans un panier, sa lame triangulaire. Son peu de largeur surprend. Je le soupèse. Il est lourd, ce couteau.

Chez moi, en montagne, je relis le journal que j'ai tenu dans le couloir de la mort. Alain Choquart, le chef op, arrive pour travailler sur la conception du film. Mettre en scène ma famille ne me donne pas l'impression de tourner.

« Je crois déjà qu'il ne comportera ni musique ni artifice d'aucune sorte. »

Éclairer les yeux, les fenêtres de l'âme, pour y faire pénétrer les spectateurs. Pour qu'ils vivent totalement ce que nous avons vécu, en oubliant qu'ils sont assis devant un écran.

Alain Choquart, le premier avant tous les autres techniciens, a ressenti qu'il entrait dans un film qui ne ressemblerait à aucun autre. Il effrayait par sa rigueur et, en même temps, donnait du courage par l'étrange vérité des situations.

Un simple bar. Mais voilà que dans ce bar, il y a un homme âgé qui guette depuis quatre ans le destin de son jeune fils enfermé dans la prison d'en face...

Que, dans ce bar, les nouvelles lui parviennent par un brigadier de prison qui vit avec une aveugle...

Qu'on vient d'enchaîner le jeune fils condamné à mort...

Que ce jeune fils représente le passé du metteur en scène du film...

Que ce metteur en scène, en voyant le père évoluer sous les lumières, regarde son propre Père...

Que, bien souvent, toute l'équipe verra pendant une prise les larmes tituber sur le visage du metteur en scène...

Parce que le jour où Vincent Lecœur, mon double, insulte Bruno Crémer, mon Père, je me demande comment j'avais pu me conduire aussi ignoblement. Et je dirige la scène en y jetant mes remords.

Et j'éprouve la chaleur humaine de l'équipe, ceux qui ont travaillé avec moi sur d'autres films : Bébert, le chef machiniste, Michel Desrois, au son, et qui ne savaient rien de la tragédie de mon passé, qui le découvrent et qui se prennent à m'aimer. À me protéger, moi qui m'acharnais à protéger les autres. Et je me laisse protéger. Ça me console d'un seul coup des bassesses que j'ai subies dans le montage de l'affaire.

Oui, quelle incalculable richesse, ce tournage. Zazie s'inquiète de la charge émotionnelle qui agresse ma santé. Mais j'ai des soldats qui veillent aussi.

« Autour de José, on fera la tortue romaine », disent-ils à Zazie.

S'ils lisent un jour ce bouquin, qu'ils sachent ce que je leur dois. Qu'ils sachent que de mes regrets, un jour, de ne plus tourner de film, le plus fort sera de ne plus les voir travailler avec moi, sous la pluie, la nuit, le jour, dans le froid, la fatigue, et dans la joie de nos farces enfantines. Une belle ambiance d'hommes.

J'y incorpore mon petit-fils Vincent. Il traînaillait dans un lycée, un portable pour deux élèves. Ça téléphone pendant les cours. Roland Deville le prend dans son équipe déco. Il est stagiaire. Il décape les murs du couloir d'une prison désaffectée depuis dix ans. Il a un masque de protection, et, dans le cinéma, on doit oublier les délires sur les trente-cinq heures. Laisser travailler ceux qui veulent encore travailler.

C'est une douce bizarrerie de plus que l'entrée de mon petit-fils dans la vie active commence par un décor de prison. Il a vingt ans, pas loin de mon âge lorsque le destin m'avait jeté dedans. Il est travailleur. Ça me rassure.

Notre fille Marie-Josée nous rend visite sur le tournage avec ses deux merveilles : Charlotte, cinq ans, et Ludmilla, trois ans et demi. Et Bertrand, leur père, ce jeune ingénieur mécanicien qu'on ne saurait imaginer sans enfant tellement il les aime, tellement ses filles l'aiment. Viennent aussi notre fils Paul avec Marine, seize ans, belle et studieuse, ma petite-fille. C'est pour eux tous que je travaille. Pour leur laisser les images vivantes de leurs racines.

De retour chez eux, Charlotte jouera à dire « Moteur » et « Coupez ».

Je ne saurais oublier de glisser, dans mon film, l'image de Tatave, rescapé des Brigades internationales durant la guerre civile espagnole. Un personnage de roman de plus, dont j'ai croisé la route en septembre 1944.

J'étais engagé par le commissaire Antonini, chef des Renseignements généraux à Nantes, pour m'infiltrer dans la poche allemande encore occupée. Saint-Nazaire et base des sous-marins compris. Je devais passer des postes émetteurs-récepteurs et contacter des fermiers qui accepteraient de nous renseigner sur la moindre tentative des Allemands de percer les lignes des Forces françaises libres.

J'arrive dans ces lignes avec mon matos. Je dois d'abord explorer le *no man's land*, et on m'indique le roi du terrain : Tatave. Depuis la fin de la guerre d'Espagne, il ne vit que pour tuer des Boches. Il était spécialiste des attaques de char à l'aide de bouteilles d'essence. Les Allemands, alliés de Franco, attachèrent son frère sur un char en tête de file. Tatave, posté pour enrayer leur avance et leur carnage, passa outre son amour fraternel et fit sauter le char.

Baroudeur solitaire, il se glissait dans le *no man's land*, armé comme un croiseur et liquidait à lui seul une patrouille allemande isolée. Il connaissait chaque pouce de terrain. Sa barbe drue se parsemait de sel. Un corps de fer, un regard d'aigle.

Pour jouer ce rôle bref et si important dans mes souvenirs, je demande à Lucien. Il n'est pas acteur. Nous sommes voisins et alpinistes. C'est la copie conforme de Tatave. Je mets la séquence au point en Seine-et-Marne. À l'époque, Tatave commença par m'initier à son ball-trap. On surgissait et on tuait. Pour la bonne cause, me direz-vous. L'habitude de refermer sa main sur la crosse d'un colt, et, de l'index, supprimer la vie d'un homme, ne fut-elle pas, bonne cause ou non, une saloperie de mauvaise habitude ?... On vous donne même une carte et un insigne à accrocher à votre boutonnière. Je ne porte jamais de costume, ce qui m'a évité de porter l'insigne.

Lorsque j'ai vu Vincent Lecœur, mon double, se planquer avec Lucien, alias Tatave, quatre flingues pour deux, et se redresser pour expédier la mort, lorsque j'ai revu tomber la file indienne de la patrouille allemande, j'aurais voulu ne pas l'avoir fait. J'aurais voulu être resté dans la pureté de mes montagnes, à manier une corde et un piolet pour protéger la vie. Mais il faut du temps pour comprendre ça. Il m'a fallu aller jusqu'à l'an 2000. Pour savoir, pour être certain que l'homme, depuis que la Terre tourne, n'est qu'un incorrigible et stupide prédateur.

Dans mon métier, j'ai rencontré à Nantes et à Saint-Nazaire des hommes qui m'avaient entendu parler de Tatave. Ils se souvenaient de lui. Aujourd'hui, il a rejoint son frère qu'il aimait et qu'un fleuve de sang n'a pas réussi à ressusciter. Finalement, j'ai été arrêté en passant un dernier poste émetteur-récepteur. Enfermé dans un camp à La Baule, je me suis évadé et j'ai retrouvé mon frère à Pigalle. Je croyais me sortir du mal et je marchais vers le pire.

Et ce film que je suis en train de faire, est-ce vraiment bien que je le tourne, ou pas ?... Il sera trop grand pour mon sillon ; alors il restera devant moi comme la vitrine d'un magasin privé de porte.

Je le termine à Paris. D'abord dans un palace : le Royal Monceau, dans lequel mon compatriote Paul Piétri dirige la restauration. Un bon coup de main pour obtenir l'autorisation d'y filmer. Mon Père y retrouvera la trace de ses neveux officiers dans l'armée américaine du débarquement. Un état-major habite l'hôtel. On poursuit en transformant la façade du théâtre du Palais-Royal en façade de cinéma des années soixante. Tournage de nuit. J'ai invité ma sœur. En voyant Bruno Crémer apparaître sous les projecteurs, elle me dit :

« J'ai cru voir notre Père. »

Elle avait, à l'époque, le même professeur d'art dramatique que Bruno Crémer, Denis d'Inès.

Arrive la voiture de sport, une Aston-Martin, dans laquelle se tuera Roger Nimier. L'acteur en descend. Il a de Roger Nimier ce côté homme-enfant. Même s'il avait eu le temps de vieillir, Nimier n'aurait jamais vraiment vieilli. Il disparaît avec mon double dans le cinéma. C'est la première du *Trou* de Jacques Becker.

Et le récit de ce film s'achève par où j'ai abordé le cinéma. Une boucle ? Une fin ? Un testament ? La nuit, je rêve toujours de mon Père. Il est à l'âge de nos parloirs de prison. Mais le jour, quand j'y pense, je vois Bruno Crémer. Son talent l'a sanctifié.

Un groupe corse, les Surghenti, chantent deux chansons : une au début et une à la fin. La langue corse ramène mon Père dans son île natale, ancre mon film le long des rivages dentelés de la dramatique beauté du cap Corse. Jean-Pierre Matteï me les a présentés et me prête pour mon décor final deux affiches d'origine du *Trou*.

Après la première projection pour Christine Gozlan et Alain Sarde, leur réaction sincèrement favorable m'indique que je peux enfin m'occuper de ma santé. J'annonce au professeur Saillant que je suis disponible dans ma tête et je me confie à son talent. Les grands chirurgiens ne devraient jamais mourir.

J'ai bientôt une hanche toute neuve à droite. La

même jambe dont une balle de 7,65 avait fracturé le fémur un demi-siècle auparavant. Je n'ai pas souffert. Le lendemain de l'opération, je suis debout près de mon lit. J'essaye de repenser au polar commencé avant mon film. Les amis viennent. Gaby, Cosette et les autres. Zazie immuable. Mon fils tous les jours. Ma fille venue de loin. La famille, cette vérité.

Quand je regarde Bernard Madeleine et sa sœur Geneviève, je me rappelle qu'ils ont connu mon Père et ma mère. Aux parloirs, les familles unissaient leur chagrin. Si un paradis existe, Geneviève a gagné le sien sur la terre, sa vie sacrifiée à son frère. Et encore aujourd'hui, pour les vieux jours ensemble.

Il n'y a que l'amour. En dehors de l'amour il n'y a rien.

CHAPITRE XXX

Faire face

Je sais qu'il existe une autre dimension mais je n'arrive pas à l'atteindre.

Ernest HEMINGWAY.

Louis Nucéra essaya cinq ou six maillots de vélo. S'il en avait essayé un de moins ou un de plus, il vivrait peut-être encore. Il aurait manqué de quelques secondes son rendez-vous avec la mort. Ce chauffard qui l'a heurté de plein fouet, le projetant, disloqué, à 30 mètres.

Il y a autant de monde à l'extérieur de l'église qu'au-dedans. Maître Peyrat, le maire de Nice, prononce l'oraison. Il me semble réentendre la voix de Maître Moro-Giafferi, le même timbre.

Louis laisse ses livres, ses amis et sa femme Suzy. À un détour de l'allée, je me retrouve en face d'elle, il me semble qu'elle ne m'a pas reconnu. Elle est KO debout. Après le cimetière nous nous réunissons avec André Asséo et François Cérésa. Il y a très longtemps, grâce aux lois de l'Ouest, nous aurions pu flinguer le chauffard. Ce qui n'aurait, évidemment ressuscité personne.

J'essaie de m'accrocher à l'idée que Louis est mort avec son vélo. Nous ne monterons plus ensemble sur nos vélos, tous les ans à l'automne, pendant la fête du livre à Saint-Étienne, le col de la République...

« Faire face », ma devise, je vais en avoir besoin plus que jamais. C'est sans doute idiot. Pourquoi se battre contre des gens qui vivent tendance-branché-nocturne ? Parce qu'ils décident de la sortie de mon film, dont les sentiments les touchent autant qu'un papillon toucherait un crocodile.

Un seul élément semble compter : le film de José Giovanni intitulé *Mon Père* avec Bruno Crémer et Vincent Lecœur ne donne pas envie de payer un billet d'entrée pour le voir. Une étude spécialisée nous le prouve, on devra contacter mille deux cents personnes pour en mettre trois cents sur les fauteuils du Balzac. Mais le taux de satisfaction de ceux qui sont venus est très élevé.

Les médias m'aident. Les grandes émissions de télé prennent le film, Delarue, Mireille Dumas, Michel Drucker. André Asséo interviewe Bruno Crémer pendant plusieurs semaines, et Poivre d'Arvor, qui soutient le film dans son 20 heures, la veille de la sortie. Poivre, depuis le début de ma carrière, m'a toujours offert un espace. Le distributeur s'attarde sur ces marques d'intérêt autant qu'un ours sur un dictionnaire.

La réalisatrice Laetitia Masson m'a vu à la télé pendant la promotion de *Mon Père* et me propose de jouer le père d'Isabelle Adjani dans son prochain film. Je connais Isabelle. C'est un rôle muet, sur des regards.

Reconnaître ou non ma fille qui revient, trop longtemps après son départ. L'émotion. Une reconnaissance qui ne veut pas s'avouer. Je le fais. Laetitia a eu l'air contente. Peut-être ne coupera-t-elle pas la scène au montage...

Partout sur le parcours de nos avant-premières, l'accueil est porteur. Le responsable de la distribution centralisée à Paris ne verra pas les spectateurs applaudir debout – au festival de Paris, à Strasbourg –, car il n'accompagnera jamais le film. Il ne viendra pas non plus à l'avant-première de la Cinémathèque corse de Porto-Vecchio. Sur ce point je l'excuse, il est tricard en Corse.

À la réunion sur la stratégie de sortie, il quittera la pièce au milieu de la discussion. Puisqu'il n'en a rien à foutre du film, pourquoi veut-il le sortir ? Cela n'a aucun sens. Qu'il l'abandonne. Il sera plus en sécurité au laboratoire. J'apprends qu'il s'agit d'un contrat global avec Alain Sarde et Canal+. Ce distributeur doit sortir toutes leurs productions. Avec le chamelier, ils ont divisé le cinéma français en deux catégories :

1. les films qu'on attend, les suites de succès, les stars, etc. : entre 400 et 600 copies, voire plus ;

2. les films qu'on n'attend pas : entre 20 et 60 copies, avec une surprise de temps en temps.

Le lundi, on décide de virer les films qui n'ont pas passé un bon week-end. Mais si le lundi est férié, alors la décision se prend le vendredi, sans attendre le week-end, et la carrière du film est jugée sur deux jours, le mercredi et le jeudi. Le public n'aura plus le temps de profiter de la variété de la création française. Bien qu'assez affaibli, Robert Enrico vient à une projection privée. Ensuite, j'irai le voir chez lui. Il me présentera Frédéric Fajardie, un écrivain d'émotion, de droiture et de situations extrêmes. Et aussi la symphonie des porte-jarretelles me semble être un point de rencontre des plus évidents.

Je lis quelque part un truc intéressant sur le système pénal chez les Inuits : deux instructeurs emmènent quelques délinquants dans le Grand Nord pour leur faire découvrir leurs racines. Les épreuves, le blizzard, les bivouacs, la faim, pour les remettre dans l'axe. Ceux qui réussissent évitent la prison. Un téléfilm éventuel...

Dans la perspective de travailler avec mon fils, ces précieux contacts que j'ai ratés avec mon Père, je rédige un scénario que j'intitule *Le Pardon du Grand Nord*. Je le lui confie. Il a monté, avec un jeune producteur comme lui, Antoine Perset, Aubes Productions. Arte est intéressée par le projet, ainsi que le Canada et la Suisse pour un metteur en scène familier des grands espaces : Pierre-Antoine Hiroz. Ce travail a renoué avec *Le Musher*, dont les décors m'ont inspiré.

Dans le tourbillon de la promotion de *Mon Père*, je n'oublie pas mes rêves. Mais le présent me brûle.

Pour la première fois de ma carrière, je pense à aider le film par le support d'un festival. Puisque le film est connoté « difficile », Berlin s'y intéressera peut-être. Pierre Rissient, après une projo, me tire amicalement de mes illusions : je n'ai pas le profil. La sélection est faite d'avance. Les réalisateurs abonnés au festival. Et puis le responsable de Berlin se fie, paraît-il, à la sélection d'un critique nommé Michel Ciment. Je sais, évidemment, que mon film n'est pas sa tasse de thé.

Il n'a guère, dans son boulot, encensé le courage et les élans du sacrifice. Le dépassement de soi. Il détesta *Les Chariots de feu.*

Pourquoi, aujourd'hui, dois-je dépendre de l'avis de ce type ?... Récemment, la Cinémathèque de Los Angeles m'avait invité à présenter trois films que j'avais écrits : *Le Trou* de Jacques Becker, *Classe tous risques* de Claude Sautet et *Le Deuxième Souffle* de Jean-Pierre Melville. Des soirées exaltantes. Là-bas, Scorsese, Tarantino, John Woo se passionnent pour ces polars français. John Woo parle même de faire un remake de *Classe tous risques.*

Et à Paris, me voilà suspendu à ce critique de films. J'accepte finalement que mon attachée de presse lui montre le film. Au tiers, il sort de la salle, le Club 13, chez Lelouch, en disant qu'il y règne un froid intenable. Il pourrait avoir l'honnêteté de réserver son avis. Sans vergogne, il détruit le film en deux mots. Il est égal à lui-même, le reflet de sa face d'œufs brouillés. Sa conscience professionnelle est au-dessous de la ligne de flottaison. Le genre de naufrage dans lequel le capitaine se barre le premier dans une chaloupe.

Une époque que Robert Enrico vient de quitter. C'est sans doute physiquement préférable, au bout d'un combat inégal. Et moralement aussi, on évite par là la fréquentation d'un cynisme permanent qu'on doit se retenir d'écrabouiller. Patricia, sa femme, me demande de dire un mot à l'église. J'en suis ému. J'ai noté beaucoup trop d'absents volontaires. Je salue Philippe Noiret et Jean-François Balmer. Mon fils Paul est là. Enfant, il a joué avec Jérôme Enrico aux sports d'hiver. L'ami Gilles Durieux arrive avec le cercueil.

Jérôme nous lit la bouleversante dernière page du livre de Mémoires laissé par son père.

On égrènera plus tard les jours passés comme les gros chapelets de buis des prieuses du Sud.

Avec Alain Sarde, nous sommes menés en bateau par le responsable de Bac Distribution. Il ne cesse de reculer notre date de sortie. Chaque fois qu'il aperçoit une baleine sur un vélo, il nous dit la vérité. Jugez de la fréquence.

Heureusement, le film vient de m'offrir un bonheur inattendu et durable. Mon ami Jacques Deray m'informe qu'à Richmond, en Virginie, existe une rencontre du cinéma français organisée par des profs de français de l'université.

Richmond ? La même ville dans laquelle mon Père rejoignit ses deux frères en 1900 depuis sa Corse natale ? Exactement. Dans mon film, mon Père parle de ses neveux officiers dans l'armée américaine au cours du débarquement de 1944. Je prends contact. Les organisateurs viennent à Paris voir le film. Fin mars de l'an 2001, avec Zazie, nous les accompagnons. Dans l'avion, je joue aux échecs avec Jean Becker qui vient présenter *Un crime au paradis*. Je suis heureux. Nous parlons d'un petit chef-d'œuvre écrit par Michel Quint, *Effroyables jardins*, dont Jean veut tirer un long-métrage.

À Richmond, les organisateurs, avec leurs élèves, ont retrouvé toute ma famille. Un des officiers du débarquement vit toujours, c'est mon cousin germain, le fils d'un frère de mon Père. On me pilote dans les quartiers où vécut mon Père de 1900 à 1906. Je me recueille sur les tombes de mes oncles. Sur celle de l'aîné, une carte de la Corse est gravée, avec, en gros caractères, le nom du village : Rogliano.

Les 1 500 places du cinéma sont occupées. Les membres de ma famille, première et deuxième générations, occupent un rang entier. On les éclaire. Ils se lèvent. Le maire de la ville les salue. Cent ans après l'arrivée de mon Père, âgé de dix-sept ans, dans cette ville, avec son jeu de cartes, je suis là, les yeux brûlants devant cette famille retrouvée, au seuil de leur montrer un amour fou entre ce Père et son fils, un amour formulé enfin à titre posthume. Quel cadeau somptueux !

À Valencienne, on obtient le prix du Public et un prix d'interprétation pour Bruno Crémer. Petit à petit, les présentations du film soudent les quatre jeunes acteurs qui jouent respectivement mon frère aîné, mon avocat, mon compagnon de chaînes et mon double. Lecœur, Chevalme, Defosse et Abraham déjeunent, dînent, viennent chez moi en montagne.

Nous sommes déjà détachés du succès ou de l'insuccès du film. Je n'avais jamais connu ce sentiment auparavant. Les gens m'entourent après les projos. Ce problème père-fils est souvent le leur. Ils emportent avec eux le livre, la vie entière de mon Père. Réédité avec l'affiche du film sur la couverture, je le dédicace dans les salons du livre.

« Dès que le film sortira, on ira le voir, me disent les lecteurs.

– Mais il est déjà sorti.

– Alors à la sauvette... »

C'est ça, comme un joueur de bonneteau... Ce sont

des joueurs de bonneteau qui ont sorti le film. Et la belle *Amélie Poulain* est sortie le même jour... avec son cœur lumineux comme celui d'ET l'extraterrestre. J'aurais dû éclairer celui de mon Père. Un effet spécial ça aide le créateur aujourd'hui. Et puis mon Père n'avait-il pas éloigné le bourreau avec les tisons enflammés de son amour.

Liliane, une fille de son frère, vient de Porto Rico revoir son oncle sous les traits de Bruno Crémer. Ce voyage dans le temps l'a secouée.

Des lycées m'appellent pour que je présente le film. Je constate que l'Éducation nationale a de la chance de pouvoir compter sur des enseignants qui se défoncent, hors temps, pour organiser des rencontres. Je réponds à toutes les demandes des associations de cinéphiles, parfois dans les campagnes, les salles d'art et d'essai, les cinéclubs, partout entouré d'une chaleur humaine aussi étrangère à Michel Ciment qu'un rhinocéros l'est à l'histoire du cinéma.

Dans un lycée de Saint-Raphaël, ils étudient *Mon ami le traître* et regrettent l'exécution du jeune repenti. Un couple d'enseignants extraordinaires, les Vermot-Gauchy, m'a invité à venir parler à ses élèves. Je leur explique que Claude Sautet avait eu, lui aussi, le sentiment que le jeune repenti ne devait pas mourir. Et je leur montre la photo du véritable personnage, que sa famille m'avait envoyée.

Je parle aux élèves du mystère de la création. Je leur raconte qu'en présentant le film dans un festival, à Porto Rico, j'y avais retrouvé Liliane, une cousine germaine dont j'étais amoureux à quatorze ans.

Dans un lycée de Nice, où je présente *Mon Père*, les élèves regrettent la mort de mon frère. Ils écriront, encadrés par l'efficace Nicole Vaillant, leur professeur de français, une histoire policière dans laquelle Barthy sera un détective privé.

Lama, village médiéval corse, m'invite à présenter le film au cœur d'un festival. Comme mon ami Jean-Paul Belmondo est en vacances tout près, à Lumio, il viendra peut-être. Mais, mauvais sort... Le soir de la projection en plein air sur un écran géant, Jean-Paul m'a vraiment manqué. Il est tellement fort qu'il guérira.

En pleine tournée, Roland, l'homme du *Trou*, le preux chevalier des évasions, tombe à jamais. Une attaque cérébrale. À y regarder de plus près, je suis le seul survivant de notre aventure. Heureusement qu'il a joué son propre rôle dans le film de Jacques Becker, il ne mourra jamais. Il a été la lumière de mes ténèbres, mon compagnon de l'étrange. Il est devenu le gardien de la destinée qui me reste, car, en partant, dans ses bagages, il emporte une de mes valises.

Je le revois, un soir, dans une baraque en briques, à côté de son garage d'inventeur. Une lumière à une fenêtre. Je frappe et entre. Roland est couché à côté d'un réchaud, un grand bouteillon de soupe et une gamelle. Une bougie l'éclaire. Il lit Montaigne.

« Je suis en vacances, me dit-il.

– On t'attend chez madame Madeleine pour son anniversaire. Madame Madeleine, la mère des deux truands en centrale... »

Il hésite à refermer son livre.

« Faut vraiment que ça soit toi qui viennes », accepte-t-il.

Oui, pour moi, Roland, que n'aurais-tu pas fait ? Tu as emporté le rêve de cultiver des cèpes dans une cave. Tu n'avais pas des rêves à la portée de n'importe qui.

Près de Carcassonne, je présente le film dans plusieurs petites villes. Les quatre jeunes acteurs sont avec moi. En sortant d'une voiture pour assurer le débat après la projection, je me casse le bras gauche.

Fulgurante douleur et hôpital immédiat. Un petit air de morphine. Un plâtre. Zazie, mon intrépide, est là. J'essaye de me détendre. Elle va chercher les quatre acteurs, qui voulaient venir après le débat. Je m'avance vers eux. Ils sont groupés dans le petit hall. Je m'arrête. Ils ont interprété un bloc de ma vie. Ils ont ressuscité ceux que je ne pensais jamais revoir.

Une sensation de léger brouillard, d'aube fragile, m'habille d'étrangeté. Que m'arrive-t-il ?... Je suis redevenu jeune. Ce n'est pas Cédric Chevalme que je vois, c'est mon frère Barthy, vivant. Ce n'est pas Nicolas Abraham, c'est mon jeune avocat Stephen Hecquet. Ce n'est pas Éric Defosse, c'est Manouche, mon frère de misère. Ce n'est pas Vincent Lecœur, c'est moi dans un miroir. Manouche et moi ne portons plus de chaînes. Ils ont dû nous gracier.

« Ça va, tu souffres pas trop ? » je me demande cela à moi-même avec la voix de Vincent Lecœur.

Sa voix est déformée par la distance. Non celle de quelques mètres, celle d'une vie entière. A-t-elle existé ?... Ou bien là, debout, le bras gauche replié sur ma poitrine et la main droite sur mon makila, ai-je rêvé cette vie ?...

Ils auraient appris qu'un vieux type voulait leur parler. Un type blessé dont on raconte qu'il a été romancier, et même qu'il a tourné des films.

Je refuse de retourner dans le présent. Je ne regarde

plus mon p'tit bout de femme fidèle. Je ne veux plus exister. Je m'use les yeux sur le groupe d'antan. Et les phrases du poète remontent de ma poitrine :

Qu'as-tu fait, ô toi que voilà
Pleurant sans cesse,
Dis, qu'as-tu fait, toi que voilà,
De ta jeunesse ?

José GIOVANNI,
28 février 2002.

La carrière de José Giovanni

José Giovanni a planté ses caméras des rivages de la Baltique au cœur du Mexique en passant par les falaises abruptes de l'île de Malte et les chutes d'eau violentes des montagnes Rocheuses.

Des films comme *Le Rapace*, *Les Loups entre eux* ou *Le Ruffian* furent réalisés dans des décors extérieurs très difficiles d'accès grâce à la connaissance approfondie du réalisateur en la matière.

Ses films, à l'image de ses romans, sont distribués dans de très nombreux pays.

JOSÉ GIOVANNI ROMANCIER

Aux Éditions Gallimard :

1959 *Le Trou** - 1960 *Le Deuxième Souffle** - 1960 *Classe tous risques** - 1961 *L'Excommunié*** -

---

* Roman ayant donné naissance à un film.

** Roman ayant donné naissance à deux films.

1960 *Histoire de fou** - 1962 *Les Aventuriers*** - 1963 *Le Haut-Fer** - 1964 *Ho !** - 1965 *Meurtre au sommet* - 1969 *Les Ruffians** 1977 *Mon ami le traître** - 1978 *Le Musher* - 1985 *Le Tueur du dimanche**.

Aux Éditions Jean-Claude Lattès :

1982 *Les Loups entre eux** - 1984 *Un vengeur est passé* - 1987 *Tu boufferas ta cocarde.*

Aux Éditions Robert Laffont :

1995 *Il avait dans le cœur des jardins introuvables** - 1996 *La Mort du poisson rouge* - 1998 *Le Prince sans étoile* - 1999 *Les Chemins fauves.*

Aux Éditions du Rocher :

2001 *Les Gosses d'abord.*

Ces romans ont été traduits en Allemagne, Australie et Nouvelle-Zélande, Grande-Bretagne, Danemark, Espagne, Finlande, Italie, Japon, Pays-Bas, Norvège, Pologne, Portugal, Brésil, Suède.

JOSÉ GIOVANNI SCÉNARISTE-DIALOGUISTE

1960 *Le Trou,* adaptation de son roman, réalisé par Jacques Becker (policier psychologique).

---

* Roman ayant donné naissance à un film.

1961 *Classe tous risques*, adaptation de son roman, réalisé par Claude Sautet (policier aventure).
Acteurs : Lino Ventura et Jean-Paul Belmondo.

1962 *Du rififi chez les femmes*, réalisé par Alex Joffé (policier).
Acteurs : Robert Hossein, Nadia Tiller.

1962 *Du rififi à Tokyo*, adaptation du roman d'Auguste Le Breton, réalisé par Jacques Deray (policier aventure).
Acteur : Charles Vanel.

1963 *Un nommé La Rocca*, adaptation de son roman *L'Excommunié,* réalisé par Jean Becker (policier).
Acteurs : Jean-Paul Belmondo, Michel Constantin.

1964 *Avec la peau des autre*s, scénario réalisé par Jacques Deray (espionnage).
Acteur : Lino Ventura.

1964 *L'Homme de Marrakech*, scénario réalisé par Jacques Deray (aventure).
Acteurs : Claudine Auger, Georges Hamilton.

1965 *Symphonie pour un massacre*, scénario d'après le roman d'Alain Reynaud-Fourton, réalisé par Jacques Deray.
Acteurs : Charles Vanel, Jean Rochefort, Michel Auclair, Michèle Mercier.

1965 *Le Deuxième Souffle*, adaptation de son roman, réalisé par Jean-Pierre Melville (policier).
Acteurs : Lino Ventura, Paul Meurisse, Michel Constantin.

1965 *Les Grandes Gueules*, adaptation de son roman *Le Haut-Fer*, réalisé par Robert Enrico (aventure).
Acteurs : Lino Ventura, Bourvil, Marie Dubois.

1966 *Les Aventuriers*, adaptation de son roman, réalisé par Robert Enrico (aventure).
Acteurs : Alain Delon, Lino Ventura, Johanna Shimkus.

1969 *Le Clan des Siciliens*, d'après un roman d'Auguste Le Breton, réalisé par Henri Verneuil (policier aventure).
Acteurs : Lino Ventura, Alain Delon, Jean Gabin.

JOSÉ GIOVANNI
RÉALISATEUR-SCÉNARISTE-DIALOGUISTE

1966 *La Loi du survivant*, adaptation d'une partie de son roman *Les Aventuriers*, tourné en Corse (aventure).
Acteurs : Michel Constantin, Alexandra Stewart.

1967 *Le Rapace*, adaptation d'un roman anglais de John Carrik, tourné au Mexique (aventure).
Acteurs : Lino Ventura, Rosa Furman.

1969 *Dernier domicile connu*, adaptation d'un roman de Joseph Harrington (policier).
Acteurs : Lino Ventura, Marlène Jobert.

1970 *Où est passé Tom ?* adaptation d'un roman américain, tourné en Espagne et en Suisse (aventure).
Acteurs : Rufus, Alexandra Stewart.

1971 *Un aller simple*, adaptation d'un roman américain, tourné à Anvers (policier).
Acteurs : Rufus, Nicoletta.

1972 *La Scoumoune*, adaptation de son roman *L'Excommunié* (policier aventure).
Acteurs : Jean-Paul Belmondo, Claudia Cardinale, Gérard Depardieu.

1973 *Deux hommes dans la ville*, scénario original (policier).
Acteurs : Jean Gabin, Alain Delon, Gérard Depardieu, Mimsy Farmer, Bernard Giraudeau.

1974 *Le Gitan*, adaptation de son roman *Histoire de fou* (policier aventure).
Acteurs : Alain Delon, Annie Girardot, Paul Meurisse, Bernard Giraudeau.

1976 *Comme un boomerang*, scénario original (drame psychologique).
Acteurs : Alain Delon, Charles Vanel, Carla Gravina.

1978 *Les Égouts du paradis*, adaptation du récit de Spaggiari sur le casse de Nice (policier).
Acteur : Francis Huster.

1979 *Une robe noire pour un tueur*, scénario original (policier).
Acteurs : Annie Girardot, Claude Brasseur, Jacques Perrin.

1982 *Le Ruffian*, adaptation de son roman *Les Ruffians*, tourné dans les Rocheuses au Canada (aventure).
Acteurs : Lino Ventura, Claudia Cardinale, Bernard Giraudeau.

1984 *Les Loups entre eux*, adaptation de son roman, tourné à Malte et dans les Alpes suisses (aventure).
Acteurs : Claude Brasseur, B.-P. Donadieu, Lisa Kreuser.

1987 *Mon ami le traître*, adaptation de son roman (drame psychologique).
Acteurs : Valérie Kapriski, André Dussolier.

2001 *Mon Père,* adaptation de son livre *Il avait dans le cœur des jardins introuvables*, avec le concours de Bertrand Tavernier.
Acteurs : Bruno Crémer, Vincent Lecœur, Rufus.

JOSE GIOVANNI SCÉNARISTE ET RÉALISATEUR À LA TÉLÉVISION

1980 *L'Alibi*, scénario original, tourné aux studios de la Bavaria pour la TV allemande (policier).

1984 *Le Tueur du dimanche*, adaptation de son roman, tourné avec Rufus (policier).

1986 *La Louve*, scénario d'après un roman de Jean-Bernard Pouy, tourné avec Mimsy Farmer (policier sentimental). Meilleur taux d'écoute sur TF1 de toutes les œuvres de fiction créées pour la télévision en France et en Suisse.

1991 *L'Irlandaise*, scénario original, tourné avec Michel Sardou.

2000 *Crime à l'altimètre*, scénario original, tourné avec Michel Voïta et Rufus.

Crédits photographiques

P. 1. Photo Georges Pierre.
P. 2. Photos DR.
P. 3. Photo DR.
P. 4. *En haut* : © Henry Thibant/1960 Studio Canal Image-Magic Films Spa (Rome).
En bas : photos DR.
P. 5. © J.D.D. 3 mai 1964.
P. 6. *En haut* : © 1966 - Productions Charles Lumbroso - Éditions René Chateau.
En bas : photo DR.
P. 7. *En haut* : photo DR.
En bas : © Georges Pierre/1969 Studio Canal Image-Rizzoli Films.
P. 8. *En haut* : © PS Monique Valentin-Giancarlo Botti.
Au milieu : photo DR.
En bas : © 1972 Studio Canal Image - Praesidens Films.
P. 9. © Victor Rodrigue.
P. 10. *En haut* : Michel Jinfray-Gamma.
En bas : photo DR.

P. 11. *En haut* : © Victor Rodrigue/1976 Studio Canal Image Spa.
En bas : photo DR.
P. 12. Photos DR.
P. 13. © Dominique Le Strat/1983 Studio Canal Image-Parma Films.
P. 14. *En haut* : © AFP.
En bas : Michel Dardellay.
P. 15. Photo DR.
P. 16. *En haut* : © Émilie de la Hosseraye.
En bas : photo DR.

Table

Du même auteur :

Aux Éditions Gallimard

Le Trou, 1959.
Le Deuxième Souffle, 1960.
Classe tous risques, 1960.
Histoire de fou, 1960.
L'Excommunié, 1961.
Les Aventuriers, 1962.
Le Haut-Fer, 1963.
Ho !, 1964.
Meurtre au sommet, 1965.
Les Ruffians, 1969.
Mon ami le traître, 1977.
Le Musher, 1978.
Le Tueur du dimanche, 1985.

Aux Éditions Jean-Claude Lattès

Les Loups entre eux, 1982.
Un vengeur est passé, 1984.
Tu boufferas ta cocarde, 1987.

Aux Éditions Robert Laffont

Il avait dans le cœur des jardins introuvables, 1995.
La Mort du poisson rouge, 1996.
Le Prince sans étoile, 1998.
Les Chemins fauves, 1999.

Aux Éditions du Rocher

Les Gosses d'abord, 2001.

Composition réalisée par IGS-CP

Imprimé en Espagne par Liberduplex
Barcelone
Librairie Générale Française – 43, quai de Grenelle – 75015 Paris

Dépôt légal éditeur : 43706-04/2004

ISBN : 2-253-07282-6